导 语

世界上像我国学校教育中如此重视“外国文学”课程的国家，似乎极为罕见。专家研究的资料显示，早在1920年，我国的中学语文课本就收进了翻译作品；更早，1917年，北京大学就首开了欧洲文学史课程，并日渐波及全国各地诸多院校。打开窗户，迎接外来的新鲜空气，这是新文化运动的产物，体现了我国教育先行者的卓越见识。

由此看来，我国高校中文系开设外国文学课程的历史已近一个世纪。虽然在不同时期，不同院校，其地位有尊有卑，重视程度有高有低，学时有多有少，但它的“钦定”身份却始终得到了肯定（除了连大学办不办都成为问题的年代），也是学者们的共识。这在其他国家大学母语专业的课程设置中是并不多见的。这是中国文学教育值得自豪的一页，显示了我国学人开阔的文化视野和包容的广博胸襟。实践也证明，外国文学的教学对丰富学生的学养，陶冶其性情，拓展其视域，优化其思维模式都大有裨益；对以境外的养料培植我国的文化，更有着难以估量的积极作用。

从20世纪50年代中期开始，一些外语专业陆续开设了除国别文学史外的综合性外国文学史。90年代以来，不少理工院校也先后开设了外国文学的必修或选修课。这不是一个偶然的现象。这意味着，人们已不把它仅仅看作一门专业知识、一门狭义的学问，而是越来越清醒地意识到，文学，包括外国文学，在提升人的综合素质和完善人的品格方面，具有不可替代的特殊功能，完全有理由成为人文教育的一个重要组成部分。而“外国文学”，面对的是全世界最优秀的文化精品，其意义更不容忽视。而且，随着对外开放的扩大和深入、文化交往的发展和文学翻译的繁荣，社会对外国文学知识的需求也与日俱增。凡此种种，都对外国文学工作提出了更高的要求，也更加重了外国文学工作者的历史责任。为此，我们认为有必要编写一部涵盖东西方文学、分量适中、应用面较宽的外国文学史，以满足各方面的需求。这正是本书编写的基本动因。

当然，正如对待一切复杂的文化现象，筛选的眼光是不可或缺的。

“外国文学”实在是一个过于庞大的概念——除中国以外的所有他国文学。有论者曾以为，任何人都无法真正掌握这门学问，此言确属有识之见。但是，人们又难以抑制对外国文学进行全方位了解和整体把握的渴望，青年学子也有较全面地认识外国文学发展轨迹的必要。因此，历代学者便知难而进地对外国文学展开了认真的梳理和整合，殚精竭虑，含英咀华，不断探索外国文学的总体规律，努力透视纷繁芜杂的文学现象，以世界性的眼光遴选最有价值的作家作品——毫无疑问，这一切都只能是相对的，是因人而异、因时而异的。因而，文学史的研究永远是动态的，各国文学的发展更是日新月异，这就先天地决定了我们的探求不会有、也不应该有完美的终点。

我们是幸运的。前人筚路蓝缕，上下求索，开辟出通衢大道，积累下丰富经验，使我们能沿着他们的足迹前行，站在他们的肩膀上攀登。当我们勉力为这座大厦添砖加瓦时，我们总希望在尽可能吸取既有成果的基础上投下当代的目光和阐释，加入我们的选择和思考，使文学史的撰写不断能有新的发现、新的进展，从而获得充溢的生命力。我们所说的“既有成果”，包括前辈学者、同辈学仁和后起之秀的所有研究。为此，我们为我们的“拿来”向诸位同行表示真诚的谢意。坦率地说，没有这些“拿来”，笔者是无力完成此书的。本书西方部分和东方部分分别由个人撰写，是试图在多年集体编写的基础上创作出能体现个人写作风格的文学史。科学性、创新性和文学性的有机结合，是笔者努力的目标之一。效果如何，只能等待社会和历史的检验。

文学史的构成大致可分为三个层次，即文学现象、作家和作品。扩而大之，则前有社会文化背景，后有读者的阅读检验。其中无论文学批评有多少新锐的见解，无论对文学史的建构有多少新颖的设想，我们仍然认为，文学作品是文学史最基本的元素。正是大量优秀的文学创作，吸引着历代的读者，滋润着人们的心灵，也积累着宝贵的艺术经验。为突出其地位，我们对重点作品的简介、对一些短小精悍的诗作或长篇的精彩选段，在排版上作了较醒目的处理，目的在于引起学生阅读原著的兴趣，而不是为了代替对原著的阅读——这是我们要特别强调指出的。阅读经典（不仅仅是文学经典），应当成为当代大学生的时尚。这不仅是知识积累的需要，更是人格完善的需要。文学史的学习，最终也要落实到对作品文本的解读和研究上。

由于地理、历史、民族、语言、宗教、政治、经济、文化、风俗等诸多方面的原因，东西方文化和文学的发展轨迹存在着较大的差异（实际上，东西方这两大概念的使用，本身就已有简单化的倾向）。但，在数千年的历史进程中，二者又不断在冲突碰撞中相互交融吸取。因此，东西方文学并非水火不容的两大板块，而是特质各异又共兴共荣的一个整体。我们不主张作优劣的比较，但求能以世界性的眼光揭示各自发展的规律，遴选出最具特色的优秀成果，以使今人在有限的时间内能得到最殷实的精神享受和最有价值的学养。我们理解的外国文学史，不论西方东方，都不是国别文学的简单叠加，而是具有内在统一性的有机结构，其国别特征是对总体规律的丰富和强化。

这是一本教材，为教学服务，便是它的宗旨。为方便师生的使用，我们在正文的排版上作了适当的安排；在各章后开列了思考题；在全书后列出了三个附表：西方文学重要作家作品一览表、东方文学重要作家作品一览表和阅读书目。凡此种种，都是为了帮助读者更好地掌握外国文学的基本知识。

我们希望，这是一本老师喜欢教、学生喜欢读的教材。

21世纪中国语言文学系列教材

外国文学简史

WAIGUO WENXUE JIANSHI

黄晋凯 何乃英 著

中国人民大学出版社
· 北京 ·

目　　录

第一编　西方文学

第二编　东方文学

第一编

西方文学

第一章 古希腊罗马文学

第一节 西方文学的辉煌起点

一、天设地造的海洋文明

欧洲乃至整个西方文学的起点是在古代的希腊和罗马。这两个地区，一东一西，均在欧洲大陆南部、地中海北侧，气候温暖湿润，适宜于人们居住生活。

希腊，一片湛蓝的海域，一片美丽的岛屿。

这个面积仅有十几万平方千米的文明古国，大陆部分位于巴尔干半岛南端，西临伊奥尼亚海，南濒地中海，东拥爱琴海，与小亚细亚西岸相望。海上共有两千多个大小岛屿，其中最大的是克里特岛，也是希腊远古文化的发祥地。希腊海岸线蜿蜒曲折，形成许多天然港湾，捕渔业和航海经商自然成为人们首选的谋生手段。这片海域东北可与黑海相连，向东可抵西亚的两河流域，隔地中海的南岸是埃及，往西则可通向意大利、西班牙等地，海上交通极为便利。希腊多山少地，农业并不发达，因而较早就从西亚、北非引进粮食，随着频繁的贸易往来，两地的文化交往也不断增多。西亚的幼发拉底河和底格里斯河流域，北非的尼罗河流域，都是著名的古文明发祥地。据史家考证，希腊文明正是本土文化、西亚和古埃及文化交融的结晶。

希腊神话中有这样一则优美的故事：希腊的万神之父宙斯爱上了西亚一美貌公主欧罗巴，便变形为一头牡牛，驮着少女从海上游回了克里特岛并占有了她。当她从长睡中醒来，感到愤怒和孤独时，爱神安慰她说，你命定要做不可征服的宙斯的人间之妻，此后，收容你的这块大陆将被称为欧罗巴！我们可以从中得到的信息是，希腊人已把自己看作欧洲的主人，他们自认为有权为这块土地命名，可见希腊在当时欧洲的地位；而这个名字竟来自东方的亚细亚少女，可见他们对东方文化的熟悉、热爱和尊重。由此也可看到，亚非文化在早期曾多么强有力地影响了欧洲文化的形成。

上古时期，希腊地区就先后出现过克里特文化和迈锡尼文化，它们的衰亡多半与地震或火山爆发等自然灾害有关。直接影响欧洲文化进程的，是从公元前 12 世纪到公元前 2 世纪的古希腊文化。高山大海，人杰地灵，在一个四通八达、生动活跃的时空里，希腊人以丰富的想象和深邃的思想创造出的文学艺术瑰宝，令世人为之倾倒。

这一时期，是希腊社会经历了从氏族制向奴隶制过渡、奴隶制度得以确立和发展的时期。大约在公元前 8 世纪，希腊进入了奴隶制时代。铁器的普遍使用，大大提高了农业和手工业的水平；城邦货币的出现，标志着商品生产和交换的发达；大型船只的制造，为远航交通贸易创造了有利的条件。生产力的迅速发展和私有制的出现，最终形成了阶级对立的奴隶制度，并陆续建立了代表奴隶主利益的城邦国家。财富的集聚和社会的分工，使文学艺术的繁荣成为可能。

古罗马所在的亚平宁半岛（意大利）位于地中海中部，三面环海，东与希腊相望，西与比利牛斯半岛对峙，地中海南岸是北非的商业中心迦太基。意大利海岸线较为平直，港湾条件虽逊于希腊，但海上航行也是四通八达，十分便利。半岛北部波河平原，土地肥沃，河流纵横，宜于农作物耕种。

公元前 3 世纪左右，罗马城邦势力逐渐强大，统辖了整个意大利，并开始南征北战，翻山越海，到公元前 1 世纪至公元 2 世纪，已形成了横跨欧、亚、非三地的庞大帝国。其贸易交往，北抵斯堪的纳维亚半岛，东可达印度、中国等远东地区。

罗马人在用武力征服希腊的同时，也从希腊“攫”来了辉煌的文化。罗马文化是希腊文化最直接的承继者。从一定意义上说，是罗马帝国把希腊文化撒向了欧洲大陆。

二、人类童年的神奇创造

人们把古代希腊称作人类历史上的“正常儿童”。他们创造的文学艺术充满智慧却不失天真烂漫，富于幻想又贴近现实生活，不仅历经千年风雨而魅力不减，而且能不断给后人提供思考的愉悦和多向的启迪。更令人惊异的是，古希腊人几乎创造出了后人所使用的一切文学样式，而且都达到了相当成熟的程度，仿佛后人只能步其后尘，在他们规划好的道路上迈步前行。

古希腊文学大致可分为三个时期：

（1）荷马时代（公元前 12 世纪至公元前 9 世纪），亦称英雄时代，主要成就是神话和史诗；

（2）古典时期（公元前 8 世纪至公元前 5 世纪），主要成就在戏剧和文艺理论方面；

（3）希腊化时期（公元前 4 世纪至公元前 2 世纪），希腊文化向外流传扩散。

古罗马文学大致也可分为三个时期：

（1）早期（公元前 3 世纪至公元前 2 世纪），主要成就为喜剧；

（2）“黄金时代”（公元前 1 世纪至公元 1 世纪），诗歌和文论达到较高水平；

（3）后期（公元 1 世纪至公元 5 世纪），基督教开始传入。

绚丽的神话世界面对神秘宇宙，面对莫测人生。像世界上许多民族一样，希腊人用神话开始了对种种不解之谜的追问。所不同的是，希腊神话形成了较完整的系统，既有家族的谱系，又有体现自然力、生产力和社会生活方方面面的分工，俨然一个无所不包而又结构周密的“大千世界”。

希腊神话是形成于氏族社会时期的口头文学。现保存下来的神话故事主要见于荷马史诗和赫西俄德的《神谱》（前8世纪），相对而言，是世界上保存得最为完整的神话体系。在数百年的流传过程中，以及在后来文人的记载和再创作中，故事和形象都不断发生变化，不断留下各个时代的印记。

前奥林匹斯神系带有明显的母系社会特征，地母该亚和母神瑞亚都具有很大的权威，左右着家族的命运；而奥林匹斯神系则进入了父系社会，宙斯实行着家长式的统治，其地位难以撼动。性关系的混乱（母子通婚、兄妹通婚等），也是原始社会重要特点的反映。希腊诸神不仅分工主管各种自然力（天地日月、风雨雷电），而且也掌管人类的各种生活（生产、战争、爱情、饮酒、文艺），可以说是无所不管。它既像人间的一个家庭，又像一个有着严密结构的国家（城邦）——人在按照自己的生活形态建构着神的世界。

希腊人对未知事物（包括自然和社会）的形象解释，既表现出丰富的想象力，又充满深厚的人情味。大地女神得墨忒耳因思女而半年喜半年忧的故事，既解释了季节变化、大地有枯有荣的自然现象，又反映了人间的悲欢离合之情。潘多拉匣子里释放出瘟病、灾难、罪恶等，唯独留下“希望”的故事，则表现了人类对社会现实的不满，以及人类总是生活在无望的痛苦中的真切感受。

在人的认知能力有限、而自然又总是对人的生存构成威胁的时候，人们在神话中表现出了强烈的征服自然的愿望和对战天斗地的英雄的崇拜。盗火给人类的普罗米修斯、无所不能的赫拉克勒斯等形象，都集中体现了“人定胜天”的意志和信念。十分可贵的是，在强调人用强力和智力“征服”、“战胜”自然的同时，神话中还出现了“万物有灵”、人应与自然和谐共处的故事。其中，最著名的是德律俄珀“摘花变树”的传说：德律俄珀从一棵树上为儿子摘了几朵花，不料花落处却鲜血流淌；而德律俄珀更是脚下生根，树皮裹身，长成了一棵树。受到大自然报复的她，由此得出的结论是：永远不要折枝摘花，每一丛灌木都可能是神灵的化身。在人类的童年时期，以人为本还没有发展到人要主宰一切、掠夺一切的阶段，善待一切生命，可视为人本思想的一个补充。

希腊神话一开始就具有世俗的特点。众神除长生不死、能量无穷、可以随意变形外，与常人并无太大差异。他们有爱有恨，会嫉妒，爱享乐，会在政坛上争权夺利，也会在情场上争风吃醋，还不时会跑到人间来偷情。神和人同形同性，正是希腊神话的一大特点。也可以说，希腊人是按照人的样子来创造神的，神性的人格化体现了人本位的观念和对人的力量的期望。传说中的英雄，是神和人结合的后代，同样具有超人的才智和能量，往往会创造出惊人的业绩，表现出代表部族利益的集体英雄主义。希腊神话传说的魅力还在于它把深刻的哲理寓于生动有趣的故事之中，致使千百年来人们仍能在津津有味的阅读中领悟到深邃的思想。例如，普罗米修斯的故事，既含有抗暴的鲜明倾向和对英雄精神的热情讴歌，又包含着对人类进步必须付出巨大代价的哲理思考。其强大的悲剧力量，感人至深，并成为后世文人反复创作的重要题材。

还有许多睿智的故事，深入人心，广为流传，成为西方人所皆知的典故。如斯芬克司之谜、特洛伊的木马、阿喀琉斯的脚踵、西绪弗斯的巨石、普罗克拉斯提斯的床、达摩克利斯的剑，等等。

希腊神话传说被称为希腊艺术的“武库和土壤”，史诗、戏剧、雕塑等艺术创作，均大量取材于此。而且，它的影响并不局限于古代文学艺术范围，还波及整个西方思想史和文艺史，后人仍能从中吸取智慧的哲思和艺术的灵感，不断开掘和生发出新的内涵。

前奥林匹斯神系

奥林匹斯山是众神聚居之地。地母该亚生天父乌刺诺斯。乌刺诺斯与该亚之子克洛诺斯推翻其父成为第二代天神。克洛诺斯与其妹瑞亚之子宙斯又推翻其父，由此而形成了以宙斯为万神之父的奥林匹斯神系。

奥林匹斯神系

宙斯——雷电之神　众神之主

赫拉——宙斯之姐、之妻　天后　婚姻家庭的守护神

波塞冬——宙斯之兄　海神

哈得斯——宙斯之兄　冥王

得墨忒耳——宙斯之姐　农神

赫斯提亚——宙斯之姐　灶神

阿波罗——宙斯与赫拉之子　太阳神

阿瑞斯——宙斯与赫拉之子　战神

赫淮斯托斯——宙斯与赫拉之子　火神　工匠神

赫耳墨斯——宙斯与迈亚之子　神使

阿耳忒弥斯——宙斯与赫拉之女　月神　狩猎神

雅典娜——宙斯与赫拉之女　智慧女神

阿佛洛狄忒——宙斯与狄俄涅之女　爱神

罗马神话基本脱胎于希腊神话，并无太多新的创造，只是把希腊神话中的形象安上相应的罗马神的名字。例如，宙斯变成了朱庇特，赫拉变成了朱诺，阿耳忒弥斯（月神、狩猎神）变成了狄安娜，阿佛洛狄忒（爱神）变成了维纳斯，等等。这也就是同一个神为何会有两个不同的名字的原因。

史诗和戏剧，是古希腊最优秀的文人创作的文学成果，我们将在后面设专节讨论（详见本章第二节、第三节）。除此之外，古希腊人还创造了多种文学样式，生动地反映了当时的社会生活和思想情感，也为后人提供了有益的经验。

赫西俄德是公元前8世纪的一位自耕农，相传有多部作品出自他的笔下，但公认较为可靠的是《工作与时日》。《工作与时日》是一首长诗，共828行。这是文学史上第一部个人创作的劝诲诗，取材于日常的现实生活，与口头创作集成的荷马英雄史诗风格迥异。诗人作诗意在劝告其弟珀尔塞斯不要游手好闲，不要有非分之想，而应以诚实劳动来实现自己的欲望。劳动，是贯串全诗的基本主题。而围绕这一主题，诗人以开阔的视野，一方面在纵论历史中发挥平等劳动的思想，另一方面传授与生产有关的各种自然知识和劳动技能，因而为人们提供了一幅认识当时社会的真切画面。他把人类历史分为金、银、铜、铁几个时期，作者所生活的黑铁时期则是最黑暗的时期——欺压、奴役、沉重的劳动、道德的沦落——处处是社会的灾难；他把早期的黄金时代视为理想的乐园，公正、平等、快乐——似乎人类早就有了"今不如昔"的观点。诗人以劳动者的眼光对自然风光所作的抒情描写，也是作品极富特色的篇章。一般认为，《神谱》也是赫西俄德的作品，它将希腊各地不尽相同的神话归于奥林匹斯神系，形成相对统一的族谱，为希腊神

话的保存和研究，提供了极其重要的依据。

抒情诗是一种更个人化的创作。从公元前8世纪到公元前6世纪，奴隶制社会基本确立，阶级分化、贫富分化和社会分工使个人意识得以增强，个人情感更趋多样，也使有闲者有了从事个人创作的可能性。抒情诗脱胎于古老的民间歌谣，以吟唱时伴奏乐器的不同而分为琴歌和笛歌，还有既可用琴也可用笛伴奏的讽刺诗；除个人吟唱的诗歌外，还出现了为各种集体仪式而作的合唱曲，成为后来悲剧的重要组成部分。由于抒情诗是抒发个人情怀的艺术，形式又相对比较短小，因而在有着喜歌善舞传统的各海岛上，涌现了许多优秀的诗人，创作了难以数计、题材多样的诗作。其中，最著名的是品达（前518—前442或前438）。他熟悉神话传说，精通诗律，能吹会弹，作品数量极大。遗憾的是多数已经失佚，但保存下来的也有45首、3 428行之多。流传至今的都是歌唱“竞技胜利者”的颂歌，气势恢宏，传达出健康强悍的希腊人的精神风貌。杰出女诗人萨福（前612？—？）则代表着柔情细腻的另一派诗风。她与一群多才多艺的女伴，忘情于山水之间，吟诗作歌，写自然景观、恬静心态、纯洁友谊、少女恋情，相传共有诗作9 000余行，现留下的多为残篇，完整的仅寥寥数篇。古希腊抒情诗的繁荣，为欧洲抒情诗的滔滔长流开了先河。

也是在公元前6世纪左右，希腊出现了寓言集成之作《伊索寓言》。寓言是晚于神话的民间口头创作，而希腊寓言的一大特点是主要形象为动物。正如神话中的神与人“同形同性”，寓言中的动物也有着人的思想和性格，人们讲述动物的故事，实际上是在讲述人自身的事情。相传伊索原是奴隶，因其过人的聪明才智而被主人释放成为自由民。但由于其生平难考，也有人对此提出质疑。不论伊索是否确有其人，多数专家认为寓言属民众创作。也就是说，即使伊索确有其人，确实创作过寓言，但他的主要功绩仍在于收集整理加工，多数作品是在流传的基础上成型的。《伊索寓言》的题材比较广泛，思想也不尽统一，但总体而论，它主要反映的是下层民众的情绪和智慧，如对以强欺弱、为富不仁的批判。更多的故事表现的是在现实生活中提炼出来的经验教训和处世哲理，如《农夫与蛇》、《龟兔赛跑》、《狐狸与葡萄》等早已深入人心，成为人们行事的借鉴。

寓言故事一般都很短小有趣，生动活泼，耐人寻味，便于讲述与记忆。每则寓言后面，还附有一句点题的所谓“教训”，估计是后人陆续加上去的（特别是寓言进入学校正规教育后），难免有画蛇添足之虞，有的还有曲解之嫌。《伊索寓言》不仅在当时深受欢迎，常为哲人所引用（据柏拉图记载，苏格拉底在狱中等待死刑时，还曾将记忆中的寓言从散文改写为诗体），而且对后世产生了巨大影响，欧洲文学史发展进程中不断涌现出寓言大家（如罗马的菲德鲁斯，法国的拉封丹，德国的莱辛，俄国的谢德林、克雷洛夫等），便是明证。

如果说，在人类历史的早期，人们以感知的方式创造出的神话、诗歌、寓言等艺术体裁具有很大的共性的话；那么，古希腊罗马哲人在文艺理论上的思考和建树，足以令世人感到“震惊”。公元前5世纪左右，在雅典奴隶制民主政治相对宽松的环境下，在崇尚哲学思辨和演说口才的氛围中，在师徒潜心探讨学问的学园里，面对繁荣多样的文艺创作成果和实践经验，理论的出现和成熟便成了历史的必然。在众多的文论家中，成就最突出的是柏拉图和亚里士多德师生二人。

柏拉图（前427—前347）是贵族派的哲学家、苏格拉底的弟子。他以对话体写作，文风活泼自如，既是优美的散文，又含雄辩的说理。其著作凡四十余篇，涉及政治、哲学、法律、教育、道德伦理等多方面内容。其中有关文艺问题的论述主要集中在《大希庇阿斯》一篇，此外，《伊安》、《高吉阿斯》、《普罗塔哥拉斯》、《会饮》、《理想国》、《斐德若》等篇亦有所涉猎。作为西方文艺理论的鼻祖，他着重研究了文艺与现实的关系和文艺的社会功能两个根本性的问题。柏拉图接受先已流行的模仿说，认为文艺是对现实的模仿，但又认为现实中的事物不过是对先天的“理式”（理念）的模仿。只有理式世界才是真实的，因而文艺作品只是模仿的模仿，“影子的影子”，离真理相去甚远。他一方面贬低文艺的地位，另一方面又强调文艺的政治教育作用，认为诗歌应歌颂神和完美的好人以作为大家学习的榜样，而不应像史诗和悲剧那样把神和英雄表现为有各种各样缺点的常人。柏拉图是西方文艺史上明确主张文艺为政治服务的第一人。柏拉图的“灵感”说，也是对后世影响极大的一个观点。神赐灵感予诗人，令诗人进入迷狂状态，才会有佳作问世。这一观点对后世浪漫主义的启示是不言而喻的。

亚里士多德（前384—前322）是柏拉图的弟子，但他却并不盲从老师的教导，而是以“更爱真理”的精神建立了自己的理论体系。亚里士多德极其博学，著作甚丰，计有《工具论》、《形而上学》、《政治学》、《伦理学》等，而文艺理论的经典著作是《诗学》。在文艺与现实的关系上，他也主张模仿说，但他认为：现实本身是真实的，因而模仿现实的文艺作品也同样是真实的，甚至比描述表象的历史更真实；而且，艺术对现实也不是简单的模仿，而是要通过个别表现一般，通过偶然表现必然，通过想象把现实中的“合理的不可能”变为艺术中的“合理的可能”。与柏拉图不同，亚里士多德对希腊史诗和悲剧给予高度评价，对悲剧的研究尤为系统和深刻，至今仍常为人们所引用。他为悲剧确定了定义和构成的基本成分，以为“情节”（行动）是其中最主要的元素，这在很大程度上揭示了戏剧的娱乐性特征。他的“净化”说，对悲剧的社会教育功能作了深入的探讨，认为悲剧引起观众的怜悯和恐惧，使情感得到适度的宣泄和平衡，从而达到“净化”（陶冶）心灵的作用。艺术通过对情感的影响而达到教育的目的，是艺术有别于其他学科的重要特点。在创作论上，亚里士多德以“天才”论取代“灵感”论，以理性的“敏感”取代神秘的“迷狂”，为理性主义和现实主义的文学观念奠定了坚实的基础。

两位哲人的探讨和阐释，已涉及文艺的一系列根本性问题。其后西方文艺理论的演绎发展，似乎都是在踏着他们的足迹前行。

罗马文学是对希腊文学的直接继承，其主要成就在戏剧和诗歌两方面，文艺理论也有所建树。

罗马喜剧是在民间笑剧和拟剧的基础上、接受希腊化时期新喜剧影响而发展繁荣起来的。罗马喜剧被称为世态喜剧，是因为它较少涉及政治题材，而多从日常生活出发，嘲弄上层贵族的道德，赞美下层男女对爱情婚姻自由的追求。早期最重要的喜剧作家是普劳图斯和泰伦斯，后期的塞内加是主要的悲剧作家。

普劳图斯（前254？—前184）出身下层，在剧场当过杂役，在面包房卖过苦力，因而作品更具平民倾向，情节和语言都更富民间特色。传说他写有130部喜剧，但据考多为后人伪作，仅有20部和一残篇属他所作。他的主要作品有《孪生兄弟》、《一坛金子》和《吹牛的军人》等。他的创作为后世讽刺性风俗喜剧提供了经验，其中，《一坛金子》明显地影响了莫里哀名剧《吝啬鬼》的构思。泰伦斯（前190—前159）原为奴隶，后被主人释放并接受了贵族教育，因而他的戏剧趣味更趋于雅，受到贵族文人的欣赏。他写过6部剧本，全部传世，其中最受好评的是《婆母》、《两兄弟》和《佛尔缪》。

塞内加（前4—65）是罗马最重要的悲剧作家。他是希腊悲剧的直接继承者，写有9部悲剧和1部讽刺剧。他的创作多取材于希腊悲剧，且诗律工整，地点固定，时间在24小时之内，其模式对后世古典主义戏剧法规的形成产生了一定的影响。他的代表性作品是《特洛伊妇女》。

罗马诗歌取得了较高的成就，抒情诗、哲理诗、讽刺诗和史诗等各类诗歌都有佳作问世，涌现了一批优秀的诗人。最杰出的抒情诗人是卡图鲁斯（前87？—前54），他留下的诗作有116首，其中以写给绝代佳人克洛狄娅（诗中为勒斯比娅）的情诗最为著名。卢克莱修（前98—前55）的哲理诗《物性论》共6卷，每卷皆有千余行。这是一部罕见的旷世之作，它以诗歌的形式、以原子论的观点探讨宇宙万物和人类的起源，气势宏大，又生动形象。

有“罗马三大诗人”之誉的是奥维德、贺拉斯和维吉尔。奥维德（前43—18）是位多产的诗人。他写有3卷《爱情诗》、3卷《爱的艺术》、《古代名媛》、6卷《罗马岁时记》、5卷《哀怨集》和4卷《黑海诗简》等。最著名的当属神话故事诗《变形记》。全诗共15章，包括250多个神话传说，构成一个完整的整体，而且所有的故事都以“变形”为特点，足见诗人构思之精到。诗作体现了强烈的批判精神，对天上的神祇表现出极大的不敬，实际是在影射地上的统治者。诗人运用多种叙事手法，讲述丰富多彩的故事，为后人提供了有益的经验。

贺拉斯（前65—前8）是讽刺诗人和抒情诗人，对后世而言，他在文艺理论史上的地位更为显赫。他的讽刺诗集有《长短句集》和《闲谈集》，抒情诗集有《歌集》和《诗简》。他的理论观点集中于写给皮索父子的《诗简》，后称为《诗艺》。他继承亚里士多德的模仿说，强调“寓教于乐”的文艺功能，主张以希腊为样本，重视形式的作用，倡导艺术创新中的“合适”原则。他的见解，对17世纪古典主义的形成产生了相当的影响。

维吉尔（前70—前19）在三位诗人中最负盛名。他的抒情诗集《牧歌》共10首，以牧羊人对歌和独歌的形式，歌唱农村自然风光和生活情趣，歌唱牧羊人的清纯爱情。《农事诗》是仿赫西俄德的《工作与时日》写成的，分为4卷，每卷约500余行，分别介绍农业、园艺、畜牧和养蜂等劳作。他最杰出的作品是史诗《埃涅阿斯纪》，我们将在下一节讨论。

第二节 史诗

荷马之谜·战争史诗·历险史诗·历险与战争史诗

《伊利亚特》和《奥德赛》是古希腊两部伟大的英雄史诗。其著作权通常归于诗人荷马。我们不仅把两部史诗统称为“荷马史诗”，而且把史诗形成的大体时代称为“荷马时代”。

但是，由于荷马生平资料的缺乏，传说中他的出生地就有七处之多，因而后世的人们对是否确有“荷马”其人产生了疑问，遂形成了所谓“荷马之谜”。有研究者认为，并无荷马此人，希腊亦无此姓氏，他应是某种形式集体创作的代指。有的则认为，两部史诗都分24卷，结构工整，情节也有关联，应出自一个人的手笔。多数意见还是倾向于认为，这是在长期民间口头流传的基础上，由行吟诗人荷马边演唱边整理而成的。成诗时间大约在公元前9世纪至公元前8世纪之间。

《伊利亚特》（又译《伊利昂纪》）意为“伊利昂之歌”。伊利昂即特洛伊城，史诗的题材是大约发生在公元前12世纪的希腊人攻打特洛伊城的一场战争（也有史学家认为根本没发生过这场战争）。全诗共15 693行，分为24卷。据传，这场战争进行了10年之久，而史诗却只写了最后的50天，足见“作者们”是深谙艺术创作之道的。他们选取最具故事性、也最能体现英雄精神的片断来反映这场规模宏大、旷日持久的战事，可谓匠心独运，是长期面对一代代听众筛选的结晶。

特洛伊战争的起源，出自一则神与神之间纷争的神话传说，即所谓“金苹果”的故事。阿喀琉斯的父母是人与神的结合，他们举行婚礼时，竟忘了邀请不和女神厄里斯，女神向婚宴上扔下一个写有“给最美的女人”字样的金苹果，引起天后赫拉、智慧女神雅典娜和爱神阿佛洛狄忒的争执，宙斯让她们去找特洛伊王子帕里斯裁定。三位女神为夺取“最美”的桂冠，都运用自己手中的权力拉拢帕里斯：赫拉许诺他成为最伟大的君主，雅典娜许诺他成为最伟大的英雄，阿佛洛狄忒则许诺他得到最美的妻子。帕里斯把金苹果判给了爱神，阿佛洛狄忒帮他拐跑了希腊斯巴达王的妻子、据称是人世间最美的女人海伦，也带走了大量财物。于是，希腊各国组成联军，在阿伽门农的统帅下大举进攻特洛伊，一打就是10年之久。这就是所谓“一个美人引发的十年战争”。

《伊利亚特》梗概

史诗以“阿喀琉斯的愤怒”贯穿。主帅阿伽门农滥用权势抢走了主将阿喀琉斯的一个女俘，被激怒的阿喀琉斯愤而退出战场，致使希腊军节节败退；特洛伊主将赫克托尔率领的大军把希腊人直赶到海边，并开始火烧他们的海船。形势危急，阿伽门农派老臣与阿喀琉斯和解，应允还他女俘，并赠送大批财物，但仍遭到拒绝。友人帕特罗克洛斯的哀求也无济于事，最后，阿喀琉斯只勉强同意让战友穿上他的盔甲出战。他的盔甲果然收到奇效，令敌军望风而逃。但帕特罗克洛斯却最终不敌赫克托尔，倒在了他的剑下。这使阿喀琉斯后悔不已，再次发怒，遂与阿伽门农和解，披挂上阵，把敌军又赶回了特洛伊。他绕城三圈追赶赫克托尔，将他杀死，并残忍地把他的尸体拖回希腊军中。特洛伊国王亲自冒险进入希腊营地，跪求阿喀琉斯归还他爱子的尸体。阿喀琉斯为之动容，答应了他的请求。史诗在赫克托尔的盛大葬礼中结束。

传说中史诗后续的两则故事交代了主人公的命运和战争的结局。站在特洛伊一边的太阳神阿波罗劝说阿喀琉斯停止进攻，阿喀琉斯不从，阿波罗便用冷箭射中他的脚踵，使其血流不止身亡。原来阿喀琉斯出生时，母亲为使他刀枪不入，曾捏着他的脚踵倒提着将他在冥河里反复浸泡，不料没泡到河水的脚踵就成了他致命的要害。交战双方主将相继阵亡，但战争仍未结束。久攻不下的情形下，足智多谋的奥德修斯设下“木马计”，即大军佯装撤退，却留下一装满将士的巨型木马，待特洛伊人将木马拖回城内，希腊人便从木马中杀出，与城外的部队里应外合，一举攻克了特洛伊。这位“木马计”的设计师，便是另一部史诗《奥德赛》的主人公。

《奥德赛》意为奥德修斯的故事，共12 110行，也分24卷。史诗写的是特洛伊战争之后，主人公花费10年时间，历经种种磨难，终于回到故里与妻儿团聚的故事。从事件、人物和时间看，它与前一部史诗紧密相连，但在题材选择、叙事方式和结构安排等方面都有了较大的变化。史诗的主线是奥德修斯的返乡之旅，他的种种遭遇都是由神指使下的自然力造成的：狂风巨浪一次次击沉他们的船只木筏，使许多将士落水而亡；途中他还经受了忘忧果和女妖歌声等的诱惑，拒绝了神女的追求，刺瞎巨怪的眼睛，躲在羊肚子底下得以逃命——一幕幕场景，一段段险情，波澜起伏，色彩斑斓，趣味盎然。而史诗选取的只是10年中的最后40天发生的事情，这10年的漫长经历，却是用倒叙（主人公的讲述）来交代的。就是这40天，诗人也不是平铺直叙，而是花开三朵，各表一枝——纨绔子弟们在奥德修斯家中大吃大喝，胡作非为，纠缠着向他妻子求婚；在神的指引下，他儿子外出寻父；奥德修斯化装成乞丐，回家探听虚实。最后，三条线索汇聚到一起，以奥德修斯赶跑这些恶棍、全家欢乐团圆作结。

两部史诗，一写人与人的斗争，一以写人与自然的斗争为主、同时写到了家庭关系。这是人生存的两种基本形态，二者互补，构成了人类生活的全景。在文字史料十分匮乏的情况下，荷马史诗便成了研究古代史的重要依据。例如，诗中人们使用的武器和农具，证明当时的生产力正处于由青铜时期向铁器时期的过渡阶段；木工、铁匠、皮匠、造船等手工业已成独立行业，商品交换已日渐普遍；私有制、等级制和私有观念的出现，表明氏族社会正走向解体——正由于我们主要是通过史诗认识这个时代的，因此史学家将其命名为“荷马时代”。

英雄主义是两部史诗共同的主题，也是两部史诗主要魅力之所在。《伊利亚特》是一部战争史诗，它歌唱战争中的英雄，歌唱英雄们在战争中表现出的大无畏精神，更歌唱英雄们强悍的人格魅力。就战事而言，作者的倾向显然在希腊一方，但他对双方的主将却同样给予了热情的赞美。阿喀琉斯的愤怒罢战，是对阿伽门农欺辱的抗争，是为维护个人尊严而采取的极端行为。他损害了民族的利益，因而遭到谴责，但也因维护了英雄的人格而赢得同情。二者相比，情感的天平是向阿喀琉斯倾斜的。阿喀琉斯在战场上的凛凛威风，尽显英雄本色；而他为给友人报仇追杀赫克托尔、凌辱其尸体、最后又将尸体归还其父的曲折过程，则展现了这位高傲英雄敢恨敢爱的刚烈个性。赫克托尔体现着一种崇高的悲剧精神。他同样是战场上的勇士，曾一度把希腊人打得落花流水；由于他的许多家人都先后死在了阿喀琉斯的手下，因此他的妻子和父母都力劝他不要出战，而他也深知阿喀琉斯的厉害，但出于责任感和荣誉感，他还是义无反顾地迎战强敌，终于壮烈牺牲。这是一位“虽败犹荣”的英雄，全诗结束在他的盛大葬礼上，足以表明作者的态度。历险史诗《奥德赛》歌颂的是主人公在与自然搏斗中所显示的聪明才智和刚毅品格。传说中的奥德修斯以他的木马计成为最终取胜特洛伊的头号功臣，经受返程中的考验则进一步表现了他足智多谋的特点。诗歌的情节均属神话故事和人们想象的产物，他们的想象当然是以长期的航海实践为基础的。当人在与自然的对立中尚处于劣势的时候，战天斗地的精神和机智勇敢的行为，便是人们特别需要、也特别尊崇的英雄品质。奥德修斯的伙伴们，或经不起诱惑而滞留，或顶不住风浪而丧生，只有他一人以智谋、胆略、顽强的毅力和对故土的眷恋，战胜种种艰难险阻，实现了返回家园的愿望。通过对奥德修斯和珀涅罗珀夫妻忠诚关系的赞美，史诗对个体尊严的强调更加鲜明突出。他们不遗余力地维护自己家庭的利益，正是维护了属于个人的财产、荣誉和情感。在一个集体英雄的时代，史诗已给予个体的需求和欲望以应有的重视和肯定，鲜明地体现了人本主义的色彩。

就风格而言，《伊利亚特》更接近于现实主义，基本按时序叙事，手法平实，描写细致，也注意人物心理的刻画；《奥德赛》则以丰富的想象力见长，天上地下，人神妖魔，电闪雷鸣，惊涛骇浪，为人物提供的是非常规的舞台。

《伊利亚特》选段

他这样说，他们就给牛和骡上轭，
急急忙忙去到城门前集合起来。
他们花九天功夫拉来大堆木柴。
在第十次曙光呈现，照临众生时，
他们流着眼泪把英勇的赫克托尔抬出来，
把尸首放在火葬堆上，点火烧焚。

当初升的有玫瑰色手指的曙光呈现时，
人们拥到闻名的赫克托尔的火葬堆周围。
在他们聚在一起，集合停当的时候，
他们先用晶莹的酒把火葬堆上
火力到达地方的余烬浇灭，
然后死者的弟兄和伴侣收集白骨，
大声哀悼痛哭，流下满脸的眼泪，
他们把骨殖捡起来，放在黄金的坛里，
用柔软的紫色料子把它们遮盖起来。
他们很快把坛子放进一个墓穴，
用大块大块的石头密密层层地盖起来，
迅速垒上坟堆，同时四面放哨，
防备那些戴胫甲的阿开奥斯人攻击。
坟堆垒好以后，他们就回到城里，
集合起来，在宙斯养育的特洛伊国王
普里阿摩斯的宫殿里吃一顿丰盛筵席。

他们是这样为驯马的赫克托尔举行葬礼。

（选自［古希腊］荷马：《伊利亚特》，罗念生、王焕生译，653～654页，北京，人民文学出版社，1994）

《埃涅阿斯纪》是罗马诗人维吉尔创作的第一部文人史诗。史诗共12卷，其格局显然受荷马史诗的影响，前6卷写主人公的漂流历险，后6卷写战争。但与荷马史诗不同的是，它具有明显的“御用”性质。诗人生活在经过长期内战后建立起来的屋大维统治时期，战后的和平使人们得以安居乐业。屋大维对文化的重视和利用，创造出了一次文学的繁荣，史称罗马文学的“黄金时期”。作为小土地所有者的维吉尔，是新政权政策的受益者；他的才华又为统治者所赏识，成为御用文学集团的重要一员。因此，维吉尔自然对屋大维感恩戴德，而这部史诗更是直接受命于屋大维。

埃涅阿斯是特洛伊王与维纳斯女神之子。特洛伊城失陷后，埃涅阿斯与妻子走散，开始了7年的海上漂流。史诗从第7年主人公在北非的迦太基登陆写起，由他向迦太基女王狄多讲述海上历险的旅程。他的经历使女王深受感动，并引发了她的恋情。但埃涅阿斯肩负天神建立新王朝的重任，执意离去；痴情的狄多送别他后，自杀身亡。埃涅阿斯来到意大利，在先知引领下游地府，父王的亡灵告诉他，他的后代将成为罗马国的缔造者，“他们的伟业有朝一日都将与天比高”。这就明示了当今统治者屋大维正是神祇的后裔，指出他们正是依照神意在意大利这片土地上建起了辉煌的“黄金时代”，并将以他们的武功征服和统治“万国”。史诗后半部写埃涅阿斯与图尔努斯为争夺当地国王的女儿而进行的一场战争，史诗以埃涅阿斯在战争中最终取胜作结。

英雄主义同样是贯穿这部史诗的重要思想。埃涅阿斯海上漂泊的顽强精神、激烈战斗中的英勇无畏，都体现着与希腊人一脉相传的英雄崇拜意识。所不同的是，埃涅阿斯具有明确的“重建家园”、“开国立业”的使命感和责任感，这使他的英雄行为有了更明确的动机和更理智的规范。在诗人笔下，埃涅阿斯不仅是开国英雄，而且是开明君主，寄寓了人们对虔诚而仁慈的君王的理想。因此，有论者认为，《埃涅阿斯纪》可视为最早的民族史诗，主人公是真正的民族英雄。

与荷马的狂放洒脱相比，维吉尔更显沉稳安详；与荷马的乐观自信相比，维吉尔略显阴郁悲观；与荷马语言的自由随意相比，维吉尔的文字更为考究多彩。总之，维吉尔继承了荷马的传统，但更精于构思设计、深入思考，因而更显示了“人工”的特点。

第三节 戏剧

祭祀与戏剧·三大悲剧诗人·英雄悲剧·命运悲剧·喜剧

一、悲剧

古希腊戏剧，尤其是悲剧，是古希腊文人创作的最高成就，是人类艺术史上一份极其珍贵的瑰宝。它不仅开启了欧美戏剧的辉煌传统，而且为人们对艺术理论的思考提供了多方面的经验。人们从对悲剧的观照中，引申出了许多发人深省的理论问题。

古希腊戏剧起源于对酒神狄俄尼索斯的祭祀活动。每年春秋两次的祭祀，也是为了祈祷和庆祝丰收。它起始于农村，后进入城市；开始属地方性活动，后演变为全国性的庆典。相传酒神曾率领半人半羊的队伍周游世界，因此，祭祀时人们扮成半人半羊组成合唱队，高唱赞美歌。接着，作者登场，与合唱队即兴问答，形成交流；最后，登场者增至 3 人，每人都戴着面具，可轮流扮演多个角色。这样，戏剧性成分逐渐增加，最后形成了悲剧。悲剧场面遂由合唱队和演员两部分组成，艺术则由抒情性和戏剧性两方面构成。合唱队以舞蹈和歌唱解释或预告剧情，对人物和事件发表评论或慨叹，还起着换幕的作用。在希腊语中，“悲剧”的本意是“山羊之歌”。“喜剧”的本意则是“狂欢游行之歌”，它由祭祀庆典时行进中的歌舞发展而来，因而多有丑角插科打诨式的滑稽表演。

希腊戏剧的形成和发展经历了一个相当漫长的时期。公元前 8 世纪至公元前 5 世纪，希腊各城邦相继进入奴隶主民主制，史称“古典时期”。长达半个世纪之久（前 492—前 449）的希（希腊）波（波斯）战争以希腊的胜利告终，有力地促进了希腊的全面发展。各城邦建起了以雅典为首的海上同盟，使雅典的政治、经济进入了鼎盛时期，伯里克利执政时期（前 443—前 429）更被称为雅典的“黄金时代”。希腊戏剧与奴隶主民主政治紧密相连，相对活跃的政治空气，为诗人们提供了宽松的舆论环境。约从公元前 501 年开始，就设立了悲剧比赛的制度。许多地方建起了能容纳数千至数万人规模不等的露天剧场。每次比赛规定由三位诗人参加，每人必须提供三部悲剧和一出喜剧。伯里克利更是特别重视戏剧的教育作用，支持戏剧事业的发展，甚至为观众发放“观剧津贴”。因此，这一时期出现了戏剧的空前繁荣，观剧成为广大民众踊跃参与的重要文化活动。公元前 431 年，希腊各城邦之间爆发了长达近 30 年的伯罗奔尼撒战争，各城邦均元气大伤，民主制度也开始衰落。

悲剧创作的题材多取自希腊神话传说和史诗，但都加进了诗人现时的深入思考。因而，作品并非对原有故事的简单复述，而是通过艺术改造和加工，凸现英雄气质，彰显悲剧格调，融入深刻哲理，使之产生震撼人心的巨大冲击力。在历年的戏剧比赛中，先后产生过许多悲剧诗人和作品。但留下较多作品、又被公认为成就最高的是三大悲剧诗人：埃斯库罗斯、索福克勒斯和欧里庇得斯。他们的创作，是民主政治形成、繁荣和危机三个不同时期的产物，也代表着悲剧艺术发展道路上的三个不同阶段。

埃斯库罗斯（前 525—前 456）被誉为“悲剧之父”，他的创作标志着希腊悲剧艺术的真正开端。据说，他共写过 90 部悲剧和喜剧，在比赛中获得过 13 次奖，但留传下来的仅 7 部。

埃斯库罗斯对悲剧艺术的突出贡献是削减了歌队合唱在剧中的比例，增加了第二个演员，使人物之间展开冲突成为可能；强化了对话的作用，从而大大增强了作品的戏剧性成分。他开始把深刻的悲剧思想和相对完备的悲剧形式结合起来，虽然结构还比较简单，但已奠定了悲剧艺术的基本框架，为其后的发展铺设了道路。他还首创了三部曲（三联剧）的形式，丰富了戏剧表现的内容和手段。

埃斯库罗斯留下的剧本主要有以阿伽门农为题材的三部曲《俄瑞斯忒亚》（《阿伽门农》、《奠酒人》和《报仇神》）、一部当代题材的《波斯人》和《普罗米修斯》三部曲（《被缚的普罗米修斯》、《被释放的普罗米修斯》和《带火的普罗米修斯》）的第一部等。其中，尤以后者最为世人所瞩目。

《被缚的普罗米修斯》梗概

依照天神宙斯的命令，普罗米修斯被押送到荒凉的高加索、钉在悬崖上受折磨。他告诉歌队，是因为他偷来火种给了人类，所以受到宙斯残酷的惩罚。海神俄刻阿诺斯跑来劝普罗米修斯屈服，被他毫不犹豫地拒绝。另一位受害者登场，她是河神的女儿伊娥。宙斯诱奸了她，天后赫拉又把她变成牛，让牛虻叮她，逼她发疯，迫使她不得不到处逃难。但普罗米修斯却预言她最终将恢复人形，她的后代还将成为他的拯救者。他还预言，宙斯下一次婚姻的后代将推翻他的统治，而这个秘密只有他一个人知道。宙斯特地派神使赫耳墨斯来要他讲出这一秘密，并威胁他宙斯将用雷电劈开山谷埋葬他，让鹫鹰不断啄食他的肝脏，让他痛苦不止。普罗米修斯断然拒绝了他的恫吓，并嘲笑了来使的奴性。这时，雷电交加，普罗米修斯和歌队消失在雷电之中。

这是一部关于人神矛盾的悲剧。在《神谱》中，普罗米修斯只是个不起眼的小神，而在这出戏里却是个顶天立地的神祇英雄。他是神，但他代表着人类的利益，是人类的造福者和保护神。“我把火种偷来——使它成为人们各种技艺的教师，绝大的资力。”“火”是一种象征，人类开始走向文明的象征。普罗米修斯声称他教会了人类数学、文字、文艺、驾辕、航海，等等，总之，人的一切本领，都是由他传授的。而宙斯视人类为敌人，必欲毁灭之而后快。因此，普罗米修斯受到了宙斯的残酷迫害，陷入了痛苦的无底深渊。普罗米修斯承受的苦难，意味着人类为进入文明要付出巨大的代价。

普罗米修斯能拯救人类，却拯救不了自己；他能预知一切（宙斯的命运、伊娥的命运、自己的最终命运），却无法预知自己何时才能得到解脱；他善于规劝别人，却不善于规劝自己；他怜悯人类，自己却得不到怜悯。在这“能”与“不能”之间，他成了崇高的“殉道者”，而且是自觉自愿的“殉道者”。他宁可屈服于巨大的苦难，却绝不屈服于天神的淫威。宙斯对他软硬兼施，他终不为所动。其英雄气概和顽强意志，感人至深。

“知”，是普罗米修斯灾难的根源，也是他克敌制胜的法宝。正因为他将曾为神所专有的“知”传给了人类，正因为他知道谁将推翻宙斯这一秘密，才使他遭到了宙斯的毒手；也正因为只有他掌握这个秘密，才使宙斯不得不有求于他，使他能够以讲出秘密作为换取自由的条件。因此，在他们的抗衡中，宙斯在行动上可以为所欲为，置对手于绝境，但内心却是空虚而恐惧的；普罗米修斯虽束手被缚、备受磨难，但在精神上却占尽优势，敢于俯视和蔑视对手。在现实生活中，“除了宙斯外，任何人都是不自由的”。在精神领域里，享有最大自由的却是普罗米修斯。这一强烈反差，才是普罗米修斯的力量所在，也是悲剧的意蕴所在。

然而，“知”也是需要承受力的。因为，在希腊人那里，命运是无法更改的定数，了解苦难命运就意味着要坦然地去面对，甚至主动去迎接，没有坚强的神经是难以支撑的。作为凡人的柔弱女子伊娥就既承受不了现实的迫害，也承受不了关于未来的预言，因而她疯了，她逃离了，她想到了死亡：“一下子死了，比一生受苦好啊!”但是，作为神的普罗米修斯，“命中注定是不死的”，他无法用死亡来摆脱痛苦；换言之，苦难将永远伴随着他，而他又是对自己的命运了然在心的先知先觉者。所以，普罗米修斯是在自觉地挑战命运，自觉地忍受苦难的存在，自觉地以自身的痛苦来换取世人的幸福，从而显示出崇高的精神境界和超常的意志品质。

宙斯是个隐身的形象。他的不在场却使他无处不在。作为恶的化身，通过他派出的使者的软硬兼施，通过受他迫害者的愤怒控诉，通过歌队的询问和感叹，宙斯的残暴和虚弱被表现得十分真切生动，始终是贯穿全剧的矛盾一方，是普罗米修斯强劲的对立面。这一手法的巧妙运用，不仅强化了宙斯统驭一切的蛮横力量，也以更多的笔墨突出了普罗米修斯的英雄形象。虚实结合，充分体现了埃斯库罗斯这位“悲剧之父”高超的戏剧艺术智慧。

索福克勒斯（前496—前406）是奴隶主民主制全盛时期的诗人，他的创作代表希腊悲剧的最高成就。公元前468年，他在戏剧比赛中第一次打败埃斯库罗斯；27年后，他才败在了后来者欧里庇得斯手下。他一生共写过120多个剧本，得过20多次大奖，但流传下来的也只有7部，其中最负盛名的是《安提戈涅》（前441）和《俄狄浦斯王》（前431）。

索福克勒斯在政治上是温和的民主派，曾出任过将军，与当权者伯里克利交情甚笃。但他并不以政坛上的活动为荣，却更偏爱戏剧创作和平静的生活。从少年时代起他就显露了在文艺体育方面的才能，27岁第一次参赛便一举成名。索福克勒斯在悲剧中增加了第三名演员，进一步削减了合唱队的作用，从而更加强了剧作的戏剧性。他对戏剧结构严密而精巧的安排，更令人叹为观止。

《安提戈涅》的故事发生在《俄狄浦斯王》之后。俄狄浦斯死后，他的两个儿子波吕涅刻斯和厄忒俄克勒斯为争夺忒拜的王位双双战死，舅父克瑞翁继位。他下令厚葬后者，而让前者曝尸野外，任何人不得将其埋葬，违者处死。理由是前者搬用了外力，犯有叛国罪。但他们的妹妹安提戈涅却不顾禁令，毅然安葬了她的兄长，依据是神的意旨（要求让亲人入土）。愤怒的克瑞翁判她死罪，她在关押她的山洞里自缢而亡；见状，她的情人、克瑞翁的儿子海蒙当场自杀；克瑞翁的妻子也因儿子的自尽而自尽。家破人亡，世上只留下克瑞翁发出的孤独哀鸣。

这是一出矛盾双方都持之有理的戏剧。克瑞翁维护的是“国家利益”，安提戈涅维护的是神旨，以及与之相呼应的亲情、民意。双方皆有理，竟酿成悲天惨剧，究竟是谁之过？虽然诗人把同情之泪尽洒在后者的一边，但他也没有将克瑞翁简单地斥为恶棍。

《安提戈涅》选段

海蒙 啊，父亲，天神把理智赋予凡人，这是一切财宝中最有价值的财宝。我不能说，也不愿意说，你的话说得不对；可是别人也可能有好的意见。因此为你观察市民所作所为，所说所非难，这是我应尽的本分。人们害怕你皱眉头，不敢说你不乐意听的；我倒能背地里听到那些话，听见市民为这女子而悲叹，他们说：“她做了最光荣的事，在所有的女人中，只有她最不应当这样最悲惨地死去！当她哥哥躺在血泊里没有埋葬的时候，她不让他被吃生肉的狗或猛禽吞食；她这人还不该享受黄金似的光荣吗?”这就是那些悄悄传播的秘密话。

啊，父亲，没有一种财宝在我看来比你的幸福更可贵。真的，对于儿女，幸福的父亲的名誉不是最大的光荣吗？对于父亲，儿女的名誉不也一样吗？你不要老抱着这唯一的想法，认为只有你的话对，别人的话不对。因为尽管有人认为只有自己聪明，只有自己说得对，想得对，别人都不行，可是把他们揭开来一看，里面全是空的。

…………

歌队长 啊，主上，如果他说得很中肯，你就应当听他的话；（向海蒙）你也应当听你父亲的话；因为双方都说得有理。

克瑞翁 我们这么大年纪，还由他这年轻人来教我们变聪明一点吗?

海蒙 不是教你做不正当的事；尽管我年轻，你也应当注意我的行为，不应当只注意我的年龄。

克瑞翁 你尊重犯法的人，那也算好的行为吗?

海蒙 我并不劝人尊重坏人。

克瑞翁 这女子不是害了坏人的传染病吗?

海蒙 忒拜全城的人都否认。

克瑞翁 难道市民要干涉我的行政吗?

海蒙 我看你说这话，不就像个很年轻的人吗?

克瑞翁 难道我应当按照别人的意思，而不按照自己的意思治理这国土吗?

海蒙 只属于一个人的城邦不算城邦。

克瑞翁 难道城邦不归统治者所有吗?

海蒙 你可以独自在沙漠中做个好国王。

（选自［古希腊］索福克勒斯：《悲剧二种》，罗念生译，148～149页，北京，人民文学出版社，1998）

“奇异的事物虽然多，却没有一件比人更奇异。”由长老组成的歌队唱出的这句歌词，为我们解读剧本提供了钥匙。这段合唱是对人的赞歌，它歌唱奇异的人“样样都有办法”，但剧中的人物却偏偏遇上了谁都没有办法解决的难题。两个人都固执己见，两个人内心都充满矛盾，两个人又都无法做出让步。两难境况，最终制造了双方都不愿意看到、也不曾料到的悲惨结局。诗人是在悖谬中探讨“人”这件“奇异的事物”。安提戈涅以大无畏的牺牲精神和张扬的人性示人，可敬可爱，但却隐含着某种令人不安的矛盾。显然，人的“奇异”，并不仅仅在于他无所不能的才能，而更在于他难以解析的复杂。诗人最终还是把深刻的同情给予了人的尊严。剧中所包含的对民主政治的理想，更属难能可贵。

《俄狄浦斯王》继续着作家对人性的追问。

《俄狄浦斯王》通常被称为命运悲剧，被公认为索福克勒斯最杰出的剧本，也是希腊悲剧最杰出的剧本之一。

《俄狄浦斯王》梗概

因破译斯芬克司之谜使忒拜城幸免于难的俄狄浦斯被拥戴为王，但新的灾难再度威胁忒拜。俄狄浦斯派内弟克瑞翁去求太阳神阿波罗明示，神示指出，必须找出杀害原国王拉伊俄斯的凶手并严惩之，方能消灾。俄狄浦斯决心查清此案。长老们（歌队）建议他去请教盲人先知忒瑞西阿斯。开始先知不肯说出真相，但俄狄浦斯却反诬他是凶手，迫使他指出凶手不是别人，正是俄狄浦斯自己，并预言俄狄浦斯将从明眼人变成瞎子，从富翁变成乞丐。这使俄狄浦斯大怒，认为这是克瑞翁的阴谋。克瑞翁的姐姐、俄狄浦斯的“妻子”伊俄卡斯忒出面调解，并告诉俄狄浦斯，根据神示，老国王会死在自己儿子之手，而实际上他是死在了三岔路口的陌生人手里。伊俄卡斯忒的讲述更使俄狄浦斯忐忑不安，因为他就曾在那个路口为偶然的口角而失手杀过一位老人。他还想到，神示他会犯下杀父娶母的罪行。为躲避这一罪行，他要永远离开他的家乡科任托斯。最后，报信人和牧羊人证实，他正是拉伊俄斯和伊俄卡斯忒的儿子，他们为逃避命运的安排，让牧羊人把他抛到山里，而牧羊人却把他交给了报信人，报信人又把他送给了科任托斯的国王——真相大白，伊俄卡斯忒自尽，俄狄浦斯刺瞎自己的双眼，自我放逐。

跌宕起伏的情节，大起大落的情感，环环相扣的悬念，悲壮惨烈的结局，构成了一部令人难以平静的悲剧。

一切都是命里注定的。为抗拒（或曰逃避）命运之神的安排，善良的人们——俄狄浦斯和他的父母都绞尽脑汁、做出了巨大的努力，但终究归于失败；牧羊人和报信人怜悯幼小的生命，但却事与愿违，酿就了灾难的降临。人无法胜天，即使是“最伟大的人”。

然而，人并不因此而停止抗争。俄狄浦斯正是在一场明知不可为而为之的抗争中显出英雄本色的。他的对手是不可见也不可知的命运，力量对比悬殊。但是，为了城邦的利益，为了廓清迷雾，为了造福于民众，他义无反顾地出发了，向着自己的灾难，向着自己的毁灭。抗争以失败告终，但这是力不从心、虽败犹荣的失败，抗争的精神成为永远鼓舞人们前行的动力。

如果说《安提戈涅》是一出寻求“公正”的悲剧，那么《俄狄浦斯王》就是一出寻求“真相”的悲剧。谁是杀害老国王的凶手？谁是杀父娶母的罪人？追查罪犯的责任恰恰落到了罪犯自己的头上，这是何等残酷的事实，何等严峻的考验。在下令追查时，对这一切浑然不知的俄狄浦斯只是事件的“他者”，需要的只是对城邦的忠诚；而随着真相的逐渐显露，他成了事件中心的“我”，需要的却是承担责任和毁灭自我的勇气。相比而言，后者是对人灵魂更严酷的拷问。俄狄浦斯的悲剧在于他在真相面前是个“盲人”，他不得不向盲眼先知寻找答案，又被先知斥为“你虽然有眼也看不见你的灾难”；他的伟大在于他敢于摆脱盲目，睁大眼睛去追求和面对真相，表现出对“认识自我”的渴望和执着。最终，他真正成了盲人，自觉地成了盲人，对“真相”的认知迫使他对混乱的世界、对罪恶的自我永远闭上了双眼。由盲而明，由明而盲，一个轮回，仅仅是一个轮回，但人类为寻求真实存在所作的努力并未就此终结。种种的盲目性还会让人付出代价，所以，歌队说，在“最末的日子”到来之前，永远不要下任何断语。

俄狄浦斯因破解“人”的谜语而拯救了忒拜城，俄狄浦斯又以破解“我”的谜语而再一次拯救了忒拜城。第一次他是伟人，第二次他是罪人。究竟哪一个是真实的俄狄浦斯呢？俄狄浦斯之谜和斯芬克司之谜，同样是难解的谜，因为它的答案都是“人”。

对人的关注和探究这一希腊哲学文学的传统，在索福克勒斯的剧作中得到了集中的艺术体现。他在戏剧构思、冲突安排、谋篇布局、气氛营造等方面的成就都难以企及，因而被誉为“戏剧界的荷马”。

欧里庇得斯（前485？—前406？）是雅典民主制出现危机、走向衰落时期的悲剧诗人。他25岁开始参加戏剧比赛，但14年后（39岁）才第一次获奖，可谓大器晚成。他共创作过92部作品，现存留18部，另有数十个残篇；重要的作品有《美狄亚》（前431）、《特洛伊妇女》（前415）等。他一生只得过5次奖，在当时的名声远不及他的前辈，但身后影响却与日俱增。

欧里庇得斯从未从政，但十分关心社会生活。他虽仍以神话传说为题材，但创作的现实指向却明显地超过前人，作品风格和人物形象也都更加贴近现实。一般认为，欧里庇得斯的创作是一次转折，标志着英雄悲剧的结束。希腊悲剧仿佛从天上降落到了地面。他深受诡辩哲学的影响，作品颇具哲理色彩，故有“舞台上的哲学家”的美誉。统观他的创作，战争问题和家庭（妇女）问题，是他最关注的两大主题。

《美狄亚》取材于传说中“金羊毛”的故事。这本是一个带有浪漫色彩的优美故事，美狄亚用巫术帮助伊阿宋取得金羊毛才使他幸免于难，她还违背父意与伊阿宋结合并随他返回故里，伊阿宋也对她感恩戴德，表示要与她厮守终生。此后伊阿宋虽见异思迁，但总体上仍不失其英雄本色。悲剧从伊阿宋对美狄亚的背叛写起，完全改变了伊阿宋的形象，强化了美狄亚的复仇，全剧笼罩着令人窒息的沉重气氛。

英雄主义的理想已经破灭，英雄主义的时代已经终结。伊阿宋对美狄亚的背叛不是情感的变异，而完全是利益的驱动：他坦然地承认，他决定娶科林索斯的公主“不是为了爱情”，而是为了金钱和地位，并认为这是一次“聪明”的选择；他甚至直言不讳地让美狄亚“接受金钱上的帮助”，以作为这次婚变的补偿，“如果你连这个都不愿意接受，就未免太傻了”。鄙俗气取代了英雄气，现实的考虑取代了忠贞的爱情，金钱已开始成为衡量一切的标准和左右一切的力量。

美狄亚是一个因爱极而恨极的复仇者形象。她不仅遭到丈夫的遗弃，还被国王克瑞翁驱逐出境。一无所有的她作出了最狠毒的报复计划：送给新娘一件婚服和一顶花冠，让她穿戴后中毒并焚烧而亡；然后再亲手杀死她和伊阿宋的两个孩子，以断他的后嗣，刺痛他的心。一切完成后，她乘龙车腾空而去。这是一个绝望的女性演绎的一个残忍的故事。

“在一切有理智、有灵性的生物当中，我们女子是最不幸的”，“女人好事全不会，——作起坏事来却最精明不过”。美狄亚的自白，道出了她此举的两面性，既博得人们的同情，又让人感到未免过激。女主人公神秘的巫术，有助于强化反抗的激烈色彩；她尖锐的心理矛盾，又引起人们复杂的体验。对美狄亚不幸命运的深切同情，并未导致对她行为的全盘肯定。诗人要诉说的是："痛苦的婚姻啊，你曾给人间造下了多少灾难!""这人间没有一个幸福的人。"强烈的个性反抗，满足的只是宣泄，它所警示的却是对人间苦难，特别是女性苦难的关注。伊阿宋背叛的意义，也绝非限于男性的堕落，作家更强调的是"一切秩序和宇宙都颠倒了"，"盟誓的美德已经消失，全希腊再不见信义的踪迹"。欧里庇得斯的社会批判，超越了个体的恩仇和争斗。

《特洛伊妇女》被视为欧洲最早以反战为题材的文学作品，它虽以特洛伊战争为题材，反对伯罗奔尼撒战争的意向却十分明显。在这部剧中，欧里庇得斯把他关注的两大主题结合到一起，描写希腊攻占特洛伊后，特洛伊妇女惨遭蹂躏的悲惨命运，以此愤怒控诉战争的残酷和妇女地位的低下。在荷马史诗中，特洛伊是双方英雄们大显身手的战场，战胜者和战败者都表现了崇高的英雄主义精神。《特洛伊妇女》却反其道而行之，全剧弥漫着凄风苦雨的气氛，特洛伊城英勇的男子们都被斩尽杀绝，高贵的英雄们的妻女正被作为战利品等待着分配发落，国王的一个女儿被分给阿伽门农作妾，另一个竟被作为祭品杀害在阿喀琉斯的坟前。为斩草除根，希腊人将赫克托尔和安德洛玛克的幼子从城墙上扔下活活摔死。最后，希腊人还要放一把火把特洛伊城彻底烧毁。没有正义，没有英雄，没有人道，有的只是残酷的杀戮、卑鄙的占有、无耻的奴役、疯狂的破坏。战争在毁灭世界，战争给男人带来的是死亡，给女人带来的却是无尽的屈辱和痛苦。

索福克勒斯曾言，他的人物是按"应该的样子"来写的，而欧里庇得斯是按"本来的样子"来写的。这一朴素的比较，不仅简明地点出了两位诗人在塑造人物方面的不同特点，而且也表明了他们总体创作风格的差异。前者以精巧的布局使戏剧冲突尖锐紧凑，人物在矛盾发展中以强烈的动作展现性格；后者的结构安排较为松散自然，更着意于通过心理刻画来开掘人性的复杂。如《美狄亚》中女主人公的仇恨心理，特别是杀子前的矛盾心态的揭示等，都是此前悲剧中所未见的，属欧里庇得斯对悲剧艺术的重大贡献。

二、喜剧

古希腊的喜剧产生于祭祀歌舞，也吸收了民间滑稽戏的成分。它正式进入雅典戏剧比赛要晚于悲剧，是在公元前 487 年。喜剧不再以神话传说为创作题材，而是面向现实，针砭时弊，甚至指名道姓地抨击当朝权贵，表现出更为强烈的批判性和战斗性。史家又根据不同的创作特点，把前期（古典时期）和后期（希腊化时期）的喜剧分别称为"旧喜剧"和"新喜剧"。

旧喜剧的形式与悲剧相仿，也分为歌队合唱和演员表演两大部分，戏剧冲突集中在中间的"对驳"一场展开。旧喜剧多为政治和社会讽刺剧，涉及民主政治、战争和平、伦理道德等多方面内容，情节荒诞离奇，语言通俗犀利，动作夸张滑稽，创造了一种"寓教于乐"的新模式。雅典旧喜剧也有所谓"三大诗人"——克剌提诺斯、欧波利斯和阿里斯托芬，但只有后者有作品流传。

阿里斯托芬（前 446? —前 385?）被称为"喜剧之父"，他的创作对欧洲喜剧传统有很大影响。

阿里斯托芬在乡村度过少年时代，后长期生活在政治中心雅典，受过良好教育，结识哲人苏格拉底和柏拉图，因而视野开阔，剧作触及面较宽，喜剧效果雅俗共赏。他共创作了44部作品，仅留下11部，有趣的是他参赛时都用别人的名字，因而曾给人们判断真伪出了难题。现存的重要作品有风格各异的《阿卡奈人》（前425）、《骑士》（前424）、《鸟》（前414）、《蛙》（前405）和《财神》（前388）等。《鸟》是希腊喜剧中唯一一部神话题材的作品，它以瑰丽的想象、优美的诗意，抒发了诗人对社会平等的美好理想。《蛙》则是一部戏剧样式的文艺评论，旨在强调文艺的教育功能，后来许多剧作家都喜欢用剧作来表达自己的戏剧观念、反击他人的批评，应当是对这一传统的继承吧。

生活在伯罗奔尼撒战争时期的阿里斯托芬，对这场旷日持久、劳民伤财的内战深恶痛绝，但他却以闹剧的手法来表现反战这样一个重大主题，写出了一部著名的作品，这就是《阿卡奈人》。剧本的主人公是个普通的农民，他为了能过上太平日子，居然单独和敌人签订了30年和约。个人与敌方单独媾和这一荒唐情节，便成了喜剧的基本出发点。媾和者狄开俄波利斯与主战的将领拉马科斯展开了关于战与和的辩论，话不投机的二人竟厮打起来。由阿卡奈人组成的歌队也因此而分成两派。媾和后狄开俄波利斯独自开设市场，招来许多为战事所苦的穷人到此做生意。有人为生活所迫，竟挑来一对女儿当小猪出售。戏剧最后，拉马科斯从战场上痛苦狼狈地受伤归来，狄开俄波利斯则由两个女郎搀扶着醉醺醺地从宴会上归来。两人相遇后，狄开俄波利斯高喊："哈哈，胜利啦!"这是对主战者的嘲讽，也是对和平带来的幸福生活的欢呼。

《阿卡奈人》的基本情节和所有细节都可以说是不真实的，而极度的夸张和离奇的想象却无不令人在捧腹之余明晰地领悟其蕴涵的寓意。战争的不义，百姓的痛苦，以及对和平的热切期盼，都已成为当时人们关注的热门话题。阿里斯托芬大胆地把这一严肃的社会主题融入滑稽荒唐的谐谑，充分显示了他的喜剧天才。

米南德（前342？—前292）是希腊化时期新喜剧的代表作家，共写出过105个剧本，但流传下来的只有7个，还不十分完整。较重要的有《恨世者》、《公断》和《萨摩斯女子》等。

新喜剧从取材、形式到风格都发生了很大的变化。歌队已完全退出了戏剧，交代情节和抒发情感的功能也随之消失，矛盾的发展需靠人物间的行动和语言来完成，因而人物关系的安排和戏剧结构的设置便变得格外重要，作家们在这方面也作了出色的努力。在内容方面，人们不再热衷于表现政治、社会等重大主题，而是把兴趣转向了家庭、婚姻和爱情等题材，在日常生活中描写人性的冲突，语言也更加口语化。这种更贴近生活自然状态的戏剧，被称为世态喜剧。世态喜剧通过罗马喜剧阶段的发展，对欧洲喜剧传统产生巨大影响。

思考题

1. 谈谈希腊神话传说"神人同形同性"的特点。
2. 谈谈荷马史诗的英雄主义主题和人本主义思想。
3. 谈谈两部荷马史诗艺术风格的异同。
4. 三大悲剧诗人如何代表着悲剧发展的轨迹?
5. 分析普罗米修斯英雄形象。
6. 谈谈俄狄浦斯与命运抗争的寓意。
7. 谈谈希腊戏剧中的人性。

第二章 中世纪文学

第一节 西方文明的决定性转折

一、多元文化构成和基督教统治

欧洲中世纪是指从5世纪到17世纪这一漫长的历史时期。一个“中”字，表明史学家对其“过渡”性质的认知，认为它只是从古代社会到近代社会的过渡时期。在文学史的划分上，中世纪文学，通常是指5世纪至14世纪的文学，它也具有“中”的特性，即前有古代文学的繁荣，后有文艺复兴的辉煌，似乎自身并无独立的价值。其实，它是文学发展进程中一个重要环节，西方文化的又一个重要起点。中世纪最引人关注的特点是基督教在欧洲的形成。

公元4世纪，横跨欧亚非三大洲的罗马帝国，在奴隶起义和北方“蛮族”势力的入侵下风雨飘摇。395年，庞大的帝国分为东西两部分，西罗马的首都是曾有“永恒之城”美誉的罗马，东罗马的首都是君士坦丁堡。476年西罗马帝国的灭亡，标志着古代奴隶社会的崩溃。以日耳曼、凯尔特等为代表的“蛮族”当时尚处于氏族社会的瓦解阶段，文明程度较低，但战场上的胜利，使许多氏族贵族获得了大量的土地，由此在奴隶社会生产力的基础上逐渐形成了封建的土地关系。漫长的中世纪历史，是欧洲封建社会产生、发展和衰落的历史，是民族语言和民族（国家）形成的时期，是由地中海文化（希腊罗马）推演为全欧文化的时期，是多元文化碰撞、冲突、交融从而形成基督教文明的时期。因此，中世纪在西方文明发展进程中，是一次具有决定意义的转折。

“蛮族”的入侵，摧毁了许多城市，摧毁了许多神殿、雕像等代表希腊罗马文明的物质载体，也封杀了古代哲学、政治、法律、文学、艺术等方面的思想成就。这种愚昧的行为无疑是制造了一次空前的劫难，使曾经令世人瞩目的这片土地坠入了一段黑暗时期。但从精神层面而言，一种文化是不可能被轻易彻底消灭的。对人的价值的尊崇和充满智慧的理性，仍不失为中世纪文化的底蕴，虽然它的辉煌度与影响力已大不如前。

“蛮族”在灭亡罗马帝国和相互吞并的征战中显示的是北方族群彪悍、孔武的力量和激情。不断的迁徙游走，突显了他们勤奋好动、争强好胜的秉性。他们对女性特殊尊重的传统与尚武精神结合，形成浪漫的骑士精神，成为欧洲文化独特的景观。北方各族群逐渐形成的语言和国家，更是中世纪历史的重要内涵。

而这种种文化元素又都最终融合于日渐称霸的基督教，形成了影响至今的基督教文明。

作为希伯来文化代表的基督教约创始于公元1世纪中叶，原本是犹太人反对罗马帝国的产物。帝国的统治者占领耶路撒冷后，将敢于反抗的起义者残忍地钉在十字架上处死。人们绝望于“物质的解放”而转向对“精神解放的追寻”，指望能出现一个“救世主”，以拯救人类于水深火热。基督教的产生正满足了受迫害群众“思想安慰”的精神需求。基督教传入欧洲大陆后，曾受到统治当局的迫害。但由于基督教以仁爱为核心的教义和倡导忍让、宣扬来世的特点日浓，而上层社会人士加入教会的也越来越多，形成了越来越大的势力；反之，罗马国力日渐衰减，一贯宣传“皇帝是神”的罗马国教也随之崩溃。因此，罗马帝国统治者便不得不改变对基督教的态度，先停止镇压，后加以利用。380年，基督教被宣布为罗马帝国的国教；455年，帝国宣布罗马教皇拥有管辖西罗马教会的权力，基督教组织上得到了进一步的完善，也获得了经济实力。帝国灭亡，“蛮族”入侵，基督教向北方传播，遂逐渐发展成为封建统治的精神支柱，教会也成了封建统治的一个组成部分，并拥有了大片封地和可观的经济实力。此后，政权与教会的权力之争，也成为中世纪历史的一个重要内容。

形成于罗马帝国兴盛时期的基督教，从开始就与希腊罗马文化构成互斥互动的关系。二者之间原本存在着巨大的差异，例如一神论与多神论、上帝的绝对权威与神人同形同性、情感主义与理性主义、原罪与原欲、受难与享乐、崇尚精神与崇尚物质、相信来世与重视现实，等等。但是，随着罗马帝国的式微和社会风气的腐化，人们逐渐转向对精神信仰的渴求，希腊哲学中的神秘主义、相对主义、悲观主义等潜在因素和后期主张的节制和禁欲等道德原则，都与基督教精神形成某种契合，使“二希”（希伯来与希腊）文化在冲突的同时不断交融成为可能。

因此，当基督教文明在欧洲一统天下时，它本身已吸纳了众多的异质元素，与原初有了相当的变化。“基督教……三个相互平等的特征——力量、智慧和仁爱——有趣地象征了人们对三种融合起来的文化情调所采取的近乎平等的尊重。力量是哥特人（即日耳曼人中的一支）的贡献，智慧是古典世界（即希腊人）的主要理想，仁爱则是希伯来感情主义的标志。”① 这也可视为各方能最终接受基督教的缘由。

在中世纪，基督教精神的统治是全方位的，影响及于包括文学在内的一切科学文化领域，对丰富和提升各类创作产生了多方面的影响。其最高经典《圣经》，被视为文学的经典、东方文学的精品。但派生于《圣经》的欧洲基督教文学多为制造于修道院的“宣传品”，虽也不乏神思妙想，但少有流传后世的佳作。

由“人性”向“神性”的转化，是西方文明的一次决定性转折，影响贯穿于其发展的全过程。信仰与蒙昧以强大的力量左右着人们的精神世界，也左右着文化演变的进程。

① ［美］霍尔顿等：《欧洲文学的背景》，王光林译，214页，重庆，重庆出版社，1991。

二、语言—民族—文学

中世纪文学的演进大体可分为三个时期：语言形成时期（5—10 世纪），文学本土化时期（11—13 世纪）和文化转型时期（13—14 世纪）。

（一）语言形成时期（5—10 世纪）

中世纪是欧洲各国语言形成的时期。语言是文学的载体，中世纪欧洲文学的发展，与各民族语言的成形、规范、成熟有着密不可分的联系。在罗马帝国时期，欧洲西部教会主要使用拉丁文，东部教会主要使用希腊文，而北方各蛮族原有的俗语比较简单，使用范围较小。帝国的崩溃，“蛮族”的南侵和混战，冲破了原来相对稳定的语言格局；而教会为扩大基督教的影响，使教义更深入人心，鼓励传教士们运用俗语布道，从而促进了各民族语言的形成。如在 9 世纪末，就出现过用古高地德语写成的长诗《基督》。在北欧各语种和德、法、英等各民族语言逐渐得到完善并广泛使用后，拉丁语反而失去了民间的地盘，退缩到经院，成为教会的专用语言，直至脱离民众日常生活沦为“死”的语言。但拉丁语对各民族语言的影响却是十分明显的。

民族语言的成形，也与民族国家的形成过程有密切的关系。西罗马帝国灭亡，日耳曼人南下和斯拉夫人西移的各民族大迁徙和征战相继结束，疆域大体界定，为语言的定型提供了相对稳定的空间；民族语言的规范也是独立建国的要素之一，因而各族上下也都为此付出了努力，俗语与拉丁语之争常成为智者们的重要话题。

最早用俗语写成的文学作品是一些抒情诗、民间传说和民族史诗，它们记录了族群早期的生活状况、历史事件和英雄业绩。德语史诗数量较多，但流传下来的仅有一些残片。北欧早期用俗语写成的史诗被称为“埃达”和“萨迦”。埃达有诗体和散文体两类，汇集了北欧的神话故事和系统的英雄传说；萨迦与埃达一脉相承，也可分为“史传”和“神话”两类，但成书时间较晚。

这一时期保存最完整的英雄史诗是盎格鲁—撒克逊人的《贝奥武甫》，约成诗于 8 世纪上半叶。这是一首用古英语写成的长篇叙事诗，被视为最早的英语文学，全诗共 3 182 行。诗作所述事件约发生在 6 世纪，背景是瑞典和丹麦，说明盎格鲁—撒克逊人当时尚未离开欧洲大陆。贝奥武甫是民间传说中的英雄形象，史诗通过他与格兰道尔妖魔母子和火龙的两场大搏斗，表现了他见义勇为的侠义精神和刚强无畏的英雄主义。值得注意的是，史诗在反映氏族社会末期部落间的血腥争斗和民众对和平稳定生活的渴望外，还开始渗透基督教的影响。它把格兰道尔称作该隐的后代，将贝奥武甫塑造成仁爱的君主，仿佛是上帝在人间的代表。

在此期间，出于传教的需要，宗教人士开始借用文学的形式创作出最初的基督教文学。这些作品多直接派生于宗教仪式，形式简单，意图明确。数量最多的是“圣歌”，有用拉丁语的，也有用俗语的，内容基本上是关于耶稣的故事。最早的宗教戏剧则脱胎于圣餐仪式中的一些对话，参与对话的人数逐渐增多，便初具了戏剧的样式。“圣徒传”主要宣传圣徒们的品德，多用叙事诗的形式。这时期最有影响的是女作家罗丝维萨（又译赫罗丝维塔，935—1000?），被称作第一位德国女诗人。她是出身高贵的修女，长期生活在著名的甘德榭女修道院。她的作品可分为三部分：一是诗体的圣徒传奇，共 8 首；一是两部用英雄诗体写成的历史长诗；最引起后人兴趣的是用拉丁语创作的 6 个剧本。一般认为，中世纪的宗教文学与欧洲古代文学无涉，完全是一次另起炉灶的原创，但研究者却在罗丝维萨的剧作中看到了罗马喜剧家泰伦斯的影响。这不仅因为她也使用了有韵的散文，也不仅因为她创作剧本却从来不考虑舞台演出（她的剧本从未上演过），更重要的是，她的作品虽都有道德宣教的意味，但却并不体现纯粹的宗教正统，而是表现出泰伦斯式的世俗倾向和趣味。罗丝维萨之所以引起后人的重视，正是因为作为宗教文学的代表，她上承古代的传统，下通世俗的文化，具有特殊的象征意义。

由此可见，无论是民间创作还是宗教文学，从开始就有了相交相融的趋向。

（二）文学本土化时期（11—13世纪）

中世纪文学走过了一个从“一体化”到各国本土化的过程。拉丁语和希腊语的使用，基督教的全面渗透扩张，都具有泛欧的性质。随着各国君主政权的建立和巩固，封建的政治、经济制度不断完善，使民族和国家的概念得到日益强化。因此，与语言的成熟发展相呼应，民族文学的建设也被有意无意地提上了日程。进入封建社会全盛期的各主要国家，政治稳定，经济繁荣，城市重新崛起，为文学的多样发展创造了条件，也使语言得到进一步规范。

1. 英雄史诗

从11世纪开始，各民族相继出现了一些英雄史诗，其明显的特征是国家意识的凸显，同时也可不同程度地看到基督教的影响。

这时期最重要的英雄史诗有法国的《罗兰之歌》（约1080）、西班牙的《熙德之歌》（约1140）、古罗斯的《伊戈尔远征记》（约1185—1187）和德国的《尼伯龙根之歌》（约1200）等。它们原初的民间创作往往有一定的史实依据，在长期流传中不断丰富，到定型时又渗入了当时的精神。

《罗兰之歌》曾先后有过法、英、意等八种语言的版本，可见也曾有过百余年泛欧的经历。但在11世纪末期古法语（罗曼方言）定本时，它已具有了鲜明的民族特色，成为法国文学的开山之作。全诗共291节，4 002行，情节紧凑，形象突出，被公认为中世纪英雄史诗的佼佼之作。

《罗兰之歌》素材取自查理大帝于8世纪末对西班牙的征战，但故事和人物都有明显的虚构。史诗讲述的是战争临近尾声时发生的一场悲剧。查理大帝西征大功即将告成，仅余信奉伊斯兰教的萨拉哥撒，其王马尔西勒有意求和。不料查理大帝派出的特使加奈隆却与敌方勾结，设下陷阱，在查理大帝率大军回朝时，敌人用伏兵包围了罗兰统领的殿后部队。危急中，战友奥里维三次劝罗兰吹响号角求援，均被罗兰固执地拒绝。直到最后只有几十人时，罗兰才吹响号角，但为时已晚，查理大帝率队杀回时，罗兰的部队已全军覆没，尸横遍野。此时，天色渐暗，查理请求上帝，让太阳暂缓西落，给他留下歼敌的时间。全歼敌军之后，查理审判并车裂了叛徒加奈隆。

查理和罗兰，是史诗倾力歌颂的两个主要人物。明君与忠臣，构成封建王国的理想。前者高寿200岁，白须长发，是一位带几分仙气、治国有方的强国君主。后者则是忠君爱国、品德高尚的民族英雄。他洞察秋毫、心胸坦荡、勇担重任、刚毅顽强、骁武善战，为“可爱的法兰西”英勇战斗到最后一息。在被包围后，他迟迟不肯吹号求援，并非因为刚愎自用，而是强调他要以无畏的行动捍卫“法兰西人”的尊严。罗兰壮烈牺牲的场景十分感人，牺牲后，天使下凡把他的灵魂接到了天上。

《罗兰之歌》不仅是一部法兰西的民族史诗，而且是一部基督教征服“异教”的史诗。全诗开篇就点明马尔西勒王是只相信穆罕默德的异教徒，因而“大祸难以避免”；篇末，查理让人给皈依基督教的西班牙王后行了洗礼，又接到上帝的指令，要他为讨伐其他异教徒而继续征战。通篇都贯穿着基督徒与异教徒的斗争，连主教大人在战场上都杀得兴起。史家称，该诗应成诗于1096年十字军第一次出征之前，那么，史诗可以说已记录了早期基督教与封建王权相结合进行武力扩张的历史。宗教之战，被视为正义之战；宗教之争，被视为善恶之争。基督教意识与国家意识已融为一体。有趣的是，长诗竟结束在这样一个细节上：当查理接到上帝的指令时，他反感地大发牢骚，“天啊！我的一生真多事”，并“眼中流泪，把他的白须乱撕”。这一拂逆天意的举止，是否也透露出民众（诗人）对连年征战的些许不满呢？诗中所包含的排斥异教的观念亦不足取。

《熙德之歌》是西班牙保留下来的最早的文学作品，用西班牙的卡斯蒂利亚语写成。全诗分为三部分（歌）：熙德被放逐、熙德的女儿们的婚礼、科尔佩斯橡树林中的暴行，共3 730行。史诗的主人公德比瓦尔（1043—1099）在抗击摩尔人的入侵中立下赫赫战功，深受西班牙人的爱戴，甚至还使敌人折服、尊称他为“熙德”（即“大人”、“首领”等意）。但史诗并没有直写他的战功，而是从他和两个女儿相继受辱落笔，进而写他如何用行动证明了自己的清白，一次次赢回了国王的信任，也挽回了女儿的幸福。这是一部民族英雄的正气歌，主人公曲折的遭际，不仅表现了他忠君爱国、忠于信仰、英勇善战等英雄品质，而且突出了他在为维护骑士荣誉的斗争中所显示的崇高气质。“熙德”这个美誉，不仅是对其外在战功等的歌颂，也体现着对他内在精神的赞许。史诗构思巧妙，诗风平实，显示出较成熟的风格。

《伊戈尔远征记》不同于其他书写历史的史诗，它是一部“当代题材”的作品。它创作于1185年至1187年，所反映的就是1185年伊戈尔王子率部远征南俄边境，驱逐来犯的波洛夫人这一事件，不过直到1800年才出版。诗歌使用古罗斯语，是俄罗斯文学的光辉起点。这是一次失败的远征，但伊戈尔的战斗精神仍表现得可歌可泣，而失败更促使内耗不断的各小公国认识到“为罗斯大地”团结奋战的重要。正是通过这场失败的悲剧，史诗要唤起俄罗斯的民族意识、爱国精神。伊戈尔的妻子哭盼丈夫归来的场景，感人肺腑，为全诗最精彩的篇章。

用高地德语写成的《尼伯龙根之歌》分上下两部，39歌，共9 561行，是几部史诗中最长的一部。它所反映的背景早至5世纪的大迁徙时代，主要写贵族间为荣誉和财富展开残酷争斗的故事。因而它还没有明确的国家意识，基督教也尚未成为独尊的势力而能与异教平起平坐。史诗的突出特点是塑造人物的复杂性。

2. 骑士文学

骑士是欧洲封建割据、混战和11世纪至12世纪十字军东征过程中的特殊产物。为保护自身的利益或扩张势力范围，封建主和教会都需要培植自己的武装力量，骑士制度应运而生。骑士们需自备武器和战马，因而他们多为有一定文化和财力的中小地主或富裕农民。战斗结束后，论功行赏，他们还会得到新的封地和财产，地位不断提高。因此，这是一个介于上层与下层之间、受过精良教育、能文能武的特殊社会阶层，属贵族之列，荣誉感成为他们行为的最高准则。骑士文学，就是指以骑士生活为题材，歌颂侠义、忠诚的骑士精神的抒情诗、叙事诗（传奇）等作品。它们是中世纪世俗文学独特的组成部分。

法国是骑士制度的中心。南部普罗旺斯是以骑士诗为主体的抒情诗的发源地，在11

世纪至12世纪之交，形成了数量可观的“南方吟咏诗群”；12世纪下半叶，影响传至北方，形成“北方吟咏诗群”。北方诗群的创作生活面有所扩大，不再囿于骑士的范围。这些诗歌的形式多套用民间流行的曲调，当时的曲调格律有近千种，十分丰富。普罗旺斯的诗歌，不仅开启了法国乃至欧洲抒情诗的先河，但丁（详见本章第二节）、彼特拉克等意大利诗人都曾直接受益，而且为法兰西民族在欧洲第一个创造了“标准语言”。

骑士诗以“武功歌”发端，而以情诗为盛。在普罗旺斯，宫廷和豪门里经常聚集着各方风雅之士、名媛贵妇，歌舞升平时，饮酒作诗便蔚然成风。而英雄美女，男欢女爱，英俊潇洒的骑士拜倒在身份高贵的美妇的石榴裙下——自然成了首选的题材，故有“风雅诗潮”之谓。而且，诗人常喜吟诵年轻男子对有夫之妇的狂热崇拜；而女性又多为有婚无恋的贵妇，既渴望真情、欣悦于骑士的追逐，又矜持自傲、难以真正敞开心扉。复杂的男女之情，被称为“微妙之爱”，促成了独特的诗风。《牧歌》、《破晓歌》、《来也匆匆　去也匆匆》等都是流传甚广的名篇。

北方诗作以叙事诗的成就更为突出。这些长篇传奇也是在民间流传的基础上逐渐形成的，而且人物和情节多有虚构，因此，它们往往有不同语种的不同版本，相互影响，相互丰富，是俗语间最早的文字交往，给追本溯源制造了不少困难。传奇的主要内容则仍是骑士的冒险经历和曲折爱情。作者们还常把本不是骑士的传说人物纳入骑士系列，赋予其骑士的特质。最明显的是他们竟将古希腊罗马的英雄按骑士的模式重塑，用拉丁语创作出了《特洛伊传奇》、《埃涅阿斯传奇》等作品。这从一个侧面说明，中世纪早期的大破坏过后，人们渐渐又接上了古代的“香火”。

亚瑟王系列是最丰富多彩的骑士传奇。6世纪时，不列颠岛上的凯尔特人领袖亚瑟王，因抗击盎格鲁—撒克逊入侵有功而声名远扬，成为传说中的民族英雄。据说，让他麾下勇敢的骑士们围圆桌而坐以示平等，遂有了圆桌骑士的称谓。这种平等观念，在等级森严的封建社会里，具有明显的挑战意味。而这些骑士们，又个个都是英雄好汉，人人都演绎出有声有色的精彩故事，构成了一个松散的传奇群落。8世纪至9世纪，这些传说在英吉利海峡两岸流传，为各国人民所喜爱，因而相继有了英、法、德等不同版本的出现；真正被文人成诗，是在12世纪。最有成就的传奇诗人是法国的克雷蒂安·德·特洛亚（1135？—1191？），他写过一部《特利斯丹与伊瑟》，可惜佚失，但估计后来的创作均与此蓝本有关。他的其他作品有《艾莱克与艾尼德》（约1160）、《克里塞》（约1165）、《伊凡，或狮骑士》（约1175）等，其中最著名的是《朗斯洛，或坐囚车的骑士》（约1168）。

《特利斯丹与伊瑟》是影响最大、流传最广的一部传奇。起初它以短歌形式咏唱，后有贝罗尔、托马斯和斯特拉斯堡等所作的未能完整保留的长诗和女诗人玛丽的《金银花》。我们现在读到的完整版本，是法国学者贝迪耶依据各种版本于1900年综合整理出版的，被公认为忠实的权威本。故事讲述骑士特利斯丹奉马克王之命到爱尔兰迎娶伊瑟公主，伊瑟之母为让她与夫君恩爱终身而特地为他们准备了魔汤。不料，这魔汤竟被特、伊二人在归途中为解渴而喝下，由此而萌发生死之恋。回国后，伊瑟虽已成马克的王后，但却无法割舍对特利斯丹的深爱。私情被马克发现，骑士被逐出宫廷。特利斯丹在布列塔尼抗敌负伤身亡，伊瑟赶到，悲痛而绝。马克王在了解真相后，深为他们的真情所感动，将他们相邻而葬。夜晚，从特利斯丹的坟茔里长出一棵叶茂花盛的常春藤，直插入伊瑟的墓内。这是一个“生相爱、死相随”的动人故事。在封建与宗教双重桎梏下，一对青年男女既敢于“欺君”，又触犯“天条”，执着地追求幸福和爱情，谱写了一曲回肠荡气的凄婉悲歌。显然，它已越出了骑士与贵妇相恋的窠臼，表达了对平等、纯真、永恒的爱情的热切向往。这正是它传之久远、魅力永存的秘密。

3. 平民文学

在民族语言和民族文学形成的过程中，平民阶层的创作也扮演了重要的角色。从早期的民间歌谣到 11 世纪至 12 世纪的传奇故事，民族特性呈越来越彰显的趋势。随着城市的复苏和繁荣，市民成为不可忽视的社会力量，他们也需要展现自己的智慧和宣扬自己的诉求。这类作品贴近百姓趣味，深为群众喜闻乐见，极易在各民族间交通，因而也常有多种语言的版本，互相丰富。值得注意的是，在一些戏谑性的故事里，已出现了"不反上帝反教会（僧侣）"的倾向。如《驴的遗嘱》里，主教因听说驴曾遗言要把 20 个银币赠给教会而同意了把它埋在教会墓地；《愚人之镜》写一头驴如何通过钻研神学而成为僧侣。教会的权威日渐受到嘲弄和挑战。

列那狐系列故事，是法国民间有关动物传说的集合。它们以列那狐的形象贯穿，但列那狐并非一个统一的形象，故事间也无严密的关系，内容比较驳杂，随时代而发展变化。12 世纪至 14 世纪，《列那狐传奇》、《列那狐加冕》、《新列那狐》和《冒充的列那狐》等相继问世。《列那狐传奇》是最受欢迎的一部，由 27 组故事诗组成，每组诗又包含若干小故事，全诗共有三万余行。诗中的主角狐狸是一个既惹人爱又招人恨的复杂形象。它能言善辩，足智多谋（或曰诡计多端），瞒上欺下，毫无道德观念。欺骗与被欺骗，戏弄与被戏弄，构成全诗的基调，也就是社会风尚的底色。诗人营造的是一个利益的角逐场，靠狡诈的智力获胜是列那狐的最大特点，物质引诱是它常用不衰的武器。高贵如狮王，强悍如狗熊，都同样经不起物的诱惑。深谙世事，见风使舵，弄虚作假，诬陷栽赃，使它不仅能立于不败之地，而且还平步青云，赢得了狮王的宠信。它对君臣的戏弄和对弱小的欺凌，令人且喜且怒，于温和的喜剧中领悟尔虞我诈的社会法则。在《列那狐加冕》和《新列那狐》里，列那狐成了国王和"世界之王"；到 14 世纪的《冒充的列那狐》，它又变身为造反派。后几部作品明显增强了对王权和教会的讽刺和批判。

《玫瑰传奇》是早期法语文学中一部长篇爱情隐喻诗，分上下两卷，成诗相隔 40 余年，内涵也有较大差异。上卷写于 13 世纪初，作者是吉约姆·德·洛利斯，长约 4 000 余行；下卷长达 17 000 余行，作者是让·德·墨恩。

上卷写年轻诗人梦游爱神的花园，爱上了一朵鲜艳的玫瑰。"欢迎"和"爱情"鼓励他，"流言"、"理智"和"嫉妒"反对他，"爽直"和"怜悯"充当说客，"危险"、"憎恶"和"畏惧"出来阻拦。最后，"嫉妒"将"欢迎"锁进堡垒，诗人被逐出花园。这是"风雅爱情"模式的隐喻诗，叙述采用中世纪喜用的梦幻形式，玫瑰象征可望而不可即的恋人，而情感纠葛中的正负面因素均被拟人化，颇能引发人们对爱情之微妙的感悟。下卷把争取爱情写成了一场解放"玫瑰"的攻坚战。在"爱情"的旗下，集合着"美貌"、"坦率"、"慷慨"和"自然"等力量，反对者则有"丑恶"、"吝啬"、"坏嘴"和"伪善"等。全诗以在梦境中"情人"最终获得"玫瑰"作结。下卷的爱情追求显出更平民化、世俗化的特点，而且对教会、僧侣和贵族提出了直接、大胆的批判。"伪善""只爱在教会安身"，僧侣"用虔诚把狡猾伪装"，"门第高贵分文不值"；"理智"和"自然"已成为诗人评判社会的准则，新的人文主义思想正在市民阶层中酝酿。而隐喻手法的全面运用，耐人玩味，使人耳目一新，遂为后人所效。

《罗宾汉传奇》是在英国广为流传的民间谣曲的组合。与市民文学不同，罗宾汉的故事更富英雄传奇色彩：背景是古老的大森林，人物是以 12 世纪左右传说中的罗宾汉为首的一群绿林好汉，他们的主要活动是劫富济贫，为民除害。它反映了封建社会中农民的不满和反叛，具有更强烈的批判性。在艺术上，情节曲折生动，人物有了更鲜明的性格特征。

传奇有诗体和散文体，有骑士的和平民的，尽管题材选择和思想倾向不尽相同，但都是中世纪重要的文学成就。它丰富的想象力和灵活多变的叙事方式，为日后欧洲小说开启了大门。

13世纪，贵族骑士诗相对衰落，市民抒情诗开始崛起。这类诗歌不再囿于爱情题材，更多地表现了社会矛盾和社会复杂性。在这方面最杰出的代表是法国的吕特勃夫（？—1200?）。他是真正意义上的行吟诗人，靠到处吟唱诗歌为生，而且吟诵的多为自己的创作。他诗作涉及面甚宽，但最富感染力的是那些从他个人经历和体验出发、反映极度贫困给下层民众带来的不幸的诗作。“希望就在明天/这是我的节日。”这两行名句，代表着劳苦大众朴素而无奈的乐观。吕特勃夫的诗歌，已突破后期骑士诗“类”的模式，显示了个人化的特点。他的《台奥菲尔的奇迹》，还被视为法国文学史上的第一个剧本。

民间戏剧是城市化过程中逐渐形成的民间艺术，起始于节日、集市的娱乐活动，又与广场化的宗教剧结合，也对罗马喜剧有所吸取，深受群众欢迎。14世纪后期，演出还进入了市政厅和大学的礼堂，随之有了专业的剧团，还有些达官贵人将剧团收罗到自己的名下。这种风气直接导致了文艺复兴戏剧的繁荣。

（三）文化转型时期（13—14世纪）

从民间创作到文人创作，从集体创作到个人创作，应是早期文学发展的普遍规律。中世纪欧洲各国文学同样经过了这一历程，这也是文学走向成熟的必由之路。

基督教文学最重要的形式是教会戏剧，根据题材可分为复活节戏剧、受难剧、圣诞剧、圣徒奇迹剧等。所用语言既有拉丁语，也有俗语。演出场所开始主要在教堂，为让更多的民众参与，后来也移向广场和集市。教会戏剧在走向群众后，与民间的戏剧也有了一定的交流，吸收了世俗剧的喜剧因素，顺应大众的欣赏趣味。但教会戏剧仍是教士们对《圣经》题材的演绎，缺少独创的艺术发挥，虽在当时具有相当的影响面，却难与文人的个性化创作相比肩。

工商业的发展，使城市日趋繁荣，伦敦、巴黎、罗马等老城，人口都已达到数万之多。壮大的市民阶层对封闭的封建社会形成了冲击，也对日渐等级化的教会产生了质疑。11世纪至12世纪开始创立大学，不但学校和学科的数量不断增加，而且影响迅速扩大，成为近现代教育的光辉起点。此时，西南欧各国都有了数所大学，它们取代经院研究，成为当时先进的哲学、神学、人文科学和自然科学等人类智慧和知识的集散地。法国的巴黎大学、英国的牛津大学等更因汇集了众多精英而名声远播。文学、艺术等发展为与法学等传统学问并行的独立学科。神学经典与世俗精神在这里发生碰撞，也相互交融。大学师生已成为摆脱对王权和教权的依附、具有相对独立意识的知识阶层。他们对希伯来和古希腊语言及文献的兴趣，酝酿着新的思想突破。

市民意识的膨胀和高等教育的开展，推动欧洲中世纪文学走向成熟。个性化的文人创作逐渐显露锋芒，他们竭力以自己的方式表达属于自己的情感。如被认为是欧洲第一个以写作为谋生手段的作家的法国女诗人克里斯蒂娜·德·比桑（1365—1430）创作甚丰。她虽身处宫廷，却见解独立，尽抒个人情怀。无论是对爱情、死亡的思考，还是对苦难、孤独的感受，都越来越依赖于个人的经历和体验。英国下等僧侣威廉·兰格朗（1332？—1388?）受过良好教育，谙熟通俗拉丁语的《圣经》，又熟悉下层社会，了解平民的情绪。相传由他整理创作的长诗《农夫皮尔斯的梦》（有ABC三种版本），既寄寓了基督教的神意，又体现了世俗劳动者的平等意识。在艺术上，他借用梦幻形式和象征、隐喻等手法，精心构思，把梦中的情景和梦醒时的思考互为参照，将内涵引向深入。他还独创了双语写作，即用生动的英语表现世俗的场景，用庄重的拉丁文表现神圣的仪式，二者有机融合，表现出神界和人间的统一。有论者认为，许多现代诗人的创作都曾从中得到过启示。

14 世纪，意大利的但丁，英国的约翰·高厄、乔叟等一批杰出的文人作家，构成了中世纪文学最后的高潮，为通向文艺复兴的辉煌架设起彩虹般的桥梁。他们处于新旧时代的交汇点上，作为中世纪的歌者，却唱出了人文主义的新声。

英国诗人杰弗利·乔叟（1340—1400）就是一位明显受到薄伽丘影响的杰出作家。他出生在伦敦的商人家庭，与宫廷也有交往，因而对上下层社会都有所了解。他还曾作为外交官出使法国和意大利，深受两国新文化气息的熏陶。他用英语翻译过法国的《玫瑰传奇》，也熟悉但丁、彼特拉克和薄伽丘的作品。他以特洛伊战争为题材的长诗《特罗伊勒斯和克莱西德》就脱胎于薄伽丘的长诗《菲洛斯特拉托》。“英国诗歌之父”乔叟最为人称道的作品是他晚年创作的诗体《坎特伯雷故事集》（1387—1400），它也明显地受益于《十日谈》。《坎特伯雷故事集》套用大家轮流讲故事的模式，借一支 30 人结伴朝圣的队伍为解旅途无聊而进行故事比赛的框架，装进了一幅幅社会风俗画（共完成 24 篇）。与前者不同的是，作者首先为这些讲述者确定了身份，勾勒了特征，如武士、侍从、女修道院院长、修道僧、游乞僧、牛津学者、律师、商人、木工、自由农、磨坊主等，众生相已跃然纸上；再让他们讲出与自己身份地位相应的内容，由此更生动地展示了社会的生活画面。人物与场景在互动中得到丰富。与薄伽丘一样，乔叟也把宗教人士作为嘲讽的主要对象，虚伪、贪婪、好色……不一而足。基督教理想和教会腐败的矛盾，在中世纪后期越来越成为有识之士注意的焦点。乔叟对英国语言文学的影响是全方位的。他坚持用英语写作，他使用的东南部口语后来发展成英格兰的标准语言；他完成了从古英语到中古英语诗歌的过渡；《坎特伯雷故事集》的叙事艺术和幽默风格，都在后来英国的小说、戏剧中得到传承。

第二节
但丁

初恋的情诗 ·“光荣的放逐”· 博学的智者 ·“神圣的《喜剧》”

意大利的但丁·阿利盖里（1265—1321）是一位博学多才的伟大民族诗人。他代表着中世纪文人创作的最高成就。

佛罗伦萨，一座迷人的艺术之城。1265 年 5 月下旬，但丁降生在这座将给他一生带来无限恩怨的城市，而他给佛罗伦萨乃至整个意大利带来的却是无限的荣光。

13 世纪的意大利尚处于封建割据状态，公国林立，纷争不断。但由于亚平宁半岛的地理条件优越，在东西方贸易迅速发展的过程中，意大利最早出现了资本主义经济。佛罗伦萨就是北方几座重要的工商业城市之一，也是最早出现的独立的共和国之一。然而，其内部并不平静，代表小贵族和市民的归尔弗党在打败了代表贵族的吉伯林党后又分裂成黑白两党，继续争斗不已。但丁从1295年开始投身政治活动，曾一度当选为最高行政会议六名行政官之一。在黑白两党的党争中，他站在反对腐败的教皇朋尼法西八世的白党一边；白党失败，但丁于1302年被驱逐出境，终身流放。从此，他在外流亡20年，再也没回过这座令他一生魂牵梦萦的城市。

但丁对于佛罗伦萨，还有一重特别的情分，那里有他不同寻常的初恋。相传他9岁时遇到了美丽的姑娘贝雅特丽齐，并一见钟情，久久不能忘怀。9年以后他又在一座桥畔与她相遇，更令他神魂颠倒。但不久姑娘就依父母之命嫁给了一位富商，且于1290年25岁时病逝，这连续的打击使但丁痛苦不堪。他把为贝雅特丽齐写的31首情诗用散文连缀成一本诗集，题名《新生》（1292），意指见到贝雅特丽齐后才是“新生命”的开始。这是但丁的文学处女作，也是他最重要的文学成果之一。其诗风属当时流行于博洛尼亚、佛罗伦萨一带的“温柔的新体”，即多用梦幻、寓意、象征等手法，将爱情精神化、神秘化，并刻意追求华美的词藻和典雅的风格。在《新生》中，但丁对贝雅特丽齐的情感更上升到了神圣化的高度。“有一佳人兮仪态倾城而绝伦，/云光照耀兮自下界以达帝阍。/天堂虽包罗万有兮乃独缺婵娟，/诸神乃求于天帝兮欲与彼姝为缘。”（第十九）诗歌没有对贝雅特丽齐作形象的描绘，只是写她的一颦一笑、高雅举止、迷人风采。他把骑士诗中贵妇的美艳与基督教圣者的超然融为一体，使之成为光明的象征，理想化为真善美的化身。诗人对恋人的歌颂，表现了但丁对爱情的大胆追求；含蓄而圣化的特点，则包含着中世纪宗教的意蕴。对但丁而言，贝雅特丽齐不仅催生了一部感情真挚的新诗集，而且是他终生创作的灵感源泉。

贝雅特丽齐去世后，痛苦的但丁潜心读书，研究古代文化。波依修斯、西塞罗、塞内加以及亚里士多德等，都在他阅读范围之内，他对拉丁文学更是情有独钟，曾精读过维吉尔的《埃涅阿斯纪》、贺拉斯的《讽刺诗集》和《诗艺》、奥维德的《变形记》和卢卡努斯的《法尔萨利亚》等。丰富的古典修养和宗教学识，为他日后的著述和创作奠定了厚实的基础。

但丁认为自己是为共和国的利益而被放逐的，因而这是他的“光荣”。被逐出佛罗伦萨后，用他自己的话来说，他几乎是“乞讨着”走遍了整个意大利。读万卷书，又行万里路，但丁在历经坎坷磨难后，意志品质更加坚强，思想意识更加成熟。他对祖国的直观认识由佛罗伦萨扩展到整个意大利，争取意大利的统一成为他更大的奋斗目标。在生活条件极其艰苦的情况下，但丁开始著书立说，先后写下《筵席》（1304—1307）、《论俗语》（1304—1305）和《帝制论》（1310—1312）等文论和政论作品。他也曾天真地幻想能以他的学术成就获取返回佛罗伦萨的自由。这几部作品都有宏大的计划，但都未能如愿完成。《筵席》是一桌“知识的盛宴”，但丁意在用俗语为百姓提供多方面的新知和他博览群书的心得。其形式与《新生》相仿，以散文诠释哲理性的诗歌。这部著作强调俗语的重要性，认为理性哲学既是发挥人类潜能的工具，又是上帝与人间的通道。更具有挑战意味的是，他突出了人的高贵：面对神灵，他指出“人的高贵，就其许许多多的成果而言，超过了天使的高贵”；面对等级，他指出“并非家族使个人高贵，而是个人使家族高贵”①。《论俗语》是中世纪一部重要的语言学专著。但丁从统一意大利的高度探讨意大

① 北京大学西语系资料组编：《从文艺复兴到十九世纪资产阶级文学家艺术家有关人道主义人性论言论选辑》，3～4页，北京，商务印书馆，1971。

利俗语的前景，经研究后认为14种方言都难以构成标准的语言，只有包括他自己在内的一些优秀作家的文学语言才适合成为标准语言。这一观点强调了在民族语言形成过程中文学作品的反作用，证明文人创作不仅是民族文学成熟的标志，而且会对民族语言的成熟产生十分重要的影响。二者相辅相成，有力地促进了意大利的新文化运动。但丁的论述，对其他民族的语言研究和发展也有积极意义。《帝制论》是但丁颇具独创性的政治理论著作，他的政教平等、政教分离的论点，尤为引人瞩目。

《神曲》是但丁呕心沥血之作，大约开始于1307年，直至他1321年逝世。《天国篇》的最后13章，有说是由他儿子续成的，也有说是但丁托梦给儿子在墙洞里找出来的。多数论者认为，全诗都是由诗人自己完成的。

《神曲》梗概

长诗分为三部分：《地狱篇》、《炼狱篇》和《天国篇》。每篇33章，加上序曲，合成整整100章。全诗共14 233行。

诗人在人生的中途（35岁）迷失于一座“幽暗的森林”，正当他欲寻找出路攀登光明的山顶时，却被三只猛兽（豹、狮、狼）挡住了去路。此时，维吉尔受贝雅特丽齐之托，带领但丁走出困境，游历地狱和炼狱；随后，又由贝雅特丽齐亲自带领他游历了天国。

地狱如同一个上宽下窄的漏斗，共有9层，一层比一层刑罚严酷，直通地心。第一层可称为“候判所”，是一处美丽的花园，居住在此的是那些出生在耶稣之前的“异教徒”，他们都是圣人。真正的地狱从第2层开始，各层分别惩治的是犯邪淫罪者、贪食罪者、吝啬罪和浪费者、易怒罪者、异端邪说信徒、暴力罪者、对非信任者的欺诈罪者，以及对信任者的欺诈罪者。后3层还分若干环。每层的惩罚方式都不同，极富想象力。

从地狱的底部穿过地心，在地球的另一端突起在水面上、形同金字塔的便是炼狱，也称净界山。炼狱有7层，惩治的罪过基本与地狱相对应：骄傲、忌妒、愤怒、怠惰、贪财、贪食和贪色。不过，进入这里的都是基督徒，而且有悔改表现。他们在这里一面受到惩罚，一面对照正反面典型反省自己。7层平台，加上山门和山顶上的地上乐园，一共也是9层。地上乐园，也就是《旧约》中的伊甸园。人们经过修炼，即可达到现世幸福的境界。在这里，维吉尔退隐，高贵而端庄的贝雅特丽齐显现，引领但丁进入天国。

天国也分9层：月天、水星天、金星天、日天、木星天、火星天、土星天、恒星天和水晶天。九重天之上还有净火天，即上帝居住的、超越时空的“天府”。能在天国里居住的都是有功德善行的人，虔诚的教士、潜心修道者、正直的君主、哲学家和神学家等。他们生活在这充满欢乐和爱的光明世界里。但丁最后在天府里得以一睹上帝的圣光。

《神曲》原名“喜剧”，“喜剧虽则在开头有不愉快的纠结，但收场总是皆大欢喜”①。薄伽丘在《但丁传》中为表示敬意，加上了形容语“神圣的”，1555年，威尼斯版即定诗

① 但丁：《致斯加拉大亲王书》，见伍蠡甫主编：《西方文论选（上）》，160页，上海，上海译文出版社，1983。

名为《神圣的喜剧》。中译《神曲》，以“曲”对“剧”（本为诗体），言辞简练，又含“天籁之声”之意，实为形神兼备的佳译。

《神曲》的宇宙结构基本上采用一千多年前埃及天文学家托勒密的地球中心说：地球是上帝创造的宇宙中心，日月星辰都为照耀地球而存在。这一理论又成为基督教神学的理论支柱。《神曲》分3篇，每篇33章，每节为3行，这一“三三制”的形式，对应的是基督教“三位一体”的观念。在中古的数字寓意中，“十”也有“完美”的意思，《神曲》以百篇之整，求“十全十美”之境。三界的概念也是基督教的，而但丁以丰富的想象力使其具象化，成为了可知可感的世界。神学的框架在这里是明显的。作品还借用了中世纪梦幻文学的形式，整个历程就是一个梦境，由诗人与各种“亡灵”进行直接交往，讲述的都是人间发生的故事。因此，但丁说，作品的“主题是人”。

“必须说明这部作品的意义并不简单……从字面意义论，全部作品的主题是‘亡灵的境遇’，不需要什么其他的说明，因为作品的整个发展都是围绕它进行的。但是如果从寓言意义来看，则其主题是人，人们在运用其自由选择的意志时，由于他们的善行或恶行，将得到善报或恶报。”① “全书和部分的主角是人。……全书和这一部分（指天堂——笔者）的目的就是要使得生活在这一世界的人们摆脱悲惨的境遇，把他们引向幸福的境地。”②

对“亡灵的境遇”的描述，就是一次对历史的全面审视。时间是从古到今，包括希腊的哲人和传说中的人物、《圣经》中的人物，以及历代的帝王将相、教皇主教、政客党魁，直至当时仍然活在世上的代表性人物。空间是从地下到天上三界，亦即无所不包的整个宇宙。与此前着力表现一个事件、一段历史的史诗不同，《神曲》构想更为宏大，气魄更加雄伟，可以说是对整个人类、整部历史的观照。它体现了神学意识的气势和中世纪的博大精神，也体现了新时代临近时，人们清算历史、改变人类命运、追求幸福理想的强烈愿望。

但丁的三界之旅，既是个人选择人生道路的历程，也象征着人类上下求索的历程。中途迷路，陷入困境，又遇三兽挡道，表明但丁的精神困惑，也意味着人类寻求光明之艰难。而为诗人导游、寻找出路的，却不是神，而是人，两个他毕生最崇拜的人。维吉尔代表理性和智慧，贝雅特丽齐代表信仰和真善美的理想。只有倚仗理性和信仰的指引，无论个人还是人类，才可能从地狱，经过炼狱，通向天堂。这是一个救赎的过程，一个提升精神的过程。显然，但丁所说的“摆脱悲惨的境遇”和“引向幸福的境地”，均与物质状况无涉，强调的是精神境界的升华。这是在中世纪基督教框架中，寻求着人类精神的超越。

“亡灵”都（曾）是现实中的人，依据他们的“善行或恶行”，分别进入三界的不同层面，得到了“善报或恶报”。诗人指出，这并非宿命，而是人们“自由选择”的结果。也就是说，是他们自己在现世的行为决定了他们在来世的处境，来世的处境正是对其现世行为的评价。而这评价标准，既有社会政治的，也有伦理道德的。

但丁对意大利内战频仍、各小国内讧不断的现状十分不满，急切地向往祖国的统一。他哀叹：“唉，奴隶般的意大利，苦难的旅舍，暴风雨中无舵手的船……你境内的活人却无时无刻不处于战争状态，同一城墙、同一城壕圈子里的人都自相残杀。……意大利的城市全都充满了暴君。”而故乡佛罗伦萨，则被他形容为“犹如躺在羽绒褥子上不能安

① 北京大学西语系资料组编：《从文艺复兴到十九世纪资产阶级文学家艺术家有关人道主义人性论言论选辑》，3～4页，北京，商务印书馆，1971。

② 同上书，162页。

息，而以辗转反侧来躲避她的痛苦的病妇”（《炼狱篇》第六章）。在政治方面，他把历史上的暴君扔进沸腾的血水里蒸煮，把贪官污吏投入滚沸的沥青，让伪君子和佛罗伦萨归尔弗、吉伯林两党口是心非的政客穿戴上沉重的铅制彩衣彩帽不停地奔走，更把黑白两党互相残杀的政客作为叛徒投进冰湖……

《神曲》以更尖锐的笔锋对教会的种种丑恶展开批判。贪得无厌的“教士、教皇和枢机主教”，胸推重物，不停地互相冲撞，以惩罚他们生前对财物的无度争夺。在炼狱里，教皇安德里亚诺五世终日趴在地上哭泣，忏悔他对权势的过分贪婪。买卖圣职的教皇尼古拉三世被头朝下插在孔洞里，只有两条腿露在外面，脚掌还在燃烧，其痛苦可想而知。而继任教皇，重用亲族、滥施淫威的朋尼法斯八世，死后也要到此接替尼古拉三世受同样的酷刑。尼古拉三世坦白道：“我那样贪得无厌，使得我在世上把钱财装入私囊，在这里把自己装入囊中。”（《地狱篇》第十九章）在教会势力如日中天的 14 世纪初，但丁的刻薄批判无疑是具有破坏力和冲击力的，动摇了那些自诩为上帝代表的教皇们的偶像地位。

《神曲》从开篇就显示了但丁道德思考和文化思考中的矛盾。“候判所”（又译“林勃”）被描绘成与地狱毫无共同之处的花园，这里聚集着众多“伟大的灵魂”，只因出生在基督教之前、未能受洗礼，因而需在此等候上帝的裁判。他们是古希腊罗马的大诗人荷马、贺拉斯、奥维德、卢卡努斯。但丁得意于能成为他们和维吉尔之后的第六大诗人，由此可见对他们的崇拜。另外，还有大哲学家苏格拉底、柏拉图、德谟克里特、塞内加，几何学家欧几里得，天文学家托勒密等。这充分体现了他对古代文化的尊崇，但他又不得不把他们纳入基督教的框架，而不能送上天堂。诗中的七欲之罪基本上来源于基督教，也有亚里士多德伦理学的影响。第二层是地狱的真正开始，这里惩治的是邪淫罪，亡魂被狂风吹得飘荡不停，痛苦地哀号。诗人在这里安置的有历史上著名的荡妇，也有荷马史诗里著名的英雄和美人（阿喀琉斯、帕里斯和海伦），还有特利斯丹和许许多多贵妇、骑士。面对这些“情种”，同样重情的但丁却无法抑制心中的怜悯和同情，他以动人的笔调描摹亡灵的飘荡：“犹如群鹤在空中排成长行，唱着它们的哀歌飞去。”“犹如斑鸠受情欲召唤，在意愿的推动下，伸展着稳健的翅膀，凌空而过，飞向甜蜜的鸠巢。”听完情侣弗兰齐斯卡和保罗因爱而双双被杀的悲剧，诗人竟感动得“像死尸一般倒下了”（《地狱篇》第五章）。禁欲主义的惩罚，竟演绎成了哀婉的情歌，但丁的道德立场，倾向十分鲜明。

阴暗的地狱、宁静的炼狱、明丽的天国，三界的底色迥然不同。但丁游历于其间时，心境也完全不同。情与景的交融，建构起一个由低到高、由恶到善、由丑到美的递升世界，体现着人类由黑暗向光明、由认知向信仰、由现世向来世的强烈追求。《神曲》三篇均以群星作结：“我们一会儿都不想休息，就向上攀登……一直上到我从一个圆形的洞口见到了天上罗列着的一些美丽的东西。我们从那儿走出去，重新见到了群星。”（《地狱篇》第三十四章）“我从最神圣的水波中返回，如同新的树木生出新叶一般得到新生，身心纯洁，准备上升到群星。”（《炼狱篇》第三十三章）“达到这想象的最高点，我的力量不够了；但是我的欲望和意志，像车轮转运均一，这都由于那爱的调节；是爱也，动太阳而移群星。”（《天国篇》第三十三章）爱的无限动力，群星的璀璨光芒，为世界昭示了美好的前景。经历坎坷的但丁，始终未失去乐观的信念。

1321 年 9 月 13 日夜，但丁染疾客死拉文纳，终未实现还乡梦。此后，佛罗伦萨人曾多次要求将诗人迁回故乡，但均遭拒绝。拉文纳人珍惜这份难得的荣耀。

恩格斯对但丁的历史地位的论断是经典性的：“意大利曾经是第一个资本主义民族。

封建的中世纪的终结和现代资本主义纪元的开端，是以一位大人物为标志的。这位人物就是意大利人但丁，他是中世纪的最后一位诗人，同时又是新时代的最初一位诗人。”①

《神曲》选段

在人生的中途，我发现我已经迷失了正路，走进了一座幽暗的森林，啊！要说明这座森林多么荒野、艰险、难行，是一件多么困难的事啊！只要一想起它，我就又觉得害怕。它的苦和死相差无几。

…………

我使疲惫的身体稍微休息了一下，然后又顺着荒凉的山坡走去，所以脚底下最稳的，总是后面那只较低的脚。瞧！刚走到山势陡峭的地方，只见一只身子轻巧而且非常灵便的豹在那里，身上的毛皮布满斑斓的花纹。它不从我面前走开，却极力挡住我的去路，迫使我一再转身想退回来。

这时天刚破晓，太阳正同那群星一起升起，这群星在神爱最初推动那些美丽的事物运行时，就曾同它在一起；所以这个一天开始的时辰和这个温和的季节，使我觉得很有希望战胜这只毛皮斑斓悦目的野兽；但这并不足以使我对于一只狮子的凶猛形象出现在面前心里不觉得害怕。只见它高昂着头，饿得发疯的样子，似乎要向我扑来，好像空气都为之颤抖。还有一只母狼，瘦得仿佛满载着一切贪欲，它已经迫使很多的人过着悲惨的生活，它的凶相引起的恐怖使得我心情异常沉重，以致丧失了登上山顶的希望。正如专想赢钱的人，一遇到输钱的时刻到来，他一切心思就都沉浸在悲哀沮丧的情绪中，这只永不安静的野兽也使我这样，它冲着我走来，一步步紧逼着我退向太阳沉寂的地方。

——《地狱篇》第一章

（选自［意］但丁：《神曲·地狱篇》，田德望译，1～2页，北京，人民文学出版社，2004）

思考题

1. 谈谈中世纪文化的三个主要来源和基督教欧洲的形成。
2. 谈谈《罗兰之歌》等英雄史诗在民族形成过程中的重要意义。
3. 谈谈骑士文学和平民文学的特点。
4. 谈谈乔叟等文人作家的创作特色。
5. 从《神曲》看但丁在文学史上的特殊地位。

① 《马克思恩格斯选集》，2版，第1卷，269页，北京，人民出版社，1995。

第三章 文艺复兴时期文学

第一节 需要巨人、也产生了巨人的时代

一、“复兴”古典与激扬“人性”

文艺复兴是发生在14世纪至17世纪中叶的一次思想文化运动。它以人文主义为精神核心，促成了一次文学的繁荣，涌现了一批巨人式的作家，创作出了一批文学经典，成为欧洲文学史的又一个高峰。

意大利是文艺复兴的发源地。从13世纪末和14世纪初开始，这个拥有丰富文化遗产的国度就涌动着“怀旧”的思绪。罗马城里劫后余生的无数遗迹和出土文物，引起人们对昔日辉煌的遐思和哀愁，但丁曾言“罗马城墙的石头值得尊敬”；在佛罗伦萨那座集中了许多古希腊典籍的城市里，是彼特拉克和薄伽丘等人推动了荷马两大史诗的翻译。文化怀旧，隐含着对现状的不满；复兴古典，孕育的是对新知的渴求。

中世纪后期，欧洲各国特别是西南欧沿海各国，资本主义经济都得到了较快的发展。15世纪末海上新航线、新大陆的发现，表明科技进步已达到了很高的水平，为人类拓展了更为广阔的空间，同时也使残酷的海外掠夺和奴隶买卖变成了促进发展的新领域。与工商业和城市繁荣相联系的市民队伍不断壮大，以其对自由的商品市场和劳动力市场的

强烈需求冲击着封闭的封建社会。对精神解放的追求同样显示了迫切性。严格的等级观念，是对自由发展的禁锢；禁欲主义，不仅阻碍着对物质利益的获取，也阻碍着人性的完善和张扬；上帝崇拜，被教会演绎成蒙昧和奴役的工具。封建统治和教会统治的联姻，成为资本主义发展的强大障碍。

当人们把目光投向古代，便发现了与现实大相径庭的另一片天空。于是，人们开始更有意识地学习希腊语、拉丁语，深入研读古籍，出现了一批专事研究哲学、逻辑、修辞、文法、历史、诗歌等“人文科学”的学者，他们被尊称为“人文主义者”，以区别于专事研究神学的神学家。不料，一种文化趣味、一种学术研究，竟演变成了一种思想武器，一种与神学体系相抗衡的世界观。从不自觉到自觉，直到19世纪，“人文主义”才成为概括这一新世界观的经典用语。

人文主义 这是思想史的又一次转折，是一次全方位的思想解放。人们从古代的思想材料和艺术武库中惊讶地重新发现了人，发现了人的尊严和力量，从而开始在新的社会背景下认真思考人的地位和人的价值，呼唤人的觉醒和焕发人的智能，逐渐建构起一个“以人为本”的思想体系。以人性对抗神性，以人权对抗君权，以理性反对蒙昧，以个性解放取代禁欲主义，是这一时期人文主义的基本内涵。

基督教主张上帝是宇宙的中心，教会则作为上帝的代表而获取了至高无上的权力，“君权神授”又使封建统治得以合法化、神圣化。神权观念无疑是巩固封建制度和教会统治的重要依据。人文主义认为，人才是宇宙的中心，上有上帝，下有禽兽；人的命运取决于自己的意志，或上天堂，或下地狱。他们赞叹“人是一伟大的奇迹，因为他是整个的世界”（庞波那齐）[①]，人以其“人性”而区别于禽兽；甚至宣称，人“把自己显示为万物之灵。他的确是神一样的、很像天帝的，他分有一点天帝不朽的性格，分有一点他的智慧、精明、记忆力，他分有天帝的才能是那样的多，以致谁都很容易便能知道，这些卓越的天赋是天帝从他的宝库，甚至于是从他自己身上取出来给人的”（斐微斯）[②]。在人文主义者眼里，人没有取代上帝，但人也不再是上帝的奴仆。他们希望自信而自尊地生活在天地之间，甚至要成为上帝的“一部分”。封建制度是等级森严、君主拥有绝对权威的制度，它不仅是资本主义经济发展的绊脚石，而且严重地遏制着人的个性自由。以人皆有人性为出发点，自然便推演出了上帝面前人人平等的理念，但丁早已提出过人不能以门第论贵贱的观点。此时，人们首先关心的是经济利益的机会均等，在政治理想上则寄希望于开明君主的出现，期盼仁政的实施能带来宽松的环境，主张中央集权，反对割据，以利于商品的流通和利润的获取。

教会利用上帝来愚弄民众，使其盲目顺从统治者的意志；而人文主义者却认为，人是依靠理性的引导而尊崇、信仰上帝的，人也要凭借理性去衡量是非、判断善恶，凭借理性去认识自然、征服自然。历史的发展，一次又一次地在人们面前打开新的天地、新的领域，强烈地激发起人们的求知欲；人文主义者推崇教育，认为教育可满足人们的求知欲望，使人们掌握更多的科学技能，对古代文化的研究也能使理性更加完善。

鼓吹抛弃尘世享乐、忍受现世苦难、等待来世幸福的禁欲主义从道德约束演变为个性禁锢，成了神学摧残人性的武器，也成了封建社会最虚伪的道德准则。针对禁欲主义的说教，人文主义者倡导欲望原则、快乐原则，主张个性的自由解放，认为应当满足人

① 北京大学西语系资料组编：《从文艺复兴到十九世纪资产阶级哲学家政治思想家有关人道主义人性论言论选辑》，61页，北京，商务印书馆，1971。

② 同上书，65页。

们物欲与情欲这两个人性的基本方面，实现灵与肉的统一。对性欲的态度，往往成为突出的焦点，特别是在文学艺术中。

总之，这是对人的一次重新发现，也是重新认识人的一个新起点。值得注意的是，这是在基督教欧洲背景下对人的审视，人们已无法彻底跳出上帝的巨掌进行思考。正如布克哈特所言："这个新文化运动的某些最热心的提倡者是最虔诚地敬上帝的人乃至是禁欲主义者"，他们"把高深的圣经学识和极端的宗教虔诚与多才多艺的人文主义结合在一起了……佛罗伦萨的柏拉图学院有意识地以调和古代精神和基督教精神作为它的目标。这是那个时代的人文主义中一个引人注目的绿洲"①。古代人本主义的发现和基督教体系在新形势下的冲突和互动，不是采用"摧毁—取代"的模式，而是努力使上帝更"人性"化，或者说，是在奋力扬弃基督教背离人性和它与封建权势相沆瀣之处的同时，尽量吸纳其博爱、宽容等关爱人类的基因，由此而形成了"人—神"二元对立统一的世界。上帝把人类逐出了伊甸园，人类却始终没有把上帝逐出自己的家园。

然而，人文主义思想的普及和深化，毕竟是对基督教统治的一次有力撼动。受人文主义影响、与势头强劲的文艺复兴运动相呼应的宗教改革，也迫使基督教向更人性化的方向发展。

16世纪，德国的马丁·路德和法国的加尔文相继发动了声势浩大的宗教改革运动，目标直指罗马教皇，旨在反对罗马教皇对各国教会的控制。特别引人注目的是，他们主张《圣经》才是信仰的至尊经典，教徒个人完全可以直接和上帝沟通，不必通过教会作为中介，教会神父并无解释《圣经》的绝对权威。这样就大大削弱了教皇和教会的作用，而更密切了个人与上帝的关系；也可以说，削弱了专横腐败的教皇教会势力后，上帝对人类显出了仁慈的本来面目。

二、人的解放与文学繁荣

文艺复兴是以古代文化的发现为前导，以人文主义为精神核心，批判封建奴役和宗教蒙昧的思想体系、建立资产阶级思想体系的思想文化运动。"这是人类以往从来没有经历过的一次最伟大的、进步的变革，是一个需要巨人而且产生了巨人——在思维能力、激情和性格方面，在多才多艺和学识渊博方面的巨人的时代。"② 恩格斯的断语是充满激情的，他在此看到的是大写的人的出现，是人的潜能的喷涌式释放。他还特别指出："给资产阶级的现代统治打下基础的人物，决不是囿于小市民习气的人。"③ 求知欲的空前膨胀，造就了一大批精通多种语言、学贯多种学科和技艺的英才。他们在哲学、史学、神学、语言学、古籍翻译和研究等方面的丰富学养和著作，在绘画、雕塑、建筑等方面所显示的神奇想象力和创造力，在数学、医学、物理学、天文学、地理学等自然科学领域的惊人发现和发明，以及在诗歌、小说、戏剧等文学创作领域的辉煌成果，汇成了一股巨大的文化潮流，后人称之为"文艺复兴"的潮流。它是资产阶级的，又是超越资产阶级的文化运动，标志着从古代向近代的文化转型。

---

① ［瑞士］雅各布·布克哈特：《意大利文艺复兴时期的文化》，何新译，490、491页，北京，商务印书馆，1979。

② 《马克思恩格斯选集》，2版，第4卷，261～262页，北京，人民出版社，1995。

③ 同上书，262页。

文学的转折，总是导源于对人的认识的变化。人文主义的广泛传播，使人在很大程度上摆脱了千年来神威的阴影而获得了精神和肉体的充分舒展，也给文学艺术的发展敞开了广阔的空间。作为先驱的但丁等，已踏开了一条通向全面认识人的本质、表现人的风貌和欲求的坦途，后继者们便毫不迟疑地紧跟而上，各显其能地创造出一片花团锦簇的艺术天地。就地域论，从意大利激起的波澜，沿海而行，在法国、西班牙、英国等资本主义较发达的国度迅速传播，掀起一波又一波的高潮，在西—南欧形成一道多彩的风景。

意大利是艺术的沃土。作为“近代欧洲的儿子中的长子”①，它最便利地接触到古希腊罗马文化遗产，并以其对艺术创造的天赋，开风气之先，涌现出一批才华横溢的文学艺术家，在14世纪率先开启了文艺复兴的大门。

弗朗齐斯科·彼特拉克（1304—1374）是一位学者、诗人，而一本《歌集》，竟遮蔽了他众多学术研究成果的光芒，使后人往往只知其一（诗人），不知其二（学者）。彼特拉克先后在法国普罗旺斯和意大利博洛尼亚、佛罗伦萨等抒情诗发达的地区受到熏染，少年时代就钟情于诗歌创作。与此同时，他开始研读古典文化，特别醉心于维吉尔、西塞罗等罗马时期的作家。另外，在意大利各地的游走，使他对统一祖国的愿望十分强烈。他是联系古罗马与近代意大利的重要人物，更有人誉之为“文艺复兴之父”。他在历史、哲学等方面都有很高的成就，著述甚丰；而他的散文佳作《我心中的隐秘》（对话体）和《书信集》（书信体），以独特的形式阐述了他对神道、人道，特别是自我剖析等多方面的独特思考，具有耐人寻味的启迪意义。史诗《阿非利加》，使他在1341年获得了“桂冠诗人”的称号。由在数十年内陆续写就的366首诗作组成的《歌集》，是诗人文学领域的代表性成果。《歌集》除少量叙事诗和政治抒情诗外，主体为彼特拉克为他深爱的恋人萝拉所写的情诗。这些情诗虽未完全摆脱女性崇拜的模式和禁欲主义的束缚，但诗风清纯自然，一扫骑士诗的矫揉造作和隐喻诗的晦涩难解，也不同于但丁将女性神性化、偶像化的倾向，把“金发萝拉”的形象美和精神美都描摹得栩栩如生，把他对恋人的激情和怀念抒写得真切动人。黑格尔认为，他的诗歌“使在意大利晴空之下由艺术陶冶的爱情的热焰和宗教情操熔化在一起”②，从而达到了永恒。他的爱情描写，是从但丁的理想到薄伽丘的现实之间的过渡。

《歌集》中大量诗作为十四行诗（商籁体），这是原本流行于意大利的一种短歌，但到彼特拉克手里才得以成熟，尽显魅力，由此而成为欧洲抒情诗最重要的形式之一。

薄伽丘是与彼特拉克齐名的同时代作家，二人在文学史上也总是相提并论。他们一个以诗歌抒情取胜，一个以故事叙述见长；一个因其深厚学养和上层背景而倾向于“雅”，一个以其对市井生活和趣味的熟悉而偏向于“俗”。二者互补，掀起文艺复兴文学热潮的第一波，并施影响于后世。

乔万尼·薄伽丘（1313—1375）出生于佛罗伦萨的商人家庭。父亲破产后，薄伽丘生活窘迫，但对文学的兴趣始终不减。他长期生活的佛罗伦萨当时集聚了大量从君士坦丁堡流入的古希腊典籍。1350年与彼特拉克相遇后，他便开始了对古典文化的研究，重要成果有《异教诸神谱系》（1350—1375）。薄伽丘对但丁十分景仰，曾对公众专题讲解过《神曲》，在晚年（1357—1362）还撰写了《但丁传》，是但丁研究的开山之作。作为

① ［瑞士］雅各布·布克哈特：《意大利文艺复兴时期的文化》，何新译，126页，北京，商务印书馆，1979。

② ［德］黑格尔：《美学》，第2卷，朱光潜译，329页，北京，商务印书馆，1979。

同时代人的传记，其对后世研究的意义自然是非同寻常的。在文学创作方面，他写出过诗体和散文体的罗曼司，但成就不高，其中的《菲娅美塔的哀歌》（1343—1344），对女主人公恋爱和失恋心理的表述颇有特色。他获得最大成功的作品是《十日谈》（1348—1353）。《十日谈》是一部短小风趣的故事集。它以1348年佛罗伦萨发生的一场可怕瘟疫为背景，七女三男为躲瘟疫聚居到一座郊区的别墅里，以轮流讲故事的方式打发时光。每人每天讲一个，10天正好100个。研究者认为，这些故事材料的来源有法国的传说、东方的民间故事、佛罗伦萨的市井流言，以及部分现实或历史的真人真事。但贯穿的思想却是一致的：对现世幸福的充分肯定，对虚伪禁欲主义的尖锐批判，对人性力量的热情讴歌。男女之情是全书的基本题材。作家把对爱情的追求看作人类的天性、人间最大的快事，任何力量都无法遏制这种人性的张扬。他认为"爱神比命运之神更神通广大"，她不仅给人带来快乐，而且能提升人的智慧。基于此，他笔下有许多聪慧的青年男女施展种种诡谲手段、冲破重重障碍、赢取爱情胜利的故事，妙趣横生，尽显青春的活力和智谋的光辉。薄伽丘描写爱情炽烈而大胆，是对禁欲主义最放肆的挑战。以世俗的笑声抗衡天国的肃穆，以实在的情感（欲）满足替代虚妄的精神求索，作家歌颂爱情的同时，始终把嘲讽抨击的矛头指向教会人士。"我们人类向来是天生一律平等的，只有品德才是区分人类的标准"，他的平等观念，又直指封建的等级制度。薄伽丘的思想锋芒因超越了时代的界限而屡遭非议，但种种责难却未能阻止作品在坊间迅速流传。《十日谈》对欧洲叙事文学，特别是短篇小说传统的形成起着显而易见的重要作用。

到15世纪，意大利的诗歌传统得到了继续和发扬。卢多维克·阿里奥斯托（1474—1533）和托夸多·塔索（1544—1595）是这一时期代表性诗人。前者的长篇叙事诗《疯狂的罗兰》（1516—1532）人物众多，情节复杂，既表现了疯狂的爱情追逐，也表现了错综的宗教矛盾。后者的代表作长诗《被解放的耶路撒冷》（1575）同样是一部多线索、多人物的巨制。两部作品都反映了基督教和伊斯兰教之间的斗争，也都表现了爱情超越宗教隔阂的巨大力量。塔索的作品在民众中流传甚广。

法国在中世纪的文学成就已十分引人注目。近邻意大利出土的大量艺术品和先进思想的流入，很快产生辐射效应，在这块文学沃土上落地生根，开花结果。由此，法国便成了文学大国，在其后的各个时期都以炫目的成果处于欧洲各国的先行地位。文艺复兴时期的法国文学是多样而驳杂的。文学家和思想家们把对人的认知推向纵深，不仅看到了人的高大，也看到了人的卑微；不仅表现了人外在的力量，也触及了人内在的矛盾。

法国是抒情诗之国。15世纪中叶出现的弗朗索瓦·维庸（1431—1463之后）是个很"另类"的诗人。他出身贫寒，好学多才；他是当时为数不多的巴黎的大学的毕业生，与上层名流、下层恶少均有交往；他溜门撬锁，打架斗殴，直至犯了命案，为此几度入狱，甚至被判死刑（但都幸免于难）。就是这样一个"屡教不改"的戴罪之身，却以两部别具一格的大小《遗言集》，特别是《大遗言集》（约1461—1462），而被誉为法国"近代第一位伟大的诗人，也是中世纪最后一位伟大的诗人"①。由于他独特的坎坷经历和文学修养，共两千余行的《大遗言集》以谐谑的风格道出人生百味，既有对现实的诅咒，也有对弱者的同情；既有自我的忏悔与反省，也有对为富不仁者的嘲讽；既有对现世享乐的肯定，也有对死亡的哲理思考。真实和真诚，成为诗作最感人的特色。"他在灵魂的腐土上催生情感的精美花朵。"② 维庸其人其诗，都足以表明人性的矛盾和复杂。

---

① Brunel et al.：*Histoire de la littérature française*，Paris，Bordas，1972，p. 68.

② Lanson：*Histoire de la littérature française*，Paris，Hachette，p. 17.

维庸是平民意识的代表，而16世纪中叶由龙沙（1524—1585）、杜贝莱（1522—1560）等七诗人组成的“七星诗社”代表的则是贵族倾向。他们出身高贵，与宫廷有较密切的关系，对古希腊罗马文化的造诣颇深。他们理论建树的影响更甚于创作，杜贝莱执笔的《保卫和弘扬法兰西语言》（1549），是诗社的宣言，也是法国最早的一部文论专集；龙沙的《诗艺简论》（1565）进一步阐述了他们的诗歌理论。他们强调法兰西民族语言统一和规范的重要性，主张借鉴希腊语和拉丁语来丰富法语，倡导亚历山大诗体，反对矫揉造作，也反对民间诗歌的“粗糙”，等等。龙沙的创作主要有《颂歌集》（1550）和《爱情集》（1552—1556），贯穿的思想是“及时行乐”。杜贝莱的《怀念集》（1558）表达了理想破灭后的苦闷和面对黑暗现实的愤懑。这一派诗人风格不尽相同，但都对法国的语言和诗歌做出了有益的贡献。

最能显示文艺复兴时代“巨人”特色的作家和作品当属拉伯雷（详见本章第二节）和他的《巨人传》，我们将以专节论述。

米舍勒·爱冈·德·蒙田（1533—1592）以3卷107篇《随笔》（1580—1588）闻名于世。这是一位潜心的思想者。他曾两任波尔多市市长，也曾周游德、瑞、奥、意等国，但他最大的兴趣还是躲进家乡的古堡里读书、思考、写作。他的随笔长短不拘，题材驳杂，行笔自由，信马由缰地表达了他对社会、人生的思索。作家把自己的思考归纳为“我所从事的研究，其主题是人”，而且他常以自我为出发点对人进行审视，既重现了“认识自我”的古老命题，又使人性的探讨深入而具体。他充分肯定个人对幸福的追求和对现世生活的享受，肯定人与人之间的平等。著名格言“我知道什么”，集中代表了他的怀疑论思想。尽管蒙田十分博学，文章涉猎甚广，但他还是认为，疑问句要比肯定句更有益于克服盲目和探求新知。怀疑精神和否定意识，在西方文化中逐渐形成传统。“随笔”一词本身，就含有探索、试验的意思。蒙田《随笔》的问世，对法、英等国散文随笔的繁荣产生了巨大影响。

位于比利牛斯半岛上的西班牙，西临大西洋，南面地中海，是欧洲最早的航海国度之一。15世纪末，国家统一，国王支持哥伦布冒险西行发现美洲新大陆，成为改变西班牙落后状况的转折点。西班牙人无偿掠夺中南美洲金银和奴役压榨土著居民，以及从非洲向美洲贩运黑奴，使国内的经济得到迅速发展。但这种暴富的殖民经济缺乏稳固的社会基础，封建专制和宗教势力依然严重地阻遏着新兴阶级力量的扩张，16世纪的西班牙经历了一个极盛而衰的过程。

然而，从16世纪中叶开始，西班牙的文学却进入了它的“黄金时代”。此前，通过与意大利的文化交往和大学的创建，古希腊罗马的经典得到了译介传播，人文主义开始落户西班牙，促进了文学艺术的发展。最值得称道的成就是两部风格特异的小说——《小癞子》和《堂吉诃德》。

出版于1554年的《托梅斯河上的小拉撒路》（中译《小癞子》），首创西方流浪汉小说的传统。这本作者已不可考的小书，以第一人称讲述了一个流浪儿的人生经历，生动活泼，市井味十足。主人公出身贫苦，早早离家谋生，先后为瞎子领路，给教士、侍从、修士、兜售免罪符的骗子、神父和公差等各色人等当佣人，最后靠大神父赐给他一个始终与之有染的女佣而过上了富裕的日子。形形色色的主人，坑蒙拐骗的经历，使本性善良的小癞子耳濡目染，近墨者黑，也沾上了不少江湖恶习。从内容上说，这只是一部“轻喜剧”，对社会败德进行了温和的嘲讽。但它开创了以一个人物贯穿多个故事、多个场景的结构，形成了长篇（它本身篇幅并不长）的雏形，且形象鲜活，语言通俗，深得群众喜爱。它的出现，不仅直接影响了本国的塞万提斯（详见本章第三节），而且很快就有了多种语言的译本，对英法等国 17 世纪至 18 世纪的现实主义小说，特别是流浪汉小说产生了很大的影响。

西班牙对欧洲的另一重要贡献在戏剧方面。这一时期，随着城市的兴起，西班牙各地建立了众多的公众剧场，戏剧演出十分活跃。洛卜·德·维加（1562—1635）是最著名的代表人物。据传他曾写出过 1 800 多个剧本，流传下来的也有 460 多部，此外还有诗歌和小说，简直是不可思议的多产。塞万提斯称他为“大自然的奇迹”，西班牙人送他的雅号是“天才中的凤凰”。他的戏剧大体可分为三类：以历史题材为主的社会政治剧，最具代表性的有《羊泉村》（1609）等；数量最多的爱情家庭喜剧，这类被称为“斗篷加剑”的喜剧主要写青年男女为反对等级观念、争取恋爱自由而进行的斗争，其中《园丁之犬》（1618）影响最大；少量的宗教剧。维加的剧本都是三幕诗体，特别注重情节安排，追求意外的戏剧效果。据说，他剧中的人物近两万之多，相对而言，性格刻画并非他的强项。

文艺复兴运动在英国兴起较晚，但成就令人瞩目。较之欧洲大陆，英国资本主义经济的发展更为迅速，资本原始积累的残酷性也日益显露。但其岛国的地理位置，却使它对人文主义的接受晚于大陆国家。直到 15 世纪末，英国学者们才开始接触到古希腊罗马的经典和意大利等国的文学艺术，16 世纪中后期才通过翻译大量引进，从而形成了学习研究的高潮。新的社会思潮与新的社会关系相结合，产生了更加成熟的文化成果。

1516 年，欧洲著名知识分子托马斯·莫尔（1478—1535）发表对话体的《乌托邦》一书，是为人文主义思想的杰出成果。“乌托邦”是作者的生造词，兼有“乌有之乡”和“好地方”之意。作品最早、也最尖锐地对资本主义早期的原始积累进行了猛烈的抨击，形象地把富商们跑马占地的“圈地运动”称为“羊吃人”，并大胆地对财产私有制提出了否定。他主张建立人人劳动、人人平等的和谐社会，理想城邦的结构和政策均为理性所决定，与基督教欧洲的现实形成对比。他倡导尊老扶幼等道德规范，也提出了服装一律、吃大锅饭等天真的设想……作品涉及面甚宽，引起各国人文主义思想家的强烈反响。他开创了“乌托邦传奇”这一新文学样式，其中许多新颖的想法成为日后空想社会蓝图设计的思想资源。但这样一位极具才华、极负盛名的天才，却因对国王的不敬而惨遭极刑。

16 世纪至 17 世纪，英国的突出贡献在戏剧方面。作为文化中心的伦敦，戏剧演出十分活跃，当时可容纳观众两三千人之多的剧院已有数座。据不完全统计，当时伦敦人口约为 15 万，而每周到剧场观剧的人数竟超过两万人。一些中学和大学也经常演出古代的戏剧，有些剧团还曾赴欧洲大陆各国演出。

在众多的剧作者中，最引人注目的是一批所谓的“大学才子”。他们先后就读于牛津、剑桥等名校，受过良好的教育，接受了人文主义思想，熟悉古代和意大利等国的艺术成就，因而能创作出深受欢迎的上乘之作。约翰·李利（1553—1606）、罗伯特·格林（1558—1592）、克里斯托弗·马洛（1564—1593）等，都是颇为知名的作家。马洛的《浮士德博士的悲剧》（1592）是最优秀的剧作之一。它以德国民间故事为题材，宣扬知识无所不能的重要作用，矛头指向宗教蒙昧主义。托马斯·基德（1558—1594）不属“大学才子”派，但他却被认为是古罗马塞内加的继承者，并影响了莎士比亚（详见本章第四节）的创作。他的《西班牙悲剧》（1594）写西班牙的宫廷矛盾，以阴谋与复仇为主题，情节紧凑，人物鲜明，在英国舞台上连演数十年之久。而莎士比亚则不仅是英国的骄傲，更成为欧洲文艺复兴最光辉的代表。

第二节 拉伯雷

博学的医学博士·“巨人”父子的诞生·作品的成功与作家的“失败”

法国作家弗朗索瓦·拉伯雷（1483？—1553），是一位名副其实的“巨人”，智慧的“巨人”。他的博学多才令人难以置信。据说他精通希腊文、拉丁文、希伯来文等多种文字，通晓医学、天文、地理、数学、哲学、神学、音乐、法律、教育、建筑、植物学等多种学科知识。他的文学创作，也以塑造了“巨人”的形象而闻名于世。

拉伯雷出生于希农市一位著名的律师家庭。作为幼子的拉伯雷在郊区的庄园里度过了快乐的童年，秀丽的田园风光和纯朴的乡村生活，给他留下了美好的印象。少年时代，他像当时的许多富家子弟一样，被送进修道院系统地接受了拉丁文和经院哲学的教育。1520 年，他进入圣芳济修道院成为修士。在那里，他违反院规，与友人一同偷偷攻读古希腊文，阅读了柏拉图、阿里斯多芬等人的作品，并结识了当地的一些进步人士，还和第一流的人文主义学者吉约姆·比代建立了通信联系。经比代介绍，他担任了彼埃尔修道院院长德斯狄沙克的秘书，使他进一步扩大了交往，丰富了阅历。日后的巡视和漫游，又为他了解百姓疾苦和民间文艺创造了条件。

1530 年，拉伯雷进入蒙彼利埃医学院学习。由于他精通希腊文，熟悉希腊大医学家希波克拉特等人的医学经典，又有较厚实的自然科学知识基础，因而仅用六个多星期就通过了会考。由此，他获取了博士的头衔，踏上了从医的道路。据传，他是法国最早研究人体解剖学的医生之一，曾勇敢地冲破教会的压力，亲自动手解剖过一具尸体。

1532 年，拉伯雷来到人文主义的中心卢昂任医生。在这里，他读到一本名为《伟大而高大的巨人高康大的伟大而珍贵的大事记》的民间故事，激发了他的创作热情和奇思妙想。他以此为基础，融进丰富的自然科学和社会科学知识，凝聚了他对时代问题的思考，写出了一部题为《伟大的巨人高康大之子，狄波索德王·大名鼎鼎的庞大固埃的恐怖而骇人听闻的事实和业绩》的小说。署名也很古怪：阿尔戈弗里巴斯·纳齐埃。这是作家为免文字之祸，把自己姓名的所有字母打乱重组而成的。年底，小说出版获得巨大成功，很快销售一空。这部后来被简称为《庞大固埃》的小说，在拉伯雷的五部《巨人传》中，属第二部。初战告捷，使作家备受鼓舞，两年后，便出版了第一部——《庞大固埃的父亲：巨人高康大骇人听闻的传记》，简称《高康大》。

《巨人传》梗概

高康大从母亲的耳朵里一钻出来便对客人们大喊：“喝啊！”而他自己一次就要喝一万七千九百一十三头牛的奶；一岁时，为他做一件长袍要用近两万米的布料，做一双鞋用去一千一百张牛皮。高康大开始念书，却越念越傻，父亲只好把他送往巴黎接受新的德智体全面发展的教育。邻国入侵，一座修道院里的修士们吓得躲起来祈祷，约翰修士却抡起十字架把敌人打得落花流水。高康大闻讯赶回，半路上他的坐骑撒了一大泡尿，就淹死了大批敌军。高康大拔起一棵大树，就横扫了敌人的碉堡炮台。高康大为酬谢约翰克敌有功，特地给他建造了特来美修道院，院规是：随心所欲，各行其是。高康大的儿子庞大固埃也是个庞然大物，在摇篮里就生吃了一头活熊。他长大后游学来到巴黎，遇见聪明狡诈的巴奴日，成为伴侣。他们一道打败了来犯之敌。行军途中突遇暴雨，庞大固埃伸出半条舌头就为近两千万士兵挡住了雨。胜利后，巴奴日想结婚，但不知该不该结，向各色人等请教，均不得要领。据说，某地的神瓶里有答案，他们便扬帆远航寻找神瓶。庞大固埃、巴奴日和约翰修士一行，相继来到诉讼岛、反教皇岛、教皇派岛等地，见到种种怪现象，并最终得到了神瓶的谕示：喝。

《巨人传》前两部，比较集中地表达了拉伯雷的人文主义正面主张。如作家题记所示，这是“一本充满乐观主义的作品”，也是一部充满理想色彩的作品。小说主人公——父子两代巨人都具有超常的体魄和力量、公正善良的品德和乐观主义的天性，夸张地表现了人文主义者对人、人性和人的创造力的肯定和赞美。

作家不仅歌颂人先天的原始伟力，更强调后天教育的重要意义。高康大受到两类教育的鲜明对比，寓意是明显的。他生性聪慧，但陈腐的经院教育要他背书，一背就是十几年，致使他变得“疯疯癫癫，呆头呆脑，昏昏沉沉，糊里糊涂”，辩论时像只“死驴”，连个屁也放不出来。到巴黎后，老师给他洗脑，让他彻底忘掉过去无用的知识，然后用全新的方法学习全新的知识：在餐桌上学习食品的特性，玩牌时学数学，休息时观天象——这种寓教于乐、联系实际、学以致用的方法，使高康大“无论理论和实践”“都懂得很透彻”，真正变成了全知全能、全面发展的“巨人”。高康大给庞大固埃的“劝学信”，更是对人文主义教育思想的全面阐释。他提出的教育目标是造就“十全十美、毫无缺陷的人。不管在品行、道德、才智方面，还是在丰富的实际知识方面”。对知识的理解也是多方面的：希腊文、拉丁文、加尔底亚文、几何、算术、音乐、天文、法律等。关于自然界，则要求“没有不认识的事物”。总之，人要成为“知识的渊薮”，并能在“争辩”中检验自己的学问。这不啻是对中世纪蒙昧教育的大胆挑战，其强烈的启蒙倾向具有巨大的进步意义，对后世的教育思想也深有影响。

特来美修道院是拉伯雷的理想国。作家理想原则的核心是个人自由、个性解放。修道院历来是院规森严、扼杀个性的所在。但特来美修道院却大反其道，标新立异。这里的善男信女都是“按照自己的意愿和自由的主张来过活的”。他们来去自由，交往自由，穿着自由，活动自由，而且“可以光明正大地结婚，可以自由地发财，可以有自己的生活方式”。正是这种自由的精神，使修道院里形成了一种友爱、进取的气氛，男女青年个个智勇双全，英气勃勃。在神权统治、等级森严的封建王国里，“随心所欲，各行其是”的口号，无疑是对精神禁锢的强有力冲击。

《高康大》和《庞大固埃》受到读者的热烈欢迎，也遭到反动势力的仇恨敌视。1533年，即《庞大固埃》问世后的第二年，代表宗教保守势力的巴黎索邦神学院就将其宣判为禁书。《高康大》也同样遭此厄运。为避风头，拉伯雷曾择地隐居，后随具有人文主义倾向的巴黎主教出访意大利。拉伯雷在这块文艺复兴的圣地上多方面涉猎其灿烂的文学艺术，并饶有兴趣地对古罗马遗迹进行了考察。此后，他完成了第三部《善良的庞大固埃的英勇言行录》（四、五两部均以此为书名）。为免遭封杀，他直接上书国王要求恩准出版，并把书题献给国王的姐姐——那伐尔王后。那伐尔王后思想开明，酷爱文艺，曾仿《十日谈》写出《七日谈》。做了这些准备后，作家便有恃无恐地第一次署上了真名实姓：医学博士弗朗索瓦·拉伯雷大师。但王室的庇护也不敌教会的淫威，这次不仅书被查禁，出版商还惨遭极刑。作家不得不再次隐居，在穷困潦倒中继续写作。1552年，第四部出版后，拉伯雷被投进了监狱。第五部是在作家去世后的1564年才得以整理出版的。

从《巨人传》出版的厄运，便不难看出作品的批判锋芒。如果说，小说前两部侧重于歌颂人文主义的理想和原则的话，那么，后三部则更增强了暴露的成分和批判的力度。

对神权和宗教势力的批判，是人文主义的重要内容之一。拉伯雷通过对约翰修士和特来美修道院的描写，表达了他对一种符合人文主义精神的新宗教的向往。但是，他对当时统治欧洲、窒息人性的天主教教会的否定是大胆而彻底的。从索邦神学院到罗马教皇，从愚蠢的禁欲主义到繁琐的经院哲学，从教会的盘剥勒索到宗教裁判所的惨无人道，作家都一一进行了辛辣的嘲讽和猛烈的抨击，显示了他的胆识和魄力。“反教皇岛”的居民原来富裕而自由，只因为有一个人对教皇的画像（仅仅是画像！）做了个不敬的手势就大祸临头，并殃及全岛。大部分居民被残酷地吊死，少数幸存者也在受尽侮辱后沦为奴隶，教皇的淫威可见一斑。在拉伯雷笔下，教皇所代表的教会上层，不仅在精神上奴役民众，而且在经济上疯狂地搜刮民脂民膏，他甚至通过“神圣的敕令”迫使各国缴纳大量的黄金。教皇的权力之争，又是连年战争、民不聊生的罪恶根源。教会还在不断制造着愚昧。“教皇派岛”上的居民不仅对心目中的教皇盲目崇拜，决定一旦见到时要直接“亲吻他的屁股”，而且对见过教皇的庞大固埃一行也尊崇备至，激动地匐地吻他们的脚。

封建的司法制度是维护封建统治的工具。拉伯雷对司法界的种种弊端展开了无情的批判。他嘲弄法学权威们的无知无能，讽刺诉讼程序的繁复。他把“诉讼岛”里的执达吏描写成只要给钱什么都肯干的无耻之徒，把法官形容为“靠贿赂为生”的极端凶残的“穿皮袍的猫”。不仅如此，作家还把封建法律比作一张只会捕捉小苍蝇小蝴蝶、而不敢干涉“牛虻”的“蜘蛛网”，并对封建法制作了如下概括：巧取豪夺，弱肉强食，无恶不作，颠倒是非，把弊病叫做道德，把邪恶叫做善良，把叛逆名为忠贞，把偷窃称为慷慨；劫夺是它们的座右铭；其所作所为，谁都得赞同称善；蛮横未制，权力无边，谁也不敢反抗。

经过漫长的海上旅行后，巴奴日终于找到了神瓶。而神谕所示的一个“喝”字，似乎与他所要寻找的“该不该结婚”的问题不大相干，但与本书开头高康大出生时“喝吧！喝吧！”的喊声遥相呼应，人们不难领会其渴望知识、渴望真理的象征性寓意。

《巨人传》是法国文学史上第一部长篇小说，在欧洲长篇小说发展史上亦具有奠基意义。虽然它在结构上还有些松散，形象塑造和语言运用都未脱民间口头文学的痕迹，但全书构思统一，处处闪耀着人文主义的思想光芒，又以几个主要人物贯穿作品，从而形成了一个比较完整的有机体，开创了长篇通俗小说的先河。

拉伯雷在民间传说的基础上，依凭他深厚的生活积累、渊博的科学文化知识和驰骋丰富的想象力，使整部小说色彩斑驳，变幻无穷，多棱镜般地映出了文艺复兴时期法国社会的大千世界。荒诞不经，离奇古怪的故事里，包容的是智慧的火光和深邃的思想，透露出新时代的信息。作家在小说的“前言”中曾对自己的创作作过这样的阐释：“你们谈到我写作的几本书的奇怪名字……便会毫不困难地断定书里无非是笑谈、游戏文字、胡说八道”，但是，在“经过仔细阅读和反复思索”之后，“你们将感受到独特的风味和深奥的道理。不管是有关宗教、还是政治形势和经济生活，我的书都会向你们显示出极其高深的神圣哲理和惊人的奥妙”。

正是这种奇异性、丰富性和思想性的巧妙结合，使19世纪法国著名的史学家米什莱赞誉拉伯雷“与莎士比亚同样伟大”，而巴尔扎克则称他为“现代人类的伟人”，认为拉伯雷“包括了毕达哥拉斯、希波克拉特、阿里斯多芬和但丁”，作家诺蒂埃把他誉为“现代最渊博和最深刻的作家之一”。

夸张和讽刺，是民间文学的惯用手法。拉伯雷出色地继承和发展了这一传统。无论对人、对事、对物，他都能抓住其基本特征加以放大，给读者以强烈而深刻的印象。讽刺更是拉伯雷擅长的武器，有人称他为讽刺的荷马。他冷嘲热讽，嬉笑怒骂，寓庄于谐，大智若愚，形成了独特的风格。

拉伯雷的语言同样直接得益于人民大众，得益于市井生活。作家精通多种语言，但在作品中却以市民语言为基础，大量使用俗语、俚语、行话，使小说语言生动流畅，雅俗共赏，深受广大读者欢迎。

《巨人传》是在不断与宗教势力的斗争中取得成功的。《巨人传》的作者则在斗争中耗尽了精力。作家的晚年是不幸的，生活贫困，处境艰难，1553 年 4 月，于巴黎孤寂地辞世。但是，历史不会忘记这位“巨人”。夏多布里昂认为“他创造了法国文学”，事实上，无论现实主义型的作家还是浪漫主义型的作家，都不同程度地受到过他的影响。20 世纪的著名作家马塞尔·埃梅甚至把他称为“第一个超现实主义者”①。

第三节 塞万提斯

亦文亦武亦囚·狱中酝酿杰作·游侠走向全世界

一位作家在一部小说中创造了一个人物，这个人物便成了他出生国永恒的“形象大使”。人们只要一见到这个形象，甚至一听到他的名字，便立即会想到他的祖国；或者说，一提到他的祖国，就立即会想到这个形象。这样的个例，在文学史上实不多见。我们说的，就是西班牙作家塞万提斯的《堂吉诃德》中的同名主人公。

西班牙作家米盖尔·德·塞万提斯·萨阿维德拉（1547—1616）是西班牙文学黄金时代的杰出代表。他自幼随当医生的父亲游走各地，度过了困苦的童年，也获得了丰富的阅历。他曾在学校里受到人文主义思想的熏染，也曾接受罗马教士的启蒙。1569 年，他有幸作为红衣主教的随从，在意大利走遍了罗马、米兰、佛罗伦萨等文艺复兴重镇，在那里见识了许多优秀成果，结识了许多学者名流，直接受到新文化的熏陶。

其后，他在意大利参加了西班牙军队，以抗击土耳其北犯欧洲大陆之敌。他曾以带病之躯投入了著名的雷邦托海战，数处负伤仍坚持战斗，直至最后胜利，因而获得了嘉奖和晋升。几年的军旅生活，既锻炼了塞万提斯的意志品质，也使他有机会在南方的巴勒莫、那不勒斯等地进一步深入领略意大利文化的精华。不幸的是，1575 年，他乘船返回西班牙时，竟遭海盗劫持，被送往阿尔及尔关押。他曾四次组织越狱，均未成功，反

① 以上引文均参看法文版 *Rablais*，Paris，Seuil，1978。

招致更严酷的折磨。直至1580年，他才在饱受5年牢狱之苦后被营救回国。

回国后，他曾先后担任军需官和税务官，这都是需要到处跑动、与各种人物打交道的职业，这使他广泛接触了西班牙的社会实际。他在军需官和税务官的任上，又曾因工作上的失误及莫须有的罪名而被投入监狱。如此坎坷的经历，对于个人生活而言，自然是极大的不幸，但对于一个未来的作家而言，却无疑是一笔宝贵的财富。

就在塞万提斯为生活所迫忙碌奔波的同时，他开始试笔从事创作。起初，他写过一些幕间短剧；1584年，创作历史剧《努曼西亚》；1585年，发表田园诗式的爱情小说《迦拉泰》第一卷。而他最重要的作品《堂吉诃德》，据说是他在身陷囹圄时开始酝酿构思的。

1605年，《堂吉诃德》第一部出版，当即获得巨大成功，一年内就再版了7次，并很快就被译成英、法等国文字，还有人冒名顶替、"狗尾续貂"地写出了"续集"，可见其受读者欢迎的程度。10年后，1615年，作家完成了更加成熟、更加丰富多彩的第二部。

《堂吉诃德》梗概

老乡绅吉哈诺痴迷于骑士小说，决心身体力行，当骑士走天下，替天行道。他翻出祖传的旧盔甲，手执长矛，骑一匹瘦马，自取名"堂吉诃德·台·拉·曼却"，意为"曼却地区大名鼎鼎的吉诃德老爷"，把邻近的村姑定为意中人，取贵族名杜尔西内娅。一切就绪后，他开始踏上"征程"。

堂吉诃德来到一家客店，让店主册封他为骑士。上路后，他喝令一农夫不得殴打放羊的孩子，农夫吓得连连称是，但他一走开，农夫便变本加厉地把孩子打得死去活来。他又向一队商人挑战，结果被打得遍体鳞伤，让人送回了家。家人只好把家里的骑士小说统统付之一炬。

养好伤后，堂吉诃德带上穷苦的桑丘·潘沙作他的侍从再次出征。他把旋转的风车当作凶恶的巨人，端起长矛冲将上去，却连人带马被风车掀翻在地。他看到两队羊群扬起滚滚烟尘，便以为是两军交战，不分青红皂白地冲上去助阵，被牧羊人用石块打得头破血流。遇到一队要被押去做苦工的犯人，他便打倒了押运的士兵，解救了犯人，但犯人们却不领情，反而将他痛打一顿，并洗劫一空。人们见他如此癫狂，又屡遭欺辱，便设法将他装进一个笼子运回了家。

堂吉诃德第三次出征比较幸运。他先打败了大学生装扮的骑士，又面对笼子里懒惰的狮子获得了胜利感。他们帮助穷苦村民巴西琉从财主手里夺回了未婚妻，使有情人终成眷属。他们还遇到一对听说过堂吉诃德滑稽故事的公爵夫妇，公爵夫妇为解闷儿而把主仆二人接回府邸，想方设法寻开心。他们任命桑丘·潘沙为"海岛总督"，并用一个个难题来为难他，不料桑丘·潘沙却能以他特有的智慧一一化解。但是，主仆二人都不愿在此久留。离开公爵的府邸后，他们深感自由的可贵。在路上，堂吉诃德遇到大学生装扮的"白月骑士"的挑战，被骑士打倒，只得服从命令，乖乖地跟他回家。回到家后，堂吉诃德抑郁成疾，离世前留下遗言，他的继承人外甥女不得嫁给读过骑士小说的人，否则就取消她的继承权。

小说从开篇到结局，都体现了作家自述的创作初衷："消除骑士小说在社会上、在群众之间的声望和影响。"15世纪至16世纪，以冒险和爱情为题材的骑士小说在西班牙仍然十分流行，而水平却日益低下，逐渐成为"文化垃圾"。塞万提斯有意写一个短篇模仿和嘲弄这一现象，不料却一发不可收拾，成就了一部皇皇巨著。有趣的是，自《堂吉诃德》出版后，骑士小说便在市面上销声匿迹了。塞万提斯这一独特的“文艺批评”，真就取得了预期的效果。

然而，小说的内涵却无疑大大超出了抨击骑士小说的范围。在创作过程中，作家不断融入自己的阅历，调动神奇的想象，借用流浪汉小说的套路，通过主人公们的坎坷经历，串联起一幅幅真真假假、滑稽可笑的图画，把读者带入一个丰富多彩而又令人啼笑皆非的艺术世界。

作家的视角是平民的，这与作家的地位和经历相关。他把笔触伸展到西班牙社会的各个角落，特别对下层的状况给予了更多的关注。堂吉诃德虽是破落绅士，但他感到自己生活在一个“可恶的年代”，认为“老天爷特意叫我到这个世界上来，实施我信奉的骑士道，履行我扶弱锄强的誓愿”。因此，作品自然要对农民、牧民、流浪汉、苦役犯等各色人物的悲惨境况作出生动的描摹，以为主人公施展抱负提供宽阔的舞台，同时也就使人们能真切地认识西班牙社会的不平等现实。通过贫苦农民桑丘·潘沙的眼睛，更强化了作品的平民视角。

小说最突出的成就是塑造了两个主人公，特别是堂吉诃德的形象。这是作家并非自觉地塑造出来的一个充满矛盾、交织着悲喜剧色彩的复杂典型。作家宣称的创作意图和形象与最后包容的丰富内涵存在的巨大反差，生发出许多戏剧性因素，构成了独特的、无法重复的“这一个”。

堂吉诃德迷恋骑士文学，崇尚骑士精神，产生了神魂颠倒的幻觉。他在幻觉中生活，在幻觉中“战斗”。他把风车、羊群、酒囊当作假想敌等种种疯癫行为，愚昧滑稽，使他成为善意嘲笑的丑角。这一喜剧性的表征如此鲜活生动，致使人们往往视其为堂吉诃德最基本的特点。

然而，他幻觉深处的潜意识，却是对邪恶的极端仇视和对自由的热切向往，一意要铲除欺诈、奴役、剥削、压迫等不平等现象。“扫除人间不平”的理想，使陈腐的骑士道与新兴的人文主义之间，有了某种似是而非的相通之处。二者相交相融、难分彼此地组成堂吉诃德的精神世界。这就使人物产生了复合的审美效应，如别林斯基所言：“在所有一切著名的欧洲文学作品中，这样的把严肃和可笑，悲剧性和喜剧性，生活中的琐屑与庸俗和伟大的美丽的东西交融在一起的例子……仅见于塞万提斯的《堂吉诃德》。”①

堂吉诃德的最高理想是对自由的渴求。“人天生是自由的，把自由的人当奴隶未免残酷。”“自由是天赐的无价之宝……自由和体面一样，值得拿性命去拼。不得自由而受奴役是人生最苦的事。”他还对远古盛世的自然人的生存状态大加赞赏，因为那时的人们还不懂得“你的”、“我的”之分。堂吉诃德正是为了人人都能获得原本属于自己的自由而忘我地、不自量力地奋斗着，纵然吃尽苦头，依旧无怨无悔。形象的悲剧韵味，更在于他执着地奔向目标，虽屡战屡败，仍屡败屡战，始终痴心不改；他处处碰壁，常令人扼腕叹息，甚至一洒同情之泪，他自己却浑然不觉，仍“执迷不悟”，一意孤行。他以游侠之身闯荡江湖、饱经沧桑，最终还是个失败者。世界并未因他的所作所为而有多少改变，甚至有时还因他“添乱”而变得更糟，但他锲而不舍的精神却透视出他心灵的纯净和崇高，感人至深。如果说，他行为的出发点和归宿离不开骑士道因而不断招致奚落的话，那么贯穿其行为过程的这份执着，却总能让人肃然起敬。喜剧性格，悄悄地通向悲剧命运。

桑丘·潘沙开始追随堂吉诃德完全是盲目的，或者说仅出于一己私利，像所有普通

① 《别林斯基选集》，第2卷，满涛译，340页，成都，时代出版社，1953。

人那样想要改善自己的贫困状况，还奢想能当上个“海岛总督”什么的。他不肯冒险，贪图小利，但他纯朴实在，善良乐天，还能不时用他的常识纠正主人的妄想。“从政”当“总督”是他最风光的一页，他以农民式的机智对付公爵设下的种种圈套，表现出拙朴的才能，并宣扬了公正的治理原则。但最终他意识到“无官一身轻”的道理，不愿再受公爵的要弄，拂袖而去。

堂吉诃德与桑丘·潘沙是天设地造的一对搭档。一主一仆，一高一矮，一瘦一胖，一莽撞一胆怯，一重精神一重实利，一喜思索一喜行动。二人对立统一，互为补充，相得益彰，构成对人的整体阐释。历尽坎坷的塞万提斯，不再像薄伽丘那样笃信人的欲望本质，也不像拉伯雷那样把人想象得顶天立地、无所不能，而是以近于游戏的笔法，将人放到现实的大地上任其磕磕绊绊地前行，不无夸张地表演，从而展示出人的长处与短处、高尚与平庸、智慧与愚昧、勇敢与羸弱。人无完人，主仆二人在与社会的抗争中各尽所能，把人的精神追求和实际利益两个层面都表现得惟妙惟肖；他们又互相匡正，在彼此的匡正中喜剧性地突显对方的优劣长短。而最后他们都同样回归“赤条条来，赤条条走”的本色，“一生幻惑，临殁见真”。自由的人生，才是真实的人生，实在的人生。塞万提斯对人的理解更贴近现实的本真。

《堂吉诃德》是文学史上长篇小说奠基作之一。它继承骑士文学和流浪汉小说的传统，又独辟蹊径地着力于典型性格的刻画，让情景设置、故事串联、人物语言、外貌特征等均服务于主人公的塑造，并由主人公的经历将各个片断连缀成整体。小说的结构模式，也为近代长篇的创作提供了经验。塞万提斯因而获得了“近代长篇小说之父”的美誉。

这是一部风格特殊的作品。广阔的生活画面，具有强烈的现实感；由讽刺和夸张组成的荒诞，令人忍俊不禁。主人公既是嘲讽的对象，又是肯定的对象；在嘲讽中肯定，在肯定中嘲讽。二者的有机结合，产生出奇妙效应。

第四节
莎士比亚

谁是莎士比亚·走进历史深处·英国天空下的情爱·死亡大悲剧·说不尽的莎士比亚

英国大诗人、剧作家威廉·莎士比亚（1564—1616），是世界文学史上的一棵参天大树，一座划时代的里程碑。

谁是莎士比亚？这是一个奇怪的问题。但这个问题却困扰了人们几个世纪，也使莎士比亚在天之灵至今仍得不到安宁。

莎士比亚的身世材料十分匮乏，而从有限的资料看，他既没有高贵的血统，又未受过系统的教育，这就使人们生出疑问：这样一位“寒士”，怎么可能创造出如此博大精深、丰富多彩的艺术世界？怎么可能创造出如此精巧完美的诗歌语言？于是，搜寻的目光便自然转向了同时代的大学问家们。哲学家、散文家弗兰西斯·培根（1561—1626）、“大学才子”之一马洛等，都曾被认为是这些杰作的真正作者。近年来，又有学者重拾早期的话题，把牛津伯爵德维尔（1550—1604）视为“真正的莎士比亚”。但是，多数莎学者都仍坚持认为莎士比亚确有其人，并确认他拥有这份文化遗产的“知识产权”。谁也无法预料这场争论会持续到什么时候，也无法预料专家们最终会得出什么结论，但确定无疑的是，莎士比亚的诗歌和戏剧已成为人类艺术宝库中最有价值、最富生命力的珍品之一。人们普遍认为，著作权之争不能说是没有意义的，但它不会改变对这份财富的基本价值判断。在专家学者们得出最后结论之前，我们还不得不将这份成果归于莎士比亚名下。

生平与创作

威廉·莎士比亚于1564年4月23日诞生在英国中部艾汶河畔的斯特拉福镇。其父亦农亦商，还曾参政当过本地的议员和镇长。莎士比亚7岁时就读于文法学校，但因家道中落而辍学。1585年左右，他到伦敦谋生，据说曾在剧院门口为观众看过马匹，随后进入剧院打杂，搬过景，提过词，从而有机会近距离地接触戏剧；后来，便作为演员登台演出，并参与剧本的改编和创作。大约从1590年起，他开始独立创作，成为“宫内大臣剧团”（后改为“国王剧团”）的演员和主要剧作者，1599年又成为新建的环球剧院的股东。

莎士比亚的创作大致可分为三个时期。

第一个时期（1590—1600）是作家创造力最旺盛的时期，通常称为历史剧和喜剧时期，主要作品有两部长诗、154首十四行诗、9部历史剧、10部喜剧和3部悲剧。重要的历史剧有《理查三世》（1592）和《亨利四世》上、下两部（1596—1597），重要的喜剧有《仲夏夜之梦》（1596）、《威尼斯商人》（1597）、《皆大欢喜》（1699）和《第十二夜》（1600）等。《罗密欧与朱丽叶》（1594）是作家最著名的一部抒情悲剧。

第二个时期（1601—1607）被称为悲剧时期，是莎翁最重要的创作期，共创作了7部悲剧和3部喜剧。其中，并称为四大悲剧的《哈姆莱特》（1601）、《奥瑟罗》（1604）、《李尔王》（1605）和《麦克白》（1605），代表着作家最高的艺术成就。

第三个时期（1608—1612）是传奇剧时期，共创作4部传奇剧和1部悲剧。1611年完成于家乡的传奇剧《暴风雨》，被视为“诗的遗嘱”，莎士比亚从此搁笔。

莎士比亚于1610年从伦敦返回故里安度晚年。

莎士比亚病逝于1616年4月23日，恰逢诗人52岁寿辰。

莎士比亚是以诗歌创作步入文坛的。两部长诗《维纳斯与阿都尼》（1593）和《鲁克丽丝受辱记》（1594）都取得了成功，而他在1590年至1600年创作的154首十四行诗（1609年结集出版），更是抒情诗的佳作。诗歌咏唱生命的可贵、时间的易逝、艺术的不朽，歌颂纯洁的爱情、真挚的友谊。诗作还凝聚了诗人对生活的思考和对现实的批判。在诗中，莎士比亚明确宣示，“美、善和真”，“就是我全部的题材”。对真善美的追求，也贯穿在他的全部戏剧创作中。

莎士比亚来到首都伦敦时，正值伊丽莎白女王统治的盛世。结束了长期内战、也结束了与西班牙的海上争霸战之后的英国，爱国热情空前高涨。以史为鉴，编写反省国家历史、探寻民族未来的专著和戏剧，成为一时风气。刚开始涉足戏剧的莎士比亚，自然没有理由置身其外。据专家研究，当时两部颇有影响的史书《英格兰与苏格兰编年史》和《兰开斯特与约克两大显贵家族的联合》，是莎士比亚历史剧的主要材料来源。

人们通常把莎氏的历史剧分为前后两个四部曲。《亨利六世》三部和《理查三世》为一组，意在抨击封建贵族间的霸权之争。后一组《理查二世》、《亨利四世》两部和《亨利五世》，传达了作家对英明君王的理想。结束割据和纷争，建立统一而有权威的中央集权的思想，符合当时英国资本主义经济快速发展的要求，也符合民众的心愿，因而得到了社会的认可。

就文学价值而言，《理查三世》的典型塑造和《亨利四世》的背景构筑，最为人们称道。《理查三世》突破了以事件叙述为主的模式，着力刻画了一个外貌与内心都十分丑恶的暴君形象：跛足驼背、废体残形、阴险狠毒、工于心计。为篡夺王位，他不惜一切手段，阴谋杀害了他的亲人，也杀害了他的同谋者，最终自己也被打翻在地。理查三世的凶残和狡诈都达到了极致，“外表做圣徒，暗中却无恶不作”的形象具有一种邪恶的震撼力。

《亨利四世》的主线是亨利四世镇压封建领主叛乱的故事。但作家却通过驳杂的社会背景丰富了剧作的内涵、增强了剧作的魅力。在与宫廷相对应的下层社会里，活跃着两个特殊的人物：哈尔太子和福斯塔夫。前者是未来理想的君主亨利五世，而此时他却在伦敦野猪头酒馆等地与百姓厮混，胡作非为，完全是个浪子的形象，他的活动把宫廷和下层、富贵和贫穷联系到了一起；后者是个大腹便便的“可爱的坏蛋”，他好色、贪杯、吹牛成性、鼠窃狗偷、欺弱怕强，但他开朗、乐观、风趣、幽默，常在插科打诨间透出对社会的不满、道出某种严肃的意义。福斯塔夫是莎士比亚笔下乃至英国文学史上最杰出的喜剧性格之一，也是论者们探讨得最多的形象之一。他和他的狐朋狗友们构成了当下社会不可或缺的一道生动风景。

福斯塔夫和哈尔太子之间微妙关系的描写，体现了莎翁思想的深刻。他们在一起鬼混，似亲如手足，但地位的差异，使他们横隔着不可逾越的鸿沟。王子虽身在底层，却从未忘记自己的身份。他很明确，与平民交往只是他的“需要”，甚至是一种“计策”，而一俟登基就立即变脸，不仅声称要“丢弃”昔日的“伙伴”，而且还下令将福斯塔夫等人投进监狱。福斯塔夫则真诚地与哈尔为友，并希望他能成为真正代表百姓的君王，天真地以为亨利五世上台肯定会给他们一伙带来好运。结果却完全出乎他的意料，他忧郁寡欢，奄奄一息，皆因“皇上碎了他的心”。亨利五世是莎士比亚塑造的理想君主，他与民众的这段特殊关系，既表现了人们对君王平民性的期待，也揭示了统治者与民众根本对立的本质。“福斯塔夫式的背景”表明，走进历史的莎士比亚是十分清醒的。

莎士比亚的喜剧世界，是一个明朗、绚丽、生气勃勃、五光十色的情爱世界。青年男女的爱情和友谊，是喜剧的基本主题。与希腊罗马以来讽刺喜剧的传统不同，莎士比亚喜剧可谓自成一格。它以“快乐原则”为基调，处处洋溢着青春的气息，尽情讴歌年轻人对个性解放和幸福生活的执着追求，充分展示他们的美丽、热情、聪慧、挚诚。其中，“穿裙子的英雄”的形象尤为光彩照人，这些博学机智的少女，往往左右着剧情的发展。喜剧多为改编，但不论原作发生在什么时间什么地点，到了莎士比亚的笔下，它们都变成了英格兰天空下的故事，演绎着伊丽莎白时代的欢快生活。莎士比亚擅长以多线索来建构喜剧情节，戏剧矛盾并不太尖锐，对封建保守的人物作善意的嘲弄，结局总是皆大欢喜的大团圆。由此，人们常把他的喜剧称为抒情喜剧或浪漫喜剧。

《威尼斯商人》是莎翁喜剧中具有特殊意义的一部。纯真的爱情和高尚的友谊，依然是剧作的主旨。通过三匣选亲和“一磅肉的故事”两条主要线索，作品的矛头指向的已不是愚昧的封建势力，而是资产者恶俗的拜金主义。在两条线索中都占据着重要地位的女主角鲍西娅，以其对真挚爱情的追求和“克敌制胜”的智慧，使其形象熠熠闪光。作为年轻人对立面的高利贷者夏洛克，贪财、凶残、十恶不赦，但莎士比亚却赋予他驳杂的色彩，融入了更多的社会内容，也增添了耐人寻味的品格，成为作家画廊中著名的典型之一。夏洛克的贪婪与吝啬，令他众叛亲离，引人憎恨；他作为犹太商人，受到基督教社会的鄙视和排斥，令他耿耿于怀，引人同情；他依据法律规定，要求从违约的对手身上割下一磅肉，体现的是资产阶级的契约精神，本无可厚非；鲍西娅不准他多割或少割一钱肉、也不准割出血的要求，同样依据契约精神，且又符合更高的人道原则，因而让人拍手称快。夏洛克最终受到的惩罚，既有喜剧意味，又含悲剧色彩。

早期创作中的《罗密欧与朱丽叶》是一部出色的抒情悲剧，深受历代各国人民的喜爱。它与此时的喜剧一脉相承，感情真挚，诗意浓郁，男女双双殉情的结局，更强化了年轻人追求自由爱情的执着。

代表性的悲剧肇始于1601年的《哈姆莱特》，标志着莎士比亚的创作进入了最成熟的第二个时期。与前期相比，此时剧作的格调发生了明显变化，阴沉的气氛代替了明丽的色彩，严峻的批判代替了热情的歌赞，残酷的死亡代替了甜蜜的爱情。莎士比亚以更深沉的目光观察研究社会，揭示理想与现实无法调和的矛盾，在尖锐纷杂的戏剧冲突中，展开对人性的深入思考。

《哈姆莱特》梗概

丹麦王子哈姆莱特从国外归来为突然去世的父王送葬，但父王的鬼魂却告诉他自己是被其弟克劳狄斯所害。王子为证实鬼魂所言之真伪，查清克劳狄斯杀父娶母篡位的真相，开始装疯。国王和大臣派他的同学和女友去试探虚实，都被哈姆莱特识破，也使他对友谊和爱情产生了怀疑。他让剧团演出一出与克劳狄斯罪行相仿的戏，以便从旁察言观色。“戏中戏”果然印证了老父王的“鬼话”，王子决心采取行动复仇。他在和母亲交谈时，发现有人在偷听，他以为是克劳狄斯，便拔剑刺去，不料杀死的却是大臣、他女友奥菲莉娅之父波洛涅斯。心怀鬼胎的克劳狄斯以此为由把哈姆莱特送往英国，并阴谋将他杀害。哈姆莱特发现诡计后中途逃回。此时奥菲莉娅已因不堪忍受情人的指责和父亲的死亡而神经错乱，坠河身亡。奥菲莉娅的哥哥雷欧提斯为报父仇赶回国内，克劳狄斯便挑唆他用毒剑与哈姆莱特比武。比武时，王后误饮克劳狄斯为哈姆莱特备下的毒酒身亡，比武双方都中了毒剑，雷欧提斯死前道出了克劳狄斯的阴谋，哈姆莱特用毒剑刺死了克劳狄斯，自己也倒地而亡。

《哈姆莱特》是莎士比亚篇幅最长、最负盛名的剧作，也是数百年来研讨最多的剧作。剧本取材于丹麦历史，此前已有过不止一个剧本，但旧瓶装新酒，莎士比亚却创造了奇迹。在一个子报父仇的俗套故事里，作家融入了对时代问题、社会问题、人生问题的思考，创作出了一部内涵丰富、情节跌宕、性格丰满、耐人寻味的戏剧经典。

哈姆莱特从人文主义的堡垒——威登堡大学回到丹麦，即从理想跌落到现实。父王被弑，母后改嫁，叔父篡位，突如其来的变故使他陷入了极度的痛苦。他感受到的不仅仅是个人的恩怨、家室的灾难，更是国家的不幸、世界的灾难。他看到的是一个“颠倒混乱的时代”，认识到“世界”是“一所很大的牢狱，里面有许多监房、囚室、地牢；丹麦是其中最坏的一间”，而他却自觉要承担起“重整乾坤”的重任。任务之艰巨使他从朝气蓬勃的大学生变成了抑郁寡欢的“癫狂者”。他一方面不得不装疯卖傻以掩饰自己的真实目的，另一方面又为改变黑暗现实而忧心忡忡。忧郁，成为他主要的性格表征。在忧郁的背后，是人文主义理想的破灭，是人文主义者强烈的社会责任感。

多思，是哈姆莱特的又一特点。遇事他都要三思而行，从怀疑到证实，从证实到行动，每迈出一步，他都要探究行为依据，寻求最佳方案。因此，他的迟疑和延宕便通向了意义的深化。他越来越发现面对的现实与理想间反差之巨大，也越来越意识到"重整乾坤"之艰难。曾经是那么美好的亲情、友情、爱情，此刻似乎都成了敌对势力，形单影孤的王子还差一点被新王送上了不归路。个人的悲剧，演绎成时代的悲剧、历史的悲剧。斗争的巨大压力，使他不得不发出了"生存还是毁灭"的诘问。哈姆莱特付出生命的代价，是历史的必然。

通过悲剧的发生、发展，莎士比亚进一步探讨了对人的认识。在哈姆莱特心目中，父王不仅是敬爱的生身之父，也不仅是理想的一国之君，而且是最高贵的"人"的典范；在奥菲莉娅心目中，哈姆莱特是文武双全、举世瞩目的"人伦雅范"。哈姆莱特更对"人类"唱响了最强音的颂歌："人类是一件多么了不得的杰作！"无疑，这代表着人文主义的"人学"思想，人的尊贵和力量得到了充分的讴歌。但是，在现实中这些"宇宙的精华"相继惨遭不测，而阴谋、欺骗、奸诈、背叛等丑恶的人性却大行其道，致使人们自然会产生对这种"杰作"论的质疑。哈姆莱特在赞美人的同时，又半疯半真地声称"人类"这泥塑的生命"不能使我发生兴趣"。这并非对前者的简单否定，而是真实地传达了这一代思想者在人性善恶面前的困惑。

对时代和人生的深沉思考与戏剧艺术的完美展现，使《哈姆莱特》成为世界舞台上历演不衰的杰作。围绕"王子复仇"的主线，辅以雷欧提斯和福丁布拉斯的复仇，情节跌宕起伏，环环紧扣，推向悲剧高潮；深沉的哈姆莱特、纯洁的奥菲莉娅、奸诈的克劳狄斯、昏庸的波洛涅斯——一个个鲜活的形象，使人印象深刻；诗意、哲理且个性化的语言，具有强烈的感染力；悲剧框架里喜剧、闹剧手法的运用，大大丰富了作品的色彩，增强了戏剧的表现力。

《奥瑟罗》通过一个惊心动魄的爱情悲剧，反映出理想与现实的矛盾。摩尔人、武功卓著的将领奥瑟罗深爱名门之后、美丽的苔丝狄蒙娜，他们战胜了名分与种族的偏见，幸福地走到了一起。但耿直憨厚、心胸坦荡的秉性，使他轻易地掉进了小人伊阿古设下的圈套。当他误信妻子与他人偷情后，一怒之下竟亲手掐死了他的至爱；在真相大白、自知上当后，他自刎而亡，倒在爱妻的身旁。叱咤风云的勇将没有倒在刀光剑影的战场上，却倒在了"自己人"的谗言里，倒在了尔虞我诈的人际关系中。奥瑟罗把苔丝狄蒙娜视为真善美的化身，把他们纯真的恋情视为至高的理想。因此，当他以为这一切都遭到亵渎后，他的精神完全崩溃了，"心灵失去了归宿"，"生命失去了寄托"，于是便采取了近乎疯狂的行为。无论杀人还是自杀，都强烈地体现了奥瑟罗嫉恶如仇的个性。理想的破灭，是酿成悲剧的根本动因；英雄（人类）自身的弱点，使悲剧的发生难以避免。

《李尔王》是莎士比亚最富哲理性的一部悲剧。它标示着剧作家不仅对社会问题的探索日益深入，而且对人的复杂性的思考愈发深刻。

李尔王听信大女儿和二女儿的甜言蜜语，把国土分给了她们，却将诚实的三女儿赶到了法国。但两个女儿得到实利后便把父亲赶出家门，使李尔王沦为赤贫，流落荒野。强烈的地位反差，生发出许多令人深思的问题。

李尔王的命运，可谓咎由自取。他一贯刚愎自用、喜听奉承，导致了两个女儿对他阳奉阴违的戏弄和背叛。但是，剧本并没有停留在伦理道德层面上，而是继续向社会和哲理层面深入。享尽荣华富贵的李尔王猛然跌入社会的最底层，经受了苦难的历程后，对天下"不幸的人们"发出了深表同情的呼号，忏悔自己过去"太没想到这种事情"。这一视角转换带来的慨叹，虽不免有矫情之虞，但毕竟是对社会的不平等提出了相当尖锐的控诉。李尔王原是一国之尊，他拥有一切，并相信这种拥有是天经地义的；而今他变得一无所有，“从最高的地位跌下来，那变化是可悲的”。但这一“可悲的变化”却为他提供了重新“认识自我”的契机：“谁能告诉我，我是谁?”他在寻找自我，力图找回一个真实的自我。君临一切的权势地位，蒙蔽了他的双眼，错乱了他的理智；而只有在丧失一切后，他才明白过去他所得到的谄媚、顺从、孝心等，都不过是权力制造的假象。李尔王为找回自我付出了生命的代价。

《李尔王》关于人的复杂性和矛盾性的揭示，还表现为一系列悖谬的描写。李尔王清醒时作出了疯狂的决定，疯狂后却对三个女儿有了清醒的判断；大臣葛罗斯特眼亮时心不明，轻信谗言，双目失明后才看清谗言者的真面目；被称为“傻瓜”的弄臣却是全剧中最聪明的人，唯有他能对李尔王横加指责。李尔王把“傻子”和“疯子”尊为“法官”，让他们去审判他的两个女儿。这种理性的悖谬，体现了文艺复兴后期的怀疑精神和辩证思维。

《麦克白》继续着对人性恶的开掘。原是忠臣的麦克白，禁不住潜在野心的怂恿而走上弑君篡位之路，并一发而不可收地大开杀戒，不断清除他可能的对手。剧本精妙之处并不在于对杀人狂残忍行为的描写，而是深入揭示了他交织着恐惧、内疚、懊悔、绝望，而又欲罢不能、直至自取灭亡的复杂的心理历程。善与恶之争，恶是最终的胜者。

莎士比亚的晚期创作一般称为传奇剧，或田园喜剧，以《暴风雨》为优秀代表。它与前期喜剧相呼应，却更显轻松洒脱。此时的莎翁，也许是由于优裕的生活状态，也许是由于曾经沧海的超越，他摆脱了沉重的思虑，代之以神思遐想，在五彩缤纷的氛围里构建理想的和谐境界。

台词选段

哈姆莱特：人类是一件多么了不得的杰作！多么高贵的理性！多么伟大的力量！多么优美的仪表！多么文雅的举动！在行为上多么像一个天使！在智慧上多么像一个天神！宇宙的精华！万物的灵长！可是在我看来，这一个泥土塑成的生命算得了什么？人类不能使我发生兴趣……

——《哈姆莱特》第二幕第二场

哈姆莱特：生存还是毁灭，这是一个值得考虑的问题；默然忍受命运的暴虐的毒箭，或是挺身反抗人世的无涯的苦难，通过斗争把它们扫清，这两种行为，哪一种更高贵？……重重的顾虑使我们全变成了懦夫，决心的赤热的光彩，被审慎的思维盖上了一层灰色，伟大的事业在这一种考虑之下，也会逆流而退，失去了行动的意义。

——《哈姆莱特》第三幕第一场

李尔：这儿有谁认识我吗？这不是李尔。是李尔在走路吗？在说话吗？他的眼睛呢？他的知觉迷乱了吗？他的神志麻木了吗？嘿！他醒着吗？没有的事。谁能够告诉我我是什么人……我要弄明白我是谁；因为我的君权、知识和理智都在哄我……

——《李尔王》第一幕第四场

凯列班：不要怕。这岛上充满了各种声音和悦耳的乐曲，使人听了愉快，不会伤害人。有时成千的叮叮咚咚的乐器在我耳边鸣响。有时在我酣睡醒来的时候，听见了那种歌声，又使我沉沉睡去；那时在梦中便好像云端里开了门，无数珍宝要向我倾倒下来；当我醒来之后，我简直哭了起来，希望重新做一遍这样的梦。

——《暴风雨》第三幕第二场

（上述各段均选自《莎士比亚全集》，朱生豪译，人民文学出版社，1978）

歌德一句“说不尽的莎士比亚”，道尽了后人的崇拜和尴尬。“对他的伟大心灵来说，舞台太窄狭了，甚至这整个可以眼见的世界也太窄狭了。”① 莎士比亚艺术世界的现实性、丰富性、多样性和复杂性，历来为人们所称道。

他以独到的构思，巧妙地把各种历史的或传奇的陈旧题材改造成反映现实的剧作，对人文主义思想作出多方面的阐发。剧中弥漫生活气息，有论者认为，其间的许多知识不是来自书本，而只有在原野上散步或在市场上购物时才能获得。他从生活出发，打破悲喜剧的绝对界限，让悲喜剧色彩交融，更真实地再现社会的本来面目。《哈姆莱特》是一出崇高悲剧，但重要人物之一波洛涅斯大臣却被写成了丑角式的喜剧人物；奥菲莉娅之死，是一段诗意的悲情戏；掘墓人的戏耍骷髅、插科打诨，近乎闹剧。庄重的历史剧《亨利四世》里，却出现“福斯塔夫式的背景”；阳光喜剧《威尼斯商人》里，又出现夏洛克的“不谐和音”。莎士比亚得心应手地把崇高和卑贱、恐怖和滑稽、豪迈和诙谐杂糅一炉，造成奇异的戏剧效果。他的剧作还以“塞满事件”的多线索著称，情节交错，波澜迭起，结构精巧，妙趣横生。

莎士比亚为舞台提供了一条长长的、令人过目不忘的人物画廊：哈姆莱特、福斯塔夫、夏洛克、奥瑟罗、李尔王、麦克白、理查三世，以及那些美丽聪慧的少女鲍西娅、罗瑟琳（《皆大欢喜》）、奥菲莉娅、苔丝狄蒙娜，等等。这些形象既具有高度的概括性，又具有鲜明丰满的个性特征。为数众多的现代意义的典型塑造，使莎士比亚在文学发展史上占据独特的重要地位。至19世纪，艺术典型的创造方取得大面积的丰收。

他多方面的成功经验，被恩格斯誉为“莎士比亚化”。他的友人、同为戏剧家的本·琼生在他“第一个对折本”的题词中称颂他为“时代的灵魂”、“戏剧元勋”，并赞美“他可以折服欧罗巴全部的戏文。他不属于一个时代而属于所有的世纪”②！历史证明，莎士比亚对后世的影响是全方位的，而不同时代、不同民族，又总会对他做出不尽相同的解读。这正是一个伟大作家的魅力所在。

思考题

1. 如何理解文艺复兴时期是需要巨人、也产生了巨人的时代？
2. 谈谈人文主义思想对文学发展的重要意义。
3. 谈谈《十日谈》的挑战意义。
4. 谈谈《巨人传》中巨人形象的人文内涵。
5. 谈谈《堂吉诃德》的复合审美特征。
6. 为什么说莎士比亚“属于所有的世纪”？
7. 谈谈《哈姆莱特》的思想和艺术成就。
8. 分析《李尔王》的哲理性。

---

① ［德］爱克曼：《歌德谈话录》，朱光潜译，93页，北京，人民文学出版社，1978。

② 琼生：《题莎士比亚先生的遗著，纪念吾敬爱的作者》，见杨周翰编选：《莎士比亚评论汇编》，11、13页，北京，中国社会科学出版社，1979。

第四章 17世纪文学

第一节 在规范中谋求发展

一、近代史开端与理性哲学

谈论 17 世纪欧洲文学，应聚焦于英法两国，特别是两国下半世纪的历史。这不仅是因为两国社会形态的发展居于各国前列，更由于它们的文化成就难有与之比肩者。

在工商业迅速发展的基础上，1640 年开始的英国资产阶级革命，标志性地结束了漫长的中世纪。经过两次内战后，1649 年 5 月 19 日，英国宣布建立世界上最早的资产阶级共和国。又经过数十年复辟与反复辟的斗争，于 1688 年确立君主立宪制，局面才相对稳定下来。英国革命与宗教关系密切，与“国教”对立的“清教”代表中小资产阶级利益，政治上反对封建的君主专制，宗教上反对教会的腐败，反对繁文缛节、穷奢极欲，主张勤奋节俭、精神至上。有史家将英国革命称为清教徒革命。

1661 年，路易十四亲政，正式开始了法国历史上著名的“路易十四时代”（1661—1715）。这位宣称“朕即国家”的“太阳王”，一方面强化中央集权，大权独揽，使封建专制制度空前强大；另一方面又顺应时代潮流，继续大力推行重商主义，给资本主义经济提供了蓬勃发展的空间。此时的王权是两个阶级力量均衡、妥协的产物，被称为二者之间“假象的中间人”。这种平衡是全方位的，影响及于社会思潮的各个领域。路易十四十分重视文化建设发展，开启了一个思想活跃的开明时代。但这种“开明”是有前提的，即为王权服务。例如，在路易十三—黎塞留时代创建的法兰西学士院（1635），既是一个奖掖笼络知识分子的机构，又是一个统辖舆论、规范法则的组织，两代君王都对其很是看重。学士院由 40 位最有成就的文化人组成，施行终身制，因而被称为“不朽者”。学士院最初规定的主要任务是编纂一部词典、一部语法等，旨在促进法语的健康发展。但实际上，它干预的范围绝不止于此。最著名的事例，是对高乃依剧作《熙德》的蛮横指责。学士院制度一直延续至今，但到后世却仅余荣誉意义。

理性曾是人文主义反对宗教蒙昧的思想武器。17 世纪各国涌现出的众多思想家进一步探索发挥，建立起理性主义的思想体系，积极推进社会变化。英国的霍布斯（1588—1679）和法国的笛卡儿（1596—1650）被视为当时最重要的理性主义哲学家。霍布斯主张用法律和科学取代神学，强调以道德力量束缚社会，认为君主集权是最好的国家形式。笛卡儿则明确主张以理性取代盲目的信仰，强调用理性作为判断事物、检验实践的标准，通过怀疑、思考追求真理。他的理论，直接影响了古典主义文学的产生和发展。

二、清教徒文学与古典主义戏剧

这时期的英国文学以清教徒文学闻名于世，班扬和弥尔顿为杰出代表。

约翰·班扬（1628—1688）是个奇迹。一个穷苦的白铁匠，没受过多少教育，却给世界留下了一部关于人类精神探索的寓言小说——《天路历程》（1678）。为忠于清教徒的良知，他被两次投进监狱达 12 年之久，并在狱中完成了《天路历程》的第一部。小说是一个梦，作者运用了传统的宗教梦幻形式。梦中一个基督徒从“毁灭城”逃出，爬越“困难山”，入住“美丽宫”，穿越“名利场”，翻过“贪财山”，渡过“死亡河”，最终抵达“天国之城”，实现了追求的理想。主人公的种种经历都是对现实社会的影射，他战胜艰难险阻的奋斗，体现了清教徒百折不挠的精神。

约翰·弥尔顿（1608—1674）与班扬相反，家庭富有，学识渊博，是位知识型的大诗人，也是斗士型的活动家。他的“奇迹”在于，双目失明后口授创作了三部均取材于《圣经》的长诗：《失乐园》（1667）、《复乐园》（1671）和《力士参孙》（1671）。其中《失乐园》最受好评。

《失乐园》由上帝造人和撒旦造反两条线索组成，前者取材于《旧约·创世记》，后者据《新约·启示录》发挥想象。两条线索，讲的是两个“失乐园”的故事。上帝造出亚当夏娃后，为他们提供了伊甸园，但禁止他们吃知识果。撒旦原本是天庭里的天使长，因不服天神的安排而起事造反，被天军打得落花流水，逐出乐园，跌入地狱火湖。撒旦醒来后，唤起旧部，重整旗鼓，再度谋反。撒旦潜入伊甸园，托身于蛇，诱惑亚当夏娃偷吃了禁果，使他们有了羞耻感。撒旦兴冲冲回到地狱，庆贺他破坏上帝造人计划的胜利。亚当夏娃则因偷吃禁果被赶出了伊甸园。他们被带到山上，天使向他们揭示了人类的未来。而撒旦的伙伴却都变成了蛇。这是两个相辅相成的故事，构成相反相成的宇宙。撒旦失去原有的地位，被逼走上反抗之路，慷慨激昂，一呼百应，足见世道的不公；撒旦把反抗矛头指向新诞生的“人类”，企图以毁灭人类来对抗上帝；“人类”的祖先是一对经不起诱惑的男女；人类是脆弱的，但他们偷吃的却是能带来智慧的知识果，受惑的结果是向文明迈进了一大步；撒旦是恶的化身，又是抗争精神的体现，他的存在是对人类意志的考验，他的恶作剧促使人类命运发生了根本的变化；撒旦把罪恶和死亡派来永驻人间，人类永远摆脱不了它们的缠绕；亚当夏娃带着原罪离开乐园，天使向他们昭示的是充满灾难也充满希望的未来，“二人手携手——踏上他们孤寂的路途”。善恶相克相生，悲喜相伴相随，上帝为人类安排的世界，不再是诗意的伊甸园。

法国的古典主义文学在17世纪的欧洲独领风骚。它是一个最早接近现代意义的文学思潮，虽没有宣言声明，但有共同遵循的创作原则，也有系统的理论总结；虽没有明确的集团性，但有共同风格的作家群。从恣肆汪洋的文艺复兴进入内敛蕴藉的古典主义，仿佛从繁华闹市转入通幽小径，别有一番情趣。

古典主义发源于意大利，在法国生根开花。法国王权的文化政策，为戏剧艺术的发展创造了有利条件，古典主义戏剧与王权之间便有了既依附又背离的微妙关系。剧作家们多与王权保持合作态度，他们的作品也多以国家利益为重。但不论在创作原则上，还是在政治态度上，他们只要稍越雷池，便会招来横祸。《熙德》因不完全符合统治者口味，高乃依即被赶出御用的五人小组；拉辛则因上书《民间疾苦见闻》而在晚年失宠于路易十四。

理性主义在政治上强调个人服从国家，在伦理道德上强调感情服从理智，在创作思想上主张规范、严谨、准确、可信、匀称、明晰。基于此，古典主义文学继文艺复兴之后进一步推崇古代文化，认为古希腊罗马文化经受了时间的考验，证明它们是具有普遍理性、永恒美的，对它们的模仿主要是借用题材和运用古代的艺术法则。但是，仿古并非终极目的，而是为了表现“历史的新场面”、表现今人的喜怒哀乐，因此他们还提出了模仿自然的要求，即对现实、对人性的模仿。

为追求符合理性的真实，古典主义者对戏剧创作提出了严格划分悲剧和喜剧的要求，特别是制定了苛刻的“三一律”法则，以“约束”促进戏剧的发展。所谓“三个一致定律”，即要求戏剧“一地、一天内完成一个故事”。这是对枝蔓横生、时间冗长、场景多变的奇迹剧、神秘剧的反拨，它在一定意义上适应了戏剧时空受限、要求集中紧凑的特点，因而在戏剧史上具有积极意义，统治法国舞台近300年之久，影响及于欧洲各国。严格的规范，迫使剧作家们“戴着镣铐跳舞”，呕心沥血地去创作精品，实现了古典主义戏剧的繁荣。当然，日久天长，规则成了僵死的教条，便走向了反面。19世纪浪漫主义戏剧的冲击，结束了古典主义的一统天下。

古典主义戏剧艺术大致可分为贵族和平民两种倾向。贵族趣味孕育于巴黎的“沙龙”文化，即以名媛贵妇的客厅为中心的社交集会对演出、展览、新作等品头论足、说长道短，无须见诸文字，就具有超常的生杀予夺之力。这种来自上流社会的无形舆论，秉承古希腊的审美传统，推崇悲剧为至高无上的艺术。而喜剧从思想到形式都更贴近平民，因此深受下层百姓喜爱。悲剧的代表作家是高乃依和拉辛，喜剧作家最负盛名的是莫里哀（详见本章第二节）。

皮埃尔·高乃依（1606—1684）被尊为法国古典主义悲剧之父。他的故乡是当时仅次于巴黎的戏剧活动中心卢昂，他自幼就受到熏染。他的职业是律师，但最终走上了文学道路。1633年，他来到巴黎，加入黎塞留首相的五人创作小组，但因不能言听计从而被清除。他最著名的四大悲剧是《熙德》（1636）、《贺拉斯》（1640）、《西拿》（1642）和《波里厄克特》（1643）。作品的共同思想是理性至上，歌颂的人物都是以理智战胜感情、以理智维护国家（王权）利益的英雄。《熙德》是其中影响最大的一部，它取材于西班牙的剧作《熙德的青年时代》。同为重臣之后的罗德里克和施曼娜是门当户对的一对情侣。国王任命罗德里克之父杰葛为太傅，施曼娜的父亲高迈斯大为光火，在争执中打了杰葛一个耳光，从而引发了荣誉与爱情、家庭与国家、个人恩怨与民族利益等一连串尖锐的矛盾，但罗、施二人都能以理智战胜感情，做出正确的选择。最后，因国王的英明决策，才使两个年轻人“绝处逢生”，有情人终成眷属。悲剧矛盾，喜剧结局。英雄悲剧的崇高风格，感情炽烈而又敢作敢为的刚强性格，使首演就引起轰动。“整个巴黎都用罗德里克的眼睛看着施曼娜”，“美得像《熙德》一样”，成为街头巷尾的流行赞语。

让·拉辛（1639—1699），法国最具典范意义的古典主义悲剧作家。他出生于外省一个财务官员的家庭，1658 年来到巴黎学习，后进入宫廷从事戏剧创作。他擅长精巧地结构人物关系、细致开掘形象的复杂心理，使悲剧艺术达到圆熟的境地。

1664 年，他写出第一个剧本《忒巴伊德》。1670 年，他以《贝蕾妮丝》一剧击败高乃依的同题剧本而确立了剧坛新秀的地位。他共创作 11 部悲剧和 1 部喜剧，较重要的有《布里塔尼居斯》（1669）、《阿塔莉》（1691）等，尤以《安德洛玛克》（1667）和《费德尔》（1677）最为出色。

《安德洛玛克》（又译《昂朵马格》）取材于欧里庇得斯和西塞罗的剧作，讲的是后特洛伊战争的故事，是关于伟大英雄的渺小二代为情欲所毁的悲剧。安德洛玛克是赫克托尔的寡妻，战败后和儿子一道成了阿喀琉斯之子庇吕斯的俘虏，此时他是爱比尔的国王。希腊人欲斩草除根，派阿伽门农之子俄瑞斯特斯作为特使来要求庇吕斯处死赫克托尔之子。但庇吕斯爱上了安德洛玛克，于是他拒绝了希腊人的命令，也拒绝与如约前来的爱尔米奥娜完婚，这位公主是希腊美人海伦的女儿。这使热恋爱尔米奥娜的俄瑞斯特斯认为自己有了机会。庇吕斯的追求遭到拒绝，他便以希腊人的要求要挟安德洛玛克，安德洛玛克仍不为所动。一怒之下，庇吕斯决定与爱尔米奥娜结婚。这一转折使爱尔米奥娜欣喜若狂，她傲慢地拒绝了安德洛玛克让她保护自己儿子的哀求。迫于无奈，安德洛玛克只得同意嫁给庇吕斯，条件是他必须发誓做她儿子的保护人，并帮助他重建特洛伊。她打算一旦在神殿的婚礼上庇吕斯宣誓，就选择自杀。这样既保持了她对丈夫和城邦的忠诚，又保住了儿子的性命和城邦的未来。这条“纯洁妙计”显示了女主人公的理性精神和聪明才智。与之相对照的是“英雄后代”的滥情。闻讯后，庇吕斯狂喜，俄瑞斯特斯窃喜（以为他又有可能失而复得爱尔米奥娜），而陷于绝望的爱尔米奥娜竟要俄瑞斯特斯不顾使臣的身份去杀害庇吕斯。俄瑞斯特斯为得到爱尔米奥娜就真的动手了，当爱尔米奥娜赶到现场看见死去的庇吕斯时，竟悲痛欲绝地斥责俄瑞斯特斯：“你用何等的疯狂，斩断了一个何等壮美的生命！”她痛苦地自刎，倒在庇吕斯身上。痴情的俄瑞斯特斯彻底崩溃。全剧人物不多，矛盾集中，围绕安德洛玛克对婚姻的拒绝与“接受”，一次次调动起各个人物的紧张神经，环环相扣，制造了戏剧的跌宕。作家旨在批判泛滥的情欲，但在细致挖掘人物的心理活动时，又不无同情地表现了他们强烈爱欲的合理性，使人物形象复杂而丰满。

《费德尔》取材于古希腊传说。国王忒修斯远征在外，久无音信，王后费德尔一直暗恋着国王与前妻之子希波吕托斯，但却以“恨”代爱掩饰这份畸形的爱。忒修斯战死的消息传来，费德尔在女仆的鼓动下向希波吕托斯表白，遭到无情拒绝，使她深感羞愧。忒修斯意外归来，令她恐惧。她本有意向国王坦白，但得知希波吕托斯拒绝她是因为另有所爱时，她又妒火中烧，转而诬陷希波吕托斯对她不轨，诱使国王大怒，将他驱逐并让海神把他处死。闻讯后费德尔良心发现，后悔莫及，遂向国王道出真相、服毒自尽。故事是单线的，但波浪迭起，层层推进，一步步推向高潮。一场明知故犯的罪爱，欲生欲死，身不由己，她徒劳抗争，痛苦挣扎，仍无法逃脱毁灭性的悲剧命运。剧中细腻展开女主人公的心理活动，引人鄙夷，又博人同情，具有极大的艺术张力。在法国剧坛上，这是一个令所有女演员都渴望扮演的角色。

古典主义悲剧和喜剧创作在 17 世纪六七十年代进入辉煌时期，理论家尼古拉·布瓦洛（1636—1711）也在此时完成了他对古典主义的理论总结。《诗艺》（1674）是一部诗体论著，共 1 100 行。它特别强调“理性”在文学中的核心作用，认为理性既是创作的出发点，又是指导创作的准则，也是衡量作品的唯一标准。他的理论具有明显的宫廷贵族倾向。

在 17 世纪至 18 世纪之交发生了一场论战，史称“古今之争”。查理·贝洛于 1687 年年初向崇古薄今的文艺倾向发起挑战，认为今人优于古人，今人比古人有更多的经验，艺术上已超过古人。革新派还表示，以古人的规则来要求今人是十分荒唐可笑的。保守派以布瓦洛为首，他们认为艺术的价值需要经过时间的检验，古代作品正是经受了历史考验的成果。双方各执一词，难分胜负。争论发生在古典主义盛极而衰的转折时期。古典主义在繁荣成熟的同时，也意味着走向僵化的开始。古典主义作家以他们的才华证明了通过效仿古代取得成功的可能，革新派也有充足的理由认为文学应当与时俱进、冲破束缚求创新。作家费纳龙的折中总结十分睿智，他表示希望“今人通过向古人学习”来“战胜古人”。争论是针对古典主义展开的，但对文学发展规律而言，却是一次有普遍意义的探讨。

第二节 莫里哀

为舞台而生·从草台到宫廷·喜剧双璧·为舞台而死

莫里哀是法国杰出的古典主义喜剧作家。但是，仅仅把他称作“喜剧作家”是远远不够的。莫里哀是集演员、导演、剧作家、批评家甚至经营管理者于一身的戏剧大师。换言之，在戏剧领域里他是个无所不能的全才，也正因他对戏剧艺术全方位的熟知，他的喜剧创作取得了空前的成功，受到上至王室、下至平民百姓的热烈欢迎。他的作品牢牢占据了当时巴黎的舞台，并成为法国乃至世界舞台上历演不衰的艺术精品。

从富家子弟到流浪艺人，从“草台班子”到王宫剧场，从一台台好戏的编演到最终病逝于舞台，莫里哀以其始终不渝的热情，为喜剧艺术奉献了毕生的精力，创造出近代讽刺喜剧的辉煌。

外省巡演十余年，莫里哀广泛而深入地了解了法国社会、尤其是下层民众的生活状况和喜怒哀乐，多方接触到民间艺术的丰富营养，这一独特的阅历形成了他区别于多数古典主义作家的平民喜剧家立场和风格。商人家庭背景，回到巴黎后与王室及新旧贵族的往来，使他得以熟悉上层社会的人情世故、言谈举止，从而能鞭辟入里地揭露贵族资产者的种种丑态，惟妙惟肖地勾画出一幅幅可笑又可憎的面孔。

生平与创作

莫里哀（1622—1673）原名让-巴蒂斯特·波克兰。“莫里哀”是他从事戏剧活动的艺名。

莫里哀出生在巴黎一个殷实的商人家庭，受到过良好的学校教育。对戏剧近乎狂热的兴趣，使他拂逆父意，既未去从商，也没有投身法律界，而是于21岁时（1643）便与几位志同道合的年轻人一道组建“光辉剧团”，开始了他的演艺生涯。1645年，因剧团债务累累，莫里哀被投入狱，三天后由其父保出。他却仍痴心不改，当即加入另一剧团（后任团长）外出巡演。12年闯荡江湖，莫里哀足迹几遍法国各地。1658年，剧团回到巴黎，在卢浮宫为王室演出，受到路易十四赏识，并恩准长期留在巴黎。

留居巴黎的十余年，是莫里哀的主要创作时期，共写出剧本约30部。他以《可笑的女才子》（1659）开始了征服巴黎的旅程。《丈夫学堂》（1661）和《太太学堂》（1662）标志他创作的成熟。《伪君子》（原名《达尔杜弗或骗子》，1664）、《堂璜》（1665）、《愤世嫉俗》（1666）和《吝啬鬼》（1668）等剧，代表他的最高成就。晚期的《司卡班的诡计》（1671）则是一部更具闹剧色彩的平民喜剧。

1673年2月17日，莫里哀抱病坚持主演他的最后一部喜剧《无病呻吟》，谢幕后约一小时，他即于家中辞世，年仅51岁。

莫里哀走向成功的道路并不平坦，由于其作品的批判锋芒而屡屡遭到“围剿”。《可笑的女才子》是一部独幕轻喜剧，它以轻松幽默的笔调，嘲讽了两个“女才子”效仿贵族沙龙的恶习、附庸风雅的可笑行径，受到观众的欢迎，但也引来了贵族资产者的一片骂声，并被要求禁演。莫里哀虽出师不顺，但更坚定了他以讽刺为武器、对社会展开批判的决心。

五幕诗剧《太太学堂》是按古典主义法则创作的，也代表着从情节喜剧向性格喜剧的发展。剧本写一对青年男女争取自由婚姻的故事，矛头指向封建的夫权思想和修道院的蒙昧教育。剧作演出后，受到上层社会更猛烈的攻击，莫里哀随即写了《〈太太学堂〉的批评》（1663）和《凡尔赛即兴》（1663）两剧进行反批评，并提出了自己的戏剧主张。莫里哀把“叫人喜欢”看作戏剧的最高“法则”，而在“包厢”和“池座”之间，他更相信“池座的称赞”，因为他们“没有盲目的成见，也没有假意的奉承，也没有好笑的苛求”。他尖锐地嘲笑那些“风度高雅的先生”，“发现自己和池座在一起笑，就觉得有气”。鲜明的平民意识，正是莫里哀理论与创作的基本出发点，也是他的剧本不断招来麻烦的重要原因。

1664年的《伪君子》，是莫里哀最精彩的剧目之一，也是遭受磨难最多的作品。此剧在宫内首演后，当即遭到以太后和主教为首的保守势力的猛烈抨击，明令禁演。这迫使莫里哀不得不几度做出修改，三次直接上书国王路易十四，直至5年后的1669年才解除禁令。在教会势力猖獗、伪善之风盛行的年代里，《伪君子》遭此厄运自在情理之中，这也反证了剧作强烈的现实意义。

《伪君子》梗概

富商奥尔贡把“虔诚”的信徒达尔杜弗请回家中尊为上宾，奉为“导师”，要求全家人都关心他，顺从他。奥尔贡外出归来，女仆桃丽娜告诉他妻子病了，他却毫不在意，只是一再追问达尔杜弗状况如何。他还打算毁掉原来的婚约，把女儿嫁给达尔杜弗。不料达尔杜弗却看上了奥尔贡的妻子艾耳密尔，恬不知耻地向她求欢。此事恰被儿子大密斯撞见，便向其父告发。但鬼迷心窍的奥尔贡不仅不信儿子的话，反而气急败坏地将儿子赶出家门，并把全部财产转给了达尔杜弗。无奈之下，艾耳密尔让奥尔贡藏在桌下，佯装答应达尔杜弗的追求，使达尔杜弗丑态百出，原形毕露。

奥尔贡这才恍然大悟，认清了这个伪君子的真面目，愤怒地要把他赶走。但此时的达尔杜弗却有恃无恐，因为他已掌握了奥尔贡的全部财产，还掌握了奥尔贡私藏的秘密文件。于是，他凶相毕露，不仅反客为主要把奥尔贡扫地出门，而且向皇上密报，要求把奥尔贡逮捕归案。幸亏圣上英明，皇恩浩荡，侍卫官传旨逮捕的却是达尔杜弗，因为皇上早就知道他是个十恶不赦的骗子，而念奥尔贡过去勤王有功，赦免其过。善有善报，恶有恶报，皆大欢喜。

达尔杜弗形象的塑造，无疑是剧本最耀眼的成就。一个贪财好色、毫无道德和信仰的登徒子，披上笃信宗教的伪装，行骗于世。他的两面表演，栩栩如生，活画出一个卑鄙的灵魂。笔墨主要集中于一个“色”字。达尔杜弗出场的第一个动作是递给女仆桃丽娜一条手帕、让她把裸露的胸脯遮盖起来，因为这样的装束会“败坏人心，引起有罪的思想”。紧接着，他就无耻地追求艾耳密尔，理由还十分堂皇：“您是完美的造物，我看在眼里，就不能不赞美造物主；您是造物主最美的自画像，我心里不能不感到热烈的爱。”淫欲之心，也能借助上帝之名。大密斯向奥尔贡告发他的丑行后，他又以攻为守让奥尔贡相信大密斯是“一个坏人，一个罪人，一个可恨的败类，自古以来最大的无赖”，从而轻易地赢得了对方的信任。当艾耳密尔设计与他调情时，他更肆无忌惮地声称，“如果只有上天和我的爱情作对，去掉这样一种障碍，在我并不费事”，“只有张扬出去的坏事才叫坏事——私下里犯罪不叫犯罪”——一语道破天机，这正是这个伪君子行事的基本准则：上帝只是他手中的工具，永远不会成为他实现罪恶的障碍；只要能遮人耳目，干任何坏事都可以无所顾忌。

莫里哀不仅淋漓尽致地表现了达尔杜弗的狡诈，还进一步揭示了他的凶狠毒辣。奥尔贡是他的恩人，但他不但无耻地勾引奥尔贡的妻子，而且在真相败露后，恩将仇报，毫不犹豫地把奥尔贡一家逼上了绝路。如果说，前四幕戏在表现达尔杜弗的狡猾虚伪时充满了浓郁的喜剧色彩，甚至使用了民间的闹剧手法（如奥尔贡在桌下偷听妻子与其调情），那么，第五幕，由于达尔杜弗的变脸，却罩上了悲剧的阴影，矛盾的激烈程度已难以用喜剧手段来解决。以英明君主的恩典来制造喜剧的结局，固然有取悦君主之意，但就戏剧发展而言，亦属无奈之举。悲剧与喜剧的严格划分，是古典主义的法则之一。但莫里哀从现实出发，敢于为深入揭示社会矛盾而突破艺术的教条，从而制造出更加鲜活的艺术形象和更加贴近生活的戏剧作品。艺术眼光敏锐的歌德就曾说过：“莫里哀是很伟大的……他是个与众不同的人，他的喜剧作品跨到了悲剧界限边上，都写得很聪明，没有人有胆量去模仿他。”①

达尔杜弗的骗术其实并不高明，无非是装模作样、能言善辩、精于作秀。明眼人如女仆桃丽娜，早就看清了他的真面目。而奥尔贡和他的母亲却被搞得晕头转向，险些落得身败名裂、人才两空的境地。他们的受骗，源于轻信，更源于对宗教的狂热。《伪君子》一剧，既无情地批判了虚伪的社会风气，也尖锐地揭示了宗教蒙昧对社会和人心的极大危害。

---

① ［德］爱克曼：《歌德谈话录》，朱光潜译，88页，北京，人民文学出版社，1978。

《伪君子》精巧的谋篇布局常为人所称道，特别是主人公的登场，历来被视为经典。剧作家整整用了两幕戏作铺垫，奥尔贡一家正反双方的争辩，为人物的“真”“伪”两面造足了情势，呼之欲出。第三幕第二场，达尔杜弗才正式亮相。寥寥数语和一个掏手绢的动作，如点睛之笔，把这个伪君子点染得活灵活现。

从《伪君子》开始，莫里哀的创作进入鼎盛时期，优秀的剧作被源源不断地搬上舞台，愉悦着观众，鞭笞着丑行。

《堂璜》是又一部以“好色的恶棍”为主角的剧本，也是又一部曾被禁演的作品。它借用在西班牙流传甚广的民间故事，塑造了一个以玩弄女性为能事的无耻之徒的形象，以抨击上层社会荒淫无度的风气。对贵族圈进行更多面批判的是《愤世嫉俗》（又译《恨世者》），它是莫里哀戏剧中风格较为特殊的一部，选材与构思都近于正剧。“恨世者”阿尔赛斯特对弥漫于世的虚伪、做作、欺骗、霸道、趋炎附势等恶浊空气，抱有不共戴天之仇，但他却偏偏爱上了风流女子塞莉曼娜。塞莉曼娜利用自己的姿色，同时与三四位男子调情。她在给某一男子的信中，会把其他几个人嘲笑得一钱不值。莫里哀一箭双雕，既表现了女子的轻薄，又嘲弄了贵族的种种丑态。真相大白后，阿尔赛斯特悻悻地出走，“走出这恶习横流的深渊”，去“寻找一个能有自由做正人君子的僻静地方”。作家的批判，已达到了否定整个现实世界的地步。

17世纪的法国，资产者还处于争夺社会地位、捍卫经济权益的时期。但他们的种种恶俗表现，却已成为莫里哀无情嘲讽的对象。《乔治·唐丹》（1668）和《贵人迷》（1670）等戏，就讽刺了富商们千方百计想挤进贵族行列而处处碰壁的可笑遭遇。与此同时，作家也没放过对贵族高傲与骄横的批判。

《吝啬鬼》（又译《悭吝人》）与《伪君子》被视为莫里哀剧作中的“双璧”，最受观众欢迎，也是在世界各国上演最多的剧目。

剧本《吝啬鬼》脱胎于罗马喜剧家普劳图斯的《一罐黄金》，却植根于现实生活，对新兴高利贷者钱迷心窍的扭曲灵魂进行了尖锐的嘲讽和无情的鞭笞。

阿巴贡视钱如命，甚至是钱重于命。他不顾儿女的幸福，要儿子去娶有钱的寡妇，让女儿嫁给不要陪嫁的老头儿。儿子想借一笔钱，以同心上人私奔。债主提出要二分五的高息，而且贷款的五分之一还要用破衣烂衫、破铜烂铁等杂物来支付，儿子大骂这是个“杀人不见血的凶手”。当借贷双方直接见面时，儿子才知道这个“凶手”不是别人，正是自己的父亲。

莫里哀深知细节在喜剧中的作用，《吝啬鬼》是大量运用精彩细节刻画人物、制造喜剧效果的典范。阿巴贡把一万艾居埋在花园里，疑神疑鬼，对仆人搜身检查，怀疑正说悄悄话的儿女是发现了他的秘密，还不时跑去看看那笔钱；媒婆的花言巧语把他说得心花怒放，但一提到借钱，就马上顾左右而言他。为相亲而破天荒准备请客的戏，是一次集中的表演：他吩咐仆人要往酒里多兑水；十个人吃饭只做八人份的饭菜就够了，诀窍是多做不合胃口、一吃就饱的东西；仆人的制服前襟有洗不掉的油渍，他就教他总拿着帽子挡在前面；仆人的裤子屁股上有个大洞，他就教他永远背靠墙、脸冲人。他还要请人用金字把不知哪位圣人的格言刻在餐厅的壁炉上：“人是为活着而吃饭，而不是为吃饭而活着。”一个个令人喷饭的细节，汇聚成一幅生动的、让人过目难忘的漫画像。

为惩治阿巴贡，一个仆人偷走了埋在花园里的钱匣，引出主人公那段堪称“绝唱”的长篇独白：“捉贼！捉凶手！捉杀人犯！……我完啦，叫人暗害啦，叫人抹了脖子啦……我可怜的钱，我的好朋友！……你既然被抢走了……我活在世上也没意思啦。没有你，我就活不下去。……我在咽气，我死啦，我叫人埋啦。……我要告状，拷问全家大小：女佣人，男佣人，儿子，女儿，还有我自己。”熟悉舞台效果的莫里哀，让阿巴贡把观众也拉进了戏里：“这儿聚集了许多人！我随便看谁一眼，谁就可疑，全像偷我的钱的贼。……他们全看着我，人人在笑。……我被偷盗的事，他们一定也有份。快来啊，警务员……刑具，绞刑架，刽子手。我要把那几个人绞死。我找不到我的钱呀，跟着就把自己吊死。”这是一段关于金钱和生命的疯狂的独白。金钱的力量，不仅扼杀了一切亲情，也戕害了自我的灵魂，使人物化为非人。阿巴贡的独白，句句是喜剧台词，但背后却透示着人性泯灭的悲凉。

正如达尔杜弗在法语中已成为“伪君子”的同义语，阿巴贡也成了“吝啬鬼”的代名词。

在莫里哀的剧中，仆人大多聪明能干，充满活力。他们不仅常常能明察秋毫，清醒地看到贵族们所看不到的问题；也会略施诡计，帮助年轻的主人转危为安、转悲为喜，实现他们靠自己的力量难以实现的目的。这正体现了莫里哀作为平民作家的特点。

晚期创作中，莫里哀不再满足于这些“下等人”在剧中的从属地位，而把他们推上了主角的位置。《司卡班的诡计》是这类作品中最出色的一部。这部戏也取材于罗马喜剧，并深受意大利和法国民间闹剧的影响。仆人司卡班帮助两对相恋的情人设下计谋，骗取了他们父亲的钱财，达到完婚的目的。剧中将老爷装进口袋里痛打的场景，很得百姓的欢心，却很让贵族老爷们恼火。原本对莫里哀颇为推崇的布瓦洛，在《诗艺》里也按捺不住对这一情节提出批评，并由此指责莫里哀对“平民”和“滑稽”过于偏爱。殊不知，这恰是莫里哀不同凡响之处。到 18 世纪，我们会在博马舍的费加罗等形象身上，看到对莫里哀的仆人形象的回应。

布瓦洛曾劝莫里哀放弃演艺生活，专事剧本写作。这样，他就可以推荐莫里哀以喜剧诗人的身份进入法兰西学士院，成为青史留名的“不朽者”。这是当时多少文人墨客求之不得的殊荣。但是，莫里哀谢绝了这一好意。他离不开喜剧，也离不开舞台。在上演他的最后一部作品《无病呻吟》时，他咯血不止，终于倒在了他无比热爱的舞台上。莫里哀为喜剧而生，为喜剧而死，献身精神感人至深。

莫里哀终生未能进入法兰西学士院，这不是莫里哀的遗憾，而是学士院的遗憾。后来，学士院在大厅里为他立了一尊雕像，雕像下面刻着这样两句话：“他的光荣什么也不少，我们的光荣少了他。”①

思考题

1. 如何评价理性主义原则对古典主义创作的影响？
2. 谈谈《失乐园》的叛逆精神。
3. 谈谈拉辛悲剧的艺术成就。
4. 谈谈莫里哀喜剧的创作特点。

---

① 李健吾：《〈莫里哀喜剧〉序》，见《莫里哀喜剧》，第一集，2 页，长沙，湖南人民出版社，1982。

第五章 18世纪文学

第一节 用知识烛照世界　以思想点燃革命

一、启迪蒙昧　张扬理性

18 世纪是一个理性大发展的时代。哲学家、思想家们继承文艺复兴以来的理性观念，将其发展成为对封建意识、宗教思想甚至专制制度全方位批判的犀利的思想武器。一切都被放到理性的审判台上以证明自己存在的理由。

18 世纪的启蒙文学是启蒙运动的重要组成部分。智者用知识烛照世界，用思想启迪蒙昧，掀起了一场以理性主义为核心的文化革命。

对于 18 世纪的欧洲文学，我们主要聚焦于英法德三国。

英国在 17 世纪最早完成了资产阶级革命，建立了相对稳定的君主立宪制，以两党制为基础的议会政体初步形成，较好地平衡了世袭贵族与新兴资产者之间的利益关系，为社会稳定和工商业的发展创造了有利条件。这个独立于欧洲大陆之外的岛国，在政治和经济方面都处于领先地位，工业革命的开展和海外殖民地的扩张，更使其国力大增，令世人瞩目。路易十四时代是法国辉煌的专制时代。作为强力而又开明的统治者，他的重商主义等政策，为工商业的繁荣铺展了道路，使法国迅速成为欧洲大陆上最强盛的国家。但是，随着资本主义经济的发展和以资产阶级为代表的第三等级势力的壮大，封建王权更强化了专制统治。平衡的假象被打破，阶级对立日益激化，最后无可避免地导致了暴力革命的发生。德国仍处于封建割据的状态，境内存在 300 多个小邦和 1 000 多块骑士领地，严重地阻碍着经济的发展。

生产力发展促进了自然科学的研究，自然科学研究的成就及其所体现的科学精神，又为人们正确认识客观世界创造了条件。英国大科学家牛顿（1642—1727）在科学革命的背景下，取得了光学、力学、数学等多方面的巨大成果，特别是万有引力定律的论证，对国际学术界影响深远。以英国哲学家洛克（1632—1704）为代表的经验主义哲学，强调知识来自经验活动，为启蒙思想家们的发挥提供了理论基础。

启蒙运动是一次全欧性的思想文化运动。广义的“文学”，即一切用文字书写的著作都在探讨和传播新的知识，寻找和建构新的理论体系。哲学、法学、史学、宗教学、修辞学等人文社会科学，数理化、天文地理等自然学科，都敢于标新立异，发前人所未发，让人耳目一新，甚至振聋发聩。《百科全书》从倡议到编纂，就是应时代的需求，对新知的一次大规模汇总。这部耗时 30 年（1751—1780）、汇聚了当时各领域顶尖专家学者参与编写、洋洋洒洒 37 卷之多的皇皇巨著，对自然科学、社会科学的一切概念都在新发现新研究的基础上重新定义、重新阐释，以向人们普及准确的知识，改变人们习惯的愚昧的思维方式。此时的“沙龙文化”，已由 17 世纪名媛贵妇的客厅逐渐转向哲学家、思想家的府邸；更为普遍的是咖啡厅兴起，成为众多学者和青年讨论争辩、传播知识的场所。这种独特便捷的传播方式，使百姓十分容易接触、接受唯物主义和自由思想，从而对变革现实达成共识、积蓄能量。以最新的知识引导人们去追求、把握真理，是启蒙运动明显的特征。

理性是启蒙运动的核心法则，又是改造社会、建设新秩序的工具。启蒙思想家们要重建文艺复兴以来的人文主义世界，首要的是确立人的地位，推崇人的尊严。理性是人性的根本，从对个性解放的呼唤到平等权利的追求，从对门第观念的否定到法律面前人人平等的政治诉求，从对信仰自由的向往到对宗教偶像的颠覆，天赋人权，理性的人们不再是屈从于封建等级制度和教会淫威的奴隶，而应是掌握自己命运的主人。

从制度层面上，启蒙思想家把批判锋芒对准了封建专制统治的方方面面，主张公民的生存权、财产权、信仰自由等神圣不可侵犯，并以平等、自由、博爱的“理性王国”为理想目标，努力建设真理和正义光照下的合理社会。民主政治的观念日益为广大民众所接受和理解。

二、启蒙运动中的启蒙文学

文学作品，无疑是传播思想最为大众化的形式。因此，它也颇受哲学家、思想家们的青睐。在启蒙运动最为“正宗”的法国，哲学—文学“两栖”作家占据显著地位，成为文坛主力。我们在谈论启蒙文学的总体特征时，基本是以他们的创作为依据的。

启蒙文学思想之犀利，是文学史上罕见的。批判的笔锋几乎扫遍封建和教会统治的各个领域，愤怒控诉社会的不平等和不合理，竭力唤醒人们对自身力量的觉悟；在当代性、现实性上，作家的目光从古代转向当代、转向现实生活，从帝王将相转向寻常人家、转向第三等级；在理论和创作上，努力摆脱古典主义教条的束缚，创造了许多新的艺术形式，如书信体、日记体、对话体——寻找尽可能直接的方式表达他们想表达的思想，甚至有意无意地“混淆”理论作品和文学作品的界限，总之，思想的传播是第一位的，形式服从思想。

法国启蒙文学的大师们，都是知识渊博的跨学科人才。四位代表性的巨匠是：瑟贡达·孟德斯鸠（1689—1755）、伏尔泰（1694—1778）、德尼·狄德罗（1713—1784）和让-雅克·卢梭（1712—1778）。

孟德斯鸠是法学家，他的法学专著《法的精神》（1746）直接影响了大革命的《人权宣言》和宪法的产生。他的第一部作品却是“准小说”《波斯人信札》（1721），而且一夜走俏，洛阳纸贵。《波斯人信札》共160封“正文”和两篇所谓“残稿”附录，书信的主要“作者”是游走欧洲的波斯贵族郁斯贝克，和部分收信者给他的回复。这些信件并不构成完整的情节，也没有完整的形象，有的只是零星的故事、片断的画面，书信者借题发挥，对封建专制制度下各种政治问题、社会问题发表议论、进行批判，口无遮拦，言辞锋利，从而成为启蒙文学的先声。一本基本不以故事取悦读者的“准小说”，在作家在世时就连续再版20余次，可见其思想的力量，也说明当时社会的反叛情绪已积蓄到何等程度。

伏尔泰被视为启蒙运动的精神领袖，积极投身社会活动，多次被捕或流放，但仍矢志不渝。他长期在国外从事研究，撰写宣传小册子，与各国进步人士书信往来，其影响早已遍及欧洲。他是个名副其实的“大家”，哲学著作（如《哲学通讯》，1733）、史学著作（如《路易十四时代》，1751）都十分丰富。而在文学创作上，更是一位多产的多面手，诗歌、史诗、喜剧、悲剧、小说，样样都有所涉及，而且都获得了成功。但有趣的现象是，作家自己呕心沥血创作的史诗和悲剧，当时有的虽曾名噪一时，可并未能传之久远；相反，他称之为“儿戏之作”的哲理小说，却成为了传世之作，其独特的风格，深受后人喜爱。《如此世界》（1746）、《查第格》（1747）、《老实人》（1759）、《天真汉》（1767）等的成功，颇有“无心插柳”之喜。其中，《老实人》尤为荒诞不经，令人忍俊不禁。小说又名《乐观主义》，是对掩盖社会弊端的盲目乐观主义哲学的无情批判和辛辣嘲讽。天真单纯的老实人笃信哲学教师邦葛罗斯“一切皆善”、“万物”皆有“最美满的归宿”的乐观哲学，但现实却给他们制造了种种啼笑皆非的灾难，几乎将他们置于死地。不仅他们两人，书中所有的男男女女都是厄运连连，惨不忍睹。总之，老实人看到的现实是：“地球上满目疮痍，到处都是灾祸啊!”从一个智商不高的老实人的独特视角，观察这个“满目疮痍”的世界，从而戳破不切实际的乐观幻觉，进而对罪恶现实得出否定的结论。伏尔泰哲理小说大智若愚、寓庄于谐的风格，同样具有深刻的批判力量。

狄德罗是哲学家、美学家，最重要的是“百科全书派”的领袖。他主编的《百科全书》对汇总科学新知、传播先进思想，做出了无与伦比的贡献。伏尔泰的戏剧创作是保守的，而狄德罗的戏剧主张却是激进的。他在《关于〈私生子〉的谈话》和《论戏剧诗》等文章中，认为生活本身不是悲喜严格区分的，因此作为生活反映的戏剧就不能只有悲剧和喜剧，而应有“中间种类”，他称之为“正剧”或“严肃喜剧”，从而为冲破古典主义的藩篱提供了理论基础。他还特别强调戏剧的教化作用，让戏剧宣传思想。狄德罗的文学作品，主要是三部哲理小说：《修女》（1760，1796）、《拉摩的侄儿》（1762—1764，1821）和《宿命论者雅克和他的主人》（1773，1796）。三部作品都发表于作者去世后，作品后所标年份前者为创作时间，后者为公开发表年份。其中最具特色的是《拉摩的侄儿》，这是一本作者独创的对话体小说，形式十分平实，通篇由“我”和“他”（拉摩的侄儿）的对话构成。小说引人之处在于“他”形象的矛盾复杂。这是个正直而又卑琐的落魄文人，游手好闲，骗吃骗喝，为生存甚至不得不小丑般地嬉皮笑脸，讨好主人。然而，他清醒地认识自己无赖的面目，更清楚地看到社会的丑态，于是决心做一个“打劫强盗”的“强盗”。“我”这样评价“他”：“这样的精明和这样的卑鄙在一起；这样正确的思想和这样的谬误交替着；这样邪恶的感情，这样极端的堕落，却又有这样罕有的坦白。”他对社会虚伪道德和黑暗现实的批判尖刻犀利，但他并不代表善，他是在“以毒攻毒”地揭示恶。狄德罗在人物身上充分展示了他的辩证思维，这一形象在后世的文学中常得到呼应。

卢梭是启蒙思想家中平民的代表。他出身低微，经历坎坷，贫困一生，却始终保持“独立人格”。他长期生活在山区、乡村，对大自然情有独钟，作品中的自然景色描写独树一帜。卢梭以《论科学与艺术》声名鹊起，以《论人类不平等的根源》奠定其启蒙思想家的地位。他的三部文学作品，各有特色。《新爱洛伊斯》(1761) 是一部情感小说；《爱弥儿》(1762) 副题为“论教育”，也可称为“准教育小说”；《忏悔录》(1781—1788) 是自传回忆录，是对自我的解剖，以坦诚和真实为特点，作者认为，这本书“可以作为关于人的研究的第一份参考材料”。《新爱洛伊斯》是书信体，由 163 封长短不一的信讲述一段感人肺腑的“三角恋”，表现了启蒙思想家对理想化的纯洁爱情、友情的向往。贵族小姐朱莉与家庭教师、平民知识分子圣普乐，因相处而相爱，但遭到父亲反对而被迫分离。朱莉嫁给了贵族沃尔玛。婚后，朱莉向丈夫讲述了她和圣普乐的恋情，沃尔玛表示理解。夫妻生活很是平静，并有了他们的孩子。但朱莉仍然牵挂着昔日的情人，而沃尔玛却大度地主动邀请圣普乐到庄园来作客，以此宽慰妻子的心情。殊不知，当这对旧日情侣再度重逢、朝夕相处时，他们不得不相敬如宾、以更加强烈的痛苦和毅力抑制内心的激情。最后，朱莉病逝前将儿子的教育托付给圣普乐。小说以对建立在道德基础上的纯情的讴歌表达了对自由恋爱、平等观念的向往，以爱的悲剧愤怒控诉了封建贵族的门户偏见，进而对整个贵族阶级的存在提出了挑战。卢梭的精神通向浪漫主义。

博马舍 (1732—1799) 写了两出以仆人为主角的喜剧《塞维勒的理发师》(1772) 和《费加罗的婚姻》(1778)，这两部姐妹篇，情节生动，形象鲜明，是启蒙戏剧文学的重要成果。它们最成功之处在于塑造了以仆人费加罗为代表的第三等级的“光辉”形象，通过形象的力量，对封建势力进行了有力的批判。在前一部戏里，费加罗的任务是以他的聪明机智帮助伯爵突破老顽固的“封锁”，实现了与少女罗丝娜的婚姻。而后一部戏中，费加罗则要为自己维权了。3 年后，伯爵厌倦了好不容易得来的婚姻，开始四处猎艳。更为无耻的是，他竟恩将仇报，垂涎费加罗的未婚妻苏珊娜，要在他们结婚的当晚恢复贵族对女奴的可耻的“初夜权”。费加罗机敏地与苏珊娜、罗丝娜等一道，设下陷阱，让伯爵在大庭广众中狼狈出丑，阴谋未能得逞。费加罗是莫里哀笔下仆人形象的继续，不同的是时间已经来到了大革命前夜，对自尊人格的追求和反叛的政治色彩都强烈了许多。“照你们对仆人要求的品德，大人，您见过多少主人配当仆役的?”“布置间谍，收容奸细，偷拆漆印，截留书信，明明苦于应付，却用事情的重要性来夸大铺张。整个政治就是这样，否则我甘认死罪。”两出戏，妙语连珠，所涉话题，已远远超出婚姻爱情的范畴。怪不得坊间盛传，拿破仑认为，这已是“行动中的革命”了。

英国作家们的成就突出表现在现实主义小说上。在一个相对平稳的社会氛围中，在一个相对富足的社会生活里，人们有了仔细观察周围生活的条件和心态，也有了静下心来阅读和思考的可能。随着市场经济的迅速发展，文学进入了商品化、作家进入了职业化的过程。小说，尤其是长篇小说，开始进入人们的视野。丹尼尔·笛福 (1660—1731)、约拿旦·斯威夫特 (1667—1745)、塞缪尔·理查森 (1689—1761)、亨利·菲尔丁 (1707—1754) 等，可以开出一串长长的名单，这是 19 世纪小说繁荣的预演。这时期的英国小说继承流浪汉小说的传统，着力反映现实生活，塑造的人物从王公贵族转向包括资产者在内的普通人，关注细节描写，情节结构由“散”而“聚”，日渐走向紧凑完整。

笛福大器晚成，以近 60 岁写就的《鲁滨孙漂流记》(1719) 一举成名。后相继发表《摩尔·弗兰德斯》(1722)、《罗克·查娜》(1724) 等作品，但影响都不及他的成名作。

《鲁滨孙漂流记》写主人公海航遇险，独自流落荒岛，以一己之力开辟一片新天地的冒险故事。鲁滨孙从求生存到求发展，历尽艰辛，备受磨难，在与大自然的搏斗中，显示了人的力量、人的创造力、人的开拓精神。鲁滨孙的奋斗史和发迹史，也明显带有时代的印记。他从一个死里逃生的拓荒者，变成了占岛为王的殖民者，处处都表现了新兴资产者在“征服”世界过程中的行为特征。《鲁滨孙漂流记》的问世，标志着英国现实主义小说的诞生。

斯威夫特的《格列佛游记》(1726) 是一部具有政治色彩的幻想小说。格列佛四次出海，相继来到小人国、大人国、飞岛国和慧骃国等奇异的国度。作家通过狂放的想象力，影射讽刺了英国尔虞我诈、争权夺利的政治生活；当主人公洋洋得意地介绍英国的历史和制度时，却发现那根本是破绽百出、经不起诘问的谎言；格列佛以为人们发明了火药枪炮有多么了不起，英明的国王却认为发明者是人类的公敌。斯威夫特不仅抨击了英国社会生活的方方面面，更对人、人性进行了独特的思考。在小人国里，格列佛是巨人，可以俯视“小人”们的种种卑劣行径；在大人国里，格列佛是小人，成了巨人手中的玩偶、赚钱的工具；而生活在慧骃国里的，竟是人型的畜生，他们是失去理性的人类，格列佛虽被认为还有理性，但与这里的统治者“马”相比，人类的理性并不完美，他最终还是不被这个理想国接受。当鲁滨孙仿佛显示了人的无所不能时，格列佛的经历却告诉我们，人要准确认识自己在天地间的位置。丑陋的人性，才是万恶之源。“认识自我”，永远是人们要面对的哲学命题，每一代人都会有自己的答案。启蒙一代对人的探索，更趋向于多视角。

理查森的两部爱情—婚姻小说《帕米拉》(1740) 和《克拉丽莎》(1741—1748)，对英国小说的发展具有积极意义。小说开启了对家庭生活中道德伦理问题的探讨，赞颂了坚贞女子的高贵品德，谴责了对女性的欺凌侮辱。《克拉丽莎》是书信体悲剧。美丽善良的少女克拉丽莎，内受父母兄姐的胁迫，外受求婚青年贵族的欺辱，始终未能享受到真正的爱。最后，她郁闷地病逝时，对曾加害于她的所有人表示宽恕，从而唤醒了人们的良心。命运悲惨，情操高尚，格调哀婉。作品摆脱了流浪汉小说的结构模式，围绕女主角的婚事这一中心事件安排情节，编织故事，塑造人物，因而更显紧凑集中。其感伤情怀和结构方式，都对后来的创作产生了一定的影响。

菲尔丁是这批小说家中的佼佼者。他从戏剧起步，但因屡遭禁演，不得已改写小说。主要作品有《大伟人江奈生·魏尔德传》(1743)、《约瑟·安特鲁传》(1742)、《阿美丽亚》(1751) 等，其中《汤姆·琼斯》(1749) 最为著名。菲尔丁把自己的小说称为“散文喜剧史诗”，意指要把平民百姓的平凡故事（喜剧）与史诗的规模结为一体。《汤姆·琼斯》以汤姆、布利非与索菲亚的三角关系贯穿，对立地表现了汤姆和布利非的道德品质，赞扬了前者的正直、诚实、善良，批判了后者的自私、狡诈、阴险。在这场爱情的纠葛里，最终真诚战胜了奸诈，汤姆与索菲亚喜结良缘，并继承了丰厚的遗产。大团圆的结局，正是作者所称的“喜剧”。而“史诗”的内容，则主要是通过汤姆和索菲亚从家乡逃往伦敦路上的所见所闻，广阔地展示了英国社会，特别是下层社会的各个侧面，描写了各色人物的日常生活和喜怒哀乐。小说结构有收有放，看似枝蔓横出，但始终以三个年轻人的婚姻关系为主干，以他们时而交叉、时而平行的命运结构故事，还把汤姆究竟是谁的私生子作为全书的悬念，从而使作品虽人物众多、场景众多，却井然有序，浑然一体。

德国显示了政治、经济与文化发展的不平衡法则。封建割据造成经济严重滞后，工农业发展缓慢，新兴工商业资产者势单力薄，不得不在很大程度上依赖宫廷和贵族的力量。唤醒民众，振兴民族意识，促进民族统一，成为当务之急。受英法先进思想影响，先知先觉的知识分子为宣扬平等自由的启蒙思想、为民族文化的勃兴和繁荣，在落后的社会基础上，在18世纪后期，创造了一次文学艺术的高潮。

高特霍德·埃夫拉姆·莱辛（1729—1781）是德国启蒙文学的旗手。他掌握古希腊语、拉丁语、希伯来语等多种古代语言，精通英文、法文，对哲学、文学、戏剧尤其感兴趣。他创作的剧本有悲剧《萨拉·萨姆逊小姐》（1755）、喜剧《明娜·封·巴尔赫姆》（1767）和《智者纳旦》（1772）等。悲剧《爱米丽雅·迦洛蒂》（1772）虽以文艺复兴时期的意大利为背景，却是他主张的市民悲剧的实践。亲王看中了少女爱米丽雅，竟劫杀了她的未婚夫，把她诱骗到自己的庄园，谎称是他们救了她。她父亲闻讯赶到，戳穿了贵族的阴谋，为保女儿的贞操，亲手杀死了爱米丽雅。剧本以残酷的结局制造了巨大的冲击力，从而对骄横淫靡的封建主进行了愤怒的控诉。莱辛更为世人关注的是他的美学家、文艺理论家的身份。《拉奥孔》（1766）和《汉堡剧评》（1767—1769），是他两部重要的理论著作。前者从探讨画与诗的区别入手，强调诗（语言艺术）的最高原则是“真”，作为时间的艺术，要表现动作和动作的过程。后者包括104篇戏剧评论，全面反映了德国当时落后的戏剧状况。莱辛反对效仿法国古典主义，认为帝王将相的崇高悲剧不再能打动观众，主张创作表现身边现实生活的市民悲剧，打破悲喜剧的严格界线，以更贴近真实，且强调戏剧的教育作用。莱辛以启蒙思想为核心的现实主义理论，在德国引起巨大反响，为民族文学的建设做出了重要贡献。

18世纪七八十年代，德国出现了一次短暂的“狂飙突进运动”，因剧本《狂飙突进》（1776）而得名。这是理性主义大潮中的一次情感冲击波，它在反封建、促统一的共同目标下，更突出了强烈的反叛精神，宣扬天才的力量，追求个性解放和自由精神。年轻的作家们追随卢梭“返回自然”、“反璞归真”的观点，并着意到民间文学中去发掘民族精神和民族风格，其中的某些主张已与未来的浪漫主义相通。青年歌德（详见本章第二节）和席勒都是这一运动的积极参与者。

德国文学史上经常与歌德相提并论的，是比他年轻10岁的挚友弗利德里希·席勒（1759—1805）。他曾任军医，也当过历史教授，但他最重要的身份是杰出的剧作家。1780年的处女作《强盗》，以强烈的反封建狂飙精神引起轰动，也引起了统治者的恐惧，迫使作家逃离斯图加特辖区，前往曼海姆，以获取创作自由。在这里，他完成了他流传最广的重要作品《阴谋与爱情》（1784）。宰相为了巩固自己的地位，强拆儿子斐迪南与乐师之女露易丝的爱情，要他娶公爵的情妇；宰相又以露易丝的父母为人质胁迫她给卫队长写假情书、并使信落入斐迪南的手中，引起他勃然大怒。斐迪南毒死了女友，自己也服了毒。露易丝死前向斐迪南道出了真相，斐迪南愤怒地谴责了父亲的罪行。这是“市民悲剧”的典范之作，以平民女子露易丝的命运为中心，展开了包括她自己在内的各种人物对这段“门不当户不对”的恋情的纠葛。一方面有力地揭露了以宰相为代表的封建统治者的专横残忍，玩弄阴谋，摧残了年轻人的美好爱情；另一方面也揭示了以露易丝父母为代表的市民阶层自身的软弱和自卑，他们并不相信这种不平等的婚姻能带来真正的幸福，因此，他们是受害者，却不是反叛者。剧本在猛烈控诉封建等级制度的同时，也在努力唤醒民众对自身力量的觉悟。1787年至1794年的魏玛耶拿大学时期，席勒主要从事学术研究，除历史著作外，《审美教育书简》（1795）和《论朴素的诗和感伤的诗》（1796）是他重要的美学论著。1794年，他与歌德开始十年合作，成就了他最辉煌的“古典时期”。《华伦斯坦》三部曲（1799）、《奥尔良的姑娘》（1801）等剧都取得了很大成功。《威廉·退尔》（1803）是作家后期的一个剧本。它表现了官逼民反的过程，写出了本无意反抗的主人公，忍无可忍、终于向独裁者射出了致命一箭，从而引发了成功的起义。题材取自瑞士民间，席勒却意在启迪德意志的民族意识。

第二节
歌德

“狂飙突进”·魏玛十年·博士的奋斗

约翰·沃尔夫冈·歌德（1749—1832）是跨世纪的伟大作家，是德国文学史上的高峰，也是欧洲文学史上少数几个划时代的作家之一。人们难以想象，在这片“碎片式”的国土上，竟站起了一位文艺复兴式的巨人。歌德是全才，诗歌、戏剧、小说、史诗、理论，几乎涉及一切领域，而且在每个方面都取得了骄人的成就。鲜为人知的是，他还是颇有建树的自然科学研究者，撰写过多篇自然科学的论文。

生平与创作

1749年8月28日，歌德诞生于德国中部城市、莱茵河畔的法兰克福。1765年，歌德独自来到莱比锡大学攻读法律。1768年，由于健康原因，他肄业回到家乡。1770年他到斯特拉斯堡继续学习，结识了著名理论家赫尔德（1744—1803），从而进入“狂飙突进”时期，写出了最早的小说《少年维特之烦恼》（1774）。1775年，歌德被聘为魏玛公国的枢密参事，开始了从政的魏玛十年。1786年，他厌倦了令人窒息的宫廷生活，不辞而别，遍游意大利各大名城，兴奋地享受南国的自由空气和多彩艺术。在此，他创作了诗剧《伊菲格涅亚在陶里斯》（1787）和悲剧《埃格蒙特》（1788）。1788年6月他回到魏玛，辞去了大部分职务，把精力投入创作。1794年，歌德与席勒相识，开始合作十年，共同开创了德国文学的“古典时期”。歌德完成长篇小说《威廉·麦斯特的学习时代》（1795—1796）、长诗《赫尔曼与窦绿苔》（1797）和诗剧《浮士德》第一部（1808）。席勒离世（1805）后，歌德仍笔耕不辍，先后完成了长篇小说《亲和力》（1809）和《威廉·麦斯特的漫游时代》（1829）、自传性作品《诗与真》（1811—1831），特别是《浮士德》第二部（1831）。1832年3月22日，诗人平静地离开了这个世界。

长寿（83岁），是作为作家的歌德的雄厚“资本”，见多识广，阅历丰富，给他的创作提供了思考和想象的广阔空间。如他自己所言：“我出生的时代对我是个大便利。当时发生了一系列震撼世界的大事，我活得很长，看到这类大事一直在接二连三地发生。……因此我所得到的经验教训和看法，是凡是现在才出生的人都不可能得到的。”①

① ［德］爱克曼：《歌德谈话录》，朱光潜译，30页，北京，人民文学出版社，1978。

18 世纪的后半叶和 19 世纪的前半叶，德国尚处于封建割据、经济落后的状态，而法国大革命前后的欧洲，却是风云激荡的岁月。强烈的反差，对歌德影响至深。

歌德的文学活动是从接受赫尔德（1744—1803）的影响正式开始的。赫尔德引导他“认识”了莎士比亚，热心搜集民歌，遂成为“狂飙突进”运动的中坚。歌德为“狂飙突进”贡献的第一部作品是剧本《铁手骑士葛兹·冯·伯利欣根》（1773），它歌颂了历史上为自由独立而战的英雄人物，结构上完全突破了“三一律”的束缚。1774 年的书信体小说《少年维特之烦恼》，更是一部引起一代人震动的作品，是德国第一部走出国门、惊动欧洲的杰作，25 岁的歌德由此赢得世界性声誉。

《少年维特之烦恼》取材于歌德自身的经历，自杀的结局则是一位友人的悲剧。小说由主人公维特的近百封书信构成，情节并不复杂，妙在以情感人。青年男子维特爱上了妙龄女郎绿蒂，绿蒂也为之心动，可惜名花有主，绿蒂已经订婚。她的未婚夫回来后，维特理智地离去。维特担任公使的秘书，以图在工作中摆脱苦恼，但官场的庸俗与无聊令他深恶痛绝。而令人更加难以容忍的是达官贵人对身份低下的维特的轻蔑鄙视。愤而辞职的他，为情所动，又来到绿蒂身边。此时绿蒂已经结婚，虽然心中依恋维特，但为避嫌不得不故意与他保持距离。这使维特感到绝望，开枪结束了年轻的生命。作品以第一人称叙述、抒情、议论，娓娓道来，情真意切，动人肺腑，独具冲击力。这是一部殉情之作，但维特之死却不应简单理解为一次失恋。维特之苦闷，源于社会之沉闷。对绿蒂的爱恰如穿越黑暗的一缕阳光，阳光熄灭，无异于世界的末日。维特代表着向往自由幸福的一代年轻人，绿蒂是美的化身，是理想的寄托，因而也就被视同他的生命。维特的悲剧是对等级关系和权贵意识的强力抗争，是对窒息才能和情感的社会现实的愤怒控诉。正因如此，小说才会引起轰动效应，一时间洛阳纸贵，“维特热”完全超出作家的想象。

声名鹊起的歌德，于 1775 年被任命为魏玛公国的枢密参事，从而开始了他的魏玛十年政治生涯。歌德从政是很认真的，他实际主持着公国的政务。尽管公国很小，但五脏俱全，工业、农业、商业、财政、外交、军队、治安、文化、教育——歌德无所不管。实际工作的操练，使他充实，也渐渐使他厌倦。1786 年，他断然出走，离别宫廷，改名换姓（约翰·梅勒）游览浪漫的意大利。政坛生活十年，对初露头角的作家无疑是一种“浪费”，但又是一次“功夫在诗外”的积累。

近两年的意大利之旅，重新焕发了歌德的创作热情。在罗马，他完成了著名的悲剧《埃格蒙特》。这仍是一部历史剧，背景是 16 世纪西班牙统治下的尼德兰人民起义。主人公埃格蒙特不是领袖式的英雄人物，只是一个善良而向往自由的尼德兰普通贵族。尽管他曾为西班牙国王效劳，但也得不到国王的信任而被诱捕处决。他的女友、平民姑娘克蕾尔馨为解救他而奔走呼号，但无人响应，令她绝望自尽。埃格蒙特牺牲前，梦见女友化身自由女神，给他戴上胜利的桂冠。这一对青年的悲剧，是对暴政和专制的挑战，对人道主义政治的肯定。它标志着经过魏玛十年的历练，歌德正从“小世界”走向“大世界”。

1794 年，歌德与席勒合作，共创了一个辉煌的文艺时代。他们合办刊物《时代女神》，不仅发表各自的重要作品，还发表了二人的来往通信，表达他们对社会生活和文艺现状的看法。他们还合作写诗，《诗神年鉴》上发表的 414 首两行诗，分不清究竟谁是它们的作者。他们共同建设魏玛剧院、图书馆等文化设施。最重要的是他们有共同的思想倾向和创作理念，尊古代文化为典范，信奉人道主义，张扬自由精神，因而不断交流，互相促进，创作了一些优秀作品，开创了德国文学史上“古典时代”。这对黄金搭档仅仅合作了十年，体弱多病的席勒于 1805 年 5 月不幸离世，歌德痛哭流涕，“我的一半生命已离我而去”。

歌德在此期间完成的长篇小说《威廉·麦斯特的学习时代》和 30 多年后的《威廉·

麦斯特的漫游时代》是姐妹篇，属德国著名的“修养小说”、“发展小说”，即着重于表现个人内在历练成长的小说类型。从一定意义上说，它和两部《浮士德》的创作相似，前后相距数十年，几乎贯穿了作家一生。这部作品描写一个热爱诗歌和戏剧艺术的富商之子的成长历程。他从创建或参与戏剧剧团的活动到加入以服务于人类为宗旨的秘密社会组织，经历种种变故，结识各色人等，有过迷失，有过彷徨，不断克服对功名的追求，最终从小舞台走向了大世界，完成了人格的自我完善。《漫游时代》是一部结构松散的作品，主人公的漫游只起串联作用。其中插入了7个短篇故事，以及书信、日记、观感、格言笔录等，仿佛作家急于在这里留下他所有的思想而无暇顾及精心构思情节。书中关于“教育省”的描写，既表现了人人劳动、人人互爱的空想性质的社会范式，又有了培养“敬天、敬地、敬人”的“三敬畏”精神的教育理想。他的格言涉及方方面面，是作家“长寿人生”凝聚的思想结晶，深邃睿智，耐人寻味，焕发着人道主义的光泽。

尽管作家多才多艺，在各个领域都有所建树，但人们还是习惯于称他为“诗人”。的确，歌德从8岁开始习诗，到83岁离世前仍在写诗，可以说，诗歌与他一生如影随形，难有分离的时刻。他给世界留下2 500多首诗歌，题材多样，体裁多种，风格多变，令人目不暇接。其中最宏伟的巨作当属诗剧《浮士德》。

《浮士德》梗概

天主与魔鬼梅菲斯特以浮士德为对象打赌：前者肯定人的本性，梅菲斯特则相信自己能把人引上满足、堕落的歧途。浮士德博士皓首穷经、博学多才，但沉湎于书斋，与世隔绝，苦闷异常，甚至想到自杀。梅菲斯特与他相遇，订下契约：魔鬼为他排忧解难，满足他的一切需求；一旦博士感到满足，灵魂就归梅菲斯特所有。赌约开始，浮士德随魔鬼走出书斋，进入尘世。魔鬼让他喝了魔汤，返老还童，与市民少女玛甘泪谈情说爱。为了约会，玛甘泪让母亲服了过量的安眠药身亡，哥哥也被浮士德刺死，她还因为难以忍受舆论的压力而亲手溺死了他们的孩子，而自己在狱中神经错乱。梅菲斯特施展魔法，使浮士德一觉醒来，前事尽忘，轻松前行。他来到宫廷，开始接触政治。他看到的是一个腐败的王朝，一个邪恶的世界：结党营私，贪污腐化，尔虞我诈。浮士德为皇帝效力而陷入苦恼。皇帝突发奇想，想见古希腊美女海伦，博士用魔法再现了海伦和帕里斯恋爱的场景。浮士德自己迷上了海伦，他的魔术钥匙碰到帕里斯而发生爆炸，浮士德也昏倒在地。浮士德回到书斋养病，他的弟子正在实验室里制造“人造人”，魔鬼帮助他造出了“人造人”。“人造人”带领他们到古希腊去寻找海伦，浮士德与海伦结合后生下了儿子欧福里翁。这个小子不断向上飞翔，从高处坠落身亡。海伦也随之消失，把衣裳和面纱留给了浮士德。浮士德因平乱有功，得到海边一块封地。他要以此围海造田，发展生产，成就一番事业。此时他已年届百岁，双目失明，在听到为他挖掘坟墓铲土的声音时，他还以为是在修筑围堤，兴奋不已。终于发出了满足的慨叹：“逗留一下吧，你是那样美！”按照赌约，浮士德应归魔鬼所有。但在他倒地时，天使们把他接到了天上，迎接他的还有他的初恋情人玛甘泪。

《浮士德》是歌德花费毕生精力建构的诗体大厦。诗剧分一、二两部，共计12 110行。主人公浮士德的原型是15世纪至16世纪的江湖流浪者，在民间流传的是个无所不能、吹牛不脸红的喜剧人物。歌德早年从木偶戏里看到浮士德的故事，留下深刻印象。但当他以此为素材进行创作时，却完全改变了故事的内涵，升华了形象的意义。

全剧由两个赌赛和五个阶段的悲剧组成。

《序幕》中天主和魔鬼的争论及由此引出的第一个赌赛，为这部诗剧定下了基调，它将要探索的是人类的命运，是人的心灵发展史、精神求索史。天主相信人尽管也会误入歧途，但“一个善人即使在他的黑暗的冲动中，也会觉悟到正确的道路”。而魔鬼梅菲斯特却认为，他能轻而易举地把人引上邪路，让他放弃信仰，放弃追求。这场赌赛的焦点是浮士德，而浮士德已不仅仅是个体的博士，他是人类的代表，人类的化身。赌赛提出的问题是极富哲理的：人类究竟是不断发展、不断向上的，还是在走向衰落灭亡？它的前景究竟是光明还是黑暗？这正是《浮士德》全剧所要回答的问题。

浮士德博士在狭小的书斋里刻苦攻读数十载，研究学问无数，却感觉自己仍是个“满腹经纶”的“蠢货”，苦闷彷徨，甚至想到以自尽求解脱。这是对中世纪经院哲学的否定，对脱离现实、脱离自然的教育的否定，表现了中世纪宗教和封建愚昧给人们造成的精神窒息。但是，选择自杀，并不意味着绝望，而是要寻找“新的轨道”以达到一个“纯洁活动的新境界”，表明了博士为认识真理不惜牺牲一切乃至生命的主观战斗精神。在一定意义上说，这是浮士德告别过去的转折点。复活节的钟声引起他对童年和大自然的回忆，他走出书斋，来到大自然的怀抱，来到人民群众中间，听到人们心满意足地欢呼：我在这里是个人！“知识悲剧”昭示人们，应抛弃中世纪和无用知识的束缚，到现实世界和广大群众中去求知和享受生活。“我是人!”的欢呼，应和着文艺复兴对人的解放的呼唤。

正当浮士德苦恼于如何转变生活方式的时候，梅菲斯特出现了。魔鬼以极“优惠”的条件和博士打赌：做他的仆人，帮他实现一切欲望，一旦浮士德感到满足，说出“逗留一下吧，你是那样美!”就算输了，灵魂就归魔鬼所有。出于自信，也为了急于投身时代生活，变小我为大我，浮士德与梅菲斯特签订了契约。签约后，梅菲斯特让浮士德喝了魔汤，使他返老还童，恢复青春，完成了从精神到肉体的“复活”。

“复活”后的浮士德，经历了和平民少女玛甘泪的“爱情悲剧”。为了与浮士德相爱，玛甘泪家破人亡，身陷囹圄，但从未后悔。这是一个为自由恋爱而献身的既柔弱又坚强的新型女性形象，宁折不弯的品性感人至深。“爱情悲剧”发生的必然性还是由浮士德不断追求的精神决定的。他不能沉迷于个人爱情的私生活，爱情毕竟不是人生的最终理想，有为者不应满足于平庸的市民生活，而要扩展到对社会政治生活的探求，也就是要从“小世界”进入“大世界”。

浮士德一觉醒来，恢复精神，产生了“一个坚强的决心，/一再向最高的生存攀登”。梅菲斯特把他带到罗马宫廷开始从政。他在这里看到的是一个极其腐败的王朝。国家四分五裂，到处是贪官污吏，宫廷内或结党营私，或尔虞我诈——这是作家魏玛十年的真切体验，也是他对德国现实的影射。在昏君治下，浮士德难有作为，但借助梅菲斯特的魔力，他让古希腊美女海伦和情人帕里斯显现，满足了皇帝的好奇。为统治者服务的从政之路并不能真正实现自己的抱负，把希望寄托于开明君主只是一种幻想。浮士德的政治悲剧结束于一声爆炸。

海伦的出现，把浮士德引向了对美的痴迷。他在“人造人”的引领下，逆时而上到古代找到了海伦，并与之结合生下儿子欧福里翁。欧福里翁是现代追求与古典美的产物，代表着勇敢战斗、争取绝对自由的浪漫精神。在战斗中他一飞冲天，落地坠亡（歌德以此形象，纪念英年早逝的拜伦，对他超越现实可能的热情表达了保留的态度），海伦也随之消失，浮士德又回到了德国的现实。向古代艺术寻找社会改良的出路，同样是一种幻想。“古典美”的悲剧，说明艺术不能成为人生的终极目标。

围海造田，是浮士德最后一次飞跃：从在主观虚幻的世界里寻求个人的满足，到在改造客观世界中造福人类。征服自然，任务艰巨，事业成败未为可知，忧心忡忡的他被"忧愁"吹瞎了双眼。当他以为共同劳动、共同享受自由的理想就要实现时，他为人类的幸福真诚地感叹："逗留一下吧，你是那样美！"生命就此交付了，为事业悲壮献身是博士一生最光彩的一幕。本应归属梅菲斯特的灵魂，却被天使们接到了天上。浮士德精神取得了最后的胜利。

浮士德概括了自文艺复兴以来资产阶级知识分子的探索，具有丰富的思想内涵。他体现的不满现实、追求真理、积极向上、自强不息的进取精神，正是人类得以不断发展前进的内在动力。浮士德不是完美的英雄形象，而是不断否定、不断完善、不断战胜自己的奋斗者的形象。梅菲斯特的存在，更以恶的象征、否定的力量，刺激、催促、鞭策着浮士德精神的成长，使他不敢轻易停下前进的脚步。

《浮士德》是一部气势恢宏、博大精深的哲理性史诗，是作家对人类命运的总体性思考。象征性、幻想性、哲理性的有机统一，构成了它的鲜明特征。歌德以惊人的想象力，打破时间和空间的界限，把天上与地下、历史与现实、神—鬼—人熔于一炉，搬演了一出关于人类精神升华的活剧，显示出难以复制的美感。

《浮士德》选段

浮士德　监工！

梅菲斯特　有！

浮士德　尽可能把民夫一批批招，用酒菜和严规把干劲提高，报酬、引诱、强制全用到！每天得向我汇报，他们又挖了多远的渠道。

梅菲斯特　（低声）就我所晓，只说是挖墓道，没听说什么挖渠道。

浮士德　我为几百万人开辟了空地，虽说不上安居，倒也行动自由，生活写意。田野葱绿而丰腴！人畜两旺，在这片新地上过得舒舒服服，立即定居在那山丘之旁，那可是勤劳勇敢的民夫挖的土方！堤内是一片乐土，堤外则是海浪向边缘猛冲，一旦它贪婪成性，猛冲进来，大伙儿会齐心协力，奔赴现场，把缺口一一堵封。是的！我完全坚持这个主意，它是智慧的最后演绎：只有每天重新争取自由和生存的人，才配有享受二者的权利！……我真想看见这样一群人，在自由的土地上和自由的人民站成一堆！那时，我才可以对正在逝去的瞬间说："逗留一下吧，你是那样美！"我的浮生的痕迹才不致在永劫中消退。——预感到这样崇高的幸会，我现在正把绝妙的瞬间品味。

（浮士德向后倾倒，鬼怪们扶住他，把他平放在地上。）

梅菲斯特　任何喜悦、任何幸运都不能使他满足，他把变幻无常的形象一味追求；这最后的、糟糕的、空虚的瞬间，可怜人也想把它抓到手。他如此顽强地同我对抗，时间变成了主人，老人倒在这里沙滩上。时钟停止了——

合唱队　停止了！像午夜一样沉默了。指针垂下了——

梅菲斯特　垂下了！成了。

合唱队　过去了。

梅菲斯特　过去了！一句蠢话。为什么说过去了？过去了和纯粹的无：全然是二而一！永恒的创造对我们有何意义？无非把被创造物抢过去，重新化为乌有！"它过去了！"这句话从中又有什么可读？无异于说它从不曾有过，即使有过，也不过是兜圈子聊胜于无。我为此倒喜爱永远的空虚。

——第二部第五幕"宫中宽广的前厅"

（选自《歌德文集》，第1卷，绿原译，433～434页，北京，人民文学出版社，1999）

思考题

1. 如何评价理性主义原则对古典主义创作的影响？
2. 谈谈《失乐园》的叛逆精神。
3. 从《安德洛玛克》和《费德尔》看拉辛悲剧的艺术成就。
4. 从《吝啬鬼》和《伪君子》看莫里哀喜剧的创作特点。

第六章 19世纪初期文学

第一节 浪漫主义文学的突起

一、风云变幻的欧洲政坛

19 世纪，人类进入了现代文明时期，西方文学史也进入了一个新的高峰期。浪漫主义和现实主义两大主潮，构成本世纪文学发展的基本框架；多元格局的发轫，又为下一个世纪的文学拓展开辟了道路。

19 世纪实现了欧美两大陆文学的全方位繁荣，群星璀璨，名著迭出，其影响波及全球。

以 1789 年法国大革命为起点，欧洲历史掀开了新的一页。经过 200 余年的经济发展、思想酝酿和舆论发动，法国继英国 17 世纪“不流血的革命”之后进行了暴力型的资产阶级革命，旨在为资本主义的进一步发展扫清道路。法国革命的道路是曲折而残酷的。温和与激进之争，独裁与共和之争，复辟与反复辟之争，此起彼伏，相互交错，持续了三四十年之久，且都伴随着不同程度的暴力。动荡的法国，带动了欧洲的动荡。宣扬“自由、平等、博爱”的《人权宣言》的颁布，法兰西共和国的诞生，国王路易十六被送上断头台，雅各宾专政的确立和失败，拿破仑的当政和称帝，等等，一系列令人眼花缭乱的事件，无不对各国产生巨大的影响，使整个欧洲难有平静的时刻。革命的正义性、残酷性和过激性，不仅直接左右着这一时期作家的思想倾向，而且成为人们长期争论探讨的议题。

在这段跌宕起伏的历史中，拿破仑是个具有特殊意义的符号。就个体而论，他代表着由社会下层登上顶峰的成功者，被许多渴望出人头地的青年人视为人生奋斗的楷模；就阶级而论，他建立的是大资产阶级的独裁政权，成为封建复辟势力的死敌和克星，却在穷兵黩武中使百姓遭殃；就社会而论，他倡导编纂的《民法》，进一步确立了"法律面前人人平等"的重要原则，但他却实践着个人独揽大权和任人唯亲的家天下统治；就民族而论，他抵御了外国的干涉，捍卫了法国革命的成果，他的扩张主义促进了某些地区的民族民主运动，但其侵略和掠夺行径更激起了众多国家人民的奋力反抗。是非功过，众说纷纭。然而，在位十余年间，他对国内外社会所造成的冲击波是无法忽视的。1814年，拿破仑兵败滑铁卢，宣告了一个时代的结束。俄、普、奥针对法国的"神圣同盟"的建立，标志着封建势力与资产阶级又开始了新一轮的较量。

在国外势力的扶持下，法国的路易十八卷土重来，实现了波旁王朝的复辟。欧洲的"正统主义"对法国大革命取得了暂时的胜利。但是封建专制已失去了往日的辉煌，西班牙、意大利、波兰乃至俄国等，都相继爆发了革命起义，强力冲击着各国的反动统治，希腊则爆发了反对土耳其民族压迫的武装斗争。民族民主运动一浪高过一浪的发展，实际上是法国革命在更大范围内的继续，虽然都没能赢得政权的更迭、制度的嬗变，但却有力地推动了各国资本主义的进程。

随着法国革命精神在各国的延伸拓展，启蒙思想得到了广泛的传播和张扬。

以著名哲学家康德、黑格尔等为代表的德国古典哲学，被称为哲学领域中的浪漫主义，在这一时期产生了较大的社会影响。他们对人的主体地位给予充分肯定，阐明人既是自在的、又是自为的，因而人才是自由的和无限的。在美学领域，他们强调天才和灵感的作用，主张个性的张扬。对主观意识的重视和夸大，为浪漫主义文学的兴起提供了理论依据。发端自英法两国的空想社会主义，尖锐地批判了资本主义私有制，提出了人人劳动、财产公有、消灭剥削等理想原则，为浪漫主义者创造了建构和谐人际关系的想象空间。

二、感情浓烈的浪漫主义文学

世纪之交的浪漫主义是一场广阔而感情色彩浓烈的文化思想运动，它在音乐、绘画、文学等领域都取得了丰硕的成果。政治上，它是对启蒙运动和法国大革命的反响；创作方法上，它是对古典主义的反拨。"文学上的自由主义"是雨果给出的定义，虽难以视为精确的，但也传神地表达了这一思潮的精神特点。

世界万物仿佛真是轮回往返的。在两三百年来人们热衷于在文化领域"复兴"古代、重振"古典"之后，18世纪至19世纪之交，却有人又把目光投向了被斥为"黑暗时代"的中世纪。在大革命风潮引领下进入现代社会的学者们，竟在那个几乎被遗弃的千年里找到了新的思想材料和创作灵感。浪漫主义（romanticism），这个派生于中世纪传奇（roman）或罗曼司（romance）的新词，一时间竟风靡全欧，在各国涌现出一代才子型的大作家，创作出一批或伤感、或亢奋的激情之作，形成19世纪初叶一派绚丽的景色。

启蒙运动以其理性主义的锐器为大革命开道，大革命的胜利激发起千百万民众的热情，但预期的理想王国却依然十分遥远。革命建立起的秩序与启蒙者的"华美约言"相比，只能算是一幅"令人失望的讽刺画"。希望及希望后的失望，兴奋及兴奋后的困惑，都需得到抒发和宣泄。尚未彻底清除的等级观念与已蔚然成风的金钱原则都束缚着个体的发展，迫使众多曾心存幻想的有识之士要继续为自由（民族的和个人的）而呼唤呐喊。

中世纪是欧洲各民族的形成时期，也是各民族语言和文学的草创时期。当人们深入其间努力探寻时，便在丰富的文献资料、民间创作中发现了与时尚相左的特质：朴素、自然、传奇色彩、想象力、民族特色、神秘主义，等等。“回归中世纪”，意味着对理性主义思维和古典主义清规戒律长期统治的叛逆，意味着对情感和新奇的偏好。18 世纪中后期，各国陆续出现了一些新的理论主张和文学样式，是为浪漫主义的先声。法国的卢梭针对现代文明提出的“回归自然”，受到多国作家的呼应；他对自由个性的宣扬，更令他卓尔不群，深得人心。英国的感伤主义文学，也表现出对工业文明的反感和对自然风光的深情；墓园派诗歌，则在对生与死的思考中透露出哀婉的情愫；哥特式小说承继中世纪传奇，以奇异的情节和恐怖的气氛见长。擅长思辨的德国人，率先对浪漫主义进行了理性的探讨。

从文学史分期论，浪漫主义的兴—盛时期是 19 世纪的前 30 年，但实际的创作却几乎贯穿大半个世纪。从 18 世纪末到 19 世纪的第一个 10 年，浪漫主义文学兴起。德国学者从倾力搜集民间创作、研究民族历史和民族文化入手，进而掀开了浪漫主义的第一页。英国的“湖畔派”诗人忘情于山水之间，常发怀古之幽思，并致力于浪漫主义诗学的建立。法国以诗意的散文、小说开篇，异国情调为其增色添彩。19 世纪的第二个 10 年，是浪漫主义的高潮期。随着民族民主意识的高涨，诗人们以饱满的激情唱出了时代的强音，其政治色彩愈发强烈，个性也更加张扬，充分显示了浪漫主义的特点。

浪漫主义最直观的特点就是强烈的感情色彩。兴许是理性对艺术的管束过严过久了，人们在获得人身自由的同时，便自然对表达的自由充满渴望，激情需要喷涌式的宣泄。热情的、感伤的、哀怨的、愤怒的、亢奋的——无论哪种形态的情感，都极具感染力和冲击力。在浪漫主义文学中，直抒胸臆的诗歌取得了最骄人的成就，日记、书信、游记、散文以及第一人称小说等便于抒情的文学样式为许多作家所偏爱。在小说等叙事类作品中，人物也往往是某种情感的化身，意在传达作家的思绪。他们擅长运用夸张、对比、借物抒情、寓情于景等手法，以尽其所能地表达他们的喜怒哀乐。

大革命唤醒了人的自尊与自信，无论从法律意义上还是从哲学意义上，人们都对“自我”有了新的认知和期许。资产阶级继在“神”的面前发现“人”的地位后，又在人这个“群体”面前肯定了“个体”的价值。德国作家让·保尔的名言是：“我是一个我。”法国孤傲的夏多布里昂通过笔下人物勒内宣称：“我，永远是我!”对独立自我的强调，在文学创作中便显现为个性的极度张扬，甚至是自我中心。作家们并不着意于准确地摹写外在世界，而常常通过个人的主观感受来折射社会现实对个体的压迫和对个性的压抑。

浪漫主义作家关注当代生活，他们和古典主义作家的重要分歧之一，就是文艺应当面向现实还是面向古代。他们强调要用新的、自由的方式来表现新的、自由的时代精神，而不应陈陈相因地用古人规范的法则去描绘古人的情感。总体而言，浪漫派的创作都跃动着时代的脉搏，传递着时代的情绪。虽然不是所有的作家都热衷于投身社会生活的漩涡，有的还采取了回避的态度，但他们的鲜明爱憎无不源于对现实的敏锐感应。

从对“回归自然”的倡导，到对自然的讴歌吟咏，可以说是浪漫派作家系统地发现和揭示了大自然的美和力量。苍山大海，蓝天白云，丛林湖泊，小草野花，都被他们寄予深情，也都在他们笔下获得了丰富的生命力。斑斓的色彩，多变的形态，充分展现了大自然固有的魅力，也形象地表达了作家内在的精神世界。触景生情，借景抒情，寓情于景，情景交融，浪漫主义作家极大地拓宽了创作的向度。

肇始于德、英等国的浪漫主义文学，在 19 世纪初叶，从东到西迅速传遍欧洲大陆，并跨海越洋，登陆美洲，成为西方世界一次颇具声势的文艺思潮。

18世纪与19世纪之交，政治上割裂、经济上滞后的德国，却成为哲学和文化大国。杰出的哲学家、文学家、艺术家们为民族意识的张扬做出了超越性的贡献，取得了令世人瞩目的成就。浪漫主义的孕育，起始于文化寻根。针对拿破仑的入侵和德国的落后状态，人们为走出自卑而把目光投向中世纪民族形成时期的辉煌。德国古典哲学的天才论、主体论，则为浪漫主义奠定了理论基础。以施莱格尔兄弟（奥古斯特·施莱格尔，1767—1845，弗利德里希·施莱格尔，1772—1829）为代表的“耶那派”，最早对浪漫主义进行理论探讨，强调诗和哲学的统一、精神的无所不能。他们的主张通过柯勒律治和斯塔尔夫人传向英法等国，产生了较大的影响。19世纪初形成的“海德堡派”，更注意突出民族特征，着力收集整理德国民间文学、规范德国语言，为德国文学的发展做出了有益的贡献。格林兄弟搜集编辑的《格林童话》流传甚广，不仅深受儿童青睐，也成为成年人钟爱的读物。

亨利希·海涅（1797—1856）是继歌德、席勒之后，19世纪上半叶德国最重要的诗人。在大学里，他曾聆听威廉·施莱格尔和黑格尔授课，深受影响。1827年的《诗歌集》，以独特的体验抒写爱情的苦闷，标志着一个浪漫诗人的诞生。他的抒情短诗，感情真挚，诗风朴实，其民歌风格深受舒伯特等作曲家的喜爱。许多诗篇被谱曲后，得到了更广泛的流传。但综观海涅的创作，却难以完全用浪漫主义来概括。他成长于法国大革命的火爆年月，对德国的落后现实十分不满，他自称“革命的儿子”，自觉用笔抨击黑暗现实，宣扬自由平等的思想，创作中出现了更多的现实主义因素。因而，后人更愿意称他为政治抒情诗人或革命民主主义诗人。

19世纪20年代，海涅在德国、意大利等地旅行，写下《哈尔茨山游记》（1826）等四本随笔游记，抨击了德国封建专制的现状。1831年5月，受法国七月革命吸引的海涅移居欧洲思想文化中心巴黎，结识了巴尔扎克、雨果、乔治·桑、肖邦等许多著名作家、艺术家，接触到空想社会主义思潮，拓展了思想和艺术视野。在此期间，除诗歌创作外，他完成了两部学术论著，《论浪漫派》（1833）和《论德国宗教和哲学的历史》（1833—1834）。前者对德国浪漫主义文学的得失作了中肯的分析，是浪漫运动中较重要的理论专著。

1843年，海涅回过一次德国。一切依旧，是祖国给他此行的第一印象。为此，他创作了长诗《德国——一个冬天的童话》（1844），以幻想与现实相结合的手法，从政治、宗教、文化、思想等各方面，对处于德意志联邦中心地位的普鲁士王国进行了无情的揭露和批判，表达了对早日改朝换代、结束专制统治的渴望。年底，他在巴黎结识了马克思，与马克思、恩格斯结下深厚友谊，得到了他们的关心和帮助。翌年的《时代的诗》（收入《新诗集》）是他最杰出的政治抒情诗集，其中《等着吧》、《西里西亚纺织工人》等名篇流传甚广，很受恩格斯的赞赏。海涅在最后10年（1846—1856），健康状况日益恶化。但他还以顽强的毅力口授完成了精美的绝唱《罗曼采罗》（1851）。

英国是资本主义政治、经济的先行者，它最早实行了君主立宪制，完成了工业革命，生产力得到迅速发展。但它在法国大革命中却扮演了不光彩的角色。因为担心法国的崛起影响自己的霸权地位，也害怕暴力斗争会引发国内重重的社会矛盾，英国统治者竟与德奥等封建反动势力联手武装干涉法国革命，支持法国波旁王朝复辟。它们的倒行逆施，引起中小资产者的不满，各种民主派的社团十分活跃，为支持法国革命、为争取自身的权利而展开斗争。

英国由才华横溢的诗人们揭开了浪漫主义文学的第一章。对纷纷扰扰的现代都市生活的厌倦，使一些诗人远离尘嚣，落户于西北部的昆布兰湖区，寄情湖光山色，吟咏诗歌，因而被称为“湖畔派诗人”。威廉·华兹华斯（1770—1850）、塞缪尔·柯勒律治（1772—1834）和骚塞（1774—1843）属最负盛名的第一代诗人。华兹华斯和柯勒律治于1798年联名出版了一本诗集，题名《抒情歌谣集》，是为浪漫诗歌的第一声。诗集在1800年和1815年两次再版，华兹华斯为之撰写了两篇序言，被后人视为英国浪漫运动的宣言，奠定了浪漫主义诗学的理论基础。其基本主张是诗歌应表现日常生活，要使用民众的口语，展开想象的翅膀，以表现平常人的真情实感。他的诗风正与他的理论相吻合，贴近自然，贴近人性，把对自然的热爱和对人生的思考融为一体，创造出平实清新而又富于哲思的一代新风。最能反映他风格的名篇是《丁登寺》。柯勒律治的理论建树更为后人所称道。他在要求主客观统一的同时，特别强调艺术想象的重要性，认为想象是将客观主观化、现实理想化的创造力，是一种“善于综合的神奇力量”。他的叙事诗《古舟子咏》，具有神秘的韵味，体现了诗人对和谐与博爱的向往。“湖畔派”原含贬义，但诗人们的成就，到20世纪却越来越受到人们的重视。

英国诗坛上另一对并驾齐驱且情谊甚笃的诗人是拜伦（详见本章第二节）和雪莱。他们因强烈的民主意识和叛逆行为而为祖国所不容；浪迹异国他乡，处处留下激动人心的诗篇；最后英年早逝，斗士—诗人的遭际令世人扼腕。

波西·比希·雪莱（1792—1822），牛津才子，但因论文《无神论的必然性》被开除出校。在接受空想社会主义的理论后，其思想更加激进。1813年，他发表第一部哲理长诗《麦布女王》。年轻诗人以丰富的想象，纵观人类历史长河，批判不平等的社会现实，表达了对自由和博爱的向往，展示了他的浪漫诗才。长诗的批判锋芒，以及他陆续发表的政论，令统治当局十分不安，遂制造种种诽谤之辞，迫使雪莱不得不于1818年背井离乡，流亡瑞士，后定居意大利。1819年，诗人创作进入高峰，相继写出了传世佳作《西风颂》、著名政治抒情诗《给英格兰人的歌》等，以及两部诗剧《解放了的普罗米修斯》和《钦契》。

《解放了的普罗米修斯》不仅是雪莱的优秀之作，而且是浪漫主义文学的重要成果。诗人借用这个古老的神话题材，热情歌颂给人类带来自由和幸福的巨人，赞美他不畏强暴、敢于抗争、以超常的意志和毅力面对苦难折磨的精神力量。特别值得注意的是，诗人改造了埃斯库罗斯悲剧中普罗米修斯与宙斯和解的结局，全诗以把宙斯打入地狱、普罗米修斯取得彻底胜利——普天同庆作结。诗剧激情地表达了诗人对“人人自由”、“人人平等”的美好社会的理想，社会理想与人格理想的完美结合，使诗剧独具艺术魅力。

雪莱的抒情诗朝气蓬勃，充满活力，在风云激荡的欧洲广为流传。“如果冬天来了，春天还会远吗?”（《西风颂》）传达乐观精神，成为激励广大读者生活意志的名句。可惜的是，诗人未满30岁便意外遭遇海难身亡，给世界诗坛留下了无法弥补的遗憾。悲痛的挚友拜伦来到海边，参加了按古希腊习俗就地举行的火葬礼。

瓦尔特·司各特（1771—1832）不仅在英国声名显赫，而且在欧洲也是独树一帜的小说家和诗人。他的文学兴趣始于搜集整理苏格兰民间歌谣和传奇，分三卷出版了《苏格兰边区歌谣集》。1805年开始，他以历史事件和民间传说为题材，相继创作了《玛米恩》（1808）等七部长篇叙事诗。1814年，司各特弃诗从文，转向历史小说的创作，第一部匿名发表的《威弗利》即大获成功。从此一发不可收拾，连续以“《威弗利》作者”为名出版约30部作品，成为欧洲19世纪历史小说第一人。按照题材，作品可分为“苏格兰小说”和“英格兰小说”两个主要系列，另有几部属法国史。《艾凡赫》（1819）是司各特小说中最负盛名的一部，属“英格兰小说”系列。小说以12世纪末王权之争为主线，描写了英国复杂的社会面貌。小说将历史、传奇和哥特式小说等诸多因素有机地糅合在一起，情节曲折，人物众多，浪漫气息浓郁，十分引人入胜。狮王理查、骑士艾凡赫、侠客罗宾汉和犹太少女蕊贝卡等主要形象，都表现得生动鲜活，很有魅力。

1832 年司各特的辞世，被视为英国浪漫主义文学时代象征性的终结。

简·奥斯丁（1775—1817）是英国文学史上著名的才女之一，她为 19 世纪英国的女性写作成功地掀开了第一页，她的创作代表着由浪漫主义向现实主义的过渡。从十一二岁起，她就在练习本上开始写小说，并在家庭聚会上“发表”；但直到 1811 年 36 岁时，才正式出版了第一部作品《理智与情感》。她影响最大、最受欢迎的作品是《傲慢与偏见》(1813)。作家以细腻的笔触描写了一对青年男女如何克服“傲慢与偏见”，终于走到一起的故事。与势利、庸俗、愚昧的氛围相对照，作家强调了个人尊严、自我意志和真挚情感的可贵。奥斯丁写作题材很狭窄，主要局限于爱情婚姻。但她对“人类心灵”的深入理解和揭示，使她的创作在 20 世纪越来越受到重视。

法国同样是浪漫主义文学大国，作家众多，佳作迭出，体裁多样，持续时间最长。与英国以诗歌开路不同的是，法国浪漫主义的“教父”却是位散文大家。弗朗索瓦-勒内·德·夏多布里昂（1768—1848）是一位创作与行动有着巨大反差的人物。大革命期间，他远涉重洋去到美洲密林，在那里获取灵感，创作了《阿达拉》（1802）和《勒内》（1802）两部中篇小说作为《基督教真谛》（1802）中的“例证”。《基督教真谛》是作者前期的重要作品，它从各个角度宣扬了作家所主张的人道的基督教的要义。《阿达拉》单独发表时就获得了轰动效应，两个姐妹篇以其怀古的幽思、异国的情调、抒情的写景、诗化的散文、考究的文风以及第一人称的叙事，而成为法国浪漫主义文学开山之作。弥漫全篇的孤独感、忧郁症，更开创了法国文学“世纪病”的传统，为许多后来者所追随。成名后的夏多布里昂不再是大森林里的那个郁郁寡欢的独行者，而是热心投入政务、成为复辟王朝的重臣，官至内务大臣、外交大臣等。他倾毕生精力完成的自传《墓外回忆录》(1848)，不无夸张地记录了他的“辉煌”和痛苦，是浪漫文学中难得一见的诗意“大散文”。

德·斯塔尔夫人（1766—1817）是法国浪漫主义文学的又一位先行者。她以两部理论著作和两部中篇小说为之奠基：《从社会制度与文学的关系论文学》（通称《论文学》，1800)、《论德国》（1813）和《黛菲妮》(1802)、《柯丽娜》（1807）。她是卢梭的继承者。她的理论著作分析了宗教、风俗、法律等与文学的互动关系，并由对德意志文化现象的研究而得出“北方（英、德）文学”与“南方（意、法）文学”的差异，认为北方文学崇尚想象和激情，从而肯定了浪漫主义定将取代古典主义的趋向。两部小说以清新细腻的风格和对妇女问题的关注给文坛带来了新风，也开启了法国文学女性主题的先河。小说中的女主人公都有高尚的品格和对爱情的执着，但庸俗的社会风气和对女性的偏见，却使她们无法获取幸福，反而落入悲剧的命运。

阿尔封斯·德·拉马丁（1790—1869）和雨果（详见本章第三节）是早期最著名的浪漫主义诗人。1820 年，拉马丁投身外交界，并发表诗集《沉思集》。诗集使他名声大震，但他恬静的诗风与他对政治的热衷形成较大反差。孤独、哀伤、忧愁——“世纪病”的种种症候，构成他诗歌的基调。而他两度参政，先后在保守派和自由派中任职，位高至二月革命后临时政府的掌权者，竞选总统时败于拿破仑三世手下。他自称“业余诗人”，但出版的诗集《新沉思集》(1823)、《冥想集》(1839）和长诗《约瑟兰》(1836）等都以其清新的风格深受读者的欢迎。

从 19 世纪 30 年代开始，法兰西的浪漫夜空更是群星璀璨。一个个才情出众的作家，思想虽说不上深刻，但却各自以极富个性的创作把文坛装点得花团锦簇，令人目不暇接。

亚历山大·仲马（大仲马，1802—1887）是一位精力过人、想象力超群、创作量惊人的作家。他擅长历史剧和历史小说，写有近百个剧本和近 90 部小说。他的处女作是剧本《亨利三世及其宫廷》，于 1829 年上演，是对古典主义戏剧传统的第一个冲击波。他的小说以生动曲折的故事情节取胜，历史只不过是他“挂小说的钉子”。1844 年的两部长篇《基度山伯爵》和《三个火枪手》，是他最脍炙人口的作品。抑恶扬善的主题、跌宕起伏的传奇、鲜活突出的形象，使他的通俗小说畅行世界各国，历久不衰。2002 年年末，为纪念他 200 周年诞辰，作家的灵柩被送进了法国伟人的圣殿——先贤祠，使他与雨果比肩而卧，同享后人的敬仰。

与粗犷豪放的大仲马形成对比的是纤细敏感的才子阿尔弗德·德·缪塞（1810—1857）。他多才多艺，在诗歌、戏剧、小说等领域均有所建树。他主要以诗作闻名，《四夜组诗》（《五月之夜》、《十二月之夜》、《八月之夜》和《十月之夜》，1835—1837）是他最著名的抒情诗，是一首首清澈自然、真切感人的“静夜思”。长诗《罗拉》（1833）和长篇小说《一个世纪儿的忏悔》（1836）两部作品，续写了从勒内开始的“世纪儿”形象，即那种患有“无以名状的苦闷感”的“世纪病”的患者，他们构成 19 世纪上半叶法国文学的独特画廊。缪塞还创作过 25 个剧本，多为构思精巧、台词生动的轻喜剧，文本具有较强的文学性。

与缪塞有过一段动人恋情的女作家乔治·桑（1804—1876），是这一时期文坛上的活跃人物。她本名奥罗尔·杜潘，1832 年起使用男性的笔名乔治·桑，以示其与男子的平起平坐。她特立独行，喜着男性装束交际，笔下却柔情似水，多写“抚慰人心”的故事。爱情婚姻是她擅长的题材，其作品通过男女间平等互爱的理想关系，传达她关于“爱”的一贯主题。她的《木工小史》(1840) 和《安吉堡的磨工》(1845)，是两部社会内容较厚重的作品。受空想社会主义影响，作家希望社会地位不同的人们能用“爱”冲破阶级的偏见，从而建立起真诚的人际关系。稍后，她的《魔沼》（1846）、《弃儿弗朗索瓦》（1848）等被称为“田园小说”的优秀作品，以美丽的大自然为背景，在美丽的情爱故事中展示美丽的人性，是一曲曲对“爱”的诗意赞歌。更可贵的是，负载着作家人格理想的人物，多为贫穷、平凡的下层劳动者，充分体现了乔治·桑的民主主义思想。她的充满空想色彩的抒情主义，使她在浪漫派作家中独树一帜。

此前的俄国文学先后经历了古典主义和感伤主义时期，但成就平平，未能引起特别的注意。19 世纪，俄国文学发出了强大的爆发力，一跃而成为世界文学大国，作家作品的数量和质量都达到了令一些原来的文学强国望尘莫及的高度。

在西欧，特别是法国启蒙思想和浪漫文学的影响下，俄国文学开始融入欧洲文学大家庭。瓦西里·安德烈耶维奇·茹科夫斯基（1783—1852）被视为浪漫主义诗歌第一人。他从翻译入手，曾译过《奥德赛》、《变形记》等经典。有趣的是，他喜欢以“自由”的方式引进西方的诗歌，在移译的同时加入个人的创作。这种移花接木，为俄罗斯带来了新的诗风。长诗《斯维特兰娜》（1808—1812），充满浪漫的想象，深得好评。茹科夫斯基的翻译和创作，直接影响了诗人普希金（详见本章第四节）的诞生。1825 年，彼得堡发生反对沙皇专制的十二月党人起义，康德拉季·费多罗维奇·雷列耶夫（1795—1826）等十二月党人诗人，不仅积极投身运动，而且创作出许多激励人们为自由而战的诗歌，与普希金等诗人的作品一道，构成了俄国浪漫诗歌的第一个高潮。

普希金于 1837 年不幸在决斗中身亡，舆论以为他是中了敌人设下的圈套，沙皇禁止为他举行公开葬礼。但一首愤激的诗歌《诗人之死》，却迅速在民众中流传，它的作者就是被公认为普希金继承者的年轻诗人米哈伊尔·尤里耶维奇·莱蒙托夫（1814—1841）。他的作品贯穿着追求自由的叛逆精神，长诗《童僧》（1839—1840）和《恶魔》（1829—1841）鲜明地反映了这一思想特点。小说《当代英雄》（1840）的主人公毕巧林是俄国文学史上又一个“多余人”的形象，同样以其与社会的格格不入著称。莱蒙托夫写有400多首抒情诗，其中《帆》（1832）、《云》（1840）等都是流传甚广的名篇。遗憾的是，诗人和普希金的命运惊人地相似，在他仅仅27岁那年，便于决斗中丧失了生命。

跨越浩瀚的大西洋，欧洲文学将其影响远播美洲大陆。历时八年（1775—1783）之久的美国独立战争的胜利，结束了大英帝国的殖民统治。新兴的美国，经济发展迅速，没有历史的重负，自由精神弥漫，对未来充满自信，但在文化上羽毛却尚未丰满，直接从欧洲特别是英国吸取营养自然是最佳选择。

美国浪漫主义的兴起要晚于欧洲。被誉为“美国文学之父”的华盛顿·欧文（1783—1859），祖籍就是苏格兰。他长期在西欧各国旅行、生活、工作，拜访过司各特、萨克雷等名家，大量阅读了浪漫主义大师们的作品。总之，他是在欧洲文化的熏染下成长的，可视为“欧洲文化之子”。两种文化的传承关系，正在欧文的身上得到了象征性的体现。欧文著述甚丰，1820年在英国出版的文集《见闻札记》，为美国文学在欧洲赢得了最初的声誉。其中的短篇小说《瑞普·凡·温克尔》，以美国式的幽默表现美国独立这一历史事件，成为浪漫文学一个标志性的开端。詹姆斯·费尼奥·库柏（1789—1851）也是位多产作家，他开拓了美国现实生活几个有特殊意义的题材领域，对后来的创作颇有影响。例如，《间谍》（1821）是写独立战争的历史小说，《开拓者》（1823）以西部开发为题材，《舵手》（1824）则写航海生活。早期这些浪漫派作家从效仿欧洲到自觉创建美国文学，做出了不懈的努力，他们的作品相对而言思想还不够深刻，艺术也仍显稚嫩，但其乐观精神和睿智幽默却无疑是属于这片新大陆的。

19世纪30年代以后，美国后期的浪漫主义文学有了长足的发展，出现了一批更为成熟的作家，作品的色彩更加丰富、驳杂。纳撒尼尔·霍桑（1804—1864）是一位具有强烈神秘倾向和宗教意识的作家。他长期隐居家乡，专注于揣摩人心的“罪”与“恶”，构思出一篇篇诡异的寓言式故事。他的著名长篇《红字》（1851），问世后即引起轰动效应。小说讲述了一个“通奸”故事，自始至终戴着羞辱性标志红A的女主人公海丝特，独自默默地承受着宗教和法律的惩罚，以高尚而善良的心灵挑战世俗的重重压力，焕发出震撼人心的精神力量。该小说情节跌宕，又融入了恐怖小说、哥特式小说的元素，成功地运用象征、隐喻等手法，特别是深入展示了三个主要人物的复杂心理，因而使作品既充满浪漫的气息，又富有超验的神秘色彩。霍桑和埃德加·爱伦·坡（1809—1849）同被视为现代主义文学的先驱。比起前者，爱伦·坡的创作更为神秘、诡异。他的作品不求“真”而求“美”，不求“意义”而求“刺激”。凭借怪异而丰富的想象力，创造出一个个梦魇般的故事，有论者认为，他的特异之处便是在只讲究物质的世界里执拗地追逐精神的“愉悦”。他最著名的诗篇是悼念亡妻的《乌鸦》（1845），《鄂榭府崩溃记》（1840）是他最有代表性的恐怖短篇。赫尔曼·麦尔维尔（1819—1891）是一位与大海结下特殊缘分的作家，20岁便开始在海上漂泊，先后在商船、捕鲸船和军舰上当差。长期的海上生活，给他留下深刻印象，使他能写出《白鲸》（1851）这样题材和风格都十分独特的作品。作品描写了人与自然的一场惊心动魄的生死搏斗，一场最终同归于尽的壮烈悲剧。捕鲸船长亚哈与大白鲸之间不共戴天的仇恨具有某种象征意味，而他们共同表现的“英雄主义”却有着震撼人心的力量。

最能代表美国浪漫主义精神的，当属诗人惠特曼（详见本章第五节）。

第二节 拜伦

叛逆勋爵·游走大陆·“拜伦式英雄”·“归宿在战场”

乔治·戈登·拜伦（1788—1824），英国一位桀骜不驯的天才诗人。他10岁继承了叔祖父的贵族爵位，从而被称为拜伦勋爵。贵族的身份，使他在20岁时进入了上议院。但时代不同了，年轻的贵族并没有成为这个阶级的代言人，相反，叛逆的诗人为他的祖国所不容，竟在外流亡多年，直至客死他乡。

拜伦自幼面庞俊朗，却不幸跛足，这使他既自傲又自卑，且敏感过人。他在中学学习时就受到法国启蒙思想家伏尔泰、卢梭等人的影响，表现出对哲学、历史的兴趣。他也十分喜欢阅读英国文学作品，特别是司各特的小说和诗歌，使他的精神渐渐纳入了浪漫主义的轨道。1805年进入剑桥大学后，他接触更加广泛，思想更加活跃，对社会活动更加热衷，生活也更加散漫不羁。1807年，他发表诗集《懒散时光》，遭受匿名文章的嘲讽，他愤而写出讽刺长诗《英格兰诗人和苏格兰评论家》作答。这篇“文学宣言”式的诗歌，评述了英国文学的现状，表达了对当时雄霸诗坛的“湖畔派”诗人远离社会现实的不满。1808年，拜伦从剑桥毕业后，进入上议院继承了议员席位，使他有了参政的更大空间。1811年，他在上议院发表过两次演讲，分别反对通过对破坏机器的工人处以死刑的方案和对爱尔兰人民进行镇压的方案，因而在上层逐渐成为不受欢迎的人。

1809年6月，拜伦第一次离开岛国，开始了长达两年的欧洲大陆之旅。他先后游历了葡萄牙、西班牙、马耳他、阿尔巴尼亚等地，尤以在希腊和土耳其两国逗留的时间最长。海光山色令他沉醉，如火如荼的民族解放斗争和民主运动更使他激动不已。这次旅行的辉煌成果是长诗《恰尔德·哈罗尔德游记》前两章的问世，重要的是它标志着一个杰出诗人的问世。曾经备受冷落的拜伦一夜走红，“早晨一觉醒来，我发现自己已成了名人，成了诗坛上的拿破仑”。从1813年起，他陆续以《东方叙事诗》为题发表了异国情调的浪漫组诗：《异教徒》（1813）、《阿比托斯的新娘》（1813）、《海盗》（1814）、《莱拉》（1814）、《柯林斯的围攻》（1816）和《巴里西耶》（1816）等。这些诗中的主人公多为愤世嫉俗、性情刚烈、孤独高傲的个人叛逆者，由于他们的气质与诗人有相契合之处，因而被称为“拜伦式英雄”。充满忿激之情的诗篇，引起社会强烈共鸣，给诗人带来了声誉，也给他带来了灾难。权贵势力利用拜伦与妻子因性格不合而分居为由头，对诗人大肆诽谤攻击，意欲置他于死地而后快。

“全世界和我的妻子正在跟我作战。”忍无可忍的拜伦于1816年4月25日乘船消逝在茫茫大海里，永远离开了他的祖国。“如果这些流言、诽谤和咒骂是真实的，那么是我不配住在英国；如果是假的，那就是英国不配给我住。”拜伦与祖国的“诀别”，究竟是诗人的悲哀呢，还是英国的悲哀？

拜伦在瑞士栖居了半年左右，在此最重要的收获是认识了此时也在瑞士游荡、同病相怜的天才诗人雪莱。二人一见如故，结为生死之交。雪莱的激进思想对拜伦产生了积极的影响，这一年他相继写下了《锡隆的囚徒》、《普罗米修斯》和《路德派之歌》等洋溢着反叛精神的重要诗篇。

是年秋天，拜伦迁居意大利，热情投入秘密组织烧炭党人反对奥地利帝国殖民统治的武装斗争，他的住处一度成为地下军火库和联络点。在此期间，他创作了《塔索的悲哀》(1817)、《威尼斯颂》(1819)、《但丁的预言》(1821) 等诗，鼓舞意大利人民进行顽强的斗争。

意大利时期 (1816—1823) 是诗人创作的高峰期。许多重要的作品都产生在这一时期，如诗剧《曼弗雷德》(1816—1817) 和《该隐》(1821)，讽刺长诗《别波》(1818)、《审判的幻景》(1822) 和《青铜时代》(1822) 等。也是在意大利，拜伦完成了最为著名的两部杰作《恰尔德·哈罗尔德游记》第三 (1816)、第四 (1817) 两章，和讽刺性长篇叙事诗《唐璜》(1818—1823)。

哲理诗剧《曼弗雷德》塑造了一位山中隐士的形象。他对世界、人生和知识都产生了绝望感，孤独地苦闷度日；但他至死不渝地坚守精神独立，拒绝升天国、入地狱的一切诱惑，始终保持着与现实对抗的斗士立场。孤傲的"拜伦式英雄"，以阿尔卑斯山为衬托，却更突出内在的精神力量。歌德十分赞赏这部诗剧，诗剧的意蕴显然是与《浮士德》相通的。另一部诗剧《该隐》，反写《圣经》故事，直接把矛头指向上帝，更为大胆地表现了拜伦反宗教、反专制、反权威的意识。在《圣经》里，该隐是残杀亲弟弟亚伯的罪人，被视为"人类第一个杀人犯"。但在拜伦笔下，他却成了敢于向上帝发难的造反英雄。"难道他是全能的，就必然是至善的吗?"他把上帝称作"一个权力无边无际的和铁石心肠的暴君"，并号召人们奋起反抗。这种公然亵渎上帝的诗章，理所当然地招来了铺天盖地的责难。一段有趣的轶事是，诗剧面市后即遭到盗版，法院竟不支持出版商保护版权的要求，理由是该书诋毁《圣经》，因而不受著作权法保护。

未最终完成的《唐璜》，是诗人的代表作之一。拜伦在《唐璜》中又运用了"重塑形象"的方法，对主人公改头换面，从而创作出了与民间传说和已有作品完全不同的一部巨作。诗人称之为"讽刺史诗"，他要通过唐璜的经历，"讽刺现代社会弊端"，笔锋横扫几乎整个欧洲，名曰"史诗"亦不为过。但与经典"史诗"含义不尽相符之处是，其主人公并非叱咤风云的高大英雄，而只是平凡的、热爱自由的贵族青年。

传说中的唐璜，是个风流倜傥、玩世不恭、专以勾引女性为乐趣的登徒子。拜伦保留了他"艳遇"不断的特点，却把他改造成良家子弟。他的"桃花运"不再是由于他的阴谋诡计、巧施手段，而往往是天赐良缘，甚至是被卖为奴后的"遭遇"。诗人意欲借此翩翩少年的特殊身份，组织起一幅幅戏剧性的场面，表达了反专制、争自由的总体思想。

长诗开篇就是西班牙式的浪漫故事。少年唐璜与美貌少妇偷情，老贵族丈夫率众高举火把前来捉奸，双方厮打一阵，由此，唐璜开始浪迹天涯。海上遇难，唐璜漂落到海盗占据的小岛上，与首领之女倾心相爱，抒写了一曲纯情的恋歌。恋情暴露，专横的首领将其送到伊斯坦布尔的奴隶市场上拍卖，不料竟被选中买进了土耳其后宫。因与宫女鬼混，他被王妃逐出后宫，又阴错阳差地加入了俄军。他屡建战功，战后得以晋见俄国女皇、并深受女皇恩宠。随后被派往英国，在虚荣的上流社会大出风头——按照诗人的原计划，长诗后面还有七八章，主人公将遍游欧洲各国，最后以参加法国大革命作结。

福兮祸倚，祸兮福倚。唐璜大起大落、大喜大悲的经历，变化多样的场景，对比强烈的色彩，既增强了长诗的戏剧性，显示了历史的丰富性，也暗喻了人生的无常、命运的坎坷。唐璜不是普罗米修斯式的造反英雄，也没有曼弗雷德的深邃思想，他只是一个追求快乐和自由的普通人。他被动地接受着命运的摆布，而读者却跟随他认识了暴君的专制、后宫的奢靡、战争的残酷、社会的虚伪、道德的沦丧、人间的惨剧。诗人还常常直接插入评论，或批判，或嘲讽，或抨击时弊，或宣扬理想，态度鲜明，嬉笑怒骂，大大加强了作品的力度。长诗运用多种艺术手法，纵横捭阖，挥洒自如，与《恰尔德·哈罗尔德游记》一道，成为全景式浪漫主义诗歌的双壁。

《恰尔德·哈罗尔德游记》纵贯拜伦主要创作期，倾注了他毕生的精力，展现了他超群的诗才。行万里路如读万卷书。“宇宙像一本书，一个人只见过自己的国家，等于只读了这本书的第一页。我曾经翻看过不少页数，感到每一页都同样丑恶。”全诗四章，基本上按照诗人两次出行的路线结构篇章：葡萄牙、西班牙、阿尔巴尼亚、希腊、比利时、瑞士、意大利。这是哈罗尔德的行程，也是诗人——抒情主人公的游历。诗人的主观抒情，激扬文字，在诗中占据越来越重要的地位。

哈罗尔德作为旅行者，并不像唐璜那样直接参与诗中的种种事件。这个贵族的后裔，厌恶了英国社会的虚伪腐败，厌倦了“酒醉饭饱”的无聊生活，便踏上孤独漂泊的旅途。他的“心是冰冷的”，“眼是漠然的”，虽有无限风光收眼底，却都难以引起他的激情。麻木、忧郁和高傲，代表着诗人性格的一面；而抒情主人公的敏锐、热情和激奋，则代表着诗人的另一面。两个人物，一冷一热，一忧一愤，构成一个矛盾体。长诗的重心并不在于塑造人物，而是通过两极聚焦于一点：对自由的渴望。孤独的哈罗尔德兴趣在于个体的自由，抒情主人公向往的是民族的自由。与《唐璜》的“讽刺史诗”相对应，有人将《恰尔德·哈罗尔德游记》称为“抒情史诗”，也恰如其分地道出了它的特点。

激越的抒情，主要发自抒情主人公。他对所见所闻都表现出极大的热情，触景生情，指点江山，议论风生，驰骋想象，仿佛要在整个欧洲点燃起焚烧旧世界的熊熊烈火。在西班牙，他赞美壮丽的自然风光，更赞美人民大众抗击侵略的英勇斗争。被誉为“萨拉哥撒少女”的英雄形象尤为感人，“爱人战死后，/她没有流无用的眼泪，/首领牺牲了，/她站上他危险的岗位”，前赴后继，无所畏惧。希腊是欧洲的圣地，文化精英们的精神家园。那里的一草一木一石一柱，似乎都记载着历史的辉煌，寄寓着今人的期待。如今它却不幸为土耳其所奴役，令拜伦唏嘘不已。“美的希腊，光荣的残迹，使人心伤！/逝去了，但是不朽；伟大，虽已消亡！/……啊！有谁能恢复那英勇的精神，/在幼洛他斯河畔崛起，把你从坟墓里唤醒!”他急切地呼唤希腊人民奋起抗争，夺回昔日的自由和荣光。在比利时的滑铁卢战场，诗人评说拿破仑的功过，抨击“神圣同盟”的反动。在瑞士莱蒙湖畔，他缅怀“智慧的巨人”、法国启蒙思想家伏尔泰和卢梭，因为他们曾“把整个世界投进熊熊的火焰，/直到所有的王国化为灰烬”。最后一章写意大利。意大利与希腊相似，辉煌的过去和屈辱的现实产生了巨大的反差。此时正身在意大利的诗人，不知有意还是无意，干脆撇开主人公直抒胸臆。大海、落日、座座名城、处处遗迹——发怀古之幽思，寄战斗之激情；但丁、彼特拉克、塔索，一个个令世人仰慕的名字——借古人之声誉，吁今人之斗志。拜伦面对这块文艺复兴圣地的沦落，忧心如焚，但他仍坚信光明的未来，并为之呼风唤雨：“但自由啊，你的旗帜虽破而仍飘扬天空，/招展着，就像雷雨似的迎接狂风；/你的号角虽中断，余音渐渐低沉，/依然是暴风雨后最嘹亮的声音。”

烧炭党起义失败后，1823 年 7 月，失望的拜伦离开意大利奔赴希腊，从而就此中断了《唐璜》的写作。一部旷世杰作令世人遗憾地夭折了，但诗人却以青春和生命献身于希腊人民反对土耳其统治的民族解放斗争，身体力行地谱写了一曲悲壮的战歌。

1924 年 1 月抵达希腊后，他用变卖了祖传庄园的钱财和所有积蓄，组织起一支武装部队，并亲任总指挥，出乎人们意料地成了希腊革命军的杰出领导人之一，受到希腊人民热情欢迎和真诚尊崇。同年 1 月 22 日，拜伦为自己的 36 岁生日写下了一首感人至深、催人泪下的诗作《今天我度过了三十六年》。诗作一如既往的忧郁，一如既往的孤独，但却自豪于他义无反顾的选择，自豪于他视死如归地走向战场的壮举：

是时候了，这颗心该无所感，
　　既然它已不再感动人心；
可是，尽管我不能为人所爱，
　　我还要寄情于人！

…………

若是你对青春抱恨，何必活着？
　　使你光荣而死的国土
就在这里——去到战场上
　　把你的呼吸献出！

寻求一个战士的归宿吧，
　　这样的归宿对你最适宜；
看一看四周，选择一块地方，
　　然后静静地安息。

不幸的是，一诗成谶。诗成后不满 3 个月，拜伦就因劳累过度而病倒，又因巡视战场而身染风寒，至 4 月 19 日便逝世于希腊西部的迈索隆吉翁。希腊独立政府为诗人举行国丧，全国哀悼三天，覆盖着黑色斗篷的棺椁上，置放着诗人光辉一生的象征——头盔、宝剑和桂冠。希腊的厚礼，与英国政府和教会拒绝将诗人安葬于伦敦威斯敏斯特教堂的“诗人之角”的行径相对照，难怪拜伦生前常把希腊视为自己的祖国。拜伦不知身后事，英伦三岛却不应忘记这段不光彩的历史。

拜伦也许算不上英雄，但他至少是一位斗士。这不仅是因为他曾在议会上慷慨陈词，在意大利出生入死，在希腊岛无畏捐躯，更因为他傲骨铮铮、自由放纵、激情澎湃的诗风。他容易激动，容易愤怒，容易燃烧。华兹华斯的旅行，处处能找到恬静的安适；拜伦的漫游，却处处都会点燃他的怒火。他忧郁，但并不妥协；他悲观，但并不绝望；他孤独，但始终坚持战斗。作为斗士，他既要面对严峻的现实，又要面对孤傲的自我。在对内对外的斗争中，他并不总是胜利者，但他却永远不肯退缩。

孤独

坐在山岩上，对着河水和沼泽冥想，
或者缓缓地寻觅树林荫蔽的景色，
走进那从没有脚步踏过的地方
和人的领域以外的万物共同生活，
或者攀登绝路的、幽独奥秘的峰峦，
和那荒野中、无人圈养的禽兽一起，
独自倚在悬崖上，看瀑布的飞溅——
这不算孤独；这不过是和自然的美丽

展开会谈，这是打开她的富藏浏览。

然而，如果是在人群、喧嚣和杂沓中，
去听、去看、去感受，一心获取财富，
成了一个疲倦的游民，茫然随世浮沉，
没有人祝福我们，也没有谁可以祝福，
到处是不可共患难的、荣华的奴仆！
人们尽在阿谀，追随，钻营和求告，
虽然在知觉上和我们也是同族，
如果我们死了，却不会稍敛一下笑：
这才是举目无亲；呵，这个，这才是孤独！

——《恰尔德·哈洛尔德游记》第二章，第二五至二六节

（选自《拜伦诗选》，查良铮译，137～138页，上海，上海译文出版社，1982）

第三节
雨果

“世纪的儿子”·一篇序言一出戏·流亡岁月·世纪诗史·诗情小说

维克多·雨果，法国19世纪的文学巨人。

他自称“世纪之子”，一生几乎纵贯整个世纪，经历了这个世纪法兰西一切重大的社会动荡。

他是文学“全才”，涉足了几乎所有的文学样式，并都达到了常人难以企及的高峰。

他年轻时就发誓，“要么成为夏多布里昂，要么什么都不是”，最终超越夏氏而成为浪漫主义的一代宗师。

生平与创作

雨果（1802—1885）诞生于拿破仑时代。平民出身的父亲曾跟随拿破仑征战而晋升至将军，其母则是波旁王朝的支持者，她对少年雨果保守立场的影响是显而易见的。但是，诗性的敏感和对社会生活的热情，使他很快摆脱了对复辟专制制度的信任。随着查理十世反动统治的日益强化，雨果转而欢迎1830年彻底推翻波旁王朝的七月革命。19世纪30年代，他的创作硕果累累，计有剧本《欧那尼》，小说《巴黎圣

母院》，诗集《东方集》、《暮歌集》等。1841年他入选法兰西学士院院士。40年代，他积极投身社会活动，开始活跃于政治舞台。1848年二月革命后，他成为共和派，入选制宪会议成员。年底总统选举，他支持路易·波拿巴；波拿巴称帝野心暴露后，他又成了反对派。1851年路易·波拿巴政变称帝，大肆镇压异见者，雨果被迫流亡国外。1851年至1870年的19年间，他先后住过比利时的布鲁塞尔和大西洋上的英属泽西岛、盖纳德岛。流亡时期，雨果进入又一个创作高峰期，完成了鸿篇巨制《悲惨世界》和重要的政治诗集《惩罚集》，以及“灵魂回忆录”《静观集》。1870年，波拿巴政府垮台，诗人英雄般地凯旋。普鲁士入侵，巴黎被围，雨果义愤填膺，曾要求参军，还捐款铸造大炮，人们将其中一尊命名为“惩罚”，另一尊命名为“维克多·雨果”。雨果以一本《凶年集》，记录了祖国危难时期的见闻和思绪。巴黎公社起义时，雨果并不赞同，以为大敌当前应一致对外；公社失败后，他开放在布鲁塞尔的住所接待逃亡的公社战士，并为争取对他们的赦免而竭尽全力。随后他创作了1874年的小说《九三年》和晚年长期酝酿创作的“史诗”《历代传奇》。在那风云诡谲的世纪，雨果始终关注社会的动荡和变迁，坦诚地表明自己的观点，及时修正和调整政治立场，最终与人民大众同呼吸共命运，与一切残酷对待民众的反动势力不共戴天，体现了一个文人全身心介入社会生活的可贵热情和不断追随时代脚步前进的积极精神。

当我们说“诗人雨果”的时候，我们所指的不仅仅是一个“写诗的人”，而是一个诗学意义上的诗人，一个在文坛上“无所不能”的作家。诗歌、小说、戏剧以及文艺理论等众多领域，他都不仅止于“涉足”，而是自由挥洒，纵情泼墨，独具一格，取得了令世人惊讶的成就。

雨果在19世纪20年代和30年代之交，以一篇序言和一出戏剧，奠定了他浪漫主义旗手的地位。

《〈克伦威尔〉序》(1827)是讨伐古典主义的檄文，它猛烈抨击了盲目模仿古代的主张和束缚想象力、创造力的清规戒律，强调新时代要有与之相适应的新文学降生。而对新文学的阐释，中心命题是对照原则。他认为，真与假、善与恶、美与丑、光明与黑暗、崇高与滑稽等的对立并存是客观现实，为更全面地表现时代和人性，为充分表达真善美的理想，文学艺术只有用对照的原则加以突出、强调，才能取得强烈的效果。

1830年2月25日是欧洲戏剧史上一个重要的节日，雨果的《欧那尼》被搬上了法兰西剧院的舞台。此前，支持与反对的双方早已剑拔弩张，因而首演时竟不得不惊动警方到场维持秩序。为示标新立异而奇装异服的拉拉队为新戏捧场助威，其中最醒目的是特地身着红马甲的青年才俊戈蒂埃。巴尔扎克、柏辽兹等文化新人都站在了雨果的一边。首演大获成功，幕间就以6 000法郎的高价售出了版权。但从第二场开始，剧场就变成了真正意义上的“战场”。两军对垒，阵营分明，掌声、喝彩声和嘘声、口哨声，此起彼落，震耳欲聋。如此“激战”，竟持续了一个多月，最后以《欧那尼》的胜利告终，它结束了古典主义戏剧长期称霸舞台的历史。此时的雨果年仅28岁，但已成为受众人膜拜的偶像式的领袖。

《欧那尼》的成功，不仅在于它大胆地颠覆了旧有的封建理念，把绿林好汉塑造成正面主角、把国王写得近乎小丑，而且在艺术上冲破了“三一律”等清规戒律的束缚，在台词中使用了大量日常口语，从而制造了与古典主义大异其趣的审美效果。此后的十余年，夸张一点说，雨果几乎成了巴黎戏剧舞台的“统治者”。《国王取乐》(1832)、《吕克莱斯·波基亚》(1833)、《玛丽·都铎》(1833)、《安日洛》(1835)和《吕依·布拉斯》(1838)等都以其新潮的特色而大受欢迎。直至1843年的《城堡卫戍官》演出的失败,才终结了雨果的戏剧创作。

雨果的创作生涯以诗歌始、以诗歌终,从少年习作《颂歌与民谣集》到晚年鸿篇巨制《历代传奇》,生前共出版19部诗集,身后又整理出6部,据不完全统计,约有22万行之多。仅这一数据就足以使人瞠目。

诗歌伴随雨果一生,记录了他漫长的经历和丰富的见闻,也记录了历史的足迹和时代的风雨。因此,纵观其诗作,称之为"诗史"是恰如其分的。从1826年的第一本诗集开始,他便显示了对社会政治的关注。19世纪20年代,希腊驱逐土耳其的民族解放运动引起欧洲各国进步人士的热情声援,雨果的《东方集》(1829)正是对这场伟大斗争的呼应。诗人以神奇的想象描绘了他从未到过的遥远东方(包括中东、非洲和阿拉伯世界等地)的异国情调,是为他自由主义、浪漫主义创作的真正起点。其中以《卡纳里斯》、《希腊孩子》等名篇组成的"希腊组诗",更是诗人献给英勇的希腊人的厚礼。雨果在1835年的《暮歌集》中以一首颂歌《一八三零年七月述怀》,热情讴歌了史称"光荣三日"的七月革命:"全体人民像烈火在燃烧,/三天三夜在火炉里沸腾。"诗歌把这次革命看作法国大革命和拿破仑事业的继续:"要把坟墓还给路易十六,/还要把铜柱还给拿破仑!"

作为"诗史"的最典型的代表是1853年的《惩罚集》和1872年的《凶年集》。前者创作于流亡初期,矛头直指路易·波拿巴的独裁统治,真实记录和愤怒控诉了反动势力的残酷暴行,激情呼吁人民奋起反抗,有抨击,有揭露,有嘲讽,有号召,带风带雨,情绪亢奋,是政治诗歌的杰作。《四日晚上的回忆》一诗,记叙了一位老奶奶哭诉年仅7岁的孙子被无辜枪杀的经过,读来凄婉哀伤,感人至深。《惩罚集》不仅仅是历史的记载,更是射向敌人的集束子弹,许多诗篇被印成传单在群众中广泛流传,在斗争中发挥了难以估算的作用。诗集最后一首诗《最后的话》,铿锵有力地表达了他与反动政权的势不两立:"我接受流亡生涯,即使它没有尽头,/……如果还有一千人,那好,就有我一份!/即使还有一百人,我要和暴君拼命!/如果剩下十个人,我就是第十个人!/如果仅有一个人,我就是最后一名!"雨果于1870年9月15日从布鲁塞尔回到巴黎,一则以喜,一则以忧。流亡19年之久返回祖国、并受到英雄般的热烈欢迎,当然是大喜;可此时的法兰西正陷入水深火热,普鲁士军队步步逼近巴黎,诗人怎能不忧。创作于1870年至1871年的《凶年集》,几乎是逐月地记下了诗人在普法战争期间这"可怕一年"里的见闻与思绪,爱国的激情与对敌人的仇恨相交织,对英雄战士的歌颂和对未来胜利的信念相交织,组建成一幅壮阔的历史画卷,谱写成一部鼓舞法国人民英勇抗敌的雄壮乐曲。在那首著名的《致维克多·雨果号大炮》中,他要把自己完全融入这场伟大的斗争:"啊,黑色的复仇者,威风凛凛的斗士,/我们要相互补充和交换,我的肉身/要你的铁骨,你的铜胎要我的灵魂。"诗集最后一首是《向革命起诉》,诗人把反动派对巴黎公社的审判,称为对"曙光的审判",颇有深意地把公社起义看作光明的未来。

如果说《惩罚集》和《凶年集》是法国重大政治历史的记录,那么《静观集》(1856)就是更具私人性质的诗体"日记",是涌动着个人情感波涛的"灵魂回忆录";如果说前两者火药味十足,是政治诗的典型风格,那么这本诗集细腻诚挚、色彩纷呈,成为浪漫主义抒情诗的瑰宝。它收集了1833年至1853年二十年间未入集的诗篇,共约一万多行,出版后极受欢迎,被誉为"最美的个人诗集",据说也是诗人之最爱。诗集中有恬静的田园牧歌,如《歌谣》、《她已经脱掉了鞋,她又解开了头发……》;有真挚的情诗,如《来！——一支看不见的小笛》、《天气多冷》；还有一组雨果为新婚不久即溺亡的长女莱奥波特蒂娜所写的悼亡诗，如《“啊！在最初的时候，我几乎疯了一样……”》、《“明天天一亮……”》、《在维勒基埃》等，凄恻哀婉，催人泪下；有书写穷人苦难的《乞丐》；有诘问天下为何处处是罪恶的《？》，等等。多种多样的题材，都渗透着诗人的人道精神和浪漫情怀。

气势恢宏的《历代传奇》，是诗人晚年耗时20余年创作的鸿篇巨制，可谓名副其实的史诗。诗歌融圣经故事、古代神话、民间传说和历史事件于一炉，由各独立诗篇按时序连缀成一个整体，展现了从“人类之母夏娃到人民之母1789年大革命”的全过程。当然，这不是史实的摹写，而是精神的演进。在充满善与恶、光明与黑暗之争的历史进程中，人类始终追求着进步和发展。尽管道路坎坷，荆棘丛生，但诗人从未丧失对美好未来的信念。

雨果是天生的诗人，对语言和形式的敏感，使他仿佛时时有诗，处处能诗，事事入诗。如波德莱尔所说：“法语词汇从他嘴里吐出来时，就变成了一个世界，一个色彩缤纷、富有旋律、变幻不定的天地。”① 除上述诗集外，《秋叶集》（1831）、《心声集》（1837）、《光影集》（1840）等抒情诗作，多涉及个人情怀，或凄婉哀怨，或热烈达观，都具有丰富的色彩和动人的感染力。

不仅作诗如此，小说、戏剧也是如此。诗情画意，无所不在。

我们注意到，雨果的创作在诗歌和小说之间存在着某种“错位”。诗歌是他的生命，在六十多年的写作生涯中，他从来没有离开过诗歌。我们有理由相信，他就是一位诗性思维的作家，他也是以诗人之名而誉满全球的；但就读者，特别是中国读者的接受来看，他的小说却更受青睐，其影响似乎大大超过了诗歌。另一个“错位”是，雨果的诗作紧随时代步伐，贴近社会现实，真切反映生活，具有明显的现实主义因素；而他的小说却是诗人的小说，从题材选择到情节设计，从形象刻画到气氛营造，从细节安排到语言运用，无不包含众多浪漫主义元素：激情、夸张、突兀、奇特、对比强烈、色彩绚丽、想象丰富。这些“错位”，恰说明雨果创作的不拘一格，从不受制于清规戒律，任凭个性自由张扬。19世纪是长篇小说丰收的世纪，而在硕果累累的密林里，雨果的小说独树一帜，别具风采。它们肯定算不上是最深刻的，但却是最富感染力、冲击力的。

雨果最负盛名的三个长篇是《巴黎圣母院》（1831）、《悲惨世界》（1862）和《九三年》（1874），另有两部《海上劳工》（1866）和《笑面人》（1869）也各有特色。

他奉献的第一部长篇小说《巴黎圣母院》（1831），便是一部跌宕起伏、色彩瑰丽的浪漫派典型作品：野蛮的中世纪背景，哥特式的巴黎圣母院，狂欢的广场，骚动的丐帮，恐怖的绞架，以及妖冶迷人的吉卜赛女郎，道貌岸然的神父，驼背畸形的敲钟人——种种不同寻常的元素，足以结构成浪漫色彩浓烈的长卷。

小说围绕能歌善舞、美丽绝伦的吉卜赛姑娘爱斯美拉达的命运，以爱斯美拉达—副主教克罗德—敲钟人喀西莫多之间的恩怨情仇为核心，展开错综曲折的故事情节，用一系列的对比把这场美与丑、善与恶、真与伪的斗争表现得惊心动魄。

爱斯美拉达是美的化身，是外在美与内在美的统一。克罗德是虚伪宗教的代表，身披圣袍，一脸严肃，却难掩邪恶的淫欲和凶残的灵魂。喀西莫多恰恰相反，丑陋、驼背、聋哑，内心却十分纯正善良，是外丑内美的极致。三个人物既构成冲突纠葛，又形成鲜明对比。克罗德卑鄙的占有欲，一步步制造着爱斯美拉达的灾难，最终阴险地把她送上

① 程曾厚编选：《雨果评论汇编》，131页，合肥，安徽文艺出版社，1994。

了绞架；爱斯美拉达不仅严正拒绝了神父的威胁和利诱，而且勇敢地救助了危难中的诗人和喀西莫多；喀西莫多是克罗德收养的弃儿，他听命于克罗德劫持了爱斯美拉达，但在他为此而被当众鞭笞羞辱时，克罗德却不闻不问，反倒是爱斯美拉达给他送上了救命的水罐。当喀西莫多识破克罗德的罪恶用心和残忍行径后，便对这救命恩人恨之入骨，直至把他从圣母院的顶楼上推下。爱斯美拉达和喀西莫多在外表上形成了极美与极丑的对照，而内心却是同样的纯净善良。喀西莫多深为爱斯美拉达的美所吸引，也为她的品德所感动，他无望地、一无所图地爱着，不惜生命地保护她，直至为她殉葬。外在的丑，把他内在的美反衬得更加突出、更加动人。小说贯穿着强烈的人道主义情怀和浪漫主义精神，是作家继《〈克伦威尔〉序》和《欧那尼》之后，为浪漫主义运动矗立的又一块界碑。

《悲惨世界》是史诗体的小说，小说体的史诗；是人道主义的颂歌，浪漫主义的瑰宝。

《悲惨世界》梗概

小说分五部，标题分别为：《芳汀》、《柯赛特》、《马吕斯》、《卜吕梅街的儿女情和圣丹尼街的英雄血》和《冉阿让》。

主人公冉阿让因为偷一块面包，竟在狱中度过了近20年的光景。这使冉阿让极度仇视这个给他带来深重灾难的社会。出狱后，无处安身的他受到主教的款待，但他却偷走了主教的银餐具。警察把他扭送回主教家，他再次面临牢狱之苦。不料主教告诉警察这是他送给冉阿让的，并当场又送他一对银烛台。此事深深地“感化”了冉阿让，促使他下决心“善”待他人，造福社会。他改名马特兰，来到蒙特猗市，靠技术革新成了富人，又因其乐善好施而当上了市长。正当他“重新做人”、不断行善的时候，曾经在狱中监管过他的沙威警官却盯上了他。马特兰工厂里的女工芳汀受人欺辱而有一私生女，寄养在德纳第家。此事曝光后，芳汀被工厂开除。马特兰得知后，对她十分同情，决心要帮助母女团聚。此时，他听说在远方有一流浪汉被误认为冉阿让而将受到重判，经过激烈的思想斗争后，他火速赶过去向法庭表明自己的真实身份，以为受冤者解脱。他本想在被捕前把女儿送到病中的芳汀身边，但狠心的沙威却在病床旁逮捕了冉阿让，加速了芳汀的死亡。冉阿让再次入狱，又再次逃出。他赎出了芳汀的女儿柯赛特，并在一修道院里把她抚养成人。共和派年轻人马吕斯钟情于柯赛特，他在巴黎参加了反对七月王朝的起义。沙威混进起义队伍侦察被捕，冉阿让以亲自枪毙他为名将他放走。起义失败，冉阿让背负受伤的马吕斯从下水道里逃命，在出口处又遇守候在那里的沙威。沙威没有逮捕冉阿让，而在责任和良心的矛盾中投河自尽。马吕斯和柯赛特终成眷属。马吕斯一度对冉阿让的身世有过怀疑，冉阿让也因他的苦役犯身份而有意回避他们。最终，两个年轻人真正认识到了冉阿让的高尚品德，他们伴随老人度过了最后的时刻。

雨果在小说序言中这样表述了他创作的基本思想：“只要因法律和习俗所造成的社会压迫还存在一天，在文明鼎盛时期人为地把人间变成地狱，并且使人类与生俱来的幸运遭受不可避免的灾祸；只要本世纪的三个问题——贫穷使男子潦倒，饥饿使妇女堕落，黑暗使儿童羸弱——还得不到解决；只要这世界上还有愚昧和困苦，那么，和本书同一性质的作品都不会是无用的。”

书名直译应为《苦难的人们》，贯穿作品始终的是对以冉阿让、芳汀、柯赛特为代表的下层受苦受难人们的深切同情。作家特别把矛头指向了不公正的法律，正是“文明鼎盛时期”的法律，把他们一次次推向了绝境，这无疑是对现代文明制度的尖锐讽刺和批判。

小说以冉阿让跌宕坎坷、大起大落的命运为主线，结构成丰富曲折的情节，使作品在阔大的时间和空间中展开，具有独特的吸引力。作家还别有深意地在前后两部分，分别插入了滑铁卢战役和巴黎的街垒战。前者象征性地结束了拿破仑时代，后者标志着争取共和斗争的开始。这些描写，不仅点染了时代背景，更着意传达出对大革命精神的追寻。

《悲惨世界》最引发争议的是关于"感化"的话题。冉阿让一生有两次与"感化"相关的行动，一次是被感化，一次是感化他人。前者是他被米里衰主教的仁慈所感动，决心从"以恶对恶"转变为"以善对恶"，他由此而改变了人生轨迹，成为了"大善"、"大爱"的化身。正因为有了这次转变，才使他对沙威的感化成为可能。从阶级论或纯社会学的角度，人们有理由对情节的真实性、可信度提出质疑。但雨果作为浪漫主义作家，喜欢通过尖锐激烈的思想矛盾、大开大阖的情绪变化来制造强烈的艺术效果，以宣扬他用"博爱"求"进步"的社会理想。就这点而言，雨果是积极的。他以饱满的热情呼唤人间的真爱，希冀在相互宽容谅解中消融对抗和争斗，尽管不无天真的空想，但毕竟体现了人类对美好的向往。

《九三年》，一部关于革命和人道的沉思录。它是雨果终其一生思想求索的结晶，也是雨果思想求索的象征性终结。

1793年，是法国大革命历史上暴风骤雨的一年、充满残酷斗争的一年，史称"恐怖年代"。雨果特地选择这一年来艺术地探讨革命与人道如此重大的社会政治哲学问题，可谓匠心独运、胆识过人。

小说在革命与复辟的大背景下展开，交织着敌我的殊死搏斗，革命队伍的内部矛盾，最终聚焦于人性的冲突，意在引发人们的深入思考。

作家为三个主要人物之间设计了特殊的关系：远征军司令郭文是叛军头目朗特纳克的侄孙、实际的养子，从小受他养育之恩；远征军政委西穆尔登是郭文的家庭教师、革命的引路人，他视郭文为"精神的儿子"，他这次肩负的重要任务就是监督郭文，防止他对敌人心慈手软、过于"宽大"。

矛盾的契机是三个被叛军抓作人质的孩子、是孩子的母亲发出的绝望的呼喊。这一事件，依次把三个人物推向了矛盾的尖端：母亲凄厉的哭喊，唤醒了魔鬼心中的上帝，朗特纳克舍弃了逃命的可能，把三个孩子从大火中救出，并亲自把他们送到共和军的手里，自己束手就擒。士兵兴奋地对他高喊："你就是善良的上帝！"郭文早就发出过命令，对罪大恶极的朗特纳克，一旦验明正身，"立即执行枪决"。但这位年轻的指挥官现在面对的却是不顾个人安危、舍身救出孩子的敌人。他不仅没有坚持执行他颁布的命令，反而乔装调包，私自放走了朗特纳克，自己顶替他坐进了牢房。郭文的胆大妄为，把西穆尔登置于两难境地。对革命而言，郭文罪不容恕；但他行为的动机，以及广大将士的真切求情，都使身负监督责任的政委深陷痛苦，难下决心。最后，他在下令处决郭文的同时，也结束了自己的生命。

在这三个人物的艰难选择中，作家突出强调的是郭文的沉思。雨果以激情的诗的语言，层层深入地揭示了他心中尖锐复杂的矛盾。结论是："在绝对正确的革命之上，还有一个绝对正确的人道主义。"郭文的沉思，就是雨果的沉思；郭文的结论，就是雨果的结论。雨果悬设了一个现代文明下的斯芬克司之谜，他的答案未必是人人都能接受的答案，但其放射的理想主义光芒却具有无限的魅力。

1885年5月22日，雨果辞世。消息传到议会，议会当即休会致哀，并通过了为诗人举行国葬的决议。6月1日，葬礼在礼炮声中隆重举行。据传，大约有200余万民众护送雨果从凯旋门到先贤祠安葬。——这是一个文化大国对一位文化巨人的崇高敬礼！

第四节 普希金

天才少年·南方流放·小人物与多余人·非人工的纪念碑

亚历山大·谢尔盖耶维奇·普希金（1799—1837），“俄罗斯文学的太阳”。他率领19世纪俄国文学大军，征服了欧洲、征服了全世界。这个世纪的俄罗斯作家，没有不受到过他的影响的。

浪漫派诗人多属少年天才，普希金也不例外。中学时代，他就开始写诗。1814年，15岁的普希金以一首《皇村回忆》应试，赢得了老诗人杰尔查文的高度赞赏，由此一举成名天下知。

少年普希金的成长，除本人的天赋外，大致受益于以下几个方面：一是出生于酷爱文学的贵族之家，鸿儒来往，谈诗论文，推崇法国文学，天性聪慧的神童耳濡目染，自然是心领神会。二是自幼受托于农奴出身的奶妈照料，她本性质朴善良，并擅长讲述民间故事传说，给这位贵族少爷打开了另一扇窗户，一扇通向民众和民间艺术的窗户。三是在被称为“自由的摇篮”的皇村中学这所贵族子弟聚集的学校里，对西方文化，特别是对法国启蒙思想的兴趣蔚然成风，拿破仑入侵俄国激起的爱国情绪也在青年学子间弥漫，因此，对自由的执着和对奴役的反叛，便深入诗人的内心，逐渐成为他诗歌的基调。而在诗歌创作方面，他是拜伦的崇拜者。

1817年，从皇村中学毕业后，普希金进入外交部任职。其间，他开始踏入上流社会，广泛结交友人，相继参加过一些进步青年的社团，这些组织多与日后的十二月党人有一定联系。这时的普希金已不是中学时代的“习作者”，而是彼得堡颇有知名度的风流诗人。他多彩的抒情诗，在青年男女中广泛流传，深受欢迎。而如《自由颂》（1817）、《致恰达耶夫》（1818）等激情满怀、锋芒毕露的政治诗，更为众多激进分子辗转传抄，成为凝聚革命精神、鼓舞革命斗志的“诗传单”。“同志啊，相信吧：幸福的星/就要升起，放射迷人的光芒。/俄罗斯会从睡梦中跃起，/而在专制政体的废墟上/我们的名字将被人铭记！”（《致恰达耶夫》）诗的结句，被后来十二月党人刻在了秘密徽章的背面。他的诗歌的力量，震惊了最高统治者，沙皇亚历山大一世愤怒地喊道：“普希金弄得俄国到处都是煽动性的诗，所有青年都争相传诵，应该把他流放到西伯利亚去！”

致恰达耶夫

爱情、希望、平静的荣誉
都曾骗过我们一阵痴情，
去了，去了，啊，青春的欢愉，
像梦，像朝雾似的无影无踪；
然而，我们还有一个意愿

在心里燃烧：专制的迫害
正笼罩着头顶，我们都在
迫切地倾听着祖国的呼唤。
我们不安地为希望所折磨，
切盼着神圣的自由的来临，
就像是一个年轻的恋人
等待他的真情约会的一刻。
朋友啊！趁我们为自由沸腾，
趁这颗正直的心还在蓬勃，
让我们倾注这整个心灵，
以它美丽的火焰献给祖国！
同志啊，相信吧：幸福的星
就要升起，放射迷人的光芒。
俄罗斯会从睡梦中跃起，
而在专制政体的废墟上
我们的名字将被人铭记！

（选自《普希金抒情诗选集》，上集，查良铮译，288～289页，南京，江苏人民出版社，1983）

1820年，在茹科夫斯基等著名人士的斡旋下，普希金没有被发配去西伯利亚，而是到了南部的高加索地区。南俄时期（1820—1824），诗人与一批“南社”成员过从甚密，深受革命思想的影响。抒情诗，包括政治抒情诗，仍然是普希金最擅长的形式，也是最为人们喜爱的珍品。在此期间，他显然受到了南国地域和拜伦诗作的影响，创作了一组具有东方情调的叙事诗：《高加索的俘虏》（1821）、《强盗兄弟》（1822）、《巴赫奇萨拉伊的喷泉》（1823）和《茨冈》（1824）。这组浪漫主义诗歌取材异常，个性突出，情感强烈，其共同主题是对自由的追求，也表现了当代贵族青年自私、冷漠的一面，这种被称为“俄罗斯忧郁症”的精神特征，在普希金以后的作品中，甚至在俄国其他作家的作品中不断出现。《茨冈》是其中最负盛名的一篇。主人公阿乐哥是一个厌倦了都市生活的贵族青年，他惹祸出逃后来到游牧的茨冈人中，过起了自由自在的流浪生活，并与茨冈姑娘真妃儿结为夫妻。但当他发现妻子另有所爱时，妒火中烧，一怒之下竟杀死了妻子和她的情人。他的自私和残忍，为崇尚自由的茨冈人所不容，他被孤独地抛弃在茫茫草原上。现代都市人与草原自然人之间的冲突，包含着对自由的不同理解。诗人所要表达的则是贵族青年对自由的渴望，和在争取自由的斗争中所遭遇的困惑与矛盾。1824年，由于南俄沃隆佐夫总督的密报，本就十分讨厌和害怕普希金的亚历山大一世下令将他彻底革职，遣送回乡。在离开黑海边的敖德萨时，诗人写下《致大海》（1824）这一脍炙人口的名篇：“再见吧，自由的元素！”翻腾咆哮的大海，承载着他对自由的强烈渴望，宣泄着他为自由不懈斗争的刚强意志：“再见吧，大海！你壮观的美色/将永远不会被我遗忘；/我将久久地，久久地听着/你在黄昏时分的轰响。”南俄时期，是诗人创作的一个高潮期。

普希金从南俄被贬逐到父辈偏僻的领地普斯科夫省的米哈依洛夫斯科耶村，在那里度过了两年的“幽禁”生活。于诗人，这是一次再积蓄。在这远离喧嚣、远离社交的乡村里，他可以再一次聆听老奶妈讲述有趣动人的古老故事，可以到集市上和农民们同乐、一道欣赏民间艺术，广泛吸取蕴藏在人民大众生活中的智慧营养；他也能潜心研读历史、哲学，丰富学养，深入思考俄罗斯的前途。普希金以莎士比亚模式创作了历史悲剧《鲍里斯·戈都诺夫》(1825)，借用16世纪至17世纪的题材，批判了专制暴政，颂扬了民众的力量，表达了民心向背决定历史进程的主题，具有鲜明的政治倾向。他还整理创作了《沙皇萨尔丹》、《渔父和金鱼的故事》、《巴尔达的故事》和《金雄鸡的故事》等一系列童话诗，深受孩子们的喜爱，对成人也很有启发意义。更重要的是，他已开始构思并动手写作其最杰出的代表作品《叶甫盖尼·奥涅金》。

1825年年底，十二月党人起义失败，诗人情绪深受打击，并作好了被捕的准备。但新继位的沙皇尼古拉一世却对他采取怀柔政策，特许解除幽禁。1826年9月，诗人应召回到莫斯科后，尼古拉一世接见时曾问他，如果十二月党人造反时你在彼得堡，你会怎么办？普希金毫不犹豫地回答，我会站在起义者的队伍里。坚定的政治态度和率性的诗人气质，可敬复可爱。

普希金不为沙皇的“收买”所动，坚持对自由理想的追逐。1827年创作的政治抒情诗《阿里昂》和《致西伯利亚的囚徒》，都是为讴歌十二月党人而作。诗篇传到西伯利亚流放地，极大地鼓舞了“囚徒”们的革命斗志。

1830年，“波尔金诺之秋”，普希金的丰收季节。这一年，诗人如愿以偿地与号称俄罗斯第一美女的娜达尼雅·冈察洛娃订婚，他父亲便把祖传的波尔金诺村附近的一片产业传给他。为办理手续，普希金于1830年9月来到波尔金诺村，不料却遇霍乱流行，道路封闭，他被迫在这里一直住到了年底。寂静的乡间生活，使他集中精力埋头创作，从而取得了累累硕果，仅以数量而论，就足以令人瞠目：30多首抒情诗，4个小剧本，5个短篇小说，以及最后完成的长篇诗体小说《叶甫盖尼·奥涅金》。

短篇小说是这时期的特殊产品。诗人假借作者“别尔金”之名，将五篇小说收为《别尔金小说集》：《射击》、《暴风雪》、《棺材匠》、《驿站长》和《村姑小姐》，其中最为人们称道的是《驿站长》。小说讲述了一个小驿站站长维林的悲剧人生。他经年累月地为各色过客操劳，不时还会受到权势者的凌辱，而他生活中唯一的亮点就是能与美丽可爱的女儿杜尼娅朝夕相处。可是他女儿却被一名路过的军官带走了，他千方百计来到彼得堡寻找女儿，但被拒之门外，他悻悻然回到驿站，孤独地郁闷而亡。普希金满怀深情地描写了下层“小人物”的不幸命运，相依为命的父女被不同的阶层所隔断，女儿的“幸福”彻底埋葬了父亲的幸福。小说的特殊意义还在于，开启了俄罗斯文学关注“小人物”命运、塑造“小人物”形象的可贵传统。

1831年，普希金与冈察洛娃结婚，并奉命回外交部任职。艳丽娇美的妻子给诗人带来了幸福，也带来了无穷的烦恼。他们要经常出席宫廷舞会等各种社交活动，奢华的生活开销不断加重经济负担，姿色超众的娜达尼雅又往往成为流言蜚语的焦点，普希金几度想退居乡间专事写作，但都未能如愿抽身。

19世纪30年代，诗人虽然陷入重重矛盾之中，他的创作激情却依然旺盛，作品的规模与深度都十分引人瞩目。

1833年，《叶甫盖尼·奥涅金》正式出版。诗人郑重地将其定性为“诗体长篇小说”，共分八章，全部用十四行诗体写成。

《叶甫盖尼·奥涅金》梗概

贵族青年奥涅金厌倦了彼得堡的社交生活，来到乡下接受遗产，并有意在自己的领地上实行改革，想干一番事业。不久，一事无成的他又感到百无聊赖，乡村绅士们的庸俗与彼得堡无异，更令他重陷厌倦；美丽纯真的达吉雅娜主动对他示爱，也激不起他的热情，他冷酷地拒绝了她的追求。在一次舞会上，他为寻找刺激，竟故意向好友连斯基的情人、达吉雅娜的妹妹奥丽加大献殷勤。为此，被激怒的连斯基向他提出决斗，决斗中连斯基倒在了他的枪下。闯下大祸的奥涅金后悔不已，迅速离开了庄园，浪迹天涯。若干年后，他回到彼得堡。此时的达吉雅娜已嫁给一位年迈的将军，并成为彼得堡社交界的“女神”。奥涅金疯狂地追求达吉雅娜，得到的回答却是，虽然奥涅金仍是她的所爱，但既已为人妇，她就要永远忠于自己的丈夫。

奥涅金，一个成功的典型，俄罗斯文学史上第一个“多余人”形象。他是贵族青年中的佼佼者，生活于浮华之世，却不愿同流合污。他仪表堂堂，思维敏捷，才华出众，还热衷亚当·斯密和卢梭的理论，因而自视甚高，冷眼观世。正是这不同凡响的气质，吸引了同样气质不凡的达吉雅娜。但是，奥涅金却将达吉雅娜的纯情爱慕混同于上流社会司空见惯的情场游戏而加以拒绝，高傲和冷漠掩盖的是他扭曲的心灵。他虽有过写作的打算，曾计划着手进行农奴制的改革，但疏于行动的懒散习性使他不可能真正有所作为。他对奥丽加的调情和与连斯基的决斗，都并非出于本意，而是无聊生活状态中的无聊之举，却给他人（爱他的人和他爱的人）和自己都制造了无可挽回的悲剧。思想追求和行动能力的巨大反差，外在的潇洒激进和内里的孤独忧郁，对现存秩序的怀疑否定和根深蒂固的自我中心，构成了复杂矛盾的“这一个”。他没有目标、无所依附的漂泊浮沉，不仅于社会生活中难有作为，而且其自我的人生经历也仿佛徒存烦恼而缺乏意义，因而被作家赫尔岑称为“多余人”。然而，“多余人”并不真正多余，他们是俄罗斯历史转型期的产物，他们的存在本身就是社会矛盾的反映，也是对社会的挑战、是引发社会不安的重要因素。普希金还曾设想奥涅金会成为十二月党人队伍中的一员呢。这一形象的独特魅力和高度典型性，征服了整个欧洲，为俄国文学赢得了国际声誉，也为后来的作家们（如莱蒙托夫、屠格涅夫、冈察洛夫等）塑造“多余人”形象提供了范本。“多余人”系列，成为俄国文学独有的形象画廊。

达吉雅娜美丽温柔，真诚善良，而又聪慧迷人，寄托着诗人的人格理想，是俄罗斯文学中一连串优美女性形象的先行者。她虽生活在封闭庸俗的乡村，但亲近大自然的她却像大自然一样朴实无华，对西欧浪漫作品的迷恋使她向往有朝一日能像书中的主人公一样享受纯洁而美好的爱情——奥涅金的出现，使她很快坠入单相思的情网。她不懂上流社会情场矫揉造作的游戏规则，也不会耍弄欲擒故纵的恋爱伎俩，燃烧的激情迫使单纯的姑娘奋笔疾书，写下了一封直白深情的情书。明知这会遭到对方的轻蔑，她也无法克制自己的热情表白：“——我的这颗心/世界上谁也不能拿去！/我是你的——这是命中注定，/这是老天爷他的旨意……/我之所以还需要活着：/就为了保证能和你相见；/我知道，上帝把你派来给我，/做保护人，直到坟墓的边缘……”她对爱情的执着追求，她的勇敢和坦诚，都因显示了俄罗斯新型女性的魅力而给人以深刻印象。与奥涅金重逢时，她已以公爵夫人的身份成为彼得堡社交场的中心人物。但是，无论是这份无爱的婚姻，还是风光无限的显赫地位，都远非她的意愿。奥涅金的绝情，彻底破灭了她对爱情的梦想，婚姻于她只是“命运”的“摆布”，不再具有任何意义；至于眼前的“豪华富丽”，她更毫无兴趣，宁肯“换回”当年与奥涅金会面的地点。痴情而理性，使达吉雅娜具有超凡脱俗的美质，为欧洲各国文学所罕见。

“俄罗斯生活的百科全书”，这是别林斯基对《叶甫盖尼·奥涅金》的高度评价。随着奥涅金的足迹从首都到外省，从城市到乡村，从上流社会到下层民众，诗人铺展开广阔的生活画面，勾勒出各色人等的生动形态，描摹了各种风光、人情、习俗，为读者提供了当代俄国的全景图，使作品显示了鲜明的现实主义特色。“百科全书”这一评语，由此也被人常用来概括19世纪欧洲现实主义小说反映社会生活的广度和深度。文学史家把《叶甫盖尼·奥涅金》的创作视为诗人从浪漫主义向现实主义的过渡。

1833年的长诗《青铜骑士》，以寓言的形式，讲述了一个平民被彼得大帝铜像的幻影吓死的故事，表明帝王虽英明，但仍是对百姓的可怕威慑。难能可贵的是，普希金相继完成了两部以“造反”为题材的中篇小说：《杜勃罗夫斯基》（1833）和《上尉的女儿》（1836）。前者写一贵族青年被逼铤而走险成为绿林好汉，率领农民大众斗地主、烧贪官。后者取材于18世纪70年代著名的布加乔夫农民起义，但不是原本意义的历史小说。它以一个虚构的爱情故事为框架，在描写声势浩大的起义斗争的同时，着力表现了布加乔夫坚定刚毅的英雄主义和善良仁爱的个人魅力。普希金的民主主义思想，在小说中得到了进一步展现。

1836年，普希金创办了俄国19世纪文学史上一份十分重要、影响深远的文学和社会政治刊物——《现代人》。普希金自己，以及果戈理、莱蒙托夫等人的一些重要作品就发表在这本杂志上。普希金去世后的数十年里，刊物走过了曲折的道路，而它推动俄国民主主义文学发展和记载现实主义文学轨迹的伟大功绩将永载史册。

普希金从接受西欧文学影响起步，以大量的诗歌、小说、戏剧和评论，创造了俄国浪漫主义文学的辉煌，奠定了现实主义文学的基础，是俄罗斯文学的“始祖”。他各方面的成就，都不同程度地起到过表率作用，令后来者受到启迪，也反过来对其他民族的文学产生积极的影响。

不幸的是，天才诗人未能跳出夭折的厄运。1837年2月8日，为维护妻子的名誉和自己的尊严，普希金（如同他笔下的诗人连斯基）在决斗中中弹，两天后身亡，年仅38岁。但是，人们相信，诗人是不死的。正如他在那首著名的《纪念碑》（1836）中所吟诵的：

> 不，我不会完全死亡——我的灵魂在遗留下的诗歌当中，
> 将比我的骨灰活得更久长和逃避了腐朽灭亡——
> 我将永远光荣不朽，直到还只有一个诗人，
> 活在这月光下的世界上。

普希金以他无数优美的诗章（作品）“为自己建立了一座非人工的纪念碑”。

第五节 惠特曼

来自下层·行万里路·“带电的肉体”·永远的“草叶”

瓦尔特·惠特曼（1819—1892），一位充满阳刚之气的美国诗人，是19世纪中叶“美

国精神”的文学代表。

欧洲诸国的浪漫派诗人，多属上层受过良好教育的精英；在新兴的美国，却从底层冒出了这个令世人刮目相看的大诗人。当时已成名的许多美国作家，都是“绅士”或“想当绅士”的人，苛刻的海明威称他们为像是从英国流亡出来的殖民地居民，从一个与他们无关的英国流亡到一个他们正在创建的新的英国[①]；而惠特曼，这位木匠的儿子，却似横空出世，以粗犷自由的诗风讴歌这片新大陆、讴歌新大陆上的新人。

他出身贫寒的农民之家，祖上有荷兰血统，父亲是木匠。他读了几年小学后便弃学打工糊口，先后当过勤杂工、排字工等。他勤奋好学，在辛勤劳作之余，阅读了大量来自欧洲大陆的经典，如《圣经》、希腊神话、《荷马史诗》、《神曲》、莎士比亚等，据说，还曾对印度古代诗歌产生过兴趣。少年时代，父辈的友人潘恩，一位平民出身的民主派思想家，经常到他家做客，成为他最初的启蒙老师。1835 年，他在家乡教书办报，广泛接触平民百姓，深入了解下层生活。1841 年，他来到纽约，进入报社任记者编辑，开始积极参与政治活动。他态度鲜明地反对南方的蓄奴制，并因此与在朝的民主党决裂，转而投向自由土地派，编辑《自由人报》。

1848 年，惠特曼进行了一次对他人生和创作都具有十分重要意义的长途旅行。他到南方考察了黑奴悲惨的生活和劳动状况，后又沿密西西比河溯江而上，参观工业名城芝加哥，游览东北的五大湖，欣赏尼亚加拉大瀑布。在领略美国壮丽景色的同时，他更有机会与黑奴、水手、工人、农民等各行各业的劳动者亲密交往，深入了解他们的境况和情感，从而更坚定了他的民主立场，也使他更深化了对这个新兴国家的认识。

惠特曼深受美国当时流行的超验主义哲学的影响。这派哲学代表着美国对独立精神的探索，它着意于开掘大自然本身的精神意义，寻求宇宙和人类之间的神秘关系，推崇直觉在认知中的重要作用。对精神力量的强调，也意味着对正在泛起的物质主义的否定。他们主张在贴近自然中获取人的力量，而人的力量是无穷的，人的个性是自由的，人与人是完全平等的。因此，当尚未成名的惠特曼高歌一曲“我赞美我自己，我歌唱我自己”（《自己之歌》）时，众人皆愕然，唯独超验主义的奠基者爱默生（1803—1882）独具慧眼，力排众议，他兴奋地给他的英国挚友卡莱尔写信道：“去年夏天，纽约出现一本书。此书是难以描述的怪物，然而它有可怕的眼睛、野牛的力量，但具有无可争议的美国风格。……书名为《草叶集》，作者和印刷者是瓦尔特·惠特曼，他是纽约布鲁克林的计时工和印刷工人。”[②]

作为浪漫派诗人，拜伦、雪莱、普希金、莱蒙托夫等均为少年成名、英年早逝的天才，而惠特曼却大器晚成，在他们去世的年龄才开始发表诗作。1855 年，36 岁的惠特曼卖掉房子自费印刷出版的第一版《草叶集》，仅收入了 12 首诗。诗集招来了讥讽和责骂，但却丝毫没能动摇诗人按照自己的风格继续前行。从 1855 年到 1892 年，诗集共出了 12 版。每次再版，惠特曼都不仅要增加新作，而且要对结构作适当的调整。因此，每一版都是一本新的诗集，每一版又仍是一本《草叶集》，却是一本越来越丰富、越来越茂盛的《草叶集》。最后一版共收诗歌 383 首，历时已近 40 年。

“草叶”，一种普通得不能再普通的生物，“哪里有土，哪里有水，哪里就长着草”。它生命力绝对旺盛，“在宽广的地方和狭窄的地方都一样发芽，/在黑人和白人中间都一

① 参见董衡巽编选：《海明威谈创作》，北京，三联书店，1985。

② ［苏格兰］卡莱尔、［美］爱默生：《卡莱尔、爱默生通信集》，李静滢、纪云霞、王福祥译，472 页，桂林，广西师范大学出版社，2008。

样生长……”而且，它本身就是一个大千世界，“我相信一片草叶不亚于星球的运转”，片片草叶，就构成了整个宇宙。诗人将其诗歌总汇定名为《草叶集》，是谦逊，也是别有深意的象征。

> 我赞美我自己，我歌唱我自己
> …………
> 瓦尔特·惠特曼，一个宇宙，曼哈顿的儿子，
> 粗暴，肥壮，多欲，吃着，喝着，生殖着……
> 视觉，听觉，感觉都是神奇的，我的每一部分及附属于我的一切也都是奇迹。
> 我里外都是神圣的，我使触着我或被我所触的一切也都成为神圣的东西。

这首令世人瞠目结舌的《自己之歌》，开宗明义就把“自我”亮了出来，自信而刚毅，实在而张扬，强悍而充溢着生命力。“我是一个南方人，也是一个北方人”，“我是肉体的诗人，也是灵魂的诗人”。显然，这狂放的个性背后是一个新兴的民族，一个大写的“人”。“我”是男人和女人，年轻人和老年人，白人、黑人、印第安人。遂后，他以更加亢奋的诗句“歌唱带电的肉体”，歌唱“男性肉体的美”和“女性肉体的美”，歌唱“肉体的诗歌”和“灵魂的诗歌”（《我歌唱带电的肉体》）。

诗人极富冲击力的诗章，彰显的是个体—群体—种族—国家—人类所蕴蓄的巨大力量。它是现实的，更是理想的。灵与肉的完美结合，壮美的大自然和创造世界的劳动，对平等、自由、民主的向往和对年轻共和国的信心，浇灌成一行行无拘无束、信马由缰、奔腾豪放的诗句，形成了与欧陆浪漫派迥异的诗风。

惠特曼是劳动者的诗人，在他的笔下，劳动者的歌格外响亮。“我听见美洲在歌唱，我听见各种不同的颂歌，/机器匠在唱着……/木匠在歌唱着……/泥瓦匠在歌唱着……/船家歌唱着他船里所有的一切……”（《我听见美洲在歌唱》）“来呀，我的太阳晒黑了脸的孩子们，/顺着秩序，预备好你们的武器，/你们带着手枪了么？你们带着利斧了么？/开拓者哟！啊，开拓者哟！”（《开拓者哟！啊，开拓者哟！》）他激励这个“年轻的强有力的种族”，奋勇前进，大胆冒险，开拓未来。

美利坚土地上的开拓者，英气勃勃，一往无前：

> 我轻松愉快地走上大路，
> 我健康，我自由，整个世界展开在我的面前，
> 漫长的黄土道路可引到我想去的地方。
> …………
> 我比我自己所想象的还要巨大，美好，
> 我从没想到我会有这么多的美好品质。
> …………
> 走呀！带着力量、自由、大地、暴风雨、
> 健康、勇敢、快乐、自尊、好奇；
> …………
> 走呀！无论你是谁都来和我同行吧！
> 和我同行，你们将永远不会感到疲倦。
>
> ——《大路之歌》

昂首阔步走在大路上的“美国人”，乐天达观，无所畏惧，充分相信自己的力量，更对未来充满信心。这种被称为“美国精神”的精神，贯穿惠特曼创作的始终，是这一时

期这个新兴国家风貌的艺术体现。“在路上”，日后也成为美国文学一个独特的主题。

南北战争是美国历史重要的转捩点，也对惠特曼的创作产生了决定性的影响。诗人积极投身这场废除蓄奴制的伟大斗争，曾作为战地记者出入战场，也曾作为志愿者到战地医院看护伤病员。战争使诗人更加成熟。他不再是那个喜欢沉溺于玄思妙想的超验主义者。“敲呀！鼓呀！敲呀！——吹呀！号呀！吹呀！”（《敲呀！鼓呀！敲呀！》）激越的诗篇，喷涌而出，为南下的大军助阵。悼念战争中阵亡战士的《父亲，赶快从田地里上来》，是一首感人至深的哀歌。父母在盼望着儿子从前线凯旋，但等到的却是“重伤—死亡”的噩耗。丰收的美景与悲哀的心境形成强烈反差，突出了人民大众为赢得战争胜利所付出的巨大代价。

1865 年 4 月 9 日，南北战争结束。5 天后，4 月 14 日，这场战争的领导人林肯总统就被南方的奴隶主暗杀了。举国震惊，悲愤交加。惠特曼以深沉的笔调完成了组诗“林肯总统纪念集”（4 首），其中尤以《啊，船长，我的船长哟!》和《当紫丁香最近在庭园中开放的时候》两首最为著名。

在前一首诗中，诗人把总统比作伟大航船的船长，当“可怕的航程”已经结束，航船已抵达胜利彼岸时，“啊，心哟！心哟！心哟！/啊，鲜红的血滴，/就在那甲板上，我的船长躺下了，/他已浑身冰凉，停止了呼吸”。这是何等悲壮的一幕，何等撕人心肺的一幕。惠特曼的诗句朴实而深情，传达了广大美国人民的心声，因而迅速广泛流传于新大陆，“老船长”的称谓也成为民众对林肯总统充满敬意的亲切昵称。《当紫丁香最近在庭园中开放的时候》，一唱三叹，在年年绽放的紫丁香花中寄寓对逝者绵绵的哀思，更表达了对林肯总统的民主意识和革命精神将永世长存的深信不疑：

> 当紫丁香最近在庭园中开放的时候，
> 那颗硕大的星星在西方的夜空陨落了，
> 我哀悼着，并将随着一年一度的春光永远地哀悼着。
>
> 一年一度的春光哟，真的，你带给我三件东西：
> 每年开放的紫丁香，那颗在西天陨落了的星星，
> 和我对于我所敬爱的人的怀念。

林肯总统于美国、于美国人民是正义、民主、平等、坚毅的象征，诗人的悼念，并不仅仅是出于一个平民百姓对深爱的领袖的真情，更代表着整个民族的痛苦，以及对林肯精神虽死犹生、将永远活在人们心中的咏叹。全诗把丁香花、星辰、画眉鸟和诗人的悲绪交融为一体，深沉哀婉，幽远深邃，成为悼亡诗之精品。

1871 年，惠特曼出版散文集《民主远景》；1882 年，出版自传体的《典型的日子》；1888 年，出版散文集《十 ·月的枝桠》。

无论是人格还是诗风，惠特曼都是强悍的，他对美国的信心近乎天真。但是，他的祖国并没有给这位忠实的强者应有的回报。惠特曼一生坎坷，诗作备受指责，也曾遭到官方的禁令。晚年更是贫病交加，从 1873 年起，他就半身不遂，生活难以为继。所幸的是，他得到了大西洋彼岸英国同行们的赞赏。长期以来，高傲的英国绅士们就没把美国文学放在眼里，甚至不屑地怀疑是否存在美国文学。但是，他们却高度评价惠特曼的诗歌，著名诗人丁尼生称他为“当今最伟大的诗人之一”。他们还对在穷困中挣扎的惠特曼伸出援手，热情地帮助他平静地度过晚年。

1892 年 3 月 26 日，诗人辞世。数千热爱他的诗歌的普通人为他送行。人们在葬礼上

朗诵他的诗作，这应当是他最喜欢的告别。

思考题

1. 谈谈浪漫主义文学产生的社会背景和基本特征。
2. 谈谈《恰尔德·哈洛尔德游记》对自由的追求。
3. 从《悲惨世界》和《九三年》看雨果的人道主义。
4. 谈谈普希金对俄国文学的“示范”作用。
5. 谈谈《草叶集》中的“我”和“美国”。

第七章 19世纪中期文学

第一节 现实主义文学大潮

一、社会转型与学术发展

19 世纪 30 年代至 60 年代的 40 年间，在浪漫主义文学持续发展的同时，现实主义文学以强劲的势头涌入文坛，众多杰出的作家和众多杰出的作品，遍布欧美各国，形成壮阔的文学主潮。长篇小说的丰收，尤为令人瞩目。

从 19 世纪 30 年代开始，英法等欧洲先进国家陆续进入资本主义经济稳定的发展期。1830 年，法国的七月革命最终结束了波旁复辟王朝的统治，建立了大资产阶级的政权菲利浦王朝，俗称七月王朝，标志着法国进入了资本主义的发展期；1832 年，英国国会的改革方案，为工业资产阶级进入统治阶层创造了更多的机会。金钱，正取代封建贵族的等级成为社会的主宰。对利润的疯狂追逐和对劳动者的残酷盘剥，激化了资产阶级和无产阶级的矛盾。无产者开始摆脱对资产者的幻想，独立寻求自身的利益。三大阶级错综复杂的关系，使转型期的社会动荡不安。1831 年至 1834 年的法国里昂工人起义，已明确地提出了“我们也要进行自己的革命”的响亮口号；1838 年至 1848 年的英国宪章运动，以争取普选和共和制为目标；1848 年法国的二月革命和六月革命，更进一步要求建立“社会民主共和国”，表达了无产者的政治诉求；1852 年拿破仑三世称帝，再次改变了民主进程，制造了新的对抗；德、意、奥、希、匈、捷、罗等中南欧许多国家也相继爆发了群众起义，反民族奴役和反封建专制的斗争交织在一起，汇成声势浩大的洪流。而在东部，农奴制仍是俄国发展的严重障碍，1861 年的农奴制改革并未收到实效，一批革命民主主义者为推动社会变革而前赴后继。

风云变幻的岁月，科学技术的成就，工业文明的进程，促使各种学术思想活跃，不同程度地影响着人们对世界的审视，影响着作家们的思考和创作。达尔文的进化论，基佐等历史学家关于“阶级”、“等级”、“阶级斗争”的历史观，黑格尔的辩证法，费尔巴哈的唯物论，孔德强调现象和经验的实证主义，圣西门、傅立叶和欧文的空想社会主义，乃至马克思、恩格斯创立的科学社会主义，等等，它们产生的背景、研究的起点和终点都不尽相同，甚至互相对立矛盾，但却从不同的角度为现实主义文学提供了丰富的思想资源。

这一时期，欧洲各国报纸杂志盛行，出版业发展迅速，为政治家、思想家、文学家、评论家们提供了施展才能的舞台。他们或以这些刊物为阵地，组织队伍，制造舆论；或聚集志同道合者，切磋学术，宣扬主张。各国统治者都十分害怕思想的锋芒和舆论的压力。法国的七月革命，导火索正是波旁王朝取消新闻自由的一道敕令。1830 年 7 月 25 日，查理十世签署敕令，宣布一切报刊的出版必须得到批准，凡违背法律的报刊，一律没收其印刷机。这一敕令引发了记者和印刷工人的抗议，《国民报》等几家自由派报纸不顾敕令坚持出版，警方便蛮横地强行拆除印刷机，引起双方激烈冲突，进而发展成全社会的反抗行动，直至演变为“光荣三日”（27 日—29 日）的街垒战。革命胜利后，正式废除了书报审查制度，使出版业重获生机，各类刊物迅速增加，激进思想广泛流传，影响远远超出了法国国界。刊物的自由发展，自然是文学的福音。许多著名作家的长篇小说，都惯于先在刊物上连载，然后才成书出版。一则可吸引读者的阅读兴趣，保证刊物的发行量；二则可及时吸纳读者反映，有效探测市场需求，从而使作品更贴近大众、为大众所喜闻乐见；三则可定期为作者提供经济收入，以保障他们度日与写作之必需。这一特殊的文化氛围，对现实主义文学的繁荣大有裨益。

二、直面社会的现实主义文学

现实主义与浪漫主义两大文学思潮的更迭转换是渐行渐变、难以截然划分的。两大流派的共同之处在于都以面向当代社会生活为其基本出发点，许多现实主义的大作家都曾受过浪漫主义文学的熏染，并创作过浪漫主义风格的作品，从浪漫主义步入现实主义；而浪漫主义大师们也常常在作品中融入现实主义的方法，对现实的揭示越来越深入，形成“两结合”的特色。

19 世纪 30 年代，是文学艺术活跃繁荣的年代；1830 年，是欧洲文学史重要的年份。这一年通常被视为欧洲现实主义文学的奠基年。年末，11 月 15 日，斯丹达尔的《红与黑》出版，被后人称为现实主义诞生的标志。而同年年初，2 月 25 日，雨果的戏剧《欧那尼》的上演，却是浪漫主义最终战胜古典主义的轰动性事件。这一历史的“巧合”形象地表明，二者并非线性的接替关系，更非拒斥性的颠覆。它们的发展历程是相互影响、相互促进，在彼此汲取中携手走向繁荣的。

现实主义文学，没有登高一呼的主帅，没有慷慨激昂的宣言，有的只是一位位长于思考的作家奉献出的一部部丰实厚重的作品。从 19 世纪 30 年代到 50 年代，欧洲各国都相继出现了一些重要作家和重要作品，构成了现实主义的第一波。但此时，“现实主义”在坊间却是个贬义词。某些保守的权威人士，对法国画家米勒（1814—1875）、库尔贝

(1819—1877）等一派以劳动者的平凡生活和苦难场景为题材的写实画风嗤之以鼻，贬斥为不登大雅之堂的“现实主义”之作，拒绝库尔贝的作品参展1855年的世博会。库尔贝愤而单独举行个展，并醒目地在门口的招牌上写道：“现实主义　库尔贝　他的四十件作品展”。即使这样，库尔贝仍未认同这一称谓，在画展的《前言》里，他声称：“现实主义者的名称被强加于我，正如浪漫主义者的名称被强加于1830年的艺术家们一样，各种名称在任何时候都不能正确地说明它们所代表的事物。”而与此同时，他又阐明了他朴实的艺术观点：“像我所见到的那样如实地表现出我那个时代的风俗、思想和它的面貌，一句话，创造活的艺术，这就是我的目的。”① 这一简明的表述，显然不足以包容现实主义的丰富内涵，但作为最初的“正名”者，它却具有重要意义。

1856年，以作家杜朗蒂（1819—1877）为首的三位年轻人，顶着舆论的压力，大胆创办了一份名为《现实主义》的刊物，旗帜鲜明地为这一新潮流呐喊。尽管由于种种原因，刊物在短短半年里只出版了6期，但它却如愿引起了社会的关注。影响广泛的《费加罗报》即时做出反应：“现在，一份报纸问世，目标是严肃且十分明确的：艺术中的真实。”“现实主义”终于得以“验明正身”，取得了文坛的“合法”地位。同年福楼拜的《包法利夫人》的成功和翌年小说家、批评家尚弗勒里（1821—1889）的论文集《现实主义》的出版，更进一步确立了现实主义的历史地位。遗憾的是，此时斯丹达尔、巴尔扎克等一代巨匠已然谢世多年，现实主义文学史已进入了19世纪五六十年代以福楼拜为代表的第二阶段。

社会现实与“理性王国”的华美约言相去甚远，社会弊端的日益展现和社会矛盾的日益激化迫使人们不得不以冷静的眼光来看待自己的生活处境和人际关系。浪漫主义的激情和理想、抽象的抗议和愤怒的谴责，都不足以满足时代的需求。代之而起的是从寻常生活出发、着力揭示社会本相的现实主义文学。

现实主义文学继承了传统的反映论，把对社会现实的观察和摹写置于首位，强调要广阔而深入地表现历史的真实。唯物史观的发展和普及、自然科学的新发现，使作家们有了更自觉的意识和更有力的武器。他们把真实反映生活、记录时代风云、揭示历史规律视为创作追求的目标。而典型化则是他们遵循的基本原则，透过现象寻求本质，将现实主义创作推向了新的高度。“典型环境中的典型性格”，是恩格斯对这一时期创作实践的经典概括。典型人物的塑造，为文学画廊增添了难以数计的鲜活而深刻的艺术形象。

细节的真实，对客观事物的精确描写，是现实主义又一鲜明特征。认定物质环境会左右人们的性格和命运，使作家们对外在世界认真调查，倾心观照，准确描绘，以求最大限度地将其真实再现。“小说如果在细节上不真实，那它就没有任何价值。”② 巴尔扎克把细节的意义提高到决定作品生命的高度，本意仍在于突出强调对真实的追求。

在文学史上，这段历史又常被称为“批判现实主义”。因为这一代作家都自觉地肩负沉重的历史使命感，把文学固有的批判作用发挥得酣畅淋漓。

他们多数属中小资产阶级知识分子，在政治、经济、社会等各方面，均处于不得志的地位。他们大都深受启蒙学说的熏陶，既仇视封建的等级制度，也不满于唯利是图的金钱法则，因而能对现行秩序展开无情的批判；而对现实不断深入的探究，又更强化了他们的怀疑和否定精神。他们并非只懂得批判，但他们对黑暗的揭露，确实远胜过对光

① ［法］库尔贝：《〈1855年个展目录〉前言》，见伍蠡甫主编：《西方文论选（下）》，220页，上海，上海译文出版社，1979。

② ［法］巴尔扎克：《〈人间喜剧〉前言》，见《巴尔扎克全集第一卷》，丁世中等译，14页，北京，人民文学出版社，1984。

明的描绘。

浪漫主义文学以抒情性的诗歌见长，而现实主义文学则以叙事性的小说取胜。作家们执意要“书写历史”，要表现“社会人”，小说，特别是长篇小说，便成了最佳选择。与18世纪的小说相比，这时期的长篇进入了成熟期。从情节结构到细节描写，从人物塑造到语言运用，都达到了很高的水平。其中一些内涵丰富、历史感强、艺术完美的杰作，被人们称为“百科全书式”的作品。

19世纪30年代，法国浪漫主义文学正在雨果等一干大家的推动下步入高潮，而一批默默无闻的新秀也相继登上文坛，为人们奉献出一本本风格相对平实、批判锋芒却更为尖锐的佳作。法国作家开风气之先，把对当下社会现实的深度描写率先引进艺术创作。封建势力与资本主义之间的角逐，构成19世纪前40年法国社会生活的基本内容。斯丹达尔（详见本章第二节）、巴尔扎克（详见本章第三节）等，都曾尝试过浪漫主义的写作，但他们却最终选择了直面社会现实，深入揭示社会关系的道路。他们通过对广阔的社会生活的准确描绘，尖锐地批判了封建贵族和大资产阶级，展示了封建统治定将被资本主义所取代的历史规律，从而揭开了文学史新的一页。

普罗斯佩尔·梅里美（1807—1870）的创作，代表着从浪漫主义向现实主义的过渡。他从19世纪20年代末进入文坛，中世纪题材的剧本《雅克团》（1828）和长篇历史小说《查理九世王朝轶事》（1829），以其强烈的反封建精神引起反响。而真正为他带来赫赫名声的是此后陆续写成的中短篇，这些作品大多取材奇异，构思新颖，形象鲜明，想象丰富，格调独特，充溢着某种蛮野之趣和反叛之力。早期的如《马蒂奥·法尔戈纳》（1829）、《塔曼果》（1830），后期的如《高龙巴》（1840）、《嘉尔曼》（1845）等，都是脍炙人口的名篇。《嘉尔曼》经著名作曲家比才（1838—1875）改编成歌剧（1874）后（歌剧在中国通译为《卡门》），更是风靡全球，成为家喻户晓的精品。作品塑造了嘉尔曼这一火辣辣的吉卜赛女郎形象，她敢于挑战世俗、挑战秩序，以狂野的激情追逐个人的绝对自由。她不是道德的榜样，但她的爱情悲剧在物质化、私欲化的现代文明中，却迸发出叛逆的异样光彩。

1856年至1857年，是法国文学的又一个重要年份，主要事件有：刊物《现实主义》创办，福楼拜（详见本章第五节）的《包法利夫人》出版，波德莱尔（详见本章第六节）的《恶之花》成集。在前期文学辉煌的基础上，新一代作家们面对第二帝国的骄奢淫逸、黑暗腐败，开始进行新的探索。现实主义文学的宏观视野和批判锋芒似有所削弱，但却有力地揭示了繁荣表面背后的内在危机，从而更深入地触及现代文明进程中的精神退化。受实证主义哲学的影响，人们相信事实本身更甚于作家的判断性导向，因而客观冷静的叙事风格日渐取代作者的激情投入，启迪了19世纪六七十年代自然主义理论和创作的诞生。波德莱尔对现实的批判同样尖锐，但他另辟蹊径的创作却开了现代诗歌的先河。然而，令人震惊的是，这两位杰出的作家竟先后被当局以“有伤风化”罪送上了法庭。一个伤风败俗的社会，最喜欢以伤风败俗治罪。

英国的现实主义文学产生的背景是英国资本主义的迅速发展。从19世纪30年代到70年代的40年间，辉煌的维多利亚时代前期，英国的机械化、工业化和城市化都踏上了快车道，疯狂的海外扩张使它成为雄霸全球的“日不落帝国”。贫富分化，道德沦落，矛盾激化，是早期资本主义经济繁荣的必然产物。有着18世纪现实主义小说传统的英国作家们，此时创造了小说的又一次繁荣。狄更斯（详见本章第四节）、萨克雷、勃朗特三姐妹、盖斯凯尔夫人等一批优秀作家，多侧面地反映了这个最具典型性的资本主义社会。例如，劳资矛盾的描写，便最先出现于英国作家的笔下，为欧美文学提供了先例。

威廉·梅克皮斯·萨克雷（1811—1863）是当时与狄更斯齐名的作家，他们先后步入文坛，但身份和阅历却大不相同。他是富家子弟，受过高等教育，熟悉上流社会。家境的突变，迫使他从浪荡公子走向自力更生：“当我没有了黄金的时候，我的黄金时代开始了。”他的成名作是讽刺性特写集《势利者集》（1846—1847），而为他争得巨大声誉的是随之发表的长篇小说《名利场》（1847—1848）。小说以两位少女爱米丽亚和蓓基·夏泼为主人公，通过对她们不同性格和命运的描写，继续着特写集的主题，展开对弥漫全社会的唯利是图法则的无情批判。蓓基·夏泼的形象具有典型意义。孤儿出身的她，备受社会歧视，使她学会用“狠毒”和“心计”来“报复”社会，以谋取自己的最大利益。她损人利己的种种卑劣手段令人发指，但其所作所为也只不过是整个“名利场”上上演的一台戏。蓓基·夏泼的不仁，对应的是社会的不义，在这个男性统治的名利场里，一个没有任何背景的女子的“奋斗”，很无耻，也很实际。萨克雷如实地再现了这个“典型环境”和“典型环境中的典型人物”。

19世纪英国文坛上女性作家群星璀璨，成为一道靓丽的风景。玛丽·雪莱（1797—1851）、简·奥斯丁、伊·巴·勃朗宁（1806—1861）、乔治·艾略特（1819—1880）等的作品，都颇受读者的欢迎。研究者以为，这一现象与英国妇女地位的提升和女读者人数的增多有关。

在这个特殊的群体中，勃朗特姐妹的成功，尤为引人注目。夏洛蒂·勃朗特（1816—1855）、艾米莉·勃朗特（1818—1848）和安妮·勃朗特（1820—1849）三姐妹，出生在北部小镇一个牧师家庭。贫寒的家境，使她们没有受过系统的教育，她们也没有丰富离奇的阅历。但温馨的家庭氛围和执着的文学爱好，却使她们创作出了为数不多却很有影响的佳作，这不能不说是个奇迹。夏洛蒂的《简·爱》（1847）是她们作品中最负盛名的一部，被后人视为19世纪女性文学的经典。小说以家庭女教师简·爱和男主人罗切斯特的感情纠葛为主要情节，却并未落入郎才女貌的窠臼，也没有陷入阔家长玩弄女教师或女教师勾引阔家长的俗套，而是通过这对极富个性的男女的精神较量、相互“征服”，表现了他们对自尊与平等的渴望，特别突出了简·爱对幸福爱情的执着追求和特立独行的刚毅品格。两个主人公在碰撞中迸发的性格魅力，成为作品最成功之所在。稍后，她相继写出了涉及劳资矛盾的《谢利》（1849）、更具自传色彩的《维莱特》和未完成的《爱玛》。在三姐妹中，艾米莉是最富才华的一位，她的诗曾让她姐姐大为赞赏。生命短促，使她仅留下了一部小说：《呼啸山庄》（1847）。而这部色彩奇异的作品，却令她青史留名，享誉全球。它书写了一个由“极爱”而至“极恨”的近乎疯狂的复仇故事，气氛恐怖神秘，情绪浓烈沉郁。但作品的寓意已远远超出了为爱而复仇的狭隘范畴。青年男女主角的爱情悲剧，似构成了一则关于共同生命体的寓言。他们之间已经完全融为一体，难分彼此。一旦割裂，便制造了难以复原的混乱。作品的内涵，引起现代批评者越来越浓厚的兴趣。安妮的创作比较温和，主要作品有《艾格尼斯·格雷》（1847）和《怀尔德菲尔府的房客》（1848）。

最早为勃朗特作传的是另一位著名女作家伊丽莎白·盖斯凯尔夫人（1810—1865），她的《夏洛蒂·勃朗特传》（1857）为读者提供了同时代人对这位深受欢迎的女作家的真实记录。盖斯凯尔夫人的丈夫是牧师，她虽出身富家，但因长期随同丈夫深入工业重镇曼彻斯特的工人住区布道、在工人夜校教书而对工人的困苦生活十分了解，并充满同情。她相继写出《玛丽·巴顿》（1848）与《南和北》（1855）两部小说，正面反映了工人和工厂主的冲突斗争。《克兰福》（1853）也是她较有影响的作品。

宪章文学是持续十年之久的宪章运动的组成部分。运动期间，全国各地的工人为组织群众、宣传群众，创办了许多刊物，培养出一批工人作家诗人。他们以笔为武器，激情地传达本阶级的声音，与法国的工人诗歌一起，揭开了无产阶级文学的序幕。宪章诗歌的代表诗人有琼斯（1819—1869）和林顿（1812—1897）等。

与西欧相比，俄国落后的农奴制现实赋予了文学以更沉重的使命。优秀的作家们，大多直接间接地参与过不同形式的社会斗争，有的还因此而遭受残酷的迫害。因而俄国文学“文以载道”的特色更为鲜明，废除农奴制进而结束封建专制统治，成为俄国文学的独特主题。文学也以自己的方式投入了“俄国向何处去”的大争论。俄国文学本身，就是植根民族土壤，并大量吸取西欧先进思想的产物。很多作家都到过西欧，甚至移居西欧，与西欧作家交往甚笃。文学批评的蓬勃开展和评论家们的推波助澜，更有力地促进了现实主义文学的强势发展。

尼古拉·华西里耶维奇·果戈理（1809—1852）是俄国现实主义文学的奠基人，也是讽刺艺术最杰出的代表。他步入创作深受普希金的影响：他在普希金的启发下，编写了两本乌克兰民间故事集《狄康卡近乡夜话》（1831—1832），使他一举成名；他的精彩短篇《外套》和《狂人日记》（载《彼得堡故事》，1842）等，继续着普希金的“小人物”传统；普希金为他提供素材写出的著名讽刺喜剧《钦差大臣》（1836），更使他名声大噪。由于作品批判的尖锐性，果戈理在舆论压力下被迫出走，定居罗马。1842 年，他发表生平最重要的长篇小说《死魂灵》（第一部），引起强烈反响。小说以乞乞科夫走遍各地收购“死魂灵”（即仍在册的死去的农奴）为基本情节，以绝妙的讽刺手法成功地塑造了几个性格各异的地主老财的丑恶形象，其中守财奴泼留希金最为人们称道。作品对俄罗斯腐败现实的揭露和否定，引发了激烈的争论。争论使作者走向妥协，并在其后 10 年间断断续续地写作“第二部”，企图以正面讴歌来取代“第一部”的批判。但良知使他无法认可谎言，作家在病逝前终于痛苦地烧毁了消耗他大量精力的“第二部”书稿。

在这场论争中，评论家维萨里昂·格里戈里耶维奇·别林斯基（1811—1848）写下了著名的《给果戈理的一封信》（1847），严肃地批评了果戈理的“背叛”，产生了巨大影响。别林斯基从 19 世纪 30 年代登上文坛，先后为多家进步杂志撰写专稿或主持专栏。他的文章思想敏锐深刻，文笔潇洒泼辣，深受读者特别是青年读者的喜爱。别林斯基和车尔尼雪夫斯基（1828—1889）、杜勃罗留波夫（1836—1861）等批评家一道，展开活跃的文学批评。他们的文学批评，具有鲜明的政治倾向，成为反农奴制运动的重要组成部分，更促成了 40 年代以降俄国现实主义文学的高度繁荣。车尔尼雪夫斯基还以惊人的毅力在狱中创作了长篇小说《怎么办?》（1863），塑造出新人的形象，宣扬了空想社会主义的革命理想。

果戈理开创的写实风格文学，被保守派贬斥为专写污秽、缺乏美感的“自然派”。别林斯基接过这个称谓，大力赞扬“自然派”在揭露黑暗、表现真实方面所做的贡献。批评家们对新人新作的鼓励评介，更催生了一支为数众多的现实主义作家队伍。

亚历山大·伊凡诺维奇·赫尔岑（1812—1870）在青年时代就因其激进的“自由思想”被监禁和流放，1847 年后，因不满俄国的现实而出走西欧，先后客居法、意、英等国，最后病逝于巴黎。在国外期间，他仍关注祖国命运，创办了刊物《北极星》和《警钟》，秘密发往国内，传播革命思想。在国内时创作的长篇《谁之罪》（1841—1846）和晚年在国外撰写的长篇回忆录《往事与随想》（1852—1868），是他最重要的作品。特别是后者，作家以多彩的文笔记录了半个多世纪以来从俄国到西欧的历史风云，真实而艺术地再现了许多人和事，发表了许多精辟深刻的见解，是一部极其珍贵的艺术化的历史文献。

尼古拉·阿列克塞耶维奇·涅克拉索夫（1821—1878）是又一位文坛的斗士、杰出的诗人。他曾先后主办过《现代人》和《祖国纪事》杂志，这是进步文学最重要的阵地，为现实主义文学的发展做出了重大贡献。诗人创作了大量政治抒情诗和叙事诗，批判现实，特别对广大贫困农民表示了深切的同情。他的代表作、长诗《谁在俄罗斯能过好日子》（1863—1873），以七个农民在俄罗斯大地上寻找“谁在俄罗斯能过好日子”的答案为题材，全方位地展现了俄国愚昧落后的现状，强烈谴责了富人对穷人的残酷剥削压榨，并以“敲响了丧钟”的诗句宣告旧制度的即将灭亡。

此外，如长篇小说《奥勃洛摩夫》（1848—1859）的作者伊凡·亚历山大罗维奇·冈察洛夫（1812—1891）、著名剧本《大雷雨》（1859）的作者亚历山大·尼古拉耶维奇·奥斯特洛夫斯基（1823—1886），以及我们将专节论述的屠格涅夫（详见本章第七节）、陀思妥耶夫斯基（详见本章第八节）和托尔斯泰（详见第八章第九节）等，组成了一支庞大的文学军团，取得了令世界瞩目的成就。

波兰、匈牙利、捷克、斯洛伐克、保加利亚、罗马尼亚等中欧国家，长期受到俄国、普鲁士、奥地利、土耳其等异族的奴役，处于相对落后的状态。在西欧各国接二连三的政治动荡的影响下，民族解放运动时起时伏。与之相呼应的文学，为弘扬民族独立的精神做出了不懈的努力。1848 年欧洲革命浪潮汹涌澎湃，一批战士—作家应运而生，其中最杰出的代表是匈牙利诗人裴多菲·山陀尔（1823—1849）。中国读者是通过那首警句式的小诗认识这位诗人的：“生命诚可贵，/爱情价更高；/若为自由故，/二者皆可抛。”（《自由与爱情》，1847）高尚的革命情怀，对自由的执着追求，精道地概括了这一代民族志士的精神风貌，也是他多数诗歌的共同主题。更令人感动的是，他身体力行，积极投身反抗俄奥的起义斗争，并在战场上献出了年轻的生命。在短短 10 年左右的创作生涯中，他写下了 800 多首短诗和 8 部长诗，最重要的代表作《使徒》（1848），塑造了为争取自由而英勇献身的英雄形象。

北欧的瑞典、挪威、芬兰、丹麦等国，政治、经济、文化的发展也相对滞后，同样面临反对封建专制和争取民族解放的双重任务。在这沉闷的氛围中，一个神奇的名字给世人带来了欢乐和慰藉——汉斯·克里斯蒂安·安徒生（1805—1875）。这个丹麦鞋匠的儿子，家境贫困，自幼接触下层百姓，喜听老人讲民间故事，爱在幻想中自我寻求乐趣，这一切都为他日后成为童话之王创造了条件。安徒生创作过多部长篇小说、游记和剧本，都获得了相当的成功。但真正为他赢得国际声誉的，是由从 1835 年至 1873 年约 30 年间发表的 156 篇童话构筑的绚丽世界。他的作品，风格清新，想象丰富，构思新颖，叙事朴实，深受孩子们欢迎；许多经典之作，寓意深远，耐人寻味，饱含对社会和人生的思索。他的童话世界，是儿童的乐园，也同样能给成人以愉悦和启迪。他是童话大师，却不仅仅是儿童文学作家。

第二节
斯丹达尔

追随拿破仑·情迷意大利·为“未来”的写作

在我们常谈论的经典作家中，只有少数作家是以笔名盛传于世的，法国作家斯丹达尔便是其中之一。亨利·贝尔这个本名，几乎已被人遗忘，他曾用过多个笔名，而斯丹达尔，这个从德国小镇移用的笔名是最常用、也最广为人知的。同样与众不同的是，这位作家在世时文名寂寞，数十年乃至一个世纪后，他却声名日隆，甚至被誉为“20世纪的作家”——正如他自己所预言的，他的作品属于未来。

斯丹达尔（1783—1842）出生于法国东南部的美丽城市格勒诺布一个律师家庭。7岁时，他失去了深爱的母亲，陷入孤独和忧郁。小贝尔憎恨恶魔般的父亲，厌恶父亲续弦后的小家庭生活，却在当医生的外祖父那里找到了父爱，并在他丰富的藏书中享受阅读的快感。老人对卢梭等启蒙作家的热爱，以及他的“全部文学鉴赏力”，都传染给了小外孙。当巴黎的大革命消息不断传来时，父与子的矛盾更加激化了。少不更事的顽童，将保王派父亲的管制等同于国王的统治，因而便似乎天然地成为了拥护革命的自由派。革命的成果之一，是世俗学校的建立。贝尔的外祖父担任了首所学校的董事会主席，贝尔也理所当然地进入学校开始接受共和主义式的教育——那时，他14岁。在新型的学校里，他更自由地广泛阅读，更无所顾忌地独立思考。

1799年，斯丹达尔只身前往巴黎，欲就读巴黎综合工科大学。翌年，他没有进入大学，而是在亲戚的帮助下进了陆军部，从此走上了追随拿破仑的道路。他起初任文职，后随军征战。南下意大利的法国军队被视为“解放者”而受到热烈欢迎。斯丹达尔也如鱼得水，既享受了作为拿破仑军人的荣光，也初次领略了意大利音乐绘画等艺术的辉煌。但多年后（1812）的西征俄罗斯，给他留下的却是痛苦的记忆。长途跋涉，一路遇到的是俄国人的仇恨和抵抗；进入莫斯科，迎接法军的竟是一座坚壁清野的空城；三天三夜的大火，烧毁的却是法国将士的意志；冬季大溃败，更决定了拿破仑最终的命运。

斯丹达尔追随拿破仑无果而终，更准确地说，他对“军刀杀死精神”的拿破仑业绩产生了疑惑。波旁王朝复辟后，他便失望地离开了法国，“逃亡”意大利，即使在拿破仑杀回马枪的日子里，他也没有回国。意大利的艺术氛围令他痴迷，米兰的斯卡拉歌剧院成为他流连忘返的音乐圣殿。他逐渐融入上流社会，结识了一批浪漫诗人，其中包括他崇拜的拜伦。正是这片在他看来是自由的艺术国土，开启了他潜在的文艺禀赋。1817年，他发表《意大利绘画史》，较早地提出了艺术应面向现实而不应单纯模仿古代的观点。同年，他首次使用“德·斯丹达尔”笔名，出版游记《罗马、那不勒斯和佛罗伦萨》。此时的意大利，年轻的艺术爱好者们往往在文艺上是浪漫派，主张摆脱古典主义的束缚；在政治上则是烧炭党的支持者或参与者，主张推翻奥地利的外来统治。热衷政治和艺术的斯丹达尔自然成了他们中的一员，这使他于1821年烧炭党人起义失败后，被当局驱逐出了客居7年之久的意大利。

斯丹达尔早就表示过，他喜欢英国的莎士比亚更甚于法国的经典悲剧家拉辛。1823年至1825年，他便以《拉辛与莎士比亚》为题出版了他最重要的理论著作。该书由一本檄文体的小册子（1823）和十封论辩式的书信组成。作者把对古典主义的大胆挑战与对贵族意识的社会批判紧密相连，在序言中就明确宣布：“我们在诗的领域中同样也处于革命的前夜。”他强调，悲剧应反映当代现实、为当代观众创作：“我认为今后应该为我们，为1823年爱好推理、认真严肃，而且有点雄心的青年一代创作悲剧。”当代性，正是他所宣扬的“浪漫主义”的核心，他还声言要用当代青年的眼光来“检查一切”、审视一切。不过，他所倡导的浪漫主义，并不等同于夏多布里昂、拉马丁式专注于个人情感的创作，亦非雨果式的夸张和对形式的热衷，而是着意表现时代的真实，表现处于社会关系中的人物，其中已包含“镜子”说的要素。因而这本论著也被文学史家们称作“现实主义的宣言”。

中篇小说《阿尔芒斯》(1827)是小说家的处女作。此时，他已四十有四，与许多少年成名的天才诗人相比，显然有点过于“晚熟”。然而，晚成之大器，自有其不凡之优势。丰富的阅历和长于思考的习惯，使他的创作一开始就具有明确的指向和思想的深度。正如其在《拉辛与莎士比亚》中所主张的，小说立意于表现“今天”，其副题就是“1827年巴黎某沙龙的若干场景”。在“前言”中，他更声明作品是“呈献给公众的一面镜子”，反映现实已成作家的自觉意识。小说写贵族青年奥克塔夫与混血孤女阿尔芒斯的爱情悲剧。奥克塔夫是波旁复辟的受益者，二百万的赔款使他陡然身价百倍，从而成为贵妇们争夺的对象。但性格乖戾、孤傲而又身体羸弱的他，对自己的身份、地位、财产并不感兴趣，却偏偏爱上了地位低下的阿尔芒斯。围绕这场恋爱婚姻的展开，贵族们唯利是图，丑态百出，早已失去了昔日的尊严，连同其主人公无能地以自杀结束对爱情的追求，都或隐或现地表明贵族已沦落为“缺乏生命的阶级”。

1827年，斯丹达尔发表了以意大利烧炭党人的斗争为题材的短篇小说《法尼娜·法尼尼》。作品通过烧炭党人彼特罗和贵族少女法尼娜·法尼尼的曲折爱情经历，热情讴歌了革命者的高贵品质和献身精神。1829年，他发表《罗马漫步》。

《阿尔芒斯》和《法尼娜·法尼尼》，可视为《红与黑》的“前奏”。政治与爱情，是斯丹达尔偏爱的两大主题。在黑暗的社会现实背景下，以地位悬殊的青年男女之间的恋爱纠葛为主要情节，着力塑造与环境格格不入的叛逆性格，处处渗透着浓郁的政治意识，这些在早期作品中初显端倪的特点，都在《红与黑》中得到了充分的发展和发扬。而对社会氛围的准确描写和对人物心理的深入刻画，也已成型。

在发表《阿尔芒斯》前后，作家就开始酝酿长篇小说《红与黑》。他在一份《法院公报》上读到一桩刑事案件的材料：一个青年家庭教师枪杀了女主人，因这位旧日情人以一封密信断送了他与一富家小姐的婚事，结果被处以极刑。斯丹达尔借用这一素材为框架，构思了这部长篇小说，大约完成于1829年与1830年之交，出版于1830年11月，即七月革命后的四个月。书名原为《于连》，后定名《红与黑》，副题“1830年纪事”，又一说为“十九世纪纪事”。

《红与黑》梗概

外省小城维立叶尔一个木匠的儿子于连·索黑尔，天资过人，记忆力超强，因而得以成为德·瑞那市长家的家庭教师。他对自己的出身和地位十分敏感，具有强烈的平等意识。因无法忍受市长的轻蔑，他报复性地向市长夫人发起进攻，以大胆征服为考验自我的“责任”；德·瑞那夫人虽已为人母，但却从未品尝过爱情的滋味，于连的才智和激情，令她彻底缴械投降。二人的关系由“攻防”而转为双双深陷爱河，不能自拔。

私情败露后，于连被迫离开小城，被西朗神父推荐到省会贝尚松的神学院学习。原本不信上帝、只崇拜拿破仑的于连，进入神学院后却不得不埋藏起对拿破仑的热情，而佯装笃信宗教，把一本拉丁文的《圣经》倒背如流，从而赢得彼拉院长的赏识，也招来了嫉妒和憎恨的目光。在教派纷争中遭到排挤的彼拉院长，又把于连介绍到巴黎，当上了大贵族木尔侯爵的秘书。

侯爵是复辟社会里的重要人物，于连跟随他踌躇满志地出入上流社会，并以其出众的才能博取了主人的欢心，也引起了侯爵女儿玛特儿小姐的注意。在政治上，于连越来越受到重用，被授以十字勋章，甚至受邀列席秘密会议、传递秘密信息，这使他自觉不自觉地卷入了斗争的中心。在情感上，他与玛特儿小姐展开了精神角力。玛特儿，满脑子浪漫，对周围平庸的追求者都不屑一顾。开始，她用居高临下的眼光看待于连，不料却遇到于连更为高傲的回应，这又深深激怒了这位贵族小姐，也激起了她的好奇。于是，她主动出击，以品味征服的快感。于连谨慎地应战，隐含着功利的目的。

玛特儿怀孕，迫使其父同意她嫁给于连。木尔侯爵无奈接受了这桩婚事，为使于连能与他的家族地位相称，他准备赠送未来的女婿大片地产，并为其谋得骠骑兵中尉的美差。于连正一步步实现自己的欲望，一步步走向人生的顶峰。

然而，于连未能如愿以偿，福兮祸倚，灾难不期而至。教会假借德·瑞那夫人之手，炮制了一封称于连是专事勾引良家妇女的骗子的密信送给了木尔侯爵。侯爵大怒，于连更是气急败坏，赶回维立叶尔小城向德·瑞那夫人开了两枪。

于连被捕入狱后，十分后悔自己的莽撞。玛特儿有心营救他，但他并不领情。他在法庭上慷慨陈词，愤怒谴责上流社会对出身卑微的乡下人的拒斥。德·瑞那夫人到狱中探视，向他说明了真相，他们彼此谅解了，并明白他们之间的爱情有多么深厚。

于连拒绝上诉，平静地迎接了他的死刑。玛特儿小姐效仿先人浪漫的榜样，亲手埋葬了于连的头颅。三天后，德·瑞那夫人辞世。

《红与黑》，象征性的书名。受到较普遍认同的解释是，“红”是军服的颜色，喻指大革命和拿破仑的事业；“黑”是教袍的颜色，代表黑暗的教会和复辟势力。作者在一篇匿名文章中，曾用《诱惑与忏悔》来指代《红与黑》，也有相当的启发意义。对美术和音乐都有很深造诣的斯丹达尔，为一部写实的长篇冠以象征的题名，如果不是有意制造迷宫的话，就是要为给读者留下广阔的想象空间、开启多扇阅读的窗口。

全书围绕主人公于连的命运展开。他的奋斗，他的升沉，他的荣辱，他的爱恨，他的真伪，乃至他的生死，无不具有鲜明的时代特点，折射出丰富的社会内涵。

作为大革命后出身低微、有思想有才华的年轻一代，恰逢重建森严等级的复辟时期，碰撞自然不可避免。作品为于连铺设了三个场景：小城、省会、首都，组成了法国社会的全景。而从市长的家庭生活，到神学院的相互倾轧，再到保王党的阴谋策划，于连涉足的范围不断扩大，参与的程度不断加深，潜藏的危机也随之在不断加大。于连的人生似乎一路风光，实则布满荆棘，处处陷阱。拿破仑时代点燃的英雄梦，被“严酷的真实”一一击碎。“严酷的真实”，涉及19世纪二三十年代政治、经济、宗教等方方面面的利害关系，尽管聪明过人的于连小心翼翼，如履薄冰，最终仍然无法逃脱悲剧的命运。

于连是自我中心主义的叛逆者。他并无明确的政治信念，更不像虚弱的贵族所担心的那样会成为“又一个丹东”。但他确实是与社会格格不入的“另类”，时刻警惕地注视着他的周围，即使是在情人的闺房里。社会也始终将他视为“异己分子”，即使不得不利用他的才干、不得不给他施以种种恩惠，也从未把他真正划归自己的阵营。因此，孤独、孤傲、孤芳自赏、孤立无援、孤军奋斗，便成了于连“这一个”的明显特征。也正因此，他与社会形成了尖锐的对立。

于连的叛逆，肇始于对自我尊严的维护。这是启蒙运动的遗产，大革命精神的承续。

平等意识深刻于他的敏感心灵，左右着他的行为举止。相对而言，他对精神的渴求，更甚于对物质的欲望。为实现精神上的自我保护和自我满足，他与各色人等周旋，或明争，或暗斗，即便在忍辱负重时，也难以掩饰其骨子里不同凡俗的自尊。因而，他便有了假面，有了为人所不齿的诡诈。随着地位的变化，于连的自我意识不断膨胀。他在想方设法适应环境的同时，环境也在潜移默化地改造着他的人格。

两段“情史”，在小说中占据着重要地位。于连对德·瑞那夫人的“进攻”，始于对市长的傲慢的报复。而德·瑞那夫人战战兢兢地接受他的追求，实则是对贵族无爱婚姻的反叛。市长得知“奸情”后，既担心名声受损，又害怕失去夫人的财产，因而不敢声张，暴露了贵族虚弱卑下的心态。德·瑞那夫人发出的密信，竟是教会利用了她向神父的忏悔。与小城故事相反，在巴黎的官邸里，却是贵族小姐玛特儿主动屈尊向于连发起进攻。她对平民出身的秘书的俯就选择，反衬出她周围的贵族青年们是多么的平庸乏味。于连虽说是被动卷入这场游戏的，但在你争我斗的较量中，也尽显其狡诈机敏的智慧，为自己几乎争到了最大利益，令在政坛上呼风唤雨的木尔侯爵节节退让。我们在看到于连性格发展变化的同时，也看到了时代变迁的大量信息。

两次恋爱，都因双方地位的差异形成巨大障碍而波澜曲折，但依作家之见，二者却性质迥异。前者为“心灵之爱”、“激情之爱”，后者为“头脑之爱”、“虚荣之爱”。于连与德·瑞那夫人由“偷情”至“殉情”，情感在互相吸引中逐渐“纯化”、升华；而于连与玛特儿的关系，似乎有了许多实际“成果”，但却始终夹杂着功利的因素，摆脱不了相互利用、相互挟制的阴影。德·瑞那夫人“揭发”了于连，于连枪击了德·瑞那夫人，但他们在狱中相会时却爱得如痴如醉；玛特儿怀上了于连的孩子，为他平步青云铺平了道路，又为救他四处奔波，但却始终得不到他的真爱。通过这两段情史，作家细致地展现了于连复杂的精神世界。两相对比，在等级森严和物欲横流的社会里，斯丹达尔显然更倾向于对精神的追求。

上卷题词：“真实，严酷的真实。”下卷题词：“她不漂亮，她不涂脂抹粉。”作家的意图很明显，提醒读者注意他作品的真实性、不加修饰的真实性。

《红与黑》的“真实”，可分为两个层次。

其一是社会层面。斯丹达尔擅长以政治眼光观察分析社会。他并不热衷于对具体客观环境进行精确细致的描摹，而是倾心揭示复辟时期的社会关系。贫富的悬殊与对立，资产者的日益得势和咄咄逼人，教会的重重黑幕和对世俗生活的强力渗透，封建贵族警惕地注视着风吹草动、时刻担心再度失去复得的天堂——透过这躁动不安的社会氛围，作品还预示了革命风暴的再次降临。正是这些为“1830 年”艺术“纪事”的鲜明特征，使人们给《红与黑》赠予了“现实主义奠基之作”的桂冠。

其二是心理层面。在《红与黑》出版两个月后，邻国的大作家歌德就称赞了这部作品，并特别指出“作者的周密观察和对心理方面的深刻见解”[①]。丹麦著名评论家勃兰兑斯更干脆地把斯丹达尔称为“心理学家”，“他唯一经常研究的对象是人的灵魂，他是第一批认为历史本质上是心理学的现代思想家之一”[②]。作家对笔下的人物心态，无论是贵族的色厉内荏、空虚怯弱，还是资产者的唯利是图、工于心计，抑或教士们的重重黑幕、钩心斗角，都能深入细致地揭示。特别是三个主要人物的复杂心理，更是惟妙惟肖。其

① ［德］爱克曼：《歌德谈话录》，朱光潜译，226 页，北京，人民文学出版社，1978。

② ［丹麦］勃兰兑斯：《十九世纪文学主潮（第五分册）》，李宗杰译，250 页，北京，人民文学出版社，1982。

中，于连在人前背后的表演所内含着的向往平等、独立的自由主义精神，被斯丹达尔开掘得十分真切。它形象地告诉人们，尽管于连在社会斗争中处于劣势，但在心灵的域场里，他却是个十足的强者。《红与黑》中的“内世界”与“外世界”是紧密相连的，而前者是一个更具魅力的世界。正是这一不同凡响的特点，使《红与黑》与20世纪的文学理念和文学趣味息息相通。

1831年春，斯丹达尔得到了驻意大利海滨小城西维塔—维西亚领事的闲差。这使他获得了较充裕的写作时间，相继写作过两本自传和自传体小说《吕西安·娄凡》（又名《红与白》），但都没有最终完稿。引人注目的是两部以意大利为背景的作品：中短篇小说集《意大利遗事》（1839）和长篇《巴马修道院》（1839）。

1838年年底，斯丹达尔仅用了52天就完成了洋洋数十万言的又一杰作《巴马修道院》。这次，作者借用的是16世纪故纸堆里的材料，巧妙地将其“移植”到19世纪二三十年代，古为今用地创作了一部情节丰富、形象鲜明、激情喷涌、传奇色彩浓郁而又颇具历史时代特色的长篇小说。

意大利贵族青年法布利斯在姑妈吉娜的影响下，对拿破仑十分崇拜。他奔赴前线去追随拿破仑，却只赶上了滑铁卢战役的尾声。在战斗中负伤，又受到统治当局的通缉，法布利斯不得已东躲西藏。从神学院毕业后，他来到姑妈所在的巴马公国，任大主教的助理，又因犯了命案而被投入监狱。在狱中，他与监狱长的女儿克莱莉娅一见钟情，爱得如痴如醉。尽管他们的爱情最终以悲剧结束，但其倾心相爱、秘密传情的过程，却洋溢着青春的活力、浪漫的激情。然而，他们身处的公国，却是封建专制的缩影。暴君统治、阴谋诡计、无耻交易——后拿破仑时代的黑暗现实，令人窒息。

美丽绝伦的吉娜，是阴暗背景中的光亮。她不仅是法布利斯的引路人和救命恩人，更是宫廷里的“造反派”。虽然（从今人的眼光看来）在道德上她似乎不够完美，但作家却更深层地表现了她内在的真诚，特别是鲜明的政治态度。她嫉恶如仇，爱憎分明，敢作敢为，具有比法布利斯更加强大的精神力量和更加自觉的自由主义意识。

在《红与黑》和《巴马修道院》两部小说以及《论爱情》（1822）等重要作品的最后，斯丹达尔都别有深意地用英文缀了一句铭文“献给少数幸运者”，透露出作家孤芳自赏的傲气，也表明他深知自己的创新难以成为“时尚”，大有“曲高和寡”的自信。而当时已如日中天的巴尔扎克对尚默默无闻的斯丹达尔给予了高度评价，在《巴马修道院》问世的次年，便发表长文《贝尔先生研究》，与作者颇有默契地宣称：这是“一部只有真正杰出的心灵和人士才欣赏的作品”，真正懂得欣赏的读者，要“到全欧一千二百到一千五百名出类拔萃的人物中间寻找”。他还指出：“这个人的才气只有少数天分高的人能够觉察，他思想深邃莫测，因而他与来得快但也去得快的声誉无缘；这种声誉，逢迎时尚之徒趋之若骛，高尚的心灵却根本不屑一顾。”①

斯丹达尔是寂寞的，当1842年他猝死巴黎时，为他送葬的只有挚友梅里美等寥寥三人。墓碑上他自撰的拉丁文铭文，也透视出几分孤独的无奈：“亨利·贝尔　米兰人　写作过　恋爱过　生活过”。但是，他相信未来，相信“1935年会有人读我的书”。历史证明，作家的预言过于保守了。

---

① ［法］巴尔扎克：《贝尔先生研究》，见《巴尔扎克全集》，罗芃译，174～175页，北京，人民文学出版社，1998。

第三节
巴尔扎克

阁楼上的作家梦·在文学与金钱之间·宏伟的大厦

法国作家奥诺雷·德·巴尔扎克（1799—1850）是19世纪上半叶欧洲最杰出的现实主义作家。

巴尔扎克出生在法国中部城市图尔的一个中等家庭里。祖上本是姓“巴尔萨”的农民世家，前面更没有那个体现贵族身份的“德”字，是其父善于应变，出于虚荣，悄悄改变了祖宗的姓氏，同样虚荣的长子也就乐享其成，堂而皇之地将“德·巴尔扎克”沿用一生。

在巴尔扎克的记忆中，少年时代寄宿学校的日子是冰冷而乏味的，所幸的是在一位开明老师的帮助下，他获得了进入图书馆借阅图书的权利。于是，徜徉书海便成了这个不安分的孩子无趣生活中的最大乐趣，而喜欢胡乱涂鸦，还使他博得了“诗人”的雅号。

1814年，巴尔扎克全家迁居巴黎。1816年，他进入大学学习法律，并先后到律师事务所和公证事务所实习。他不喜欢这个职业，但这个职业的特殊性却使他有机会目睹许多千奇百怪的社会现象，触摸到经济利益统辖下的复杂人际关系。这段实践，为他日后的创作积累了有益的经验。

1819年，结束大学学业后，巴尔扎克并未听从父母之命投身律师行业，而是突如其来地提出要去当作家。在与家庭一番讨价还价之后，他竟获得了两年的“创作试用期”。他搬进一间位于五层楼顶的阁楼，过起了饥寒交迫的“作家”生活。大约一年后，他交出了一出诗体悲剧《克伦威尔》，可惜无人赏识。但他并不气馁，转而找到一位“合作伙伴”，开始以赚钱为目的的流行体小说写作。成名之后，他不再承认这些用笔名发表的作品出于自己之手，而斥之为“真正的文学破烂儿”。

而立之年，巴尔扎克以一部大革命题材的作品《舒昂党人》（1829）正式登上文坛，并迅速进入了第一个创作亢奋期。《苏镇舞会》（1830）、《玄妙的杰作》（1831）、《红房子旅馆》（1831）、《高利贷者》（1831—1835）等一些优秀的中短篇，已显露出作者对转型期社会生活的敏感和对事体原委探讨深究的偏好。而《驴皮记》（1831）、《夏倍上校》（1832）和《欧也妮·葛朗台》（1833）等佳作，更充分展示了作家社会批判的才能，也使他迅速蹿红欧洲大陆，进入了名家行列。

《驴皮记》被作家称为“神秘书”，具有明显的浪漫色彩，表现了丰富的想象力。小说以一张神奇的驴皮贯串，演绎出一部生命与欲望纠结的悲剧。这张古董店里的野驴皮，具有神奇的魔力：它能满足人的一切欲望，但每实现一个愿望，它就缩小一次，表示人的寿命缩短一节。情场与赌场双双失利的贵族青年瓦朗坦，决定结束自己的生命，而绝处逢生就是因为见到了那张驴皮。绝望中他决心以生命为代价豪赌一把，这意味着骄奢淫逸的都市生活又吞噬了一个年轻的灵魂。当他如愿获得巨额财富后，眼见因愿望的实现而使寿命受到威胁，他却步了，转而拒绝一切诱惑以延长生命。放浪形骸的纵欲和行尸走肉般的禁欲，都是人性的扭曲、畸形的存在。通过瓦朗坦这极端的表现，作家对人生的价值取向提出了深究和追问。瓦朗坦交往的两个女性，具有象征意义。妖冶放荡的馥多拉，代表着社会，代表着现实；纯情如水的波利娜，代表着精神，代表着理想。两相强烈对照，巴尔扎克在猛烈抨击物欲横流、人欲横流的社会现实的同时，推崇的是人格的完善、精神的升华。

《驴皮记》堪称巴尔扎克创作的哲理起点。欲望无法实现的生命是悲哀的，它把人推向死亡；弃绝一切欲望的生命是苍白的，它失去了存在的意义；欲望的无限膨胀，则是毁灭一切的力量。欲望与生命的悖论，成为作家一以贯之追问的难题。

最初的成功令作家雄心勃发。他不再满足于绘制一幅幅单独的风俗画，而着意于构建一个全景式的“体系”，以再现当代的社会风貌。1834 年，巴尔扎克为他未来的恢宏大戏拉开了序幕——《高老头》。小说的题旨，很大程度上体现了作家创作的总体意图。在这部作品里，作家还有意识地把过去出现过的人物在这里重现，并为一些人物可能的未来作了适当的铺垫，由此透露出他将其作品用人物再现的方法勾连成一个整体的“预谋”。有论者统计，《人间喜剧》共有人物约 2 742 个，重现的竟有 573 人之多，而其中的拉斯蒂涅、皮安训、纽沁根等形象再现的作品高达二三十部。

《高老头》梗概

巴黎寒酸的伏盖公寓里，寄居着下层社会的各色人等。其中有外省进京的大学生拉斯蒂涅，歇业的面粉商高老头，在逃的苦役犯伏脱冷。伏脱冷见多识广，谈锋甚健，“有财便是德”的宏论，道出了当今社会的本相，给一心想出人头地的拉斯蒂涅留下深刻印象。拉斯蒂涅在高老头的大女儿家碰壁后，转而向远房表姐鲍赛昂贵妇求助。此时鲍赛昂夫人正面临被情人遗弃的危机，阿瞿达侯爵为了二十万利息陪嫁欲娶暴发户的女儿为妻。夫人以看透世态的眼光和高老头的际遇点拨拉斯蒂涅，要想成功，就得毫不留情地打击别人，以牙还牙地对付社会；而目睹她的失势，加深了拉斯蒂涅对卑鄙现实的认识。

伏脱冷设下毒计，让拉斯蒂涅追求银行家泰伊番失宠的女儿，他去安排人手与泰伊番之子决斗，以使前者能获得父亲的继承权。事成后，伏脱冷可从中分成。此时的拉斯蒂涅尚良知未灭，虽然心动，但终归不肯同流合污。泰伊番之子被杀，眼看阴谋即将得逞，伏脱冷却因公寓里的房客出卖而被警方抓捕。小人告密，为众人所不齿。

高老头有两个女儿。大女儿攀附贵族，成为雷斯多伯爵夫人；二女儿贪图钱财，嫁给了银行家纽沁根。高老头把自己的大部分钱财都给了两个爱女，而这些钱财又都被两个女婿借机侵吞。她们跑到父亲面前哭诉自己的不幸，又互相指责、吵得不可开交，致使老人家一蹶不振。

鲍赛昂夫人为告别巴黎、隐居乡间举行规模盛大的舞会。她强颜欢笑，迎接八方来客。为帮助拉斯蒂涅，她特地让他送了一张请柬给高老头的二女但斐纳。高老头的两个女儿容光焕发地来到这位上流社会母后的客厅，实现了她们朝思暮想的美梦。与此同时，高老头孤独地躺在公寓的病榻上呻吟、哭喊。

次日，奄奄一息的高老头期盼着能再见两个女儿一面，但她们迟迟没有露面，使他终于明白了“钱能买到一切，买到女儿”这一简单而朴素的社会准则。高老头在绝望的痛苦中死去，公寓的房客们照旧谈笑风生，两个女儿“闭门谢客”，将前来报信的拉斯蒂涅拒之门外。无奈之下，只有两个穷大学生倾其所有地草草安葬了老人。送葬的灵车后面，出现的是两个女婿家饰有爵徽的空车。

拉斯蒂涅在葬礼上埋葬了最后一滴眼泪，对着他向往的巴黎上流社会宣布：“现在咱们来拼一拼吧!”

两个主要场景分别是伏盖公寓和鲍赛昂夫人的客厅。前者是下层社会的缩影，聚集着一群身份各异而命运多舛的人物。他们挣扎在贫困线上，却无时无刻不在各显神通地寻找着发迹的机会。后者则集合着上流社会的各色“精英”，花团锦簇难掩失意者的愁容，温文尔雅背后是尔虞我诈的明争暗斗。上下交集，构成一幅复辟时期巴黎社会的全景图。

两个主要人物分别是高老头和拉斯蒂涅。前者是公寓里仅有的过气“富人”，他与两个不孝女儿的故事，演绎的是法国复辟时期拜金主义日渐成风的社会病态。后者的“成长史”，具有很强的典型性，鲍赛昂夫人、伏脱冷、高老头的“言传身教”，恰似一堂堂生动的人生教育课，深刻震动了他脆弱的灵魂。

年轻单纯的拉斯蒂涅从外省来到巴黎寻梦。横在他面前的这个五光十色的世界，诱使他无以抗拒地一步步陷入泥潭。在鲍赛昂夫人的客厅里，他目睹了这位名媛贵妇的命运转折，认清了贵族头衔不得不让位于金钱力量的历史趋势。在伏盖公寓的餐桌旁，伏脱冷的阴谋令他胆寒，伏脱冷的“开导”更使他如醍醐灌顶，茅塞顿开，而这个强悍的盗匪最终竟也败在了警察用来收买小人的几个小钱上。高老头老无所求，唯愿倾其所有让两个宝贝女儿快乐，女儿的回报却是没完没了地索取，直至将老爹完全榨干，然后抛弃。拉斯蒂涅与高老头关系密切，他不仅成了其女儿的情人，而且一直陪伴老人度过了最后的日子。一桩桩严酷的事实，迫使他选择了“堕落”——涂黑良心，不择手段。一个外省的贵族子弟，变成了资产阶级的纨绔子弟，与鲍赛昂夫人的隐退相呼应，展示了贵族颓败的走势。

高老头有钱时，是两个女儿家的座上客，受到女儿女婿的热情接待。波旁王朝复辟，面粉商的身份不再光彩，钱财也渐渐被他们掏空，高老头再也进不了女儿的家门。为节约开支以满足女儿的挥霍，他不得不搬进了贫民窟式的公寓阁楼。一心向往上流社会的女儿们，不仅没有任何收敛，反而变本加厉，步步紧逼，大有非将“柠檬”彻底“榨干”不可的架势。高老头之死是这出家庭丑剧的高潮：一面是弥留之际的老父亲哭天喊地地召唤着女儿，一面是花他的钱盛装打扮起来的女儿在鲍赛昂夫人的舞会上大出风头。此刻，高老头才悟出了“钱能买到一切，买到女儿”的残酷真理，令人不寒而栗。至于父亲的丧事，女儿们既不肯破财，也不前来送葬，只派来“有爵徽的空车”。老人家生前死后的种种际遇，把赤裸裸的金钱关系展示得淋漓尽致。

伏脱冷是《人间喜剧》中一个很独特的形象。他是个象征性的恶魔，又是活生生的典型。他为法律所不容，是被警方追捕的逃犯，但他深谙世间之道，擅长高谈阔论、妙语连珠地道破最卑鄙的法则，让人瞠目结舌，拍案叫绝，他的存在就是对法律的挑战。他极度仇视这个社会、仇视社会的黑暗和不公，但他信奉弱肉强食、以黑吃黑，并以此开导涉世未深的拉斯蒂涅，扮演着青年人“精神导师”的角色。他既是作家批判的对象，又常以对社会腐朽败德的嬉笑怒骂为作家“代言”。

《高老头》不仅在展示社会历史进程方面体现了《人间喜剧》的基本思想，而且在艺术上也相当程度地体现了巴尔扎克的创作风格。小说出色地反映了转型期人与人之间的关系，精确地描绘了伏盖公寓、鲍赛昂夫人府邸等客观场景，并以此为依托，成功地塑造了一系列性格鲜明而又具有较强概括意义的人物形象。人物与环境形成有机的互动关系。

此后，作家的创作一发而不可收。他常常每天工作 12 到 16 个小时。他还有着与众不同的写作习惯，就是要在校样上修改，一遍、两遍、三遍——精益求精，直到满意为止。因此，我们常说，巴尔扎克总是同时在创作四部作品：一部是正在写的，一部是正在印的，一部是在校样上反复改的，一部是正在脑子里构思的。他常常沉浸于自己的艺术世界，与他笔下的人物共同体验生命的激情。据传，在弥留之际，他曾呼喊着他笔下人物的名字，还要那位善良的名医皮安训赶快来挽救他的生命……

1839 年，巴尔扎克正式启动编纂他的作品总集，受但丁《神曲》（“神的喜剧”）的启发，定名为《人间喜剧》。1841 年，他在为总集所写的“前言”中表示，他是要“将全部作品联系起来，构成一部包罗万象的历史，其中每一章都是一篇小说，每一部小说都标志着一个时代”①。封建贵族的没落衰亡和资产阶级的发迹，构成了法国波旁王朝和七月王朝的主要历史内容。敏于观察和长于思考的巴尔扎克牢牢把握这一时代特征，在《人间喜剧》中以细致入微的笔触、多角度多层面地再现了这一转型期的社会风貌。他设想，《人间喜剧》分为“风俗研究”、“哲理研究”和“分析研究”三部分，而规模最大的“风俗研究”，又分为“私人生活”、“外省生活”、“巴黎生活”、“政治生活”、“军旅生活”和“乡村生活”等六个“场景”。从这一构想中人们不难看出作家全面深刻反映时代风貌的刻意追求。

《人间喜剧》(选目)

风俗研究

私人生活场景

《高布赛克》、《高老头》、《夏倍上校》、《无神论者望弥撒》、《禁治产》等

外省生活场景

《欧也妮·葛朗台》、《图尔的本堂神甫》、《搅水女人》、《古物陈列室》、《幻灭》等

巴黎生活场景

《十三人故事》、《赛查·皮罗托盛衰记》、《纽沁根银行》、《贝姨》、《邦斯舅舅》、《公务员》等

政治生活场景

《阿尔西斯的议员》等

军旅生活场景

《舒昂党人》等

乡村生活场景

《农民》、《乡村医生》等

哲理研究

《驴皮记》、《奇妙的杰作》、《绝对之探求》、《红房子旅馆》、《路易·朗贝尔》等

分析研究

《风雅生活论》等

从 1829 年的短篇小说《苏镇舞会》开始，到作家离世时尚未最终完成的长篇《农民》，巴尔扎克始终怀着矛盾复杂的心情关注着贵族的命运。《苏镇舞会》把复辟时期贵族政治上得势、经济上虚弱的尴尬处境描述得十分到位。在此背景下，贵族少女冥顽不

① ［法］巴尔扎克：《“人间喜剧”前言》，见《巴尔扎克全集》，第 1 卷，丁世中等译，7 页，北京，人民文学出版社，1984。

化的门第观念受到了无情的嘲讽。而一个能顺应潮流、既保持高贵品德又擅长经营之道的年轻绅士的形象，代表了作家朴素且带几分天真的社会理想。到《古物陈列室》(1836—1839) 里，作家以两个势不两立的沙龙集团之间的明争暗斗，喻示两个阶级的升沉较量。其中的贵族世家虽在道德上处处显得“正直”而“高尚”，但面对阴险狡诈的资产者却只能节节败退，一筹莫展，接受无可挽回的衰落命运。《禁治产》(1836) 中的主人公是位“超凡入圣的贵族”，为洗刷家族的罪恶，他倾其所有去偿还祖辈用阴谋手段侵吞的财产。但他的义举却遭到家人的通力反对，直到将他投入精神病院，禁止他管理家族的财产。贵族的美德，不仅未能挽回日下的世风，甚至无法保住个人的尊严和自身的安全。历史的演进常常不得不以道德的沦丧为代价，忠实于现实的巴尔扎克，虽难以掩饰他对贵族的同情和偏爱，但仍能如实地反映出他们每况愈下的历史处境。《农民》(1834) 是作家耗时最多而没能最终完成的作品，由其妻在他身后整理发表。这部晚年之作，围绕一座庄园展开贵族、资产者和农民三方的争斗，明枪暗箭，刀光剑影，激烈程度前所未有，最后的失败者仍然是贵族。从巴黎到外省，从城市到乡村，从社会到家庭，从婚姻到外遇，从地位的沉浮到观念的破产——巴尔扎克广泛而步步深入地描写了贵族社会日趋衰亡的颓势，并从经济上的脆弱和政治上的无能两方面，揭示了这一历史趋势的必然性。

巴尔扎克在为贵族退场鸣奏凄婉哀乐的同时，又为资产者的登台敲响了开场锣。他为贵族形象涂抹上“可笑”和“可怜”的油彩，却在资产阶级的脸谱上勾勒了“可憎”和“可怕”的线条。形形色色的暴发户欲壑难填，气势逼人。他们代表着一个新的时代，创建着一种新的生活形态，同时也给世界制造着新的灾难。

《红房子旅馆》(1831) 为我们讲述了一个杀人越货的故事，而主人公在后来的作品中成了富甲一方的大银行家。作家别有深意地指出，他走向成功的原始积累就是“一摊血”，而所有暴发户的生财之道都同样经不起“盘根问底地追问”。《夏倍上校》里但维尔律师开出了一张“罪恶的清单”，历数资本社会中种种扭曲的人际关系，尽显人性的堕落。巴尔扎克并不简单地否定财富的积累，而是愤怒谴责掠夺财富的卑劣手段和对人性的无情戕害，进而深入批判了资产者损人利己、唯利是图的本性。《高布赛克》中的高利贷者嗜金如命，不择手段地搜刮钱财，得意地自称“无人知晓的国王”、“命运的主宰”。但他越富有越吝啬，拜金主义使他毁灭了别人，也毁灭了自己的灵魂；他以金钱的力量主宰着他人的命运，金钱也将他的灵魂彻底物化。以外省为背景的《欧也妮·葛朗台》(1833)，将这一主题更加扩大和深化。老葛朗台是个土财主，但他的生财之道远胜于高布赛克，经营领域迅速扩张，赚钱手段越发多样，财源也随之滚滚而来。膨胀的财富更激活了膨胀的贪欲，认钱不认人的“节俭”使他把妻子女儿都当成盘剥的对象。“六亲不认”的悭吝人，把一切关系都简化为金钱关系，甚至上帝的镀金十字架也是可攫取的财宝，到天国后还得结清尘世的账目。老葛朗台的形象丰富而深刻，是《人间喜剧》画廊中最令人难忘的人物之一。

金钱，是《人间喜剧》的真正主角。同时代著名的理论家泰纳指出：“金钱问题是他最得意的题目……创造了金钱和买卖的史诗。”[①] 在巴尔扎克搭建的舞台上，我们似乎无处不遇到金钱这个“人间”的上帝，它牵动着每个人物的神经，左右着每个形象的行为，主宰着每个角色的表演。

《幻灭》(1837—1843) 三部曲，是巴尔扎克伏案八载、三次作序的精心之作，是

① 文艺理论译丛编辑委员会编：《文艺理论译丛》，76页，北京，人民文学出版社，1957。

作家后期创作的最重要成果。在漫长的创作过程中，作品题材不断拓展，内涵不断深化，“外省”和“巴黎”既形成鲜明对比，又有机地连为一体，构成法国社会的全景。作品对金钱罪恶的批判，重心转向精神生产的商品化，使其在《人间喜剧》总谱系中占据特殊地位。在“只有见了黄金才跪倒”的社会里，一切貌似神圣的殿堂，都毫无例外地遭遇了金钱的污染；文学、新闻、艺术、出版等，都不顾廉耻地拜倒在金钱的脚下，成为金钱的奴仆或附庸。吕西安和大卫都颇具才气，一个属文学青年，一个痴迷科学发明。但在残酷的现实面前，前者经不起诱惑，一步步走向堕落，后者碰得头破血流，直至锒铛入狱。“幻灭”，自然是指主人公们以及他们那一代青年梦想的破灭。同时，它也反映了巴尔扎克那一代思想者们对现存秩序、对现代文明理想的破灭。

关于《人间喜剧》，丹麦著名文艺理论家勃兰克斯从横向作如是评述：“巴尔扎克自己的国度，像一个真正的国度一样，有它的各部大臣，它的法官，它的将军，它的金融家……我们不由自主地想到当时的法国就熙熙攘攘地住满了这些人物。而且这是法国的全部风貌。因为巴尔扎克按照顺序描写了法国每一部分的城镇和地区。”[①] 恩格斯从纵向做出如是判断：“他在《人间喜剧》里给我们提供了一部法国‘社会’特别是巴黎‘上流社会’的卓越的现实主义历史，他用编年史的方式几乎逐年地把上升的资产阶级在1816—1848年这一时期对贵族社会日甚一日的冲击描写出来……他汇集了法国社会的全部历史。”[②]

巴尔扎克的现实主义，不以正面描写政治风云、重大历史事件见长，而是专注于在日常生活场景中融入阶级的变迁、时代的信息，在平凡中寻求不平凡的内涵。高屋建瓴的历史感和精细入微的现实感相结合，构成《人间喜剧》的鲜明特色。作家对转型期的社会环境，从政治层面到经济利害，把握准确，开掘深入，对客观环境观察细致，描摹极富质感。环境的典型性为人物的活动提供了真实可信的背景，也成为促使人物性格发展的依据。

《人间喜剧》的世界既是现实的世界，也是想象的世界。巴尔扎克不仅擅长观察分析，而且具有丰富的想象力，并常以疯狂的激情投入作品、注入人物。如波德莱尔所言：“他的所有人物都具有那种激励着他本人的生命活力，他的所有故事都深深地染上了梦幻的色彩。”[③] 因而，作家对法国社会历史的独特读解，绝非平面的复写，而是极具穿透力的“洞观”。

“艺术家的精神是远视的，世人看得很重的琐事，他视而不见。然而他与未来对话。”[④] 巴尔扎克的创作超越时空，仍以其生动的形象和哲理的思考启迪着今人的思维。而他在小说艺术中的创新，连新小说派的主将之一布托尔也不得不承认，它们“是在20世纪最富独创性的作品中才产生了回响，而这种丰富的创造力还远远没有穷尽”[⑤]。

① ［丹麦］勃兰克斯：《十九世纪文学主潮第五分册》，李宗杰译，217页，北京，人民文学出版社，1982。

② 《马克思恩格斯选集》，2版，第4卷，683～684页，北京，人民出版社，1995。

③ ［法］波德莱尔：《1846年的沙龙：波德莱尔美学论文选》，郭宏安译，72页，桂林，广西师范大学出版社，2002。

④ ［法］巴尔扎克：《巴尔扎克全集》，第27卷，袁树仁译，580页，北京，人民文学出版社，1998。

⑤ 柳鸣九编选：《新小说研究》，95～96页，北京，中国社会科学出版社，1986。

第四节 狄更斯

苦涩童年·阅历丰富·“社会问题”尽收笔底

查尔斯·狄更斯（1812—1870）是英国“维多利亚时代”前期最负盛名的作家，是现实主义小说创作的杰出代表。

狄更斯出生在南部港口朴次茅斯，父亲在海军军需处任小职员。收入不多，孩子不少，又加以十分好客，因而家境日渐式微。1822 年，举家迁往伦敦后，住进了贫民居多的城乡结合部，生活状况愈发糟糕，直至负债累累，被送进了债务监狱。按照当时的律法，母亲带着四个儿女到监狱里“陪住”，只留下长子查尔斯独自在外谋生。年仅 12 岁的小狄更斯，成了鞋油厂的童工。这段不堪回首的经历，可以给我们解释作家笔下为什么会出现那么多苦难儿童的形象。

狄更斯天资聪慧，勤奋好学，虽然没能接受系统的学校教育，但他从小就喜欢阅读插图本的文学名著，前辈的艺术滋润了年幼的心灵，诱导他最终走上了文学道路。之后的经历，使他有机会广泛接触社会问题。1827 年，他进入一家律师事务所当杂役，后任抄写员，又凭他从父亲那里学到的速记本领当上了记录员，一步步接近案件。4 年律师事务所的生活，不仅使他获得了许多法律知识，更使他看到了社会的重重黑暗。但是，他对这份工作毫无兴趣。1831 年，他转投报界，速记的能力帮助他成为出手敏捷的记者。供职于《议会之镜》，专门采访议会，使他得以掌握大量有关议会的第一手材料，并培养了他对政治、对国事的关注；在《时事晨报》等报刊的工作，让他多方面深入社会生活，触及种种矛盾。记者职业，无疑为他日后的创作积累了丰富的资源、锻炼了笔力。

19 世纪 30 年代，狄更斯由记者变身作家。1835 年狄更斯在撰写新闻稿的同时，开始以“博兹”的笔名发表随笔，翌年便汇集成册。他正式登上文坛的标志性作品，是插图本长篇连载《匹克威克外传》（1837）。这部流浪汉小说风格的作品，对英国社会现状的揶揄讽刺，漫画式的人物形象，显示了作家浅幽默的早期创作特色。意外的巨大成功改变了他的生活状况，狄更斯放弃了记者工作，如愿以偿地专事文学创作。是年，他 25 岁。初登文坛的狄更斯，创作继承流浪汉小说、骑士小说和 18 世纪现实主义小说的传统，以主人公的游走为线索，展示社会生活的方方面面。《匹克威克外传》的主角携俱乐部性格各异的一干人马去外省巡游，路遇各种蹊跷事，碰撞出令人啼笑皆非的故事。其温和的乐观主义，深受读者喜爱。主仆二人喜剧性关系的描写，更使人夸张地把它与《堂吉诃德》并提。《奥立佛·退斯特》（1837—1838）中小主人公在伦敦街头的流浪、《老古玩店》（1841）祖孙二人在城乡间的际遇等，都让人们跟随人物的行踪，见识了英国下层社会的悲惨状况。从《奥立佛·退斯特》开始，作家明显增强了社会批判的力度和对下层小人物的关切。孤儿奥立佛在济贫院、棺材铺直至陷入贼窟的种种经历，寄寓了作者对贫困儿童苦难处境的深情。狄更斯作品中出现众多受难儿童的形象，无疑与他的童年记忆有关。而奥立佛以及后来作品中的一些孩子形象，往往能否极泰来，最终以接受祖上的遗产或善心人的帮助而逆转命运，这也属相当典型的狄更斯式的乐观主义，体现了他以“仁爱”改变世界的美好愿望。

19世纪40年代，狄更斯数度旅居国外。读万卷书，还需行万里路。1842年，狄更斯以著名作家的身份应邀访问美国，新大陆掀起了一阵“狄更斯旋风”。作家并未陶醉，于他，这是一次真诚的求索之旅，他要在英国转型期的迷惘中，向这个“既没有国王也没有贵族”的新国家寻求出路。但是，他失望了，一本《美国札记》（1842）记录了他的观察与思考，有褒有贬。正直的作家没有因为受到过分热情的欢迎而收敛对弊端的批评，招致了美国舆论的不满。1844年后，他先后到瑞士、意大利、法国等国逗留居住，其中，法国风雨欲来的社会形势和浓郁活跃的文艺氛围，给他留下了深刻印象。《董贝父子》（1848）是他旅居法国时的重要作品，被视为作家创作走向成熟的标志。小说以一个从事海外贸易的富商为主角，应当是与英国海外扩张的大背景相关联的。董贝狂妄地自诩为世界的主人，甚至认为世界就是为他的公司而存在的，太阳和月亮是为公司照明才创造出来的。如果说唯利是图、以金钱为衡量事物的唯一标准是他的“社会属性”的话，那么，傲慢、冷酷、刚愎自用则是他的性格核心。他的最大愿望是子承父业，有朝一日“董贝父子公司”兴旺发达，因此，他把妻子看作生产儿子的工具，女儿是多余的累赘，只有儿子才是值得他百般宠幸的宝贝。不料，儿子夭亡，女儿出走，续弦也难以忍受他的霸道而与他的助手私奔，他最信任的助手竟因仇视他而令他破产，种种打击使他万念俱灰，直至产生自杀的念头。这是冥顽不化的强者的悲剧，与匹克威克式的轻喜剧形成对比。结局是遭遗弃的女儿接待了他，以爱心留住了他的生命，继续体现着作家的善良意愿。

19世纪50年代是狄更斯创作的高峰期，他最优秀的作品相继问世，令人目不暇接：《大卫·科波菲尔》（1850）、《荒凉山庄》（1853）、《艰难时世》（1854）、《小杜丽》（1857）和《双城记》（1859）等。

《大卫·科波菲尔》讲述一个孩子如何历经磨难成长为作家的故事，有人归之为“成长小说”，狄更斯则称之为自己最喜爱的作品。小说仿佛是对作家早期创作的呼应：以大卫的经历为主线，对苦难儿童生活的描写，对小人物命运的深切关注，好人和坏人的鲜明对立，主人公的圆满结局。而这部小说的独特魅力，在于它以第一人称叙事，在与众多以其亲友为原型的人物的交往和丰富的日常生活细节中融进了作者的许多切身体验，彰显出浓厚的亲和力，也因此而被人们视为半自传体（但狄更斯本人并不喜欢这种说法）。

《荒凉山庄》，像是一个荒诞的寓言故事，令人啼笑皆非。一桩遗产诉讼案，历经数十年，拖垮几代人，自杀的自杀，疯癫的疯癫，到终于可以结案时，当事人却得知诉讼费已将遗产耗尽，悲惨地咯血而亡。正如开篇所预示的，小说矛头所指并非个别法官，而是整个法律制度，它如同伦敦的迷雾，看得见摸不着，让人窒息，折磨神经，戏弄人的命运。“多少孩子一诞生就和这场诉讼结下不解之缘；多少青年一结婚就和这场诉讼拉上关系；多少老人直到死后才算是从这场诉讼中得到解脱。”狄更斯先后在多部小说中触及法律问题，而这一次最为集中。更值得注意的是，其中的现代主义因素已显端倪。

在宪章运动和罢工浪潮进一步高涨的背景下创作的《艰难时世》，直面工矿企业尖锐的劳资矛盾，在英国乃至欧洲文学中皆属首例，因而具有特殊意义。英国的资本主义经济走在欧洲各国前列，其所含矛盾也暴露得最为明显。《艰难时世》中的焦煤镇，正是早期工业社会的缩影：机器、烟囱、浓烟、难闻的气味、污染的河流、嘈杂的噪音——被人们称为“工业文明”的代价，在敏感作家的笔下，正是后代逐渐才意识到的恶劣生存环境的形成。资产者信奉功利主义哲学，相信所谓“事实”的力量，而最具说服力的“事实”莫过于“金钱至上”。狄更斯从批判充满铜臭味的功利主义入手，展开对现实关系的揭露，结论是此等谬论不仅害人而且害己。而企业主以此理论对付工人，残酷剥削，软硬兼施，也难以阻挡群众奋起抗争。

《小杜丽》又是一部构思奇特、充分显示作家想象力的作品。以一个虚构的“繁文缛节局”代表腐败无能的国家机器，其遵循的工作准则竟是“想法子不干事”。它被“蚂蟥”般的巴纳克尔家族掌控，权力又与政府各部门相连，结构成庞大的体系。与之相对应的，是小杜丽一家在负债监狱里多年的牢狱之灾。上层统治的荒唐运作和下层百姓的凄苦命运结为一体，巴纳克尔家族几代人的卑鄙无耻与杜丽和亚瑟的仁爱之心相互对照，辛辣地揶揄了英国社会的停滞保守和腐化昏聩，一如既往地把希望寄托于善有善报的善良愿望。

《双城记》以法国大革命为题材，背景是巴黎和伦敦两座首都。作品是狄更斯笔下罕见的历史小说，但却和他的现代小说一脉相承，仍然关注的是现实的社会问题。故事跌宕起伏，情节线索繁复，人物关系错综、命运多舛，深受读者喜爱。小说在狄更斯创办的杂志《一年四季》上连载，刊物销量一路飙升。

故事发生在巴黎著名的巴士底狱，这是法国封建统治的象征，黑暗的中心，其寓意不言自明。一件冤案，两代恩仇，三个家庭，作家对法国大革命进行了充满矛盾的审视。贵族对农家少女的凌辱迫害，以及由此引发的梅尼特18年冤案，集中表现了封建统治者与平民百姓的尖锐矛盾。尖锐的对立孕育了尖锐的仇恨，尖锐的仇恨汇聚成革命的风暴。压迫与被压迫的持续积累，使革命的爆发成为必然。作家把对下层群众的深切同情和对社会不平等的愤懑推向了极致。强烈的爱憎情绪，为作品涂染了浓重的色彩。

《双城记》梗概

梅尼特医生向官方揭发当地贵族厄弗里蒙地侯爵兄弟玩弄残害农村少女致使其家破人亡的暴行，反被贵族秘密投进了巴黎的巴士底监狱达18年之久。老仆人得伐石救他出狱，被英国友人照顾长大的女儿露茜特地从伦敦赶来接他去同住。他们在轮船上邂逅的年轻人代尔那，日后与露茜坠入爱河，但他的真实身份却正是医生仇人的儿子，不过他在善良母亲的教育下，早已决心要为父辈的恶行赎罪。梅尼特知道真相后，宽容地不计前嫌，同意了他们的婚事。不久，巴黎爆发了法国大革命，人们打开巴士底狱解救了昔日的囚徒，关进去一个个贵族，为代尔那管理庄园的仆人盖白勒也被关了进去，并将受到处决。闻讯后，代尔那不忍仆人代他受过，冒险回巴黎营救，但他一进巴黎，便遭逮捕。为营救代尔那，梅尼特父女也赶到了巴黎。作为巴士底狱长期的受害者，医生在群众中享有很高的威望，他的出庭使代尔那获得释放。得伐石夫妇成了大革命的斗士，得伐石太太是被害少女的妹妹，一直在编织（记录贵族罪行的围巾）着对贵族的刻骨仇恨；得伐石在当年关押梅尼特的牢房里发现了医生秘密写下的控诉书，它详尽地记录了厄弗里蒙地侯爵兄弟的罪行。得伐石据此提出控告，代尔那重新被捕。得伐石在法庭上宣读医生所写的控诉书，激起公愤，人们强烈要求处死这个罪恶家族的后裔，使梅尼特也无能为力。此时，一直深爱着露茜，而长相又酷似代尔那的英国青年卡尔登来到巴黎，买通狱吏，换出了代尔那，自己从容地走上了断头台。

以仁爱战胜仇恨，以理智克制狂热，世界会变得更加美好，这是狄更斯开出的药方。梅尼特医生大起大落的传奇经历，凝聚了作家深沉痛苦的思考。他一身正气，嫉恶如仇，为一桩与自己本不相干的暴行身陷囹圄，如入炼狱，直至若痴若癫，足见所受迫害之深；得伐石的救助，女儿和友人的关爱，使他回到人间，精神复活，重拾尊严；代尔那的出现，勾起不堪回首的记忆，但为女儿的幸福，也为代尔那的诚实和真诚，他宽容地成全了这桩婚事；大革命的爆发，巴士底狱的攻陷，本应是梅尼特们的节日，不料等待他的却是又一次灾难——代尔那被投入巴士底狱，把他推进了矛盾的漩涡；万万没有想到的是，他当年在狱中写下的血泪控诉书，如今竟成了判处女婿死刑的铁证，这使他近乎绝望；而卡尔登的惊天义举，又使全家绝处逢生，满怀感激地迎接幸福的未来。贯穿全书的梅尼特医生的命运，每一个节点都饱含着爱与恨的强烈冲突。恨，一次次制造着不幸和灾难；爱，使人一次次转危为安，给人以新生和希望。在爱和恨的选择中，狄更斯显然倾向于前者，他真诚地期盼以爱的力量熏染人的灵魂，改变世界的面貌。但作品在以卡尔登之死昭示爱的升华的同时，又以得伐石太太之死表现恨的结束，这使他一以贯之的人道主义精神理所当然地受到质疑。对暴力革命“度”的思考，始终困扰着这一代作家。

19 世纪 60 年代，狄更斯的主要作品是《远大前程》（1861）和《我们共同的朋友》（1865）。这两部作品更突出了对金钱批判的主题。

《远大前程》（又译《伟大的期望》）是狄更斯晚期的一部力作，体现了作家对社会弊端更深刻的思索和处理题材更圆熟的技巧。与此前许多作品相似的是，它仍以主人公、贫穷的孤儿匹普的经历贯穿，也有因不期而至的“幸运”而改变生活轨迹的情节；不同的是，这种“中彩”式的“生财之道”，不再是为主人公提供的圆满结局，而只是促使他产生借以平步青云成为“上等人”的幻想；而这笔“不义之财”的得而复失导致幻想的彻底破灭，无异于金钱对命运的一次戏弄。有朝一日能与心爱的艾丝黛拉平起平坐，并赢得她的芳心，是匹普的理想，是他要做“上等人”的动力。因此，艾丝黛拉是一个具有一定象征意义的形象。他们俩的纠结关系，也寓意着下层青年要实现“伟大期望”的艰难和不得不经受的精神折磨。虽然最后“有情人终成眷属”，但那已不复是当年充满憧憬和期待的爱情梦，而是两个历经磨难后回归本色的情侣在老宅废墟上的“言归于好”。淡然的温馨，幻想破灭后的真实人生——狄更斯在更加深入地批评金钱的邪恶力量、揭示社会对青年的压迫和剖析人性矛盾的同时，仍坚持着他的“善和爱”的原则。不过，天真的乐观已为沉郁的色彩所替代。

狄更斯的作品涵盖面甚宽，几乎涉及一切重大的社会问题，政治、经济、法律、民主、劳资、教育、道德等。他把笔触伸向社会各个角落，从孤儿院、贫民窟、小偷窝，到监狱、矿区、法庭、议会，而独特的苦难经历，使他以强烈的平民意识区别于同时期的许多作家。他始终深切关注下层劳苦大众，对受难儿童的命运给予特殊的关照和同情。他的“仁爱”之心，显然不足以扫除人间的不平；大团圆的结局，也常露斧凿痕迹。但面对令人窒息的社会现实，作家力图为人们送上温暖的抚慰，点燃希望的亮光。这作为他至善心理的展现，理应得到人们的理解和尊重。

狄更斯的创作风格，也与他的平民意识密不可分。故事起伏，人物鲜活，语言生动，亦庄亦谐，讽刺夸张，雅俗共赏。他的作品受到英国各阶层读者的喜爱，包括文化程度不高的普通读者。据说，当他的新小说在刊物上连载时，常会有些识字不多的平民百姓聚集在一起听人朗读新出的章节。这应当是一个作家最希望享受的“待遇”，最希望赢得的“奖赏”。

两个著名开篇

到处是雾。雾笼罩着河的上游，在绿色的小岛和草地之间飘荡；雾笼罩着河的下游，在鳞次栉比的船只之间、在这个大（而脏的）都市河边的污秽之间滚动，滚得它自己也变脏了。雾笼罩着厄色克斯郡的沼泽，雾笼罩着肯德郡的高地。雾爬进煤船的厨房；雾躺在大船的帆桁上，徘徊在巨舫的桅樯绳索之间；雾低悬在大平底船和小木船的舷边。雾钻进了格林威治区那些靠养老金过活、待在收容室火炉边呼哧呼哧喘气的老人的眼睛和喉咙里；雾钻进了在密室里生气的小商船船长下午抽的那一袋烟的烟管和烟斗里；雾残酷地折磨着他那在甲板上瑟缩发抖的小学徒的手指和脚趾。偶然从桥上走过的人们，从栏杆上窥视下面的雾天，四周一片迷雾，恍如乘着气球，飘浮在白茫茫的云端。

大街上，有些地方的煤气灯在浓雾中若隐若现，很像庄稼汉站在泥土松软的田地上看见的那个朦朦胧胧的太阳。大多数的店铺都比平时提前两个钟头掌灯——煤气灯似乎也知道这一点，它们那副面孔显得又憔悴又不情愿。

在那个灰沉沉的古老障碍物附近，也就是在那灰沉沉的古老协会门前的气派相当的装饰品——圣堂石门附近，阴冷的下午再也阴冷不过了，浓雾再也浓不过了，泥泞的街道再也泥泞不过了。靠近圣堂石门，在林肯法学协会大厅里，就在那浓雾的中心，坐着那位大法官庭的大法官。

哪怕雾再浓、泥泞再深，也还是比不上大法官庭——在这些白发罪人当中，大法官庭是罪大恶极的一个——当天在天地鬼神眼中的那种摸索和愈陷愈深的情景。

（选自［英］狄更新：《荒凉山庄》，黄邦杰、陈少衡、张自谋译，5～6页，上海，上海译文出版社，1998）

那是最美好的时代，那是最糟糕的时代；那是个睿智的年月，那是个蒙昧的年月；那是信心百倍的时期，那是疑虑重重的时期；那是阳光普照的季节，那是黑暗笼罩的季节；那是充满希望的春天，那是让人绝望的冬天；我们面前无所不有，我们面前一无所有；我们大家都在直升天堂，我们大家都在直下地狱——简而言之，那个时代和当今这个时代是如此相似，因而一些吵嚷不休的权威们也坚持认为，不管它是好是坏，都只能用“最……”来评价它。

（选自［英］狄更新：《双城记》，宋兆霖译，3～4页，杭州，浙江文艺出版社，1992）

第五节 福楼拜

引航灯塔·“手术刀”精神·“艺术法典”

居斯塔夫·福楼拜（1821—1880），文学史家公认的法国最典型的现实主义作家，也有人把他视为自然主义的先驱。他不是多产作家，精雕细刻而又不留痕迹是他的执着追求。

他的故乡是法国北部的卢昂市，塞纳河从它身旁流过。其父是当地著名的外科医生，曾任卢昂市医院院长；子承父业，他哥哥继任了这一职位。人们认为，没有成为医生的居斯塔夫·福楼拜，却在观察生活和描摹现实时，继承了父兄精致入微的“手术刀”精神。

福楼拜中学毕业后遵从父命，到巴黎学习法律，但他对此毫无兴趣。借着一次突然的晕厥，他回到卢昂家中养病，并以此为契机，征得父亲无奈的同意，开始转向他自幼喜爱的文学。1846年，父亲去世，他和母亲住进卢昂郊区的克瓦塞——塞纳河畔的一座简朴的别墅。从此，这里就成了他终身的栖息地，除了短暂的外出旅行外，福楼拜孜孜不倦地埋头写作，不舍昼夜。据传，屋里通宵达旦的灯光，常被塞纳河上过往的船只视为引航的灯塔。

《狂人之忆》(1838)、《斯玛尔，古老的秘密》(1839) 等福楼拜的早期习作，与多数作家起步时一样具有浪漫色彩。雨果是这一代人少年时代的偶像。但是，当他沉静下来投身创作时，当他独自品味人生、思考社会时，他却作了逆向的选择。他不那么关注社会的动荡，他不那么关心个人的名利，他不急于发表作品，他不喜欢在作品中表现自己的倾向——福楼拜，走着自己的路。

1843年，他开始构思写作《情感教育》，但未能完成，更准确地说，是写得很不理想，仍未摆脱浪漫抒情的影响。朋友们建议他从现实中吸取素材，并向他推荐当时闹得沸沸扬扬的德拉玛尔事件。这是1848年登载在《卢昂日报》上的一则轶闻：老实憨厚的乡村医生德拉玛尔娶了位崇尚浮华的地主小姐，她不满婚后的平庸生活，先后有了两个情人。但情人们都只是和她逢场作戏，她却因此而债台高筑、无力偿还，最终服毒自尽。福楼拜接受友人的建议，以此为框架，并走访了一位有过类似经历的女士，花费将近五年（1851—1856）时间埋头写作，完成了一部惊世骇俗的长篇——《包法利夫人》。从1856年10月1日到12月15日，小说在友人杜刚主办的《巴黎评论》上分期连载。副题《外省风俗》，显然受到作者崇拜的巴尔扎克《人间喜剧》的影响。谁也没有想到，填补六年来巴尔扎克留下的空白的，竟是外省一个不知名的作家。他的首部长篇不仅宣告了继承者的到来，而且还标志着现实主义新阶段的开始。

《包法利夫人》梗概

年轻貌美的爱玛，嫁给了乡村医生包法利，成了包法利夫人。这位涉世未深的姑娘，接受的是修道院的封闭教育，阅读的是浪漫作品《保耳和维尔吉妮》、《基督教真谛》和拉马丁的诗歌。她对爱情、婚姻充满憧憬。但是，婚后的生活单调乏味，包法利的平庸令她失望。近邻侯爵的一次晚会打破了她的平静，灯红酒绿，舞影婆娑，她通宵达旦陶醉其中。从此，她珍藏了一份记忆，也平添了一份奢望，与她共舞的子爵如影随形地盘踞在她心头。对比现实生活的平淡无奇，她变得焦躁不安，性情乖张，时刻盼望有意外发生。为讨好太太，包法利迁居永镇。在这里，她生下一个女儿。来看病的地主罗道耳弗看上了美丽的包法利夫人，向她大献殷勤，终于将她勾引到手。随着与罗道耳弗频繁幽会，她对穿着打扮的追求日甚一日，商人勒乐投其所好，不断给她送上巴黎的时装，没钱付款就提供借贷。爱玛一心想与罗道耳弗私奔，但这位情场老手却只是留下一封虚情假意的告别信便扬长而去，害得爱玛大病一场。为使爱玛开心，包法利带她到卢昂去看戏，不料却巧遇早年曾暗恋她的青年赖昂，二人双双坠入情欲深渊。勒乐得知这个秘密后，趁机逼债，并将其告上法庭，致使她的财产被封。她求助于公证人，公证人借机无耻求欢；她向老情人罗道耳弗借钱，刚刚还跪着对她表忠心的罗道耳弗，一听到借钱便马上变脸拒绝。走投无路的爱玛到药剂师家要来了砒霜，服毒自尽。她留下的遗书是“什么人也不要怪罪——”。在倒下之前，她听到街上传来了瞎子的歌唱。包法利悲痛欲绝，还得一笔笔还她欠下的债。他终于发现了她的私情，对此，他说出了一句“有生以来”“唯一伟大的话”：“错的是命！”第二天，包法利独自坐在花棚下，手握她的一缕黑发，默默离开了这个世界。

在社会新闻里，有关德拉玛尔的报道只能算是一则很普通的绯闻轶事。但是，福楼拜借此为人们提供的却是一部催人泪下、发人深省的厚重之作。“包法利夫人就是我。”[①] 作家和爱玛一起走过了痛苦的一生，他把自己的生命体验全部倾注于人物形象身上。据传，有一次友人来访，见福楼拜正痛哭流涕，原因竟是“包法利夫人死了”，可见作家对女主人公用情之深。小说里，离世前的爱玛泪流满面地对着镜子照了许久。她是在叹息不幸的命运，还是在努力再认识自己？最终以一声“瞎子”的呐喊结束了悲剧人生，也许这就是她幻想破灭后悟出的答案。她“盲目”地、跌跌撞撞地走完了自己的一生，她说她不“怪罪”任何人。但是，她真就没人可怪罪吗？作家给读者留下了联想的空间。

她曾有过清纯的年代，也曾有过不切实际的幻想。所受教育制造了她的幻想，所处现实粉碎了她的幻想。从幻想的产生到幻想的破灭，人生的每一步都仿佛曾出现过希望，但旋即便是更大的失望、直至最后的绝望。她力图寻找属于自己的幸福，但在一个气氛沉闷、道德沦丧、金钱至上的社会里，她找到的只能是如子爵形象般的幻影（这个幻影竟陪伴她终生），或是一个个充满诱惑的陷阱。包法利的平庸，隐喻的是像蛛网一样无所不在的无聊；侯爵的舞会，点燃了她对浮华奢靡潜在的强烈欲望；罗道尔弗的狡诈，把她引入歧途；赖昂的圆滑，令她无力自拔；外省奸商勒乐，不动声色地一步步把她逼入绝境；被爱玛视为救命稻草的公证人，毫无“公正”可言；罗道尔弗的虚伪无耻，给了她最后致命一击——爱玛在令人窒息的氛围中走向死亡。“此时此刻，我可怜的包法利夫人正在法国二十个村庄里——一同在受苦，在哭泣。”[②] 作家强调人物的真实性、典型性，这是他创作的底线，也是最高的追求。

小说倾注了作家的全部情感和生命体验，也充分体现了作家倡导的创作原则。作品以精细的观察、摹写和客观、冷静的叙述，为读者留下判断是非、体悟善恶美丑的空间。“农业展览会”一章，是体现这一风格的范例。在熙熙攘攘热闹非凡的背景下，作者平行描写台上台下两个场景。台上是官员对群众装腔作势的慷慨陈词和小恩小惠的嘉奖，台下是罗道尔弗对爱玛虚情假意的甜言蜜语和欲擒故纵的勾引。前者是政治、经济的欺骗，后者是生活、情感的表演，相互对照映衬，巧妙地组成一幅以虚伪和欺诈为主题的社会图景。不加点评，近乎白描的叙述，更突显了现实本身的丑陋邪恶。

《包法利夫人》引起的“轰动”效应超乎人们的想象。小说刚刚结束连载，作者就被告上了法庭，证明其确实触痛了社会的神经。1857 年 1 月 29 日，连载结束才一个多月，福楼拜便和出版者、印刷者一道不得不坐到了“第六轻罪法庭”的被告席上。小说被控伤风败俗，诽谤宗教，诉状要求对作者严加惩办，判处两年监禁。法兰西第二帝国专制政权在 1852 年恢复对新闻出版的审查和控制制度后，这已不是第一次对作家作品提出公诉。但是，这次他们未能如愿。作品的成就和舆论的力量，使福楼拜在这场博弈中成为

① 转引自 Bronbel：*Flaubert*，Paris，Seuil，1971，p. 51。

② 同上书，52 页。

赢家。雄辩的律师塞纳尔在辩护时引用了当时在政坛和文坛上都极有影响力的诗人拉马丁给作者的信："人们蔑视您的著作所具有的特点，而且下令进行起诉，这已经令人遗憾。但是，为了我们国家和时代的荣誉，不可能找到一个法庭来审判您。"① 这桩诉讼案，不仅以法庭宣判无罪告终，而且适得其反地使默默无闻的福楼拜名声大振。对作品持续的毁誉之争，相当于无形广告，促使小说不胫而走，这是愚蠢的当权者始料不及的。

初出茅庐，就招来铺天盖地的谩骂、围攻，直至被送上公堂，这自然是任何一个青年作者都难以承受的压力。福楼拜虽然为最后的胜利而感到欣慰，但这段经历毕竟是刻骨铭心的。可能是为避锋芒，也可能是他自称的厌倦了"丑恶的事物"和"肮脏的环境"，他的笔触暂时离开了当下的现实。他花费约五年时间，进行实地调查、翻阅史料、酝酿构思，创作了一部公元前3世纪迦太基时期的历史小说：《萨朗波》(1862)。

1869年，20多年前的一部旧作翻新出版：《情感教育》，副题是《一个青年人的故事》。这是40年代作家草拟的作品，因被朋友们认为不成功而暂且被搁置起来。经过长时间的沉淀，作家重新提笔，完成了这部堪称《包法利夫人》姐妹篇的当代生活画卷，再一次揭示了资本主义上升期青年人追求与现实之间的矛盾。

《情感教育》的主人公，是从外省来到巴黎寻梦的青年莫罗。他带着几分才情，几分幻想，拽着女人的衣裙，在充满诱惑的首都闯荡。但是，公子哥儿的懒散和意志的缺失，使他一事无成。对女性的追逐，既没给他带来渴望的爱情，也没给他带来渴望的名利。与其相对应的是他的朋友戴洛立叶。此君缺少的不是意志，而是"原则"。他在纷乱的政治斗争中投机钻营，处心积虑出人头地，结果是哪头都不讨好，被社会彻底唾弃。"一个梦想爱情，一个梦想权势"，最终皆成泡影。在回顾往事、反思人生时，"他们责怪机缘、环境以及自己出生的时代"。他们比包法利夫人似乎多了些理性的见地，但却同样难免失败的命运。作家不相信现实会为年轻人提供更好的结局。

福楼拜素以淡漠政治甚至厌恶政治著称，对巴黎公社起义的不满更多为后人所诟病。但在《情感教育》里，作家却引人注目地在认真研究史料的基础上描绘了1848年二月革命和六月革命的有关画面，把个人命运与历史风云相联系，使小说具有更浓烈的时代色彩和历史的纵深感。这正是作家坚持"真实"、"客观"原则的又一重要胜利。

福楼拜致乔治·桑书信选

说到我对于艺术的理想，我以为就不该暴露自己，艺术家不该在他的作品里面露面，就像上帝不该在自然里面露面一样。……我总是强迫自己深入事物的灵魂，停止在最广泛的普遍上，而且特意回避偶然性和戏剧性。不要妖怪，不要英雄！

——1875年12月

至于泄露我本人对我所创造的人物的意见：不，不，一千个不！我不承认我有这种权利。一本书应当具有品德，假如读者看不出来的话，若非读者愚蠢，便是从精确的观点看来是错误的。因为一件东西只要真，就是好的。……我憎恨众口一致叫作现实主义的东西，虽说人家把我派作它的大祭司之一。

——1876年2月16日，星期日夜

(选自伍蠡甫主编：《西方文论选·下卷》，李健吾译，210～211、215～216页，上海，上海译文出版社，1983)

① 转引自［法］米歇尔·维诺克：《自由之声》，吕一民、沈衡、顾杭译，467、468页，北京，中国人民大学出版社，2006。

19世纪70年代，作家相继创作了《圣安东的诱惑》（1874）和短篇集《三故事》（1877），其中《一颗简单的心》最为脍炙人口。它以朴实的笔法讲述了一个平凡女佣的平凡故事。她有过痛苦的经历、不幸的爱情，但她没有被生活压垮，而是以一颗简单淳朴的心，呵护着需要她呵护的所有人，甚至一只鹦鹉。作家一方面深沉地表达了这位下层女性的善良心地和纯情大爱，另一方面又以她不谙世事的麻木表现了乡间生活的闭塞停滞。小说并无跌宕起伏的故事，却在娓娓道来中焕发出动人心弦的魅力。

"《包法利夫人》一出现，就形成了整个一种文学进展。近代小说的公式，散乱在巴尔扎克的巨著中，似乎经过收缩，清清楚楚表达在一本四百页的书里。新的艺术法典写出来了。《包法利夫人》的清澈与完美，让这部小说变成同类的标准、确而无疑的典范。"[①] 左拉略带夸张的论断，使用了多个最高级的词语，旨在强调作品生逢其时地在文学进程中扮演了承前启后的重要角色。历史资料的考据，现实生活的观察，谋篇布局的严谨，语言文字的考究，使福楼拜的文风被公认为法国近代文学的"标准"和"典范"；特别是他力主"不暴露自己"的冷静客观写作，不仅把对"真实性"的追求提高到了新的境地，为自然主义铺展了道路，而且，启迪了20世纪文学的"现代性"。

第六节
波德莱尔

纨绔子弟·忧郁才子·病态之花

夏尔·皮埃尔·波德莱尔（1821—1867），法国19世纪中叶一位极富特色的天才诗人。与福楼拜相比，他们的家庭背景和人生经历完全不同，但他们文学创作的命运却有某些相似之处。他们都不是多产的作家，波德莱尔仅有《恶之花》和《巴黎的忧郁》两部诗集；他们都有自己独特的文学观点，并付诸创作实践；他们都在刚刚踏上文坛的时候，就被当局送上了法庭；他们的创作，都被视为具有"现代性"的基因，是20世纪文学的先声。

福楼拜属于外省，波德莱尔属于巴黎。他生于斯，长于斯，死于斯，葬于斯。即使他不得不离开巴黎时，也总是心系巴黎，想方设法尽快回到这座他既钟爱又厌倦的花都。他的浪荡生活，他的艺术观念，他的诗歌创作，都与这座光怪陆离、千姿百态的大都市息息相关。

波德莱尔有过短暂的快乐童年。老年得子的约瑟夫-弗朗索瓦（1759年出生）和年轻的妻子都十分钟爱小波德莱尔，让他欣赏美术作品，给他讲述神话传说，宽松优雅的文化氛围，使孩子身心得以自由舒展。不幸的是，波德莱尔6岁时，父亲去世，母亲改嫁，从而给他幼小的心灵抹上了拂之不去的阴影。军人出身的继父对他的严格要求，更强化

① ［法］左拉：《居斯塔夫·福楼拜》，转引自《包法利夫人·译本序》，李健吾译，5页，北京，人民文学出版社，1979。

了他的逆反心理。在学校里，他是成绩优秀的高才生，同时又是偏执古怪的“问题少年”，常常会出其不意地制造点“事端”。中学毕业后，继父要他学习法律，或进入外交界，希望他有朝一日在仕途上取得成功。但他却偏偏选择了最令人不放心、前途最没保证的自由职业——作家。

作家当然不是想当就能当上的。他从大量阅读开始他的征程，父亲留下的书成了他的乐园。而花都的五光十色，对一个赋闲在家而又从不安分的年轻人来说，其巨大的吸引力是不言而喻的。波德莱尔痴迷地沉醉在酒吧、咖啡厅里，或与志同道合的文学青年谈天说地、谈诗论画，或与百无聊赖的浪荡公子纵情声色、寻欢作乐。这种放荡不羁的状态，令继父深感不安，遂安排他出国远游。按照当时富裕人家的流行观点，把这些不听话的孩子送去远行，改变环境，能帮助他们走上正道。1841 年 6 月，波德莱尔从西岸港口波尔多被送上远洋轮船，目的地是印度的加尔各答，预订旅行计划为 18 个月。小伙子在旅途上一直闷闷不乐，时间刚过了一半，他就折返回了巴黎——他思念巴黎。

与家庭的矛盾进一步恶化后，波德莱尔于 1842 年带着先父留给他的那份遗产离家出走，过起了越发自由自在、无拘无束的浪荡生活。这是个衣着简朴而考究、绅士派头十足、说话用语精当的纨绔子弟，他目空一切的傲慢、百无聊赖的冷漠、挥金如土的奢侈、不拘一格的举止，都是对世俗不屑、对社会不满、宣泄胸中郁闷、反叛现存秩序的特殊方式。他以敏感而病态的神经体察着、应对着多彩而病态的巴黎。但是，需要为之正名的是，波德莱尔绝非传言中的瘾君子，更非靠大麻和鸦片获取灵感的诗人。亦师亦友的戈蒂耶在纪念诗人的文章中，专门以相当的篇幅讲述了波德莱尔对毒品的不屑（参看戈蒂耶《浪漫主义回忆》）。

波德莱尔以诗人闻名于世，但使他初露头角的成果却是具有独到见地的艺术评论。《1845 年的沙龙》和《1846 年的沙龙》两篇画评（尤其是后者），令这位默默无闻的年轻人一举成名。其后，他的评论文字源源不断，绘画、雕塑、音乐、舞蹈、戏剧，以及文学中的诗歌、小说等，笔触几乎涉及一切文艺门类，且多有新见，少落窠臼，深得好评。从对个案的评析中，他逐渐形成了自己的美学观点。他把“美”与“真”、“善”相剥离，置于艺术追求的中心地位，这在当时无疑是标新立异之说。

在文学方面，波德莱尔独具慧眼，总能见他人之未见。当爱伦·坡在美国尚未出名的时候，波德莱尔就以他精妙的译笔使这位想象力丰富的鬼才走红法国，他也正是在坡的影响下进入创作的。人们称颂雨果战斗的激情和瑰丽的想象，他却强调诗人是“一尊走动的为沉思建造的塑像”；他不认同把巴尔扎克简单地归为“观察者”，而更喜欢视其为“充满激情的洞观者”；他把福楼拜笔下的包法利夫人称为“崇高的女人”；对在众多著名浪漫派作家中并非最显赫的戈蒂耶，他给予了特别的崇拜，誉之为“完美的诗人”，并把自己最重要的诗集《恶之花》恭恭敬敬地题献给他——他真诚地向这些世纪的巨人们致敬，深入而独到地吸取他们的精髓，却勇敢地走自己的路，殚精竭虑地建造属于自己的艺术世界。

作为时代的叛逆者，波德莱尔曾积极投身 1842 年二月革命。他参与了激进的《公安报》的编辑工作，还荷枪实弹地参加了街垒战。这是他愤懑情绪的一次爆发，是他最为“政治性”的一个举动。波德莱尔并非热衷政治的“斗士”，但以反叛一切“束缚”为己任。革命失败后，他更主动远离政治，专注于在艺术王国里进行他的“反叛”。

1855 年，波德莱尔在《两世界评论》上以《恶之花》为题发表了 18 首诗。1857 年 6 月 25 日，汇集成册（100 首）的《恶之花》面世，10 天（1857 年 7 月 5 日）后就招来了《费加罗报》的攻击，并被要求查封、起诉。诗人向当时的文化名流梅里美、圣勃夫等求助，但均受到冷遇。而仅仅在半年前遭此厄运的福楼拜，却在7月13日给诗人发去了热情洋溢的支持信："您的书最让我欣赏的是，艺术压倒一切。您以一种我所喜欢的忧郁而超脱的方式歌咏肉欲，但并不迷恋。您像大理石一样坚强，像英国雾一样沁人心脾。"①也有书局为他出版了《辩护文集》。不过，8月20日，波德莱尔还是被送上了被告席，公诉人仍然是那位起诉《包法利夫人》的检察官皮尔纳。起诉书对13首诗提出控告，其中4首的罪名是亵渎宗教，其他9首为有伤风化。审判结果否定了前者，肯定了6首诗伤风败俗，必须删去，判罚300法郎。法兰西第二帝国的这一历史劣迹，直至近一个世纪后才告"平反"，1949年5月23日最高法院宣布此判决无效，"因为它已经由文人的评价和后代的判决所撤销"。这件官司的"立"与"废"，在文化史上都具有重要意义。

《恶之花》，诗题便标新立异，不同凡响。"恶"，有丑恶、邪恶、罪恶之意，亦有苦痛、病痛、疾苦之解；"花"，自然意味着"美"。两个互不相干甚至截然对立的意象，碰撞出奇异的火光。这是生长在罪恶土壤上的怪异的花朵，病态的、苦难的花朵，体现着诗人"从恶中发掘美"的努力。诗集第二版于1861年2月问世，按法院要求删去了6首"禁诗"，另增加了32首。之后，诗人还准备增订，但未能如愿。第三版作为定本，是诗人辞世（1867）后由他的友人完成的，共收诗151首。

波德莱尔的诗歌创作前后大约持续了十几年，在第二版修订时，诗人把100多首不同时期的诗作，按精神探索的心路历程建构成"一座秘密的建筑"。诗集依内在逻辑分为六个部分：《忧郁与理想》、《巴黎风光》、《酒》、《恶之花》、《叛逆》和《死亡》。卷首诗《致读者》最初发表于1855年，位于18首诗之首，表明它在诗人整个创作中的"点睛"地位。它把现代社会比喻为"罪恶污秽的动物园"，充斥着"豺狼、豹子、猎犬、猴子、蝎子、秃鹫、毒蛇"。而更可怕的是"有一只更丑、更凶、更脏的野兽！/尽管它不大活动，也不大声叫嚷，/它却乐意使大地化为一片瓦砾场，/在它打哈欠时，一口吞下全球"——"这就是无聊！""无聊"，或者说郁闷、烦恼、厌倦、忧伤，是弥漫于世、浸润于心的"世纪病"，催开了波德莱尔的这束"病态之花"、"痛苦之花"。

《忧郁与理想》是诗人精神探索的起点。感受沉重的忧郁，寻求无望的希望。"当天空像盖子般沉重而低垂，/压在久已厌倦的呻吟的心上，/当它把整个地平线全部包围，/泻下比夜更惨的黑暗的昼光；/当大地变成一座潮湿的牢房，/在那里，'希望'就像一只蝙蝠，/用怯弱的翅膀不断拍打牢墙，/又向朽烂的天花板一头撞去……"（《忧郁》）忧郁无处不在、令人窒息，而希望、理想却是如此脆弱、不堪一击。但孤独的诗人依然不肯放弃追求，依然期盼着精神的飞升。"谁能抛弃在迷雾的生活之中/压人的烦恼和那巨大的忧伤，/而且鼓起强健的羽翼，直冲向/宁静光明之境，真是幸福无穷！/他能在清晨，让思想驰骋碧天，/仿佛云雀一样，作自由的飞行，/——他能凌驾生活之上，不难听清/百花以及沉默的万物的语言！"（《高翔》）冲出樊笼，摆脱困窘，奔向光明，波德莱尔的思绪始终不离这道轨迹，但是，又始终难以实现追逐的目标。

《巴黎风光》是现实的，也是"感应"的。波德莱尔把诗歌的目光从浪漫派诗人恢弘的高山大海、静谧的湖泊森林转向喧嚣嘈杂、光怪陆离的现代都市，这是诗歌史的重要转折之一。但诗人歌咏的不是繁荣昌盛、亮丽富足的城市景观，而是一道道令人窒息的灰暗情景：贫穷、肮脏、丑陋、衰老、愚昧、淫秽、畸形，变态。他穿行在高楼大厦、灯红酒绿之间，寻找虚假的面孔和扭曲的形象。他"感应"的巴黎，更是一个"空中飘过昏暗的愁云，/罩住凄凉麻木的世界"（《巴黎之梦》）。在这个"熙熙攘攘"、"充满梦

① *Baudelaire (Oeuvres Complètes)*, Paris, Seuil, 1968, p. 35.

影”的大都市里，“幽灵在大白天里拉行人的衣袖”（《七个老头子》）。

现实令人沮丧，诗人转向杯中物。《酒》，可以消愁，可以解忧，可以造梦，可以痴迷。他“以酒为马”，“驰往神圣仙境的穹苍”，“无休无止，也不知疲倦，/逃往我的梦想的乐园！”（《情侣的酒》）对酒的咏叹，如同对一切不健康生活方式的迷恋，是颓唐，是逃避，也是发泄、愤懑，是无奈中的抗争。

走出醉酒迷局，踏入情欲深渊。“恶魔老是在我身旁不断地蠢动，/像摸不到的空气，在我四周飘荡。”诗人采摘下一束《恶之花》，那是灵魂深处幽暗的欲望花朵。变态的情爱，畸形的心理，可耻的沉沦，诗人在“深沉而荒凉的‘无聊’的旷野中央”，以“充满混乱的眼睛”，体察着这“污秽”的世界（《破坏》）。

第五部分《叛逆》，格调高昂，诗人以“斗士”般的姿态向上帝发起挑战。“该隐的后代，去登上天庭，/把天主揪来摔倒在地上！”（《亚伯和该隐》）因为上帝是“酒肉醉饱的暴君”，正是他制造着人间的苦难和不公。波德莱尔一反传统，讴歌叛逆者撒旦，称他“在天使中最美又最聪明”，并誓与他同战斗，共生死。“撒旦，愿光荣和赞美都归于你，/……让我的魂有一天在智慧树下/傍着你休息，当树枝在你头上/伸展得像一座新庙堂的时光！”（《献给撒旦的连祷》）

最后一部分是《死亡》。死亡是一切的终结，又是新一轮的开始。爱情会在死亡中升华，苦难将在死亡中消失，艺术能在死亡中绽放，而诗人要在死亡中寻找慰藉和解脱，要向死亡继续他的探索。诗集以 144 行的长诗《旅行》压卷，概括了他一生的求索。结尾处，诗人仍念念不忘要到“未知”的彼岸去寻求“新奇”的诗意：“我们已倦于此邦，啊，死亡！开始航行！/……我们要不顾一切，/跳进深渊的深处，管他天堂和地狱，/跳进未知之国的深部去猎获新奇！”对艺术的执着，才是诗人至死不渝的追求。

在开始作诗的初期，波德莱尔就写了一首阐释其诗论的玄妙诗篇：《感应》。亦有人主张译为《应和》、《通感》等。大自然是一个神秘的、有生命的整体，在这座“神殿”里，物与物之间，人与物之间，人的各种感觉之间，都会不时地相互传递某种信息，产生某种难以言说的应和关系。诗人就是要把握这种特殊的应和关系，通过感应去捕捉表象背后的未知，开掘物我统一的和谐美。波德莱尔的诗歌主张，与他别具一格的创作，开启了象征主义的新诗风，影响了其后的几代诗人。这首《感应》，也被后人誉为“象征主义宪章”。象征派诗人魏尔伦说：“未来研究我们这个时代的历史学家，为不失偏颇，必须认真而虔诚地阅读这本书（指《恶之花》），因为这是本世纪的精华……”①

感　应

自然是一座神殿，那里有活的柱子
不时发出一些含糊不清的语音；
行人经过该处，穿过象征的森林，
森林露出亲切的眼光对人注视。

仿佛远远传来一些悠长的回音，
互相混成幽味而深邃的统一体，
像黑夜又像光明一样茫无边际，

① *Baudelaire* (*Oeuvres Complètes*), Paris, Seuil, 1968, p. 37.

芳香、色彩、音响全在互相感应。

有些芳香新鲜得像儿童肌肤一样，
柔和得像双簧管，绿油油像牧场，
——另外一些，腐朽、丰富、得意扬扬。

具有一种无限物的扩展力量，
仿佛琥珀、麝香、安息香和乳香，
在歌唱着精神和感官的热狂。

（选自［法］波德莱尔：《恶之花 巴黎的忧郁》，钱春绮译，21～22页，北京，人民文学出版社，1991）

诗人另一部脍炙人口的佳作是小散文诗集《巴黎的忧郁》，出版于作家辞世后的1869年。波德莱尔，以忧郁病态的眼光，扫视忧郁病态的巴黎，想象更丰富，笔调更自由，是又一束现代社会的《恶之花》。

高尔基对诗人做出了颇有文学韵味的评价："波德莱尔，'生活在恶之中，爱的却是善'，最后，他给法国留下了一些流露出冷酷的绝望气息的阴暗狠毒的诗而死去了。为了这些诗，人们在他生前称他做疯子，在他死后称他为诗人。"①

第七节 屠格涅夫

庄园童年·俄法之间·诗情画意

伊凡·谢尔盖耶维奇·屠格涅夫（1818—1883），俄罗斯最富诗意的现实主义小说家。他多次在西欧各国蛰居，但始终心系祖国土地和人民。他是最早被世界认识的俄国作家之一，也是中国读者最喜爱的俄国作家之一。

屠格涅夫出生在奥廖尔省的一个贵族之家，属富家子弟。父亲是军人出身，却性格温和；母亲知识丰富，而作为庄园掌门却是个冷酷苛刻的农奴主。地主庄园的童年，给这位敏感的少爷留下的印象是杂色的：陶醉于美丽的景致，享受养尊处优的生活，领略书香的温馨，欣然于与朴实农奴的交往，惊愕于母亲对奴仆的狠毒……

1827年，屠格涅夫举家迁往莫斯科。1833年，屠格涅夫进入莫斯科大学；次年，转投彼得堡大学哲学系。十二月党人起义失败后的大学，依然是政治社会生活的重要阵地，各种社会团体活动十分活跃。同学们聚集在一起，或传诵普希金的诗歌、果戈理的小说、别林斯基的论文，或争论祖国的前途、青年的历史责任等重大问题，此间，自然少不了

① ［苏］高尔基：《保尔·魏尔伦和颓废派》，见《论文学（续集）》，7页，北京，人民文学出版社，1979。

屠格涅夫的身影。学习期间，他常回家乡鲁托文诺夫庄园度假，在享受闲适的同时，又不断接触到农奴的遭遇，因而与母亲的矛盾日益加深。

青年屠格涅夫的愿望是成为哲学教授，为此于1837年赴德国柏林大学攻读哲学和古典语言学，结识了社会活动家巴枯宁、斯坦凯维奇。随后，他第一次游历了德国、荷兰、法国、奥地利、瑞士、意大利等国，接受了一次西欧文明的洗礼，直至1841年才回国。他本希望回到祖国能圆他的教授梦，不料沙皇的蒙昧政策变本加厉，竟在1842年明令取消高校的哲学课程，以防范自由思想的传播。让世人欣慰的是，这一旨在禁锢思想的愚民举措，却出乎统治者意料地"制造"了一个世界级的自由主义作家。

在哲学与文学两大爱好中，屠格涅夫"被迫"转向了文学。1843年他发表叙事诗《帕拉莎》，受到批评家别林斯基的赞赏。由此，他得以与别林斯基相识，并成为挚友，别氏对其人生和创作都产生了重要影响。受别林斯基的推荐，他成了《现代人》的主要撰稿人之一。从1847年起，他陆续在杂志上发表了以反农奴制为总主题的一系列特写，引起强烈反响。1852年，他以《猎人笔记》为题出版单行本，收文22篇（1880年的定本又增加了3篇）。在这些"诗意的控诉"里，屠格涅夫记录了形形色色农奴主的丑恶形象，描写了农奴（民）们苦难的生活状况和丰富的精神面貌，还充分展现了作家深情地书写美丽的俄罗斯风光的独特天赋。有论者认为，这是作家最出色、最具特色的作品。《猎人笔记》的出版，给屠格涅夫带来了巨大声誉，也招来了统治当局的"关注"。1852年4月，以违反禁令擅自发表悼念果戈理的文章为由，屠格涅夫被拘留一个月后遣回原籍监视居住一年半。

《白净草原》选段

这是七月里的晴朗的一天，只有天气稳定的时候才能有这样的日子。从清早起天色就明朗；朝霞不像火一样燃烧，而散布着柔和的红晕。太阳——不像炎热的旱天那样火辣辣的，不像暴风雨前那样暗红色的，却显得明净清澈，灿烂可爱——从一片狭长的云底下宁静地浮出，发出鲜明的光辉，沉浸在淡紫色的云雾中，舒展着的白云上面的细边，发出像小蛇一般的闪光，这光彩好像炼过的银子。……但是忽然又迸出动摇不定的光线来，——于是愉快地、庄严地、飞也似地升起那雄伟的发光体来。

…………

一阵清风从我脸上拂过。我睁开眼睛：天色已经破晓。还没有一个地方泛出朝霞的红晕，但是东方已经发白了。四周一切都看得见了，虽然很模糊。灰白色的天空亮起来，蓝起来，寒气也加重了；星星有时闪着微光，有时消失了；地上潮湿起来，树叶出汗了，有的地方传来活动的声音，微弱的晨风已经在地面上游移。我的身体用轻微而愉快的颤抖来响应它。我迅速地站起身，走到孩子们那边。他们都像死一样地睡在微熏的火堆周围；只有帕夫卢沙抬起身子，向我凝神注视一下。

我向他点点头，沿着烟雾茫茫的河边回家去了。我还没有走上两俄里，在我的周围，在广阔而濡湿的草地上，在前面那些发绿的小丘上，从树林到树林，在后面漫长的尘埃道路上，在闪闪发亮的染红的灌木丛上，在薄雾底下隐隐地发蓝的河面上……都流注了清新如燃的晨光，起初是鲜红的，后来是大红的、金黄色的……一切都蠢动了，觉醒了，歌唱了，喧哗了，说话了。到处都有大滴的露珠像辉煌的金刚石一般发出红光；清澄而明朗的、仿佛也被早晨的凉气冲洗过的钟声迎面传来，忽然一群休息过的马由那些熟悉的孩子们赶着，从我旁边疾驰过去……

（选自《屠格涅夫选集　猎人笔记》，丰子恺译，116～117页，北京，人民文学出版社，1955）

屠格涅夫多次旅居国外的一个重要原因，是他与法国女歌唱家维亚尔多的亲密情谊。他们相识于1843年歌唱家访俄演出时，此后频繁书信来往，作家到德国、法国时，也常住在她家里，与她一家相处甚欢。这段情缘，于屠格涅夫是深切而又略含遗憾的，他们真挚的情感和高尚的情操，更令后人感慨和钦佩。屠格涅夫擅长塑造美好的女性形象和描写纯净的爱情故事，应当与此经历有关。不断奔走于欧洲大陆东西两端的想英勇献身的屠格涅夫，为双方文学的沟通做出了重要贡献。他与福楼拜、龚古尔、左拉、莫泊桑等过往甚密，西欧人通过他更多地认识了俄罗斯文学。

西欧之旅，深层次地影响着作家的世界观。1847年，他又来到法国巴黎。次年，法国相继发生二月和六月革命，结束了七月王朝的统治。对革命的直观，更使他看清了俄罗斯和西欧社会发展的巨大差距，更加深了他对"共和制"的向往。1850年，屠格涅夫回到国内，在母亲去世后，便立即回庄园进行改革，释放奴仆，兴办学校，发放救济——屠格涅夫不仅在思想上坚定地反对农奴制，而且身体力行，努力背叛自己的贵族立场。但是，屠格涅夫终归与革命民主主义斗士们有一定的距离。19世纪60年代初，他因对杜勃洛留波夫借评《前夜》阐发的激进思想不满而与《现代人》决裂，又因支持沙皇自上而下的农奴制改革而受到革命派的批评。在斗争激烈的年代里，本性温和善良的作家陷入了痛苦的矛盾，好在他始终保留着对社会进程的高度敏感，从而能创作出一部部与时代合拍的佳作。

屠格涅夫创作十分丰富，诗歌、戏剧、特写、中短篇小说、散文诗等各种体裁都有上乘之作，但最引人注目的是六部中长篇小说：《罗亭》（1856）、《贵族之家》（1858）、《前夜》（1859）、《父与子》（1860）、《烟》（1867）和《处女地》（1877）。其中《罗亭》、《前夜》和《父与子》三部都具有标志性的特质。

第一部长篇《罗亭》的同名主人公是以作家在国外结识的巴枯宁为原型的。罗亭仪表堂堂，思想敏锐，知识广博，热情洋溢，见地独到，善于辞令，简而言之，集优秀知识分子的一切优点于一身。来到沉闷无聊的乡间别墅，他语惊四座，激起层层波澜，也点燃了纯情少女娜达利亚的爱火。娜达利亚对罗亭的倾倒，既是"英雄崇拜"，更是对自由和理想的向往。她不顾世俗偏见，大胆向罗亭示爱；她违抗母亲的淫威，有意与罗亭私奔。然而，少女的勇敢和执着，换来的却是罗亭怯懦的表态："屈服"。语言的巨人，行动的矮子。他的慷慨陈词，可以让他人热血沸腾，却无法使自己挺身而起。这是知识分子劣根性的集中体现。作为俄罗斯文学"多余人"形象系列的重要一员，与"前辈"比较，罗亭对理想的追求更热情、理论水平更高，但行动能力更弱，结局也更可悲。屠格涅夫清醒地把握了时代的变迁和人物的变化，准确地描绘了末代"多余人"的社会作用和历史命运。

19世纪50年代末，屠格涅夫酝酿了一部新作，意在表现农奴制变革前的新气象、新人物。天助人愿，他从家乡邻居友人处得到了一个笔记本，上面记载着友人痛苦的失恋史。作家欣喜地发现，故事里的男女主人公正是他苦苦寻求的"新人"形象的雏形。"得来全不费功夫"的素材，成就了一部名作。书名《前夜》，喻指"改革"即将来临、"新生活"即将来临，作家诗意地表达了迎接新时代的兴奋。居于小说中心地位的是又一位美丽的俄罗斯少女——叶琳娜，她的两个追求者皆属社会精英。雕塑家舒宾富有艺术家的天分和气质，也有创作的热情，谈吐足够睿智机敏，对无聊虚伪的社会风气深恶痛绝，但他无意奋力抗争，而是以玩世不恭的姿态苟且周旋；伯尔森涅夫是位学者型的年轻人，与前者相反，生活态度严肃，研究学问严谨，潜心古典文化，不免有点迂腐，理想也只是能当上个教授。与这两位追求者相比，叶琳娜选择了保加利亚留学生英沙诺夫，并且勇敢地主动表白。英沙诺夫深深吸引她的是他的一身正气、非凡人格，特别是他的一腔爱国激情。英沙诺夫虽然也深爱着她，但为了祖国的解放事业，他却刻意回避，唯恐自己的意志受到动摇，也不愿把叶琳娜拖入艰苦的斗争。然而，由于叶琳娜的执着，他们终于走到了一起，并踏上了回保加利亚投身驱逐外敌斗争的道路。不幸的是，英沙诺夫于途中病逝，叶琳娜毫不犹豫地继续前行，成了保加利亚起义军中的护士。这一对热血青年，既有崇高的精神境界，又有切实的行动力量和无畏的牺牲精神，超越了“多余人”时代而成为俄罗斯文学史上最早的“自觉的英雄人物”。至于人们质疑作家为何把主要英雄选择为保加利亚人而非俄罗斯人，确有过度阐释之虞。屠格涅夫偏爱依据真实的素材构思小说、塑造人物，英沙诺夫的国籍问题当属此列。

《前夜》是一部十分纯净的美文。篇幅中等，情节简单，文字简洁，感情真挚，形象虽不够丰满但却鲜明动人。男女主人公炽热的爱情和为理想斗争相交织，表现得从容不迫，起伏有致，且抒情性极强，集中体现了屠格涅夫诗意小说的风格。

《前夜》的优美风格，与作家创作时的明朗心态相关。1860 年后的屠格涅夫，以复杂的心境和敏锐的观察，写出了他最重要的、也是最矛盾的作品——《父与子》。作家在这部作品中再一次努力塑造他热爱的“新人”形象，但这形象却不像叶琳娜和英沙诺夫那么纯粹、那么完美。代表“子辈”的医科大学生巴扎洛夫来到同学家的庄园度假，与同学的伯父、代表“父辈”的巴威尔形成一对矛盾。当然，这不仅是两代人的代沟，更是两种社会思潮的冲突。巴扎洛夫具有农民的血统，被仆人们视为“自己人”，他是以平民知识分子的身份向贵族发起挑战的。而巴威尔则是贵族中的佼佼者，具有英国绅士派头，他奢谈“自由政治”，却坚定地捍卫贵族的原则和尊严。两相碰撞，甚至持枪决斗，“子辈”都处于上风，可见作家准确把握了时代发展的大趋势。在巴扎洛夫的塑造上，屠格涅夫更显示了他忠于现实的创作态度。巴扎洛夫坚定、自信、政治观点鲜明、科学研究专注，是一位人们可以寄予厚望的青年才俊。对现存秩序的批判是“革命者”的基本特征，巴扎洛夫自然也不例外。他的否定一切十分彻底，不仅把矛头指向农奴制、指向贵族社会的一切法则，并且否定艺术、诗歌等一切文化传统，从而走向了虚无主义。作为自然科学工作者，他刻苦努力、勤奋实践，但作为“反社会”的斗士，他却是孤独、没有追随者的；而且，他的“反社会”斗争，也只是停留在论争上而不曾有付诸行动的机会，而与贵妇奥津左娃的无果之恋，则透示出他在情感生活中内心的柔弱，与其外表的粗粝形成对比。这些特点，似乎属“多余人”形象的遗传基因。

《父与子》继《前夜》之后，在“子”与“父”的冲突中再一次塑造了“新人”的形象，具有重要意义。这不是个理想化的英雄，而是更实在的新人。他既有“激进”的一面，又有“落伍”的一面；既有刚毅的一面，又有脆弱的一面；既有透明的一面，又有“古怪”的一面。在“未来的门口”，人们看到了一个真实而复杂的（并非最先进的）叛逆者。他在治疗患者时不幸染病身亡，因而未能走进“未来”，但在“父与子”之争中，他属于未来。

在 19 世纪俄罗斯文学史上，屠格涅夫的创作不是最“革命”的，也不是最深刻的，但却是最抒情、最诗意的。从早期的《猎人笔记》，到大量短中长篇小说，再到 80 余首精致的散文诗（《散文诗》，1878—1882），一幅幅“风景画”，有的轻描淡写，有的重彩浓墨，其中都凝聚着作家的深厚感情。他长期浪迹天涯，却深深眷恋着祖国、眷恋着俄罗斯大地。这种深切的爱，以及对大自然的亲近感和独到的观察力，使他笔下千姿百态、色彩斑斓的画面，令人神往、陶醉。纯情俄罗斯少女们的纯情恋爱故事，是作家创作的又一亮点。不论是成功还是失败的爱情纠葛，屠格涅夫都着力表现精神层面的交融或交锋（极少涉及物欲与肉欲），从而展露人物的风貌，揭示人物的特质。情感之强烈，境界之纯净，淡淡的哀怨，如诗如歌，动人心弦，沁人肺腑。

1883年8月22日，屠格涅夫病逝于巴黎近郊。如愿，遗体回到祖国，安葬在彼得堡沃尔科夫公墓，与亦师亦友的别林斯基为邻。

第八节
陀思妥耶夫斯基

贫病阴影下的童年·“死刑”与流放·走向人性深处

费奥多尔·陀思妥耶夫斯基（1821—1881）是对西方20世纪文学影响最大的俄罗斯作家。他与屠格涅夫同时代，但二人创作风格却形成鲜明对比。这是个阴郁的天才，沉重的深刻、令人窒息的审美、畸形变态的心理揭示是他的特色。

生平与创作

陀思妥耶夫斯基1821年出生于莫斯科近郊一家贫民医院的宿舍。父亲原为军医，退役后来到这里任职，生活拮据，却不忘贵族血统。1828年，父亲重获贵族称号，后又购买村庄建起庄园。母亲的早逝（1837）使这个多子女家庭失去了温暖，性格暴烈的父亲被仇恨的农民打死在庄园（1839），给孩子们留下深深的心灵创伤。1838年至1843年，陀思妥耶夫斯基入彼得堡军事工程学院学习，毕业后到工程兵团绘图处工作，不久便辞职。1843年，他翻译了巴尔扎克的《欧也妮·葛朗台》；1845年，发表处女作《穷人》；随后陆续发表《双重人格》（1846）、《女房东》（1847）、《白夜》（1848）等。他从1847年开始参加进步组织彼得拉舍夫斯基小组的活动。1849年4月，小组成员30多人一起被捕。12月22日，陀思妥耶夫斯基被拉到刑场，准备执行死刑。但在执行前一刻，突然宣布改判苦役。1849年至1854年，他被流放西伯利亚；刑满后被编入边防军，直至1859年才被沙皇“恩准”退役回到彼得堡；先后创办《时报》和《时代》杂志。作家患有癫痫病，1867年与比他小25岁的姑娘安娜（他写作的助手）结婚后，到西欧治病和旅行，1871年回国。60年代，他重新开始创作后，进入创作高峰期。《被侮辱与被损害的》（又译《被欺凌与被侮辱的》，1861）、《死屋手记》（1861—1862）、《地下室手记》（1864）、《罪与罚》（1866）、《白痴》（1868—1869）、《群魔》（1871—1872）、《少年》（1875）等重要作品相继问世。最后一部长篇《卡拉马佐夫兄弟》（1879—1880）未能完成，作家便于1881年2月不幸病逝于彼得堡。

陀思妥耶夫斯基幼时家境贫寒，居住在贫民医院旁，与下层百姓有较多接触；购买庄园后，常随父母去庄园度假，有了许多认识村民农奴生活的机会。因而，他成了少数自幼便具有平民意识的作家之一。父母笃信基督教，孩子们也都成了教徒。父亲患有癫痫病，应与遗传有关，陀思妥耶夫斯基亦终身受其折磨；疾病发作，有说是在其父被打死后，有说是在被押赴刑场执行“死刑”后。贫困人生、坎坷经历、宗教信仰、神经疾病，都不同程度地影响着他与众不同的创作。

对文学的爱好，仿佛是与生俱来的。他从学生时代起，就喜欢阅读法国、俄国优秀作家的优秀作品。即使学习“军工”，他也仍是痴心向“文”，孜孜不倦地广泛涉猎文学经典。他以翻译巴尔扎克的名作起步，表明对大陆另一端巨匠的敬意。处女作《穷人》，是一部“定调”之作。书名“穷人”，内容自然也是个关于穷人的故事，关于“生活在底层的备受折磨的人”的故事。小公务员杰弗什金倾其所有地帮助邻居穷姑娘瓦尔瓦拉，并由此而产生相依为命的情谊。但当善良的姑娘了解到他的无私付出和窘困状况后，不愿再拖累他，而决定嫁给一个她不爱的有钱人。穷人间的悲欢离合，纯净而高尚，苦涩而无奈，催人泪下。人们惊呼“新的果戈理”出现了，人们看到“小人物”的传统得以延续。更为深刻的是，小说探索了人的价值这一哲理问题。杰弗什金是在帮助瓦尔瓦拉的过程中发现自己的价值、找到自己的尊严的：“我毕竟是个人，拿我的心和思想来说，我毕竟是个人。”这一呐喊，是痛苦的，也是庄严的，五味俱全。而此前，不仅别人把他看做一无用处的“破抹布”，连他自己仿佛也失去了“人”的意识。通过这个简单的故事，作家对现实社会在物质和精神上对“小人物”的双重剥夺提出了愤怒的抗议。小说为书信体，运用自白的方式，人物不幸的命运与复杂的痛苦心理得到了深入细致的展露。陀思妥耶夫斯基成功了，这一年，他25岁。关注“小人物”，擅长心理描写，成为这位新作家的标志性特征。在他整个艺术世界里，“穷人”之多、之苦，命运之悲切，品性之善良，心境之苍凉，都是同代作家所难以比肩的。

19世纪40年代的俄国，政治思想十分活跃。成名后的陀思妥耶夫斯基积极参与社会活动，研讨各种新思想。彼得拉舍夫斯基小组是彼得堡著名的空想社会主义组织，早就在沙皇特务机关挂了号。1849年4月，作家遭遇厄运，罪名是宣传革命思想，由此开始了长达10年的灾难史。刑场枪决的惊魂一刻，劫后余生的苦役流放，遥遥无期的兵营生活，都使他受到了肉体和精神难以想象的双重折磨，也使他更深入地认识了俄国底层的悲惨状况，在增强他改变现状的愿望的同时，又加深了他的悲观倾向。这一切，最直接的“效应”是严重恶化了的癫痫症，频繁发作令他痛苦不堪。更为重要的是，它深层地动摇了他的世界观，使他放弃了“革命”的理想，认为这些“革命”理论在俄国缺乏群众“基础”，从而彻底坠入宗教的藩篱。于是，一个深刻矛盾的作家出现了，他的伟大与他的复杂相依相伴，互为因果。

1859年年底，身心疲惫的陀思妥耶夫斯基回到彼得堡。重新拿起的鹅毛笔，显然比10年前更沉重了。一部部沉甸甸的作品相继问世，令世人惊愕。《被侮辱与被损害的》，书名就表明了作家的倾向。小说讲述的是两个“小人物”家庭的悲剧，以及悲剧制造者的恶行。贵族恶棍“侮辱”史密斯一家，使其家破人亡；“损害”伊赫缅涅夫一家，令其名声扫地，无法生活。作家将此称作“彼得堡阴沉的天空下”发生的“阴森可怖的故事”，是“这种地狱般的环境里”经常发生的故事。《死屋手记》是一部纪实体的小说，它第一次揭露了西伯利亚苦役犯鲜为人知的狱中生活，引起世界关注。陀思妥耶夫斯基在西伯利亚服刑时，并没有忘记他作为作家的角色。他注意观察，细心记录，留下了一本《西伯利亚笔记》。正是因以“笔记”为素材写就这本《死屋手记》，它具有十分真实的亲历的“质感”，因而给人强烈印象。《地下室手记》则以一位从地下室看外面世界的“小人物”的复杂心态，揭示社会的不公。在这些作品里，几乎看不到亮色。

《罪与罚》是陀思妥耶夫斯基最具代表性的杰作，是一部风格很另类、结构很独特、思想很矛盾的作品。

《罪与罚》梗概

大学生拉斯柯尔尼科夫贫困潦倒，求学生活难以为继。在偶然的机会下，在听到另一个大学生想杀死放高利贷的老太婆以救济穷人的议论时，他产生了不妨一试的冲动。这一冒险念头的出现，是以“超人”理论为依据的。该理论把人分为“平凡”和“不平凡”两类，拉斯柯尔尼科夫企图通过这桩谋杀验证自己是否可以成为为所欲为地“破坏原则”的“超人”。目睹索尼娅一家的悲惨命运，更使他坚定了“杀富济贫”的决心。于是，他真就闯进老太婆家里杀死了这个以“吸血”为生的高利贷者，连同她无辜的妹妹。事后，他陷入了恐惧、紊乱、神经质的烦躁——他能以他的智慧和法学知识消灭罪证，但他却无法战胜内心的怯懦和良知；在与警方周旋、抵挡的过程中，不断眼见社会的败德和不公，他更纠结于自己“杀富济贫”的行为究竟是不是“犯罪”。为养家糊口而被迫卖身的索尼娅，父亲醉酒后被拉车的马踩死，继母带孩子沿街乞讨时咯血而死，她还遭到偷钱者的诬陷——遭遇种种灾难打击，她却一如既往地相信上帝、相信善的道德原则。在这“善的化身”的索尼娅面前，拉斯柯尔尼科夫的心理防线最后崩溃了，他向索尼娅坦白了自己的所作所为，并在她的规劝下当街认罪、主动向警局自首。由于是自首，由于他不申辩，由于他曾经的行善——他被轻判8年，发落西伯利亚。索尼娅陪同前往，在《新约全书》的感召下，他们相爱了，一个“新的故事”开始了……

表面上，这仿佛是一部探案小说：以紧张恐怖的凶杀始，以流放监狱生活终。从结构看，“始”与“终”两部分都相对简单，前者写“罪”，仅占一章；后者写法律意义上的“刑罚”，却只是短短的“尾声”。中间的绝大部分篇幅则围绕罪犯与侦探的智斗，以及主人公微妙的心理活动。作者铺陈现实画面，展示社会黑暗，探讨人性秘密，寻求理想出路，使作品的容量远远超出一桩“刑事案件”范畴。

作品题名《罪与罚》，内容自然由“罪”与“罚”两方面组成。

何为罪？大学生拉斯柯尔尼科夫杀了人，犯了杀人罪。但，杀人就一定是罪吗？难道不要看看杀人的原因和动机吗？凶手是个穷学生，没钱交学费，他被迫退学；没钱交房租，房东停了他的伙食，还随时要赶他出门。穷极必反，天经地义。再则，他“谋财害命”并非只为一己之利，而是志在“杀富济贫”，要用“吸血鬼”的钱去救助成千上万的穷人。更有甚者，他的这一暴力行为，还以一套理性思考为依据。他认为，世上的人分为“平凡的人”和“不平凡的人”两类。前者为浑浑噩噩的大多数，只能俯首帖耳、屈从于暴力的统治；后者是少数“超人”，他们可以为所欲为，否定既成的法律和道德，把自己的意志强加于前者，既推动社会前进，又获得尊敬和权力，从而“主宰世界”。拉斯柯尔尼科夫的冒失行为，是要检验和证明自己是否能成为“超人”，是否能在杀人后不受良心的谴责而“越过”渺小的“虱子”成为真正的“人”。“罪”的产生被赋予了多重内涵，引人以多向的思考。

再说罚。按照作家的阐释，拉斯柯尔尼科夫所受的惩罚是双重的。一层是外在的、法律的：他以他的聪明才智和法科大学生的专业知识对抗警方的盘问、侦缉，如同一场场智力游戏，并没有形成多大的压力；一个自投罗网的自首者，更使他完全有可能逍遥法外。而这层惩罚既非在道义上完全正确，又不可能达到惩治罪犯、治理社会的最终目的。

真正让他备受折磨、不堪重负的是内在的、良心的“惩罚”：杀了人，而且被杀者还有一个是无辜的（这很重要），他无法摆脱负罪感；他努力想证明自己杀人的“合理性”，社会的种种不公也在支持他的动机，但他始终未能证明自己是超越“凡人”的“超人”，从而陷入了恐惧、孤独、自责。动机与效果搅扰在一起，善与恶搅扰在一起，在他心中展开激烈的斗争，令他精神近乎分裂。特别是面对笃信宗教的善良姑娘索尼娅——她承受了那么多的苦难，仍无怨无艾，坦然信奉道德法则，这“榜样的力量”虽无惊人之举、亦无警世之言，却深深震撼了拉斯柯尔尼科夫。他不自觉地就向索尼娅和盘托出了自己曾千方百计掩盖的罪行。他挣扎着走出痛苦、走出“魔鬼”为他设下的圈套——“我需要的主要不是金钱，而是别的东西”——此时他才明白：“我杀死的是我自己，不是老太婆！我就这样一下子毁了自己，永远毁了！”良心的责罚占了上风，他在索尼娅精神的“陪同”下主动认了罪，明知等待他的是监禁、流放、苦役也在所不辞。但是，直至他同意认罪的时刻，他也不接受世俗的观点认为自己是犯了杀人罪。他只承认他失败于“自己的卑鄙和无能”，没能获得“成功”而“堕入了陷阱”。从善的动机到恶的结果，从对社会的抗争到落入自我折磨的幻象，拉斯柯尔尼科夫意识与潜意识交错，梦幻与现实交融，真实与神秘相织，经历了一场通向《新约全书》的精神洗礼。只有到西伯利亚与索尼娅碰出爱情火花后，他才完成了最后的升华，获得了“再生”。

拉斯柯尔尼科夫是个本质善良（因许多善举而受到减刑）的“小人物”，却企盼成为力所不能及的“超人”。他为此做出了荒唐的举动，也付出了惨痛的代价。这一形象的引人之处，特别是引发后人强烈兴趣之处，是他“罪”后的心路历程、他所展示的常态与变态的心理、他所体现的对社会正义的不断追问和对人性善恶的哲理思考。扭曲的个性、双重的人格、错乱的神经，折射出了社会的重重罪恶，也深入地揭示了人性的复杂和矛盾。作家倾心宣扬的基督救世的理念，以“爱”为解决一切难题的万能钥匙的观点，已很难再成为当代人的共识；但他对强烈效果的追求和对畸形心理的偏爱，却成了后来者的财富。

其后，同样以心理刻画见长的《赌徒》，在作家的人生路上有几点特殊意义。小说对赌徒心理的生动描写，正来源于作家自己的赌博经验。陀思妥耶夫斯基此时正明知故犯地沉迷于轮盘赌博不能自拔，这一恶习几乎毁了他的生活。这个中篇是急就章，为如约按时交稿，以免受到出版商的责罚，他接受友人的建议，请了一位助手记录他的口述，从而用了 20 多天就得以完成。由此，他改变了原有的写作习惯。这位年仅 20 岁的助手安娜姑娘，后来成了作家的第二任妻子，给他带来了幸福的后半生。

《白痴》是陀思妥耶夫斯基努力塑造正面理想人物的小说，也是最猛烈地抨击拜金主义的作品；或者说，它是以拜金主义横行的上流社会为舞台，竭力树立起一个理想的道德楷模，以对抗社会的肮脏。如果说索尼娅精神是属于下层贫民的，那么被人视为“白痴”的梅什金公爵和绝色佳人娜斯塔西娅这一男一女两位主人公，则是上层社会的“另类”。前者顽疾在身、不谙世事、从肉体到精神都是个不合群的弱者，但唯有他真诚地爱着娜斯塔西娅，一心想把她救离罪恶的圈子；后者受到贵族男人们的欺凌玩弄，甚至成了他们竞相出价交易的商品，但她出污泥而不染，愤怒谴责和嘲弄围在她身边的贪财和好色之徒，玩世不恭地与之周旋抗争，可又高傲地不愿接受梅什金基督式的爱怜。作家着力把梅什金描写成“绝对美好的人物”来对照社会的丑恶，表明他也有着在黑暗中寻找亮色的愿望。但是，他也深知，这是“无比困难的任务”。客观地讲，这一任务他完成得并不出色。仅就本书而论，女主人公的形象也比男主人公丰满得多、生动得多。

《卡拉马佐夫兄弟》，一部构思历经十余年最终未能完成的长篇，情节复杂、人物众多、纠葛错综、心理阴暗，集中体现了陀思妥耶夫斯基的创作风格。人们很难想象，作家运思多年，卷帙浩繁，却是要完成一个虔诚的教徒向宇宙的终极诘问：究竟有没有上帝？

又是一桩命案，而且是子弑父案。据说，像那个时代的许多经典一样，这部小说也是以真实事件为蓝本的。外省地主老卡拉马佐夫集一切邪恶于一身，贪婪、好色、专横、暴虐，与第一任妻子生下长子德米特里，与第二任妻子生下两个儿子伊凡和阿辽沙，这三个儿子都是由别人抚养大的，与父亲毫无感情；另有一家仆斯麦尔佳科夫，实为他强奸疯女所生的私生子，卑下的地位使他对这个家庭充满仇恨——五个性格各异的男人组成的“偶合家庭”，搬演了一连串卑劣的丑剧。老卡拉马佐夫与儿子们的矛盾，既为财也为色。德米特里回来是为索取母亲的遗产，又和父亲爱上了同一个漂亮艺妓，粗鲁的他扬言要杀了老头儿；老头儿果真被杀，疑犯指向他时他却并不辩解，将错就错地接受了流放西伯利亚的判决，以为这可以“通过苦难来洗净自己”。伊凡受过高等教育，是个“理性”的叛逆者，持无神论的坏蛋。他同情不幸的人们（特别是受难儿童），痛恨社会的不公，进而怀疑一切、否定一切。正是他以“既然没有上帝，则什么都可以做”为由，唆使斯麦尔佳科夫杀死了父亲。老大和老二是两个展现了复杂人性的复杂形象，善中有恶，恶中有善，善恶相交，表明作家向人性深处开掘的努力。德米特里的自私粗暴与父亲一脉相承，但他又会产生作为“儿子”的良心发现，对两个女性也不乏爱心，从容接受弑父凶手的责罚更显示了某种宗教意味的大度和忏悔。伊凡相反，他从根本上否定上帝的存在，不相信上帝能改变人类的命运，这是科学的力量、进步的思维，但摒弃信仰引申出的结论却是人可以为所欲为、无恶不作，是对社会伦理与秩序的彻底颠覆。在哥哥流放、凶手自杀后，他神经错乱、病魔缠身，隐喻着亵渎上帝的恶果。相对而言，阿辽沙和斯麦尔佳科夫的形象比较简单，他们分别是善和恶的化身。前者是圣人，修道院长老的弟子，诚实、纯洁，是这个污浊家庭中一道圣洁的亮光，父兄们虽品质恶劣，却都对他敬爱有加；后者是小人，认钱不认人，亲手杀了父亲还嫁祸于人，最后愧疚自杀。

由于小说成功地把这些丑恶写到了极致，俄国文学史上又多了一个专用术语——“卡拉马佐夫气质”。一家人围绕财—色展开明争暗斗，直至分崩离析、家破人亡，充分展现了人性的丑陋。这个罪恶家庭的悲剧，是俄国的，甚至是人类的缩影。陀思妥耶夫斯基在这里不再简单地使用爱的武器去拯救世界，而是通过畸形的矛盾心理变化追问上帝的存在。

陀思妥耶夫斯基的艺术世界是荒诞的，性格是分裂的，心理是病态的——其中凝聚了许多血泪的哭诉和哲理的思考。当我们见识了现代主义文学之后，就能明白把他称为“20世纪的作家”是多么恰如其分。

思考题

1. 谈谈批判现实主义文学的基本特征。
2. 为何把《红与黑》称作批判现实主义文学的奠基之作？
3. 为何称《高老头》是《人间戏剧》的“序幕”？
4. 如何评价《双城记》中人物间的恩爱情仇？
5. 谁“杀害”了包法利夫人？
6. “恶之花”是什么样的“花”？
7. 从“多余人”到“新人”——分析屠格涅夫笔下的几个形象。
8. 为何有人把陀思妥耶夫斯基看作“20世纪的作家”？

第八章 19世纪后期文学

第一节 非主潮文学的挑战

一、巴黎公社革命与世纪末的西方

“世纪末”，一个交织着困惑与希望的时间段。

19世纪的世纪末，正如18世纪的世纪末，标志性的事件是一场震撼世界的暴力革命。1871年，又是法国，又是巴黎，但这次革命的主角由资产阶级换成了无产阶级。为抵御普鲁士的入侵，为拯救法兰西，为争取自身的权益，工人阶级与广大市民一道揭竿而起，夺取政权，建立了世界上第一个无产阶级政权——巴黎公社。这一具有划时代意义的事件，像闪电一样划过沉沉的夜空，给欧洲大陆以强烈的刺激。

19世纪后30年，西欧的英、法、德等诸强陆续进入垄断资本主义时期，国内外矛盾进一步加剧。大约每10年一次的经济危机，加速了中小企业的破产和工农大众的贫困化，资本寡头高踞社会顶层，主宰着经济命脉，不择手段地聚敛财富，制造了贫富的尖锐对立，也左右着政府的决策走向。同时，国与国之间的利益冲突日益严重，帝国主义国家之间，宗主国与殖民地之间，都蕴蓄着一触即发的矛盾。1870年爆发的普法战争，就是两国统治者为争夺欧洲霸权而展开的争斗。

普法战争以外强中干的拿破仑三世对普鲁士的挑衅开始，却以法兰西第二帝国的灭亡和巴黎公社起义作结，不义之战引发了一场颠覆性的革命。从1871年3月18日到5月

28日，公社虽然仅仅存在了72天，但它却经历了夺取—建立—建设—保卫政权的全过程，是世界上无产阶级第一次完整但并不成熟的革命实践。在公社的日子里，战士们表现出的爱国热情、大智大勇、献身精神和顽强斗志，为无产阶级革命史留下了浓墨重彩的一章。它创立的以民主、平等、自由为目标的各种"原则"，暴力革命的经验与教训，均已成为后人的宝贵财富。在公社斗争的影响下，欧美各国的工人运动经过短暂的低潮后进入了一个新阶段，马克思主义广泛传播，工人阶级政党相继成立，并于1889年的国际社会主义者代表大会上成立了第二国际，进一步增强了各国工运间的团结合作。

历史风云的激荡，自然科学的发现和发展，社会矛盾的复杂化，促使人们多方探询历史的规律和人的本质。社会哲学思潮呈现出空前活跃的景象，实证主义、唯意志论、直觉主义、精神分析等各种学说从不同的角度对传统提出挑战，并对文艺思想和创作产生了不同程度的影响。

实证主义哲学肇始于20世纪三四十年代，奠基人是法国哲学家奥古斯特·孔德（1798—1857）。实证主义哲学在19世纪下半叶的欧美各国流行甚广。它强调要以"实证精神"来检验和改造一切科学，以自然科学的方法去分析社会生活，让"一切从属于观察"，建立起"观察科学体系"，以为科学的任务就是通过观察和论证描述发生的现象而不必探究因果关系。60年代声名鹊起的法国文艺学家、文学史家伊波利特·泰纳（1828—1893）将实证哲学和达尔文的学说运用于文艺学研究，提出了著名的影响文化发展的"种族、环境、时代"三元素论，进一步把科学思维引进文艺理论探讨。

宣扬意志是世界本源的唯意志论，是现代人本主义和非理性主义最早的、影响最大的代表性哲学流派。其后期代表人物，德国作家、哲学家尼采（1844—1900）曾以"上帝死了"的判词对基督教文化发起挑战，强烈地震动了西方世界。他把叔本华的"生存意志"演绎为"强力意志"，从而推导出"超人"哲学，意在鼓励人们冲破基督教传统和现代文明对人自身发展的束缚和禁锢，激发人类个体意识的觉醒。与此相关，在艺术论中，他更偏爱狂放痴迷的所谓"酒神精神"，以为这能更充分地表现人的欲念，体现人生的价值。

世纪之交的法国哲学家柏格森（1859—1941）宣扬的"生命哲学"认为，世界的本源既非物质、亦非意志，而是一种生命冲动，一种绵延在时间中、不断变化着的生命冲动。正是这种生命之流，在不停的运动中创造着世间的万事万物，也创造着事物的千变万化。对这神秘的"生命之流"的把握，必须依仗本能的直觉。靠直觉才能进入生命之流去探取实在，才能越过空间进入时间的绵延。而理性只能认知物质，因为物质是空间的存在，是绵延的中断和停滞，是生命的外在表现。所谓直觉，实际上就是某种内在的体验或感应的能力，它能引导人们与客体融合，实现物我合一。这一过程摆脱了功利的目的，也摆脱了社会道德的束缚，因而是具有超越性、超脱性的。直觉论把非理性主义又向前推进了一步，对其后的美学思想和文学创作都深有影响。

二、多元文学格局的滥觞

在浪漫主义和现实主义的鼎盛时期，工人诗歌、唯美主义、象征主义、自然主义等非正统、非主潮的文学流派已渐显端倪；而当这些流派蔚然成风时，浪漫主义和现实主义的创作（特别是后者）依然硕果累累。多元文学的格局由此形成气候，直接影响到下一个世纪的文学走向。19世纪的世纪末，成为西方近现代文学史的转捩点。而这一转折期所出现的新流派，几乎都肇始于法兰西这块喜欢标新立异的风水宝地。

法国的巴黎公社文学产生于巴黎公社的火热斗争，是无产阶级文学的一次辉煌。在公社72天的日子里，诗人们一手拿笔一手握枪，宣传革命，鼓舞群众，作品自然充满激情、也充满火药味。这时创作的主要形式是诗歌，短小精悍，斗志昂扬，是一首首铿锵有力的战歌。公社失败后的20余年里，监禁、流放、逃亡等磨难并未销蚀公社战士们的热情，相反使他们的思想更加成熟、信念更加坚定；1880年大赦以后，相对稳定的生活和充裕的时间，又使他们能更加深入地思考历史、更加从容地构思艺术。后公社时期的创作不仅仍有大量的诗歌，而且有了回忆录、小说、散文、戏剧等多种样式的成果，有的已达到很高的艺术水平。曾任公社教育委员和外交委员的著名作家儒勒·瓦莱斯（1832—1885）是最后撤离巴黎的斗士之一，曾被凡尔赛政府缺席宣判死刑。他在写作方面是多面手，在政论、散文、小说、戏剧等领域都写出了优秀的作品。1872年年底，他在瑞士创作了五幕十一场大型剧本《巴黎公社》，艺术地再现了公社光辉而艰难的历程。他的小说创作开始于60年代，但他最有分量的作品是七八十年代的《雅克·万特拉》三部曲（1878—1882）：《孩子》、《中学毕业生》和《起义者》。小说以30年代到70年代初为背景，着力表现了一个叛逆的孩子成长为革命者的过程，真实地记录了这段斗争史。作品描写简洁，联想跳跃，象征丰富，颇有现代气息。诗歌方面的优秀代表有广为传唱的《樱桃时节》的作者让-巴蒂斯特·克莱芒（1836—1903）和被公社战士们亲切地称为“蒙马特尔红色姑娘”的路易丝·米歇尔（1830—1905）等，其中最杰出的诗人当属鲍狄埃（详见本章第三节）。克莱芒是具有很高自觉意识的阶级战士，大赦归来后即加入工人党，负责宣传工作。1885年出版的《歌集》，收有著名的诗篇《浴血的一周》、《“滚到墙根去”上尉》等，他还特地把深情的《樱桃时节》题献给曾在街垒上英勇战斗的“女护士路易丝公民”。路易丝·米歇尔在进入公社前就开始写诗撰文。她一生都为反对专制暴政而战，多次遭受牢狱之苦而不改初衷，因而在民众中享有美誉。公社时期，她始终活跃在第一线；公社失败后，她又被长期监禁、流放。但她一直没有放下手中的笔，先后出版了诗集《生活的历程》、《故事与传说》，小说《人类细菌》和两部回忆录《回忆录》与《公社》等。

这个作家群，政治色彩并不完全一致，艺术表现力也未臻成熟。但作为无产阶级第一次夺取政权斗争的产物，他们创作中所表现的喷薄激情和昂扬正气、英雄主义和乐观精神，在世纪末的氛围中堪称独树一帜。特别是，在如此艰苦、重压背景下产生的这些作品（甚至作者生命时刻遭受威胁），却能以铿锵的基调，满怀信心地向往人类光明的未来，令人肃然起敬。它们诗风健朗，语言朴实，为广大群众喜闻乐见。

法国另一个具有“平民”倾向的流派是自然主义。自然主义萌动于19世纪50年代，60年代至80年代形成高潮，影响波及欧美各国。这一流派受益于实证主义哲学和进化论、遗传学、生理学、病理学等多种自然科学的成果，就创作方法而论，它是对现实主义的承继，也是对现实主义的反拨和变异。50年代中期，自然主义在福楼拜的理论主张和创作实践中已显端倪；60年代初，龚古尔兄弟（埃德蒙，1822—1896；茹尔，1830—1870）登上文坛，成为自然主义的奠基人。他们从历史研究转向文学创作，因而对事实、材料、细节有着特殊的兴趣。他们合作奉献了被视为自然主义第一部代表作的中篇小说《日尔米妮·拉赛尔特》（1865），在小说序言里声称这是一本“真小说”，是“对性爱心理的临床研究”，并表示“下层阶级”理应在文学中占据一席之地，开始提出了自然主义最基本的构想。60年代后期，左拉（详见本章第四节）继续进行深入的研究和“实验性”创作，并在其住所“梅塘”聚集了一批年轻作家共同切磋探讨，其中有日后声名显赫的莫泊桑（详见本章第五节）、若利-卡勒·于斯曼（1848—1907）等。左拉集理论研究与创作实践于一身，建起了自然主义大厦。他的《小酒店》（1877）引起轩然大波，也标志着自然主义的成熟；而他的去世（1902），也常被人们视为自然主义在法国的落幕。但它在欧洲，乃至美洲、亚洲等许多国家得到了广泛的传播。

自然主义是在19世纪科学主义的影响下、以科学的名义进行的一次严肃的文学探索。自然主义者追求绝对的真实，追求科学的准确，拒绝想象和夸张，强调观察、调查、实地考察和精确描绘，热衷细节描写，这使他们的作品能以真实感和暴露性取胜，但有时难免失之于表象堆砌而缺乏艺术概括力。他们受生物学等自然科学的影响，把人回归为自然人，往往从遗传、生理的角度解释人的行为和心理，从而丰富了人对自身复杂性的认识；但他们对人的社会性的不适当忽视，对病态和畸形心理的偏好，又常令探索陷入片面。自然主义主张作家眼睛向下，反映下层百姓的苦难，从而再一次拓展了文学题材领域和人物画廊，使社会生活得到更全面的反映。自然主义倡导作者隐匿、自然呈示的叙述文体，形成了冷静平和的艺术风格，客观上为读者营造了一个个更为广阔的阅读和联想空间。这一趋向，对20世纪现代主义诸多流派都有影响。

与直面社会生活的流派不同，象征主义表现出一种超然的态度，寻求的是对客观事物的直觉感应。这一派作家多为敏感而颓唐的才子，他们聚集在巴黎的酒吧或咖啡馆，高谈阔论，唇枪舌剑，从而孕育出标新的思想、立异的诗句。志同道合者便结成团体，出版刊物，日渐汇成潮流。统计表明，1885年至1895年的十年间，相关报纸杂志竟有130余种之多，成为鼓噪象征主义的地盘，可见当时的热闹和驳杂。1886年9月18日，《象征主义者》杂志主编莫雷亚斯发表《象征主义宣言》，这一名称才开始逐渐得到认同。象征主义的先驱（也被视为现代主义的先驱）波德莱尔，以其“通感”说为这一流派奠定了理论基础，更以一本《恶之花》拓开了诗歌创作的新路。而世纪末诗坛“三剑客”——保尔·魏尔伦（1844—1896）、阿尔蒂尔·兰波（详见本章第二节）和斯泰凡·马拉美（1842—1898），则是象征主义的典型代表。魏尔伦60年代开始创作，1866年发表第一本诗集《感伤集》，即显示出了以暗示手法表现复杂情感的才华。《无言罗曼司》（1874）是他一部优秀的诗集。同年的《诗艺》一诗，被称为“象征诗的宣言”，在诗中他强调诗歌的音乐性、暗示性，认为“音乐永远至高无上”，诗歌的妙处就在于“模糊与精确相连”。他的诗作朴实晓畅，韵律讲究，情绪抑郁，弥漫着淡淡的悲哀。兰波是天赋极高、叛逆精神极强的诗人，他的独到见解和特异诗风，为人们把握象征主义特征提供了有益的启示。马拉美是位学者型诗人，被象征诗人们奉为领袖。1880年起，他每星期二下午在罗马街寓所里接待文人墨客，成为巴黎著名的文艺沙龙“周二聚会”。座上客都是世纪之交的知名人士，如纪德、瓦雷里、克洛代尔、普鲁斯特、罗丹、德彪西、王尔德等。他为文为诗都十分严谨，甚至过于苛刻，以至于他的“纯诗”理论成为难以付诸实践的理想境界。神秘感、梦幻感是他创作的主要追求，认为“诗歌中应该永远存在着难解之谜”。他最著名的诗篇是《牧神的午后》，一首似梦非梦、梦进梦出的诗，创造出飘飘欲仙、可望而不可即的诗境。他留下的片断《骰子一掷绝不会破坏偶然》，用不同的字号印出，并留有大量空白，以类似乐谱的形式表现他对形式美和音乐感的绝对追求，使诗歌在偏执中失去了自我。马拉美被称为“象征主义的象征”。他的离世（1898）也被说为法国第一次象征主义高潮的结束。象征主义作家群中影响较大的还有德·洛特雷亚蒙（1846—1870）、德·古尔蒙（1858—1915）、德·雷尼耶（1864—1936）等。

象征主义是文学的一次反叛和创新。它既反对已成强弩之末的浪漫主义的浮夸热情，也不满于仍占据着诗坛的帕尔纳斯派的雕琢空泛，更针对几乎与之同时崛起的主张忠实描摹现实的自然主义。这派诗人们仿佛在重新思考文学的本质，努力寻求主客观之间新的契合点。他们相信只有通过本能的直觉才能领悟可感世界深处的“未知”，才能艺术地传达出这种神秘的物我相通的境界。朦胧美、多义性、玄妙性，便成了象征诗歌的显著特征。曲高和寡，它先天地属于小众。但它回归文学本体的努力和非理性主义的引入，都对20世纪文学的发展产生了不可估量的作用。

唯美主义和象征主义一样，同属于对传统的挑战，而且是更大胆的挑战。从19世纪30年代开始，法国青年才俊泰奥菲尔·戈蒂耶（1811—1872）在《〈阿贝杜斯〉序》（1832）和《〈莫班小姐〉序》（1834）中就抛出了“为艺术而艺术”的主张，认为美和实用之间势不两立，明确提出了美的非功利属性。他作诗如作画，轻涂慢抹，精雕细镂，创造出超然的韵味。他精心构思的中篇小说《莫班小姐》（1836），是唯美主义的代表作品之一。60年代的帕尔纳斯诗潮，讲究完美的形式和工整的格律，是唯美的一次实践。英国是唯美主义的主要地盘，产生了系统的理论和著名的作家作品。40年代兴起的先拉斐尔派是唯美主义的先声，他们以对拉斐尔早期创作的肯定来推崇“纯艺术”的主张。作家、批评家瓦尔特·佩特（1839—1894）在给他带来声誉的《文艺复兴》（1873）及后来的著作中，突出美感在艺术中至高无上的地位，否定社会意识和道德观念的制约作用，从而进一步宣扬了“为艺术而艺术”的理论。威廉·莫里斯（1834—1896）则把艺术美推向社会生活，主张用艺术美来美化人们的日常生活和劳动环境，从而获得身心的愉悦。这两种倾向，都对后来的集大成者王尔德（详见本章第六节）产生了影响。80年代至90年代，唯美主义进入高潮。1894年和1895年先后创办的两本杂志《黄皮杂志》和《萨伏依》，是这一运动的重要阵地。王尔德以其大量的论述和创作，成为唯美主义的当然领袖。而他在90年代末退出文坛，也就标志着思潮的日渐消退。

唯美主义是对激烈斗争的恐惧和厌恶，也是对功利主义和虚伪道德的不满和愤慨。它既反对艺术服务于政治，也反对其受制于金钱；既反对艺术负载政治功能，也反对其承担教化作用。美，是创作的唯一目标；美感，是艺术欣赏的唯一宗旨。如此，唯美主义的“美”，便与“善”切断了关系。同时，“美”也不再附着于“真”。因为现实是丑恶肮脏的，真正的艺术不应、也不能是现实的“反映”，而应是用艺术的“美”去“遮盖”现实的“丑”，以达到宽慰人心、愉悦人生的目的。他们甚至认为，不应让艺术反映生活，而应让生活模仿艺术；不是艺术应当人生化，而是人生应当艺术化。对“非功利性”和“非现实性”的追求，使唯美主义者把美视为纯粹的、绝对的、形式的、奇异的，而创作则应是自由的、想象的、虚构的、“撒谎”的。因而，他们的作品大多精巧考究，空灵飘逸，“华而不实”，新颖雕琢有余，思想深度不足。

唯美主义和象征主义，通常被统归于世纪末的“颓废主义”。世纪末，本来只是一个时间概念，但这一特殊的时间段，却又常会引起世人不寻常的反思和遐想。公社革命引起的震荡，掀开了19世纪末历史的第一页。旧世界受到重创而未被摧毁，新时代微露曙色又坠入更阴沉的黑夜。革命的创举唤起了炙热的希望，血腥的镇压宣告了人道主义理想的破产。失去支点的社会难以重建心理平衡，表面的沉寂下面隐含着焦虑的苦痛和叛逆的渴望。工业文明的发展，激起物欲的恶性膨胀，腐蚀着人们的灵魂，使文学艺术也蜕变成了商品。产生于这一特殊背景的颓废主义情绪，在一群敏锐而脆弱的才子间弥漫。面对沉闷的政治空气和功利主义的社会风尚，他们苦恼、彷徨、愤怒，但又不知如何应对。“颓废”，显然不失为一种反叛，只不过是消极的。消极的反叛不是麻木不仁，更不是同流合污，不能一言以蔽之地否定。当他们把文学作为宣泄口，将对社会的愤懑融入对文学传统的挑战时，便难免有所偏激甚至极端。

在众多文学新潮涌动的时候，现实主义文学仍然显示出强大的生命力，并不断扩展着“势力范围”。英法俄等国依然是现实主义的重镇，一批杰出的作家沿着前辈的足迹寻求新的突破。英国的哈代（详见本章第七节）将笔触伸向农村，开辟了一方新天地。法国的阿尔封斯·都德（1840—1897）以一个精彩的短篇《最后一课》赢得了全世界读者的喜爱和尊崇。他的短篇小说主要收入《磨坊文札》（1866）和《月曜日故事》（1873），数量虽不算多，但佳作不少，使他在这一领域内成为名家之一。尤其是在后者中，普法战争题材的作品以小见大地表现法国百姓朴素的爱国热忱，感人至深。他的短篇不以跌宕的故事取胜，而独具清淡从容的散文化风格。他共发表12部长篇小说，其中带有一定自传性的《小东西》（1868），喜剧风格的达达兰三部曲（最出色的是第一部《塔拉斯孔城的达达兰》，1872），情节性、批判性较强的《小弗莱蒙与大黎斯内》（1874）等最为人称道。通观都德的长篇，从其选材、嘲讽的幽默以及略带温情的批判，都可看到英国作家狄更斯的影子。阿纳托尔·法朗士（1844—1924）是一位受过社会主义思想影响的多产作家，在世纪之交的国际斗争中曾发挥积极作用。短篇小说《克兰比尔》（1901）是他最有影响、社会批判最尖锐的作品之一。小说以一个穷苦卖菜老汉的悲惨命运，控诉了资本主义社会，特别是司法制度对下层劳动者的残酷欺压，作品还被认为是对德雷福斯冤案的影射。多卷本长篇小说《现代史话》（1895—1901）通过主人公贝日莱教授在外省和巴黎的种种经历，力图全方位地再现世纪末法国的社会风貌，甚至正面抨击了德雷福斯冤案支持者的卑劣行径。《企鹅岛》（1908）是作家最著名的政治幻想小说。它描述企鹅岛上从无到有、从王朝到共和的建立、从城市文明到文明的毁灭到再生——周而复始的循环中，充斥着自私、贪婪、不义和争斗。小说既是对法国第三共和时期政治生活的嘲讽，也是对人类历史进程的谐谑性反思。俄国的契诃夫（详见本章第十一节），既是短篇小说之王，又在戏剧方面独有建树，为19世纪俄国现实主义文学画上了完美的句号。

北欧文学的崛起尤为引人注目。北欧的资本主义经济发展较晚，与之相应的现实主义文学也是从19世纪下半叶才渐成气候的。在40年代至60年代，丹麦的安徒生为世人展开了绚丽多彩的童话世界，制造了一次惊喜；70年代至80年代，又是一个丹麦人，为欧洲奉献了一套文艺论著，给各国文坛带来了一次震动，这就是奥尔格·勃兰兑斯（1842—1927）的《十九世纪文学主潮》。这是他从1871年起在哥本哈根大学的演讲稿，后分六卷陆续出版，直至1890年出齐。这本论著的意义不仅在于对上半世纪英法德等国的进步文学作了富有创见的回顾总结，更在于它明确提出了表现“社会与人生”的现实主义主张，直接刺激了尚处于落后状态的北欧文学界的奋起。对“历史”和“未来”都产生了作用，这正是勃兰兑斯的愿望。挪威文学的兴起，是挪威民族意识觉醒的产物，也是西南欧先行国家进步思想和文学繁荣的影响。戏剧界双璧易卜生（详见本章第八节）和比昂斯腾·比昂松（1832—1910），都坚持用挪威语（上层社会长期使用的是丹麦挪威语）写作，正表明他们有意识地把自己的创作看作振兴祖国文化的组成部分。比昂松是诗人、小说家和剧作家，尤以戏剧成就最高。他曾积极投身反对瑞典统治、争取民族独立的斗争，成为民族解放运动的活跃分子。70年代至90年代，是他戏剧创作的重要时期，一系列作品也被称作“社会问题剧”，如《破产》（1875）、《编辑》（1875）、《新制度》（1878）和《挑战的手套》（1883）等，其中以《破产》和《挑战的手套》最为著名。他于1903年获诺贝尔文学奖。瑞典作家约翰·奥古斯特·斯特林堡（1849—1912）创作量惊人，共有小说和戏剧各60余部。早期创作属现实主义风格，后期成为表现主义的开山人物，甚至引领了欧洲现代戏剧的走向。小说《红房间》（1879）是他的成名作，以对社会风尚，特别是上层官吏的尖锐批判引人注目，并因此遭到攻击而被迫远走他乡。历史剧

《奥洛夫老师》(1872) 由于强烈的批判精神而直至 1881 年才得以上演。独幕剧《朱丽小姐》(1888) 等奠定了他在剧坛的地位。这部被称为"心理自然主义"的戏，通过女主人和男佣人之间各怀心计的恋情纠葛与碰撞，揭示出卑俗的情欲和阴暗的私欲如何腐蚀着人的灵魂。令人惊愕、也真正使他获得国际声誉的是他创作于世纪之交的几部现代主义戏剧，如《死亡的舞蹈》(1901)、《梦的戏剧》(1902) 和《鬼魂奏鸣曲》(1900) 等。

南北战争结束 (1865) 后的美国，经济得到了迅速发展，并在不断破产和兼并中形成了垄断资本主义，遂使贫富分化严重，阶级对立尖锐，社会矛盾复杂化，而且产生了虚伪的民主政治、泛滥的拜金主义等，迫使人们不得不以怀疑的眼光重新审视这片曾给人以无限幻想的新大陆。欧洲现实主义文学的巨大成就，也为大西洋彼岸的作家们提供了可资借鉴的榜样。于是，70 年代至 80 年代，现实主义文学开始在美国兴起。威廉·豪威尔斯 (1837—1920) 有"现实主义文学奠基人"之称，他主编的《大西洋月刊》和任研究员的《哈珀》杂志，成为美国现实主义文学的"发祥地"，发表和评述了现代作家的作品。另外，他本人也创作了 40 余部长篇，题材涉及诸如种族、妇女、道德甚至劳资冲突等社会生活的方方面面，重要作品有《塞拉斯·拉帕姆的发迹》(1885) 和《新财富的危害》(1890) 等。他对欧洲文化颇有研究，作过许多介绍，但他更强调要有美国特色的文学。美国现实主义文学标志性的人物是马克·吐温 (详见本章第十节)。其作品的乡土气息和讽刺特征，都使他有别于欧洲大陆的作家，他是继惠特曼之后最具国际声望的美国作家。欧·亨利 (1862—1910) 共发表短篇小说 300 余篇，与法国的莫泊桑、俄国的契诃夫并称为"世界三大短篇小说之王"，也被誉为"美国现代短篇小说的创始人"。他来自下层，书写下层，关注生活在繁华大都市纽约里的普通人，尽写他们的喜怒哀乐、酸甜苦辣。《麦琪的礼物》、《警察与赞美诗》、《爱的牺牲》、《最后一片藤叶》等，都是他的名篇，属短篇的经典。相对而言，他作品的深度与成就要略逊于前二者。但他略带苦涩的幽默却是美国式的，常令人忍俊不禁或欲哭无泪，充满对小人物不幸命运的深切同情。欧·亨利重情节，善构思，常以出其不意的结局创造出奇妙的艺术效果。与马克·吐温、欧·亨利相比，杰克·伦敦 (1876—1916) 的人生更加坎坷，所受磨难更加严酷。但他以顽强的意志接受了考验，并积累了丰富的生活经验和体验，成为他日后创作的宝贵财富。他的作品风格，既不同于马克·吐温的尖锐嘲讽，也不同于欧·亨利的温和幽默，而是粗犷尖厉，惊心动魄。被统称为"北方故事"中的《野性的呼唤》(1903)、《热爱生命》(1907) 等名篇，或写狗与狗之争，或写人与狼的"决斗"，都充分表现了处境之严峻和争斗之惨烈。为作家带来国际声誉的长篇小说《野性的呼唤》虽写的是动物世界，实则熔铸着作者的人生体验，渗透着对"原始本性"、"生命意志"的哲理思考，以及对"文明"与"野性"的痛苦抉择。《海狼》(1904)、《白牙》(1906) 等作品，从不同侧面继续着对野蛮世界中的人性的探讨。杰克·伦敦亲身深入伦敦东区贫民窟调查写出的《深渊中的人们》(1903)，真实地记录了那里令人窒息的空气、灰暗的生活和饥饿的贫民，其批判矛头直指英国统治者，引起广泛的社会关注。在接受社会主义思想后，他创作了一部政治幻想体的长篇小说《铁蹄》(1908)，正面表现了工人阶级反对资本主义制度的斗争，成为美国无产阶级文学第一部重要的作品。带有自传性的《马丁·伊登》(1909) 是作家最成熟、最成功的长篇。小说通过马丁作为作家成功前后的经历，无情地揭露了资本主义社会的功利主义和虚伪道德。主人公在功成名就后，受到过去鄙视他的人的无耻追捧，这不仅没给他带来丝毫快意，反使他陷入深深的悲哀。看透了社会，看透了人生，他把钱财散给曾在他困难时帮助过他的好心人，然后投海自尽。哀莫大于心死，成功后的自尽对社会的抗议更具有绝对的意义。"美国梦"，在世纪初被画上了一个沉重的句号。遗憾的是，9 年之后（1916），才华横溢而又曾如此坚强的杰克·伦敦，竟也走上了自尽之路。

世纪末文学，结束了主潮式的发展模式，各流派在对峙、比较、撞击、渗透中尽力发挥着自己的优势，甚至不惜走向极端。这就造就了一个缤纷的文坛，一个多向平等发展的态势。

文学的“批判性”、“叛逆性”特征，在这一时期得到了全面的发挥。现实主义继续着社会批判的传统，不断扩大社会反映面和强化批判力，其地域覆盖面进一步扩展，形成了又一个高潮；自然主义则承继和变异现实主义的传统，以科学精神和方法丰富文学的观察和思考；巴黎公社文学亦属现实主义范畴，而它对旧制度的否定是革命性的，反叛的色彩最为强烈；象征主义、唯美主义被归于“颓废”之列，才子们把对社会的不满和对文学的不满结合在一道，努力寻找新的表现途径，启迪了未来的许多探索者。

外向化和内向化的分道扬镳，对主客观世界的不同兴趣，构成了这时期文学的又一特点。从现实主义到自然主义，人们相信客观世界对人的命运具有决定性的影响力。物质环境、社会生活、历史进程成为他们关注的焦点，也是他们作品力量之所在。而对客观现实的恒定性和真理性的怀疑者甚至否定者，却另辟蹊径，认为向人的内在世界深入探寻，才能获取表象背后的真谛。

主体意识的强化和淡化，也同时出现在这一时期。公社文学代表着阶级的觉醒，作家成为群体的代言人是历史的需要。个体的声音融入集体的抗争，集体的意志最大限度地包容了个体的追求，二者有机融合，传达出阶级的呼声，淡化了作家主体的色彩。自然主义“作家退出作品”的主张，有意淡化主体的干预，使现实客体“不受干扰”地转化为艺术客体。而唯美主义者却无所顾忌地强化自我意识，以奇异的想象力营造着仿佛仅属于自己的艺术王国。他们为求美求新，任意剪裁生活，甚至“创造”生活。

这一时期同时出现了理性主义的极致与非理性主义的端倪。现实主义代表理性主义的辉煌，自然主义更把科学理性请进了文学王国，使文学进一步向实证理性靠拢。相反，那些新派诗人们却不再相信“真实”是可以再现的，认为贯穿创作与欣赏全过程的只能是不受理性束缚的直觉。直觉可以探知“未来”，可以感知“真理”，它把文学引向神秘的幽径。

世纪末，文学发展的一个拐弯处。

第二节 兰波

七岁诗人·“通灵者”说·才情横溢·不知所踪

阿尔蒂尔·兰波（1854—1891），法国著名才子型诗人，象征派“三剑客”之一。他 1870 年发表处女作，1875 年就告别诗坛，像流星一样划过天空，陨落于黑暗。他的创作期仅短短 5 年，诗集只有薄薄的 3 本，但灵光闪现，诗才横溢，令一代代诗人为之叹服。他不是理论家，却能在不经意间甩出点真知灼见，让后人在反复揣摩中寻味象征主义的真谛。

兰波出生在法国北部的夏尔维勒小城。童年生活贫困，性格乖戾，“整天为顺从捏着把汗”，脸上挂着“黑色的抽搐和挖苦的表情”。此时，他已开始写作，“写大漠中自由放荡的生活”（《七岁诗人》）。他中学时代显露诗才，深得其老师伊桑巴尔的赏识和鼓励。桀骜不驯的性格，和对闭塞环境的不满，使他几度离家出走，皆因身无分文不得不返回故里。他首次（1870 年 8 月）乘火车赴巴黎，还因无票乘车被拘留，求助老师才得以保释。他天资过人，学习成绩优异，本使他有上大学继续深造的机会，但因在墙上涂写过“杀死上帝”的字样而被断送。造反的巴黎公社，自然会吸引这个叛逆的年轻人，据说他曾设法赶赴巴黎投身革命，但因道路阻隔未能如期抵达。

1871 年，对于兰波而言是一个重要的年份。这一年，通过友人引荐和寄赠诗歌，他受到比他年长 10 岁、已蜚声文坛的诗人魏尔伦的资助和邀请来到巴黎，正式进入了文人的圈子，并与魏尔伦结下授人以柄的暧昧关系。这一年，他给巴黎带来了一首令高傲的前辈同行折服的诗篇——《醉舟》，这也是他最著名的诗篇。这一年 5 月 15 日，他给诗人保尔·德维尼写了一封关于诗和诗人的信，它显然不是为发表而写的“论文”，但却成了文学史家绕不过去的重要“文献”。——这一年，兰波 17 岁。

兰波没有过过安定的日子。他的出现破坏了魏尔伦的家庭，他们“私奔”布鲁塞尔、伦敦等地，穷困潦倒，分分合合，直至 1873 年 7 月，在布鲁塞尔重聚时，魏尔伦因酒后枪击兰波被投入监狱，判刑两年，才终止了这一交往。不过，兰波搁笔多年后，魏尔伦仍为他发表了他的散文诗集《彩图》。魏尔伦对他的高度评价，使兰波的声誉日隆。1875 年，兰波彻底离开了巴黎，也彻底放弃了写作。对他日后漂泊的行踪和职业，人们难有准确详尽的记载。据说他曾参加荷兰的雇佣军，远赴雅加达，曾在塞浦路斯、亚丁等地打过工、经过商，还曾到过非洲埃塞俄比亚、索马里等地调查或经商。1891 年 2 月，他由于膝盖肿瘤被迫返回法国马赛截肢，从此一病不起，11 月 10 日便撒手人寰，年仅 37 岁。兰波的一生，前后反差很大，但都属不幸者，最后的日子更是苦不堪言。因此忧郁痛苦是他人生的基调，也构成了他诗歌的基调。

前文提到，兰波在 1871 年写过一封很重要、也很玄妙的信，集中表达了他的“诗论”。核心命题是：诗人应该是“通灵者”，或是努力使自己成为“通灵者”。而要想成为“通灵者”，就“必须使各种感觉经历长期的、广泛的、有意识的错轨”，必须经历“各种形式的情爱、痛苦和疯狂”；他要“寻找自我，并为保存自己的精华而饮尽毒药”。兰波把波德莱尔称为“第一位通灵者，诗坛之王，真正的上帝”。对波德莱尔的推崇，给人们提示了对“通灵者”的理解，即可以通过直觉达到“未知”的天才。感觉的“错轨”，对一切情感的体验，直至“饮尽毒药”以取得其“精华”，都是为了达到“未知”。“他培育了比任何人都更加丰富的灵魂！他达到未知；当他陷入迷狂，终于失去视觉时，他却看到了视觉本身！”慧眼相识，心灵相通，以感应去寻求表象背后的真谛，从而实现物我合一。兰波的“通灵者”说显然与波德莱尔的“通感”论是一脉相承的。他要求诗歌语言发自内心，包容一切“芳香、音调和色彩，并通过思想的碰撞，放射光芒”。他并不放弃诗人的社会责任感，认为“诗人是真正的盗火者”。他还与浪漫主义的“我是一个我”相对应，提出了“我是一个他”（或译“我是另一个”）的名言，即要求诗人以“他者”的身份审视自我、倾听自我。在“自我”与“他我”之间、在内省与外观之间寻求新的平衡和契合，是兰波玄思的要义。①

① 引文参看兰波给德梅尼的信（1871 年 5 月 15 日），见黄晋凯等主编：《象征主义·意象派》，35、36 页，北京，中国人民大学出版社，1989。

最能体现兰波对“通感”说承继关系的是他的一首十四行诗《元音》。在这首诗中，他把元音字母对应为颜色：A黑，E白，I红，U绿，O蓝；进而又将它们（字母和颜色）幻化为形象的物体或情景。声音—颜色—气味—形态，交互感应，传达出诗人对世界的独特感受。在《地狱一季》的《文字炼金术》一节中，他自诩“发明了元音的颜色”，并坦言，他记述的是他的“疯狂”，是一种“幻影”。这正是“通感”论的最好注脚。其中所表现出的“超自然的神力”，是十分个人的、无法复制的，是梦幻的、难为他人所理解的。人们难以准确破译他留下的“密码”，却应当可以认同诗人的执着追求。

元音

A黑，E白，I红，U绿，O蓝；元音，
终有一天我要道破你们隐秘的身世，
A，苍蝇身上的黑绒胸心，
围绕着腐臭嗡嗡地飞行。

阴暗的海湾；E，汽船和乌篷的天真，
巍巍冰山的尖顶，白袍皇帝，伞形花的颤动；
I，殷红，咳出的鲜血，醉酒
或愤怒时朱唇上的笑容；//
U，圆圈，青绿海水神圣的激荡，
散布着牛羊的牧场的宁静，炼金术士
深刻在抬头纹上的智者的安详。

O，奇异而尖锐的庄严号角，
穿越星球与天使的寂寥：
——噢，奥米茄眼中那紫色的幽光！

（选自《兰波作品全集》，王以培译，110页，北京，作家出版社，2000）

兰波最脍炙人口的诗篇是《醉舟》，全诗25节，每节4行，共整整100行。

沿着沉沉的河水顺流而下，
我感觉已没纤夫引航：

…………
当喧闹声和我的纤夫们一同破碎，
河水便托着我漂流天涯。

醉舟是我，我是醉舟。舟船酒醉，意象已足奇。没有纤夫牵引，顺流而下，跌跌撞撞地奔向大海，浪迹天涯；波涛汹涌，风暴肆虐，船“在波浪上舞蹈”，海水“冲散了铁锚和船舵”，醉舟更失去了方向，任凭风吹浪打、潮起潮落……“至此我浸入了诗的海面，静静吮吸着群星的乳汁，吞噬着绿色地平线；惨白而疯狂的浪尖，偶尔会飘来一具沉思的浮尸”；于是，眼前的奇观千变万化，那是“人们幻想中的一切”：“雪花纷飞的绿色夜晚”；“天光骤然染红了碧波”；“低垂的落日”，“洒落紫红的凝血”。再看声—色—味的奇妙结合：“轻歌的磷光在橙黄与碧蓝中苏醒”，“虫蛀的巨蟒从扭曲的树枝间坠落，发出迷人的黑色幽香”；“金光闪闪的鱼，会唱歌的鱼”，都是“通感”论的最佳例证，是诗人迷惘恍惚叛逆心理的折射。

——可我的心恸哭！黎明这般凄苦，
尽是残忍的冷月，苦涩的阳光；
辛酸的爱情充斥着我的沉醉、麻木，
噢，让我通体迸裂，散入海洋！

一叶在浪尖上颠簸的醉舟，一个在诗海上闯荡的弄潮儿。目标是没有的，有的只是放任的冲动、自由的渴求、冒险的精神、沉醉的痴迷，哪怕“通体迸裂”，粉身碎骨，皆无所畏惧。而希望就像是“一个伤心的孩子”跪在池塘边放出的一只“有如五月蝴蝶的轻舟”，脆弱、缥缈。《醉舟》无愧是象征诗歌的经典，含而不露，意蕴深远，耐人寻味。一颗青春躁动的心灵，一腔沸腾涌动的热血，一股急待宣泄的激情——在众多奇异意象的烘托下，“醉舟”的航程给人留下阔大的想象空间和多义的解读可能。

兰波继续波德莱尔的创作道路，将自己的“慧眼”聚焦于“城市”。“我们将以炽热的耐心，进入灿烂辉煌的城市”（《永别》），并欲“洞见”“城市的深层”。他走过欧洲的许多大都市，但在他笔下，人们却看不见任何城市的具象，而只能体悟诗人所感知的那片混沌与迷乱。以《城市》为题的三首和《大都市》等诗，仿佛是由各种奇异意象组成的幻影：建在尸骨上的城堡，飘过窗口的幽灵，崛起的山峦，燃烧的月亮，沥青的荒漠笔直延伸，长空在雾中扭曲——与波德莱尔相比，这城市“景象”更加迷离、更加令人不安。

1870年的普法战争和1871年的巴黎公社起义，震撼着法兰西，震撼着每一个法国人。这两年也正是兰波这个近乎与生俱来的叛逆者创作的活跃期。他以《罪恶》、《乌鸦》、《山谷睡人》等诗，对在普法战争中牺牲的战士表达了深切的哀悼之情；又以《巴黎战歌》、《巴黎狂欢节或人口剧增》等诗向公社的斗争致敬。

兰波以自己的方式“触摸”现实。《恺撒的疯狂》、《铁匠》等诗，把历史拉回一个世纪前的那个革命年代。那时，“醉昏了头”的皇帝还“自言自语”：“我要像吹灭蜡烛一样，/轻轻一吹，就把自由吹灭！”（《恺撒的疯狂》）但自由已再生，他却奄奄一息——这一关于专制和自由的此消彼长，举重若轻，仿佛在不经意间便道出了一个重大主题。自由再生，恰是当下人们最关心的大业。

面对民族的危难、动乱的态势，诗人也倾心于巨人式的英雄和战歌式的格调。《铁匠》是一首近200行的长诗，于兰波是绝无仅有的。诗前标注：杜伊勒利宫，约1792年8月10日——那是民众冲进王宫质问路易十六的日子。诗歌记录的是一个“手扶大铁锤”、“额头宽阔”的铁匠讲述当年的这段往事：起初，人们曾屈辱而愚昧地生活着，皇帝却为所欲为，剥夺了我们的劳动果实，抓走我们的儿子去打仗，霸占我们的女儿，只给我们留下“去往巴士底狱的票据”；那时，我们乖乖地跪下，“献出我们滚滚的钱币来装饰你的卢浮宫”。但现在，人民觉醒了，“我们齐心协力，/向前三步，就将巴士底狱踩得粉碎！”“我们前进，坚定而有力，这种东西在内心/激荡；我们昂首走向太阳，——就这样，——/走进巴黎！人们前来观看我们这群肮脏的布衣。/我们终于感觉到自己是人！”“放尊重点，我的资产者们！在你们面前，/站的是人！我们是工人，陛下！工人！/我们将创造伟大的新时代。”诗歌不仅控诉了专制统治的罪行，更回荡着对人的尊严的呼唤和讴歌。以史为鉴，谈古说今，叙的是百年前的往事，表的是当今的革命激情。

他的两本集子《地狱一季》（1873）和《彩图集》（1876）都是散文诗集。散文诗的成就是兰波的重要贡献："他是许多流派之父，但他不是任何流派的亲戚。"[①] 后来者中最推崇兰波的，当属超现实主义。

第三节 鲍狄埃

"少年诗神"·公社斗士·国际悲歌·公社走过的路

欧仁·鲍狄埃（1816—1887），以一首《国际歌》闻名天下的法国工人诗人，巴黎公社最杰出的诗人代表。他以250多首诗歌，记录了从19世纪30年代到80年代半个多世纪法国工人的斗争历程。

鲍狄埃的祖父是裁缝，父亲是木工。因家境贫寒，他13岁就进入父亲的作坊当童工。对诗歌的喜爱和对自由的向往，使他在1830年七月革命后写出了讴歌革命的处女作——《自由万岁》。翌年，15岁，他出版了第一部诗集——《年轻的诗神》。反对专制暴政，反对民族奴役，争取自由民主，是贯穿诗集的基本主题。从此，他就与诗歌结下了不解之缘。

19世纪三四十年代，鲍狄埃先后当过小学的管理员、纸店的伙计和印染厂的绘图工。同时，他成为巴黎一些民间诗社的积极参与者，在此结识了许多诗友，也接触到各种进步思想。1840年，他创作的一首宣扬巴贝夫平均共产主义思想的诗歌《是人各一份的时候了》，在工人群众中产生了巨大的影响，被统治当局称为"纵火的火星"。在工人运动日益高涨的岁月里，鲍狄埃逐渐成长为自觉的战士—诗人。他积极投身1848年的二月革命和六月革命，走上街头，投入激烈的巷战。二月革命后，他以《人民》为题歌颂无产者的"巨人"形象，表达了"不自由，毋宁死"的坚强意志。六月革命后，他写了《一八四八年六月》一诗，以沉郁的笔调控诉了统治者对革命的血腥镇压。这一年，他还写下了表明他文艺观点的诗作——《用歌曲作宣传》，强调诗人应该"到阁楼上去"，"到茅屋里去"，"到营房中去"，为"传播真理的光明"，"快背起行囊，装满弹药！/去投入战斗！/歌曲啊，/去投入战斗！"诗歌是战斗的武器，诗人要深入工农大众，鲍狄埃以朴素的诗句表达了朴素的创作原则，鼓励同行们更自觉地把诗歌融入革命斗争。

19世纪60年代，马克思与恩格斯领导的第一国际在法国各地建立支部，在巴黎还成立了国际工人协会巴黎联合会，有力地推动了法国工人运动的开展和马克思主义的传播。鲍狄埃于1870年组织起一个拥有500多会员的工艺美术工人的工会，并推动其加入了第一国际。在实际投身斗争的同时，诗人改写了50年代的一首旧作《她什么时候到来》，以焦急等待恋人的心态，表达了对新的革命的急切渴望："来吧，美人儿，快来，/快来解救你的爱人吧！/啊！我等待着她，等待着她！/难道我还要等待很久吗？"

普法战争爆发前夕，法国政府欺骗民众、煽动国内民族沙文主义情绪，鲍狄埃和第

① Henry Miller, "Rimbaud," cf. Brunel, et al., *Histoire de la littérature française*, Paris, Bordas, p. 529.

一国际的战友们却一道签署了《告全世界各民族工人书》，旗帜鲜明地反对这场不义之战。普鲁士军队入侵后，年近半百的诗人走上前线，担任了国民自卫军的一名指挥官，为保卫祖国而战。他还以诗为武器，鼓励人们坚持抗战，痛斥“国防政府”的卖国行径。

1871年3月18日，巴黎公社起义胜利，鲍狄埃被群众推选为公社委员，热情洋溢地投入公社的革命事业。他曾担任社会服务委员会委员，职责是为改善劳动者的生活而努力；他热心筹建巴黎艺术家联合会，并成为联合会的领导成员之一，为团结知识分子和促进公社的文艺工作尽心尽力。5月21日，凡尔赛分子攻入巴黎，公社战士与敌人展开了惨烈的抗争。鲍狄埃起初在二区镇定地指挥战斗；二区失陷后，他转到十一区，和费烈、瓦扬、瓦尔兰等公社英雄们一起，度过了斗争的最后日子。公社失败后，凡尔赛分子迫不及待地发布了鲍狄埃已被逮捕和处决的消息。其实，此时鲍狄埃已在群众的掩护下，隐蔽到郊区的一个工人家里。就在反动派血洗巴黎的6月里，诗人满怀悲愤地写下了控诉敌人疯狂杀戮罪行的《白色恐怖》，同时满怀激情地写下了他一生最重要的作品、雄壮宏伟的无产阶级战歌——《国际歌》。

“这是最后的斗争，/团结起来，到明天，/英特纳雄耐尔/就一定要实现！”

诗章的第一小节和最后小节，首尾呼应地重复着这铿锵的诗句。这是全诗的主题，全诗的高潮，它是时代的最强音，是全世界无产者共同的心声。1888年，《国际歌》被工人作曲家彼埃尔·狄盖特（1848—1932）谱曲后，在全球广为流传。这一节诗作为副歌反复回旋，更为深入人心。“英特纳雄耐尔”是法语“国际”的音译，在诗中意指第一国际的共产主义理想。鲍狄埃在刚刚过去的失败中，在肆虐的“白色恐怖”下，依然坚定不移地相信斗争的必然胜利，这正体现了无产阶级的博大胸怀和大无畏精神。

《国际歌》选段

这是最后的斗争，
团结起来，到明天，
英特纳雄耐尔
就一定要实现！

起来，饥寒交迫的奴隶！
起来，全世界受苦的人！
真理的火山正在轰鸣，
最后的岩浆喷射翻滚。
旧世界打个落花流水，
奴隶们起来，起来！
世界就要根本改变面貌，
一无所有者要做天下的主人！

从来就没有什么救世主，
也没有上帝、恺撒和护民官，
劳动者，起来自己救自己！
我们要创建人类的共同幸福。
为了叫盗贼交还赃物，

为了让思想冲破牢笼，
快把那炉火烧得通红，
趁热打铁才能成功！
…………
工人、农民们，我们伟大的党
代表劳动群众；
大地属于全体人民，
哪能容得寄生虫。
可恨那些乌鸦秃鹫，
吃掉了我们多少血肉。
一旦把它们消灭干净，
鲜红的太阳永放光芒！

这是最后的斗争，
团结起来，到明天，
英特纳雄耐尔
就一定要实现！

（选自《鲍狄埃诗选》，张英伦译，107～109页，北京，人民文学出版社，1981）

《国际歌》除首尾两节外，正文共六节，每节八行（传唱的歌曲通常选用第一、二、六节，这三节主要是正面表现无产阶级革命精神的）。这是一首气势磅礴的政治抒情诗，一首无产阶级的正气歌，抒情与政论有机结合，迸发出强大的震撼力。“起来，饥寒交迫的奴隶！/起来，全世界受苦的人！”热情而深沉的呼唤，发自诗人肺腑，更是阶级的呐喊。觉醒，斗争，“旧世界打个落花流水”，“一无所有者要做天下的主人！”奔腾的激情，表达了无产阶级的英雄气概和伟大目标。经过巴黎公社洗礼的无产者，已成长为自觉的阶级，人们再也不希冀“有什么救世主”，而只相信“自己救自己”的真理。一、二节诗高度概括了阶级的历史使命，也对阶级的力量充满自信。诗人在三、四、五节里，从政治、经济、军事等方面对资本主义制度进行了无情的批判，诗句雄辩有力。第六节，诗人以强烈的感情色彩，揭示了无产阶级革命的正义性和必然性，尽情抒发了对胜利明天的无限向往和坚定信念。

《国际歌》立意高远，构思宏伟，格调庄严，感情炽烈，是革命政治抒情诗的杰作，无产阶级文学的瑰宝。

1871年7月，鲍狄埃离开巴黎，绕道比利时抵达英国。他在流亡中写下的第一首诗，向“森林”、“火山”、“太阳”，向“沉思的水波”、“古老的橡树”、“遥远的天际”深沉地发出诘问：对凡尔赛分子镇压公社的罪行，对资本压迫下劳动者的种种苦难，“难道你一点不知道?”诗作别有深意地署名“战败者”，而正是“战败者”，却庄严而坚定地宣布：“这是一次诞生，不是一场葬礼。”（《难道你一点不知道?》）鲍狄埃怀着对事业胜利的坚强信念，开始了长达9年的国外流亡生活。

1873年，他随第一国际总部迁居美国。在美蛰居的7年里，他虽半身不遂，行动不便，但仍积极投身美国的工人运动，参与北美社会主义工人党的建党活动。在此期间，他的三首长诗内涵丰富，思想深刻，代表他创作的一次理性飞跃。《巴黎公社》（1876）为纪念公社五周年而作。它史诗般记载了公社革命的历史，艺术地阐述了公社的革命原则、总结了公社失败的经验教训。《美国工人致法国工人》（1876）创作于美国独立百周年时。为庆祝这一节日，在费城举办了有40个国家参加的世界工业博览会。当人们陶醉于豪华繁荣的景象时，诗人却敏感而尖锐地指出，这是资产者的天堂、劳动者的地狱，特别对资本主义的上层建筑进行了揭露和批判。1877年，鲍狄埃应邀出席了北美社会主义工人党的第一次代表大会；翌年便写出了长诗《工人党》（1878），热情讴歌了组织起来的力量。三首长诗，表明鲍狄埃的视野更加开阔、思考更加深刻，已成为一名成熟的国际无产阶级战士。

1880年7月11日，法兰西第三共和国政府慑于工人运动的新崛起，被迫颁布对公社战士的大赦令。"啊，地球，这是黄金时代，/你的美丽的收获月，/正在鲜红的旗帜下到来……"（《黄金时代》）两个月后，鲍狄埃满怀激情回到阔别9年的故乡巴黎。但是，严酷的现实却令人大失所望，他感叹"一切还没有变"，并大声疾呼："英勇的起义者，/我们有重任在肩!"他身体力行，当即参加了刚成立不久的法国工人党，开始新的征程。诗歌仍是他斗争的重要武器，他一生的创作中，有三分之一以上完成于晚年。这时期的创作，不仅数量甚丰，而且思想和艺术都更加成熟，像《铁匠的梦》（1884）、《起义者》（1884）、《她并没有死亡》（1886）、《被掩盖的墙》（1886）、《纪念一八七一年三月十八日》（1887）等，都是政治抒情诗的佳作。后期诗作的突出主题，是缅怀公社的岁月，讴歌公社的斗争，宣扬公社的原则，坚信公社未来的胜利。作为公社战士，他把诗歌和生命都与公社事业紧紧联系在一起。"让我们重温这些珍贵的岁月！/这是史无前例的创举！/我们看见明天一定会到来，/三月十八日就是明天的序曲。"（《纪念一八七一年三月十八日》）

鲍狄埃的诗作，把火热的激情、丰富的想象、鲜明的爱憎和对未来理想主义的信念熔于一炉，既动之以情，又晓之以理，充分发挥了政治抒情诗的特点，在世纪末的诗坛独具特色。他继承民间歌谣的传统，形成了平实、纯朴、刚劲的诗风，深受广大群众的喜爱。他对各种诗体都作过认真的探索，无论是气贯长虹的鸿篇巨制，还是精巧严谨的十四行诗，无论是庄严崇高的政论诗，还是机智精警的谐谑曲，他都努力寻求独创的构思和形象的表现，从而使其深邃明确的思想和丰富多样的形式有机结合，谱就了无产阶级诗歌史的优秀开篇。

1887年，在友人的帮助下，鲍狄埃出版了他最重要的诗集《革命歌集》，主要收集了他80年代的作品。《国际歌》首次在这本诗集中正式面世。同年11月6日，鲍狄埃病逝于巴黎，结束了他贫困的一生、战斗的一生。9日，成千上万的劳动者高呼着"公社万岁"的口号，穿过警察的包围圈，把这位大家亲切地称为"鲍鲍"的老诗人送往拉雪兹神父墓地——那里，曾是公社战士与敌人最后浴血奋战的战场。

第四节
左拉

自学成才·"科学研究"·庞大"家族"

爱弥尔·左拉（1840—1902），法国19世纪下半叶最伟大的作家，自然主义理论和创作的杰出代表。

左拉出生在南方小城艾克斯，7 岁丧父，家境开始败落。在读公学时，他与未来的科学家巴伊和大画家塞尚结为好友。他 18 岁随母从外省来到巴黎谋生。读完中学后，他就当了海关仓库的保管员。但微薄的收入难以维持生计，他辞职后，经历了一段更为困苦的求职之路。1862 年，为能更接近他喜爱的文学，他在友人的帮助下，幸运地进入了后来十分著名的阿谢特书局，开始干给书籍打包装箱等粗活；更为幸运的是，他给老板阿谢特先生送去一首诗，即受到赏识，很快被提拔为广告部主任。这使他有了更多练习写作的时间，也有了接触诸如基佐、拉马丁、米什莱、利特里、圣-佩夫、泰纳等文化名人的机会。青年时代的左拉，钟爱缪塞、雨果等浪漫诗人的作品，自己也尝试写过浪漫诗歌。他最早发表的中篇小说《给妮侬的故事》（1864）和长篇小说《克劳德的忏悔》（1865），都带有明显的浪漫色彩。不料，当局却以有伤风化的罪名搜查了他的办公室，致使他被迫离开了对他的人生有转折意义的出版社。

此后，左拉开始为多家报刊撰稿，并潜心研究学问，为日后自然主义体系的创立作积极的准备。1867 年，他发表中篇小说《黛莱丝·拉甘》，标志着他探索的开始。小说写黛莱丝与情人合谋害死丈夫后，终日惶惶不安，不仅没得到预想的幸福，反而互相敌视猜度，终于精神崩溃，二人同时自杀。作品出版后，又招来“一片粗暴、愤慨的声音”，作家为此写了“第二版序”作答。小说创作及一、二版两篇序言，表达了他最初的思考。他开宗明义地声称，这是一部“真小说”，它来自街头巷尾。而这是“对性爱心理的临床研究”，是在进行“科学研究”，完成的是“科学任务”，“每一章都是对生理学上一种奇特病例的研究”。他的人物“完全受其神经质和血缘的支配”，他们的行为“都命里注定要受其血肉之躯的制约”。他还强调，他要为“下层人民”争取文学表现的权利。由此可以看出，他的自然主义思想已初具形态。

1870 年，作家而立之年，《卢贡家族的命运》开始在报刊上连载。这是左拉构思的规模宏大的系列小说《卢贡—马卡尔家族》的第一部。左拉以巴尔扎克的《人间喜剧》为榜样，决心创作一套史诗性的作品，其副题为“第二帝国时代一个家族的自然史和社会史”。从这个副题就可领会作家的意图：这是一部当代史，作家正生活在第二帝国时代，他要像前辈一样全面而深入地反映他所处的时代；这是一部家族的自然史，每个成员的地位和作用都与其血缘和病理史相关，为此，左拉专门画了一张树型的人物关系图，以说明遗传对人命运巨大的左右力量；这也是一部社会史，这一庞大的家族，包含了从下到上的各色人等，全方位地展现了社会的各种矛盾。用作者自己的话来说，这是“对一个充满了疯狂与耻辱的时代的写照”。

《卢贡家族的命运》被左拉称为“起源”，它讲述了卢贡—马卡尔家族最初的形成。阿黛拉伊德的父亲死于精神病，她本人精神也不正常。她嫁给了家里的园丁卢贡，生下儿子彼埃尔·卢贡。卢贡死后，她与酒徒马卡尔姘居，生有一儿一女。儿子酗酒，女儿痨病。两个同母异父的儿子及其后代之间，展开了你死我活的斗争。他们之间的纠葛，不仅是家事，而且是国事。发生在南方小城中尔虞我诈、争权夺利的故事，竟与巴黎城里拿破仑三世的“政变”息息相关。病态的生理特征，使争斗更显愚昧和疯狂。全书以阿黛拉伊德目睹孙子残酷被杀而彻底变疯作结。左拉由此开篇写了五代人的命运，他们各奔前程，分别进入了社会不同的阶层、不同的领域：政界、军界、司法界、宗教界、文化界、社交界、金融界、工矿企业、农村田野——名为一个家族，实为整个社会。开阔的视野，广泛的题材，左拉艺术图景之广阔，难有出其右者。而且，他常以亲身经历的调查踏访为先导，从而使其笔下的各种场景能惟妙惟肖，真实可感，令人恍如身临其境。尽管作家对“自然史”的描述情有独钟，许多人物都带着不同程度的病态心理闯荡江湖，但他们现实行为的社会性往往更为人们所瞩目，他们卷入的是非争斗都具有明显的时代特征。从一定意义上讲，左拉对人体病理的兴趣，正是为了寻求社会病理的答案；借助科学的力量，是为了根治社会的顽疾。

《卢贡家族的命运》问世后，左拉大约以平均每年一本的速度推出作品构筑他的“家族史”大厦，直至1893年的《巴斯卡医生》，共出版20部。其历史跨度从拿破仑三世政变始到普法战争第二帝国“崩溃”终，如编年史般记录了帝国的“兴”与“亡”，记录了这个“疯狂与耻辱时代”的政治腐败和道德沦丧；其覆盖社会生活面之广阔，尤为人们所称道。

1872年，左拉经福楼拜介绍，结识了俄国作家屠格涅夫，并成为挚友。他们经常在福楼拜家中聚会，后又有都德和埃德蒙·龚古尔加入，成为文学界著名的五人聚餐会。屠格涅夫还推荐左拉为彼得堡的《欧洲消息》撰稿，他以“巴黎来信”为题，陆续供稿6年之久，有的长篇也是首先在该刊上连载的。

《卢贡—马卡尔家族》起初的几部小说并未引起太大的反响。1877年，一本以平民的视角、描写平民悲惨命运的《小酒店》问世，获得广泛关注，褒贬悬殊，不料正反合力却恰成就了作家的名声。据说，由于该书销路甚广，作家此前无人问津的作品也开始走俏市场。累计的稿酬收入不仅使左拉摆脱了贫困，而且使他有能力在巴黎郊区塞纳河畔按自己的意愿建起了著名的“梅塘”别墅。这里遂成为他和友人们相聚的优雅处所，他和莫泊桑、于斯曼等五位作家联合出版的以普法战争为题材的短篇小说集，便以此题名为《梅塘夜话》。

《小酒店》的女主人公绮尔维丝·马卡尔属家族第三代，从小过着赤贫劳碌的生活，14岁便与一浪荡青年郎蒂埃同居，生下两个孩子；到巴黎后遭遗弃，不得不以洗衣为生；后与工匠古波结合，过了一段美好的日子，生有漂亮的女儿娜娜。不幸，古波干活时从屋顶摔下，这成了他们生活的转折点。养伤期间，古波以酒浇愁，终成酒瘾；绮尔维丝因郎蒂埃的再现而放纵情欲，并也酗酒成癖。一个曾经欢乐的家庭彻底崩溃了。娜娜出走，古波和绮尔维丝相继死于酒精和贫困。

这是一幅阴暗悲凉的图画。表面上看，“酒”是制造悲剧的罪魁祸首，作家也有意警示人们：“酗酒有害。”但酗酒与纵欲的背后，正是下层百姓极度的贫困。在巴黎的贫民区，比比皆是的小酒店和醉卧街头的酒徒，成了一道独特的风景。左拉曾深入其中，了解穷人的疾苦。他们为生活所迫，于孤苦无告中只能求助杯中物，以酒排忧。《小酒店》算不上一部十分深刻的作品，但它令人窒息的生活情景已足以引起社会舆论的不安。作家在序言中强调：“这是描写现实的作品，是第一部不说谎的、有人民气味的描写人民的小说。”左拉为准备小说的创作，做了200多张笔记卡片，分别记录他的阅读和调查所得，实践着他对绝对真实的追求。

从《小酒店》到以妓女为主人公的《娜娜》（1880），以及显示了这一派作家集体力量的《梅塘夜话》等，自然主义作为新流派已为世人瞩目。面对不同的声音，回顾自己的实践，左拉在19世纪80年代初对自然主义作了深入的思考和归纳，先后发表了《实验小说》（1880）、《自然主义小说家》、《戏剧中的自然主义》、《我们的戏剧作家》（1881）等论著，从而使其得到了理论的升华。

真实性、科学性、客观性，是左拉理论的基本主张，而真实性无疑是其中的第一要素。左拉是斯丹达尔、巴尔扎克、福楼拜的崇拜者和继承者，他认为对这些大作家而言，最高的品格不再是“想象”，而是“如实地感受自然”、“如实地表现自然”的“真实感”。

他们的伟大正是因为他们“描绘了他们的时代”，“描绘了自然”。“使真实的人物在真实的环境里活动，给读者提供人类生活的一个片断”，便是他给自然主义小说的界说。真实，古已有之的“模仿”说，由于与科学性和客观性的结合而被自然主义者推向了极致。左拉自称，生理学家克洛德·贝尔纳的《实验医学研究导论》就是他论述文学问题的基础，只是把“医生”换成了“小说家”；他相信认识肉体的方法同样可以认识情感和精神现象，认为对人生理的研究和心理的研究具有同等重要的意义。科学的精确、科学的方法，当然的目的就是准确地认识和说明对象，是基于观察和分析而排斥主观臆测的认知，是对蕴藏在真实中的真理的探索寻求。对科学性的追求又导向了非个人化、非道德化、非政治化的客观性标准，因而要求最大限度地弱化作家的主观判断，让现实图景自然呈示，把是非善恶的裁决留给读者。

1885年，左拉写出了西方文学史上具有特殊意义的一部作品——《萌芽》。19世纪是资本主义的世纪，19世纪下半叶，劳资矛盾已成为工业国的主要矛盾。反对剥削和压迫的罢工等多种形式的抗争此起彼伏，社会主义思想的传播渐成气候，包括工人党在内的各种工人组织纷纷成立，一轮新的斗争形势正在逐渐形成。正是在这一背景下，从巴黎公社之后就有意写一部具有“政治意义”的工人题材小说的左拉，为此做了大量的准备工作：阅读材料，研究理论，特别是他还亲自跑到刚刚爆发过罢工运动的矿区里去访贫问苦、深入调研，在矿区里生活了好几个月，取得了丰富的第一手材料。这一行动本身，已使他在这一代作家中独树一帜。

《萌芽》梗概

小说主人公艾蒂安·郎蒂埃是绮尔维丝和郎蒂埃的儿子，属卢贡—马卡尔家族的第四代。他失业后来到蒙苏煤矿当了一名矿工，受到穷困的老矿工马赫一家人的真诚帮助和接待。为反对资本家玩弄手段削减工人本已难以糊口的微薄工资，被激怒的矿工们开始酝酿展开罢工斗争。在巴黎接受过“第一国际”友人影响的艾蒂安成了积极的组织者、领导者，还争取到了“国际”的经济和政治支援。罢工浪潮逐渐扩大，蔓延到整个矿区，显示了工人群众团结斗争的力量，也迫使资本家动用警察进行镇压、与工人纠察队发生武装冲突，以致造成了数十人的伤亡。在强大的统治机器弹压下，罢工运动以失败告终。工人们为生活所迫不得不回到井下，艾蒂安被解雇，从而出走去寻找新的道路。

如作者所指出的，《萌芽》描写的是一场“劳资斗争”，并断言这是“19世纪最重要的问题”。仅此一点，就表明左拉对时代的把握已达到一定的深度。作家以矿工世家马赫几代人的劳动、生活状况为代表，在世人面前真实地展示了社会底层无产者所受到的非人待遇。井上井下，一幅幅惨不忍睹的景象，是对资本主义残酷剥削的血泪控诉。而贪得无厌的资产者疯狂地攫取利润，还倚仗国家机器的力量维护自身的利益，直至制造血案。阶级的对立和对抗，构成了作品的基本内容。罢工斗争失败了，忠实于现实的左拉没有回避劳资力量的悬殊对比，但他却并不因此而陷入悲观。他以罕见的抒情笔法为这部格调沉重的小说作结，诗意的点题，使作品的题旨得到了超越性的升华。

《萌芽》结尾

现在，四月的太阳已经高高悬挂在空中，普照着养育万物的大地。生命迸出母胎，嫩芽抽出绿叶，萌发的青草把原野顶得直颤动。种子在到处涨大、发芽，为寻找光和热而拱开辽阔的大地。草木精液的流动发出窃窃的私语，萌芽的声音宛如啧啧的接吻。同伴们还在刨煤，尖镐声一直不断，越来越清楚，好像接近地面了。这种敲击声音，使大地在火热的阳光照射下，在青春的早晨怀了孕。人们一天一天壮大，黑色的复仇大军正在田野里慢慢地生长，要使未来的世纪获得丰收。这支队伍的萌芽就要冲破大地活跃在世界之上了。

（选自［法］左拉：《萌芽》，黎柯译，531页，北京，人民文学出版社，1982）

以表现产业工人的苦难与反抗为题材的《萌芽》，代表左拉创作的最高成就。它既真实地描写了广大群众从顺从走向觉醒的过程，更令人信服地塑造了从普通工人成长为运动领袖的艾蒂安的生动形象。由此而为人们提供了世纪末法国工人阶级由自在向自为的变化，与巴黎公社文学的主题形成了呼应。

人们把《萌芽》誉为“工人运动的史诗”，是因为它在忠于现实、工于细节的同时，能以宏大的构想和叙事显示出作家对史诗气度和特质的追求。小说以主要英雄人物的登场开篇，以他的离去结束，构成一个完整的英雄传奇。艾蒂安在阴沉的黑夜中孤独地走来，在四月的阳光下充满自信和希望地走去，中间经过一场如火如荼的斗争，展示出主人公的英雄行为——这一切，不正是英雄史诗的结构模式吗？黑沉沉的矿区背景，“物质构成的黑夜”，矿井、机器、噪音、煤炭、破屋、荒野，正是展开阶级决战的最佳战场。稳健的叙述节奏，慢慢积蓄的阶级仇恨和阶级力量，宏伟壮观的群众场面，紧张激烈的两军对垒，奋不顾身的英雄壮举，甚至曾受到伪道学非议的艾蒂安与卡特琳在坍塌的矿井中第一次也是最后一次的爱的结合，都呈现出雄浑力量和悲剧色彩，属大家手笔。当然，在对未来的憧憬中，小说难免带有几许空想的成分。

继《卢贡—马卡尔家族》之后，左拉连续创作了两套系列作品：《三城市》（《鲁尔德》，1894；《罗马》，1896；《巴黎》，1898）和《四福音》（《繁殖》，1899；《劳动》，1901；《真理》，1903；未完成的《正义》）。总体而言，后期作品的批判锋芒要逊色于前期，却增添了更多理想主义的色彩。

1897年，左拉站到了法兰西政治生活的中心，成为了“知识分子良心”的象征。这是由于发生在1894年的控告犹太人上尉德雷福斯为间谍一案，经过3年的抗争、调查，已基本可以证明是莫须有的冤案，真正的通敌者也已露出马脚。因此，从1896年年底开始，要求复审的呼声逐渐高涨，但是当局却怀着不可告人的目的拒不为之平反，遂引起全社会的高度关注，特别是激起了一批作家、学者、报人、教师、律师、医生、大学生等敏感的文化人的愤怒。对此案早有怀疑的左拉拍案而起，一连在《费加罗报》上发表了三篇文章，义正词严地高呼：“真理在前进，它将势不可挡!”显然，人们认为，这已不仅仅是围绕一个人、一件案是否误判之争，而是关乎社会公正、人间正义能否得以实现的重大原则问题。1898年1月11日，军事法庭假惺惺地演出了再审的闹剧，仅用五分钟就宣判真正的通敌者埃斯特拉齐无罪，拥护者们高喊着“杀死犹太人”的口号庆祝他们的胜利。正当许多被称为“德雷福斯分子”的人们为此感到沮丧之际，左拉一日奋笔疾书，挥就了给总统的万言书，发表在13日的《震旦报》上，这就是著名的檄文——《我控诉》。文章列举大量事实证明德雷福斯无罪，并以八个“我控诉”把矛头直指涉案的所有人员。文章最后写道："我只有一种热情，就是希望光明。人类痛苦已久，有权享受幸福；我以人类的名义，希望光明早日到来。我的火焰似的抗议，只是我灵魂的呼声。"一石激起千层浪。反动阵营居然无耻地把左拉也送上了法庭，并判他监禁一年、罚款三千法郎，又制造了一桩新的冤案。左拉不得已逃亡英国避难。世纪之交这起震动朝野的政治事件，使法国社会民主和专制的对立愈发明显，且在斗争中逐渐形成了一支特立独行的知识分子队伍，左拉便是其中最优秀的代表。但德雷福斯的最终恢复名誉，竟是在左拉去世的 4 年之后（1906），足见斗争之艰难。

1902 年 9 月，左拉不幸在巴黎寓所里因煤气中毒身亡。在蒙马特尔墓地的葬礼上法朗士激情地说道："让我们羡慕他吧：他以浩瀚的著作和伟大的举动为他的祖国和世界争了光。羡慕他吧，他的遭遇和他的赤诚之心赋予他最伟大的结局：他是人类觉醒的先驱。"[1] 6 年后，他被移葬先贤祠，与雨果的棺柩为邻。

第五节 莫泊桑

七年"学徒"·一夜成名·英年早逝

基·德·莫泊桑（1850—1893），法国最杰出的短篇小说作家、福楼拜的嫡传弟子、左拉"梅塘集团"的重要成员。他寿命不长，创作期仅约短短的 10 年，却发表了 300 多个中短篇和 6 部长篇，成为欧美最早以短篇闻名于世的作家，素有"短篇小说巨匠"之称。

早年父母离异，莫泊桑随母在诺曼底乡间生活。优美的自然风光，淳朴的民间风情，给他留下了美好的印象。爱好文学的母亲，使他自幼就受到了良好的熏染。舅舅是一位作家，并与福楼拜和诗人路易·布朗有同窗之谊，因而莫泊桑较早就有机会认识这些前辈名人，得到他们的点拨和鼓励。1869 年，他进入巴黎大学学习法律；1870 年应征入伍，参加普法战争；战后，先后入海军部和国民教育部任小职员。这些经历，都为他日后的创作提供了必要的积累。

1880 年，莫泊桑凭借中篇小说《羊脂球》，"像流星一样进入了文坛"。但在这一举成名的背后，他却度过了"七年寒窗"的"学徒"生活。大约从 1873 年起，莫泊桑就正式拜师福楼拜门下，接受老师的严格训练。福楼拜的严谨近于苛刻，对自己如此，对弟子自然不会放松要求。他倡导观察，"全世界没有两粒沙、两个苍蝇、两只手或两个鼻子是完全相同的"，而作家的任务就是要发现这些差异、用精确的文字传达这些差异。莫泊桑像个听话的中学生那样，坚持不断练笔，并在周末按时把"作业"从巴黎交到卢昂郊外塞纳河畔福楼拜的住所，恭敬地聆听导师的指教。高徒遇到了严师，他的习作长期未得

① ［法］法朗士：《在左拉葬礼上所致的悼词》，见谭立德编选：《法国作家、批评家论左拉》，128 页，合肥，安徽文艺出版社，1994。

到放行，直至《羊脂球》的出现。老师的认真和学生的坚韧，是为文学史上的一则佳话。

福楼拜还引荐他结识了当时文坛上的一些名家，如左拉、埃德蒙·龚古尔、屠格涅夫等，他成了左拉“梅塘”别墅聚会的座上客。1880年，五位青年作家和左拉一道合作出版了一本以普法战争为题材的小说集，题名《梅塘夜话》。战争过去10年后，作品把人们再次带回那可耻战败的岁月，引起轰动效应，一版再版，而其中莫泊桑的处女作《羊脂球》尤为引人瞩目。由此，莫泊桑一发不可收地放纵笔墨，佳作迭出，蜚声文坛。

《羊脂球》梗概

普鲁士人入侵，法军节节败退。在一辆从卢昂逃出的马车上，共有十位乘客：三对有产者夫妻、两个修女、一个政客，第十个就是故事的主角、人称“羊脂球”的风尘女子。所有的“上等人”都向她投去鄙夷的目光。漫漫旅途，饥饿渐渐向大家袭来，羊脂球并未在意此前受到的屈辱，反而慷慨地把自己带的食品与众人分享，这些高贵的旅伴们也就毫不客气地一扫而光。到了一个小镇，一个普鲁士军官无耻地要求羊脂球陪宿，遭到拒绝后，坚决不肯放行马车。于是，这些“上等人”便软硬兼施地向羊脂球发动攻势，逼她就范。马车终于得以放行，乘客们举杯庆贺，向羊脂球投去更轻蔑的白眼。这次，羊脂球没来得及准备食物，而那些“正直的恶棍们”却大吃特吃，谁也不去顾及一直在独自哭泣的羊脂球。

《羊脂球》，一辆马车，十位乘客，一段行程，演绎出一个耐人寻味、令人百感交集的故事。

作家选择一位风尘女子作为正面主人公，可谓匠心独运。羊脂球既算不上爱国英雄，更不是道德楷模。但是，她善良、宽厚、朴实的爱国情感和对敌人的憎恨，却与“上流社会”的自私、虚伪、无耻、虚假的“爱国心”形成强烈的对比。爱国的真假，道德的高下，两个不同层面的内容，被巧妙地组织在一段旅途中，让人们从中品味“高贵”与“卑下”的真正含义。在国难当头、民族危亡之际，由一个处于社会底层的妓女来担当精神救赎的重任，这是何等的悲哀。篇末，酒足饭饱的高贵者得意洋洋地唱起了代表民族精神的《马赛曲》，而备受敌人和同胞双重侮辱且饥肠辘辘的羊脂球却只能在一旁悲伤地哭泣。嘲讽是辛辣的，批判是尖锐的，悲情是沉重的。然而，叙述却很是平静，生动的细节，鲜活的人物，夹杂着不动声色的幽默。作家并不着意评说，褒贬扬抑尽在其中。重大的主题，仿佛在不经意间流露。该小说奠定了作家短篇创作的基本特色。

莫泊桑的小说，大多取自他的阅历、视野所及之处，因而以强烈的质感吸引人。

普法战争是莫泊桑创作中一个重要领域。尽管数量不算很多，但却是法国这段不光彩历史难得的艺术记录，意义不同寻常。他没有超越自己的经验去书写战争的全景或激烈的战斗场面，作为亲历战争的普通一员，他在底层的平民百姓中找到了真正的爱国者，开掘出遒劲的精神力量。如《羊脂球》、《菲菲小姐》中的妓女，《米隆老爹》、《索瓦热老婆婆》、《俘虏》中的男女农民，《两个朋友》中的市民，《一场决斗》中的商人——他们或被迫反抗，或主动出击；或暗使计谋，或直面抗争；或本性温和，或性格刚烈。而共同点是对入侵者的刻骨仇恨，对祖国的无比忠贞。《菲菲小姐》可以说是《羊脂球》的姊妹篇，而锋芒则更加犀利。作为职业妓女，她们不得不承受强盗们的玩弄；但作为“法国女人”，她们却绝不接受入侵者对法兰西祖国的侮辱。当绰号“菲菲小姐”的普鲁士军官歇斯底里地喊出“法国属于我们!”后，忍无可忍的拉歇尔将小刀刺进了他的胸膛。勇敢的姑娘受到村民保护躲过了敌人的大规模搜捕，足见人心向背。作者还为故事加了一个看似多余的尾巴：之后，一位爱国者为她的英勇行为感动，帮她离开妓院，与她结为夫妻。在这类作品里，作家往往在宣扬爱国情怀的同时，更着意于道德的升华。这些人物的精神风貌，若与《羊脂球》中那些道貌岸然的上层人物相比照，就更显示出莫泊桑的平民意识和民主倾向。

莫泊桑的平民意识和民主倾向，还表现在他对社会底层小人物的苦难充满同情的描写上。《穷鬼》、《瞎子》等以近乎白描的手法，记录了残疾者在社会歧视下惨不忍睹的悲剧命运；《散步》讲述了小人物因无法忍受单调孤寂的人生而默默自尽的凄厉故事，读来令人窒息；《流浪汉》中主人公的饥饿感，被描写得入木三分；而《港口》、《衣橱》等，兄妹在妓院重逢、母亲为接客把孩子藏进衣橱，场景难堪，五味杂陈，催人泪下。这一“眼睛向下”的特点，显然受到龚古尔兄弟和左拉的影响。他们对这些弱者的同情是真挚的、平等的，而非居高临下的怜悯。因此，我们虽有理由认为，莫泊桑的作品展示多于开掘，对社会矛盾的揭露不够深刻；但也应看到，在他娓娓道来的种种苦难里寄寓着的人道主义深情。

由于长期工作在政府下层，混迹于这个社交圈，莫泊桑十分熟悉小职员、小市民、小资产者的世俗生活和他们上下左右的关系网。自私、贪婪、势利、虚荣等这一人群常见的人性弱点，在作家的笔下，演绎出一个个可怜可笑可恨可叹的悲喜剧故事。《项链》是脍炙人口的名篇。倾家中所有置办了衣裙，从友人处借来了项链，玛蒂尔特如愿以偿地在部长举办的晚会上大放异彩。不料，她在离开舞会时把项链丢了。为赔偿这条项链，夫妻二人节衣缩食、含辛茹苦整整10年。更让人不堪的是，最后他们被告知这竟是件不值钱的赝品。一夜风光，10年苦役，小人物为虚荣和享乐付出了惨痛的代价，而到头来却是毫无“价值”的付出。造化弄人，个中况味叫人难以消受。《勋章到手了》，丈夫为得到勋章，不惜以妻子的贞操为代价；《珠宝》，丈夫明知妻子的珠宝是用他的“绿帽子”换来的，但仍欣喜若狂地接受这份遗产：此等道德尊严在追逐实利中丧失殆尽的故事，是堕落世风的写照。《一家人》尽写小职员的无聊与无奈，老母“死而复生”的喜剧性情节，又挑动了“一家人”贪婪的欲望。《我的叔叔于勒》是一篇分量不大却让人感慨万千的佳作。于勒曾是令兄嫂厌烦的败家子，他远渡重洋去美洲淘金而成为家庭的期盼和骄傲，但家人却突然在轮渡上发现已回国的他只是个又脏又老的流浪汉，兄嫂二人唯恐避之不及。对待同一个亲弟弟，态度天上地下的变化完全取决于“金钱”二字、取决于是否对己有利，人情淡薄，世态炎凉；唯一的亮点是儿子看不惯父母对他叔叔的势利眼，心存悲哀，从此见到乞讨的穷人就会慷慨地送上五个法郎。对待这一社会群体，作家的情感是复杂矛盾的，常常在嘲讽中夹带着同情，批判时交织着惋惜。这类作品因其更真切深入地表现了社会生活和人类情感的复杂性，而在莫泊桑的创作中受到人们特别的青睐。

纵观莫泊桑的短篇小说，突出的特点是朴实得像生活一样。身边琐事，日常情景，寻常人寻常事，娓娓道来，不事夸张，不求戏剧性效果，如没有构思的构思，似不是故事的故事，但正是这波澜不惊、平静如水的叙述，蕴涵着引人深思、发人深省的艺术魅力。莫泊桑选材的日常化与叙事的淡化，在一定程度上代表了19世纪小说向20世纪小说的过渡。

莫泊桑共发表六部长篇小说：《一生》（1883）、《漂亮朋友》（1885）、《温泉》（1886）、《皮埃尔和若望》（1887）、《胜过死亡》（1889）和《我们的心》（1890）。其中尤以前两部最受好评。

《一生》是一部以“幻灭”为主题的小说。它描写了一位善良女性对爱情、婚姻、家庭并不过分的向往和这些纯真向往一一破灭的悲剧人生。像许多不谙世事的少女一样，约娜的追求简单而又明了，只愿能享受一份贤妻良母式的幸福。但现实却粉碎了她的梦想，丈夫从新婚之夜就暴露了粗暴自私的真面目，其后更是一再背叛她，把她推向痛苦的深渊。无奈她只得把希望转向儿子，但儿子长大后也同样走上了堕落的道路，给她留下一个私生子便离她而去。莫泊桑继承法国文学传统，对女性的命运表达了深切的同情。

《一生》描写了一个纯情的失败者，《漂亮朋友》则塑造了一个卑鄙的成功者。

《漂亮朋友》中的杜洛华以“漂亮”为本钱、以“漂亮”为武器，无耻地勾引一个个女性、利用一个个女性，实现其不断往上爬的野心。他从身无分文的小职员，到进入报界成为“名记者”、专栏主编，直到成为报社的总编辑，一路走来，都与各色女流的关系或关系网相关联。在他诱娶了老情人的女儿后，他的岳父、老奸巨猾的政客也不得不承认，他“将来一定能当议员和部长”——这一预言，在点明他无可限量的仕途前景的同时，更是对造就杜洛华式的社会现实的无情嘲讽。卑鄙是卑鄙者的通行证。正是交织着权势、金钱和淫欲的社会风气，为无才无德的浪荡公子铺就了成功之路。社会培养了他的寡廉鲜耻，寡廉鲜耻又成为他征服社会必不可少的手段。恶性的因果，显示了作品强烈的批判力量。

如果说，《一生》中约娜的不幸体现了男性的迫害，寄予的是对柔弱女性的关切和美好女性的理想；那么，在《漂亮朋友》里，人们看到的却是男女间互相利用、沆瀣一气的恶行败德。尽管最后的赢家总是作恶多端的杜洛华，但作为对手的女性却同样为人所不齿。莫泊桑从道德批判推向社会批判、政治批判，描绘了一个近乎疯狂的人欲物欲横流的图景，使其成为世纪末文学的一个重要成果。他在作品中仍然坚持着平静叙述、客观显示的风格，而这种风格的延展，使小说所表现的社会，小说所创造的形形色色人物，更呈现出可怕的丑恶力量。

令人扼腕的是，莫泊桑过早地结束了天才之路。他早年就患有神经痛的顽疾，再加以私生活很不检点，进入 90 年代就停止了创作。1893 年去世时，他年方 43 岁。

第六节
王尔德

牛津才子·唯美追求·艺术探险

奥斯卡·王尔德（1854—1900）是英国的才子型作家，唯美主义最具代表性的人物。不论在人品方面，还是在创作方面，不论在当时，还是在日后，他都是一位备受争议的人物。

王尔德出生于爱尔兰都柏林市一个知识分子家庭。父亲是位名医，因其成就受封爵士；母亲是诗人，美丽优雅，她在家中主持的沙龙聚会深受文人墨客的欢迎。天资聪慧的王尔德，加以环境熏陶，其才情很快就在学校里显露头角。1874 年，他获古典文学奖学金进入牛津大学，成为他生活的第一个转折点。在这里，他钻研了亚里士多德、柏拉图、黑格尔等大家的哲学经典，更有机会直接师从著名学者约翰·拉斯金和沃尔特·佩特。前者有“美的使者”之称，意指他对“美”的追求十分执着；后者则是英国最早倡导“为艺术而艺术”的理论权威之一。

王尔德是以“行为艺术”开始他的“唯美”之旅的：奇装异服，蓄留长发，痴迷中国花瓶、日本扇子等东方艺术品，一派傲视世俗的神态，不断发表惊世骇俗的演讲。这位自封为“美学教授”的风流人物，引来了众多青年追随者；愤世嫉俗的“花花公子”形象，自然也招来了不少非议。1882 年，他应邀到美国巡回演讲，讲唯美，讲形式，讲服装，讲室内装饰。相对于标新立异的美学主张，人们对他的华丽服饰、优雅举止、连珠妙语、怪异形象给予了更多好奇的关注，成为媒体追踪的热点。此时的王尔德，只自费出版过一本并不十分成功的《诗集》(1881)。

此后，他发表了若干重要论著，系统探讨唯美主义的理论观点，如《英国的文艺复兴》(1882)、《谎言的衰朽》(1889)、《作为艺术家的批评家》(1890) 和《〈道连·格雷的画像〉自序》(1891) 等。1888 年，具有唯美色彩的童话集《快乐王子及其他故事》的出版，才使作为作家的王尔德得到社会的认可。1891 年，长篇小说《道连·格雷的画像》开始在刊物上连载，次年出版单行本，成为唯美主义文学的经典。作品和理论相得益彰，从而也确立了王尔德唯美主义权威作家和批评家的地位。

王尔德的理论相当“彻底”而“极端”。出于对现实丑恶的鄙视和仇视，他大胆颠覆了艺术与生活关系的传统理解，认为艺术并不来源于生活，而应是艺术家的创造，“艺术除了表现自己以外，从不表现任何东西”；“美”是艺术的唯一目的，既然现实如此肮脏、粗糙、平庸、乏味，那么对自然的模仿就毫无意义，更不能产生美感。因此，在创作方法上，他对现实主义，特别是自然主义，持完全否定的态度，大不敬地认为左拉的作品“比公共马车上的垃圾”更不如。他以为艺术应当是“盖布而不是镜子”，意指艺术的美不可能来自对自然的反映，艺术家应用创造的艺术美来遮掩现实的丑，以抚慰人心。他进一步认为，不是生活孕育了艺术，而是艺术创造了生活，“生活模仿艺术而不是艺术模仿生活”。至于艺术的功能，他否定其道德意义，强调“不存在道德或不道德的书，只有写得好或写得不好的书”。如此，“真”和“善”都不再是“美”的基础，艺术美成为独立的存在而无需依赖其他因素。

《道连·格雷的画像》梗概

道连·格雷年轻美貌，令人倾倒。画家贝泽尔·霍尔沃德深情地为他画了一幅俊美的肖像，也被画家视为自己最得意之作，甚至成为他的精神寄托。但格雷经不住享乐主义者亨利勋爵的诱惑，开始向往感官刺激和贪婪物欲。他暗自奢望肖像替他记录逝去的岁月、记录邪念和罪恶，而自己则能青春永驻、永远享受美貌给他带来的无尽追求。漂亮的女演员西碧儿，在舞台上扮演莎士比亚的角色光彩夺目，格雷因此而爱上了她，但很快又无情地抛弃了她，致使她绝望自杀。此时，画像上果然出现了一抹冷酷的微笑——它真就承载了他的恶行败德，随着他走向堕落的深渊。画像变得越来越丑陋、越来越衰老。他把画像锁进阁楼，盖上幔布，不许任何人看见。多年以后，画家坚持要再看看他的“杰作”，却看到了一幅他完全无法辨认的丑陋画像。为掩盖这些年来自己变化的真相，格雷竟残忍地在画像前杀害了画家并毁尸灭迹。当他开始有意改邪归正时，却感到那幅画像成了令他忐忑不安的罪恶见证。于是，他举刀向画像猛力刺去——倒在地上的是一个形容枯槁、面目可憎的老人，而画像却奇迹般恢复了原初的青春美貌。

作品构思精巧，想象奇特，像一则现代寓言，一则关于美的童话。格雷是美的，而这美的真正价值在于成为艺术家的创作灵感，甚至成为艺术家的灵魂。画家近乎狂热地喜爱格雷，这体现了艺术家对美的绝对崇拜；他全身心地以格雷为模特创作出绝美的肖像，成为他毕生创作的最高峰；他将画像视为神圣之物，甚至不肯展览于众；他真诚地以为如此美丽的格雷绝不会像外界传说的那样走向堕落——围绕格雷和画像，展开的是对美的殷切向往和追求。

然而，真正的美只存在于艺术之中，只有艺术美才是真正的美、永恒的美——这是王尔德所要宣扬的题旨。西碧儿在舞台上扮演了朱丽叶等莎士比亚笔下的一系列光辉形象，使格雷痴情地拜倒在她的石榴裙下；但当西碧儿也深深爱上格雷后，为爱分了心的她却让台上的角色失去了光彩，致使格雷离她而去。生活毁灭了艺术，也毁灭了爱情。格雷所钟情的恰恰是艺术中的西碧儿，或者说西碧儿体现的正是艺术之美。对西碧儿的失望和抛弃，成了小说的转折点。小说的绝妙结局，更以决绝的方式宣扬了生命短暂、艺术永恒的"真理"。格雷为非作歹一生，却总以青春不老示人，但这不过是骗人骗己的假象，那帷幔后面的"真实"才是他灵魂的写照；画像记录人生，记录了美丽，更记录了丑陋，但最终却在"死亡"中赢得了美的永生。灵与肉，精神与欲念，艺术与生命，二元对立中，作家的倾向是明显的。

王尔德的戏剧创作，是他文学成就的重要组成部分。《温德米尔夫人的扇子》(1892)最早获得了成功，演出结束后观众以雷动的掌声要求作者登台亮相。其后，他相继写出了《一个无关紧要的女人》(1893)、《理想丈夫》(1895)和《认真的重要》(1895)等，而最引人注目的是用法语写成的诗剧《莎乐美》。该剧创作于1893年，但在英国被禁演，1896年才首演于巴黎。

《莎乐美》依据《圣经·新约全书》"马太福音"第十四章"施洗约翰的惨剧"改造而成。希律王弑兄娶嫂、篡夺王位，今又垂涎前王的女儿、美丽的公主莎乐美。他囚禁了先知约翰，约翰在古井里不断发出对奸夫淫妇的诅咒。莎乐美对约翰一见钟情，但却遭到断然拒绝。莎乐美为达目的，以为希律王表演跳舞为条件，要求国王杀死约翰，为她送上约翰的头颅。她在如愿以偿地吻了约翰的嘴唇后，也被国王处死。剧作如同《道连·格雷的画像》的姐妹篇，再一次挑起了灵与肉的尖锐矛盾。约翰代表着精神，代表着信仰；莎乐美是美的极致，也是肉欲的象征。叙利亚少年为她的美而自尽，国王为得到她的青睐宁愿献出半个王国。国王对她的邪念，她对约翰的狂热，无不显示着对肉欲的渴望。而莎乐美对约翰的迷恋，又表现为她对美的执着乃至疯狂的追求，它杀害了约翰，也杀害了自己。精神与肉体的力量对比永远是不平衡的，肉欲享受具有毁灭性的杀伤力，而灵魂的美却也只能在死亡中求得永存。《莎乐美》的思考充满矛盾，悲剧结局更为恐怖惨烈，但人体之美、舞蹈之美、月亮之美以及语言之美，构成美的整体，成为唯美主义的代表佳作。

1895年，正当作家进入创作高峰期、人们向他投去更为期待的目光时，王尔德却因同性恋被捕入狱。两年的狱中苦役，从天上到地下的挫折感，彻底击垮了他的精神。但他仍难割舍笔耕的惯性，顽强地写出了书信体的《狱中记》(1905发表)和诗歌《雷丁监狱之歌》(1898)。

1897年出狱后，王尔德不得不移居法国过着贫病交加的生活。1900年11月30日，距离新年还有一个月，这位曾经风光一时的英伦才子不幸客死于他热爱的巴黎。

王尔德未能跨进新世纪的大门，但他却成为了新世纪的宠儿。他对艺术美的独特见解和执着追求，为新一代的探险者们开拓了新的思路。

第七节 哈代

故土情深·诗人—小说家·“远离尘嚣”

托马斯·哈代（1840—1928）是英国跨世纪的重要作家。他喜欢人们把他称作诗人，人们却习惯把他视为小说家。

哈代出生在英国西南多塞特郡这片风景秀丽的土地上，他的一生与养育他的家园结下了不解之缘，成为他创作的深厚源泉。这种“远离尘嚣”的生活方式，似乎是工业化、近现代化进程迅猛的英国在文学领域形成的独特景象。19世纪，从初期的湖畔派、司各特、奥斯丁，中期的勃朗特三姐妹，直到后期的哈代，他们偏居（并非完全是隐居）的原因和动机不尽相同，所处环境各异，但对城市文明的反感却是共同的。哈代不同于其他作家的是，他直面农村的变迁，深切同情处于底层的农民的不幸和变革给他们制造的灾难，从而填补了欧美文学农村题材的空缺。

哈代在家乡学校读书至16岁，便辍学随一建筑师当学徒，主要从事教堂等建筑的修缮。1862年，他赴伦敦继续学习建筑，并到大学旁听宗教、文学等课程，这使他有了更开阔的视野。他一直对宗教、哲学、文学深感兴趣，曾自学了拉丁文、希腊文，广泛阅读了神学典籍和文学名著。父亲对音乐的爱好，母亲对文学的兴趣，都对他深有影响。1867年，他回到故乡，继续从事建筑行业，同时开始文学创作。他19世纪60年代的诗作，日后收集成《威塞克斯诗集》（1898）。他的乡土小说，也被称为“威塞克斯系列”。

威塞克斯为撒克逊古国名，包括多塞特郡等附近地区，作家借用此名，虚虚实实地展开对家乡风土人情和生活场景的描写，使作品具有明显的地域色彩。1871年《枉费心机》的发表，开始了哈代小说家的生涯；1874年的《远离尘嚣》，标志着他创作的成熟。他把自己的小说划分为三类：“传奇和幻想作品”、“机巧和实验小说”与“性格和环境小说”。相对而言，最后一类作品受到更多重视。

《绿荫下》（1872）的副题是“一幅荷兰派的乡村写生画”，作者以明亮、乐观的色调开始了他对英国西南部农村风光的描绘，恰如一首恬静舒缓的田园牧歌。但严峻的现实迫使哈代不断深入社会矛盾，作品的悲观色彩也越来越浓烈。

《远离尘嚣》（1874）第一次使用“威塞克斯”这一地名，开启了作者的“威塞克斯系列”。小说虽然以“团圆”结尾，但却不再是单纯的抒情牧歌。在“远离尘嚣”的乡村，美丽单纯的农场主芭斯谢芭和正直能干的雇工加布里埃尔之间的曲折爱情与最后的结合代表着作家的理想，那是一种与大自然和谐共处的美好关系；而她出于虚荣受自私、狡诈的特洛伊中士诱惑成婚的经历，则让人深感农村生活已不复平静，谄媚与欺诈正严重地毒害和扭曲着这方水土。《还乡》（1878）描写了一对男女青年的错位婚姻。珠宝商姚伯舍弃大城市生活，为的是“还乡”创办教育事业，以改变家乡贫穷落后的面貌；美丽的少女游苔莎抛弃情人嫁给姚伯，向往的是能早日离开家乡，到巴黎去享受荣华富贵。一个要走回来，一个要走出去；一个依恋故乡这片苍莽的土地，一个追求现代文明的五光十色。游苔莎的愿望落空后，与旧情人私奔，不幸落水身亡；姚伯失望之余，出走当了教士。小说触及的是宗法制古老传统与现代文明之间难以调和的矛盾，悲剧里包含着宿命的成分。《卡斯特桥市长》（1886）写一个带有荒诞色彩的故事，通过主人公大起大落的命运，表现了现代社会近乎残酷的商业竞争和日益复杂的人际关系。作品也透露出更为明显的宿命观点。

《德伯家的苔丝》（1891）是哈代最负盛名的代表作品之一，也是招来最多非议和责难的一部作品。

《德伯家的苔丝》梗概

小说的副题是“一个纯洁的女人”。苔丝是一位美丽、善良的农家姑娘，在地主庄园里遭到恶少亚雷玩弄以致有了身孕。她拒绝成为情妇，返回家乡生下孩子，但孩子不幸夭折。她来到一牛奶场做工，结识了牧师的儿子克莱，双双坠入情网，最终成婚。她以为噩梦已经过去，期待着美好的前景。新婚之夜，这位不谙世事的“纯洁女人”坦诚地向新郎讲述了她的悲惨遭遇，希望得到丈夫的理解。不料，克莱却无法接受这一事实，抛下新娘只身远走巴西。苔丝无奈回到娘家，从事艰苦的劳动。父亲辞世，母亲患病，弟妹辍学，一家人甚至因交不起房租而被赶出家门——迫于贫困生活的重大压力，苔丝不得已同意回到亚雷身边，与他同居。此时，克莱在外经营失败，且对苔丝的态度有所反省，从巴西回国，一心与苔丝重续前缘。这使深爱着克莱的苔丝百感交集，绝望之中亲手杀死了亚雷，与克莱一道逃进大森林，共度了五天幸福时光。第六天，她被捕了，并被处以绞刑。

一个纯洁女人的悲惨一生，令人心酸，催人泪下。苔丝是个“乡村土孩子”，勤勉的劳动者，大自然之女，她的美丽、纯朴、善良都源自这片土地，属于这片土地；她又是“德伯”望族的真正后裔（不同于亚雷是冒牌货），骨子里蕴藏着高傲的自尊。现代文明的入侵，改变着生产方式，也改变着人们的命运。农业生产的农场化和机械化，农场主的残酷压榨，乡村人口向城镇汇流，不得意者欲到海外寻梦——构成苔丝坎坷人生的“背景”，这使她的悲剧超越了单纯爱情悲剧的范畴。她为谋生来到德伯家打工以致遭受玩弄，后又违心而屈辱地回到亚雷身边。她无奈地承担起贫困家庭的责任，却不得不总以牺牲自己的幸福为代价。苔丝作为美的化身，是与大自然融为一体的。她一生中唯一幸福的日子，是在远离人群的古老森林里度过的。新旧制度的交替，古老传统的断裂，利己主义的泛滥，都使美的毁灭成为必然。美，毁灭在这个“有毛病的星球”上。

亚雷和克莱是伤害苔丝的直接“责任人”。前者的无耻和后者的褊狭，自觉不自觉地把这位孤苦无告的弱女子推向了绝境。亚雷依仗的是作为主人的权势和财富，他两度占有了她的肉体，却始终无法赢得她的灵魂；苔丝钟情于克莱，尽管受到他不公正的遗弃，她仍坚持等待，仍不放弃呼唤，克莱却囿于世俗道德的偏见而将她置于生不如死的痛苦境地。而且，他的归来，虽然给苔丝带来了最后的幸福，但更导致了她杀人与被杀的悲剧的发生。两个男人所代表的社会力量的摧残以及不公正的命运的拨弄，使无辜而无力的苔丝无可逃遁地成为了“牺牲品”，也使她扮演了现代版的“悲剧英雄”：从容而自尊地应对包括逮捕、死亡在内的一切厄运。

《无名的裘德》（1895）是一部更接近现代意识的作品。有论者认为，它是通向劳伦斯的艺术世界的，其立意在于探析现代文明中的婚恋心理。

裘德自幼父母双亡，寄人篱下，过着贫困的生活。但他天资过人，勤奋好学，还心志高远，虽身为乡间一名石匠，却始终向往着有朝一日能跻身名牌大学学生的行列，并希望由此而成为圣职人员。这一不安分的奢望，自然是无法实现的。不平等的社会，扼杀了一个下层青年的梦想。与失败的个人奋斗相交织的是两次失败的恋情，个中所体现的灵与肉、情感与理智、习俗与观念、制度与自由、信仰与行动等多重矛盾更蕴涵着令人窒息的悲剧意味。

裘德是个“准知识分子”形象。他酷爱读书，文质彬彬，气度不凡。青春期的萌动使他稀里糊涂地走进了艾拉白拉的世界。艾拉白拉是屠夫的女儿，她的生活环境、性感而粗俗的特点，都与裘德的性格和追求格格不入。从婚姻开始之日起，就埋下了不和的种子。与他气质相近的表妹淑的不期而至，把裘德拖进了一个尴尬复杂的境地。淑的婚姻非其所愿，而与裘德却两情相悦。两个曾受婚姻之累的年轻人挣扎着走到了一起，自以为可以战胜社会偏见获得向往的生活。但实际上心灵却一直难以平静，一则是由于曾经的婚姻留下的阴影，一则是由此而衍生的对婚姻制度的恐惧。他们两次准备踏入婚姻殿堂，但都因害怕婚姻的牢笼会毁灭彼此的真情而却步。穷困的生活境遇与唯恐失去真诚爱情的担忧，内外双重压力，使这对恋人非但没能享受到爱的幸福，反而度日如年，过着忐忑不安的日子。最后，竟发生了未老先衰的长子“时光老人”为摆脱家庭困境、残忍地吊死两个弟妹后自尽的惊天悲剧。这一沉重打击，被视为上帝的惩罚，彻底摧毁了他们的精神防线。他们只好分手，各自回到原来的家庭，开始了新的轮回。裘德由此一蹶不振，抑郁而亡。裘德对淑说：“我们的看法，早了五十年。”他相信他们关于真诚的爱情远比婚姻的躯壳更重要的观念是正确的，但却为维多利亚时代虚伪的世风所不容，也给他们的心灵烙印下无限的烦恼和困惑，直至导致大悲剧的结局。超前的意识，酿就了百味苦酒。他们无力与社会抗争，也无力摆脱自身的心理矛盾。

裘德临终前发出的慨叹令人胆寒：“让我出生的那个日子毁灭吧，让宣告一个男孩投入娘胎的那个黑夜毁灭吧。”与此相呼应，他的儿子“时光老人”也曾痛苦地呻吟：“我就不该被生下来。”两代人的悲鸣，是对现实和命运的强烈诅咒。其明显的宿命色彩，属于哈代，更属于那个令人窒息的时代。

哈代在“威塞克斯”这片土地上“深耕细作”，从对社会现实的揭露，到对婚恋心理的探析，无不赋予了深刻的悲剧意蕴。他以博大的人道主义胸怀，对弱者表示了深切的同情，也开掘出他们内在的巨大精神力量。

《德伯家的苔丝》和《无名的裘德》两部作品，都以对社会风尚的大胆挑战而遭到卫道士们的猛烈围攻，认为作家竖起的是反抗社会礼仪和道德的大旗，有伤风化，给作家施加了很大的压力。

哈代在年轻时，曾尝试过写诗。从19世纪70年代起，他专心于创作小说。经过30年左右的小说创作后，他又开始回到对诗歌的兴趣。在20世纪初，他成为英国最重要的诗人之一。他先后出版了《时光与笑柄》(1907)、《即事讽刺诗集》(1914)、《幻象的瞬间》(1917) 等8部短诗集和3部诗剧，其中尤以长篇诗剧《列王》(1904—1908) 最为世人所称颂。《列王》规模宏大，分3卷19幕133场。诗剧以1805年至1815年风云际会的欧洲为背景，以叱咤风云的拿破仑为主角，驰骋想象，纵横捭阖，天上人间，神仙凡人，展开了一幅巨型的画卷，力图深刻地表现那个混乱且充满灾难的年代，并探索人类历史发展的前景。《列王》既有史诗的气势，又蕴涵哲理的思考，是现代诗歌中罕见的珍品。

第八节
易卜生

进入剧院·客居意德·"社会问题"·走向象征

亨利克·易卜生（1828—1906）是挪威最杰出的戏剧家，并有"现代戏剧之父"的盛誉。他的出现，标志着北欧文学繁荣时期的到来，也为世纪末的欧洲剧坛注入了新的活力。

易卜生出生于挪威东南海滨小城希恩一个富裕的木材商家庭。8岁时，父亲的生意破产，生活陷入困境。从富有到贫困的巨大落差，不仅为年幼的孩子所难以适应，人情冷暖、世态炎凉更给他留下了精神的创伤，成为他认识社会的入口。经济的拮据，使易卜生没能接受系统的学校教育，16岁就被父亲送往格里姆斯塔的一家药房当了学徒。这自然不是心高志远的年轻人所希望的归宿。他随一位牧师学习希腊文和拉丁文，为进入大学作准备；同时，他大量阅读莎士比亚、歌德等伟大作家的经典作品，并开始习诗。这一时期的自学，为他日后成功地走上文学之路奠定了坚实的基础。

1848年席卷欧洲的革命风暴，使20岁的易卜生热血沸腾。他向往法国的共和制，积极参与欢呼二月革命胜利的庆祝活动，并创作了一些政治诗篇，成为争取社会变革的活跃分子，从而开始了他与社会政治生活的密切联系。他还在日益形成的北欧意识的影响下，竭力主张斯堪的纳维亚半岛各国联合起来抵御普鲁士对丹麦的侵略。长诗《醒醒吧，斯堪的纳维亚人》，表达了对北欧民族崛起的希望。

1850年，易卜生来到挪威首都奥斯陆（当时称克里斯蒂阿尼厄），投考倡导挪威民族文化的中心——奥斯陆大学。虽未被录取，他却获得了进入学校与同学们一道编辑校内刊物的机会，广泛接触到自由主义的思想和组织。他参加过学生的示威活动，也为革命党的报纸写过文章，一度被当局视为危险分子。是年，他出版了第一个古代题材的剧本《卡提利纳》。剧本没能上演，但已表现了易卜生对戏剧的兴趣和才能。另一个剧本《勇士坟》在奥斯陆剧院的上演，标志着剧作家正式登上舞台。1851年，他受聘于挪威第一个民族剧院——卑尔根剧院，任编剧和舞台总管，任务是每年完成一个剧本和负责组织排练，这使他得以全面熟悉戏剧舞台的方方面面。他还被剧院派往丹麦哥本哈根和德国德累斯顿等地访问学习，接受了先进的现代戏剧理念。这一切，都为造就一位杰出的戏剧家创造了条件。

作为挪威民族戏剧的重要创始人，易卜生首先创作了几部以民族历史或传说为题材的浪漫戏剧，如《英格夫人》（1855）、《苏尔豪格的宴会》（1856）等。1857年出任新挪威剧院经理后，他相继创作了《海尔格伦的海盗》（1857）、《觊觎王位的人》（1863）等历史剧，以古喻今，希望历史上的英雄主义精神能唤起今人为挪威的变革和统一做出努力。

但是，这位挪威民族戏剧奠基者的精华之作，却都完成于国外。1863年，支持斯堪的纳维亚统一论的易卜生，因不满政府不肯出兵支援丹麦抗击普奥入侵愤而去国，先后侨居意大利和德国，竟达27年之久。他身在异乡，心系祖国，其创作的剧本成为斯堪的纳维亚半岛的骄傲。

在意大利，易卜生先后创作了两部颇有影响的诗体哲理剧，相反相成地表现了作家对“个人精神反叛”的思考，剧本的成功给他带来了巨大的声誉。

1866年的诗剧《布朗德》，是一出关于理想主义的悲剧。主人公布朗德是一位极端理想主义者，完美主义深入骨髓，“全有或全无”是他的人生格言，即要么得到一切，要么一无所有，绝无中庸可言。他主动来到北方荒凉贫困的乡镇传教，母亲、儿子、妻子皆因与他实现理想的意愿相左而先后去世，但他并不为所动，仍坚持带领群众向高处攀登。这一象征性的举动，既是要人们最大限度地接近上帝，也意味着对道德升华的追求。但是，众人并没能如他所希望的那样紧跟他的脚步，他只能孤独前行，奔向那崇高的目标，不幸却最终葬身于一场雪崩。布朗德精神，是感人至深的执着、难以企及的真理、不近人情的牺牲、无路可退的现实。这是易卜生的一次精神探索，是对英雄主义失落后的庸俗社会风气的挑战。孤傲者的灵魂渗透在作家此后塑造的许多形象中。

《培尔·金特》(1867) 是一部五光十色、驳杂难解的长篇诗剧，素材源自挪威的民间传说。全剧以主人公从青年到老年的人生经历贯穿，场景与人物身份都变化多端，现实的摹写、浪漫的想象、象征的笔法，相互交织，令人目不暇接。

培尔·金特，一个村夫，破落户子弟，因劫持他人新娘而成了被众人追捕的逃犯；他误入山林，一度与山妖为伍、为女妖所迷，并接受了他们“为你自己就够了”和“绕道而行”(毫无原则可言) 的行动准则；诀别了母亲、告别了心上人后，他远走他乡、漂洋过海；他吸取各国的精华、摇身变为“世界公民”，先后当过贩卖黑奴的大亨、扮演过沙漠里的先知、介入过希腊反土耳其的斗争、想象过当人类历史的科学家；他还被疯子带进了疯人院，在这里才实现了被尊称为“皇帝”的荣耀；载他回国的轮船触礁下沉，他残忍地把与他争夺救生艇的对手推入水下才得以活下来——复杂的经历，展示在阔大多变的背景上，人物与事件都或多或少地涂上了现代色彩。作家在以喜剧性手法谴责这个玩世不恭的浪子的自私自利、胡作非为的同时，又不无欣赏地肯定了他时刻“要保持自己真正的面目”的努力。他为母亲送终时所表现的真诚令人感动，他断然拒绝了变为山妖的引诱，他最终在恋人的“信念、希望和爱情里”，要找回“真正的我，完整的我，真实的我”。在一个充满诱惑和谎言的现实中，他既无信仰又无目标地度过了一生，但却追求着自我的真实。作品通过这一复杂矛盾的形象，表现了对人性善恶的困惑。对真实的执着，使剧作家以后的许多重要作品，都一再把矛头指向虚伪的社会风气。

这是易卜生创作的早期阶段 (1850—1868)。

1868年他离开意大利，来到德国的德累斯顿，开始了他最重要的创作中期 (1869—1890)。这时期的主要成果有《青年同盟》(1869)、《社会支柱》(1877)、《玩偶之家》(1879)、《群鬼》(1881)、《人民公敌》(1882)、《野鸭》(1884)、《罗斯莫庄》(1886)、《海上夫人》(1888) 和《海达·高布乐》(1890) 等社会问题剧。另有一部作家本人十分重视的历史剧《皇帝与盖利利恩人》(1873)。

从民族历史转向社会现实，是这一时期创作的重要特点。作家着力从日常生活中提取揭示社会弊端的戏剧矛盾，直面人们普遍关注的社会问题。在形式上，不追求大起大落、精致巧合的情节结构，而常采用倒叙的方法，在戏剧进程中逐渐交代前戏，廓清为前戏所掩盖的真相。为使剧作更接近生活、更富真实感、也更易为群众接受，易卜生从此摒弃了诗体语言，改用口语化的散文体，而且多有铿锵雄辩的台词和发人深思的警句。

这批社会问题剧虽不一定能给出令人满意的答案，但它们涉及广泛、鞭辟入里、经常能激起观众的热议论争，从而产生积极的效应。

尤其值得注意的是，此时的多部作品，都表现了真伪之争，无论是社会的、政治的还是家庭的题材，拨开假象、揭示真谛，寻求真相、真实、真情、真理，成为剧本的核心命题。正是作家的这种真诚，使作品具有巨大的震撼力。

《青年同盟》是作家直面政治生活的第一部作品，它以党争和竞选为背景，成功地塑造了史丹斯戈这个变色龙的形象。此人身为律师，却始终以假面示人，在自由和保守两党间见风使舵、投机取巧，甚至选择情人也离不开他的政治目的。当他的种种表演逐渐为人们所识破后，便众叛亲离，女人们也都弃他而去。讽刺性的喜剧结局，表明作家对现实尚存几分乐观。但他也通过人物之口别有深意地指出："只有靠不住的人才能当政客。"至于这位史丹斯戈，人们相信，若干年后，他会成为"国会议员兼部长"。显然，易卜生的求真，并不限于道德的范畴，而是尖锐地刺向了政治的黑幕。

《社会支柱》和《人民公敌》，也是一对相反相成的作品。两部剧作都以经济活动为背景，前者去伪存真，后者造假制冤，铺陈开的都是充满谎言的世界，执着追求的却是本真的理想。

《社会支柱》中的资产者博尼克可算是城里的首富，而且是品德高尚、受到普遍敬重的模范公民。此时，他又在盘算着如何利用修铁路的机会假称为城市造福、实则为自己谋利。被欺骗的群众对他顶礼膜拜甚至山呼万岁。但是，15 年前出走美国的妻姐和妻弟的归来，却使他忐忑不安。他千方百计劝他们离开，甚至残忍地策划将妻弟约翰葬身海底。原来，博尼克今日"社会支柱"的地位是建立在 15 年前他一手制造的一桩冤案的基础上的。当年他曾与女演员私通生下一女，公司也几近破产。为保住自己和公司的名声，他让约翰替他顶罪逃往国外，并造谣约翰卷走了公司的财产。如今，约翰为追求自己的幸福，不愿再保持沉默，真相逐渐败露。博尼克在经过激烈的内心斗争后，终于当众承认了过去和现在的一切罪过，恢复了自己的本来面目，开始真正"做个诚实的人"，并告诫儿子"你应该做你自己"。作品的结论是："真理的精神和自由的精神才是社会的支柱。"剧本的题旨与《培尔·金特》相通，但对人性探索与对现代社会批判的有机结合，大大增加了作品的思想力度。

《人民公敌》的主人公斯多克芒是一座海滨浴场疗养院的医生，他的哥哥彼得是这座城市的市长兼浴场委员会主席。正当人们在为浴场的发展给全市带来经济繁荣而兴奋不已的时候，斯多克芒却以化验的数据证明浴场的温泉早已受到严重污染，它不再是众所周知的疗养胜地，而成了"传染病的窝儿"。斯多克芒准备公布这一调查结果，建议立即对浴场进行彻底的改造。起初，他的发现得到报痞霍夫斯达等一批投机者的支持，他们想借此对政敌发难；天真的大夫便以为自己已有"结实的多数派"作为自己的"后盾"，相信胜券在握。而身为市长的彼得，却认为改造浴场耗资巨大，会严重损害以他为代表的上层集团的利益。于是，他软硬兼施，不仅拉拢了有产者、令那些投机者随风转舵，而且欺骗广大群众联合起来反对大夫的合理建议，不准他发表演讲，用石头砸他的家，直至开除他的职务，宣布他为"人民公敌"。无论遭受多大的诬蔑和打击，斯多克芒都不为所动，坚持着一个正直的科学家的立场。他从事件的进程中发现，"咱们精神生活的根源全都中了毒，咱们整个社会结构都建立在害人的虚伪基础上"。这一发现无疑远比发现水中的病菌更为重要，它触动的是整个社会的根基。

斯多克芒承继了布朗德的精神特征——孤傲而执着。他由一位人人尊敬的医生变成"人人喊打"的"人民公敌"，由"多数派"变成"少数派"，皆因为他的诚实与坚定，更因为世风的腐败与堕落。在个人与社会的对抗中，他处于弱势，甚至有难以生存的危险；但他代表着真理、代表着正义，因此，他最后发出了“世界上最有力量的人正是最孤立的人！”的呼喊，表明他不惧怕孤独、不随波逐流、敢于孤军奋战的大无畏精神。这正是19世纪后期欧洲知识分子特立独行精神追求的写照，也包含着尼采超人哲学的影响。

易卜生在这部戏里的超前意识，一则表现为对资产阶级民主的虚伪性的揭露：当统治者掌控着政治经济实权、操纵着舆论工具的时候，他们就能使黑白颠倒、是非混淆，轻而易举地将所谓的多数纳入他们的轨道，随心所欲地将对手置于死地。一则表现为敏感地提出了环境污染与经济发展的问题：戏剧的中心事件就是温泉浴场被皮革厂废水污染。浴场给城市经济带来了繁荣，但它是以损害群众的健康、也损害城市的长远利益为代价的；改造浴场，则会损害眼前利益，造成经济暂时的停滞甚至衰退。两相权衡，无论是深知利害的上层，还是不明真相的百姓，都更情愿选择前者而不愿接受大夫科学的建议。这些话题，到20世纪才逐渐为更多有识之士所论及。

《玩偶之家》、《群鬼》和《野鸭》等是一组以家庭伦理为题材、涉及多方面社会问题的佳作，其中尤以前者最受世人青睐。

《玩偶之家》（又译《娜拉》）的女主人公娜拉的原型是易卜生的一位崇拜者劳拉，她亲口向作家讲述了如何背着丈夫借钱为他治病的经过。事情被丈夫知道后，丈夫不仅不感谢她，反而痛斥她败坏了他的名声，致使劳拉得了精神病。劳拉的不幸遭遇深深刺激了易卜生，他便奋笔创作了这出名剧。

《玩偶之家》梗概

娜拉有一个幸福的家。即将升任银行经理的丈夫海尔茂对她呵护备至，三个孩子乖巧可爱。正当他们准备欢度圣诞的时候，娜拉向来访的女友讲述了她多年前做的一件“大事”：婚后不久，海尔茂患病，医嘱需南下意大利疗养。当时他们很穷，父亲又正病危，救夫心切的娜拉便背着丈夫、伪造父亲的签字、通过柯洛克斯泰借到了一笔钱，才治愈了海尔茂。此后，她为偿还债务一直默默地工作，但至今尚未还清。按照易卜生的习惯，前戏将在戏剧发展中起重要作用。

海尔茂上任经理后，要立即开除对他不够尊重的老同学柯洛克斯泰。柯洛克斯泰要求娜拉为他说情，并以把借款一事向海尔茂和盘托出相要挟。娜拉劝阻海尔茂无效，柯洛克斯泰便将此事写信告诉了他。读信后，海尔茂一反常态，破口大骂娜拉是“伪君子”、是“下贱的女人”。这使娜拉伤透了心，开始明白了自己的地位。而柯洛克斯泰在女友（也是娜拉的好友）的劝说下又写信给海尔茂，表示不再追究此事，并退回了娜拉的借据。见到危险已经过去，海尔茂烧掉了信件和借据，兴奋异常，再次变脸，对妻子百般讨好，声称“咱们的家多可爱，多舒服”！但此时的娜拉已忍无可忍，她痛苦地意识到自己婚前是父亲的玩偶，婚后是丈夫的玩偶，她是和一个完全不了解的“陌生人”“同居了八年”，现在她要为“学做一个人”而离家出走……

娜拉的形象光彩夺目，在与海尔茂的碰撞和对照中彰显纯正高尚坚毅的性格魅力，成为世纪末欧洲舞台上最为成功的女性典型之一。温柔、美丽、善良、贤惠，娜拉集传统家庭妇女美德于一身。海尔茂对她“小鸟儿”、“小松鼠”地叫个不停，她也深为丈夫当上银行经理而对前景充满希望，一切都使人相信她的生活是幸福美满的。在向朋友讲述自己如何“违规”借钱救丈夫一命，并事后为还债而勤奋劳动、节衣缩食时，她自然而自豪，感到自己“像一个男人”一样尽到了对家庭的责任。就事论事，她是个“撒谎者”，甚至是个“违法者”（伪造签字，而且按照当时的法律规定，未经丈夫同意妻子不得私自借钱），但其目的之崇高、态度之真诚，却令人十分感动，其结果更是保住了丈夫的性命、保住了这个家。当柯洛克斯泰把揭发信送到她家后，她意识到了问题的严重性，决心以自杀担当起全部责任而不连累丈夫。大难临头，她毫不犹豫地准备牺牲自己，维护家庭。相反，海尔茂在读信后不但不感谢娜拉的救命之恩，反而大发雷霆，用最恶毒的语言咒骂娜拉，甚至连娜拉的生死都毫不在乎。这才使娜拉认识到海尔茂的极端自私，他只关心自己的名声、自己的前途，从来没有真正关心过她的需求、她的情感。当风波过去，海尔茂再次变脸时，娜拉终于爆发了，她拒绝继续扮演“玩偶”的角色，拒绝和“陌生人”继续生活在一起，勇敢地只身投入茫茫的黑夜。这也是一次与“假象”的诀别——丈夫的假象，自我的假象，家庭的假象，社会的假象。人们无法知道她是否能找到真理，但她确实找回了自我——真实的自我。

娜拉的觉悟和反叛，没有停留在家庭伦理的层面上，而是进一步把矛头指向了维持这个社会秩序的法律、宗教、教育、道德等各个方面。她要真正弄清楚，“究竟是社会正确，还是我正确”。社会、家庭筑起的藩篱，不仅把她变成了笼中鸟，而且侮辱了她的人格、损伤了她的尊严、粉碎了她的梦想，她开始觉悟到，她的“神圣责任”不再是“对丈夫和对儿女的责任”，而首先是“对自己的责任”。“首先我是一个人——和你一样的一个人——至少我要学做一个人。”“从今以后我不能一味相信大多数人说的话，也不能一味相信书本里说的话。”娜拉追求的岂止是男女之间的平等，她要的是摆脱世俗的种种羁绊，寻找独立完整的人格。

《玩偶之家》反映的是当代问题，作家却圆熟地运用了古典主义“三一律”（时间稍有超出）的创作方法，人物关系交织，回溯交代前戏，围绕单一事件，情节结构紧凑，语言富于哲思。尖锐深刻的思想力量和完美的艺术表现，使该剧在世界舞台上历演不衰。

《群鬼》从反面探讨了妇女的命运。如果说娜拉是走出假象、开始新生的话，那么海伦的悲剧就是为不断制造的假象所窒息。丈夫是酒色之徒，但海伦却要千方百计维护他的形象（当然也是维护家庭的形象），甚至在他死后还要以他的名义捐款建孤儿院以获取善名；为使儿子不受父亲恶习的“传染”，她把儿子从小就送到巴黎去学习。但事与愿违，学成归来的儿子又鬼使神差地与父亲的私生女（即他的同父异母妹妹）“闹鬼”，并被证实已染上遗传的性病，即将失明，直至丧生。海伦创造的“神话”对外形成了光环，却使自己家里不断“闹鬼”，最终彻底崩溃。儿子临终前呼喊着“太阳，太阳”，然而，象征光明的太阳没有出现，一场孤儿院大火却象征性地烧毁了这个谎言世界。《群鬼》是作家回应舆论对《玩偶之家》的攻击而创作的，它从反面告诫人们，谎言的世界是一个无底的深渊，不仅挽救不了家庭的破落，也葬送了自己的幸福。

《野鸭》同样围绕谎言展开，但易卜生却似乎陷入了悖论。谎言不可取，不顾一切地揭露谎言也未必就正确。这是悲观的倒退，还是更深入的思考？资本家威利为雅尔马一家制造了一个谎言的世界：把他玩弄过的女佣基纳嫁给了雅尔马，又帮雅尔马开了间照相馆，他们的女儿海特维格实际是威利的私生女；威利还雇用雅尔马的父亲为他抄写文件，后又许诺给他一笔俸禄，还答应俸禄可转给孙女海特维格，其实是因为威利曾在合作中坑害过他。对此一无所知的雅尔马，和家人一道过着还算平静的日子。他还在家里营造了一个虚假的“森林”，养了几只兔子和一只受伤的野鸭，在此觅得精神的安慰。

知父莫如子，了解内情的正是威利的儿子格瑞格斯，他因不满父亲的恶行而早已与之断绝来往，现在他要让雅尔马明白真相，以使他们家庭的幸福能建立在“真实”的基础上。然而，格瑞格斯对真实的执着，却导致了这个家庭的悲剧。雅尔马无法接受这一残酷的现实，他厌恶长期隐瞒真相的妻子，不再亲近他一直那么钟爱的女儿，致使纯真可爱的海特维格因知道了真相而自杀身亡——对于雅尔马一家来说，谎言等同于幻想，戳穿了谎言就是刺破了幻想。“如果你剥夺了一个平常人的生活幻想（或称‘生活的谎言’），那你同时就剥夺了他的幸福。”多么残酷的逻辑！与其生活在痛苦的真实中，不如生活在幸福的谎言里，这一结论所包含的悲剧意味更甚于对谎言的揭露。“您不要热衷于‘理想’这个外国字眼，我们有一个很好的本国字眼：‘谎言’。”这是何等辛辣的讽刺。“理想”只属于外国，本国却仅剩下了“谎言”；“谎言”无所不在，“理想”远不可及。格瑞格斯的反叛与斯多克芒的反叛有点近似，都把矛头指向了有钱有势的亲人（前者是资本家父亲，后者是市长兼资本家哥哥）。但不同的是，斯多克芒引火烧身，结果是给自己和小家庭制造了困境；格瑞格斯为雅尔马揭秘，结果事与愿违地给这一家人制造了灾难。前者的孤立颇具英雄主义气势，后者遭到责难时，则显出无奈与尴尬。当谎言成为社会不可或缺的基础或组成部分时，仅靠揭穿谎言已难以平复受伤害的心灵，更难以真正改变人们的悲剧命运。这正是令作家陷入困境的难题。

1891年，叶落归根，易卜生回到阔别27年之久的祖国，完成了他晚期创作时期（1891—1906）的四部作品：《建筑师》（1892）、《小艾友夫》（1894）、《博克曼》（1896）和《我们死人醒来的时候》（1899）。其中，尤以《建筑师》最为引人瞩目、引起最多争议。

《建筑师》是作家晚期最重要的、富于哲理思辨的作品，它标志着作家象征主义创作的成熟。主人公索尔尼斯是天才的建筑大师，功成名就。但他的日子过得并不舒心：关于过去，他对那场吞噬了老宅和两个孩子的大火给妻子和家庭带来的灾难始终怀有罪感，因为正是在那片废墟上盖起的别墅使他一举成名，而他的成功又令他能不断周旋于各色女性之间，这一切都让他认为自己欠着妻子一笔重债、一笔压得他透不过气来的重债；关于未来，他时刻害怕“下一代人来敲门”，因为他相信下一代人的闯入，就意味着自己的至尊地位将被无情取代，正如他无情取代了他过去的老板，所以他千方百计压制他的青年助手。对过去和未来的焦虑，使他忐忑不安。少女希尔达的出现，带来了新的刺激。10年前他曾许诺这个崇拜他的小姑娘一座王国，并要像当时一样亲自将花圈挂上高高的尖顶。为兑现这一承诺，他不顾自己已患上恐高症，坚持登梯上高，结果坠落身亡，换来的是希尔达“热烈狂呼：我的——我的建筑师”！

索尔尼斯勇敢登高的动力有二：一是与上帝抗争，不肯屈从上帝对他命运的安排；一是被希尔达唤起的爱，在青春和爱的激励中攀登。这最后的拼搏，是向过去的告别，是对爱欲的渴望，是为理想而冲刺，是为再现自我而努力，是对没有意义的意义的追求，还是对明知不可为而为之的奋斗？在现实里已失去活力、瞻前顾后的建筑师，到高处却显出了“自由伟大的神气”。恰逢其时的死亡，升华了生命的价值。作家给我们留下了巨大的思索空间。

从深刻的现实主义到多义的象征主义，从古典主义模式的继承到多种艺术手法的运用，从尖锐社会问题的提出到人物社会心理的开掘，易卜生的戏剧都取得了极高的成就。它不仅是挪威文坛的骄傲，而且成为世纪末欧洲舞台的一座丰碑，也预示了现实主义向现代主义的过渡。

易卜生逝世于1906年5月23日，挪威为他举行了隆重的国葬。

第九节
托尔斯泰

庄园里的伯爵 · 心路历程 · 精神探索 · 殉道者的悲剧

列夫·尼古拉耶维奇·托尔斯泰（1828—1910），俄国巨人式的作家，长寿，多产，深邃，影响之深广难有人能与之比肩。

人称伯爵，出身于贵族世家，拥有一片不小的庄园，过着无忧的富裕生活——这一社会身份，对作家而言，究竟是幸还是不幸？

生平与创作

托尔斯泰1828年出生于图拉城附近的一座贵族庄园“雅斯纳雅·波良纳”，童年生活富足而快乐，这座庄园是他一生的栖居地。1841年他迁往喀山，1844年入喀山大学学习语言和法律，1847年退学回到故乡，成了庄园的主人。1851年，他赴高加索当志愿兵，在此开始了他的文学生涯。《童年》（1852）、《少年》（1854）和《青年》（1857）自传性三部曲相继问世，赢得了文坛的认可。1854年，在俄土战争中他参与了塞瓦斯托波尔保卫战，并于翌年写出了《塞瓦斯托波尔的故事》，记述了战斗中的见闻。1855年，他从军队退役后来到彼得堡，结识了众多著名作家。次年发表《一个地主的早晨》，触及了农民的贫困状况和农民与地主的矛盾。1857年年初，托尔斯泰首次出国，游历了法国、瑞士、意大利和德国，直接领略了西欧文明的优与劣。1859年，他与激进的《现代人》分手，把精力转向为农民办学和农事改革。1862年，托尔斯泰结婚后即回到了庄园，重新进行创作。从1863年起，他花费6年时间，至1869年完成了皇皇巨著《战争与和平》。随后，他即开始酝酿新作，1873年3月至1877年4月，完成另一部力作《安娜·卡列尼娜》。19世纪八九十年代，他的重要作品有中篇小说《伊凡·伊里奇之死》（1886）、《克莱采奏鸣曲》（1887—1889），剧本《黑暗的势力》（1886）和《教育的果实》（1890）等；而最引人瞩目的是1889年至1899年完成的《复活》。《复活》的发表，引起统治当局的恐慌。1901年2月24日，东正教管理局作出决议，以“叛教分子”的罪名，开除托尔斯泰的教籍。此举激怒了俄罗斯民众，甚至引发了世界性的抗议。托尔斯泰对自己的贵族生活状况不满，几次想离家出走，但都由于种种原因未能成行。1910年10月28日深夜，他终于悄悄离开了庄园，乘火车南下。不幸的是，作家中途即患感冒转肺炎，不得不在阿斯塔波沃站下车医治，11月7日凌晨病逝。他的遗体被运回故乡，成千上万的群众从火车站护送灵柩到雅斯纳雅·波良纳庄园下葬。托尔斯泰朴素的坟墓，既没有墓碑，也没有十字架。

和睦温馨的童年，慵懒闲适地博览群书，对文学的偏爱，与大自然的亲近，上层的社交生活……都是他作为贵族所独享的“特权”，也是他得以成为作家的先行条件。但是，他却一直在凭一己之力与他依附的这个阶级抗争，憎恨其生活方式，努力摆脱其束缚，不断忏悔，不断挣扎，直至发生所谓“阿尔扎马斯的恐怖”，即在该地突然产生对人生的极度焦虑和恐惧。为寻找答案，他深入研读哲学神学著作，走访神职人员。他对人生意义、人生终极目标的追问似乎过于执着了，紧张到要把绳子、猎枪之类的“凶器”藏起来，以防自己会走火入魔选择自尽。他主动参与人口调查，到监狱、贫民窟等地进行考察，亲自组织赈灾活动等，从而了解到贫富悬殊的严重，更感觉贵族寄生生活的可耻。19世纪七八十年代之交，他终于完成了从贵族立场向宗法制农民立场的转变。他不仅反对农奴制、反对沙皇政权，而且把矛头指向官方教会，认为基督教的真谛应当是博爱、温顺、律己、非暴力等。他把宗教和道德的力量视为改造社会的根本动力。连陀思妥耶夫斯基这样的信徒，也不理解托翁一度对宗教的狂热痴迷，以为他简直是“疯了”。他没有疯，他太真诚了，他要告别贵族阶级腐朽生活的努力，不是停留在口头上、思想上，而是切实地付诸实际行动。他早年就想过以代役租的方法解放农民，但得不到农民的信任而未能实施。作为地主和农民纠纷的调解人，他总是偏向农民而引起地主的不满，终被解聘，甚至遭到抄家。为从根本上改变农民的命运，他有意从教育入手，先后为农民子弟建了20多所学校，但均半途而废。在决心弃绝贵族生活后，他身体力行，戒酒吃斋，下地耕种，担水劈柴，还帮助村民盖房、救火——这位世界级的大作家，完全成了一个地道的老农民，而且是自觉自愿的。雅斯纳雅·波良纳庄园，这块他如此依恋的土地，滋润了他的敦厚情怀，记载了他多少改革的梦想，但他却一次次想要离去，为的是与“旧我”诀别。他的执拗，已引起家人的不满，他仍“执迷不悟”。直至最后一次，他离开了庄园，也彻底离开了这个世界。最后，他还是回到了这里，静静地躺在白杨树下，没有墓碑，没有十字架。一个作家，与自己的身份长期作如此壮烈的抗争，甚至不惜以生命为代价，在世界文学史上，这绝对是绝无仅有的特例。

托尔斯泰是位思想者，他的创作，是他精神探索的艺术结晶，尤其是他最著名的三部经典。

《战争与和平》，托尔斯泰的第一部长篇，却一举获得了“世界最伟大小说”的美誉，这不能不说是个奇迹。

小说以19世纪前20余年这一动荡的历史时期为背景，通过四大家族的生活变迁，特别是安德烈和皮埃尔两位年轻一代主要人物的人生经历和精神求索，展开对“战争”与“和平”中的俄国的全景式描写，深入思考了祖国的历史命运和人生的终极意义，从而被公认为具有史诗规模和史诗气韵的辉煌巨著。

小说书写了许多重大历史事件，重点是1812年抵御法军入侵的战事。在作家笔下，这场关系民族存亡的战争，既暴露了俄国农奴制社会和官僚体制的腐败衰弱，也表现了俄罗斯民族蕴藏着的不可战胜的精神力量。据专家统计，小说中的真“假”人物共有559人之多。帝王将相，战士农民，前线后方的各色人等，敌我双方的各路好汉，可谓应有尽有，覆盖了整个社会，而其中着墨最多的是作家熟悉的上层贵族。他把贵族分为两种类型，形成对比。以库拉金一家为代表的宫廷贵族，对祖国的安危漠不关心，却醉心于奢侈豪华的生活，一如既往地钩心斗角、争名夺利、放荡不羁，是社会的败类和蛀虫。而保尔康斯基和罗斯托夫两家，则真诚、厚道、平实、爱国，且道德高尚，富于牺牲精神，他们代表着与人民大众相通的健康力量，是拯救祖国于危难之中的精英。

安德烈和皮埃尔，从外貌到性格都截然不同，但却成了一对生死之交。安德烈英俊潇洒，豪放干练。他两赴战场，冲锋在第一线，两度身负重伤，直至光荣牺牲，是位充满英雄主义色彩的斗士。皮埃尔憨厚木讷，淳朴善良。他曾虚度年华，还意外地继承了巨额遗产，娶了库拉金家放荡的女儿爱仑。但他在和平的后方，却能顺应时代潮流，在自己的领地上进行解放农奴的改革。在战争的关键时刻，他不畏风险，身藏匕首，要在莫斯科刺杀入侵的拿破仑。最后，他参与了十二月党人式的秘密团体活动。他们都受过伤害、挫折，有过痛苦、彷徨，但是他们都能自觉地把自己的命运和祖国的命运紧密相连，自觉地执着追求真理和人生价值。

《战争与和平》是巨幅历史画卷。真实的历史与艺术的虚构浑然一体，真实的人物与创造的形象相互交错，丰富多彩的场景描述与细腻深入的心理刻画相得益彰，叙事与哲思巧妙结合，使其成为小说史上一座难以企及的高峰。

“幸福的家庭都是相似的，不幸的家庭各有各的不幸。”一句“格言”，引出一个凄婉的悲剧故事，一部“尽善尽美的艺术作品”（陀思妥耶夫斯基语）。《安娜·卡列尼娜》，看似一部家庭小说，但绝不仅仅是家庭小说。

安娜—卡列宁—渥伦斯基，列文—吉蒂，两个平行而又交叉的家庭故事。前者描写的是俄国两大城市（彼得堡和莫斯科）的上层贵族生活；后者向农村延伸，触及农奴制改革，更体现了作家的精神探索。前者以安娜的卧轨自尽作结，是对虚伪的道德社会的愤怒控诉；后者以列文向上帝的靠拢结尾，旨在用博爱的基督精神疗救社会的创伤。

如书名所示，安娜的形象居于作品的中心。主人公美丽的外貌，源自普希金的女儿玛丽娅·普希金娜；安娜的悲惨结局，取自邻近庄园主情人的悲剧。但作家塑造的却是一个全新的人物，一个与自己的命运、与整个上流社会抗争的女性形象。美丽绝伦、气质高雅的安娜，不幸嫁给了比她大 20 多岁的“官僚机器”卡列宁，成为没有爱情的婚姻的牺牲品。年轻英俊的军官渥伦斯基的出现，燃起了她对美好爱情的向往，身不由己地陷入了激情的漩涡，同时也就成了众矢之的，招来了道貌岸然的上流社会的责难和辱骂。面对种种压力，安娜有过痛苦，有过妥协，但最终还是勇敢地迎接挑战，公开与渥伦斯基走到一起，表现出对既存秩序的高度蔑视。真诚地追求爱情、幸福和自由，坦荡地追求本应属于自己的完美人性，是这个人物最具魅力之处。她是坚强的，也是脆弱的。她痛感整个社会“全是虚伪的，全是谎话，全是欺骗，全是罪恶！”对“完美”的执着，使她终于“理智”地“摆脱”“苦难”，告别了这个令人无法容忍的世界（世界也同样无法容忍她）。

列文也曾想到过自杀，那是因为他的“不流血革命”的失败，是因为对人生意义探索的绝望。托尔斯泰喜欢写这样的形象，因为这里面有他的身影。列文厌倦大城市的奢华生活，热衷庄园的农耕生活和农事改革，试图让农民以股东身份与地主合作经营（这也正是作家自己做过的试验），但由于得不到农民的信任和理解而未能实现。善良的列文，没能在事业上获得成功，却赢得了纯真的吉蒂的爱情，建立了幸福的小家庭。这是对列文精神的补偿，也是与安娜悲剧的对照，托尔斯泰总愿意给作品留下能使人宽慰的亮色。列文的人生探索，最终找到的只是并无多少新意的“照上帝的指示办”这一灵丹妙药，但其求索的紧张痛苦过程，却体现了作家令人感佩的严肃的人生态度。

完成于 19 世纪最后 10 年的《复活》，是以一件真实的司法案情为蓝本创作的。经过作家的拓展和开掘，小说完全超越了刑事案件的内涵，成了一部全面批判俄国社会、深入探索人生意义的巅峰之作，为托尔斯泰半个世纪的创作画上了完满的句号。

《复活》梗概

在审判玛斯洛娃的法庭上，陪审员聂赫留朵夫认出了这个妓女“罪犯”正是当年被他抛弃的美丽姑娘。他心情十分复杂，既有沉重的负罪感，又希望事情别让他出丑。听到西伯利亚苦役四年的宣判，聂赫留朵夫开始如释重负，认为这样可以就此了断。但判决却使玛斯洛娃失声痛哭，大喊冤枉，这完全是莫须有的罪名。哭声令他猛然醒悟，意识到自己才是罪恶的根源，现在更有责任为她上诉昭雪。于是，他带着忏悔之心为此奔走。他来到监狱探望玛斯洛娃，了解她的苦难经历，表示要真诚地赎罪。这勾起了玛斯洛娃对被抛弃的往事的痛苦回忆，正是从那以后，她不再相信上帝，并在生活的逼迫下堕落风尘。聂赫留朵夫决心与她结婚以改变她的命运，也拯救她的灵魂。同时，他自己也决心放弃原有的生活方式，离开了贵族女友，力图重新做人。他向玛斯洛娃表白了和她结婚的打算，不料却遭到对方的严词拒绝，并尖锐地指出这是在"用我来拯救你自己"。聂赫留朵夫四处奔走申诉均无结果，倒是发现了处处都有冤假错案，足见社会的黑暗腐败。申诉无望，玛斯洛娃即将被送往西伯利亚服刑。为追随玛斯洛娃，聂赫留朵夫回到家中把土地廉价租给农民，但农民却害怕上当受骗而不敢接受。他又来到彼得堡，上诉被驳回，维持原判。聂赫留朵夫上书皇帝，请求减刑。他随苦役犯西行，玛斯洛娃在途中结识了政治犯西蒙松，后者对她平等相待，呵护有加，使她深受感动，抚平了心灵的创伤，复活了纯洁的本性。西蒙松告诉聂赫留朵夫，他将与玛斯洛娃结婚。聂赫留朵夫表示尊重她的选择，尽管心里不免难过。《福音书》开启了聂赫留朵夫生活的"新阶段"。

19 世纪俄国文学提出过的问题，如谁之罪、何为罪、何为罚、怎么办，等等，托尔斯泰在这部小说里仿佛想要一一作答。

法庭上的被告玛斯洛娃的身份是妓女，莫须有的罪名是毒害了一个嫖客。法官判她有罪，她却大喊冤枉。那么，究竟谁是这个社会里真正的罪人呢？是谁逼良为娼、把玛斯洛娃推向了痛苦深渊？又是谁以法律的名义制造冤案把她送去西伯利亚服刑？——围绕这个被欺凌与被侮辱的底层女性的悲惨命运，围绕聂赫留朵夫的四处奔走游说，托尔斯泰对俄国社会展开了全方位无情的批判。贵族纨绔子弟聂赫留朵夫的"一夜情"，是她悲剧命运的开始。怀孕后的玛斯洛娃被姑妈扫地出门，为求生计，她受尽屈辱和折磨，最后不得不沦为妓女。富人的凌辱，生活的重压，歧视的目光，摧残了如花的姑娘，扭曲了纯洁的灵魂。更有甚者，本应维护公正的法律，也加入了对受难者的迫害。小说开篇审判玛斯洛娃的一幕，极具讽刺意味。法庭上麇集着一群色迷迷而又各怀鬼胎的判官，他们根本不关心案情，只想尽快结束庭审以去寻欢作乐。这些宣判玛斯洛娃为罪人的无耻之徒，终日浑浑噩噩、荒淫无度，随意草菅人命，运用手中权力不断制造冤假错案，他们才是真正的罪人。最初的"肇事者"聂赫留朵夫便在其中，所幸的是，他良心未泯，在认出玛斯洛娃后就开始意识到自己所犯下的罪过。随着聂赫留朵夫奔波的足迹，作家给我们"引见"了从律师、典狱长、看守长，到将军、省长、大法官、国务大臣等各色人物，几乎代表着整个国家机器。正是这整部机器、整个制度，制造着玛斯洛娃式的无数冤案。

聂赫留朵夫是个忏悔者的形象。被判刑的是玛斯洛娃，但受到良心强烈责罚的却是聂赫留朵夫。面对自己酿造的恶果（玛斯洛娃的悲惨状况），他也曾产生过侥幸心理，希望她被流放后即与他毫无瓜葛；但他最终无法摆脱心灵的重负，决心负起应负的责任。他的忏悔反思，逐步深化，不是停止在思想上，还要落实于行动中，这就使它产生了双向的效果。对客观世界而言，奔走呼号的过程，使他越来越深入地接触到社会各个角落的黑暗、越来越清楚地认识到贵族阶级以及司法官僚机构的腐败和残忍。因此，他不仅尽力为玛斯洛娃和其他罪犯们申诉，还要在自己的庄园里进行农事改革，企图以一己之力改造社会。主观方面，他一直在寻求自我救赎之路。从在法庭上认出玛斯洛娃开始，他就陷入了痛苦和自责。他提出要和玛斯洛娃结婚，自以为是为了拯救对方，而玛斯洛娃却尖锐地指出，“你打算用我来拯救你自己”。确实如此，他是在为拯救自己的灵魂进行着艰苦的斗争。遭到玛斯洛娃一再拒绝后，他决定陪同她前往西伯利亚，并想方设法改善她的处境，减轻她的刑罚。这既是在帮助玛斯洛娃，希望补偿自己的过失，也是在寻找慰藉，平复心灵的愧疚。同时，他还以放弃贵族的财产、特权和生活方式等举动，表示与本阶级彻底决裂的决心。忏悔已不仅仅针对一个人、一件事，而是触及他的人生态度，深入他的处世哲学。最后，他终于得到了玛斯洛娃的原谅，作为忏悔者的归宿，则是在《福音书》的启示下开始了“全新的生活”。“全新的生活”是精神的“复活”。作家让我们相信，聂赫留朵夫不再是原来的那个聂赫留朵夫了。而玛斯洛娃“复活”后选择与政治犯“好人”西蒙松一起生活，也许可以理解为托尔斯泰对俄罗斯未来的一点并不清晰的暗示。

托尔斯泰的创作以视野开阔和内涵丰富著称于世。这三部经典的素材，或经过历史的考察，或取自具体的事件，但作家都依据自己的生活积累，大大扩展了所反映的社会面，融入了作家的哲理思考，使作品具有历史的规模和现实的纵深感。在形象塑造上，作家则擅长深入内心，结合外在事件的发展，细致揭示人物复杂的心理变化。在《复活》里，聂赫留朵夫对玛斯洛娃的悔过与赎罪，环环相扣，又都清晰可辨，心理刻画准确细腻。

第十节 马克·吐温

“水深两哷”·天性幽默·挑战“美国梦”

马克·吐温（1835—1910），跨世纪的美国现实主义作家。他的笔名太显赫了，以致少有人知道其原名塞缪尔·朗赫恩·克莱门斯。

他在自传里说：“我于1835年11月30日出生于密苏里州门罗县非常偏僻的村落佛罗里达。”这是继惠特曼之后，又一个来自下层的成功作家。4岁时，全家搬到密西西比河畔的汉尼泊尔镇，从此他就和这条著名的大河结下了不解之缘。他的家境并不富裕，父亲去世（1847）后更陷入困境，迫使12岁的他开始了打工生活。在印刷厂当学徒、排字工，使他这个刚刚离开课堂的孩子又有了接触“文化”的机会，据说，他常在印刷厂的图书馆里阅读，并开始试笔。1857年，他结识了一位领航员，拜他为师，一年后便成为密西西比河上的领航员。他喜欢这个有点浪漫也有点冒险的职业。“水深两哷”（音译为马克·吐温），是这一行常用的行话，所示信息为“船只可以通过”。日后，作家以此为笔名，可见他对这段生活的喜爱，也表明他特有的幽默感。

船就是一个社会，一次航行就能见识一批人物，在密西西比河上航行的日子使马克·吐温大开眼界，积累了丰富的阅历。1862年，他任《企业报》记者，开始笔耕生涯，并有机会更广泛地接触社会。次年，他以“马克·吐温”为笔名发表幽默小品。1865年，他发表第一个短篇《卡拉维拉斯镇著名的跳蛙》，引起注意。1867年，他受报社派遣出访欧洲、中东，所撰文稿50余篇，后编入1869年出版的《傻子国外旅行记》。此时他已小有名气。

1870年，《竞选州长》、《哥尔斯密的朋友再度出洋》、《百万英镑》等几个优秀短篇的相继问世，显示了作家幽默讽刺的才能，令他名声大噪。其后，他与为邻的作家查理·华纳合作，共同创作了第一部长篇小说《镀金时代》(1873)。这是一部“正剧”风格的“暴露小说”、“黑幕小说”，它以两个友人发财梦破灭的过程，表现了政客们是如何利用南北战争后美国经济大发展的时机，投机取巧、营私舞弊、贪污受贿、大发横财的。19世纪七八十年代被称为美国的“黄金时代”，而小说却毫不留情地揭露了表面繁荣掩盖下的腐败风气，尖锐地刺破了一个时代的美国梦。“镀金时代”，后来成为历史学家对这一特定时代的概括。

《王子与贫儿》(1881) 是一部更能体现马克·吐温幽默风格的作品。贫富悬殊和社会不公，是普遍存在的社会问题，作为底层作家，他对此自然十分敏感。小说假借16世纪的英国为背景，创作了一个童话般的故事。王子爱德华和贫儿汤姆都对自己的生活状况很不满意。前者厌倦了宫廷的种种约束，想尝试过过普通孩子无忧无虑、自由自在的日子；后者渴望摆脱饥寒交迫的穷困，梦想当国王享受荣华富贵。为此两个同年同月同日生却命运大不相同的孩子，决定互换角色，体验新生活。此前，爱德华的宫廷与汤姆的“垃圾大院”是两个完全不同的世界，生活方式与思维方式都格格不入：王子不明白贫儿的姐姐怎么会没仆人伺候，晚上睡觉前谁帮她脱衣服；贫儿不明白睡觉为什么要脱衣服，而不像野兽那样“光着身子”；王子不明白为什么洗衣服就会光着身子，难道她们只有一件衣服；贫儿不明白人又没有两个身体，要那么多衣服有什么用——生活在社会两端的人无法找到共同语言。作家以幽默的笔法，表现了这种尖锐的对立。

换位后的汤姆，首先感到的不是享受的快乐，而是繁文缛节下的手足无措。一切都有人伺候，一切都有特定的规矩，穿一件衣服要经过几十人的手，吃饭时鼻子痒痒该怎么办因没有既定条文，竟引得满朝文武惶恐万分——宫廷生活使他窒息难忍。爱德华穿上破衣烂衫后便遭到王宫门口卫士们的殴打，在大街上更是被狗咬、被孩子们欺辱，吃尽苦头。他越是声称自己是王子，人们就越把他当做傻子疯子加以嘲弄。作家借古讽今，通过这些喜剧性的情节，对贫富悬殊、社会平等与公正的缺失等荒诞现实进行了妙趣横生的批判。

《哈克贝利·费恩历险记》(1884) 是马克·吐温最受欢迎的长篇。主人公哈克贝利·费恩曾是《汤姆·索亚历险记》(1876) 的主角之一，两部小说有一定的连续性。但相比而言，《哈克贝利·费恩历险记》内容要丰富深刻得多，艺术上也更加成熟完美。

两个主人公分属不同种族、不同阶级、不同年龄，他们因不同的原因走到了一起，在不断的“历险”中结下深情厚谊，患难与共地寻找向往的自由。哈克是白人孩子，养母家庭生活富足，但对他管教严格苛刻，令他十分厌烦，决定离家出走。吉姆是华森小姐（哈克养母的姐妹）家的黑奴，听说要被卖到南方而出逃。他们二人，一白一黑，处于不平等地位；在身份上，哈克与吉姆又算是主仆关系。他们对“自由”的理解、对“自由”的需要完全不同。前者要摆脱的是所谓“现代文明”对个性的束缚，而后者则要求的是最基本的生存权。对哈克而言，出走是淘气孩子的叛逆；对吉姆而言，逃跑可是性命攸关的逃亡。二者的动机与性质大相径庭，但不期而遇，落入了同一个处境。他们来到荒无人烟的小岛上，共同面对大自然的威胁。

在这样特殊的环境、特殊的关系中，吉姆对哈克的关爱帮助、真诚无私，表现了他善良淳朴的本性。而哈克却曾产生过“出卖”吉姆的卑劣想法，这是他所受“文明教育”的结果，对白人来说，“告发”逃跑的黑奴是天经地义的，帮助黑奴逃跑可是要“下地狱”的。两相对照，让我们看清了一个“黑白颠倒”的世界。为吉姆的人格和真情所感动，哈克经过激烈的思想斗争，最终打消了这个念头，和吉姆一同继续逃跑。宽广的密西西比河，是自由的象征，成了他们理想的“家园”，两岸的现实却布满了阴谋诡计。他们乘着木筏在大河上漂流，感到“挺自由，挺痛快，挺舒服”。他们的幸福感，来自他们经过努力奋斗挣脱外在的羁绊、恢复了人的本来面目，来自他们推倒种族和阶级的藩篱、赢得了平等和真情的共处。小说透过对种族歧视的批判，肯定了纯真的人性，讴歌了自由、平等、博爱精神。令人不解的是，以结束蓄奴制为目的的南北战争过去已有20年之久，小说出版后却仍然受到舆论的围剿，认为它“败坏道德”，应当禁止青少年阅读。现实总喜欢站在理想的对立面。

《败坏了赫德莱堡的人》(1899) 是一部让人忍俊不禁的精彩中篇。号称“不可败坏”的赫德莱堡，经不住一袋假金币的诱惑，使19位头面人物竞相表演，出尽洋相，自己撕下了“不可败坏”的假面具，露出了贪婪虚伪的本来面目。20年前的一张“百万英镑”和20年后的一袋“镀金铅饼”，前后呼应，把美国社会的拜金主义揭露得淋漓尽致，后者更无情地挑破了上流社会虚伪的道德面纱。

马克·吐温的创作，代表着美国文学的成熟。他以敏锐的观察和犀利的笔锋，一个个戳穿了虚幻的“美国梦”，真诚地呼唤自由平等的时代。无论历史题材，还是现实题材；无论写儿童，还是写成人；无论童话体，还是写实体——美国式的幽默中，总是蕴涵着耐人寻味的思想力量。

第十一节 契诃夫

“没有童年”·医生—作家·小说家—剧作家·客死他乡

安东·巴甫洛维奇·契诃夫（1860—1904），俄国著名的“短篇小说之王”，杰出的剧作家。在这两个迥然不同的领域里，他都达到了难以企及的高度，令人叹为观止。

生平与创作

契诃夫的祖上是农奴，1841年，祖父为一家人赎身。父亲以开小杂货铺为生，生活拮据。小小年纪的契诃夫经常要帮着站柜台，自认为自己“没有童年生活”。1876年，家庭从亚速海沿岸的家乡迁往莫斯科，只留下他在家读书。1879年，中学毕业后他也来到莫斯科，翌年进入莫斯科大学医学系。毕业后，他到基层行医，广泛接触各色人等。从1880年起，他就以契洪特为笔名发表幽默小品。不久，他创作渐入佳境，陆续发表优质短篇，并相继出版三本短篇集，即《梅尔波美娜的故事》(1884)、《杂色的故事》(1886)、《在昏暗中》(1887)。其中如《变色龙》(1884)、《普里希别叶夫中士》(1885)、《苦恼》(1886)、《万卡》(1886) 等，均属传世名篇。1888 年，中篇小说《草原》和剧本《伊凡诺夫》的发表，标志着他的创作上了新台阶。1890 年 4 月，契诃夫以羸弱之躯，到流放苦役犯的远东库页岛进行实地调查，地狱般的苦难状况给作家以强烈刺激。1892 年，他从莫斯科迁往梅里霍沃。在这里，他开始自觉地投身社会公益活动，赈济灾荒、消灭霍乱、实施人口普查、支持高尔基、支持大学生的革命行动，等等。90 年代，是契诃夫创作的高峰期。中篇小说《第六病室》(1892) 对俄国社会批判之尖锐，令人震惊。短篇《带阁楼的房子》(1896)、《装在套子里的人》(1898) 和《醋栗》(1898) 等，社会内涵明显增加。更重要的是，他真正开始了剧作家的生涯，《海鸥》(1896)、《万尼亚舅舅》(1897)、《三姐妹》(1901) 和《樱桃园》(1903) 四个剧本相继在莫斯科剧院上演，造就了俄国戏剧的无限风光。然而，长期受肺结核困扰的契诃夫，此时病情日益恶化。1904 年 6 月初，他遵医嘱赴德国医治疗养；7 月 15 日，不幸客死他乡，享年仅 44 岁。

在俄罗斯长长的作家队伍中，契诃夫不是一个政治倾向性很强烈的作家，但却是一个触觉敏锐、感情细腻的作家。由 470 多个中短篇小说组成的艺术世界，五彩缤纷，众生芸芸，令人目不暇接。他对人性善恶的揭示，入木三分。无论是习作时期的幽默小品，还是早期的优秀短篇，都显示了他嘲讽恶劣人性的高超才能。《小公务员之死》中的小公务员竟为一个喷嚏的唾沫星溅到将军的秃顶而诚惶诚恐，直至一命呜呼；《胖子和瘦子》中的童年玩伴瘦子与胖子重逢，瘦子竟在得知胖子升迁的消息后，不由自主地尽显谄媚的丑态。卑微的奴性，附着在灵魂的深处。《变色龙》的精彩“表演”，是喜剧，更是悲剧。狗咬人，这是个并不难判的案子。但是，“变色龙”警官在作判断时，却非要让“狗仗人势”：当他认为这是野狗时，他要严惩主人；当被告知可能狗主是将军时，被咬者就受到了训斥；在听说狗主不是将军时，他喊着要打死它；话音未落，又有消息说狗的主人是“将军的哥哥”，于是，一副献媚嘴脸转向了小狗——可笑的“变脸”后面，是“人仗狗势”的劣根性。《普里希别叶夫中士》则把这种奴性引向“暴力”。这位军士本已不在其位，大可不谋其政，但惯性使然，他仍视村人为敌，横眉冷对，不准聚众，动辄挥拳，即便在自己被拘禁放出后，还要对聚在一起谈笑的百姓狂呼“散开”。暴政猛于虎，暴政使人性之恶膨胀发酵。无限忠于专制制度的“普里希别叶夫”，通行于一切专政时代，它已成为暴虐蛮横的代名词。而《哀伤》、《苦恼》、《万卡》等作品继续着俄国文学“小人物”的传统，把弱者痛苦的生活和忧郁的善性表现得催人泪下。

《第六病室》是一篇可以让人发狂的作品。一座脏乱差的医院，一间乌烟瘴气的病室，一派令人窒息的氛围；而维护“疯子”们秩序的，是莽夫尼基塔的拳头，他可以随意殴打病人。无疑，这是一个象征，是俄罗斯现实的缩影。小人物格罗莫夫在物质生活与精神生活的双重重压下，无法摆脱恐惧感的缠绕，被关进了第六病室。拉京是医院的负责人，有责任改变医院的现状，但善良和懦弱使他安于现状、无所作为。可他却在第六病室里发现了很有思想的格罗莫夫，于是便经常来找他聊天、争论处世哲学。不料，这竟成了觊觎他位置的对手的口实，对手卑鄙地把他作为疯子也投进了病室，拉京最后被尼基塔毒打中风致死。一对难兄难弟“疯子”，承受着非人的屈辱和虐待，态度却全然不同。拉京不断用“蔑视痛苦”以求“内心平静”的哲学来说服格罗莫夫接受现实，结局却是对他有力的嘲讽和无情的打击。格罗莫夫与他针锋相对，不断咒骂这牢房，也不断呼唤“好日子”的到来。小说是作家库页岛之旅后的产物，据说在那里他走访了近万名囚徒和移民，目睹了流放犯所受的非人待遇和残酷折磨。《第六病室》里将正常人关进疯人病室、遭受肉体特别是精神强力压迫的构思，具有巨大的象征意义。人们从中感受到的正是整个俄罗斯黑暗现实对广大民众的迫害和摧残。

契诃夫的短篇题材多样，几乎覆盖社会生活的一切方面。而对小市民自私、庸俗、保守、疏懒、虚荣、伪善、愚昧等陋习的批判，则是他最擅长的领域。《姚尼奇》写一个奋发有为的年轻医生，如何在一座小城慵懒的氛围熏染下一步步变成了脑满肠肥、气喘吁吁、不求进取的市侩。《醋栗》的主人公，人生的目的就是发财致富，购买一片庄园种植栗树，过着有醋栗可吃的幸福生活。最具批判精神、也最为著名的作品是《装在套子里的人》。主人公别里科夫是中学教师。他的封闭保守如同他教授的古希腊语。他总不忘用雨鞋、雨伞、大衣、墨镜、幔帐、被子等物品把自己包裹起来。他的座右铭是“但愿不要惹出什么事端”。他害怕甚至仇视一切新鲜事物。更让人厌恶和畏惧的是，他还有“告密”的恶习，由此而成为自觉的卫道士。他的意外死亡，被写成了喜剧性事件。他躺进了棺材，带着“几分喜色，仿佛很高兴他终于被装进套子，从此再也不必出来了”；而他的同事们也感到他的死亡“是一件令人高兴的事”，但大家又都不愿“流露出这份喜悦的心情”。同事们为此松了一口气，但很快就担心起来：“我们埋葬了别里科夫，可是还有多少这类套中人留在世上，而且将来还会有多少套中人啊!”这个短篇超越了作家惯用的写实笔法，以极度的夸张，塑造了这个既自绝于外在世界又对外在世界构成极大威胁的阴暗形象。他并非专制工具，却更甚于专制工具。人们不仅害怕“这一个”，而且要为现在和未来的许许多多别里科夫担惊受怕。一个充斥着别里科夫们的社会，是多么可怕的现实。从《第六病室》到《装在套子里的人》，契诃夫的创作已开始渗透荒诞意识。

短篇小说作家写剧本，按常理会很重视戏剧冲突的尖锐和解决矛盾的突兀，以求得浓烈的戏剧性效果。但契诃夫却大反其道，走了一条淡化情节因素、铺陈生活、寻求内在戏剧性的新路，并取得了巨大成功。他以他为数不多的几个剧本，与1898年才建立的莫斯科艺术剧院合作，创造了影响世界剧坛的斯坦尼斯拉夫斯基“体验派”表演体系。一位剧作家的创作，催生了一个表演艺术体系，可谓戏剧艺术史上辉煌的一页。

《海鸥》情节平淡，节奏舒缓，似一杯香而不烈的醇酒。年轻作家特里勃列夫写了个自以为创新的剧本在乡间别墅的舞台上演出，他的女友宁娜担任主演。演出遭到他母亲和她的情人的否定，他们分别是当时著名的女演员和剧作家。剧作家不仅批评了他的创作，还拐走了他的女友，这使他深受伤害。宁娜被剧作家抛弃后，继续在演艺事业上奋斗，并取得了成就。两年后，她路过故乡，与特里勃列夫叙旧，又燃起了他的热情，但被宁娜拒绝。特里勃列夫绝望自杀。

这里没有正面人物与反面人物的对立，没有尖锐而完整的戏剧冲突，没有明确的开始和结束。人物在舞台上自在地生活着，“生活”在舞台上缓缓流动。剧中一只被特里勃列夫不经意打死的海鸥，是个多意的象征物。它是高傲的、自由的、满怀希望的，又是孤独的、脆弱的、会被无缘无故杀害的无辜生命。宁娜写信时署名“海鸥”，特里勃列夫曾暗示会像杀死海鸥一样杀死自己——但它似乎更象征着不可知的命运。作品以主人公的死作结，而特里勃列夫自杀的缘由却并不清晰。是失恋，是事业无成，还是生活无聊?都是，又都不是，给读者留下了足够想象的空间。

《樱桃园》是契诃夫生命最后的“绝唱”。难能可贵的是，创作剧本时，作家已病入膏肓，但他不仅艰难地完成了这部杰作，而且在剧中乐观地发出了“新生活万岁”的呼唤，显示了作家坚定的信念和顽强的意志。

“樱桃园”是祖辈留下的一处美丽的贵族庄园，但主人加耶夫、柳苞夫兄妹两人挥霍无度，坐吃山空，又不善经营，不得不拍卖给新贵商人罗伯兴，而罗伯兴就是他们家农奴的后代。因此，樱桃园的易主，不仅仅是一次商业交易，更意味着是新旧时代的历史更迭。罗伯兴也很欣赏庄园的美景，但他从实利出发果断地决定砍伐樱桃树，建造别墅，招徕游客。这一破坏性的建设，这一声声砍伐树木的声响，结束了封建主的统治，也结束了旧时温情脉脉的生活方式。柳苞夫百感交集地喊道：“别了，我的生活，我的青春，我的幸福！”而大学生特罗菲莫夫则热情洋溢地欢呼：“新生活，你好！”

契诃夫在此前的多篇作品中通过身份各异的人物都喊出过对新生活的期盼，这是作家积极的生活态度所使然。但不容讳言，“新生活”的内涵于他是相对空泛的。这是世纪之交俄罗斯的迷茫。契诃夫剧作不同程度地弥漫着这种诗意的茫然和淡淡的哀愁。这也正与他不刻意强调外在激烈的戏剧动作、转而追求在常态的生活状况中揭示深藏于人物命运的内在戏剧性相一致。

思考题

1. 为什么说“世纪末”是欧美文学的一个转折点？
2. 谈谈巴黎公社文学的开创意义。
3. 谈谈兰波象征诗的意韵。
4. 从左拉看自然主义的贡献。
5. 从王尔德看唯美主义的得失。
6. 谈谈莫泊桑笔下的小人物。
7. 谈谈哈代乡村悲剧的意义。
8. 谈谈易卜生“社会问题剧”和象征戏剧的不同特点。
9. 谈谈托尔斯泰的自省意识和博大的人道主义情怀。
10. 如何评价《复活》中聂赫留朵夫的忏悔和“复活”？
11. 马克·吐温是如何挑战“美国梦”的？
12. 谈谈契诃夫短篇小说和戏剧作品的不同特色。

第九章 20世纪上半叶文学

第一节 现实主义的发展和现代主义的崛起

一、战争与革命改变世界格局

20世纪，创造的世纪，探索的世纪，动荡的世纪，忧患的世纪，文明与野蛮并进，战争与革命交错。这个刚刚过去的世纪，给文坛留下了杂色的辉煌，也留下了许多待解的谜团。

19世纪与20世纪之交，西方发达的资本主义国家先后进入帝国主义阶段。垄断经济的发展和经济危机的出现，使谋求境外市场成为必由之路。日益尖锐的经济利益冲突，导向疯狂的军备竞赛，使欧洲变成了随时可以点燃的巨大火药桶。以英、法、俄为首的协约国和以德、奥为首的同盟国两大军事集团，进行了一场长达四年（1914—1918）之久、殃及欧亚非二十余个国家的大规模战争，史称“第一次世界大战”。由过去一国与一国之间的局部战争，演变到此时多国参与的世界性混战，制造了超乎人们想象的大面积灾难，也给人类命运罩上了浓重的阴影。20世纪的开端是一个不祥的开端。

这是一场由政客、垄断资本家和军火商发动的战争。但他们煽动民族沙文主义只能欺骗群众于一时，在战前和战争期间，有许多有识之士纷纷揭露战争的实质，参战各国民众相继举行规模不等的反战斗争，其矛头直指统治集团。1917年，俄国人率先掉转枪口对准沙皇。阿芙乐尔号的炮声，宣告了世界上第一个社会主义国家——苏联的诞生。这一重大事件，不仅加速了战争的结束，而且改变了20世纪的历史进程。十月革命，极大地鼓舞了各国的左翼力量和民族民主运动，也引起了帝国主义势力的极度恐慌和疯狂围剿。社会主义事业的创建、发展和曲折，都是20世纪世界历史的重要组成部分。在这个世纪里，人类开始了新一轮对理想社会制度的寻求。社会主义，成为许多志士仁人追逐探索的目标。

第一次世界大战非但没能解决资本主义国家固有的内在矛盾和严重的经济危机，反而在世界，特别是在欧洲制造了大片废墟，这就进一步恶化了世界的态势。20世纪二三十年代，各类矛盾错综复杂。帝国主义国家封锁围攻苏联，妄图置之于死地；法西斯势力借机抬头，疯狂准备新的战争；进步力量集结，强烈反对战争阴谋。1932年希特勒上台，加速了独裁统治和发动战争的步伐：1933年1月制造了骇人听闻的国会纵火案，栽赃于共产党，进而取缔了共产党和工会等进步组织，实行一党专制；1933年5月，竟公然在大庭广众之下点火焚烧了马克思、海涅甚至弗洛伊德等的被纳粹视为异端邪说的万余种著作，对进步知识分子的迫害更可想而知，可谓荒唐地制造了现代德国版的“焚书坑儒”。剑拔弩张的形势使民族主义情绪也在各国蔓延，统治者正利用这种情绪秣马厉兵、准备战争；进步人士纷纷逃离德国等法西斯势力猖獗的国家，向美、英、法等国流动，并掀起一浪高过一浪的反战运动。

“社会主义”，这个词从19世纪中叶便开始引起人们极大关注，并孜孜不倦地探索、求证、奋斗的政治理想，终于以苏联的出现而仿佛让人们圆了梦；苏联的创立，也使马克思主义的影响迅速扩大，欧美各国共产党组织都有了较快的发展，成为政治舞台上不可忽视的重要力量。苏联突破西方的封锁和围剿，在经济建设方面取得了令人振奋的成就，吸引了众多有识之士的目光；但斯大林的专横统治，30年代的大清洗，使许多人受到无辜的迫害，严重败坏了社会主义的威信，给西方进步人士也造成了极大的困惑。许多西方作家都曾兴冲冲地造访苏联，为的是一睹新制度给人类带来的希望；但他们又往往败兴而归，带回种种遗憾和疑惑，甚至是痛苦的失望。

1939年至1945年的第二次世界大战，距离上一次大战结束仅仅20年，而战争规模和残酷程度还大大超过了前者，德、意、日等军国主义再一次把人类推向了毁灭的边缘。战争狂人灭绝人性的大屠杀，显示出“人性恶”可以疯狂到何等程度；科技发明创造的巨大杀伤力，对世界的破坏和对生命的摧残，不啻对人类文明进步的莫大讽刺。两次连续的大规模战争，不仅仅摧毁了物质世界，更制造了精神世界的混乱。历史面临新的道路选择，人类面临新的信念危机。

20世纪，在科技发明的带动下，生产力得到了迅速发展，战争和革命使本已十分复杂的社会思想更趋复杂化。在西方，尼采“上帝死了”的判词，振聋发聩。它不仅标志着基督教信仰的动摇，更意味着人们对世界恒定秩序和价值体系的怀疑。对世界的理性主义解释，已无法使人信服。滥觞于19世纪的各种哲学社会思潮，在20世纪上半叶产生了较大的影响。苏维埃新政权的建立，结束了沙皇的反动统治，给工农大众带来了翻身解放的喜悦。人们一度对于社会主义的光辉前景充满信心和希望，但政治的特别是意识形态的威权主义，却制造了万马齐喑的局面。

二、现实主义文学的新特点和现代主义文学的先锋精神

19世纪至20世纪之交，欧美文坛已开始呈现多元且多变的态势。一批跨世纪的大作家继续以他们的丰富创作产生着巨大的影响，而一批年轻后生已迫不及待地发起了冲击，对传统提出了毫不留情的挑战。以再现论为指导思想的现实主义，自有其悠久的传统和深厚的底蕴，19世纪的巨匠们更将它推向了高端。而以对理性主义的质疑为起点的现代主义，却以其对创新意识的强烈追求冲击着旧有的秩序（社会的和文学的）。进入20世纪，现实主义和现代主义，从相互拒斥、相互撞击，到相互影响、相互渗透，共同建构了千姿百态的新世纪文坛。20世纪的前30年，政治风云变幻激烈，还经历了制造巨大混乱的第一次世界大战，但文学艺术却空前繁荣，流派纷呈，且各有建树，堪称奇观。

（一）现实主义文学的新发展

现实主义的作家们，依然保持着强烈的社会责任感和使命感，把对现实的深刻反映视为己任，深入揭示错综复杂的社会矛盾和民族矛盾，特别是在反对帝国主义战争方面，发挥了积极的作用。

为了充分全面反映社会生活的丰富复杂，作家们不约而同地创造了一批多卷本的鸿篇巨制（有的是多部曲形式），成为世纪初叶一个独特的景观。如法国罗曼·罗兰（详见本章第二节）相继完成的《约翰·克利斯朵夫》和《欣悦的灵魂》、马丁·杜·伽尔（1881—1958）的8卷本《蒂博一家》（1922—1940）、儒尔·罗曼（1885—1972）惊人的27卷本《善意的人们》（1932—1946），德国亨利希·曼的《帝国三部曲》（《臣仆》，1918；《穷人》，1917；《首脑》，1925）、托马斯·曼的《布登勃洛克一家》（1901），英国高尔斯华绥的三个三部曲《福赛蒂世家》（《有产者》，1906；《进退两难》，1920；《出让》，1921）、《现代喜剧》（《白猿》，1924；《银匙》，1926；《天鹅曲》，1928）和《尾声》（《女侍》，1931；《开花的荒野》，《河那边》，1933），美国德莱塞的《欲望三部曲》（《金融家》，1912；《巨人》，1914；《斯多葛》，1945），苏联高尔基（详见本章第三节）的自传三部曲（《童年》，1913；《在人间》，1916；《我的大学》，1923）、肖洛霍夫（详见本章第四节）的《静静的顿河》（1928—1940），等等。这应当不是偶然的巧合。人们把这些作品称为“长河小说”，不仅说明其篇幅超长为过去所罕见（《战争与和平》是个特例），更表明作家们力图描绘的是历史的长河，意在赋予19世纪“百科全书”式的小说以更大的历史容量。世纪之交，总是人类思考的兴奋点。社会的沧桑变化，促使人们以更开阔的视野反思过去、探索未来。他们或以个人命运为主轴，或以家族兴衰为线索，纵横捭阖，上下勾连，为人们展开一幅幅大跨度的现实主义长卷。

亨利希·曼（1871—1950）和托马斯·曼（1875—1955）兄弟是20世纪最具代表性的德国现实主义作家。他们都是跨世纪的大作家，著作甚丰，而且都长期生活在国外，特别是为反对法西斯上台而彻底离开了德国，因此较早就成了国际性人物；二战前，他们开始先后在美国等地积极投身反战活动，产生了更加广泛的影响。亨利希最成功的作品是《帝国三部曲》中的《臣仆》，它以尖锐的批判性著称。作家精心塑造了一个欺弱怕强、投机钻营的政客形象，并围绕他的发迹，展示了德国社会日益走向反动专制的黑暗现实。托马斯的《布登勃洛克一家》的副题是“一个家庭的没落”，描写了一个殷实的富商之家如何在内忧外困中逐渐走向衰落的过程。小说通过对四代人不同性格和不同命运

的刻画，揭示了19世纪德国从自由资本主义向垄断资本主义过渡进程中资产者的心路历程，具有相当的普遍意义。

约翰·高尔斯华绥（1869—1933）是20世纪初叶英国最负盛名的小说家、剧作家。他最重要也是这一时期英国最重要的长篇小说是《福赛蒂世家》三部曲。作品通过两代人复杂的婚恋纠葛和这个大家族最终的崩溃，展现了19世纪末20世纪初英国资产者利己主义的恶性膨胀和精神世界的滑坡。该作品使他获得了1932年的诺贝尔文学奖。

法国的纪德、英国的劳伦斯和奥地利的茨威格，都是创作颇丰且极富独创性的著名小说家。他们基本运用传统小说的模式，却大胆吸纳新世纪的现代意识，更多关注人的内心世界，熔铸出与现实主义、现代主义均不尽相同的作品，令人耳目一新。

安德烈·纪德（1869—1951），就个体而论，是20世纪上半叶法国最举足轻重的作家之一。他一度主持的《新法兰西评论》，对法国文坛产生过重要影响。而他为人瞩目之处是他对社会传统规范的叛逆精神、所谓非道德倾向的"纪德主义"。他反对一切束缚，崇尚个性自由，受到年轻一代的推崇。他创作主题的多样性和叙述方式的多样性，令他卓尔不群。尽管从世纪之交开始，他已陆续出版了《地粮》（1897）、《背德者》（1902）、《窄门》（1909）、《梵蒂冈的地窖》（1914）和《田园交响曲》（1919）等多部不同风格的作品，但在1926年发表《伪币制造者》时，却称之为自己的"第一部小说"和"唯一的小说"，可见该作品在他心目中的地位。小说的最大特点是其不确定性、开放性，它以不确定的叙事表现了不确定的主题，以至于史家把它视为"新小说"的先声。拆"伪"，也许可以看作小说的中心题旨，货币之伪，父子关系之伪，夫妻关系之伪，乃至小说与现实关系之伪，等等，而作家向往的是真实与真诚。

大卫·赫伯特·劳伦斯（1885—1930）是位长期引发争议的作家。他继承了英国浪漫主义的传统，认为现代工业文明的发展是对人性的摧残；他大胆地从两性关系切入，探讨完美人性的建立，从而屡屡遭到抨击甚至查禁。《虹》（1915）和《恋爱中的女人》（1921）是作家最重要的姊妹篇，它们先后以四代人的婚恋关系展开探讨：有传统的田园牧歌，有以自我为中心的争斗，有工业文明所制造的异化，也有彼此克制共同寻找理想家园的向往。劳伦斯似乎是在通过不同类型的婚恋探索人类文明的进程。后期的力作《查泰莱夫人的情人》（1928）曾因其过分直露的性描写而被禁30余年，它也是作家最负盛名的作品。小说以性能力的缺失喻指精神的衰颓，而把以大自然为背景的激情性爱看作对虚伪现代文明的抗争和理想人性的复归。

斯蒂芬·茨威格（1881—1942）被称为心理现实主义作家，以中短篇小说见长。他以撰写文学化的名人传记著称：在他的笔下，既有著名的前辈作家，如巴尔扎克、狄更斯、陀思妥耶夫斯基、斯丹达尔、托尔斯泰、尼采等，也有同辈友人罗曼·罗兰、弗洛伊德等。他的传记着重于探析传主的精神世界，从心理层面揭示其个性特征，为读者理解这些大师提供了新的视角。他也在深入探索中传达了自己的追求。《一个陌生女人的来信》（1922）、《一个女人一生中的24小时》（1922）等脍炙人口的中篇小说，以细腻的心理描写表达了对女性命运的深切关注，引起人们强烈共鸣。《象棋的故事》（1941）是他最杰出的短篇，小说把战争和奴役（囚禁）对人的残酷精神折磨表现得令人不寒而栗，艺术地表明绝对的孤独和空虚与疯狂的杀戮同样具有无比的杀伤力。作品创作发表在二战期间，作家以精巧的构思控诉了法西斯主义对人类心灵的戕害。

现实主义戏剧最杰出的代表是跨世纪的英国作家萧伯纳（伯纳·萧，1856—1950）。他是一位深受易卜生影响、具有强烈社会责任感的多产作家，共创作了51个剧本，题材涉猎广泛，对资本主义社会的诸多重大问题进行了严正的批判或辛辣的嘲讽。他初入剧坛的两部作品《鳏夫的房产》（1892）和《华伦夫人的职业》（1894），就对资产者光鲜外表后面的肮脏财富积累进行了无情的揭露。进入20世纪，他的《巴巴拉少校》（1905）把批判矛头指向了不惜一切手段疯狂敛财的大军火商，巧妙地指出正是这类寡头控制左右着包括慈善事业在内的整个社会，并令年轻一代的反对者最终也不得不归顺。创作于一战前夕、发表于一战后的《伤心之家》（1919），则着意描写了人们看不到前景的颓唐情绪，表现了深重的社会危机和精神危机。萧伯纳的戏剧政论性极强，又兼以机智幽默的讽刺，似是而非、似非而是的台词更具张力，形成了独特的艺术风格。

20世纪30年代，经济危机在资本主义世界蔓延，法西斯势力的日益扩张使战争危险日益临近，许多作家纷纷投身于反对战争、争取和平的运动，许多国家相继组建了左翼团体、创办左派刊物，及时创作出了一批以反战或反映劳资矛盾为题材的优秀作品，遂有“红色三十年代”之称。“红色”自然是以苏维埃国家的存在和苏联文学的榜样为背景的。而在西方文坛上，法、德、美等国的左翼作家十分活跃，也深受苏联文学的理论主张和创作实践的影响。

以第一次世界大战为题材的作品中最引人注目的是法国亨利·巴比塞（1873—1935）的《火线》（1916）、《光明》（1919）和德国埃里希·保尔·雷马克（1898—1970）的《西线无战事》（1927），以及美国海明威（详见第十章第二节）的《永别了，武器》等。如《火线》的副题所示，该小说是“一个步兵班的日记”，朴实地记录了这个由下层劳动者组成的“步兵班”从浑浑噩噩被送上战场到无情地葬身于火线的经历，提出了对战争的质疑和控诉，表达了“从今以后，再也不应该有战争了”的强烈愿望。《西线无战事》以与《火线》相似的白描手法表现了一群普通德国士兵的“战壕生活”，但其惨烈血腥的程度却更有甚之。小说有力地揭露了这场帝国主义战争对无辜生灵的愚弄和残杀。作为战争发动者、且又在准备新一轮战争的德国，当然不能容忍被自己的作家如此抹黑。雷马克不得不远走他乡，从此再也没有回国。而这部小说却风靡德国，也风靡全球，成为反映第一次世界大战的最有影响的作品。

美国跨世纪的大作家是西奥图·德莱塞（1871—1945）。他出生在一个德国移民家庭，因家境困难，曾两度辍学。1892年他入行做记者，开始广泛接触社会生活，1900年发表第一部长篇小说《嘉丽妹妹》，描写乡下姑娘进城谋生的故事，获得成功。从此，他的创作源源不断，甚为丰富。《欲望三部曲》以开阔的视野描写了金融巨头的发迹史，表现了美国进入帝国主义阶段的历史进程。德莱塞最负盛名的作品是长篇小说《美国的悲剧》（1925）。小说描写了来自下层的青年克莱德，在腐败的社会风气熏陶下追求财富、地位和享乐，以致残忍地杀害了女友，被判处死刑。小说下半部写政界和司法界如何把这一刑事案件的审理演变成政治权力的博弈，深刻揭露了所谓民主政治的虚伪。克莱德的堕落和对克莱德的审判，都是典型“美国式”的现象，因而被认为是一部现实主义的美国杰作。在一战中没有遭受战争直接损害的美国，在30年代却经历了一场严重的经济大萧条。约翰·斯坦贝克（1902—1968）的《愤怒的葡萄》（1939）以这次大萧条为背景，描写了约德一家因土地被剥夺而被迫向西部迁徙谋生的悲惨经历，表现了穷富之间的尖锐矛盾，以及受压迫者的愤怒情绪和反抗意识。

苏联文学，正如苏联这个国家，给世界带来了一股新风。社会主义作为一面鲜红的旗帜，不仅在政治版图上十分耀眼醒目，而且也引领文学走上了一条新路。新时代需要新文学、呼唤新文学。苏维埃文学继承早期无产阶级文学的武器论、工具论，强调要用社会主义思想去教育群众、武装群众；强调塑造英雄人物，颂扬高昂的英雄主义；强调理想主义，要求文学要为人们指出光明的前景，等等。这使它明显地区别于以揭露批判黑暗现实为特长的19世纪现实主义，更区别于西方的各种新思潮。以高尔基为首的一批新老作家，满怀激情迎接新生活，努力创作出体现新时代精神的作品，打开了文学史的新篇章。老作家绥拉菲莫维奇（1863—1949）的《铁流》（1924）、青年作家亚历山大·法捷耶夫（1901—1956）的《毁灭》（1927）等，在正面表现艰苦卓绝的革命斗争中书写人的觉醒，展示人的力量，引起了世人的注目。革命初期最有影响的诗人是符拉基米尔·马雅可夫斯基（1893—1930）。他带着未来主义的激进情绪投身革命大潮，以奔放的热情和独创的阶梯式诗句鼓动群众、讴歌革命、嘲讽丑恶，深受广大人民群众的喜爱。三首长诗《列宁》（1925）、《好!》和《放声歌唱》（1930），把他最擅长的政治抒情诗推向了高峰，真诚地唱出了乌托邦的强音。1934年，苏联第一次作家代表大会通过的作协章程草案，正式将“社会主义现实主义”定为苏联文学创作和批评的基本方法。这一倡导社会主义意识形态主导作用的创作方法，历史地看，也许在建设社会主义文化尚缺乏经验的条件下无可厚非，但其先天的排他性、追求同一性的原则，经过日后的“丰富”和“发展”，逐渐演变成束缚创造力的教条，甚至成为某些人手中的棍子，从而走向了反面。当局的行政性强力干预，更导致文坛迅速由多元向单一归拢，甚至成为实施文化暴力的理论依据。

（二）现代主义文学的冲击波

现代主义是一个相对于传统的浪漫主义和现实主义而言的、具有较大包容性的泛概念，是诸多以非理性主义哲学为依托的反传统文学流派的统称。20世纪上半叶相继出现的重要流派有：未来主义、超现实主义、后期象征主义、表现主义、意识流小说等。这些流派产生于不同的国家、不同的背景，理论主张各异，创作风格相左，寿命长短不一，但它们的共同特点是求新求变，甚至不惜极端地标新立异。它们的出现每每会引起轰动，制造“混乱”，犹如一石激水，掀起层层波澜。

最早的冲击波，带有鲜明的“革命”色彩。20世纪初发源于意大利的未来主义，气势汹汹地登台亮相：“我们昂首屹立于世界之巅，我们再次向宇宙间一切星球发出我们的挑战!”[①]“离开斗争，就不存在美。任何作品，如果不具备进攻性，就不是好作品。”[②]一场“彻底革命”的旋风，象征性地掀开了20世纪文坛变革的帷幕。肇始于瑞士的达达主义，提出的是怀疑一切、否定一切的虚无主张。紧随其后出现在法国的超现实主义，则抛出了《首先是革命，永远是革命》（宣言）的激进口号。政治性的诉求与艺术上的探险融为一体，颇有咄咄逼人之势。

未来主义发端于具有古老文化传统的意大利。意大利诗人、剧作家、理论家托马佐·马里内蒂（1876—1944）在1909年2月20日法国的《费加罗报》上发表惊世骇俗的《未来主义的创立和宣言》，宣告了这一运动的诞生。随后，各种各样的宣言相继问世：“政治宣言”、“画家宣言”、“音乐宣言”、“雕塑宣言”、“建筑宣言”、“戏剧宣言”、“电影宣言”、“舞蹈宣言”、“服饰宣言”……一时间，“未来”不仅渗入了几乎所有的艺术领域，而且进入社会生活成了时髦用语、“行为艺术”——集会、游行、演讲、演出、展览，直至激烈辩论、打架斗殴。如此轰轰烈烈的“文艺流派”，当属史无前例。一年后，

---

① ［意］马里内蒂：《未来主义的创立和宣言》，见张秉真、黄晋凯主编：《未来主义·超现实主义》，9页，北京，中国人民大学出版社，1994。

② 同上书，6页。

东方的俄国就作出了呼应。这支队伍中最著名的诗人是马雅可夫斯基。

未来主义是政治上的激进派。它把斗争的矛头直指王权、教权和资产阶级的国家机器，主张创建充分自由的“未来”王国。而在文化上，未来主义者则是彻底的虚无主义者，扬言要“摧毁一切博物馆、图书馆和科学院”①，要“把普希金、陀思妥耶夫斯基、托尔斯泰等等，从现代生活的轮船上扔出去”②。他们坦言，未来主义就是“仇恨过去”。

有趣的是，未来主义对文化积淀的否定竟是和对科学主义、物质主义的崇拜联系在一起的。他们不仅对 19 世纪的科技成就推崇备至，而且从中引申出新的美学原则：集力量、速度、音响、色彩于一体的“现代感觉”。以工业化、城市化为特征的现代化进程，创造出了喧嚣繁华的盛景。深为此而激动的艺术家们，认为着眼于“未来”的艺术，不仅不应沉溺于对往事的追忆，也不应停留在对现在的简单描述，而要以表现“运动”为核心，在高速运动中展示物质世界的多色彩、多声部、多形态。“我们赞美进取性的运动、焦虑不安的失眠、奔跑的步伐，翻跟斗、打耳光和挥拳头。……宏伟的世界获得了一种新的美——速度之美，从而显得丰富多姿。”③ 于是，便有了诸如《致疾驶的汽车》、《飞机》、《电子》、《摩托之歌》、《抒情机器》、《飞跃的都市》等十分“现代化”、“机械化”的诗作问世。他们还把相对论引进了文学领域，认为“时间和空间已于昨天死亡”。因此，无论是对飞速运动着的客体的把握，还是对神秘未知的求索，都不能再依靠传统的理性思维，而只能凭借直觉和潜意识、凭借非理性的体验和想象。这就使他们的作品成为了速度的展示、力量的集聚（包括对暴力和战争的讴歌），具有摧毁一切的冲击力。而无规则的联想、无视规范的语句、无意义的拟声等，都是为了制造突兀奇异的效果。

未来主义是一场浮躁的运动。它取得了轰动性效应，却未能获得长久的生命力。在第一次世界大战前后，队伍就开始向左中右等不同方向分化：马里内蒂成为军国主义战争的狂热支持者；意大利的帕拉迪尼、俄国的马雅可夫斯基向往的是共产主义；意大利的卢齐尼（1867--1914）、帕拉采斯基（1885—1974）和帕皮尼（1881—1956），法国的阿波里奈尔（1880—1918）等追求的是摆脱一切羁绊，实现艺术个性的绝对自由。因此，随着十月革命的爆发和一战的结束，未来主义组织已然解体，创作也成强弩之末。短短十年，未来主义呼风唤雨，兴风作浪，给文坛以强烈震撼。这场略显稚嫩的“造反”运动，掀开了 20 世纪文学史的第一页。它的叛逆精神、美学追求、非理性思维，都为 20 世纪的文学创新提供了启示。

继之而起的是发轫于法国的超现实主义。一战后，1919 年，超现实主义的主帅布勒东和菲利普·苏波（1897—1990）运用“自动写作法”合作写出了第一部实验小说《磁场》、与阿拉贡等创办杂志《文学》，开始为流派的创立铺路。1924 年，超现实主义团体成立，布勒东发表《超现实主义宣言》，标志这一运动正式发端。与未来主义不同的是，这群年轻人是从对精神解放和艺术创新的追求开始、从而转向政治革命的诉求的。布勒东和阿拉贡都是弗洛伊德的信徒，这一派作家执着于对梦境和潜意识的开掘，倡导不受理性干预的“纯粹的精神学自发现象”。在他们看来，现实世界和人类的理性思维，都已严重遭受资本主义制度的污染，只有意识深处，或更准确地说只有在潜意识中、在梦幻

---

① ［意］马里内蒂：《未来主义的创立和宣言》，见张秉真、黄晋凯主编：《未来主义·超现实主义》，6 页，北京，中国人民大学出版社，1994。

② ［俄］布尔柳克等：《给社会趣味一记耳光》，见上书，57 页。

③ ［意］马里内蒂：《未来主义的创立和宣言》，见上书，5～6 页。

中才能找到“超现实”的真实，找到纯粹的精神。

因此，他们发明了所谓“自动记录”或称“下意识写作”的特殊创作方法，即让自己完全处于松弛被动的状态，不假思索地奋笔疾书，以最大限度地展示自我的内在真实。同样，对梦幻乃至对“白日梦”的热衷，也是为了最充分地展露非理性的精神世界。这样，光怪陆离的想象和斑驳奇特的色彩，构成了与传统文学和现实生活迥然不同、难以辨析的陌生天地，显露出一个个躁动不安的灵魂。

布勒东等人一度接受了马克思主义“改造社会”的观点，与法共密切合作，积极投身政治斗争。在1925年1月27日的声明中，他们明确宣布“我们下定决心进行一场革命”，声称“必要时将借助物质手段”，这被看作他们转向社会斗争的信号。但实际上，他们在政治舞台上的影响要远逊于艺术方面的探索。相对未来主义而言，超现实主义持续的时间要长得多，波及的范围也大得多。20世纪四五十年代，其影响已先后及于欧、美、非、亚等几大洲。至1969年，《第四章》发表，正式宣告超现实主义运动的终结。

安德烈·布勒东（1896—1966）是超现实主义运动名副其实的领袖，也是始终如一的身体力行者。他最早写出了实验性作品，发起创办杂志《文学》和《超现实主义革命》，并建立起组织；他先后写过三篇《超现实主义宣言》（1924，1930，1942）及许多理论文字，积极宣扬他们的主张，深入阐释他们的见解，使他被公认为这一流派的权威理论家。他的创作以诗歌和散文为主，诗集有《地球之光》（1923）、《疯狂的爱情》（1937）、《诗钞》（1948）和与艾吕雅合作的《无瑕的观念》（1930）等，他的诗歌诡异、神秘，似梦非梦，别有一番韵味，但也有晦涩难解之虞。

路易·阿拉贡（1897—1982）是超现实主义运动的创始人之一，但他的活动和成就远远超出了超现实主义的范围，成为贯穿20世纪各个时期的重要作家。他著述甚丰，还是文学领域的多面手，诗歌、散文、小说、政论、文论等各方面都颇有建树。早期的诗集《节日之火》（1919）、《永动集》（1926）和小说《阿尼塞》（1921）等属超现实主义之作，其中长篇散文《巴黎的土包子》（1926）尤为引人注目。30年代，他作为法共党员作家两度访苏，接受了苏联奉为至尊的社会主义现实主义创作方法。二战期间，他参加了法共领导的地下斗争，并写出了诗风明快深情的《断肠集》（1941）、《爱尔莎的眼睛》（1942）和《法兰西晨号》（1945）等多部深受读者喜爱的诗集。战后的多卷本长篇小说《共产党员》（1947—1951）力图全面表现法国的抵抗运动，但反映平平。1964年，他正式宣布放弃社会主义现实主义，其后期创作《假假真真》（1964）、《处死》（1965）等，风格接近“新小说”。阿拉贡是法共引以为荣的杰出作家，他历经世纪风云，运用多种创作方法，因而被赞许他的人称为“20世纪的雨果”。

未来主义和超现实主义的主要成就都在诗歌方面，但它们的基本理念和创作技巧，却全方位地向绘画、雕塑、音乐、舞蹈、戏剧、电影等各艺术门类扩散，特别是对造型艺术影响更甚；超现实主义对电影艺术的发展也做出了重要贡献。它们还纵向或隐或显地影响到意象派、意识流、表现主义、荒诞派、存在主义文学、黑色幽默乃至魔幻现实主义等诸多流派的发生与发展。

当然，现代主义各流派的主将们，并不都是政治上的“革命者”，却都是艺术上的革新派。他们的叛逆意识聚焦于颠覆固有的创作模式，探寻新的创作道路。他们创作主张的主要共同之处在于：内向化、非英雄化、对形式的执着。

与未来主义、超现实主义并行发展的是以法国作家普鲁斯特的作品为代表的意识流小说。从意识形态上划分，普鲁斯特与上述两派青年完全属于不同的“阵营”。前者是悠游于上层的贵族子弟，后者则是满怀革命激情的知识青年。但对艺术创新的执着，却使他们都被归于现代主义的旗下。

意识流小说不是一个严格意义上的流派，但也不仅仅是一种艺术技巧。它代表着一种对生活、对人生的新的理解，也代表着一种新的文学观念。

“意识流”，美国心理学家威廉·詹姆斯（1842—1910）首创的术语，用以说明意识的连续流动、无法切割。他称之为“意识流”，或“主观生命流”。柏格森认为，“真实”存在于“意识的不可分割的波动之中”。弗洛伊德的潜意识理论，也给予了有力的支持。这一术语被后人借用来概括从20世纪之初陆续出现的一批以心理活动为叙事结构的小说作品。

19世纪末，法国作家埃杜阿·迪雅丹（1861—1949）发表了一个当时并未引起注意的中篇《月桂树已被砍尽》(1887)，小说以主人公思维的展开替代了传统的叙事，被视为意识流小说的先声，乔伊斯坦言《尤利西斯》的创作曾受其启发。迪雅丹在作品前的题词是“献给至高无上的心灵小说家拉辛”，由此可以看出，意识流小说与传统的内心独白、心理描写有着一脉相承的联系。

然而，意识流毕竟是一次新的文学探索。这一派小说家像以往的许多流派一样，执着于对真实的追求，但对真实的理解却大相径庭。他们认为“无序”已成为现代世界的基本事实，因而外在的现实和规律并不可靠，最大的真实应存在于人的精神领域。对人自身的认识也有了很大的变化，人不再是顶天立地的英雄，亦非作恶多端的小人，而是欲望与理性相统一的矛盾体。因此，他们强调主观真实、内在真实才是最大的真实，也才是最变幻莫测、丰富多彩的真实。

鉴于这一理解，他们主张以“叙述者角度”取代传统小说（所谓巴尔扎克式小说）的“全知角度”，认为“全知型”叙事缺乏真实感和可信度，要求小说家退出小说，代之以叙述者的心理呈示；“客观时间”是有限的，“主观时间”是无限的，过去、现在、将来，回忆、感知、冥想的自由跳跃，可以无限地展现时空，最大限度地表达他们的追求；传统小说有头有尾、跌宕起伏的情节结构，被视为作家刻意制造的赝品，而像水银泻地般无规则地流动的意识才是实实在在的、变化无常的真实。观念的变化，引发了小说的革命。无论从形式还是从内容论，意识流小说都是小说史上的新篇页。重要的代表人物有英国的女作家伍尔芙、爱尔兰的乔伊斯（详见本章第六节）、美国的福克纳（详见本章第八节），而最早引起文坛注意的则是法国的普鲁斯特。

马塞尔·普鲁斯特（1871—1922），以一部七卷本的《追忆逝水年华》（又译《寻找失去的时间》，1913—1927）而成为20世纪上半叶西方最重要的小说家之一。在所谓“长河小说”盛行的年代里，这部作品同样篇幅超长，但却以标新立异的风格与前者形成巨大反差，独创了全新的小说模式，因其对人的精神世界的重视，而被誉为实现了“逆向的哥白尼式革命”。创新的道路并不平坦。年届不惑的普鲁斯特于1911年完成第一部《在斯万家那边》后，无人赏识，投稿处处碰壁，两年后不得已像业余作家一样自费出版。第二部《在少女们身旁》，经支持者们的力争，终获当年（1919）龚古尔文学奖，极大地鼓舞了作家的创作决心。此后，作品逐渐获得认同，作家便干脆闭门谢客，潜心写作，锲而不舍地以生命为代价完成了近200万字的煌煌巨着，其中后三部是作者去世后才得以出版的。对文学的执着，使他赢得了世人的尊重。

这部作品的产生及风格的形成，与作家的身世密不可分。普鲁斯特出身于富人之家，优裕的生活，聪慧的天资，羸弱的病体，使他自幼就处于与众不同的境况之中；青年时期，他出入上流社会的交际圈，广交名士贵妇，成为活跃于上层的纨绔子弟。这就是他的生活积累，奢华而远离广大群众。他从小就受哮喘病的困扰，对空气环境怀有恐惧式的敏感，发奋写作后，更是自我封闭于不见天日的卧室，只能放飞回忆和想象。特殊的气质，特殊的境遇，产生了特殊的奇迹。一部没有完整情节、形象多由不同的片断缀合而成、一切都透过叙述者的视屏反映放大的长卷，赫然摆在读者的面前，令人惊愕。全书以主人公马塞尔（这正是普鲁斯特的名字）第一人称的叙述为轴线，节外生枝，杈上分杈，由点而线，由点而面，在意识与无意识的漫流中，浮现出上流社会的种种情景和各色人等，字里行间渗透着机敏的嘲讽和不屑的轻蔑。小说是对现实的逐渐发现，在时空的失而复得中寻找人生的意义。“时间”和“回忆”，构成作品的两大基石。小说的空灵和诗意，为人们提供了品味与联想的广阔空间。

弗吉尼亚·伍尔芙（1882—1941）是英国又一才女作家，而且是自学成才。她继父亲之后成为伦敦最著名的布鲁姆斯伯里沙龙的女主人，福斯特、艾略特、亨利·詹姆斯等一批文苑名士都是沙龙的座上客，这使她受益匪浅。她早期的短篇《墙上的斑点》（1919）被视为最容易解读“意识流”小说特点的范本。小说以墙上的一个斑点为原点展开联想。“我”一面猜测斑点为何物，一面抽象具象、过去未来地展开并无关联的想象。最后，斑点只不过是一只毫无意义的蜗牛，而“意义”却体现在无规律的意识流动之中。

在诗歌方面，19世纪末期风行的象征主义因马拉美的去世（1898）而渐入低谷，但其影响已从法国扩散到全欧。到20世纪20年代前后，象征主义再续前弦，掀起又一轮高潮，涌现了一批视野更为开阔的各国优秀诗人，史称“后期象征主义”。英美意象派诗歌的汇入，构成了现代诗歌的大潮。

法国诗人保罗·瓦雷里（1871—1945）深得马拉美真传，曾是“周二聚会”的座上客。他的纯诗理论得益于爱伦·坡和波德莱尔，并直接师承马拉美，诗风亦深受其影响。他一度放弃写诗，潜心研究哲学和数学，写出过数量惊人的笔记。这种形而上的思考，也被他带入了后期的创作，使他的诗歌具有独特的魅力。在诗坛复出后，他花费近五年的时间完成了著名的长诗《年轻的命运女神》（1917），通过命运女神的独白，抒写出感觉的复杂变化。长诗的成功，奠定了瓦雷里后期象征主义代表诗人的地位。《海滨墓园》（1926）是他最脍炙人口的哲理诗篇。诗人独自静坐墓园，面对波光粼粼的大海，陷入深深的关于静与动、生与死的沉思，从而引申出绝对永恒与人生易变的题旨，热情地肯定了投身现实、积极向上的奋斗精神。全诗意境深远，意象丰富，思想深刻，是象征诗歌的典范之作。《幻美集》（1922）收辑了他后期的主要诗作。

奥地利诗人马里亚·里尔克（1875—1926）长期在外旅行，足迹几遍欧洲各国。20世纪之初，他曾一度担任著名雕塑大师罗丹的秘书，并娶其弟子为妻，对雕塑颇有研究，普遍认为他的诗风深受雕塑影响。在巴黎的艺术氛围熏染下，里尔克踏上了现代主义的艺术之路，先后出版了象征诗作《新诗集》（1907）和《续新诗集》（1908），其中的短诗《豹》，象征意蕴深邃，最为世人称道。经多年运思磨砺而成的《杜伊诺哀歌》（1923），被视为诗人最杰出的代表作品。这是对人生意义的痛苦追寻，深入揭示了人内在的复杂矛盾。

比利时诗人、剧作家莫里斯·梅特林克（1862—1949）是1911年诺贝尔文学奖的得主。他的《马莱娜公主》（1889）、《佩莱阿斯与梅丽桑德》（1892）和《青鸟》（1909）等，均为深受赞誉的象征主义剧作。同为比利时作家的埃米勒·维尔哈伦（1855—1916），以大量优秀象征诗歌著称，后期创作受社会主义思想影响，更注重反映社会生活和工人的力量。他还积极投身反对第一次世界大战的斗争。

英美的意象派诗歌是对源于法国的象征主义诗歌的继承。美国诗人艾兹拉·庞德（1885—1973）是意象派诗歌的倡导者和主将。他客居英国时与几位年轻诗人们一起从事新诗的探索，发表在1913年《诗刊》上的《意象主义宣言》，宣告了这一诗派的诞生。他们并不无视传统，但更强调呈示和凝练，认为意象是瞬间“理智与情感的复合”。从最初的30多行浓缩成两行的精粹短诗《在一个地铁车站》，是体现他创作思想的典范。庞德还对东方的古典诗词很有研究，于1915年出版了英译中国古诗《中国》，他的诗论和创作均深受其影响。但他的鸿篇巨制，却与其主张相去甚远。《休·赛尔温·毛伯利》（1920）是诗人一首重要的长诗，通过两个人物的自白，对英国的文化现状进行反思。从1917年开始分批发表、前后持续了半个世纪也未能最终完成的《诗章》，倾注了诗人大半生的心血，尽显其博学与长于思辨的特点。其中涉及政治、经济、建筑、神话、东西方文化等多方面内容，除英语外又使用了法、意、汉、拉丁、古希腊等多种语言，全诗深奥难解。庞德长期活动在英国、法国、意大利，返回美国的行程却不甚光彩，在祖国的日子也很不好过。第二次世界大战后，他因曾在战时的罗马电台作反美宣传而被羁押回国受审，但因病转入精神病院，一住就是13年之久。直至1958年，他才因文化界人士的呼吁而被宣布无罪。相比之下，人们更多注意到他在文化上的贡献。庞德不仅以自己的理论和创作为英美现代诗歌拓开了一片天地，而且在扶植新人方面功绩显著，意象派另一位重要诗人艾略特（详见本章第七节）、小说家乔伊斯、海明威等都曾受到他的帮助。

俄罗斯的象征主义是象征主义大潮中重要的一支，曾在19世纪末引领了诗歌的白银时代。进入20世纪，又一批诗人登堂入室，取得骄人成绩，赢得世界性声誉。

亚历山大·勃洛克（1880—1921）是最负盛名的象征诗人。他出身名门望族，受过良好的家庭文化熏陶，5岁开始写诗，从此便仿佛一生都生活在诗歌中。他把自己的创作按时间顺序分为三大卷，每卷含若干组诗，自称这是一部三部曲的“诗体小说”，即他把他的所有作品看成一个完整的整体。继承俄罗斯文学的传统，祖国和个人的命运，是他诗作关注的重心。十月革命后写出的长诗《十二个》（1918），被公认为天才之作，代表诗人的最高成就。主人公是十二个红军战士，恰如耶稣的十二门徒，穿过“黑色的夜，白色的雪”，艰难地、豪迈地行走在俄罗斯大地上。暴风雪之夜，旧世界在崩塌，新世界在诞生。诗歌以象征手法，谱写了革命的赞歌。

阿克梅派自称象征主义的“儿子”，但它更趋向唯美，更偏好明晰。代表诗人安娜·阿赫玛托娃（1889—1966 ）是这一时期俄国最重要的女作家，更有人誉之为20世纪俄国诗界的“女皇”。她对祖国的深深爱恋和对诗歌艺术的执着热忱，与她无端受到批判封杀的命运形成强烈对照。从早期发表《黄昏集》（1912）开始，她就以独特的女性视角和对不同身份的女性心理的细腻描写而在诗坛独树一帜。而创作于1935年至1940年、直到1987年才得以在国内发表的组诗《安魂曲》，从个人家庭的悲剧写到时代民族的命运，以深沉的痛苦记录和控诉了那个非人道的岁月，成为不可多得的即时的“非人工的纪念碑”。

谢尔盖·亚历山大德罗维奇·叶赛宁（1895—1925），“俄罗斯最后一个乡村诗人”，1916年发表诗集《扫墓日》，旋即成为俄罗斯诗歌天空上一颗耀眼的星星。他曾参与发表意象派声明，但不久即与之分道扬镳。他显然更喜爱做一个不受派别限制的“自由的艺术家”。对待革命也是如此，他热切地欢呼十月革命的胜利，但当革命要规范他时，他就自然而然地变成了叛逆者，一个难以降服的叛逆者。喧嚣的时代，喧嚣的现代化，似乎也与他格格不入。他贴近自然，热爱自然，对大自然的敏锐感应，特别是对色彩的感应，使他忧郁质朴的抒情诗韵味无穷。1925年12月28日，叶赛宁猝死在列宁格勒的一家旅馆里。这位天才诗人的寿命比当年的普希金还短，创作期仅有10年（1915—1925），但他却为人们留下了30多部作品，留下了一个多彩的诗化的艺术世界。

表现主义源出于法国和德国的绘画艺术，后传入诗歌、戏剧、小说等文学领域，成为一股潮流，但却没有明确的主张和组织。作为创作方法的表现主义，是与客观再现的现实主义相对应的，它强调艺术不必拘泥于外在的“形似”、而应表现主观的真实和内在的本质。20 世纪初叶的表现主义，则是对 19 世纪现实主义、自然主义的反拨。世界是令人不安的，理性认知是不可靠的。基于这一认识，它扬弃了逼真准确的外观摹写和鲜明丰满的典型塑造，转而采用夸张、扭曲、变形、荒诞等多种手法，以寻求对外在世界主观感受的最佳表达，制造强烈的艺术效果。德国是表现主义的大本营，诗人戈特弗里德·贝恩（1886—1956）、剧作家格奥尔格·凯泽（1878—1945）和恩斯特·托勒尔（1893—1939）等都取得了不俗的成就。

世纪之交最重要的表现主义戏剧先驱是瑞典的约翰·斯特林堡（1849—1912）。他的早期创作属现实主义、自然主义，从《走向大马士革》三部曲（1898）开始，他转向现代主义的探索。奠基性的表现主义作品是 1900 年的《鬼魂奏鸣曲》。该剧构思奇异，情节散漫，形象怪诞，人鬼同台，群魔乱舞，讲述着一个个尔虞我诈的故事，展示着一个个卑鄙无耻的灵魂。它不是现实生活的忠实再现，而是作家对光怪陆离社会种种丑态恶行的直觉感受。其非理性、非逻辑的特点，和多种象征手法的运用，不仅成为表现主义的先声，而且为 20 世纪 50 年代兴起的荒诞派戏剧提供了启示。

表现主义最杰出的代表作家当属德语作家弗兰茨·卡夫卡（详见本章第五节）。

第二节 罗曼·罗兰

名校出身·英雄崇拜·长河小说·尘封的记忆

罗曼·罗兰（1866—1944），法国跨世纪的大作家。在 20 世纪，他见证了两次世界大战，是全球著名的反战活动家。

生平与创作

罗曼·罗兰出生于法国中部克拉姆西城的一个公证人家庭，母亲多愁善感、酷爱音乐，对儿子影响颇深。1882 年，为了孩子的前途，他们举家迁往巴黎。罗兰先后就读于著名的圣路易中学和巴黎高等师范学院，学习期间，他大量阅读文史哲著作，并暗下了“不创作毋宁死”的决心。1887 年 4 月 10 日，出于对托尔斯泰的崇拜，这位大学二年级的学生给远在东方的大文豪寄去了一封询问人生意义的信，半年后，他喜出望外地收到了长篇回函。1889 年，罗兰从巴黎高等师范学院毕业后赴罗马研读考古学，与 72 岁高龄的德国理想主义思想家梅森伯女士结为忘年交，经常出入她的沙龙。1895 年他完成学位论文《现代歌剧的起源》，获博士学位。1903—1910 年，罗兰在巴黎大学任教，讲授艺术史。

罗兰以戏剧创作开始文学之路。《群狼》（1898）、《丹东》（1900）和《七月十四日》(1902) 并称“革命戏剧”;《理性的胜利》(1899)、《圣路易》(1896) 和《艾尔特》(1898) 并称“信仰戏剧”等，但没有获得成功。他转而撰写系列伟人传记:《贝多芬传》(1903)、《米开朗琪罗传》(1906)、《托尔斯泰传》(1911) 和《甘地传》(1926)。

从19世纪90年代开始酝酿，到1912年发表最后一卷，罗兰为“长河小说”《约翰·克利斯朵夫》(1904—1912) 花费了20余年的心血。作品取得极大成功，相继获法兰西学士院文学奖 (1913) 和诺贝尔文学奖 (1915)。随后他又出版了中篇小说《哥拉·布勒尼翁》(1913)。

1914年第一次世界大战爆发时，罗兰正在瑞士。他发表反战宣言《在混战之上》(1915)，为法国政府和许多民族主义者所不容，迫使他长期留居瑞士，这里也成了他展开反战活动的重要舞台。1933年，希特勒上台，为笼络人心，竟主动授予罗兰歌德勋章，遭到严词拒绝。1935年，他应邀访问苏联，写下《我和妻子的苏联之行》(即《莫斯科日记》)，并声明书稿“50年内不得发表”。两次世界大战之间，他完成了另一部长篇小说《欣悦的灵魂》(中译《母与子》，1922—1933)，后又发表政论文集《战斗十五年》(1935) 和剧本《罗伯斯庇尔》(1939)。

1944年12月30日，罗兰病逝，遵嘱安葬于故乡克拉姆西。

21岁的法国大学生，大胆投书俄罗斯文学巨匠托尔斯泰请教“我想知道怎样生活”，足见其对人生意义的执着追求；托尔斯泰热情回复，洋洋洒洒，足见其对年轻人的关爱，以及救世心之迫切。托翁教诲归之于一条法则：爱人胜于爱己。罗兰感动不已，该法则遂成为他精神求索的起点和归宿。

“我们周围的空气多么沉重。”从世纪初开始，罗兰逐渐放弃了对“人民戏剧”的探索之路，在沉闷的社会氛围和个人的精神苦闷中转向“英雄系列”的写作。贝多芬—米开朗琪罗—托尔斯泰，三位不同历史时期的文化巨人的生平，承载了作家对时代的思考，寄托了作家对“伟大灵魂”和“伟大品格”的理想。他对人物的描写，突出强调的是他们与苦难抗争所显示的强大精神力量。

与此同时，他进入“长河小说”《约翰·克利斯朵夫》的创作。小说讲述了一个德国天才音乐家在德法瑞等国度过的一生。深谙音乐的罗兰充分展示其学识和才华，用近乎交响乐的结构，以百万言的篇幅，将主人公的精神求索在世纪初的杂色背景下逐渐展开，气势宏大，情感跌宕。

童年—少年时代，恰如人生的序曲。约翰其貌不扬却天赋超群，使他在开篇就与众不同，仿佛注定是个会有故事的人，但作者并无意为他编织故事，而是着力揭示其精神世界。他接受的影响是多重的：身为宫廷乐师的祖父和父亲，把自己未能实现的出人头地的梦想寄托于这个神童；身份低下的母亲，要求他见人矮三分地屈辱苟且；游商舅舅虽为穷人，却活得自由潇洒，引导他真诚做人、真诚作曲。音乐天赋助他随父辈进入宫廷演奏，前途似锦，但倔犟的个性使他成为这个莱茵河畔小城的不谐和音。与富家孩子打架，顶撞公爵大人，门第不当的早恋，以致路见不平造成命案——为此他付出了代价，失宠于上流社会，断绝了成功之路，甚至不得不亡命天涯。音乐奇才叩开了命运之门，等待他的是苦难和对苦难的抗争。来到巴黎这块艺术圣地，目睹的现实与他曾经的理想大相径庭，这个接受过大革命洗礼的国度，并没有多少自由民主的空气，倒是与德国无异，同样处处充满铜臭气。于是，他奏响了“反抗”的主旋律。约翰·克利斯朵夫横枪立马，左奔右突，对法国这个“混乱的社会”，特别是它的精神领域展开了堂吉诃德式的批判。大批判引来的是大仇恨，尽管人们承认约翰·克利斯朵夫是个了不起的音乐家，但却不断阻挠他的成功，艺术的商品化风气也在威胁着他的创作。反抗是孤独的，反抗又是决绝的。即使生活都难以为继，他也没有放弃抨击。反抗的最强音是他与好友奥维德被群众的热情卷进了“五一”游行队伍，在混乱中奥维德被踏伤致死，他则因打死一警察而不得不逃往瑞士。较之此前的批判，这一举动明显带有盲目性，但却是一次叛逆情绪的爆发，其结果又在很大程度上挫伤了他的锐气。乐曲转入舒缓的慢板。主人公的几次爱情都以失败告终，但又从不同的角度表现了他的激情和理智，似一曲曲哀婉的咏叹调。瑞士山中十年的隐居生活，使他的人生态度归于宁静。终曲被作家称为“清明高远之境”。约翰成了著名的音乐家，作品在欧洲各地演奏，他在巴黎指挥演出受到热烈欢迎；他与宿敌捐弃前嫌，达成和解；他给两位挚友的后代教授音乐，并撮合他们结为夫妻；他继续从事创作，心底流出的音乐，如“夏日的白云，积雪的山峰”，恬静而辽阔……

约翰·克利斯朵夫是世纪之交一心追求自由的艺术家—知识分子的形象，既实在又空灵。他在现实的环境中成长、生活、反叛、碰壁、恋爱、思索、安息——而他对人生、艺术、大爱的向往却显得那么超然、那么灵动。这是用诗和音乐构成的奋斗史，是对一个躁动的灵魂不断挣脱羁绊的记录。目标虽不明确，行动却从未停止。他最后的归宿，始终与深爱的音乐纠缠在一起，仍不时用音符记下所思所感。他孤独地走向人生的终点，正如他孤独地走过他的一生。但是，此时的他心境平和，与世无争，宽大为怀，期待再生，可以理解为对世界的妥协，也可理解为精神的升华。这是一场没有答案的追求，罗曼·罗兰和约翰·克利斯朵夫同样困惑。与塑造这一特殊的艺术形象相联系，小说突出的是人物的内心世界和生命体验，大量采用抒情表意的手法，淡化了故事情节，在长篇小说领域里最早体现了现实主义和现代主义的交融。

《约翰·克利斯朵夫》之“原序”选段

我们不以故事为程序而以感情为程序，不以逻辑的、外在的因素为先后，而以艺术的、内在的因素为先后，以气氛与调性来做结合作品的原则。

这样，整个作品就改分为四册，相当于交响乐的四个乐章：

第一册包括克利斯朵夫少年时代的生活（黎明，清晨，少年），描写他的感官与感情的觉醒，在家庭与故乡那个小天地中的生活——直到经过一个考验为止，在那个考验中他受了重大的创伤，可是对自己的使命突然得到了启示，知道英勇的受难与战斗便是他的命运。

第二册（反抗，节场）所写的，是克利斯朵夫像年轻的西格弗里德一样，天真，专横，过激，横冲直撞地去征讨当时的社会的与艺术的谎言，挥舞着堂吉诃德式的长矛，去攻击骡夫、小吏、磨坊的风轮，和德法两国的节场。这些都可以归在“反抗”这个总题目之下。

第三册（安东纳德，户内，女朋友们）和上一册的热情与憎恨成为对比，是一片温和恬静的气氛，咏叹友谊与纯洁的爱情的悲歌。

第四册（燃烧的荆棘，复旦）写的是生命途中的大难关，是“怀疑”与破坏性极强的“情欲”的狂飙，是内心的疾风暴雨，差不多一切都要被摧毁了，但结果仍趋于清明高远之境，透出另一世界等待黎明的曙光。

——在此大难未已的混乱时代，但愿克利斯朵夫成为一个坚强而忠实的朋友，使大家心中都有一股生与爱的欢乐，使大家能不顾一切地去生活，去爱！

（选自［法］罗曼·罗兰：《约翰·克利斯朵夫（一）》，罗大冈译，1~3页，北京，人民文学出版社，1980）

在战争阴霾笼罩欧洲的日子里，罗兰通过约翰的形象发出对“生与爱”的呼唤，无疑具有重大意义。第一次世界大战爆发后不久，罗曼·罗兰即发表《在混乱之上》（1915）等政论文章，不顾民族主义者的攻击，鲜明地表达反战立场，号召各国人民奋起反抗本国的统治者以制止战争。这一立场使瑞典皇家学院有意把1915年的诺贝尔文学奖授予罗曼·罗兰，但却受到法国政府的强烈反对。不料瑞典人也来了“牛”劲，在1916年年末仍宣布将去年的奖项颁给这个“伟大的人道主义作家”。罗兰把奖金全部分赠给了几个慈善机构。1933年，希特勒上台，新的战争阴谋正在酝酿，纳粹政权竟下令授予罗曼·罗兰歌德勋章，遭到作家严词拒绝。

罗兰在一战之后，花费十余年时间完成了他的第二部“长河小说”《欣悦的灵魂》。这仍是一部精神探索的作品，而社会背景却更加具体、更加严酷。安乃德自尊自立，个性倔强，不畏生活的艰辛，不畏感情的挫折，也不畏世俗的眼光，把非婚生儿子玛克培养成人，坚守着对自由的执着，甚至不惜承受儿子的怀疑。较之《约翰·克利斯朵夫》，作品有了更明显的社会内涵和政治倾向。玛克走过苦闷期后，勇敢地选择了反战的正义之路，成了反法西斯的斗士，最后竟被黑衫党暴徒粗暴杀害。安乃德悲痛之余，继续投身反战伟业，把对正义和自由的追求融入了社会的广阔斗争。

罗曼·罗兰在去世半个多世纪后，再一次以他的“新作”搅动了世界。我们说的是被他自己封杀了50年之久的《莫斯科日记》。罗兰夫妇应高尔基的邀请，于1935年6月23日至7月21日在莫斯科访问了近一个月，受到顶级高规格的接待。他住在高尔基豪华的别墅里，两次会见斯大林，在列宁墓上与所有领导人一起检阅游行队伍，所到之处都英雄般受到群众热烈的欢呼。所有这些都没让罗兰“冲昏头脑”，他逐日写下日记，真实记录他的所见所闻所思所想，回到瑞士后又在8月至9月间作了修改和重要的补充，题名为《我和妻子的苏联之行》。作者特别注明：“未经我特别允许，在自1935年10月1日起的50年期限满期之前，不能发表这个本子。”他的妻子1985年去世前将书稿送给苏联世界文学研究所，书稿到1989年才以《莫斯科日记》为名面世，此时已是苏联解体前夕。罗兰尘封日记半个世纪的原因我们无从得知，也无须深究。我们感兴趣的是，日记不仅记录了他所见到的成就，更记录了他深深的忧思和焦虑。苏联社会的种种弊端，特别是领导人的特权（包括高尔基的特权）、由特权而造成的不平等、对斯大林的个人崇拜、群众自由民主的不充分、出身决定论的危害，等等，都受到了他的批评。他甚至忧心忡忡地预测了“产生动荡”的可能。事实证实了他的预言，罗曼·罗兰不愧是清醒的理想主义者。

第三节 高尔基

痛苦“高尔基”·漫游俄罗斯·客居卡布里·主导新文学

阿列克赛·马克西莫维奇·彼什科夫（1868—1936），苏联文学标杆式的人物，只读过两年小学的大作家，开始写作时就给自己起了一个准确概括他一生的笔名：马克西姆·高尔基（意为最大的痛苦）。不仅在贫困的青少年时代他是痛苦的，就是在他登上荣誉顶峰的人生中后期，他也难说真正快乐过。命运多舛，这是对他一生最贴切的概括。而且，他的生平，还给后人留下了不少难解之谜。

高尔基来自底层，却登上了社会的顶层。穷困的童年和奢侈的晚年，形成巨大反差，但并没有改变他率真的本性。他也许不能算是坚定的革命斗士，甚至不得不接受来自不同方向的质疑、批评和责难，但他肯定是值得全世界敬重的伟大作家。

生平与创作

这个木匠的儿子4岁即丧父，10岁时外祖父家破产，高尔基开始童工生活。鞋店送货，船上洗碗，画坊学徒——1884年，他从故乡下诺夫哥罗德来到文化城市喀山，在面包房打工，由此接触到进步书籍和革命思想，大量阅读了优秀的文学作品。1888年、1891年，高尔基两次漫游俄罗斯。1892年，他发表处女作《马卡尔·楚德拉》；1898年，辑录第一个两卷集。1899年，第一部长篇小说《福马·高尔杰耶夫》出版，随后是几个剧本《小市民》（1901）、《底层》（1902）等。1905年，他加入了布尔什维克党，结识列宁，积极投身革命。革命失败后，他出国避难，1906年在美国完成剧本《敌人》和长篇小说《母亲》第一部；后迁居意大利卡布里岛，完成《母亲》第二部，创作《夏天》（1909）等多部中短篇小说；1913年回国，发表自传三部曲的前两部——《童年》（1913）和《在人间》（1916）。1917年4月至1918年6月，他在《新生活报》的专栏《不合时宜的思想》上撰写随笔，后集合成册，受到列宁批评。1923年，他写作自传第三部《我的大学》。1919年，他倡议成立《世界文学》出版社，组织力量介绍翻译“世界文学丛书”。1920年，他出任“改善学者生活委员会”主席；1921年，到德国、捷克斯洛伐克和意大利养病，发表《我的大学》（1923）；1925年年底，出版长篇小说《阿尔达莫诺夫家的事业》；1926年，开始写作他最重要的长篇小说《克里姆·萨姆金的一生》，但最终未能完稿；1928年5月，从意大利回到莫斯科。1929年至1930年，高尔基主编的杂志《我们的成就》、《文学学习》、《在国外》等相继出刊。1932年8月，他当选苏联作协筹委会名誉主席；1934年8月，主持召开第一次全苏作家代表大会。1936年6月18日，作家逝世于哥尔克村。6月20日，规模盛大的追悼会在莫斯科红场举行。坊间流传着他“非正常死亡”之谜。

一个几乎没上过学的穷孩子，也从来没人说过这是个天资过人的“神童”，他发表处女作《马卡尔·楚德拉》（1892）时，也已二十有四，称不上天才少年。但高尔基硬是依靠他的顽强毅力，依靠他在俄罗斯大地上摸爬滚打的丰富生活积累，依靠他始终如一的对自由的渴望和信念，依靠他数十年夜以继日的勤奋，成就了他的文学辉煌。

背着背包，独自沿着伏尔加河行走——这是高尔基最早认识生活、认识社会的图像。他于19世纪90年代创作的《伊则吉尔老婆子》（1895）等许多短篇小说，大多取自两次俄罗斯漫游时的所见所闻，下层百姓的苦难为他提供了丰富的素材，他以令人难以置信的速度进行创作。高尔基的文学生涯起步不算早，但到而立之年，第一个两卷集出版后，他声名鹊起，已成文坛耀眼新星。

19世纪90年代，高尔基无可争辩地赢得了作家的地位。他最初受柯罗连科指引，后又结识了托尔斯泰、契诃夫等名家。进入20世纪，他逐渐介入革命运动；以1901年的《海燕》为标志，他的创作也进入了新阶段。《海燕》继续着作家早期浪漫主义的激情和对自由的向往，以更为丰富的象征手段描绘了山雨欲来的革命形势，热切发出了“让暴风雨来得更猛烈些吧！”的呼唤。《海燕》的发表，当即受到广大读者的热烈欢迎，人们赞誉作家为“革命的海燕”，同时也引起了统治者的恐慌，封闭刊物，囚禁作者，直至引发了支持作家的政治性示威游行。由此，高尔基作为“革命作家”的身份日益凸显。他积极投身1905年的革命活动。起义失败后，为避难和治疗疾病，他经德法等国到达美国，最后落脚于意大利的卡布里。

意大利、那不勒斯海湾、卡布里和索莲托，这是令高尔基沉醉痴迷的圣地。这里有蔚蓝的大海、纯净的空气，更有广阔的自由，在这里他潜心写作，也可以静心思考，还接待了无数来自俄罗斯和世界各地的作家。他一生曾两度在此长期滞留，每次都有7年之久，短暂来往不计其数，不似故乡胜似故乡。1906年他第一次来到美丽的小岛卡布里，在这7年里，他先后完成一部长篇、6部中篇、3本短篇集、5个剧本，经历了丰收的季节。作家的名著《母亲》，就完稿于此。

《母亲》梗概

巴威尔在父亲去世后，没有走上父辈酗酒耍浑、打架斗殴的老路，而是接受了新思想的影响，用功读禁书，给母亲讲生活的道理。母亲很高兴看到儿子的变化，又为他的安全担心。这个家逐渐成为革命者秘密集会的地点，因而引来了宪兵的搜查和逮捕。巴威尔领导的一次罢工没有成功，被逮捕入狱。母亲为营救儿子潜入工厂散发传单，开始参与实际斗争。她在儿子和同志们的帮助下，在斗争实践中，思想觉悟提高很快，懂得了很多革命道理。巴威尔出狱后，即组织了一次新的革命行动——“五·一”节示威游行。巴威尔高举红旗走在队伍前面，率领工人群众浩浩荡荡地前进。挥舞着刺刀的军警冲入游行队伍，抓走了巴威尔等领导人。儿子再次入狱后，母亲更加积极地投入各项革命活动。审判时，巴威尔发表慷慨激昂的演讲，把法庭变成了宣传革命真理的讲坛。第二天，母亲把巴威尔演讲词的传单送进工厂散发，她不畏惧宪兵的毒打，高喊：“真理是用血海也不能扑灭的！”

产生于20世纪初的《母亲》，以新题材、新思想、新形象、新风格而令人耳目一新。这可以看作一部广义的“成长小说”，与传统相反，它写的是儿子带动母亲的“成长”，其背景和内涵都极大地丰富了。母亲从沉睡到觉醒，从茫然混沌到具有自我尊严的意识，从在家里都要“侧着身子”走路到在警察面前散发儿子演讲的传单——一个大写的人越来越清晰地向我们走来。母亲人格的日渐成熟，是在社会历史的框架中完成的。工人运动的开展，造就了母与子的革命者形象；母与子的积极行动，又丰富了典型环境的历史内容。母亲对儿子的担心关切与儿子对母亲的教育启蒙形成互动，互为因果，使形象生动丰满，令人信服。而对平等、公正、消灭剥削等社会主义理想的信念和对斗争必然胜利的信心，正是当时时代精神的体现。有论者认为，小说标志着不同以往的“新现实主义”的诞生，其影响尚待深入研究。

《童年》、《在人间》和《我的大学》自传性三部曲，是名副其实的“成长小说”。通过主人公阿辽沙童年—青年时期的奋斗经历，艺术地记录了19世纪七八十年代俄罗斯广阔的社会生活画面，真切地表现了年轻人不畏艰难困苦寻求真理的坚韧精神。

高尔基不仅是小说家、剧作家，还是政论作家。在他的时评政论中，最引人注目、也是最引发争议的当属那批被他自己定名为《不合时宜的思想》的随笔。在那个动荡的岁月里（1917 年 4 月—1918 年 6 月），仅这个专栏的标题就足以令人肃然起敬。众所周知，明知是“不合时宜的思想”，还偏要公之于众，特别是在群众近乎狂热的革命高潮时期，这需要多么巨大的勇气。在上述时间内，在《新生活》杂志的专栏上，高尔基发表了 58 篇政论性随笔。1918 年结集出版时，作者为书名加了副标题，即《不合时宜的思想——关于革命与文化的思考》，这就使文集的主题更加突出了。1988 年，尘封 70 年的文集重见天日，使人们得以更全面、更深刻地认识那段历史、认识高尔基。“我们争取言论自由，是为了能够说出和写出真情。因为说出真实情况是一切艺术中最困难的一门艺术……”开宗明义，作家很清楚他将面对的难题。但他还是一篇篇写下去，直至刊物被封，他还要亲自找列宁去“申诉”。这位年满半百的革命作家对“说真话”权利的执着，多么可爱，多么天真！只可惜，现实并不领情，这组文章在很大程度上改变了作家和“革命”的关系。他所揭露抨击的现象，是过激的暴行，是对知识分子的摧残，是对道德文化的破坏，并由此发出了要切实尊重个体生命的强烈呼吁，发出了“我们应该从那些不理智的事件中吸取理智的教训”的真诚呼唤。也许，作为个人的视觉，人们可以挑剔出不无偏激或不够准确之处，但总体而言，它却无疑是“知识分子良知”的体现，是作家一以贯之的人道主义思想的集中表现，是“海燕”在“革命风浪”中一次特殊的翱翔。

切莫以为高尔基是单纯的批判者，他更是热情的建设者。无论在革命胜利之初，还是 1928 年回国后，他都热心投入苏维埃的文化建设，编丛书，办杂志，设法改善科学家、文学家的地位，关心青年作家的成长，与世界各国进步知识分子沟通交往，等等。他尽自己所能，做了很多有益的事情。20 世纪 30 年代苏联作协的筹备和建立，“社会主义现实主义”口号的提出，他起了重要作用。在革命初期的十几年里，高尔基作为德高望重的大作家，为推动社会发展不遗余力，做出了可贵的贡献。但国内外、党内外错综复杂的矛盾，却不是一个有点迂腐的文人能清醒对付的。从意大利回来后的高尔基，身不由己地被越来越政治化了。

《克里姆·萨姆金的一生》是他最后一部重要作品。小说大约是从 1925 年开始写作，1927 年至 1931 年陆续发表前三卷，第四卷直至作家去世也未能完成。小说的副题是“四十年”，意在展现 1919 年国内战争前 40 年俄罗斯的历史风貌。遗憾的是，作品只写到 1917 年列宁回国，人们最终也没能看到高尔基关于革命后现实的描写。作家倾注十余年心血创作的《克里姆·萨姆金的一生》，被称作反映了革命的必然的“长篇史诗”。从 19 世纪 70 年代到 1917 年 4 月，俄罗斯大地上发生的一切重大事件，尽收其中。然而，耐人寻味的是，“史诗”的主人公却不是打天下的英雄式人物，而是性格矛盾、内心复杂、既不左也不右的知识分子。通过他“中性”的眼光、身不由己的行动，小说以独特的视角表现翻天覆地的变化、残酷无情的斗争。在历史潮流面前，他是个冷眼旁观者。他无法左右历史、历史却总在左右他，直至把他碾得粉碎。高尔基对人与历史、历史中的人的思考，始终没有停步。

晚年的高尔基，享受了领袖特批的特权生活，过着超豪华的日子。这位一生追求自由的巨人，却如笼中鸟般陷入了深深的孤独和困惑。

一语成谶，谁让他给自己起了“高尔基”这个不祥的姓氏呢。

第四节
肖洛霍夫

从顿河走来・哥萨克影像・顿河不平静

米哈依尔・亚历山大罗维奇・肖洛霍夫（1905—1984）是苏联文学史上最具代表性的大作家。他走过的道路，与他所处时代的政治生态紧密相关。

他出生和逝世在同一个村镇——顿河地区的维约申斯克。顿河草原是他的故乡，也是他文学创作的土壤，他在这里几乎度过了一生。国家给他举行了高级别的葬礼，但他却把自己永久地留在了顿河边上，给人间保留的只是一个小土堆和一块刻着“肖洛霍夫”姓氏的普通大石头，当然，还有一本本关于顿河的故事。

由于国内战争，肖洛霍夫没能读完中学。他到莫斯科谋生，先后当过统计员、小学教师、装卸工、食品监督员、石匠、会计、办事员、记者。他通向文学的道路，是比较顺利的：18 岁开始练笔，参加青年作家协会的活动；1923 年发表第一篇小品，1924 年发表第一个短篇小说《胎记》；随后，陆续发表作品，加入苏联无产阶级作家协会（拉普），专业从事写作；1926 年，相继出版短篇小说集《顿河的故事》和《浅蓝色的草原》。著名作家绥拉菲莫维奇为他的第一个集子写了热情洋溢的前言，还暗示他应该考虑写作分量更重的作品。从此，他便返回故里，开始构思创作鸿篇巨制《静静的顿河》。那一年，初出茅庐的作家才 21 岁。

《静静的顿河》梗概

顿河畔鞑靼村里年轻帅气的哥萨克葛利高里・麦列霍夫，奉父命娶了村里首富的女儿娜塔利雅，但他爱的却是邻人司契潘的风流妻子阿克西妮亚。他们私奔出走，到邻村地主家当雇工，生了个女儿。第一次世界大战爆发，葛利高里应征入伍，因作战英勇而受勋，但第一次杀人却令他十分痛苦。他负伤后回乡，阿克西妮亚已与地主少爷同居，女儿也死了，他只得回到妻子身边。娜塔利雅生下一对双胞胎。伤愈后，葛利高里重返前线。十月革命胜利，国内战争开始，哥萨克也在分裂。他在白军里当上了少尉排长，受布尔什维克波特捷尔柯夫的影响参加了红军，任连长；但看到波特捷尔柯夫不经审判就处决了大批俘虏，很是不满，离开红军回乡。1918、1919 年，顿河地区革命与反革命展开大搏斗，鞑靼村形成拉锯形势，斗争异常残酷。哥哥彼得罗被红军打死后，葛利高里凶狠地与红军作战，为兄复仇，因屡建战功，升任师长。但他心里却仍不明白：为何打仗？谁是对的？而因他参加过红军，所以在白军中得不到信任，他与白军的军官们也格格不入。白军溃败后，他加入布琼尼的红色骑兵，虽作战英勇，却还是因为“历史问题”被清洗。此时，他妻子、嫂子和父母都已死亡。回乡后，当村长的妹夫让他去登记、自首，他逃跑投奔了佛明匪帮。匪帮被打垮，他溜回村里，带着情人阿克西妮亚逃往外乡。阿克西妮亚被流弹击中身亡，葛利高里彻底绝望。他在草原上孤独地流浪了三天三夜，最后扔掉身上的枪支弹药，回到家乡，在自己家门口，抱起了儿子……

《静静的顿河》给作家带来了世界性的声誉，也给他制造了无尽的烦恼。1928 年 1 月，《十月》杂志在绥拉菲莫维奇支持下开始刊载《静静的顿河》第一部的头几章。单行本出版后，深受读者欢迎，第一年就印了 25 万册，但也招来了拉普派的政治性批判。随后，关于“剽窃”的传言就开始了（杂志连载曾因此而暂时中止），断断续续，不绝于耳。褒贬不一，毁誉参半的争议，更是从来没有停止过——这倒是对一部巨作的最理想阅读。唯一的解读，难免把复杂的作品简单化、把立体的作品平面化、把远眺的作品近视化。

如今，在历史中沉淀了大半个世纪之后，在俄罗斯大地经历了风雨沧桑之后，《静静的顿河》仍然能给人们提供多向的思考，这正是小说独特魅力所在。肖洛霍夫认为，20 世纪是人类历史上最具悲剧性的时代。同理，如果我们把《静静的顿河》称作史诗的话，那它就是一部最具悲剧性的史诗。就主人公而言，它不是“革命史诗”、“英雄史诗”，而是一部“自由哥萨克”的史诗。

《静静的顿河》选段

第二天早上，他到了鞑靼村对面的顿河岸边，对着自己家的院子看了半天，由于愉快的冲动心情脸色都变白了。后来就摘下步枪和军用袋来，从军用袋里面掏出来一团针线、一团乱麻、一个装枪油的小瓶子，不知道为什么把子弹数了数。一共是十二排，还有二十六颗零的。

在一个陡立的土崖旁边，河里的冰已经化得离开了岸。晶莹的绿水动荡着，冲刷着岸边上的小冰块。葛利高里把步枪和手枪都扔到水里去，后来又把子弹撒出去，仔细地把手在军大衣上擦擦干净。

在村庄下游一点儿地方，他顺着被春融侵蚀过的三月的蓝色河冰，穿过了顿河，大踏步往自己家里走去。还离得很远，他就看见米沙特加正在码头上边的阶磴上，他为了不要朝着米沙特加跑过去，稍微沉了沉气。

米沙特加正在在把挂在石头上的冰琉璃敲下来，往河下面扔，注意地看着浅蓝色的小冰块往岸坡底下滚去。

葛利高里走到了阶磴跟前——他气喘吁吁地、沙哑地叫唤着儿子：

“米申加！……好儿子！……”

米沙特加惊骇地看了他一眼，又垂下了眼睛。他从这个连鬓胡子和外表很可怕的人身上认出了是他的父亲……

葛利高里在树林子里每天夜里想到自己的孩子的时候，嘟嘟囔囔地说出来的一切亲热的和温柔的话句，现在都从他的脑子里飞走了。他跪了下去，亲着儿子的冰凉的粉红色的小手，用压制着的声调只能说出这样一句话：

“好儿子……好儿子……”

后来葛利高里拉住儿子的手。他用干枯的、像燃烧着一样眼睛使劲看着儿子的脸，问道：

“你们这儿怎么样啊？……姑姑，波柳希珈——都很壮实吗？”

米沙特加仍旧没有看父亲，轻轻地回答：

“杜妮亚姑姑很好，波柳希珈去年秋天死啦……得白喉病死的……米海伊尔叔叔去当兵啦……”

好吧，葛利高里在许多失眠的夜里所幻想的那一点点希望总算是实现了。他站在自己家的大门口，手里抱着儿子……

这就是在他的生活上所残留的全部东西，这就是使他暂时还能和大地，和整个这个巨大的、在冷冷的太阳下面闪闪发光的世界相联系着的东西。

(选自［苏］肖洛霍夫：《静静的顿河》，第4卷，金人译，2059～2060页，北京，人民文学出版社，1980)

卷八第十八章作品的时空背景是1912年至1922年10年间的顿河地区，两次战争（第一次世界大战、国内战争）和两次革命（二月革命、十月革命）是其间的重大历史事件。战争和革命，改变着国家的命运，更不可避免地改变着个人的命运。葛利高里是热爱土地、热爱劳动、热爱家乡、热爱生活的自由哥萨克，但自从穿上军装，他就不再享有真正意义上的自由。他在马背上驰骋，叱咤风云；他在“红”“白”间出出进进，风光无限（受勋、晋升）。但他始终没赢得个人的尊严，没得到真诚的信任。是的，对于敌我双方来说，他都没有恪守“忠诚”的原则，不是“从一而终”的义士，难免要受到鄙夷甚至唾弃。然而，人们注意到，正是历史巨大的“异己”力量拨弄着葛利高里们的命运，使他们脱离了惯常的生活轨迹、不由自主地随波逐浪。他们究竟该对自己的所作所为、又能对自己的所作所为负多少责任呢？

葛利高里作为哥萨克的代表，在和平与战争之间，他倾向于和平；在劳动、爱情与厮杀、暴行之间，他倾向于劳动与爱情。大敌当前，他义无反顾地走上战场，是为了实现正义，为了体现个人的尊严，最终也是为了和平与爱情。但是，寻求真理、追求自由的道路并不平坦。看起来，他“左”“右”逢源，似乎路越走越宽；实际上，留给他的路是越来越窄，逼得他处处碰壁，直至家破人亡。他的人生历程，起伏跌宕，酸甜苦辣，恰如哥萨克族群穿越战争与革命的风雨征程。正由于这种典型性，正由于向往自由的执着精神，才使葛利高里的形象既引人同情，更促人深思。形象的魅力，不在于人们最终怎么给他定性，而在于他的真诚的迷惘，在于他不断求索过程中所迸发的人性光彩。最后他孤独地回到家园，抱起怯生生的儿子的场景，凄冷而又温馨。生活又重新开始了吗？历史还会重复吗？孩子代表的未来肯定比过去美好吗？——答案交给了读者。

第二次世界大战期间，肖洛霍夫作为《真理报》的战地记者活跃在前线。1943年起，他的长篇小说《他们为祖国而战》开始在报刊上连载。但战争胜利10年后，他才奉献出那篇令人心醉和心碎的精彩短篇《人的命运》，两部分分别发表在《真理报》1956年最后一期和1957年第一期上。小说引起轰动。

《人的命运》又是一个关于人和战争的故事，其精神与《静静的顿河》一脉相承。工人索科洛夫有一个幸福美满的家庭，战争突然降临，他上了前线。一次负伤后，他成了俘虏，在俘虏营里受尽虐待。当他从敌营逃出、满怀希望回到家乡时，家园已成废墟，妻女均被炸死，而他的也上了前线的儿子，就在战争胜利的那一天壮烈牺牲了。战争彻底摧毁了他平静的生活，制造了这个小人物的悲剧命运。但他没有被苦难压垮，他收养了同样在战争中失去亲人的孤儿万尼亚，两个孤独者相依为命、顽强地向未来走去——小说具有里程碑意义。战争的主角不再是高大的英雄，而是来自普通群众的普通士兵；战争制造的灾难和痛苦，成为最大的真实。俄罗斯文学的人道主义传统，得到了一次再现和张扬。它为苏联文学的转向试水，开启了非乌托邦化的现实主义之路。

以农村集体化为题材的《被开垦的处女地》上部完成于1932年，下部完成于近30年后的1960年。1969年，《他们为祖国而战》在《真理报》上发表了几个经过删改的章节。由于作品涉及斯大林和20世纪30年代的大清洗，书稿从报社送到了苏共中央。经作家反复催促，几个月后收到的退回来的稿件上只有三个问号，没有任何其他说明和解释。据说，晚年肖洛霍夫气愤地烧掉了《他们为祖国而战》的手稿。

肖洛霍夫被人们视为受宠的作家，但他的每一部作品似乎都不大顺利；他可以直接和领袖对话，但和高层的关系又常传出不和谐音；他在作品中敢于批判“过激行为”、表现出强烈的人道主义精神，但在实际生活中又荒唐地支持当局对不同政见者的法律审判。苏联不正常的政治生活，扭曲了人际关系，也扭曲了人的灵魂。如果我们不想过分问责个人品质的话，那么，作为时代的产物，作家的悲剧留给人们的思考是沉重而深刻的。肖洛霍夫的一生，像顿河一样并不平静。

第五节 卡夫卡

“弱者的天才”·为自己的写作·死后的殊荣

弗兰茨·卡夫卡（1883—1924），文学史上一怪杰。

这是一位在很大程度上“为自己写作”的作家，但却被后人尊为现代主义的鼻祖。

他出生在奥匈帝国治下的布拉格，从小受德语教育；他辞世于奥地利的维也纳。因此人们通常难以界定他的国籍，有说他是捷克作家，有说他是奥地利作家，而准确的说法是“用德语写作的作家”。

他是“业余”作家，作品不多，还留下遗言，要销毁他的所有手稿，但在他身后的大半个世纪里，却掀起一轮轮的“卡夫卡热”。

他是位制造多解之谜的作家，许多作品经过近一个世纪的研读，仍很难得出众口一词的共识。

他孤独地行走在崎岖的小路上，后面追随者的队伍却越来越壮大。

总之，这是个不同寻常的作家，而他的创作更是不同寻常。

他父亲是百货商，粗暴专横，其威慑力令羸弱的儿子更加羸弱。封闭而内向的性格，成为他日后作品风格的内在因素。1901 年他入布拉格大学，结识终身好友马克斯·布罗德。1906 年毕业后，他先后进入法律事务所、法院、保险公司等处供职，直至 1922 年因病离职。他曾三次订婚，又三次解除了婚约。1924 年辞世时，他才 41 岁。

他从大学时期开始写作，但并不主动拿去发表，多数是经友人布罗德之手才得以发表的。他生前发表的短篇小说共 44 篇，其中较重要的有《判决》（1916）、《变形记》（1916）、《在流放地》（1919）、《乡村医生》（1919）、《饥饿艺术家》（1924）等；未发表的有 34 篇，含部分未完成稿，其中优秀的名篇有《地洞》、《万里长城建造时》等；未完成的长篇小说有三部，分别是《美国》（约创作于 1912—1914）、《审判》（约创作于 1914—1918）和《城堡》（创作于 1922，1926 出版）。

《变形记》是作家最负盛名的短篇，它开启了 20 世纪西方文学“异化”的主题。推销员格里高尔一觉醒来变大甲虫的故事，是一则现代寓言。没有任何过程，也没有任何解释。这就意味着，这一变异是绝对的，在现代社会里是可能发生在所有人身上的。如果说，“人变虫”多少有点闹剧色彩的话；那么，真正的悲剧却在于人失去了体面的外表而未失去人的意识。格里高尔的痛苦是他无法找回自己的尊严，他无法让别人相信他和他们一样是有尊严的，他无法再和亲人作平等的交流沟通——而个体的变异，又给整个家庭制造了困境，不仅是经济的拮据，更让全家在房客面前丢尽脸面。他为此引来了家人的冷漠、轻蔑、敌视，而他对亲人表示的亲昵感更遭到残酷的“报应”：他被父亲用苹果砸伤、关进肮脏的小屋默默地死去。更可悲的是，格里高尔之死，使这家人如释重负，欢快地开始了新的生活。作者残忍地添加这一“光明的尾巴”，可以说是揭示了“被真理弄得眼花缭乱的存在”。人的异化，导致了人与人关系的异化。丑陋的甲虫的出现，使整个家庭陷入了十分尴尬、极不协调的境地。通过对作品的阅读，人们不是要选择同情谁、否定谁，而是会同样陷入一种难以名状的困惑，慨叹人生的无常和无奈。

《变形记》之所以被称为卡夫卡的代表作之一，是因为它体现了作家创作的一个重要特征。卡夫卡是“弱者的天才”，也是“弱者的代言人”。他的作品具有精神上的“自传性”，是他“梦幻般内心生活的表现”。格里高尔和他的其他许多作品中的主人公一样，都是小人物，是被社会压扁了的小人物，是精神上的弱者。“巴尔扎克的手杖柄上写着：我在摧毁一切障碍；我的手杖柄上则写着：一切障碍都在摧毁我。”他把他的心理阴影投射到这些非英雄化的小人物形象上，他们只能默默地忍受整个世界的压迫，即使有反抗的愿望，也没有反抗的力量。作家深刻地传达了人在面对不可知、不可解的现实时所产生的荒诞感、恐惧感、焦虑感。可以说，卡夫卡风格的许多特点都是由此衍生出来的。

一是主观真实的图像。人们在他笔下看到的不是对现实生活的忠实再现，而是被作家主观感受扭曲的、夸大的图像，包括在梦魇中、潜意识中出现的图景。它传播的是某种不能言传的东西、解释的是某种难以解释的事情。如《判决》，病入膏肓的父亲对年富力强的儿子命令，你去投河吧！儿子便毫不犹豫地执行了“判决”。这是作家对严父之严的“记忆”，更是对无所适从的人生的难言体验。

二是荒诞性。他相信生活本身就是荒诞的、非逻辑的。卡夫卡擅长把整体的荒诞与细节的真实巧妙结合，通过细节的具体性和真实性，导向逻辑终点的抽象性和荒谬性。《判决》中儿子写信、与父亲交谈等描写，都真实可信；但临近结尾，笔锋陡然一转，便发生了父要子死子不敢不死的悲剧。荒谬绝伦，难辨真假。

三是佯谬。在卡夫卡，这不是一种技巧，而是一种哲学、一种对生活的理解。他的人物或是明知不可为而为之，或是事与愿违、适得其反地做着无用功，或是自我作践、把事情越弄越糟——似是而非，似非而是，动机与效果相左，以喜剧始以悲剧终。

四是冷漠客观的叙事。零度写作，即作者在作品中不露声色，不动情感，不加评论，完全以局外人的身份讲述与己无关的故事，意在更突出真实性、更令人信服。《变形记》无论就变异的跨度还是甲虫的命运，都足以让人“大惊小怪”。但叙述者却以十分平静的语气为我们描述发生的一切，使人似乎不得不相信“确有其事”。

五是多义性与模糊性。这是指作品的效果。卡夫卡的创作往往是一种“自我宣泄”，是作家“内心体验”的外化，他又常常喜欢使用象征等手法，因此，这些作品就存在多种阐释的可能。就像《判决》这样情节简单的作品，难道真的就只表现了“父子冲突”这一单纯的主题吗？人们可以从伦理的、社会的、政治的、哲理的多角度去思考。这种多义性、歧义性、模糊性，正体现了现代阅读的丰富性，读者不再满足于作家送给他的唯一读解。

这些特点，在两部长篇小说《审判》和《城堡》中，得到了更充分的体现、更精彩的发扬。这两部小说如同硬币的两面，构成了卡夫卡完整的艺术图像：世界是一个不解之谜，人生是一场不醒的噩梦。《审判》主人公K在30岁生日那天，一觉醒来，被两个陌生人宣布“你被捕了”，但没有理由，他的自由也未受限制。起初他十分愤怒，继而想置之不理，后又忍不住要探个究竟，进而在探究中竟不知不觉地感到自己仿佛真的有罪，开始为案件奔波，当他感到好像没事儿了，在31岁前夜，又来了两个陌生人，带他到郊外，用刀子把他“像狗一样”杀死了。两部小说中的两个K，人生经历都令人啼笑皆非、莫名悲哀。

《城堡》梗概

K独自向山上的城堡走去，为求准许他能在村子里落户。但他无法接近城堡，便自称是城堡的土地测量员，在客栈住下。城堡没有招聘土地测量员，但不仅不否认他这一身份，还给他派来两名助手。助手告诉他，没有许可证，外乡人不能进入城堡。他从信差手里收到城堡办公厅主任克拉姆的信，被告知信差巴纳巴斯负责他和城堡的联系。巴纳巴斯把K带到自己家里，让K认识了他的两个妹妹。妹妹奥尔嘉向K透露，巴纳巴斯名为克拉姆的信差，但他从未见过此人，也不知道克拉姆是谁。她把K带到宾馆，结识了自称是克拉姆情人的弗丽达。K与弗丽达一见钟情，并想通过她联系上克拉姆，但在宾馆里住着的只是克拉姆在村里的秘书。巴纳巴斯给K带来克拉姆的第二封信，表扬他土地测量工作做得好，让他再接再厉，这搞得他莫名其妙，因为他根本没进行测量。巴纳巴斯通知他，克拉姆的秘书要见他，他好不容易找到了这位秘书，秘书要求他马上把弗丽达送回来。但此时弗丽达早和K的助手之一私奔、不知去向了。这样，K与城堡的一切联系便都中断了——小说到此未完待续。据作家友人布罗德介绍，小说结尾处K将心力交瘁而死亡，临死前得到来自城堡的决定，称他无权在村中居住，但可在村里生活和工作。

《城堡》是一部令人难堪的作品，因为谁都觉得它精彩奥妙，谁也都说不清、猜不透它的奥妙之处。“城堡”是个缥缈的意象，介于存在与非存在之间。K是执着的，但有志者事不成，他耗尽毕生精力，想尽一切办法，仍然一事无成。目标是虚幻的，道路是没有的，挣扎前行的寻路者，处处碰上软钉子，总在仿佛要成功时又落了空。人不断寄予希望，又不断受到戏弄。人终于陷入了无力自拔的尴尬境地。“城堡”，成了人们可望而不可即的彼岸。这部作品，也成了20世纪非理性主义文学的标本。

《审判》中的K是被动的：被捕、被审、被杀；《城堡》中的K是主动的：主动来到村中、主动要进城堡、主动找各种关系、主动要居住证。无论主动还是被动，目的都是模糊的、不确定的：《审判》中为什么要抓捕K?《城堡》中K为什么要进城堡？无目的的目的，无意义的意义。

《审判》中的K是银行襄理，似乎还有一个明确的身份，但这个身份与他后面的经历毫无关系；《城堡》中的K则完全是个身份不明者。土地测量员？有人请他来吗？两个助手又是谁派来的？怎么还是“老”助手？他测量过土地吗，怎么会受到表扬？CC伯爵、克拉姆都是只知其名却谁也没见过的人物——身份价值的缺失，是现代人共同的悲哀。世界于人是陌生的，人与人之间是陌生的，人对自己都是陌生的。人被抛进了一个荒诞陌生的世界，因而产生出对时间和空间的恐惧感。

在《审判》中，由教士对K讲了一个故事中的故事：法的门前。一个乡下人来到法的门前要见法，门卫告诉他，现在不行，以后可能行。门卫让他坐在小板凳上等，这一等就等了一辈子，等得和门卫“皮领上的跳蚤都搞熟了”，倾其所有地行了贿，仍然没有得到许可。乡下人奄奄一息时问门卫，为什么没见别的人来求见法。门卫告诉他，这道门是专门为他而开的，现在要把它关上了。一道专门为乡下人而设的门，又迟迟不放他进去；明明没打算放他进去，又始终不断绝他的希望；来者不拒地收受了乡下人的一切贿赂，声称是为了不使对方感到无所作为；门卫是个极负责任、极有耐心的人，当乡下人临终前还想提问时，他只是温和地责备他“你没有满足的时候”。这个插曲，是对“无罪”审判的荒诞性的点睛之笔：通向法的门是有的，但永远别想进去；有罪与无罪，从来就没有明确的界线；谁也不要奢望，能在迷乱的现实中找到最终的答案；谁也不要奢望，能在非正义的世界里找到真正的正义。

《审判》选段

K三十一岁生日的前一天晚上，约莫九点钟，街上寂静无声，两个男人来到他的住所。他们身穿礼服，脸色苍白，体态臃肿，头戴一顶好像脱不下来的大礼帽。他们在大门口彼此谦让一番后，又在K的房门前更客气地你推我让了一阵。K并不知道他们的来临，这时他正穿着一身黑衣服，坐在门边的扶手椅里，慢慢地戴上一副新手套；他的手指被紧紧箍着。他看上去像是在等客人。他站起身来，好奇地端详着出现在他眼前的两位先生。“那么，你们是来找我的？”他问。先生们鞠了一躬，各自用拿着大礼帽的那只手指了一下对方。K提醒自己，他要等的是别的客人。他走到窗口，再次望了一眼黑洞洞的街道。对面的窗户也几乎是黑的，许多窗子垂下了窗帘。……“他们把最蹩脚的，老掉牙的角色派来对付我。”K自己嘀咕着，又看了一眼四周，以证实这个印象。“他们要把我随随便便地干掉。”他猛地转过身来，对着来的两个人问道：“你们演的是什么戏？”“演戏？”其中一个人说，他的嘴角抽搐了一下，瞧着另一个人，似乎是向他求助。那个人的反应像是一个正在努力摆脱尴尬局面的哑巴。“他们不准备回答问题。”K心里想；他去取帽子。

当他们还在下楼的时候，这两个人就企图抓住K的双臂。K说：“等我们到了街上再说。我不是病人。”一出大门，他们就以一种他从未见过的样子抓住他。他们的肩膀紧紧顶着K的后肩，但并不弯起胳膊肘，而是伸直手臂，压住K的胳膊，以一种训练有素、灵巧熟练、使人无法反抗的方式将K的双手压得不能动弹。K挺直腰板，在他们中间走着；这三个人联成一个整体，只要有一个人被击倒，大家就会一起倒下。只有无生命的东西才能组成这样一个整体。

…………

K想到这儿，便停了步，那两个人也随着停了下来；他们站在一个空旷无人的广场边上，广场上装点着花坛。“为什么在那么多人里面，他们偏偏派你们来！”他说，与其说他是在发问，不如说是在叫喊。那两位先生显然无言以答，他们垂着空着的手臂，站在那儿等待，就像病房里的护理人员守候着在休息的病人一样。“我不想再往前走了。”K试着说。这句话并不需要答复。那两个人没有松手，而是想法子推着K走，这样就足够作为回答了，但K却进行反抗。“我需要用力气的时间不多了，现在就把所有的力气都用光吧！”他思忖着，脑中想起了苍蝇，它们千方百计从粘蝇纸上挣脱，直到扯断自己的细腿为止。“先生们会发现我不是那么容易对付的。”

（选自［奥］卡夫卡：《审判》，钱满素、袁华清译，长沙，湖南人民出版社，1982）

第六节
乔伊斯

都柏林人·浪迹欧洲·书写都柏林

詹姆斯·奥古斯丁·乔伊斯（1882—1941），一位难以解读的爱尔兰作家，他的作品当属“小众文学”。

他醉心于创新，作品不多，却一部与一部不同、一部比一部奇异、一部比一部难读。现今被奉为“经典”、尊为“史诗”的《尤利西斯》，当年却曾以“废纸篓”之类的比喻受尽奚落，更以“淫书”之罪一禁再禁、对簿公堂。

乔伊斯于1882年2月2日出生在爱尔兰首都都柏林。大概没有一个作家像他那样重视自己出生的日子。他大半生在国外度过，但却对家乡都柏林了如指掌、记忆清晰，人们惊诧于他描绘这座城市的准确程度。

乔伊斯1998年入都柏林大学学习现代语言，1902年毕业时不仅熟练地掌握了英语、爱尔兰语、拉丁语，还学会了法语、德语、意大利语，甚至为阅读易卜生而学了点挪威语。毕业后他转学医，曾到巴黎短暂求学，1903年4月即因母亲病危而返回都柏林。在家乡度过的这一年半，对乔伊斯一生具有决定性意义。母亲在8月里去世，乔伊斯十分痛苦，迁怒于父亲对母亲的虐待，遂与家庭疏远了关系，并正式开始文学写作，陆续发表几篇短篇小说。1904年6月，他与爱妻相识相恋，私订终身；10月，二人决定离开爱尔兰，到欧洲大陆去闯荡。他们首先来到奥地利海港里雅斯特，好不容易找到一份教英语的差事，生活拮据。后来，他们先后在苏黎世和巴黎落户。教书匠的日子，穷困而乏味。他还是执着于写作，但无名之辈想跻身文坛，从来都不是件容易的事。若想靠稿酬过上好日子，那更是奢望；如果他继续在都柏林当一个歌手，兴许经济状况要好得多。

乔伊斯的短篇小说集《都柏林人》，据说是周游了22个出版社才得以在1914年出版的，共收入15个短篇。其早期创作以现实主义笔法，描写了都柏林形形色色的市民形象，表现了这个城市“麻痹”、“冷漠”的精神状态。1916年首先在美国出版的《一个青年艺术家的画像》，是一部自传色彩很浓的现代心理小说。作品细致地描写了主人公斯蒂芬的精神成长过程。经过感悟、迷茫、叛逆、忏悔、反思，等等，他逐步走上属于自己的道路，决心与家庭、宗教和祖国决裂，流亡到国外去实现艺术家的梦想。这部小说，与后来的《尤利西斯》有着明显的“血缘”关系。斯蒂芬是两部作品的同名主人公，而且精神气质相通；小说主要通过深入揭示人物的内心活动来塑造形象，许多手法十分接近。1939年在伦敦和纽约同时出版的《芬尼根守灵夜》，作家在1922年完成《尤利西斯》后即开始酝酿构思，耗费了作家十几年的精力，写的是一个噩梦、一个“黑夜的故事”。

乔伊斯对人生的重要日子特别重视。他最负盛名的作品《尤利西斯》，特意选在40岁生日那天出版——1922年2月2日；而小说情节发生的时间，1904年6月16日，则是他和妻子诺拉第一次约会的日子。后人为表达敬意，将6月22日命名为“布卢姆日”。

《尤利西斯》梗概

全书分3部18章。

时间：1904年6月16日上午8点到次日凌晨2点45分。

地点：都柏林市。

主要人物：布卢姆，《自由人报》广告推销商；玛莉恩·布卢姆（摩莉），布卢姆的妻子，歌手；斯蒂芬，私立学校的历史教师、诗人。

斯蒂芬和他的伙伴们吃完早餐后到学校去上课。他是因母亲病危而从国外回来的，现在母亲已经去世。一个朋友说他在寻找父亲。斯蒂芬到校长办公室领工资，校长给他一篇稿子让他找报纸发表。从学校出来后，他到海滨散步，思考问题。

布卢姆早上起床，为还赖在床上的妻子准备好早餐，还把妻子经纪人、也是她情人的博伊兰的来信交给她；她若无其事地告诉布卢姆，博伊兰下午要来给她送节目单，这消息使布卢姆一天都心神不宁。他离家后，到邮局去取“情人”的信，洗澡，参加友人的葬礼，想到自杀的父亲和夭折的儿子，思考关于死亡。中午，他来到报馆和主编谈广告，斯蒂芬也来到报馆，递交校长的稿子。下午1点，布卢姆进一家餐厅吃饭，里面乌烟瘴气，他换了一家餐馆。饭后，他在路上护送一个盲人小伙子过马路。远远瞥见情敌博伊兰就慌了神，赶忙躲了起来。下午2点，斯蒂芬在图书馆向学者们大谈莎士比亚，布卢姆却没有参与。傍晚，布卢姆在海边欣赏三个少女嬉戏。晚10点，他到医院去看望一个产妇。斯蒂芬和一群医学院学生在食堂里瞎胡闹，喝得酩酊大醉，斯蒂芬还要请大家换个酒吧继续喝。布卢姆不放心，便尾随而去。斯蒂芬一伙到了妓院，他撒酒疯打碎了妓院的灯，被两个英国兵打倒在地。布卢姆将他扶起，恍惚间感到这就是他夭折的儿子。他们在外面吃了点东西后，一起回到了布卢姆的家里。两人海阔天空地聊得十分开心，有共识也有分歧，分别时颇有依依之情。

布卢姆看到房间里东西变动的情况，知道今天又有人来过，遂回想起他和妻子之间的关系，想到疑似妻子情人的长长的名单，五味杂陈——妻子摩莉似睡非睡，一生中的种种图像不规则地在脑海里流过，其中自然少不了她和各色男人的纠葛，包括丈夫、现在和过去的情人，以及今晚来到家里她还没见过的斯蒂芬。但是，最甜蜜的一幕，还是和布卢姆激情的初恋……

《尤利西斯》首先可看作一部现实主义小说：都柏林准确的实景；普通得不能再普通的市井小人物——广告推销商、历史教师、小有名气的歌手、任何一座城市里处处都会碰到的寻常百姓；平凡得不能再平凡的生活——起床、吃饭、工作、散步、聊天、喝酒、打架、睡觉、做爱，人们天天都在打发的无聊日子。没有尖锐的冲突，没有跌宕的情节，没有人造的高潮，没有浪漫的诗意。为真实再现这一天的都柏林，作家曾搜集研究了这一天都柏林所有的报纸。他声称，自己写这部作品就是要“力求合乎事实”。

但是，作家对于“真实”的理解已不尽相同，内在真实成为追求目标。作为现代主义意识流的开山之作，小说在创作理念和风格上，与传统的现实主义小说大相径庭。景物，事件，过去的和现在的，已发生的、正在发生的和可能发生的，都是，或者准确地说，大多是通过人物的意识屏幕映射出来的。碎片中的完整，跳跃式的连续，模糊里的真实，主观中的客观。色彩丰富，变幻莫测，给读者制造了巨大的思考和想象空间。

作家给作品起了个宏大的书名《尤利西斯》（即《奥德赛》），那可是一部讲述英雄历险的荷马史诗。二者时空相隔甚远，内容风马牛不相及，作家在这古今对应中要表达的意向耐人寻味。荷马史诗写奥德修斯在特洛伊战争结束后，海上漂泊 10 年，历经艰难险阻终于回到家园的英雄事迹。故事从儿子忒勒马科斯外出寻父写起，以奥德修斯与妻子珀涅罗珀团圆作结。在与天斗、与海斗、与人斗的经历中，一家三口都表现了非凡的英雄主义精神，令人敬仰膜拜。而在《尤利西斯》里，斯蒂芬母亲去世，孤独的他产生了寻父的愿望；布卢姆妻子不忠、儿子夭折，一直想能找到一个精神上的儿子；而与忠贞不渝的珀涅罗珀相对应的，却是布卢姆有过很多情人的妻子摩莉，她今天还要和情人约会。乔伊斯独出心裁的对应构想，以古代翻江倒海的奇迹对照现代都市表面繁荣下的平庸，以神话中高大的英雄对照现实中琐屑的现代人，自然会引起今不如昔、英雄时代去矣的慨叹。但是，如果就此以为作家是在简单地以古否今，恐怕也是一种误读。

三个主人公的身份已决定了他们“非英雄”的特点，但这并不妨碍他们成为现代“好人”。在作家笔下，他们是让人可以平视、可以触摸到的凡人，是有明显缺点、但又不失可爱的常人。布卢姆是为社会所不屑的犹太人，事业上碌碌无为，家庭生活不幸，他因此而苦闷、孤独；但他正直善良，做了很多并不起眼的善事（探视产妇、给死者遗属捐款、助盲人过马路，特别是救助被打的斯蒂芬等）；对妻子虽耿耿于怀，但又忍辱负重，呵护有加，心存爱意。他寻找精神之子、维系家庭的努力，正体现了现代人在苦难的社会里对完美精神家园的向往。年轻的学者斯蒂芬，有理性，有激情，但因缺乏归属感而同样苦闷孤独；他的寻父情结，表明他自信力的不足，也表明他对成熟的追求。他相信，通过文学，人类精神能得到永恒的肯定。完整的人格、完美的人性，也许也会在这年轻人身上得到“永恒的肯定”！摩莉是个“另类”，作家的写法更是“另类”。在全书中她都没有正面出场，只出现在他人的意识中。最后一章却是她的专章，长达 40 页，只有 8 个句子，没有标点，是她的纯意识流。她似睡非睡、似醒非醒地回忆着她的生活，以“性”为中心的生活。她以同一个“他”字，指代所有她接触过的男人，流转顺畅。这个女性，淫而不荡，既不可爱也不可恨（布卢姆对她是既爱又恨、爱多于恨），作家对她的概括是：“我是那总是肯定的肉体！”她有浪漫情怀，热爱自然和艺术，基于此，她竟把刚听说还不曾见过的年轻诗人斯蒂芬纳入她“猎取”的对象；但做了一番比较后，她又意识到她心底最留恋的还是那个最爱她的布卢姆——乔伊斯把这一章称作全书的“点睛之笔”。而心理学家荣格则感叹，恐怕只有“魔鬼他奶奶”才能对女性心理了解得如此深入。

三个普通人的普通的一天，似乎什么事情都没有发生。这就是现代人的现代生活，他们就是构成现代社会的“现代英雄”。肯定也好，否定也好，这就是当代的“现实”，这就是当代的“史诗”。

1982 年，乔伊斯百年诞辰纪念时，都柏林电台全天播放《尤利西斯》，人们穿上 1904 年的服装，扮演书中的人物游行。当年乔伊斯把都柏林人请进书中，如今都柏林人把书中的人物送回城市，作家和都柏林已融为一体。

《尤利西斯》选段

（一）

布卢姆先生来到了基尔戴尔大街。首先得去图书馆。

在阳光底下戴着草帽。棕黄色皮鞋。卷边长裤。对，就是他（指布卢姆妻子的情人博伊兰——引者注）。

他的心轻轻地悸跳着，向右拐吧。博物馆。女神们。他向右拐了个弯。

是他吗？多半是。别看他了。酒上了我的脸。我为什么要……？太叫人发晕。对，就是他。走路的那个姿势。别看他啦。别看他啦。往前走吧。

他边大步流星地走向博物馆的大门，边抬起眼睛。漂亮的建筑。是托马斯·迪恩爵士设计。他没跟在我后边吧?

也许他没瞧见我。阳光正晃着他的眼。

他气喘吁吁，发出一声声短促的叹息。快点儿。冰冷的雕像群。那里挺僻静，不出一分钟我就安全了。

是啊，他没瞧见我。两点多啦。就在大门口那儿。

我的心脏!

他的眼睛直跳，直勾勾地望着奶油色石头的曲线。托马斯·迪恩爵士，希腊式建筑。

我要找样东西。

他那只焦躁的手急忙伸进一个兜里，掏出来一看，是读后没叠好的移民垦殖公司的广告。可放在哪儿了呢?

匆匆忙忙地找。

他赶快又将公司的广告又塞了回去。

她说是下午。

我找的是那个。对，那个。所有的兜都翻遍了。手绢。《自由人报》。放在哪儿了呢？对啦。裤子。皮夹子。土豆。我放在哪儿了呢?

快点儿。放轻脚步。马上就到啦。我的心脏。

他一边用手摸索着那不知放哪儿去了的东西，一边念叨着还得去取化妆水。在裤兜里找到了肥皂，上面粘着温吞吞的纸。啊，肥皂在这儿哪。对，来到大门口了。

安全啦!

——《尤利西斯》上卷第八章

(二)

——我还是个小妞儿的时候可喜欢诗啦起初我还以为他（指布卢姆——引者注）是拜伦勋爵那样的诗人呢　其实他连一丁点儿诗人的素质也没有　我认为他（指斯蒂芬——引者注）可完全不一样　我不知道他是不是太年轻了　他大约是　等一等八八年　我是八八年结的婚　米莉昨天十五啦　八九年　那么他到底多大呢　在狄龙家那回才五六岁吧　那是约莫八八年的事　我猜想他已经二十要么二十出头啦　他要是二十三四岁的话　对他来说　我还不算太老　我但愿他不是那种自以为了不起的大学生　不会的　不然的话　他也不会跟他一道　坐在那间破旧的厨房里喝埃普斯可可啦　还聊着天儿　他当然假装统统都听懂啦　大概他还告诉他　自个儿是三一学院毕业的呢……喏　我认为他找不到多少像我这样的女人　那里有爱的微叹　吉他的轻弹　空气里弥漫着诗　蓝色的海洋和月亮闪闪发光　多么美丽　乘夜船从塔里法回来　欧罗巴岬角的灯台　那个人弹奏的吉他的旋律扣人心弦　我会不会还有机会回到那儿去呢　一张张从来没见过的脸　窗格后藏着一双明媚的流盼　我要把这唱给他听　哪怕他有一星半点儿诗人的气质　也该能明白那就是我的眼睛　两只眼犹如爱星　乌黑又灿烂　年轻的爱心　词儿有多么美好哇　跟一个聪明人谈你自己　而不是老听他讲比

利普雷斯科特的广告和凯斯的广告　还有精力绝伦的汤姆的广告　要是他们的生意出了什么毛病　咱们就得跟着受罪　我相信他准是个非常了不起的人　我就是想遇见这么个人　天哪　而不是旁的那些人渣子　而且他又那么年轻……倘若他认为天下的女人都是一样的话　我倒得教他明白未必是这样的　我要把他弄得神魂颠倒　直到他在我底下差不多昏迷过去　然后他就写起我来啦　情人啦　情妇啦　而且是公开地　当他出名以后　所有报纸上都登出我们两人的照片　哦　可那时候我拿他（指现在的情人博伊兰——引者注）咋办呢　不行　他这个人简直无可救药　他天生就不懂礼貌　不文雅　啥都不会……

——《尤利西斯》下卷第十八章

（选自［爱尔兰］乔伊斯：《尤利西斯》，萧乾、文洁若译，338～339、1512～1513页，南京，译林出版社，1994）

第七节
艾略特

名门博学才子·荒原徘徊·四重奏回荡·归根落叶

托马斯·斯特恩斯·艾略特（1888—1965），出生于美国的英国学者型诗人，属“博学融进敏感”的诗坛巨匠。

艾略特出身名门，祖父创建了华盛顿大学。父亲从商，家境殷实；母亲属大家闺秀，知书达理。文化家庭的浸润，使青年才俊不同凡响。1906年，艾略特进入哈佛大学主攻哲学，同时选修法、德、拉丁、希腊等语种和中世纪历史、比较文学、宗教和东方哲学等。1910年至1911年，他到法国巴黎大学学习哲学和文学，后回哈佛学习梵文和印度哲学。1914年至1915年，他又到德国和英国牛津大学撰写博士论文。因第一次世界大战，他未能回美答辩，因而没有获得学位。作家，特别是诗人，有此学术经历者尚不多见。战争把他留在了英国，并使他成了英国人。

艾略特从中学就开始练习写诗，一直没有间断。到法国后受法国象征主义诗歌影响，儒尔·拉福格（1861—1887）、波德莱尔、马拉美等人的诗作，扩展了他的视域，给他以强烈冲击。留在伦敦后，他曾在中学教过书，在银行当过职员，后到先锋派杂志《自我主义者》当编辑。1914年，他第一次会见当时已是名人的庞德。庞德力荐他的《普鲁弗洛克的情歌》（1915）在《诗刊》上发表。这是一首无情的“情歌”，是主人公普鲁弗洛克的自白，他想去向某个女人表达爱意，但是未战先败，他因担心遭到拒绝而忧虑重重。“情歌”而无激情和冲动，有的只是迟疑和怯懦，这种病态心理，显然绝非仅仅是在描写恋爱中的人。

继续着《普鲁弗洛克的情歌》的思想，艾略特在1922年创作了最重要的长诗《荒原》。长诗极其特别，既非叙事诗，亦非抒情诗，而是一部“拼贴诗”。诗人将一些互不相干的画面仿佛毫无逻辑地拼贴在一起，以传达他对世界的理解。专家介绍，此诗涉及5种语言、56种前人著作，诗人之博学，读解之不易，可想而知。

《荒原》梗概

全诗分5章，共434行。

第一章“死者葬仪”76行。起句突兀而震撼，继以伯爵夫人玛丽的回忆对比今昔，借《圣经》之典点出荒凉的现实；又以女相士的纸牌，引出找不到希望的死亡。最后落到波德莱尔和但丁的诗句上，伦敦“并无实体”，伦敦人虽生犹死，并且看不到“死而复生”的前景。

第二章“对弈”96行。借用英国剧作家托马斯·梅德尔顿的剧本《女人谨防女人》中以“对弈”为幌子骗出婆婆、使伯爵勾引少妇得手的情节，和奥维德《变形记》中的故事，表现上层贵妇的幽怨生活；继写下等酒馆里丽儿和她的闺蜜商量为对付即将退伍归来的丈夫而准备堕胎的事。

第三章“火诫”139行。帖瑞西士，《变形记》中的两性人，虽眼盲却有预卜未来、洞观世人内心世界的本领。本章借用他的视角观察伦敦的现实，泰晤士河轻轻流淌，仙女们都已离去。商人在低级餐馆用餐，在豪华宾馆狂欢。一个“长疙瘩的青年”，来到女打字员脏乱的房间，迅速干完了苟且之事，便匆匆离开。“总算完了事，完了就好。”打字员想。

第四章“水里的死亡”10行。欲海沉沦，是现代人的必然结局。与第一章的预言相呼应。

第五章“雷霆的话”113行。耶稣被处死后复活，走在去埃摩司的途中，但人们却看不见他。象征生命的水枯竭了，只有岩石，干枯把“荒原”的意象推到了极致。诗人担当起寻找金杯的重任，到过“空的教堂”，似乎有了“湿风带雨”的希望，但还是仅余“干旱的平原”。雷霆的话，就是上帝的话：舍己为人、同情、克制，才能得到“意外的平安”。

《荒原》的寓意和象征来自关于“圣杯”的传说：渔王由于某种原因失去了性能力，致使他的领土从沃野变成了荒原，需要一个少年英雄手持宝剑去寻找圣杯，以医治渔王的疾病，使大地复苏。艾略特把丧失了宗教信仰的现代文明世界称为“荒原”，用伦敦日常生活低级平庸的图像来表现人类的“枯萎”，把寻找圣杯徒然的努力看作对人类前途无望的探索，从而呈现出人类社会的衰败景象，传达了普遍存在的悲观情绪。纵欲、偷情、有欲无情、欲海沉沦——畸形的两性关系，构成了荒原的主要图景；醉生梦死、虽生犹死、对“死而复生”的无望追求，正是笼罩精神荒原的悲哀。

诗中有许多现实的画面，它们似乎随意浮现，不停旋转，淡出淡入，诗人却不置一词，似乎只是在用蒙太奇说话；插入大量典故，史与实交错，时与空错位，以破碎的画面显示世界的混乱，以今昔的对应增加诗歌的容量，以“荒原”的整体意象统一全诗的建构。有论者不无夸张地认为，《荒原》是西方文学的巨幅壁画，后来者只能在上面不断添加人物和细部。我们在高度评价《荒原》开一代诗风的同时，也不无遗憾地指出，这种过分用典、过于晦涩的写法，给广大读者制造了不少阅读欣赏的障碍。

《荒原》选段

（一）

并无实体的城，
在冬日破晓时的黄雾下，
一群人鱼贯地流过伦敦桥，人数是那么多，
我没想到死亡毁坏了这许多人。
叹息，短促而稀少，吐了出来，
人人的眼睛盯住在自己的脚前。
流上山，流下威廉王大街，
直到圣马利吴尔诺斯教堂，那里报时的钟声
敲着最后的第九下，阴沉的一声。
在那里我看见一个熟人，拦住他叫道："斯代真！"
你从前在迈里的船上是和我在一起的！
去年你种在你花园里的尸首，
它发芽了吗？今年会开花吗？
还是忽来严霜捣坏了它的花床？

——"死者葬仪"

（二）

这里没有水只有岩石
岩石而没有水而有一条沙路
那路在上面山里绕行
是岩石堆成的山没有水
若还有水我们就会停下来喝了
在岩石中间人不能停止或思想
汗是干的脚埋在沙土里
只要岩石中间有水
死了的山满口都是龋齿吐不出一滴水
这里的人既不能站也不能躺也不能坐
山上甚至连静默也不存在
只有枯干的雷没有雨
山上甚至连寂寞也不存在
只有绛红阴沉的脸在冷笑咆哮
在泥干缝裂的房屋的门里出现
只要有水——

——"雷霆的话"

（选自［英］艾略特：《荒原》，赵萝蕤译，见袁可嘉等选编：《外国现代派作品选》，第一册（上），94～95、114页，上海，上海文艺出版社，1980）

1920年，艾略特出版第一部文学评论集《圣林》，收有他的著名论文《传统与个人才能》。此后他创办了文学评论刊物《标准》，并长期担任主编。1925年的《空心人》，悲观情绪更加浓烈。20世纪20年代初期的这些年里，他妻子维芬患精神病，使他备受折磨。（维芬1947年病逝，1957年与秘书维莱丽女士的婚姻使他有了幸福的晚年。）1927年入英国籍后，他对自己作了这样的概括：“政治上，我是个保皇党；宗教上，我是英国国教徒；文学上，我是个古典主义者。”这一“宣言”，令众人震惊，与人们认识的那个现代主义奠基者的叛逆诗人形象判若两人。

1934年开始创作，直至1943才完成出版的《四个四重奏》，是艾略特晚年最重要的哲理诗，也深受他个人的偏爱。诗作仿照四重奏乐曲的形式，各自独立成篇，又形成一个整体；每篇都有标题，各分五个乐章，以呈示、展开和再现来表达旨意。《烧毁的诺顿》、《东库克》、《干赛尔维其斯》、《小吉丁》，时间是作品的总主题，而各篇均以一特定地点命名（依序为作者祖上的旧居、祖籍村庄、美国东海岸的三个小岛和一个有意义的英国村庄），在辽阔的时空结合中探寻个人的价值、历史的轨迹和人类的命运。“时间现在和时间过去/也许都存在于时间将来，/而时间将来包容于时间过去。/如果时间都永远是现在，/所有的时间都不能够得到拯救。/那本来可能发生的事是一种抽象，/始终是只在一个思辨的世界中的/一种永恒的可能性。/那本来可能发生的和已经发生的/指向一个终结，终结永远是现在。”起句就把读者引进了时间的漩涡，标示了他追问时间意义的意图。时间与永恒的辩证统一，时间永远流动着，过去、现在、将来的时间又往往是周而复始、彼此包容的，时间与永恒的交集点就在现在。第二篇继续探讨时间问题，进一步强调“开始即结束”的思想。诗人回到祖籍，感慨万千，触发对历史、人生的感悟和思考。他相信变化是永恒的，但又是循环往返的，个人的命运和人类的文明都是如此。开始就酝酿着结束，结束之后又会有新的开始。因此，人不必悲观，人应当永远激情地去探索。第三篇引入了“河流”和“大海”的意象。河流象征着人的时间，流动的时间，是过去、现在和未来的不断连绵；大海则象征着大地的时间，永恒的所在，非历史的现在。如果说第三篇的中心意象是水的话，那么第四篇则是火。火既是制造灾难的毁灭性力量，又能净化人性，给人以拯救的希望。这取决于人的选择，取决于人对它的控制和利用。全诗以音乐的结构表现对时间、空间、历史、人生的思考，形式考究，哲理深邃，虽说是以宣扬宗教思想为宗旨，但体现的是以历史长河为视界拯救人类文明的努力。

1948年，艾略特获诺贝尔文学奖和英国国王的劳绩勋章。

20世纪50年代，他基本上停止写诗，主要从事诗剧创作和文学评论。艾略特一直很重视戏剧的社会作用，视舞台为医治人们精神疾病的心理诊所。从30年代就开始创作诗剧，曾有《大教堂谋杀案》（1935）、《合家团圆》（1939）等剧问世。50年代发表的剧作有《鸡尾酒会》（1949）、《机要秘书》（1953）和《政界元老》（1958）。

艾略特被公认为20世纪英美最重要的批评家之一，是新批评的奠基人。他提出的“非个人化”的理念，强调的是诗、是作品，而不是诗人。文学批评的对象是充满生命力的艺术品，是作品各部分间的内在关系。在创作上，他反对滥用抒情，主张“用艺术形式表现情感的唯一方法是寻找一个‘客观对应物’；换句话说，是用一系列实物、场景，一连串事件来表现某种特定的情感；要做到最终形式必然是感觉经验的外部事实一旦出现，便能立刻唤起那种情感”[①]。这一从法国象征主义派生出来的理论，对意象派的诗歌创作影响至深，对我们理解《荒原》一类的作品很有帮助。

1965年1月，艾略特在伦敦去世。遵其遗愿，他被安葬在祖籍村庄东库克的圣麦可教堂。墓碑上刻着《四个四重奏》中《东库克》的首尾两句诗：“在我的开始是我的结束。”“在我的结束是我的开始。”真正是落叶归了根。

① ［英］艾略特：《艾略特诗学文集》，王恩衷编译，13页，北京，国际文化出版公司，1989。

第八节 福克纳

不爱上学爱读书 · 幸运的 1929 · 在那块“邮票大的地方”

威廉·福克纳（1897—1962），美国南方作家，也有人称之为乡土作家，尤以意识流创作令人瞩目。

他在家乡当过只有一个人的邮政所所长，所以他说自己是在“邮票大的地方”耕耘，并终于创造出一片“自己的天地”。

像许多天才作家一样，福克纳喜欢读书，却不喜欢上学。他有经常逃学的劣迹，中学没念完就彻底退学了。第一次世界大战后的 1919 年，他以复员军人的身份进入密西西比大学，一年后，他又退学了。但在母亲的影响下，他读了很多莎士比亚、巴尔扎克等经典作家的作品；后又受友人斯通的推荐，接触了以叶芝、艾略特等人的作品为代表的现代主义文学。1921 年，人们给他找了份差事，当密西西比大学邮政所所长。但是他实在干得不上心，不是躲在角落里读书写作，就是干脆把门一锁，不知上哪儿玩去了，最后只能高高兴兴地被开除了。不过，写作却是他始终未停止过的“正业”。

1924 年，福克纳在朋友的帮助下，自费出版了第一部诗集《大理石雕像》。诗集的唯一“效应”，是帮他找到了一份记者的工作，开始进入了文人的圈子。1925 年 7 月，像许多美国作家必须受欧洲文化“洗礼”一样，福克纳也作了一次欧洲行：意大利、瑞士、法国、英国。但是，他又和那些善于“自我流放”的作家不同，他对家乡有着天然的依恋感，不久就回到了那块“邮票大的地方”。1926 年，他改写小说，发表《士兵的报酬》。

1929 年是福克纳的幸运年：年初（1 月），出版小说《萨托利斯》；年中（6 月），与初恋情人埃斯德尔成婚；秋天（10 月），最著名的作品《喧哗与骚动》出版。

《萨托利斯》的重要意义在于它开启了福克纳联系历史表现现实的创作思想，并触及了战后一代苦闷的精神状态。《喧哗与骚动》，则标志着美国又诞生了一位天才作家，美国的现代主义文学又增添了一块巨大的基石。

《喧哗与骚动》梗概

小说分 4 章，分别以 4 个日期作标题：

1928 年 4 月 7 日；1910 年 6 月 2 日；1928 年 4 月 6 日；1928 年 4 月 8 日。

就各章的“叙述”而论，可分别对应为：

班吉部分；昆丁部分；杰生部分；迪尔西部分。

杰弗生镇的康普生家族，有过辉煌的历史，出过州长，出过将军；如今时过境迁，风光不再。故事中心是关于女儿凯蒂的，她有一个哥哥，两个弟弟。凯蒂未婚先孕，酿下苦果。隐瞒事实出嫁，婚后被丈夫发现真相，婚姻破裂。凯蒂无奈把私生女小昆丁送回娘家抚养，自己到外地去靠卖淫糊口。哥哥昆丁是哈佛大学的学生，凯蒂事件对他打击很大，他郁闷地投河自尽。弟弟杰生十分自私，他认为凯蒂的事影响了他的前途，使他没能进入银行工作。于是，他经常利用小昆丁敲诈凯蒂，并千方百计克扣凯蒂给小昆丁寄回来的生活费。小弟弟班吉天生智障，到33岁时还只有3岁的智力。但他很爱姐姐，姐姐也很爱他。小昆丁长到17岁时，打碎舅舅房间的窗户，撬开抽屉，偷走了7 000多元，和一个流浪艺人私奔了。这个破败的家庭里，唯一的亮点是黑人女佣迪尔西。她跟随女主人来到这里，兢兢业业为这家人服务，特别是悉心呵护班吉、小昆丁等弱者而成为杰生的死敌。——这是按照逻辑顺序的描述。但是，作品的四个板块却是这样组合的：

1928年4月7日，班吉部分，本来意义上的“痴人说梦”。今天是弱智的班吉33岁生日，迪尔西的外孙勒斯特带他到高尔夫球场去玩。他玩得很高兴，但也会“触景生情”，“胡思乱想”，把家庭的历史现状、亲人们的所作所为搅和到一起。在他非理智的心态中，凯蒂却始终占据着中心地位。他爱她，想念她，为她的不幸和离去而难过——因为他感到在这个家里只有她关心他、爱他。

1910年6月2日，昆丁部分，时光倒回18年前，这是昆丁自杀的日子。他从早上起来就处于紧张亢奋状态。他今天要离开这个世界，所以时间对他有特殊的意义。遇到的事情（进班房、打架等）都对他没什么影响，始终萦绕他心头的是有关他妹妹凯蒂的一切，以及由此引出的家庭的变故和家人的态度。

1928年4月6日，杰生部分，又回到现实。现实很丑恶。四兄弟姐妹中，杰生是最自私的恶人。除了钱，他什么都不认。他恨家里所有的人，认为谁都对不住他。他怂恿母亲把班吉送进疯人院，把小昆丁送进妓院。他是个偏执狂，还有头痛病，思维也常陷于混乱。

1928年4月8日，迪尔西部分，前三部分都是人物的自述，这部分是第三人称叙述。今天是复活节。杰生发现他的钱不见了，他认定是被小昆丁偷走了，便气急败坏地报警。但他没有证据证明是谁拿走了钱，也说不清钱的来路和归属，警察未予受理。杰生自己开着车到处乱找，差点让人痛揍。迪尔西带着包括班吉在内的孩子们到黑人教堂做礼拜。

“人生不过是一个行走的影子，一个在舞台上指手画脚的拙劣伶人，登场片刻，就在无声无息中悄然退下；它是愚人所讲的故事，充满喧哗和骚动，却找不到一点意义。”小说标题，典出《麦克白》第五幕第五场麦克白的精彩独白，画龙点睛。在纷纷扰扰的世界里，人人都是匆匆的过客，却找不到生活的意义。

福克纳崇拜乔伊斯，推崇《尤利西斯》。但同为意识流的经典，它们却各有特色。《尤利西斯》是在同一时间内不同人物互不相干的意识活动，而《喧哗与骚动》则是写不同时间里不同人物围绕同一人物、同一事件的意识活动。从叙事角度论，四部分的关系是平行的，并无主次之分。时序是倒错的：CABD；但所反映凯蒂的命运又是顺序的：ABCD，童年—青年—婚后—女儿小昆丁出走。外在的无序与内在的逻辑有机结合，虽然没有凯蒂的专章，但各人自由流动的意识都向她聚焦，凯蒂的面貌和经历逐渐得到清晰的呈现。

作家选择了三兄弟的视角，结构精巧，匠心独运。三个人身份、性格、处境都不相同，虽都是至亲，但对凯蒂的感情更是大相径庭。三个人在自述中完成自我塑造，也从各自的角度共同完成了对凯蒂形象的塑造。弱智班吉的爱是那么纯真、傻呆呆的却颇富诗意，他总在等待凯蒂，他能从凯蒂身上闻到“树的香味”。这是一个没有受到污染的灵魂，他与姐姐之间的情感是没有受到社会污染的情感。这一组关系，让我们欣慰于班吉本真的童趣的同时，也看到了凯蒂纯洁可爱的一面。杰生是恶的化身，自私、贪财、冷酷、残忍。他把亲人间的关系完全看作赤裸裸的金钱关系。（丢钱以后的歇斯底里，令人想起莫里哀笔下的阿巴贡。）他对凯蒂母女的仇恨和不择手段地盘剥小昆丁的恶劣行径，充分暴露了这个灵魂的丑恶，也折射出女性遭遇的不幸；而且他作为康普生家族仅余的继承人，更昭示着这个家族命运可怕和可悲的未来。昆丁的感情微妙而复杂，他很爱美丽的妹妹，关心的是她的贞操，其中又掺杂着朦胧的暧昧。家长式的贞操观，是和维系家族命运联系在一起的。凯蒂的沉沦，既有反叛的意味，又是家族没落的象征。而昆丁生性软弱，但有哈佛学生的理性背景，这使他梦呓般的思考不同寻常。他不断想起“父训”，显示其对长子身份的重视，他选择自尽，是对长子责任的最后逃避；妹妹形象在他心中拂之不去，他充满爱怜与惋惜，却无力留住凯蒂的美好影像；他不愿亲眼看到家族的彻底破败；给自己规定的死期将至，他对“时间”格外敏感，“时间”也正是家族衰落的推手和见证。作家把唯一的亮点放在黑人女佣迪尔西以及她的外孙勒斯特身上。正直、善良、同情弱者、仇视邪恶——在这个畸形的白人世界里，她是最清醒、最明事理的。爱憎分明的她，对凯蒂母女，特别是对班吉，钟爱呵护有加，而始终把杰生视为“死敌”。把最后一章的时间定在复活节，表明作家在她身上寄托了类似基督的情怀。

女子失足而遭遇不幸的故事，在西方社会和文学中都不是什么新鲜话题。福克纳的独特之处在于他由此而深入对南方历史的开掘，并采用了全新的艺术手法，因而使人耳目一新。全书只标出了四个日子，但通过意识的流动，人们却看到了贵族世家曾经的辉煌和走向没落的脚步。凯蒂的变故，不只是一个人的沉沦，而是引发了全家的地震，哗啦啦大厦即倾。南方贵族世家的脆弱与腐朽，跃然纸上。

《喧哗与骚动》获得了成功，从此福克纳的创作进入了快车道：《当我弥留之际》（1930）、《圣殿》（1931）、《八月之光》（1932）、《押沙龙！押沙龙！》（1936）等长篇佳作陆续出版。但是，墙内开花墙外香，福克纳的作品在欧洲有了一定知名度，在美国本土却并不卖座。卖文度日难以为继，他不得已投奔好莱坞，20 世纪三四十年代，他为解决生计问题给各家公司写作和改编过 40 来个电影剧本。

《喧哗与骚动》选段

窗框的影子显现在窗帘上，时间是七点到八点之间，我又回到时间里来了，听见表在滴答滴答地响。这表是爷爷留下来的，父亲给我的时候，他说，昆丁，这只表是一切希望与欲望的陵墓，我现在把它交给你；你靠了它，很容易掌握证明所有人类经验谬误的 reducto absurdum（归谬法），这些人类的所有经验对你祖父或曾祖父不见得有用，对你个人也未必有用。我把表给你，不是要让你记住时间，而是让你可以偶尔忘记时间，不把心力全部用在征服时间上面。因为时间反正是征服不了的，他说。甚至根本没有人跟时间较量过。这个战场不过向人显示了他自己的愚蠢和失望，而胜利，也仅仅是哲人与傻子的一种幻想而已。

表是支靠在放硬领的纸盒上的，我躺在床上倾听它的滴答声。实际上应该说是表的声音传进我的耳朵里来。我想不见得有谁有意去听表的滴答声的。没有这样做的必要。你可以很久很久都不察觉滴答声，随着在下一秒钟里你又听到了那声音，使你感到虽然你方才没有听见，时间却在不间断地、永恒地、越来越有气无力地行进。就像父亲所说的那样：在长长的、孤独的光线里，你可以看见耶稣在彳亍地前进，很像。还有那位好圣徒弗兰西斯，他称死亡为他的“小妹妹”，其实他并没有妹妹。

——《1910年6月2日》

（选自［美］福克纳：《喧哗与骚动》，李文俊译，85～86页，上海，上海译文出版社，1984）

《当我弥留之际》，是福克纳又一部以意识流手法闻名的经典。全书59节，与《喧哗与骚动》相反，全部以人名命名；每节都是一个人的意识流，共15人。15人的自述聚焦于一次预期的死亡，一次离奇的殡仪。曾经当过小学教师的艾迪，行将就木。她要求丈夫和孩子们答应她，她死后把她送回四十英里外的娘家墓地安葬。小说的主要情节就是历经6天的送葬行程。一路上艰难险阻，天灾人祸，怪事连连，棺木险被大水冲走，尸体已经发臭，差点被次子烧掉；长子被压断了一条腿，次子被送进了疯人院，女儿被人诱奸——只有丈夫是获益者，他到镇上装上了假牙（年轻了）、并找到了新太太。

《当我弥留之际》，尽管还是发生在那张“邮票”上的故事，尽管还是有关美国南方兴衰的故事，但它却更像是一个关于人类命运的寓言。主人公艾迪的一生是苦难的一生，也是冷漠的一生，虽不无引人同情之处，但并不讨人喜欢；她的尸体游行，是家人在兑现承诺，与悲哀无关，却更多地制造了灾难和不幸。人类在苦难和死亡的旅途上前行，不断搬演着令人啼笑皆非的悲喜剧。

福克纳共创作了长篇小说19部，短篇小说70多篇。1946年，评论家马尔科姆·考利为他编辑了《袖珍本福克纳选集》，并在“序言”中第一次使用了“约克纳帕塔法世系”的提法，把作家已出版的17部作品联系起来考察，指出它们之间的内在关联，从而把福克纳的作品“整体化”、“系统化”。约克纳帕塔法是福克纳虚构的县域，他自称是这里唯一的主人。他还若有其事地勾画了这个县的地理位置，编制了它的基本情况：面积2 400平方英里，人口15 611人，其中白人6 298人，黑人9 313人，等等，以制造真实的假象。他在这里展开了几个家族的变迁，构成了美国南方约一个半世纪的历史。写萨托利斯家族的有《萨托利斯》、《不可征服的人》（1938）等，写康普生家族的有《喧哗与骚动》等，写塞德潘和麦卡斯林家族的有《押沙龙！押沙龙！》、《坟墓的闯入者》等，写本特伦家族的有《当我弥留之际》等。最后一个家族的发迹史，是《斯诺普斯三部曲》：《村子》（1940）、《小镇》（1957）和《大宅》（1959）。

1949年，福克纳获诺贝尔文学奖。从此，他获奖无数。但他也成了政府的工具，被派往各国访问。好在他还算清醒，1962年4月，总统设晚宴招待所有诺贝尔奖获得者，他客气地回答：“在我这样的年纪已经太老，不宜走这么远的路去和陌生人一起吃饭了。”

三个月后的7月6日凌晨，他走上了更远的路，告别了“喧哗与骚动”的世界。

思考题

1. 谈谈战争和革命给欧美文学的深刻影响。
2. 如何理解现代主义是一个泛概念？
3. 谈谈现代主义各流派的艺术特色。
4. 谈谈作家在约翰·克利斯朵夫身上寄予的人道主义理想。
5. 谈谈高尔基在俄苏文学史上发挥的重要作用。
6. 为何说《静静的顿河》是“自由哥萨克”的史诗？

7. 谈谈卡夫卡的创作特点及对20世纪文学的影响。

8.《尤利西斯》与荷马史诗的对应关系寓意何在？

9. 谈谈《荒原》中“精神荒原”的内涵。

10. 试比较《尤利西斯》和《喧哗与骚动》意识流手法之异同。

第十章 20世纪下半叶文学

第一节 冷战时代与文学多元

一、对立的冷战时代和深重的精神危机

1945 年，第二次世界大战结束。人们热烈欢呼伟大的胜利，但却无法预知世界的未来。战后的岁月，在政治上进入冷战时代。

战争制造了满目疮痍的废墟，欧洲各国（无论是战胜国还是战败国）几乎无一幸免。唯独远隔重洋的美国本土未受到实质性的破坏，反倒不失时机地增强了国力，进一步确立了第一帝国的地位。战时的盟国，为利益所驱动，开始分裂为水火不容的两大阵营。以美国为首的资本主义国家和以苏联为首的社会主义国家形成两个势不两立的集团，欧洲大陆被切割成东西两半，双方展开政治、经济、军事全面的对立竞争，彼此也筑起了坚固的意识形态壁垒。冷战取代热战成为时代的特点，而其包含的矛盾却同样尖锐、深刻且更趋复杂。两个超级大国为争夺世界霸权展开了或明或暗的激烈斗争。朝鲜战争、越南战争等局部战争的爆发，表明世界并不太平。

东西方两大板块，自身发展也不平衡。20 世纪五六十年代，印度、巴基斯坦、阿尔及利亚等国的相继独立，激发了各殖民地的民族觉醒，大大削弱了宗主国的政治经济实

力，第三世界崛起，成为不容忽视的一极；资本主义大国之间在不断争夺和调整利益关系，国内更是矛盾重重，反战示威、工人罢工、种族抗议、激进学潮此起彼伏，社会始终处于动荡不安之中。战争给人们留下的不仅是断壁颓垣，更是深重的精神创伤。战后的历史时期也被人称为“怀疑的时代”，社会发展和个人前途都存在着许多未知的因素。困惑与迷茫，弥漫于全社会。

萨特等人的存在主义哲学，适应了人们走出困境、摆脱危机的需求，一时间风靡欧美各国，影响深入寻常百姓。一般认为，19 世纪丹麦哲学家克尔凯郭尔（1813—1855）是存在主义哲学的先驱，德国的海德格尔（1889—1976）和雅斯贝尔斯（1883—1969）在 20 世纪第一次世界大战前后奠定了基础，但真正走出书斋对社会生活形成广泛影响的是萨特。他的存在主义哲学更加关注个人的生存问题，因而引起人们的兴趣。

“存在先于本质”是萨特本体论的核心命题。他认为，在理性哲学中都是“本质先于存在”，即作为个体的人只是某种“本质”的外化。而“存在先于本质”却强调个人意识的介入，强调人的本质应是由自我意识支配下的行动来决定、证明的。因此，“自我选择说”便应运而生。“人是他的自由”，“我选择自己就是创造世界”，人是可以在选择中找到和实现自我价值的。但是，作为非理性主义哲学思潮的存在主义，认为“世界是荒诞的”，客观世界是无序的，无规律可循，人生原本毫无意义，荒诞感源于世界的难以理解与人类偏要去努力把握的矛盾。因此面对荒诞进行选择，并付诸行动，以实现自我追求的人生价值，便是存在主义哲学家们为人类摆脱困境、恢复尊严所设计的方案。在悲观情绪笼罩的战后，存在主义哲学的盛行具有一定的积极意义。它对社会现实，尤其是对非人化的趋势，持之以恒地进行批判；对个人主体意识的呼唤 ，为自强不息地争取实现“存在”的意义提供哲学启示，从而使“人生成为可能”。

社会主义国家的发展状况始终吸引着世界的关注。苏联取得卫国战争的伟大胜利，波兰、匈牙利等东欧八国也相继建立了红色政权，使社会主义形成阵营，力量得到空前的扩展，一度给世界注入了新的希望。战后苏联的经济恢复取得一定成效，但在与西方的竞争中却明显处于劣势，经过战后半个世纪的角力，逐渐与西方拉开了距离，民众生活的水平产生了较大的反差。1953 年，斯大林逝世，政局开始出现微妙变化。1956 年苏共二十大开展的对斯大林主义的批判，破除个人迷信，揭开了对社会主义历史经验反思的序幕，也不可避免地引起了思想的混乱和政局的动荡。波兰、匈牙利事件的爆发和被镇压，更激起了人们对社会主义事业成败得失的重新审视。20 世纪五六十年代之交，中苏两党大辩论。1968 年，苏联出兵干涉捷克斯洛伐克力图改革的“布拉格之春”，在国际上引起强烈反响。1989 年 11 月 9 日，建成将近 30 年（1961）的东西方对立的象征物柏林墙被群众推倒，民主德国和联邦德国在次年 10 月实现了统一。在此前后，波兰、罗马尼亚等东欧各国纷纷易帜。苏联总统戈尔巴乔夫于 1991 年 12 月 25 日宣布辞职，次日最高苏维埃通过决议，建国 34 年的苏联停止存在，从此解体为俄罗斯、乌克兰等 15 个独立的国家。克里姆林宫降下镰刀斧头的苏联国旗，升起俄罗斯的三色旗。马克思主义诞生在欧洲，第一个社会主义国家诞生在欧洲，但社会主义在欧洲却遭遇了前所未有的挫折。严酷的现实，令人扼腕，也引发了对社会主义前景的深长思考和积极探索。

相对和平的环境，为科学技术的研发创新提供了开阔的空间。电子产品迅速更新换代，互联网广泛普及，信息化时代的到来既促进了全球化的进程，又不断改变着人们的生活方式和思维模式。联络交流便捷，并不意味着沟通的顺畅和深入；各类媒体的大发展，引发信息量的爆炸，伴随的却往往是社会的浮躁；对利益最大化的片面追求，既透支了有限的资源，又使人变得更加功利和实用。“地球村”里已显端倪的种种难题，留给了下一个世纪、下一个千年。

二、存在主义与文学多向发展

现实主义文学，无论在东方还是西方，始终是一种令作家和读者都偏爱的创作方法，同时，它自身又总在不断发展变化。

苏联文学，由于政治形势的变化而发生了明显的变化。著名作家爱伦堡富有象征意义的长篇小说《解冻》第一部于1954年问世，标志着意识形态的“解冻”、文学创作的“解冻”。以歌功颂德为特征的社会主义现实主义结束了一统天下的地位，文学逐渐恢复到对人的命运的关注，现实主义文学恢复其揭露和批判的功能。但是，回归的过程相当艰难而缓慢。在1956年除夕和1957年元旦这两个特殊的日子里，《真理报》这份特殊的报纸，发表了肖洛霍夫的《人的命运》，引起轰动，代表着文学的转变又迈出了一大步。但是，更深层地触及苏维埃社会的政治历史，仍然是不可踏入的雷区。1955年至1958年的《日瓦戈医生》事件，证明保守的政治势力有多么强大和顽固，证明政治高压是多么严重地伤害着文学创作、伤害着作家的精神甚至生命。如果说，20世纪五六十年代的政治生活走向尚未定型，因而对帕斯捷尔纳克（详见本章第三节）的迫害还可以理解的话，那么索尔仁尼琴（1918—2008）在70年代的遭遇，就说明在专制道路上长期滑行的社会会形成多么强大的惯性。被称为“俄罗斯良心”的索尔仁尼琴曾在卫国战争中立功受勋，但因在私人书信中对当局有不满言论，就在战争刚刚结束时被判了8年徒刑。他以亲身经历为素材写成的中篇小说《伊凡·杰尼索维奇的一天》（1962），暴露了斯大林时代“劳工矫正营”的恐怖生活，引起震动，并带出了一批同类作品。60年代中期，他成为“持不同政见者”，作品不能在国内发表。1970年，诺贝尔文学奖又给他惹了祸。1973年他完成揭露专制统治的《古拉格群岛》第一部，并在境外出版后，苏联政府在1974年逮捕了他，后又取消其国籍，把他驱逐出境。此时，斯大林去世已20年，苏共二十大也已过去18年。索尔仁尼琴直至80年代才获准回国，1990年才恢复国籍。他的《古拉格群岛》共三大卷，收集了许多文献资料，作者称之为苏联“劳工矫正营”的编年史，引起了全世界的震惊。1972年，还发生了驱逐诗人约瑟夫·布罗茨基（1940—1996）的事件。与文化专制主义的斗争步履维艰。

20世纪80年代，历年被禁的作品开始解禁，作者获得平反；十月革命以来各个时期流亡欧美各国的作家，陆续回国，或者把作品译成俄语出版。如此，人们得以逐渐更全面地认识这个不寻常的世纪的苏联文学。

苏联国内作家最具影响力的是吉尔吉斯族的钦吉斯·托列库洛维奇·艾特玛托夫（1908—2008）。他20世纪50年代进入文坛，60年代以《永别了，古利萨雷!》（1966）深沉的悲剧韵味感动读者。七八十年代，他在深化思想和艺术创新方面都进行了努力的探索。《白轮船》（1970）、《一日长于百年》（1980）和《断头台》（1986）等重要作品，在写实的基础上融入神话传说，展开丰富想象，人与动物、人与鬼神共处，天上地下相交，过去、现在、将来融为一体，创造出一个个既现实又虚幻的神奇世界，并深入探讨人与人、人与自然、人与社会的复杂关系，抑恶扬善，向往超功利的和谐。

美国的一批犹太作家取得了令人瞩目的成就。艾萨克·巴什维·辛格（1904—1991）的《卢布林的魔法师》（1960）、伯纳德·马拉默德（1914—1986）的《魔桶》

（1958）、阿瑟·密勒（1915—2005）的《推销员之死》（1949），都已成了美国文学的经典。其中，最为杰出的是索尔·贝娄（1915—2005），1976 年诺贝尔文学奖得主。他是俄国犹太移民的后代，长期生活在国际化的大都市芝加哥，俄国文化、西方文化和犹太文化交集于一身，形成他斑驳的创作特色。他从 40 年代开始创作，直至 20 世纪末年，持续 50 余年。他的作品集中表现现代人的精神求索，最为人称道的《洪堡的礼物》（1975）以一对师生所走的不同道路，揭示在物欲横流、充满诱惑的商品化社会里人性遭遇的挑战。

存在主义是战后西方各现代文学流派的哲学基础。狭义的存在主义文学、荒诞派戏剧、新小说、黑色幽默和魔幻现实主义等流派的出现，都不同程度地与这一哲学思潮相关。

直接表现存在主义哲学思想的文学，肇始于 20 世纪三四十年代的法国，日渐流行于欧美。它主要表现世界的荒诞和无序、人生的痛苦和意义的缺失，以及人的失落、异化、孤独、焦虑和无奈。这种情绪，正是战后西方知识分子心态的反映，它以“选择”的自由激励人们寻求精神的出路。这些哲学家们创作的作品，我们称之为狭义的存在主义文学，在形式上多半仍采用传统的手法，却着力开掘哲理的深度。萨特（详见本章第四节）、加缪（详见本章第五节）、西蒙·德·波伏瓦（1908—1986）是其中坚力量。

波伏瓦是位才女，萨特的终身伴侣。她是著名的女权主义者，其论著《第二性》（1949）被视为女权运动的“圣经”而广为传播。她的小说《女宾》（1943）、《他人的血》（1945）和《人都是要死的》（1946）等，都在探讨“存在”的意义和“选择”的重要。

荒诞派戏剧兴起于 20 世纪 50 年代的法国，遂发展成为 20 世纪最有影响、最具颠覆性的戏剧流派。它直接受益于存在主义哲学的“荒诞”观念，并为表现荒诞找到了最佳的表达方式。

法国作家尤内斯库（详见本章第六节）和贝克特先后以《秃头歌女》（1950）和《等待戈多》（1952）开创了这一新的戏剧流派。但是，这些很不像戏的戏，在最喜欢“尝鲜”的巴黎也不是立即就被接受的。戏剧家们也不示弱，仍在我行我素地根据自己的理念进行创作。终于赢得了社会的认可、赞许乃至欢呼：1961 年，英国戏剧评论家以《荒诞派戏剧》一书为之定名；1969 年，贝克特获诺贝尔文学奖；1970 年，尤内斯库入选法兰西学士院。

对荒诞戏剧的肯定，首先是对荒诞哲学的肯定。戏剧家们吸取未来主义、表现主义、意识流、超现实主义等流派的创作手法，完全放弃了“理性手段和推理思维”，将夸张、变形、扭曲、梦魇的图景直接搬上舞台，制造直观怪诞的艺术形象。而怪异背后，却深藏着痛苦的思考。他们似乎完全不理会原有的戏剧原则，刻意追求“反”效果，不再设计以尖锐冲突为基础的一以贯之的戏剧情节，不再着意塑造性格丰满的人物形象，不再着力书写逻辑严密的对话或独白，而代之以松散甚至是碎片化的结构，平面化、抽象化的人物，非理性、非逻辑的台词，在表面的喜剧甚至闹剧场面背后，使观众领略人生意义的缺失、人的异化、人与人的隔膜、人与世界的断裂——荒诞派戏剧以极端的方式，直面荒诞的世界。表层的喜剧通向悲剧的终点。

萨缪尔·贝克特（1906—1989）是爱尔兰裔的小说家、戏剧家，用英、法两种文字写作 。小说创作深受乔伊斯和普鲁斯特影响。他的《等待戈多》是荒诞派戏剧的开山之作，写两个流浪汉在路口“等待戈多”——戈多是谁，为什么等他，他来了又怎么样，一切都不可知，但还是要等下去，“明天也许会来”。在无聊中等待，等待很无聊，由此道尽人生的尴尬处境。贝克特的优秀剧作还有《剧终》（1957）、《啊，美好的日子!》

(1961) 等。

荒诞派戏剧著名作家还有法国的热内（1910—1986）、英国的品特（1930—2008）、美国的阿尔比（1928— ）和捷克斯洛伐克的哈维尔（1936—2011）等。

与荒诞派戏剧几乎同时出现在20世纪50年代法国文坛的是新小说派。这一派作家也祭起了“反”的大旗，把矛头指向以巴尔扎克为代表的19世纪小说。他们认为，20世纪现实的不稳定和不可知，决定小说无须再负载政治和社会的意义，也不应用有头有尾的情节结构去臆造虚假的“谎言世界”。因此，小说就是要写出“直观的世界”，要表现出现实的漂浮性、不稳定性。他们还认为，在理性的世界里，人是万物的主宰，但在现代社会里，人受到物的包围。作品要表现的是人所看到的物，而不是让人去赋予它某种意义；塑造人物形象也不再是小说的中心任务。他们的创作主张可概括为“非意义化”、“非情节化”、“非人物化”。

新小说派的极端主张，来源于对现实的深度怀疑和否定。作家们否定了对意义的开掘后，便强调对生活的直接感受和艺术传达，并在小说叙述技巧上有许多创新。阿兰·罗伯-格里耶（1922—2008）主要作品有《橡皮》（1953）、《窥视者》（1955）、《嫉妒》（1957）等，他对物的精确描写令人叹服，被称为“物本主义”的发端。娜塔丽·萨洛特（1902—1999）的主要作品是《天象仪》（1959）和《黄金果》（1963）等，她对潜对话的开掘富有独创性。米歇尔·布托尔（1926— ）的重要作品有《变》（1957）、《度》（1960）等，他对时空结构的探索被视为建立了“小说的诗学”。克洛德·西蒙（1913—2005）是1985年诺贝尔文学奖得主，著有《风》（1957）、《佛兰德公路》（1960）等，他的“造型艺术”的特点自成一格。总体而论，新小说派的创作是以消解深度为特征的，这与后现代的理论相契合。

20世纪60年代，美国出现了一批风格特异的作品，人们称之为“荒诞小说”、“黑色喜剧”、“病态小说”、“绝望的喜剧”等。1965年3月，作家弗里德曼编辑了一本短篇小说集，收集了12位作家的作品，定名为《黑色幽默文集》，从此便确立了这个流派的名称。“黑色”代表阴郁、悲观、痛苦、冷酷、苦涩、无奈，“幽默”则意味着某种无可奈何的喜剧因素。因而，有人认为这是“绞刑架下的幽默”。

战后的世界是精神的荒原，人们普遍的感受是无法掌握自己的命运，也无法改变自己的生存状态，个人在混沌的现实面前显得如此羸弱无能。他们既缺乏充满自信、敢于搏斗的悲剧精神，也缺乏敢于藐视对手的达观的喜剧精神，于是便只余下“苦恼人的笑”了。黑色幽默是嘲弄，不仅嘲弄他人，不仅嘲弄世界，也是“自嘲”，嘲弄人类这个“自我”的无力状态。作家笔下的喜剧手法，不仅用于处理丑恶和畸形，还用于处理痛苦和不幸，以越发加重其悲剧意味。这有点残酷，但真正残酷的是现实。这一派主要的作家作品有：海勒（详见本章第七节）的《第二十二条军规》、《出了毛病》，库尔特·冯尼古特（1922—2007）的《第五号屠场》（1969）、《冠军牌早餐》（1973）、《没有国家的人》（2005），约翰·巴斯（1930— ）的《烟草经纪人》（1960）、《信件》（1979），以及托马斯·品钦（1937— ）的《V》和《万有引力之虹》（1973）等。

20世纪下半叶最惊人的文学现象是拉丁美洲文学的爆炸。被称为魔幻现实主义的流派，是这次崛起中最耀眼的成就。

这片大陆，从自然条件到人文环境都足够神奇而神秘。大山大河大海大峡谷，电闪雷鸣暴风骤雨，都在这里造就了奇异的风景；印第安人、黑人、白人以及混血人，多民族、多种族的交叉、对抗与融合，构筑成驳杂的文化氛围；奢侈繁华与绝对赤贫，构成尖锐矛盾；高度发展的现代文明与骄横野蛮的独裁统治，形成强烈反差。——这一独特复杂的背景，是培育文学奇葩的沃土。

在反对殖民主义斗争中形成的“拉美意识”，是拉美文学崛起的前提。从文学发展的角度观察，这一次大繁荣，是“寻根”与“移植”的成功范例，是立足“传统”广泛“吸收”的成果。这批作家年轻时大多在欧洲或长或短地生活过，直接接触到形形色色的现代主义文学艺术，视野开阔，思想活跃，既接受了民主政治的熏陶，又见识了多种创作方法，因此能成为文学新路的开拓者；可贵的是，他们并没有亦步亦趋地追随欧洲作家们的足迹，而是立足本土，深入研究开掘拉美自身的文化特点，从印第安文化和黑人文化中提取精髓，面对本国本洲的现实，创造出既是民族的、又是世界的独特文学，令世人耳目一新。

“变现实为幻想而不失其真”，是魔幻现实主义的基本特征。作家们怀着强烈的社会责任感和使命感，反映现实的严峻和残酷、民众的痛苦和灾难，并深入联系拉美的历史和文化，融入神话传说、宗教信仰、民间习俗等元素，变现实为幻想，变现实为神话，变现实为荒诞，构成一个个真真假假、虚虚实实、似梦非梦的艺术世界。而这些梦幻、神话、荒诞，又都能在现实生活中找到对应点。

危地马拉作家安赫尔·阿斯图里亚斯（1899—1974）的《总统先生》（1946）、《玉米人》（1949）和古巴作家阿莱霍·卡彭铁尔（1904—1980）的《这个世界的王国》（1949），是魔幻现实主义的先声。墨西哥的胡安·鲁尔福（1918—1986）的《佩德罗·帕拉莫》（1955），标志着魔幻现实主义的成熟。它把印第安的神话传说与现代主义的观念、手法更加有机地结合，时空交错，人鬼共处，现实与梦幻相交，充分突显了魔幻现实主义的神韵。哥伦比亚的加西亚·马尔克斯（详见本章第八节）的《百年孤独》，更被夸张为“拉丁美洲的《圣经》”。

20世纪的拉美“主义”繁多，概念迭出，似乎不必过于认真。2010年，秘鲁—西班牙双重国籍的作家巴尔加斯·略萨（1936—　）获诺贝尔文学奖，使人们重新关注“结构现实主义”这一流派。作家把自己的作品称为“全面体小说”，追求立体感，多层次。略萨以长篇小说《绿房子》（1965）一举成名，其后，《酒吧长谈》（1969）、《潘达雷昂上尉与劳军女郎》（1973）等，均受好评。2010年，他写出了《凯尔特人之梦》，表达了他对自由的理想和对复杂人性的探究。略萨对小说叙述艺术的贡献也为世人所称道。

第二节
海明威

传奇人生·记者生涯

厄内斯特·海明威（1899—1961），美国亲历两次世界大战的著名作家，一个充满传奇色彩的人物。

生平与创作

19世纪最后一年，海明威出生在芝加哥一个名医家庭，当医生的父亲酷爱钓鱼和打猎等户外活动，经常带孩子们一起外出。上学后，海明威积极参加学校的各种组织，篮球队、田径队、水球队、射击队、管弦乐队等，练就了健康的体魄和顽强的意志。同时，他也开始编写一些小故事。中学毕业后，他没上大学，而是到《堪萨斯城明星报》当了半年实习记者。第一次世界大战爆发后，他始终跃跃欲试，但因年龄和眼疾未能如愿。直到1918年5月，他才以志愿者身份去到意大利前线，在救护车队任司机。一次，他被炮弹击倒，仍坚持救下一名伤病员，到医院后，医生竟然从他身上取出了237块弹片。伤愈后，他作为战士重返战场。1921年，他被加拿大《多伦多明星周刊》派往巴黎，成为报社常驻欧洲记者，使他有机会走访希腊、土耳其、瑞士、德国、意大利、西班牙等国，直接观察和感受了战争给欧洲各国制造的灾难；也有机会结识了如庞德、乔伊斯、斯泰因、菲兹杰拉德等许多文化界的名流，受到多方面的影响和帮助。20年代初的巴黎学艺期，海明威在写作新闻稿的同时，开始小说创作。1923年他发表第一个集子《三个故事和十首诗》。产生巨大影响的是长篇小说《太阳照常升起》(1926)。1927年，父亲开枪自尽。1928年，海明威离开巴黎回国，先后居住在佛罗里达州和古巴，航海、捕鱼，并写出了他以一战为题材的重要作品《永别了，武器》(1929)。30年代，他到非洲狩猎后，写出了《乞力马扎罗的雪》(1936)、《弗朗西斯·麦康伯短促的幸福生活》(1936) 等优秀短篇。1937年至1938年，他作为战地记者活跃在西班牙内战的前线。根据这段经历，他写成了又一部著名作品《丧钟为谁而鸣》(1940)。二战期间，海明威出生入死、叱咤风云，"海陆空"全面出击。他曾驾艇搜寻德军的潜艇，将情报及时通知空军；曾乘机轰炸德国，因飞机失事而受重伤；曾随军登陆诺曼底，还先于正规部队进入巴黎；1941年至1942年，他还远道而来采访抗战中的中国。战争结束后，心力交瘁的海明威带着多病之躯来到哈瓦那郊区，在这里完成了他的完美绝唱《老人与海》(1952)。他因此而获1954年诺贝尔文学奖。1961年7月20日清晨，一条硬汉倒在了自己喜爱的猎枪枪口下。枪声震惊了全世界。

海明威明显受父亲遗传基因的影响，从小就贴近自然、爱好运动、喜欢刺激、敢于冒险。他3岁就有了第一根钓鱼竿，10岁就得到了一支猎枪，14岁就参加了拳击训练班。少年时代的生活和爱好，似乎就预示了他的一生必定是激情的、不安分、不平静、不寻常的。以他的家境和学习成绩而论，他是应当上大学、而且是上名校的，但他却不按常规走路，偏偏早早就选择了记者这个职业，而且一干就是大半辈子。这是天意，恐怕没有比这更适合他个性和特长的职业了。由记者而作家，记者而兼作家，顺理成章，得心应手，他给自己选择了一条通往成功的道路。

他应当感谢记者这个职业。这是个需要多跑、多看、多写的职业，他长于此道，乐此不疲。他实习的第一个报社就对记者写稿要求严格，据说规定有100多条，主要集中在"简洁明了"上。长期从事新闻工作，使他见多识广，且练就了准确明快的写作风格。两次世界大战、一次西班牙内战，为他提供了广阔的舞台。鲜有作家能像他那样长时间在战场上摸爬滚打，不仅是作为战地记者，而且常常是在进行直面生死的战斗，创造了许多英雄事迹，获得了不少荣誉和奖赏。无疑，在我们面前站立的是个无所畏惧的斗士。再加上他对狩猎、拳击、斗牛等活动的热爱，人们更以为他是个"好战分子"。其实，当他脱下军装、离开战场、一只脚站在书桌旁写作的时候（据说他经常这样写作是为了写得简短），他的思绪和思考却要复杂得多。

战争题材在海明威的创作中占据重要地位，三部主要长篇均属这一范畴。《太阳照常升起》的背景是第一次世界大战之后，《永别了，武器》直写第一次世界大战，《丧钟为谁而鸣》则反映的是西班牙内战。书中的主人公或多或少的都有着作者自己的影子。

《太阳照常升起》，扉页上有美国女作家斯泰因的著名题词："你们是迷惘的一代"。"迷惘"，是战争的后遗症。战争使美国记者杰克和英国护士勃瑞特相遇在巴黎，让他们相爱，又不让他们真正相爱。杰克在战争中受伤导致失去性能力，这种"残疾"是彻底摧毁爱情甚至整个精神世界的象征（让人想起"荒原"的意象）。于是，杰克和勃瑞特们（即他们和他们各有不同创伤的朋友们），以钓鱼、泡吧、酗酒、斗殴、看斗牛度日，没有目标，空虚颓唐。然而，此时的海明威本身并不颓唐。他在扉页上引用了《圣经·传道书》上的一段话作为另一句题词："一代过去，一代又来。地却永远长存。日头出来，日头落下，急归所在之地……"书名正取此意。海明威深深为战争给这一代年轻人制造的精神创伤而感到痛苦，但他仍相信人类的命运如同自然的法则，一代一代生生不息，太阳会天天照常升起。

《永别了，武器》自传色彩明显，反战色彩更明显。这依然是美国青年和英国姑娘的恋爱故事。亨利是意大利战场上的美国志愿兵、救护车司机，身份与第一次世界大战时的作者很相似。他与美丽的护士凯瑟琳相遇时，还是个玩世不恭的美式大兵。来到前线，他发现士兵们普遍怀着厌战情绪。在受重伤后，他也开始憎恶战争，思念那个善良温柔的英国姑娘。所幸的是，在米兰的医院里，他与凯瑟琳重逢了，并受到她精心的呵护。二人深深坠入爱河。爱情仿佛使他们暂时远离了战争，也使他们更厌恶战争。但是，战争这个恶魔并不轻易放过任何人，伤愈后的亨利不得不告别已有身孕的凯瑟琳，痛苦地重返战场。在随军撤退的途中，他险些被当作奸细遭到处决，幸亏他机警地跳入河中逃生。此时的亨利不再相信关于战争神圣的种种神话，决心告别武器，与战争"单独媾和"，去寻找属于自己的幸福。他经历千辛万苦，终于找到了凯瑟琳，并和她一起逃出意大利，去到远离战火的瑞士，度过了一个宁静甜蜜的冬季。但是，好景不长，结局并不美妙。凯瑟琳难产而死，留下亨利孤独地面对冰冷的世界。

悲剧结局是残酷的。它体现的是作家对这场战争的真切感受。作者曾言，他对战场的惨烈难以忘怀，战后经常噩梦连连，以致10年后才能动笔描写这场战争。因此，这位曾经的战争中的英雄，却在战后的书写里赞美了一位"逃兵"，在他的心目中，敢于反对战争、追求个人幸福的亨利才是真正的英雄。但是，海明威不相信个人能战胜命运的安排，不相信在战火纷飞的岁月里有人能独享恬静的安逸。战争无情地毁灭一切，他不想给人们留下任何虚妄的希望。

《丧钟为谁而鸣》以西班牙国内反法西斯战争为题材。这场内战受到国际民主力量的关注和支持。海明威作为战地记者对战事进行了跟踪采访，两年后写出了这本歌颂"战斗英雄"的作品。作家在艰苦卓绝的战斗里，塑造了美国志愿者乔丹这一理想形象。这是个有勇有谋、既会思想动员又会指挥战斗、既有明确目标又肯牺牲自我的英雄人物。这一形象在20世纪西方文学中并不多见。

海明威全身心投入第二次世界大战，在天上地下亲历了许多惊险场面。但是，他却没有再给人们贡献一部杰出的战争小说，而是留给了我们一个关于老人与大海的传奇故事。

《老人与海》被称为小说，其实，它更像一首诗，一首散文诗。一个老人，一个孩子，一条小船，一尾大鱼，一场搏斗——人生况味，尽在其中。

老渔夫桑提亚哥走了背运，一连 84 天出海竟一无所获。与他相依为命的孩子曼诺林，跟他 40 天后也遵父母之命离开了他的船。第 85 天，他早早就划着他的小船向远处驶去。他以老迈之躯独自向大海挑战。沧海茫茫，孤舟远影，面对大自然，人是何等渺小而无助。但是，桑提亚哥义无反顾，毫不畏惧地出航了，怀着必胜的信念。

终于，鱼上钩了，还是大鱼，很沉很沉的鱼，比他的船还大的马林鱼！老人开始和足足有 18 英尺（约 5.5 米）长的马林鱼搏斗，整整两天两夜，才降服了这个庞然大物。然而，一波未平，一波又起。受伤的马林鱼引来了成群结队的鲨鱼，它们你抢我夺地分享老汉的胜利果实。又是一天一夜的拼搏，桑提亚哥才精疲力竭地回到岸边。在他船后面拖着的是美丽的白色的鱼的脊骨，人们从来没见过这么大的鱼——老汉是胜利者，人们难以相信他能以一己之力捕捉到这么大的鱼；老汉又是失败者，他三天三夜苦斗拖回的只是一条鱼骨。桑提亚哥的坎坷经历，就是浓缩的人生：有悲有喜，有胜有败，但最重要的是精神不倒、精神不败。回到岸上，他累极了，他睡得很香，他梦见的是狮子——力量的象征。这是作家笔下“硬汉”形象的代表。硬汉不是永远不败的人，而是永远不会倒下的人。

孩子的形象与老汉相得益彰，他的出现使人间增添了暖意，使“硬汉”内涵得到延伸。孩子尽其所能地精心照顾老汉，情同父子，胜过父子；他们两人都喜欢一起出海，没有孩子的陪伴，老汉会感到寂寞；孩子让大家不要打扰老汉的睡眠，在没人的地方他会为老爷子的不幸放声大哭，他决心不顾爸妈的阻拦继续和老汉一起下海——硬汉精神，已经深深扎根于孩子的心灵。这是人类的希望。

《老人与海》选段

他是个独自在湾流里一只小船上打鱼的老头儿，他到那儿接连去了八十四天，一条鱼也没有捉到。头四十天上，有一个孩子跟他在一起。可是，过了四十天没有捉到一条鱼，孩子的爸妈就对她说，老头儿现在一定“背运”了（那是表示最倒霉的一个字眼）。他们吩咐孩子搭上另一只小船，在那只船上，头一个星期就钓到了三条好鱼。孩子看见老头儿每天划着空荡荡的小船回来，心里非常难过，他总要走下岸去，帮他去拿卷起的钓丝，或者鱼钩，鱼叉，以及绕在桅杆上的帆。那一面帆上补了一些面粉袋，收起来的时候，看去真像一面标志着永远失败的旗帜。

老头儿后颈上凝聚了深刻的皱纹，显得又瘦又憔悴。两边脸上长着褐色的疙瘩，那是太阳在热带海面上的反光晒成的肉瘤。疙瘩顺着脸的两边蔓延下去。因为老在用绳拉大鱼的缘故，两只手上都留下了皴痕很深的伤疤，但是没有一块伤疤是新的。那些伤疤年深月久，变得像没有鱼的沙漠里腐蚀的地方一样了。

他身上的每一部分都显得老迈，除了那一双眼睛。那双眼啊，跟海水一样蓝，是愉快的，毫不沮丧的。

“桑提亚哥，”他俩从系船的地方爬上岸的时候，孩子对他说，“我又能跟你一道下海啦。我家里已经攒了一些钱。”

原来是老头儿把孩子教会了捕鱼的，所以孩子很爱他。

…………

在路那边的茅棚里，老头儿睡着了。他依旧脸朝下睡着，孩子坐在一旁守护他。老头儿正在梦见狮子。

（选自［美］海明威：《老人与海》，海观译，7、99 页，北京，中国人民大学出版社，1960）

第三节
帕斯捷尔纳克

艺术之家·诗人·诺奖惹祸·《日瓦戈医生》

鲍里斯·列昂尼多维奇·帕斯捷尔纳克（1890—1960）是苏联著名作家，因获诺贝尔文学奖而惹祸、而心力交瘁、而……

生平与创作

1890年1月29日，帕斯捷尔纳克出生于莫斯科一个艺术之家。父亲是莫斯科美术—雕塑—建筑学院的教授，著名画家，以为托尔斯泰的《复活》画插图而名声大振；母亲是才华出众的钢琴家。家里经常高朋满座，鸿儒谈笑，还举行家庭音乐会。中学时，帕斯捷尔纳克曾想学习音乐；1909年，入莫斯科大学法律系，后转历史语言系；1912年，到德国马尔堡大学学习哲学；1913年回国，从莫大毕业后，专事写诗，先后出版诗集《云雾中的双子星座》(1914)、《超越障碍》(1917)；革命后，相继发表几部长诗《生活，我的姐妹》(1922)、《主题和变奏》(1923)、《施密特中尉》(1927)和《1905年》(1927)等，1922年还发表了中篇小说《柳威尔斯的童年》。1933年至1943年10年间，他停止创作，转向翻译莎士比亚的戏剧、魏尔伦的诗歌等，而最杰出的译品是歌德的《浮士德》。1948年至1955年，他花费7年时光完成了他最重要的长篇小说《日瓦戈医生》，但国内无法出版，1957年在意大利出版意语本，在国际上引起轰动，次年(1958)10月23日即获诺贝尔文学奖。苏联当局反应也够迅速，当即要求作家拒绝接受，并在10月27日就将作家开除出苏联作家协会。《文学报》就此事发表文章的题目用的是我们熟悉的言语方式：《国际反动势力的一次挑衅性偷袭》。此后，作家在乡间编辑了他最后一本、也是最重要的诗集《雨霁》(1956—1959)。诺奖事件一年半后的1960年5月30日，作家含恨离世。苏联文化史留下又一段不光彩的记录。

帕斯捷尔纳克是文化名门之后，耳濡目染，对美术、音乐、文学都颇有造诣。在中学阶段，他差一点就走上了音乐之路，但最终还是选择了诗歌。他深受未来主义影响，结识了马雅可夫斯基等诗人，参与了未来主义诗歌团体的活动。

作家的前半生以诗人著称，后半生以一部《日瓦戈医生》闻名。当今的人们，更多关注的自然是那部引发巨大争议的小说。

1955年年底，作家完成了他的长篇小说《日瓦戈医生》。他把手稿寄给了《新世界》和《旗》。《新世界》把稿子退回："我们和您所站的立场完全相反。"这封由西蒙诺夫、费定等著名作家共同签名发出的退稿信，已经给小说和小说作者以后的命运定了调子。

虽然遭受批判攻击，在帕斯捷尔纳克并非首次，但他没有想到这将是“致命一击”。1956年5月，他把稿子交给了来访的意大利记者。作者原本要求国外出版要在国内之后，不料米兰人迫不及待地在年底就印出了意语本，随后便在西方译成多种文字、刮起了一阵旋风。1958年，诺贝尔文学奖授予帕斯捷尔纳克的决定更激怒了统治当局，当即要求作家拒绝受奖，但他没有答应。于是批判升温，迫害升级，作协大会开除其会籍。无奈之下，他只得违心向诺奖委员会秘书长发去电报：“由于我所属的社会对您的奖励的用意所做的解释，我必须拒绝这份已经决定授予我的不应得的奖金。请勿因为我自愿拒绝而不悦。”从此，他住进莫斯科郊区的别列捷尔金诺，过起甚至连电话都没有的与世隔绝的生活。1960年5月，他因心脏病发作告别了这个对他不公的世界。

如果我们同意《日瓦戈医生》是在探讨人与历史、人在历史中的地位和命运的作品的话，我们就不得不说，这部小说是不幸的“早产儿”，它以自己的遭遇证明了历史的无情力量，证明了作家的探讨是具有深刻意义的。小说完成后的两个月，1956年2月，苏共就召开了二十大，逐步展开了对斯大林时期错误的清算。按理，苏联文学已经进入了“解冻”时期，它应该不算是一部“不合时宜的书”了。但是历史的惰性还需要持续相当的时间，直到开始改革的80年代中期，作家辞世26年后的1986年，苏联作协才为他作出迟到的平反；1988年，《日瓦戈医生》才得以在本土出版。1989年，作家的儿子替他父亲到斯德哥尔摩领取“储存”了31年的奖金。喜耶？悲耶？究竟是作家的思想过于前卫，还是历史的进程过于缓慢呢？历史戏弄了日瓦戈医生，更戏弄了帕斯捷尔纳克。

《日瓦戈医生》是一部沉重的小说，因为这段历史的沉重，因为历史在人们心灵中留下的印记沉重。它书写的重心是人的精神而不是客观的历史，是在战争和革命的背景中人的悲剧命运。三个身份不同的人物的经历和体验，交织成一部悲怆的“命运交响曲”，震撼心灵。

《日瓦戈医生》梗概

小说分上下两卷17章，第17章是主人公写的25首诗。

日瓦戈10岁丧母，由舅舅托付给一位教授抚养成人。大学毕业后，他成为了外科医生，并与教授的女儿冬尼娅结婚。第一次世界大战爆发，他应征入伍。1917年的二月革命后，他回到莫斯科的医院工作。十月革命使日瓦戈倍感兴奋，但莫斯科艰苦的物质状况却令他生活难以为继。听从弟弟的建议，他举家迁往乌拉尔。迁徙之路走得很艰辛，俄罗斯大地仿佛处处在燃烧，火车走走停停，好不容易才回到父辈的故乡瓦雷金诺。西伯利亚的日子当然也不好过，但他却遇到了早年心仪的女友拉拉并成为情人，这给他灰暗的生活带来了亮色，也使他陷入了矛盾和对妻子的愧疚中。不料，正当他为情感生活纠结的时候，一支红军游击队把他劫持了，迫使他给他们当军医。在游击队里他行动是自由的，但却绝不能逃跑。在山林间的战斗，红白两军都同样残忍，使他既惊恐又痛苦。一年多后，他才得以逃出游击队，回到市里找到拉拉。此时，他才得知妻子冬尼娅已经因为他的长时间失踪而带着孩子回了莫斯科。他难以想象他们是怎么走完这段回程路的。为了逃避市里越来越紧张的气氛，他和拉拉躲到瓦雷金诺度过了一段贫困而平静的日子。但是，残酷的现实仍然没有放过他们。拉拉由于丈夫的关系不得不继续向远东逃跑，而她的丈夫帕沙却从红军中逃出后来到瓦雷金诺。他与日瓦戈诚恳长谈后，知道拉拉一直深爱着日瓦戈，对前途的绝望使他在雪地上举枪自尽。日瓦戈只身回到莫斯科，过着穷困潦倒的日子，但却得到年轻姑娘马林娜的爱情和照顾。被驱逐出境、逃亡巴黎的冬尼娅也有了消息，他在大家的帮助下正要回医院工作、准备振作精神重新开始生活时，心脏病突发，猝死街头。刚刚回到莫斯科的拉拉，痛苦地为他送行。

主人公日瓦戈是个有学识、有才华、有思想的知识分子，不仅医术高明，还会写诗。他正直、善良、胸怀人道主义理想，希望俄罗斯能有美好的未来。当他听到发生了十月革命的时候，他发出了外科医生兼诗人的独特感叹："多么出色的手术啊！拿过来就巧妙地一下子把发臭多年的溃疡切掉了！""这就是空前的历史奇迹"。他真诚地迎接新世界的到来，并愿为它付出一切。但是，莫斯科物资的严重匮乏，迫使他一家人不得不长途跋涉到乌拉尔地区谋生。一路上的所见所闻，让他难以平静。现实不尽如人意，还遭到莫名其妙的审讯，使他的心情越来越糟。但真正摧毁他意志和生活的是在游击队的日子。这是一次具有象征意义的安排。他在游击队管辖的范围内可以自由活动，但是绝不能离开一步，几次逃跑都被抓了回来。这正是苏维埃治下一个自由知识分子处境的写照。他是被劫持来的，绝非自愿；在这里，他失去了和亲人、情人的一切联系；更使他无法忍受的是，在这个厮杀的战场上，他看到红军白军都同样残酷无情，丧失理性。他再也找不到当初革命给他带来的激动和期盼；相反，个体生命在历史中如此的孤立无助，却使他陷入了深深的痛苦。搜捕、诬告、处决，气氛越来越紧张，人人自危，人心惶惶，谁也不理解为什么革命的结果会是这样的。

日瓦戈与拉拉的丈夫帕沙在瓦雷金诺的会面，把人与历史的关系推向深层。日瓦戈与帕沙是情敌，他们都很爱拉拉。但是两条汉子的见面却很特别，没有争吵，更没有动手，帕沙坦率地告诉日瓦戈他的嫉妒，日瓦戈真诚地告诉帕沙他的妻子非常爱他、崇拜他。这是非常时期的非常恋情，面对复杂的大环境，个人的恩怨情仇不得不让位于历史的抉择。帕沙的经历是更大的悲剧。他是正宗的红五类，相貌堂堂，才华横溢。第一次世界大战时，他参加政府军到了前线。革命胜利后，他改换姓名参加红军。由于他能力超群，步步高升，当上了高级指挥官，也成了僵化政治原则的化身。不幸的是，当大清洗开始后，他因在政府军中当过下级军官便遭到诬陷、追捕。他躲到这里，详细地听完日瓦戈对拉拉的描述，便开枪自杀了。他知道，他等不到自由到来的那一天。历史不会留给他这个时间。他曾被人们称为"枪毙专家"，最终他却不得不把自己"枪毙"了。历史是何等的疯狂。

日瓦戈和帕沙，都是年轻有为的知识分子，都曾在第一次世界大战中为祖国而战，也都满腔热情地投身革命。前者是医生，始终保持着普通知识分子的身份；后者是军人，实际成了职业革命家。他们从社会两极（统治与被统治）体验革命的酸甜苦辣，以切身的悲剧否定了过度的暴力和过度的政治。他们共同爱着的拉拉，是俄罗斯文学优美女性形象的继续。她很美丽，但也很平凡。她身心受过严重伤害，但仍坚强地面对现实。丈夫得势时她没有因而得益，丈夫失势后她却一再受到牵连。她对两个身份、地位、品性都不相同的男性保有的情感坦诚而自然，毫不做作。在那个人人自危的特殊年代里，他们铸就了一种超越世俗偏见的诗意关系。拉拉的存在，大大丰富了他们共同的人生悲剧的意蕴。但这样一个美好的女性，却两度落入阴险狡诈的小人科马罗夫斯基的魔爪。命运是何等的不公。

《日瓦戈医生》是一部诗人写的小说，人们把这部小说称作"史诗"，强调的是它深刻地表现了在动荡的浪潮里人的精神探索历程。重大历史事件作为背景存在，却左右着人们的命运。善良的人们在历史的泥潭里挣扎，始终难以摆脱沉重的羁绊。诗人的心灵是柔软的，作者把主人公也写成诗人，不是偶然。他们共同向往的是人道主义的理想，向往用爱的力量改变世界、抚平心灵的创伤。“收起你的剑/刀枪解决不了争端。”日瓦戈在他的压卷诗中说。也许，他们有点天真，不太懂政治。但是，如若政治更加人道，肯定会使更多人受益。

帕斯捷尔纳克的诗是这样写的：

> 即使如此，即使行将就木，
> 我相信终会有一天，
> 善意将战胜
> 卑鄙和仇恨的凶悍。

——《诺贝尔奖金》

第四节
萨特

“读”与“写”的“文字生涯”·存在的荒诞·自由与禁锢

让-保罗·萨特（1905—1980），法国一个特立独行的知识分子，思想家，哲学家，文学（戏剧、小说、文论）家，社会活动家。人们对他的观点、作品可以进行褒贬、批判甚至否定，但却无法否认他对20世纪下半叶哲学和文学发展的影响。

生平与创作

萨特出生在巴黎。早年丧父，他随任德语教师的外祖父生活。外祖父藏书丰富，使天资聪慧的萨特从小就有机会徜徉书海，由此踏上“读书”与“写作”的人生路。在三四岁时，他的右眼就患了眼疾，几近失明，可想而知读与写对他来说都要比常人困难许多。1924年，他进入著名的巴黎高等师范学校学习哲学5年；毕业后到图尔的气象站服兵役2年，然后到中学当了两年哲学教师。1933年，他赴德专攻存在主义哲学。1929年，在巴黎大学准备哲学教师资格会考时，他结识了巴黎大学的漂亮女生波伏瓦。这对才子才女分别获得了第一、二名，并一见钟情，成为终身伴侣和同志。他们相爱，但并不结婚。他们相约永不分离，但又各自拥有情感，甚至性方面的自由，条件是要把一切都毫无保留地告知对方。他们以“契约”的形式独创了“存在主义”的两性关系，但实际上却给“好色”的萨特打开了与众多女性交往的方便之门。

1937年，处女作《墙》在《新法兰西评论》上发表，萨特初露锋芒，受到纪德青睐。次年，他最具代表性的长篇小说《恶心》由权威的加里玛出版社出版，由此他的作家地位得以确立。

1939年9月，尽管患有眼疾，他仍然被征入伍。他感到自己像是一只“社会动物”，被送到了他“并不想去的地方”。次年35岁生日那一天（1940年6月21日），他在洛林被俘，被关进了德国的特里尔战俘集中营。度过10个月的战俘生活后，他于1941年4月被释放，回中学教书。萨特应当算是天生的哲学家，在战场和集中营里，他居然能不断思考哲学问题，写下大量笔记，为他日后写作那本存在主义巨著《存在与虚无》(1943) 作准备。他相继发表剧本《苍蝇》(1943)、《地狱就是他人》(又译《禁闭》、《间隔》，1944)；1944年，辞去教职，专心从事写作。

战后的萨特，以积极姿态进入了“全面发展”的时期，他自认为战争把他的一生分成了两段，战后是他的成年期。1945年，他创办《现代》杂志，成为存在主义的重要阵地；1946年，他发表《存在主义是一种人道主义》的著名演讲，在青年中产生较大影响。《自由之路》前两卷《理智年代》和《延缓》出版 (1945)。1947年，他发表文学论文《什么是文学?》；1946年，发表《恭顺的妓女》；1948年，戏剧《脏手》上演；1949年，长篇小说《自由之路》第三卷《心灵之死》出版；1951年，剧本《魔鬼与上帝》上演；1955年，《涅克拉索夫》上演，1959年，《阿尔托纳的隐居者》上演；1971年，出版《家庭中的白痴——居斯塔夫·福楼拜》……

随着他作为哲学家和文学家的名声日益响亮，萨特对社会问题乃至国际问题的关注度也越来越高，发言的影响力越来越大。他活跃在社会活动的各种场合，以一个无党派知识分子的身份频频对政治事件发声，表现了独立思想者在复杂态势下的道德良心。他反对美国侵略古巴、越南，反对法国侵略阿尔及利亚，反对苏联入侵匈牙利、捷克斯洛伐克、阿富汗，支持工人、学生1968年的五月风暴，反对苏联对异见作家的迫害。他以“谢绝一切来自官方的荣誉”为由拒绝了1964年的诺贝尔文学奖。1955年，他与波伏瓦一起访问中国。他的所作所为、所思所想，都强烈地体现了他个人的色彩，而常遭到来自不同政治派别的责难。他自称骨子里是“无政府主义者”，他坚持的是“自我选择”的哲学思维。

1980年4月15日，萨特病逝。数万群众自发为他送行，规模盛大。他不一定代表真理，但他是活在百姓心中的哲人。

第二次世界大战之后，深奥的存在主义哲学走向民间，正适应了西方人走出困惑、走出危机的需要。而文学创作的“介入”，更促进了哲学为解决“人生问题”而作的努力。

作为哲学家的文学家萨特无疑是十分成功的。他的文学作品都是为宣扬其哲学主张而“存在”的，但它们并未成为纯粹的哲学的附庸，并非“图解观念”的劣质产品，而是自成一体、独具魅力的艺术佳作。

最早提供的“样板”，是他的处女作《墙》。那是关于战争、关于生死的独特的荒诞感受。“我”开玩笑地告诉敌人，他们要找的战友藏在“墓地”里，不料此人竟真的躲在那里。战友被不幸击毙，“我”却因“立功”而活了下来。闻讯后，“我”先是“昏倒在地”，继而“哈哈大笑”。这笑声刺人心肺，令人胆寒。世界如此无序，人生如此无奈，生与死、有与无，往往就在一念之差，一“墙”之隔。

最具代表性的是那本非情节性的哲理小说《恶心》。作家自认为这是他“最好的”作品。小说的时代是模糊的，地点是虚构的，背景是抽象化的。一个历史爱好者洛根丁，为写一本冒险家的传记整天泡在图书馆里。一次玩水漂时，他突然产生了“恶心”感。从此，这种恶心感就一直伴随着他，挥之不去。“一切都毫无道理，这花园，这城市，以及我自己。”它表达了当人们意识到自己没有生存的理由，意识到现实的荒诞不经时，会产生多么不可思议的感觉。作品创作于大战爆发前夕令人窒息的社会氛围，它是对社会现实的否定，同时它更是对人类生存状态的忧思。因此，人们认为，小说就是一份“哲学宣言”，它的主题是：一旦我失去了目的，世界便没有任何意义了。小说是日记体，是自述。它主要讲的不是故事，而是感受。它不同于枝蔓横出的意识流，而是逻辑清晰的内心独白。它讲述的是无缘无故、难以名状的荒诞感，仿佛是一种无所不在的统驭力量。情节淡化，形象模糊，但“感觉”却愈发强烈、咄咄逼人。新小说派作家将其视为先声。

相对而言，萨特的戏剧成就更引人瞩目。在最需要才华和想象力的戏剧领域，一位长于思辨的哲人却大显形象思维的神威，结构出一部部风采各异而又总能引起轰动效应的剧作，非天才是难以实现的。

萨特的剧本只有9部，并不算多，但其题旨大多与“自由”相关。正如他的“存在”，几乎就是“自由”的同义语。他相信自由是人的本质属性，但许多人受异己力量的愚弄并不知道自己是自由的，有的人不愿为此付出代价，有的人不愿打破现有的平衡——因此，真正掌握和享有自由的人极其有限。

自由的对立物是禁锢，正因为受到禁锢，才有选择和争取自由的问题。萨特总喜欢把人物投进有形无形的禁锢状态，甚至是全封闭的与世隔绝的状态，以便让他们挣扎、抗争、作“困兽”之斗，尽显内心的困惑和躁动。这就是他所倡导的“境遇剧”理论的体现。禁锢是双重的：外在的、物质的—内在的、精神的。外在的固然可怕，内在的更是实质性的。

《地狱就是他人》，是萨特剧作中的精品，当代戏剧的经典。作者特别指出，地点是一间客厅，而且是舒适奢侈的第二帝国风格的客厅，更要强调的是，这里只能进不能出，而且不分昼夜，灯光没有开关。这里有一男二女三个毫不相干的鬼魂：加尔森，埃斯黛尔，伊娜丝。“偶然”使他们在这里齐聚，齐聚在这个特殊的空间里。他们都是戴罪之身，但都想隐瞒自己、窥视他人；他们都忘不了过去、忘不了他人的议论，特别是逃兵加尔森，总想着别人在嘲笑自己的懦弱，总想让人证明他是英雄。现在，他们又构成了新的关系：同性恋者伊娜丝追求这里唯一的女性埃斯黛尔，淫荡的埃斯黛尔追求这里唯一的男性加尔森，加尔森知道埃斯黛尔称他为英雄是另有所图，他必须得到伊娜丝的认可才能获得精神的解脱。

他们共处一密室，客观上无法分开；他们精神上互有所求，因而主观上互相依存；但彼此又不能相爱，因为每个人都是另外两个人的障碍；也不能消灭任何一方，因为他们已是死去的鬼魂。结局是：就这样继续下去吧！这是一种现实，也是一种无奈。这间没有刑具、没有刽子手的客厅，就是真正的“地狱”：“地狱，就是他人！”封闭的密室是禁锢，他人的目光是禁锢，而禁锢最终的形成是缘于自我心灵的脆弱。因此，密室的门洞开时，他们都失去了离去的勇气，宁愿苟且地将现状“继续下去”。

他者的“目光”，是本剧精彩的一笔。客厅里灯火通明，没有白天黑夜；鬼魂没有眼皮，不会眨眼，更不睡觉，彼此无时无刻不在互相注视着。埃斯黛尔的家里曾摆放六面镜子，她要在镜子里看到自己才能感到自己的存在；而这个客厅里没有镜子，伊娜丝勾引她，要她用自己的眼睛当镜子（在他人的眼中证明自己的存在）。埃斯黛尔让加尔森拥抱她，伊娜丝大喊：“我盯着你们，盯着你们呢。我虽然就一个人，但我就是一群，一群人……”加尔森“投降”了：“所有人的目光都盯着我，这些目光正在把我吞噬……”他者的“目光”，实际扮演着“刽子手”的角色，构成真正意义上的“地狱”。按照萨特的观点，只有敢于蔑视他人目光、战胜他人目光的人，才能获得真正的自由。

一间客厅，三个鬼魂，一出“准荒诞剧”，演绎了为赢得“自由”，“选择”的重要和

“选择”的艰难。

《地狱就是他人》选段

埃斯黛尔 唱吧，唱吧！加尔森，把我搂得再紧点儿，她要气死了。

伊娜丝 是啊，使劲搂她，把她搂得再紧点儿，热乎到一块儿去吧！多好啊，不过，我是不会让你们睡着的。

[加尔森动了一下。]

埃斯黛尔 别听她的。吻我的嘴，我整个儿都是你的。

伊娜丝 对啊，你还等什么呢？快按她说的干吧，懦夫加尔森把虐杀婴儿的埃斯黛尔搂在怀里。能办得到吗？懦夫加尔森会亲吻她吗？我盯着你们，盯着你们呢。我虽然就一个人，但我就是一群，一群人。加尔森，一群人，你听见了吗？（嘟嘟囔囔地）懦夫！懦夫！懦夫！懦夫！你别想逃过我，我不会放过你的。在她的嘴唇上你想寻找什么？寻找遗忘？但是我，我就忘不了你，你一定得说服我。来吧，来吧！我正等着你呢。你看吧，埃斯黛尔，他松手了，他会像狗一样乖乖地……你得不到他的。

加尔森 天总也不黑吗？

伊娜丝 从来不黑。

加尔森 你就总是盯着我们？

伊娜丝 总盯着。

[加尔森松开埃斯黛尔，在屋里走了几步……]

加尔森 ……我明白了我是在地狱里。我对你们说过一切都是安排好的。……所有人的目光都盯着我，这些目光正在把我吞噬……（突然转过身来）哈哈，你们就只是两个人？我以为你们要多得多呢。（笑）那么，这就是地狱。以前，我还总不相信……你们记得：硫黄、柴堆、火刑具……呃，真是笑话。用不着刑具：地狱，就是他人。

埃斯黛尔 我的爱！

加尔森 （推开她）放开我，她在咱们当中。在她盯着我的时候，我不能爱你。

埃斯黛尔 哈，那好吧，她再也看不见咱们了。

[她拿起桌上的裁纸刀，快速扑向伊娜丝，向她连扎几刀。]

伊娜丝 （边抵挡边笑）干什么，干什么，你疯啦？你知道我是死人。

埃斯黛尔 死人？

[埃斯黛尔扔掉刀子……伊娜丝拾起刀子疯狂地向自己猛扎。]

伊娜丝 死人！死人！死人！刀子没用，毒药没用，绞索也没用。已经万事大吉了，懂吗？而咱们是永远呆在一起的。（笑）

埃斯黛尔 （爆发大笑）永远，我的上帝啊，这太可笑了！永远！

加尔森 （看着她们二人，笑）永远！

[三人各自坐到自己的沙发上。长时间静场。他们止住笑，面面相觑。加尔森站起。]

加尔森 好吧，咱们继续下去吧。

（选自［法］萨特：《地狱就是他人》，黄晋凯译，见《世界经典戏剧全集·法国卷（下）》，1210～1212页，杭州，浙江文艺出版社，1999）

萨特在第二次世界大战之后，提出了“介入”文学的主张。但我们注意到，他的“介入”并非等同于直接反映、干预现实。他的作品，题材的意义往往是表层的，而他却更着意于开掘深层的哲学意味，以影响人们的精神世界；作为文学家，他更倾向于提出供人们思考的问题，而不是指明解决问题的出路。例如，《死无葬身之地》，是他战后的第一个剧本，主要人物是被俘的抵抗战士，但他却强调这不是一个讲抵抗运动的剧本。《脏手》，写的是某共产党的内部斗争，但他却指出这不是政治剧，毫无政治色彩。在他的剧作里，萨特总是把人物置入一个特殊的封闭或类封闭的境遇中，无论面对的是生死问题、爱恨问题、尊严与耻辱的问题、正义与非正义的问题，还是革命路线问题、国家命运问题——重要的是他们必须做出决断的抉择，以行动摆脱心灵的禁锢，才能获得真正的自由。

对任何社会形态来说，自由都是一种奢侈品。

面对自由这个难题，萨特的态度既非悲观亦非乐观。他把争取自由之路，留给了个人的选择，实际上已暗含着对改变客观的无奈；而他坚持精神的追求，却意味着对人自身力量的信心。从剧本提供的信息看，萨特更多地是把自由当作一种理想境界、一种人不可不向往和力争的理想境界，尽管明知这是难以甚至是无法真正达到的境界。

第五节 加缪

来自地中海南岸·“荒诞的证明”·英年早逝

加缪，与萨特齐名的法国作家，以对“荒诞哲学”的理解阐释和艺术表达著称。

生平与创作

阿尔贝·加缪（1913—1960）出身草根。父亲祖籍法国波尔多，在阿尔及利亚君士坦丁省一处葡萄园里当农民工；1914年应征入伍，不久即战死，此时的小加缪还未满周岁。母亲带着孩子回到阿尔及尔贫民区里和娘家人一起过着贫困的生活。天资聪慧又勤奋好学的加缪，在老师的鼓励和帮助下，居然靠奖学金完成了中学学业，并进入了阿尔及尔大学。但是，疾病是贫穷的派生物，1930年，年仅17岁的加缪患上了当时的不治之症肺结核。这对年轻人来说，是一个沉重的打击。

他在大学里相当活跃，参加多种社团活动，以不凡的气质引人注目。20岁时他就与一漂亮姑娘结了婚。1935年，他和朋友们组织了“劳工剧团”，办起了“工人大学”，积极宣传进步思想，还加入了法国共产党。两年后（1937），因与党在反殖民主义的政策方面意见相左，他被开除出党（一说主动退党）。以后，他还被看作党的内奸、托洛茨基分子。1937年，阿尔及尔出版第一本文集《反与正》。1938年，他成为激进的《阿尔及尔共和报》的记者。《阿尔及尔共和报》被查封后，他转入《共和晚报》；1939年出版散文集《婚礼集》。

1940 年 3 月，加缪告别了地中海的阳光，移居巴黎，进入《巴黎晚报》。他感到这是个对他并不友善的、陌生的地方，后随报社迁到里昂，紧缩编制后他回到阿尔及利亚的奥兰市。在此期间，他在工作之余潜心写作《局外人》和哲学随笔《西绪弗斯神话》。1942 年 6 月，《局外人》出版，大获成功；10 月，《西绪弗斯神话》由加里玛出版社出版；1944 年，发表剧本《卡利古拉》。这一年，他返回巴黎参与抵抗运动的报纸《战斗报》的编辑工作，直至迎来巴黎的解放。他其后发表的剧本有：《误会》(1944)、《戒严》(1948) 和《正义者》(1950)。1944 年，加缪曾应萨特要求，导演并任主演排练《地狱就是他人》一剧，可惜最后未能完成。1946 年 3 月，加缪代表法国外交部出访美国。1947 年 6 月，加缪任主编的《战斗报》完成历史使命宣布解散，同时加缪重要的长篇小说《鼠疫》问世；1951 年，政治哲学随笔《反抗者》出版；1956 年，发表小说《堕落》；1957 年，发表短篇小说集《流放与王国》。1957 年，诺贝尔文学奖授予了阿尔贝·加缪，"因为他杰出的文学作品阐明了当今时代向人类良知提出的各种问题"，"一种真正的道义的介入推动他大胆地、以全部身心谋求解决生活上的各种根本性的重大问题"。

1960 年 1 月 4 日，一条加缪式的语气平静的电讯稿惊动了世界各大媒体："今天，阿尔贝·加缪在桑斯附近遇车祸身亡。"（多像《局外人》的首句！）消息令世界困惑。在变了形的汽车里，有他未完成的手稿《第一个人》。

加缪被称作存在主义作家，但他没有存在主义作家们的文化精英背景。他出身贫寒，母亲目不识丁，周围都是穷苦人。他曾为此感到难堪，又曾为这难堪感到惭愧。他因此而内向孤僻，患病后更加。他的成长得益于遇到了恩师让·格勒尼埃，老师对这棵苗子的发现和栽培，是因材施教成功的范例。在格勒尼埃的关注下，他中学就开始在刊物上发表文章，并立下志向从事写作。这对师生日后成了终身的忘年交。

父亲葬身于第一次世界大战，加缪未及睁眼看清这个世界就以婴儿的啼哭为父亲送行；从此，用他的话说，他的一生就没离开过"屠杀、不义和暴力"。20 世纪 30 年代，法西斯势力在欧洲游荡，参加共产党，就意味着与法西斯势不两立。加缪入了党又离开了党，但反对法西斯他却是始终不渝的。不论在阿尔及利亚还是在法国，他都积极投身反法西斯、反战的斗争。后来编辑的两本《时评集》，收集了他战时在《共和晚报》和《战斗报》上的大量文章。

《局外人》(1942) 是加缪的成名作，也是他最广为人知的作品，被视为一部"关于荒诞和反对荒诞的书"。

小说主人公默尔索是个平凡得不能再平凡的小人物。小说开头的两句话："今天，妈妈死了。也许是昨天，我不知道。"就引出了这段关于荒诞的故事。

"妈妈死了"他说得那么轻松，连确切时间都不知道；到敬老院去奔丧，也不哭，还抽烟、喝咖啡，像是无动于衷；第二天就和女友去游泳、看电影。离奇的是，他在妈妈葬礼前后的表现，竟成了判决他死刑的理由，因为法官由此断定他是个没有人性的杀人犯。荒诞的逻辑，既可笑，又可悲。

加缪认为，荒诞既不在世界，也不在人，而在于二者的关系。人与世界的疏离、隔绝、脱节，就形成了荒诞。默尔索与他所在的世界，始终是不融洽的、隔膜的，因而他对一切都摆出一副满不在乎的冷漠态度。是否结婚，是否爱女友，是否到巴黎去高就，都无所谓；而邻居求他帮忙虐待其前情妇，他也不求甚解地执行了，甚至无端地开枪误杀了人。其实，这些外在的行为，表明的是他对社会和生活的无奈。一声“妈妈”的称呼（而不是“母亲”），就足以说明这个成年男子内心蕴藏的深情。在最后的时刻，他又想起了妈妈，想起妈妈的孤独和摆脱孤独的努力，想到妈妈即将得到解脱的欣慰，想到妈妈“重新过一遍”的未来——但是，“在我们社会里，任何在母亲下葬时不哭的人，都有被判死刑的危险”。默尔索只不过要按照“本色”行事，连这样的要求都为社会所不容。他拒绝社会的流俗，社会便拒绝了他的生命。这是何等残酷的交换。

然而，默尔索坦然地接受了死刑的判决，正如他接受过形形色色的误解。在接受误解时他从不辩白，接受死刑时他也不去抗争。他知道，这是迟早要发生的，什么时候发生都一样，抗争没有任何意义。他只希望离开这个世界时不那么孤独，哪怕是能听到“仇恨的叫喊”。这一“临终奢望”，五味杂陈，令人难以平静。

《局外人》选段

（一）

今天，妈妈死了。也许是昨天，我不知道。我收到养老院的一封电报，说：“母死。专此通知。”这说明不了什么。可能是昨天死的。

养老院在马朗戈，离阿尔及尔八十公里。我乘两点钟的公共汽车，下午到，还赶得上守灵，明天晚上就能回来。我向老板请了两天假，有这样的理由，他不能拒绝。不过，他似乎不大高兴。我甚至跟他说：“这不是我的错儿。”他没有理我。我想我不该跟他说这句话。反正，我没有什么可请求原谅的，倒是他应该向我表示哀悼。不过后天他看见我戴孝的时候，一定会安慰我的。现在有点像是妈妈还没有死似的。不过一下葬，那可就是一桩了结的事了，一切又该公事公办了。

——第一部《一》

（二）

他（指神父——引者注）走了之后，我平静下来。我累极了，一下子扑到床上。我认为我是睡着了，因为我醒来的时候，发现满天星斗照在我的脸上。田野上的声音一直传到我的耳畔。夜的气味，土地的气味，海盐的气味，使我的两鬓感到清凉。这沉睡的夏夜的奇妙安静，像潮水一般浸透我的全身。这时，长夜将尽，汽笛叫了起来。它宣告有些人踏上旅途，要去一个从此和我无关痛痒的世界。很久以来，我第一次想起了妈妈。我觉得我明白了为什么她要在晚年又找了个“未婚夫”，为什么她又玩起了“重新再来”的游戏。那边，那边也一样，在一个个生命将尽的养老院周围，夜晚如同一段令人伤感的时刻。妈妈已经离死亡那么近了，该是感到了解脱，准备把一切再重新过一遍。任何人，任何人也没有权利哭她。我也是，我也是感到准备好把一切再过一遍。好像这巨大的愤怒消除了我精神上的痛苦，也使我失去希望。面对着充满信息和星斗的夜，我第一次向这个世界的动人的冷漠敞开了心扉。我体验到这个世界如此像我，如此友爱，我觉得我过去曾经是幸福的，我现在仍然是幸福的。为了把一切都做得完善，为了使我感到不那么孤独，我还希望处决我的那一天有很多人来观看，希望他们对我报之以仇恨的喊叫声。

——第二部《五》

（选自《加缪中短篇小说集》，郭宏安译，3、89～90页，北京，外国文学出版社，1985）

面对荒诞的默尔索，如同面对巨石的西绪弗斯。在《西绪弗斯神话》里，西绪弗斯被罚将不断滚落的巨石反复推上山顶，永无休止。这是永恒的荒诞，恰如现代人的生存状况。他默默地承受着这一无止境的天罚，毫无惧色，也毫无怨言。加缪盛赞这种锲而不舍的精神，把西绪弗斯视为“荒诞的英雄”。默尔索的“反抗”，也正是西绪弗斯式的，体现着某种难以明言的“执着而深沉的激情”。加缪称他是“无任何英雄行为而自愿为真理而死的人”，也可以说，是“当代英雄”。

这是一部篇幅不大、情节简单的“古典”式作品，但却是一部需要仔细品味的“荒诞的证明”。平实的第一人称叙述，讲述的是琐碎的日常生活，导向的是悲剧性的结局。通过逻辑表现荒诞，通过理性表现非理性，一切似乎都是漫不经心的，一切又都蕴涵着深意。

5 年后的《鼠疫》，格调有了很大的变化。《局外人》是个体的灾难，《鼠疫》是群体的灾难。前者是静悄悄的，仿佛总在把读者引入思考的场域；后者是动态的，一场突然降临的瘟疫，满街令人恶心的老鼠，使整座城市顿时陷入惊慌失措，给读者制造的是身临其境的压迫感。同样是荒诞，完全不同的形态。

灾难，巨大的、铺天盖地的灾难：是天灾，是人祸，是战乱，是专制，我们尽可以随意想象其象征寓意。而面对不期而至的荒诞，人们必须作出自己的选择。正是在多样的选择中，展现了不同人物的灵魂。有的积极投入抗争，有的被动卷入抵抗，有的经过斗争毅然决定放弃、逃离，有的则趁机大发市难财、昧着良心捞黑钱。在巨大的压力下，在纷乱的氛围中，里厄医生的高大形象格外令人感动。作为医生，他最了解眼前的现实是多么危险，但他将个人安危置之度外，全身心投入抢救行动；更难能可贵的是，他最清楚瘟疫是无法彻底消灭的，但他仍义无反顾地恪尽职守、绝不放弃。在作者眼里，过程显然比结果更重要。因为过程显示着人的精神力量，即使不可能最终战胜荒诞，但也不能轻易言败，正如西绪弗斯。

加缪强调，作品“最明显的内容是欧洲对纳粹主义的抵抗”。小说中融进了对现实灾难的抨击和对人类命运的思考。当人们兴高采烈地欢庆胜利时，作为最渴望结束瘟疫的反抗者里厄，却清醒地意识到这远不是彻底的胜利，以为灾难还会“卷土重来”。加缪不是在故意危言耸听，他是在预言人类的历史。

1960 年开年第四天，加缪本来是打算坐火车北上巴黎的，但鬼使神差地却搭乘了朋友的汽车。于是，不幸发生了，他最后竟以“愚蠢的死法”（加缪曾如此界说“在车祸中丧生”），告别了这个荒诞的世界。荒诞中的荒诞！

第六节
尤内斯库

在罗—法之间·“四十而立”·没有“歌女”的《歌女》·一场游戏一场梦

祖籍罗马尼亚的法国戏剧家欧仁·尤内斯库（1909—1994），与萨缪尔·贝克特共同创建了荒诞派戏剧。由于创作了一部莎士比亚式的戏剧《国王正在死去》，当然，更因为他在创作上的巨大成就，他被人称为荒诞派戏剧的“国王”。

生平与创作

1909年尤内斯库出生于罗马尼亚斯拉蒂纳小城，父亲是罗马尼亚人，母亲是法国籍。2岁时举家迁往巴黎，但7岁时他父亲就不辞而别返回了罗马尼亚，并另组了家庭。多亏善良的母亲，带着他和妹妹在法国乡间度过了一段贫穷然而快乐的日子。14岁时他回到罗马尼亚随父亲生活，很不开心；1929年进入布加勒斯特大学法国语言文学专业学习，开始写诗和评论；1934年，大学毕业；同年出版文集《不!》，这是他唯一一本以罗马尼亚文写作的作品集，其叛逆精神已显端倪。毕业后，他在中学教法语。1936年，尤内斯库与娇美的洛蒂加完婚，他母亲十分喜欢这个姑娘；不幸的是，三个月后，他挚爱的母亲就撒手人寰了。

20世纪30年代，罗马尼亚的法西斯势力十分猖獗。1938年，尤内斯库幸运地获得了赴法留学的奖学金。他兴奋地回到了“母亲的祖国”，开始新的生活。1940年至1942年，他曾因办理奖学金相关手续回过罗马尼亚。回法后，一度住在马赛。1945年，反法西斯战争取得胜利，他全家来到巴黎谋生，最困难时他当过搬运工。1948年，他在出版社谋到了一份差事，才算有了稳定的收入、安定的生活。

1949年，尤内斯库40岁，不安分的他提笔创作剧本。1950年5月11日，巴黎梦游者剧院推出一部新戏——《秃头歌女》。演出无人喝彩，但作者却义无反顾。他持续地按照他的“邪路”写下去：《上课》(1950)、《雅克或顺从》(1950)、《未来在鸡蛋里》(1951)、《椅子》(1952)。1956年2月，《椅子》复演，大获成功，尤内斯库名声大振。

1955年，尤内斯库离开出版社，专事创作，进入第二个高潮：《非雇佣的杀人者》(1957)、《犀牛》(1959)、《空中行人》(1962)、《国王正在死去》(1962)等剧，冲破家庭室内剧的模式，面向广阔的社会问题和政治问题。

1970年，尤内斯库当选法兰西学士院院士。

20世纪70年代，他的创作明显转向自我。《这绝妙的混乱!》(1973)、《提旅行箱的男人》(1975)和《漫游在死者之间》(1980)，可谓作家人生体悟三部曲。

尤内斯库的文集《意见与反意见》(1962)和访谈录《在生活和梦想之间》(1966—1977)，集中反映了他的创作经验和理论主张，是荒诞派戏剧的重要理论著作。他的剧作共约30部，另有随笔集《零星日记》(1967)、《过去现在 现在过去》(1968)、《发现》(1969)和《解毒剂》(1977)等。60岁时，他感觉自己“说得太多了”，遂改行习画，“我画故我存”。

1994年3月28日，尤内斯库病逝于巴黎。

父亲的背叛和家庭的破碎，给孩子留下深重的创伤，致使作家直到晚年的创作中还不时触及这一话题。在罗马尼亚和法国之间的几度迁徙，使尤内斯库形成了移民的特殊心理。他从小学会了法语，回罗马尼亚读中学时，他要像学外语一样学习罗马尼亚语；重返法国，他似乎又要面对一门外语，特别是要学会“文学地”使用法语。语言的背后，更深层次的是文化。受两种文化的熏染，是他得天独厚的优势，但永远在用“外语”思维、写作，未必不是一种尴尬。尤内斯库对语言悲剧的敏感，与他双语身份不无关系。

尤内斯库早年就表现了对文学特别是对法国象征主义诗歌的热爱，马拉美、波德莱尔、梅特林克等都是他的偶像。但战争和个人生活的颠簸，使他一直没有显露才华的机会。为增添谋生本领，他开始学习英语，不料却从中“拾”到了灵感，“游戏般”地创作出了一部里程碑式的作品。学外语，总要重复练习一些简单的单词和句式，诸如“天花板在上，地板在下”，“一星期有七天，星期一，星期二，星期三……”而当人们不断机械重复这些“绝对真理”时，就难免产生滑稽感。有篇课文是史密斯夫妇的对话，妻子对丈夫说，他们有很多孩子，他们住在伦敦，他们有个仆人叫玛丽，他们还有一对老朋友叫马丁夫妇……正是在重复这些并无多少意义的“废话”时，尤内斯库敏感地发现了其中的“戏剧性”，并由此生发出了他的处女作——《秃头歌女》。这年，他 40 岁(1949)。

《秃头歌女》作为开山之作，将荒诞剧的诸多特点首度展现，令人莫名惊诧。剧名就是神来之笔。作家曾为之命名《英国时间》、《疯狂的挂钟》、《无障碍英语》，这都能在剧中找到对应的因素。但在排练场上一个演员错把“金发女教师”读成了“秃头歌女”，尤内斯库当场拍板定名，以更突出剧本的荒诞特色，于是便有了这出“文不对题”、没有“秃头歌女”的《秃头歌女》。

概而言之，这个剧本的特点就是没有传统戏剧所必需的一切因素：没有引人的故事情节，没有矛盾冲突，没有戏剧高潮，没有鲜明的形象，没有铿锵的台词。因此，人们称之为“反戏剧”。

该剧为 11 场的独幕剧，场景不变。按顺序大体可分 4 个板块：史密斯夫妇的谈话，马丁夫妇的谈话，消防队长来访，两对夫妇的谈话演变为大吵大闹。

史密斯夫妇的谈话，单调乏味，絮絮叨叨，为说而说，既非为了交流，亦非为了传达某种意义，不时出现的悖谬之语，更表明二人的漫不经心，不假思索。这是标准化、规范化的市井生活场景，是了无生气、毫无感情的家庭生活的复制，其要义是语言背后意义的缺失。这段开场戏，既不引出矛盾，也看不到鲜活的人物，看到的只是死水一潭的无聊——难怪观众会感到受到了愚弄。但细加品味，人们就可能顿悟，这不就是你、我、他每日每时的生活状态吗？我们过的不就是史密斯夫妇式的日子吗？理性的审视，便引发了荒诞感的产生：人生的荒诞，现实的荒诞。

在这段平淡无奇的谈话中，有一段奇异无比的故事：勃比·华特森的死讯。史密斯先生刚从报上读到“勃比死了”的消息，可他是两年前死的，史密斯太太一年前去送过葬，而三年前就有人讲他死了。他死了，却保养得很好，“这是大不列颠最漂亮的尸首！——死了四年了，他还是热乎乎的，一具真正的活尸！”混乱的时间概念，错乱的逻辑关系，生与死界限不明，美与丑难以分辨，有与无无法确定——一切均呈现混沌状态、无序状态。而更为“混沌”的是，这家姓华特森的人家，男女老少个个都名叫勃比，个个都是推销员。千人一面，如同史密斯夫妇毫无个性、毫无特色一样，勃比·华特森更是失去了身份、失去了性别、失去了年龄的一个符号。生者与死者都是没有自我的一代，虽死犹生，虽生犹死，二者之间并无质的差别。

剧本第二板块，马丁夫妇的对话是精彩绝伦的一幕。他们一起进入客厅：

> **马丁先生** 请原谅，太太，要是我没搞错的话，我好像在什么地方碰见过您。
>
> **马丁太太** 我也是，先生，我也好像在什么地方碰见过您。

在以下的谈话中，他们讲到：他们都是曼彻斯特人，都在五星期前离开了曼彻斯特，乘的都是八点半的火车，都是五点差一刻到的伦敦，他们坐的都是二等车厢（虽然英国没有二等车厢），都是八号车厢，六号房间，座位是靠窗口面对面的三号位和六号位，到伦敦后他们都住在布隆菲尔德街十九号六层八号房间，他们都睡在同一间卧室里盖有绿色鸭绒被的同一张床上，他们都有一个名叫艾丽丝的两岁金发女儿，这姑娘一只白眼珠、一只红眼珠——最后：

马丁先生 好啦，亲爱的太太，我相信没错儿，咱们已经见过面了，你就是我的老婆——伊丽莎白，我把你找回来了！

［马丁太太不慌不忙地走近马丁先生。毫无表情地拥抱。钟重重地敲了一下，重到让观众吓一大跳。马丁夫妇却没有听见。］

马丁太太 道纳尔，是你啊，达玲！

“直观”的“同床异梦”！在人际关系中，最密切的莫过于夫妻关系。朝夕共处，耳厮鬓磨，理应是知人知面又知心的。然而，马丁夫妇却形同陌路，似从未相识。由不相认到相认的过程，也毫无情感波澜，平淡得可笑、亦可悲。作家笔下这种人与人之间的疏离隔断，是没有任何理由、也无需任何理由的绝对的存在，因而便具有了普遍的品格，具有了不可逆转性，在笑声的后面具有了更加可怕的悲剧性。

全剧是拼贴式的结构，后两个板块继续以非逻辑的对话和细节强化着这出“语言的悲剧”（尤内斯库语）。语言的一再贬值，导向的是意义的彻底虚空。戏剧的结尾耐人寻味：“说话声戛然而止。灯光重亮。马丁先生和马丁太太像本剧开幕时史密斯夫妇那样坐着。戏剧重新开始，马丁夫妇准确地念着史密斯夫妇在第一场的台词。大幕徐落。”是结束，也是开始。荒诞在继续，周而复始，没有起点，也没有终点。

尤内斯库以“反戏剧”著称，但他却不仅不否定戏剧作为“综合艺术”的特点，反而主张应更夸张地运用道具、布景、服装、音响等多种手段来强化戏剧效果。《秃头歌女》中的“英国挂钟”，便被剧作家使用得出神入化。开场时钟敲 17 下，史密斯太太却说“9 点了”，一开始就在制造混乱。其后，挂钟便“随心所欲”地敲了起来，忽而 7 下，忽而 5 下，总之，与本该它“负责”的按时报钟点无关。最离谱的是它对马丁夫妇谈话的“介入”：谈话进行时，挂钟随意地敲一两下；当他们终于要相认时，挂钟竟疯狂地一连敲了 29 下；当他们“毫无表情”地拥抱时，钟“重重地敲了一下，重到让观众吓一大跳。马丁夫妇却没有听见”。钟声在强烈地助推荒诞感。

《椅子》，又是一部荒诞的经典。一场游戏一场梦，主角是一对百岁夫妻，外加一个哑巴演说家。老人生活在与世隔绝、被死水环绕的孤岛上，今天他们要举行盛大的发布会，发布“有关人生秘密的信息”，为此邀来了包括皇帝在内的众多客人。他们不断进进出出，搬上无数把椅子，每把椅子代表一个“客人”，主人和“客人”相谈甚欢。当椅子摆满了原本空荡荡的大厅，两位老人却分别从两个窗口跳海自尽，留下哑巴为“大家”宣布“人生的秘密”。进进出出的忙碌，兴奋不已的谈话，皇帝陛下的光临……都未能消解老人的孤独寂寞。盛大热闹的“发布会”，成了他们告别世界的仪式。作者说剧本的主题是“空白”和“虚无”，而这“虚无”是以满台的椅子、不断按响的门铃和喋喋不休的话语来表现的。以实见虚，实极而虚，到头来都是一场梦。

《犀牛》是尤内斯库政治色彩最强烈的一部作品。作家的意图是要“描写一个国家的纳粹化过程”和“集体的精神变异给这个国家造成的混乱”。“人变犀”的故事，也可理解为“善变恶”的故事。一头凶悍的犀牛闯进城市，引起恐慌、愤怒；但不久，人们受到了“传染”，痛苦而无奈地“被”变异为犀牛；再后，人们变被动为主动，争先恐后地投身变异大军，曾经抗争的斗士也以变为荣，以变为美，使犀牛大军浩浩荡荡、势不可挡；仅有小人物贝朗瑞坚守立场，但他也陷入了迷惘，不敢确定自己的选择是否正确。“恶”的泛滥肆无忌惮，制造着人类的巨大灾难。而更令人担忧的是“每个人内心深处存在的犀牛”，即“恶”的趋向和盲目的从众心理。剧作从对法西斯的政治批判进而挑战当代社会生活中的“一致性”，并无情地嘲弄了跟风趋势的现代蒙昧主义。

尤内斯库不仅是荒诞戏剧的杰出创作者，也是荒诞戏剧理论的重要阐释者。他认为历史是不真实的，不可信的。因此艺术就不应是对历史的再现，而要向内转、向内心世界去寻找真正的真实。深刻的戏剧性，则是来源于“无可解决”的事物，追问没有答案的答案，寻求无可解决的解决，使人陷于绝对尴尬的境地，尽显荒诞本色。喜悲剧风格，是尤内斯库剧作、也是绝大多数荒诞剧的突出特征。他称自己的喜剧是“喜剧性的正剧”，称正剧是“悲剧性的闹剧”，也就是说，他把悲喜剧特色的融合推向了更高的层次。他的作品往往充满悲剧的意蕴，导向悲剧的结论，诱发悲剧性的思考，而构成戏剧的单位元素，却常常带有明显的喜剧甚至闹剧色彩。喜剧的过程，通向悲剧的终点，创造出一种全新的喜悲剧韵味。

《秃头歌女》选段

[马丁太太和先生面对面坐下，不说话。腼腆地相视微笑。]

马丁先生 （以下的对话要用无精打采、平板单调、带点歌唱性、却毫无变化的语调）请原谅，太太，要是我没搞错的话，我好像在什么地方碰见过您。

马丁太太 我也是，先生，我也好像在什么地方碰见过您。

马丁先生 我会不会是在曼彻斯特偶尔见到过您，太太？

马丁太太 完全可能。我就是曼彻斯特生人！可我记不得了，我不能肯定我是不是在那儿见过您。

马丁先生 我的天啊，这太奇怪了！我也是曼彻斯特生人，太太！

马丁太太 这太奇怪了！

马丁先生 这太奇怪了！……不过，我，太太，我大约五个星期前就离开曼彻斯特了。

马丁太太 这太奇怪了！这太邪乎了！我也是，先生，我离开曼彻斯特也大约有五个星期了。

马丁先生 我坐的火车是早上八点之后半小时开的，到伦敦的时间是五点之前的一刻钟。

马丁太太 这太奇怪了！这太邪乎了！太巧了！我坐的是同一次火车，先生，我也是坐的这次车！

…………

马丁先生 我的座位是八号车厢六号房，太太！

马丁太太 这太奇怪了！我的座位也是八号车厢六号房，亲爱的先生！

…………

马丁先生 这太奇怪了！……我是三号座，靠窗，亲爱的太太。

马丁太太 噢，我的天，这太奇怪了！太邪乎了，我是六号座，靠窗，正在您对面，亲爱的先生。

…………

[静默片刻。钟敲二或一下。]

马丁先生 到伦敦后，我就住在布隆菲尔德街，亲爱的太太。

马丁太太　这太奇怪了！这太邪乎了！我也是，到伦敦后我就住在布隆菲尔德街，亲爱的先生。

…………

马丁先生　我住在十九号。

马丁太太　这太奇怪了，我也住在十九号，亲爱的先生。

…………

马丁先生　我住在六层八号，亲爱的太太。

马丁太太　太奇怪了，我的天，太邪乎了！多巧啊！我也是，我住的也是六层八号，亲爱的先生！

马丁先生　（沉默状）这太奇怪了，太奇怪了，太奇怪了，真是太巧了！您知道，我的卧室里有一张床，床上铺着一条绿色的鸭绒被。我的卧室，还有这床和床上的鸭绒被，都在走廊的最里边，在厕所和厨房之间，亲爱的太太！

马丁太太　太巧了，啊，我的天，实在太巧了！我的卧室也一样，也有一张铺着绿色鸭绒被的床，也是在走廊的最里边，也是在厕所，亲爱的先生，和厨房之间！

马丁先生　这太邪乎了，太奇怪了，太离奇了！那么，太太，咱们是住在同一间房里，睡在同一张床上，亲爱的太太。咱们多半就是在那儿碰上的！

马丁太太　这太奇怪了，太巧了！咱们很可能就是在那儿碰上的，多半就是昨天晚上。可我想不起来了，亲爱的先生！

马丁先生　我有一个小女儿，我的小女儿，她和我住在一起，亲爱的太太。她两岁，金发，她一只眼睛是白的，一只眼睛是红的，她很漂亮，她叫艾丽丝。

马丁太太　真是太巧了！我也一样，我也有一个小女儿，两岁，一只白眼睛一只红眼睛，她很漂亮，她也叫艾丽丝，亲爱的先生！

马丁先生　（用同样无精打采、平板单调的声音）这太奇怪了，太巧了！太邪乎了！多半就是同一个女孩儿，亲爱的太太！

马丁太太　这太奇怪了！很可能是这样，亲爱的先生！

［长时间静场。钟敲二十九下。］

马丁先生　（思索良久，慢慢起身，不慌不忙地向马丁太太走去，他的庄重神情让马丁太太吃惊，她也慢慢站了起来。以罕见的、呆板的、仿佛歌唱般的声调）好啦，亲爱的太太，我相信没错儿，咱们已经见过面了，你就是我的老婆——伊丽莎白，我把你找回来了！

［马丁太太不慌不忙地走近马丁先生。毫无表情地拥抱。钟重重地敲了一下，重到让观众吓一大跳。马丁夫妇却没有听见。］

马丁太太　道纳尔，是你啊，达玲！

［他们坐在同一张沙发上，紧紧拥抱，睡着。］

［钟敲了好多下。］

——第四场（略有删节）

（选自［法］尤内斯库：《秃头歌女》，黄晋凯译，见《尤内斯库画传》，167～170页，北京，中央编译出版社，2009）

第七节
海勒

穷人的孩子·空中投弹手·名扬天下的“军规”

约瑟夫·海勒（1923—1999）出生在纽约布鲁克林区一个犹太移民家里。父亲是卡车司机，去世时约瑟夫才5岁。母亲独自拉扯3个孩子，可以想象他们穷苦的生活状况。因此，他在读书时就常打工，以解家庭之困。

1942年，海勒高中毕业，进入空军服役。正值第二次世界大战，海勒随军到了北非和意大利一带参战。据说，他担任了轰炸机上的投弹手，曾经参加过60次战斗飞行。显然，这段经历正与他的名著背景相吻。1945年，他复员回到纽约。

1948年，海勒入南加州大学学习，后转入纽约大学，获艺术学学士学位。他在大学期间，开始写作短篇小说；1949年，在哥伦比亚大学获硕士学位，并得到富布赖特奖学金赴英国牛津大学深造一年；回国后，在宾夕法尼亚州立大学讲授写作课；1950年以后，在《时代》等杂志撰写广告，负责营销；1953年，开始酝酿构思《第二十二条军规》，直至1961年才完成出版。这一年，恰逢美军入侵越南，小说的及时问世，仿佛有意重新唤起人们对逐渐淡忘了的二战的记忆。

《第二十二条军规》是一部以二战为题材的小说，但却不是通常意义上的战争小说。作家是“借题发挥”，借战争之题，书写对人类生存状况、历史命运的思考。尽管作者是战争的亲历者，而且也和本书的主人公尤索林的身份一样是轰炸机上的投弹手，但作品却几乎没有正面描写战争场面和战斗情景。这是一场关于战争的战争。

小说围绕在意大利附近的小岛上驻扎的一支美国飞行队的活动展开，但展开的不是一个完整的故事，而是不同人物荒诞行为的松散组合。这松散且略显混乱的组合，又暗含着作家对现实混乱的判断。海勒构筑的艺术世界，实际就是一个让人无法逃脱的大圈套；而“第二十二条军规”，是其中最精致的一环。

美国在二战中曾经具有英雄国度的崇高形象。但在海勒笔下，战争完全失去了神圣感。我们看到的是绞肉机式的畸形的战争机器，军官们或以士兵的生命为晋升的阶梯，或将敌对双方玩弄于股掌以从中坐收渔利，唯独受害的是普通士兵，他们无助地承受着命运的拨弄。

谢司科普夫少尉喜欢战争，战争为他提供了穿上军装训人的享受。他醉心于在队列检阅中取胜，那是表现才华、邀宠上司的最好机会。为此他想出过许多损招，比如，为求队列整齐，把一列人钉在一根木杆上；为求动作划一，将每人的手腕用铜丝和钉在股骨上的钉子捆在一起，等等。幸亏因为时间紧迫，材料又难以筹集才算作罢。功夫不负有心人，他的中队在检阅中不断取胜，这些华而不实的政绩帮助他节节高升，最后竟当上了将军。

更加神奇的是食堂管理员迈洛。他利用职务之便，在地区差价里投机取巧捞油水，发了大财后组建了跨国公司，美德双方都有军官入股。公司的飞机在全世界自由飞行，因此他有足够的力量左右战事。他分别与美德订立合同，提供飞机让美国去轰炸德国的桥梁，美军要付他费用外加小费。他让德军用高射炮射击他的进攻，德军也要付他费用外加小费。合同还规定，每击落一架飞机，德军还要付他一笔赔款。总之，不管谁胜谁负，迈洛都是大赢家。而在炮火中丧生的，却是普通的美国大兵。靠在战争游戏中大发战争财的迈洛，最后竟当上了巴勒莫市长、马耳他副总督、奥兰王储——成为了世界各地的红人。

战争的一端在以喜剧的形式疯狂获利，另一端却在以悲剧的形式痛苦遭殃。他们是战争的真正主力，为这场战争付出了一切甚至生命，但他们却得不到作为人的起码尊严。已去世的战士吉赛普的父母从家乡赶来探视儿子，医生为安慰老人，把伤员尤索林全身裹上纱布扮演吉赛普，"临死的士兵人人平等"，在战争中人人都时时面对死亡，在死亡面前"吉赛普"和"尤索林"没有任何区别。在一个荒诞的世界里，人的个体存在、个性价值都变得毫无意义。

在这部人物众多、头绪纷繁的作品中，尤索林可算得上是着墨最多的主人公，也是作家主要寄托思想的形象。

尤索林曾满怀热情和正义感来到战场，但很快，战争的英雄主义外衣就脱落了，露出了狰狞而肮脏的面目。"我看不见天堂，看不见圣者，也看不见天使。我只看见人们利用每一种正直的冲动，利用每一出人类的悲剧拼命地捞钱。"于是，他"觉悟"了，从一个勇士"成长"为胆小鬼、"反英雄"。战争在疯狂地进行，正在献出年轻生命的战士们就没明白祖国究竟代表什么。此时的尤索林不再关心战争的结局，而只关心自己的结局，关心自己会不会无辜地死在这片战场上。作为轰炸机的投弹手，他执行任务时，不等飞机俯冲到位，早早就把炸弹扔光。为减少飞行，他称病赖在医院。他醉生梦死，开始光顾妓院；但最大的心愿还是尽早离开战场回国。

要想回国，他遇上了"第二十二条军规"。

按规定，飞行够 32 次就可以离队回国。现在，尤索林已飞满 40 次，理应有权利离队。但根据"第二十二条军规"，要想回国，必须向上级提出申请、得到上级的批准。而"军规"又规定，上级有权提高额度的标准。你飞满了 40 次，他提高到 50 次；你飞够了 50 次，他提高到 60 次……如此这般，你永远达不到离队的标准，因为有"第二十二条军规"。

还有一种可能，因病（无论是真病还是装病）要求离队。尤索林认为自己疯了，他成天疑神疑鬼，总觉得有人要害他。战友们也觉得他不大正常，精神确实出了问题。但是他被告知，如果他请求停飞，就说明他没疯，他就应当继续执行飞行任务；如果他再去执行危险的飞行任务，就说明他准是疯了，可以不再去飞行；要是他果真不想再飞了，说明他就没疯，他就必须继续飞。这就是"第二十二条军规"。这真是个绝妙的圈套！

"第二十二条军规"，是一条谁也没见过的"军规"。正因为谁也没见过，所以它无法被了解、无从辩驳；正因为它根本不存在，所以它无所不在、无所不管。它是某种超验的、非现实的、形而上力量的象征，它专横地、无所顾忌地拨弄着人们的命运。既可笑，又可怕；既荒谬，又真实。作家告诉我们，这种体验，不是战时获得的，而是在战后的社会生活中产生的。这就是在告诉我们，人们的生存困境，并未因战争的结束而结束；相反，和平时期的"混乱 "，同样在制造着人类的悲剧。

海勒的幽默是十分黑色的，带着血，带着泪。别以为那是在拿别人的痛苦取乐，这痛苦里有他自己的一份。之所以面对痛苦还要幽默，那是因为无奈，"幽默者"无力改变痛苦的现实，只好强颜欢笑，苦恼人的笑。小说最后，斯诺登受伤的情景把这种无奈推到极致。尤索林解开伤员的防弹衣，一面看一面想，这全是上帝所造的，应有尽有——

肝、肺、肾、肋骨、胃，还有斯诺登那天午饭吃的炖番茄——看到他的内脏，不难领会其寓意。人是物质，这就是斯诺登内脏的寓意。

“人是物质”，说的是斯诺登的内脏，说的是斯诺登这个人，说的是在场的尤索林，也说的是不在场的你我他。人被物化了，等同于所有的物，就是战争机器上的螺丝钉，就是官僚体制中的工具。从“非个性化”到“非人化”，人在荒诞的世界里不断贬值，人们就只能在自我解嘲中寻求解脱。

“这里面只有一个圈套——就是第二十二条军规。”这是作家在书前的题词。“第二十二条军规”，已成美语中的常用语，因为它道尽了现代人的尴尬与困惑。

1974年，海勒发表第二部长篇小说《出了毛病》。小说的主人公是公司的高管，生活富裕，事业顺利，好像还很有上升的空间。按常理，这类人该踌躇满志、得意洋洋了吧。但这位先生却莫名其妙地总感到不知哪儿“出了毛病”。在公司，他害怕上级，也害怕下级；同事对他也是处处防范。在家里，他讨厌妻子，也讨厌儿女；妻子也经常无缘无故歇斯底里，女儿盼望父母出车祸，儿子担心会被老子出卖。人与人之间形成了紧张甚至“敌对”的关系。这是发自内心的精神疾病，是在职场竞争中不得不常以假面示人而自我异化的后遗症。同时，整个社会也是乱象丛生，经常发生一些说不清道不明的怪事，它给人制造着巨大的精神压力：“整个美国政府的愚蠢和罪孽，美国文明的衰落都压在我这两个可怜的肩膀上了。”——究竟是人出了毛病，还是社会出了毛病，还是二者都出了毛病？物质生活无忧，却终日忧心忡忡，处处设防，正是当代人的时髦病。

1977年，海勒当选美国文学艺术院院士。

1979年的《像高尔德一样好》，把矛头指向了政坛，也指向了作者自己的民族身份。它通过一个犹太裔的知识分子力图晋身白宫而碰得头破血流的历程，对美国高层政客的胡作非为进行了揭露和嘲讽。

1981年，海勒得了一场大病。病后，他仍坚持写作。发表了《天晓得》（1984）、《并非玩笑》（1986）、《立此存照》（1988）等作品。1994年的《结束时分》，写的是《第二十二条军规》中的人物50年后纽约再聚首的故事。

1999年，海勒病逝。

2000年，遗作《一位老年艺术家的画像》发表。

《第二十二条军规》选段

“有几位亲戚上这儿来看你。噢，别担心，”他笑着补充说，“不是你的亲戚。是死了的那个小伙子的爸爸、妈妈和兄弟。他们从纽约老远赶到这儿来看望一名快死的士兵，你是咱们手头现成的一名。”

“你在说些什么呀？”尤索林满腹狐疑地问，“我还没有要死呢。”

“你当然要死啦。咱们大伙儿都要死的。你以为你还在往什么别的地方跑呢？”

“他们又不是来看我的，”尤索林反驳，“他们是来看他们儿子的。”

“他们也只好能看到什么人就看什么人。就我们来说，一个快死的小伙子跟任何另外一个人好歹都一样。在科学家面前，临死的士兵人人平等。我给你出个主意。你就让他们进来看上几分钟吧……”

…………

“吉赛普，”母亲也说话了。她原先一直坐在一张椅子里，青筋暴起的手指紧紧地扣在一起搁在膝盖上。

“我叫尤索林，”尤索林说。

“他叫尤索林，妈。尤索林，你认不出我来啦？我是你兄弟约翰。你认不出我是谁了吗？”

“我当然认得出罗。你是我兄弟约翰。”

“他真的认出我来啦！爹，他知道我是谁。尤索林，爹在这儿。给爹打招呼。”

“你好，爸爸，”尤索林说。

“你好，吉赛普。”

“他叫尤索林，爹。”

“我怎么也忘不了他这副可怕的样子，”父亲说。

“他是病得厉害，爹。医生说他就要死啦。”

“我真不知道该不该相信医生的话，”父亲说，“你知道这些家伙多么狡猾。”

“吉赛普，”母亲又开口了，声调很轻，很忧郁，充满了抑压住的痛苦。

“他叫尤索林，妈。她现在记性不及从前啦。他们这儿待你怎么样，哥哥？待你还不错吧？”

“挺不错，”尤索林告诉他兄弟。

“那就好。可不能让这儿的哪个人欺侮你。就算你是意大利人，你也不比这儿的任何人矮上一截。你也有你的权利嘛。”

尤索林有些畏缩，赶紧闭起眼睛，这样他就不用再望着他兄弟约翰了。他开始感到恶心。

——第十八章“看东西有两个映像的士兵”

“这里一定有个理由，”尤索林执拗地说，同时用拳头捶着自己的手掌。“他们不能就这样闯进来把所有的人都赶出去。”

“没有理由，”老婆子抽泣着。“没有理由。”

“那他们凭什么这么做呢？”

“第二十二条军规。”

“什么？”尤索林惊恐万状地呆住了，他感到自己整个身体都哆嗦起来。“你在说什么？”

“第二十二条军规。”老婆子又说了一遍，脑袋上下摆动着。“第二十二条军规。第二十二条军规规定说，他们有权为所欲为，我们不能阻拦他们。”

“你到底在讲些什么？”尤索林迷惑不解、愤懑不平地冲着她喊叫。“你怎么知道是凭着第二十二条军规呢？究竟是谁告诉你是凭着第二十二条军规的？”

“那些戴着白色硬边帽、手拿棍棒的大兵说的。姑娘们哭泣着。她们说：‘我们做了什么错事吗？’大兵说没有，就用棍棒推着把他们赶出门去。‘你们为什么要把我们赶出去？’姑娘们说。‘根据第二十二条军规。’大兵回答。他们一直都在讲‘第二十二条军规，第二十二条军规’。这是什么意思，第二十二条军规？什么是第二十二条军规？”

“他们没有拿出来给你们看吗？”尤索林问，一面又气又恼地跺着脚。“你们没有叫他们念出来吗？”

“他们没有必要给我们看第二十二条军规，”老婆子回答。“法律规定他们不需要这样做。”

“什么法律规定他们不需要这样做？”

“第二十二条军规。”

“嗳，真是活见鬼！”尤索林沉痛地叫了起来。“我敢打赌它根本就不存在。”

…………

他走下楼梯时，死命诅咒第二十二条军规，虽然他也知道根本就没有这么个东西。第二十二条军规并不存在，这一点他可以肯定，但这也无济于事。问题是每个人都认为它存在。这就更加糟糕，因为这样就没有具体的对象或条文，可以让人对它嘲弄、驳斥、控告、批评、攻击、修正、憎恨、辱骂、唾弃、撕毁、践踏或者烧掉。

——第三十九章“不朽城”

（选自［美］海勒：《第二十二条军规》，汤永宽译，282～287、621～625页，上海，上海译文出版社，1981）

第八节
加西亚·马尔克斯

杂色的童年记忆·周游列国寻求真理·奇异的马孔多世界

加夫列尔·加西亚·马尔克斯（1927—　），哥伦比亚作家，拉丁美洲的一个文化奇迹，“文学爆炸”的代表人物。

1927年3月6日，加西亚·马尔克斯出生在哥伦比亚加勒比海海滨小镇阿拉卡塔卡外祖父母的一座“大屋”里。一般而言，儿时的成长经历，都会给敏感的作家留下深刻的记忆。但童年生活对加西亚·马尔克斯创作的影响之深，在文学史上也是罕见的。人、事、大小环境乃至思维方式，都直接或者间接在他的作品里留下了深深的印记。

外祖父曾是自由军上校，满脑子历史战争轶闻（1936年，外祖父去世，他很悲伤）；外祖母善良慈爱，满脑子印第安神话迷信故事；他们的幼女美丽可爱，人称“俏姑娘”，后成为镇上邮电所报务员的妻子、作家的母亲；古老的大屋，有很多房间，充满神秘气氛；外祖母在空屋里与鬼魂聊天，姨妈在房间里没完没了地给自己织寿衣；美国人曾在阿拉卡塔卡掀起种植香蕉的热潮，价格暴跌后又突然撤出；1928年发生香蕉工人大罢工，遭残酷镇压；一度繁荣的小镇，迅速破败衰落——凡此种种有趣无趣的事情，都或隐或显地成为了他的创作素材。效仿他在《百年孤独》首句绝妙的语式，我们可以这样表述：“多年以后，面对打字机，加西亚·马尔克斯将会想起与外祖父母一起度过的遥远的童年。”在童年的记忆中，他还忘不了女教师罗莎，是她的美丽把他带进了维吉尔、塞万提斯……的文学王国。

1936年，加西亚·马尔克斯随父母到苏克雷生活，后进巴兰基利亚寄宿学校。中学读书时就开始在学校刊物上发表文章。1943年，为争取奖学金，他只身来到首都波哥大，居然运气不错，顺利进入西帕基拉国立中学。这所学校的学生是来自全国各地的穷孩子，教师是被政府“驱逐”到这里的马克思主义者，加西亚·马尔克斯在这里第一次听到了马克思、恩格斯这些名字，第一次知道了有苏联这样的国家，这无疑对他左倾立场的形成具有重要意义。也是在这里，在这所诗人任校长的中学里，他参加了诗社，受到慧眼识才的文学老师指点迷津和热情鼓励，他还在藏书丰富的图书馆里，广泛涉猎了欧洲古典和现代的文学经典，文学之路已开始铺就。1945 年，18 岁的加西亚·马尔克斯和 13 岁的梅赛德斯在中学舞会上一见钟情，这是一位有叙利亚、埃及血统的东方美人。早恋没有早婚，13 年后有情人才成眷属。爱情，在作家的作品里从不缺位。

1947 年，加西亚·马尔克斯尊父命考入波哥大国立大学法学院。但是，他没有忘记文学。据说，读到卡夫卡的《变形记》，着实让他震惊了：“见鬼，居然还有这样写作的!”1947 年 9 月，卡夫卡风格的第一个短篇小说《第三次无可奈何》发表在《观察家》上，是年，他整 20 岁。对他影响深刻的作家还有海明威、福克纳等。

1948 年，左派总统候选人被害，引发了哥伦比亚长期内战，也使马尔克斯看清了政治的肮脏。他正式辍学，进入《宇宙报》当记者，后转投《观察家报》。1955 年 2 月，一艘军舰从美国大修后回到卡塔赫纳。一阵大风把货物和 8 名水手吹落海里，10 天后，一个水兵奇迹般生还。加西亚·马尔克斯对他进行了 20 余次长时间的专访，写出 14 篇系列连载。起初人们当作冒险故事来读，意在猎奇。但最后的谜底却让当局大惊失色。原来，之所以发生惨案，是因为船舰超载了冰箱、电视机等货物，暴露了军队参与走私的黑幕。系列文章《一个遇难者的故事》使作为记者的加西亚·马尔克斯出了名，但他也因此成为反动政府的眼中钉。出于保护的目的，他被《观察家报》派往欧洲常驻，开始了在欧洲大陆的流亡生活。

他先后走访巴黎、日内瓦、罗马、威尼斯、维也纳等名城，其中巴黎为他接触种种日新月异的新思潮提供了一个大平台。为真正了解他理想的社会主义实践，他花费数月时间，亲自考察了当时正处于动荡之中的捷克斯洛伐克、波兰、东德、乌克兰、俄罗斯、匈牙利等国，对各国都推行苏联模式表示不满。1957 年年底，他抵达委内瑞拉，为的是在这里的《时刻》杂志社谋一份差事。不料 1958 年第一天，就发生了反独裁的武装起义，他和民众一道欢呼斗争的胜利。不久，古巴又传来革命胜利的消息，加西亚·马尔克斯应邀参加古巴审判独裁者的大会，由此与卡斯特罗结下深厚友谊。他以为，拉丁美洲已揭开了新的历史篇章。他担任了古巴拉丁社驻联合国等机构的记者，但不久便辞职。1961 年，他全家来到墨西哥城谋生，进《轶闻》等杂志做编辑，在这里结识了许多拉美的文化名人。他那篇大约是在 1956 年完成、一直无人喝彩、作家自己却最偏爱的中篇《没有人给他写信的上校》，终于在这一年有了出头之日，而且被以购买版权的现代出版方式出版单行本。这当然使穷困潦倒中的加西亚·马尔克斯喜出望外。

《没有人给他写信的上校》，可视为一部带有黑色幽默色彩的作品。情节很简单，战功卓著的上校退伍回家，与多病的妻子相依为命。新政府承诺给他发放养老金，以安度晚年。于是，老汉唯一的事情就是盼着星期五邮船到来的日子，每到这一天，他就早早来到码头等待，看着邮船靠岸，期盼政府发来兑现诺言的通知。日复一日，年复一年，56 年过去了，他们把家里能卖的都卖了，仍难以为继。老两口为保持尊严，从不低三下四地求人。而每当老太婆抱怨时，上校总会安慰她，明天会来的。正是这一无望的希望，才支撑他活到今天——“等待”，是他唯一做过和可做的事情，是他生命的全部意义。而政权的谎言，以及贫穷和饥饿，却在无情地折磨他的精神和肉体。

1965 年 10 月，加西亚·马尔克斯全家驱车从墨西哥城到海滨阿卡普尔科度周末。走到半路，他抱歉地对妻子说，请给我 10 个月的时间，我的小说临盆了。灵感附体，他掉转车头回家，把自己关进了小屋。18个月后，他才从他狭小的“魔巢”里钻出来。他不知道这一年半妻子是怎么操持柴米油盐的，当他们一起来到邮局寄稿子时，妻子搜尽硬币也只凑够半部书稿的邮费。没想到，仅靠半部书稿（而且阴错阳差先寄的是后半部），他就赢得了天下……

1967年，伟大的《百年孤独》由布宜诺斯艾利斯的南美出版社出版。这是前无古人之作。“文学”“爆炸”了！惊动了西班牙语世界。

这是一本奇书。正如作者读卡夫卡时所说的：“见鬼，居然还有这样写作的！”

马孔多镇布恩迪亚家族七代人的百年兴衰史，光怪陆离，时空倒错，令人眼花缭乱，是“向读者（阅读）的一种挑战”。

《百年孤独》布恩迪亚家族七代人简介

第一代，乌尔苏拉嫁给何塞·阿尔卡蒂奥·布恩迪亚后，担心上辈近亲间生出过长猪尾巴的孩子的怪事重演，一直拒绝与丈夫同房，致使布恩迪亚受到村人的嘲笑。一次口角时，他竟一怒之下刺死了对方。从此他们就不断受到死者鬼魂的骚扰。忍无可忍，他们只好背井离乡，另谋出路。走了两年多，来到一片荒凉的河滩地，实在疲惫不堪了，才被迫安营扎寨。渐渐，人越聚越多，这才有了小镇马孔多。吉卜赛人带来了吸铁石、放大镜之类的新玩意儿使马孔多人大为震惊，更使老布恩迪亚开始热衷科学发明，甚至痴迷于炼金术不能自拔。人们只好把他绑在大树下，半个多世纪后才死去。乌尔苏拉更长寿，活了115至120岁。他们生下两个儿子一个女儿。

第二代中，长子阿尔卡蒂奥出生于迁徙途中，长大后与马孔多一女子私通生一子阿尔卡蒂奥·何塞。他被吉卜赛人带出村后，浪迹世界，历经无数风险，回家后与他家收养的贝丽卡结婚，母亲不悦，将他逐出家族，另立门户。他用猎枪救出了即将被保守军枪决的弟弟奥雷里亚诺，但自己却不知被谁杀害在家门口。次子奥雷里亚诺是第一个在马孔多出生的人，在娘肚子里就会哭，还有预言的本领。他长大后跟着父亲在实验室里炼金。他与哥哥的旧情人庇拉尔·特尔内拉私通生子奥雷里亚诺·何塞，后与外来的村长之幼女（在她9岁时他就爱上了她）蕾梅黛丝结婚。妻子视奥雷里亚诺·何塞如己出。这个给家庭带来欢乐的蕾梅黛丝却忽然猝死，腹中有一对双胞胎，全家为她服丧。奥雷里亚诺终身未再娶。他外出参与内战，当上了自由军的上校、革命军司令，转战各地留下情种，与17个女人生了17个男孩。这些孩子长大后回来寻根认父，却在一周内统统不知被什么人打死。奥雷里亚诺晚年归来，又躲进了实验室。但当听说美国人来马孔多种植香蕉时，竟想揭竿再起，赶跑入侵者，终因年迈而作罢。两人的妹妹叫阿玛兰塔。她性格古怪，与贝丽卡同时爱上了意大利金发小伙，但小伙子看上的是贝丽卡，她因此怀恨在心。她终身未嫁，却与她照料长大的奥雷里亚诺·何塞乱伦。晚年，她整日躲在屋里织寿衣，认为寿衣制成之日，即是自己的死期。

第三代是两个堂兄弟。奥雷里亚诺参战离村时，把权力交给了哥哥的儿子阿尔卡蒂奥·何塞，但他飞扬跋扈，胡作非为，很不得人心。保守军攻进马孔多后，把他枪毙。他留下一女二男。奥雷里亚诺上校的私生子奥雷里亚诺·何塞与姑妈乱伦，并一心要与她结婚，遭到拒绝。在偶然的冲突中，他被打死。

第四代是阿尔卡蒂奥·何塞的三个孩子。女儿蕾梅黛丝美丽善良，人称“俏姑娘”。她总是光着身子，喜欢没完没了地洗澡。但谁要对她产生爱意甚至非分之想，就会立即暴死。她一次在晾床单时，一阵风把她和床单一起吹上了天。两个男孩是双胞胎，阿尔卡蒂奥第二和奥雷里亚诺第二。前者投身工人罢工，打伤后被扔上装死尸的火车，深受刺激变疯，在破译吉卜赛人留下的羊皮书时死去。后者与抢来的外乡姑娘费尔南达生了二女一男，这就是第五代。

长子何塞·阿尔卡蒂奥被送去神学院学习，家人希望他能成为神甫，但他根本没认真学习，而是浪荡度日。母亲去世后，他回家找到了几袋金币，但被人打劫丧了命。长女蕾梅黛丝与香蕉公司的青年相爱，遭到父亲反对，他们只好偷偷来往。一次秘密约会时，守夜人误以为青年是小偷，开枪把青年打成残废，母亲只好把她送进远方的修道院。次女阿玛兰塔·乌尔苏拉到布鲁塞尔学习，在国外与加斯通结婚，一起回到家乡。

第六代只有一个人，是蕾梅黛丝从修道院送回来的私生子奥雷里亚诺。他一直有兴趣研究吉卜赛人留下的羊皮书。历史重演，刚刚进入青春期的奥雷里亚诺又和姑妈阿玛兰塔·乌尔苏拉纠缠到一起了，于是，便降生了一个长猪尾巴的孩子，孩子被全世界出动的蚂蚁拖走，母亲也因血流不止而丧命。羊皮书卷首的预言应验了："家族的第一个人被捆在树上，最后一个人正被蚂蚁吃掉。"

最早建起的马孔多，20 多户人家，宁静安康，自得其乐。吉卜赛人带来的种种小玩意儿，使封闭的村庄大开眼界；但吉卜赛人也以此敲诈村人，让他们五块钱摸一摸从未见过的冰块。以"科技"为象征的现代文明的入侵，利弊相交。老布恩迪亚治下，人们生活自由自在。但上面却忽然派来个头头，下达了要将房子都涂成蓝色之类的混蛋命令，还带来了警察。后来，美国佬也来了，在这里掀起了"香蕉热"。铁路也修过来了，人多了，繁华了，现代了……但好景不长，香蕉价格暴跌，跨国公司撤出，工人失业罢工，政府军警镇压，用三个火车头拉二百节车皮把三千具尸体扔到海里 ；更有一场持续四年十一个月零两天的暴雨，把一切冲刷得恢复了原貌。贫穷落后依旧。历史，经历了一个循环。显然，这是哥伦比亚历史的缩影，拉丁美洲历史的缩影。

与之相对应的布恩迪亚家族，经历了一个更可怕的循环。祖辈那个长猪尾巴孩子的阴影，笼罩着这个家族；他们为此而被羞辱，为此而长途跋涉、另建家园、以求新生。但是，事不过七，第六代的乱伦竟又生出了一个长猪尾巴的孩子。耻辱的开始，耻辱的结束。畸形儿的出现，是近亲繁殖和乱伦的结果，是"封闭"的象征。而这个家族有四个名叫阿尔卡蒂奥的，四个名叫奥雷里亚诺的，三个女子叫梅蕾黛丝，两个女子叫阿玛兰塔，几代人的名字也往返重复，似乎让人走进了封闭的怪圈，更强化了这种愚昧的特点。马孔多是"孤独"的，布恩迪亚家族是"孤独"的。

"百年"之内，也曾有过冲破藩篱、创造历史的努力，但都无果而终。作为村镇创始人和领袖的老布恩迪亚，很有长者风范，把村民们的生活安排得井然有序，平等舒适。吉卜赛老人的新科技使他兴奋不已，他很想将这些新技术服务于村镇的建设，如果坚持下去，本有着科技救村、与现代文明接轨的可能。但是，不久他就沉迷于炼金术，直至癫狂，不仅没能带领马孔多走向现代化，而且自身不保，失去自由，痛苦了却一生。第二代的奥雷里亚诺是个人物。他发动过 32 次武装起义，均告失败；他逃过 14 次暗杀、73 次伏击和 1 次枪决。他当上了革命军的总司令，让政府感到恐惧。但是，谁也不明白自由派和保守派除了祷告时间不一样外还有什么区别，近 20 年的内战究竟有什么意义。对马孔多来说，得到的就是他出去参战时委托管理村子的侄子阿尔卡蒂奥，这是个十恶不赦的恶棍，把村镇推向更苦难的深渊，让村民恨之入骨。"革命"尚未成功，上校已回到实验室学着父亲的榜样做起小金鱼来了。别有深意的是，老布恩迪亚曾义正词严地与外来的村长展开过斗争，并取得胜利。后来他们竟成了关系不错的亲家，二子奥雷里亚诺娶了村长的幼女蕾梅黛丝。姑娘天真可爱，9岁时就让奥雷里亚诺着迷，长大后嫁过来，给这个沉闷的家庭带来生气和欢乐。可是她却误服毒药暴死，全家为她服丧。对这个古老的家族，外来因素的介入也并不容易。蕾梅黛丝，是这个家族里专属于美好女性的名字。第四代的蕾梅黛丝，人称"俏姑娘"的美女，喜裸体，喜沐浴，令一切凡夫俗子断绝非分之念，随风而去、飘上天空——是出污泥而不染的天仙。她的离去，是无言的抗争，美的升华。

布恩迪亚家族一代不如一代地衰败，直至最后一代被全世界的蚂蚁拖走；直至飓风吹来，马孔多将在地面上消失，从世人记忆中抹去，不再有第二次机会在大地上出现。

"百年"是历史的长度，"孤独"是精神的深度。"与其说马孔多是世界上的某个地方，不如说是某种精神状态。"作家对拉美大陆百年历史的反思振聋发聩。悲愤中难掩惆怅。

《百年孤独》构思奇特，色彩斑驳，在一个封闭的结构里展开无限丰富的想象。作家巧妙地把历史与现实、写实与象征、严肃与荒诞、神话与传说、灵魂与肉体——杂糅一体，以夸张、变形和变幻莫测的叙事，创造出一个神奇的艺术世界，制造了似真似幻、亦真亦幻、似是而非、似非而是的艺术奇效。

《百年孤独》赢得了不期而至的惊人成功，激起了狂热，竟使作家手足无措。为躲避追踪，他决定实现早年的"堂吉诃德之梦"，作西班牙之旅，最后落脚于美丽的巴塞罗那。在这里，他完成了反独裁的《家长的没落》（1975）。1976年他曾别出心裁地举行"文学罢工"，抗议智利的军人政变。直至1980年，在外浪迹25年后，加西亚·马尔克斯才举家回到哥伦比亚定居。

1982年，加西亚·马尔克斯获诺贝尔文学奖。有人不无夸张地认为，这是诺奖颁奖以来唯一没有争议的获奖者。

获奖后，作家没有停笔。《霍乱时期的爱情》（1985）、《迷宫中的将军》（1989）等陆续出版。

加西亚·马尔克斯说过："我一向认为：作家之所以是作家，并无过人之处，不过是除了这行，别的什么都干不了。"[1] 是啊，他已经奉献了这么多精品，我们还需要他干什么呢?!

《百年孤独》选段

多年以后，面对行刑队，奥雷里亚诺·布恩迪亚上校将会回想起父亲带他去见识冰块的那个遥远的下午。那时的马孔多是一个二十户人家的村落，泥巴和芦苇改成的屋子沿河岸排开，湍急的河水清澈见底，河床里卵石洁白光滑宛如史前巨蛋。世界新生伊始，许多事物还没有名字，提到的时候尚需用手指指点点。每年三月前后，一家衣衫褴褛的吉卜赛人都会来到村边扎下帐篷，击鼓鸣笛，在喧闹欢腾中介绍新近的发明。最初他们带来了磁石。一个身形肥大的吉卜赛人，胡须蓬乱，手如雀爪，自称梅尔基亚德斯，当众进行了一场可惊可怖的展示，号称是出自马其顿诸位炼金大师之手的第八大奇迹。他拖着两块金属锭走家串户，引发的景象使所有人目瞪口呆：铁锅、铁盆、铁钳、小铁炉纷纷跌落，木板因钉子绝望挣扎、螺丝奋力挣脱而吱嘎作响，甚

① ［哥伦比亚］加西亚·马尔克斯：《为了你们》，见《我不是来演讲的》，李静译，13页，海口，南海出版公司，2012。

至连那些丢失多日的物件也在久寻不见的地方出现，一窝蜂似的追随在梅尔基亚德斯的魔铁后面。“万物皆有灵，”吉卜赛人用嘶哑的嗓音宣告，“只需唤起它们的灵性。”何塞·阿尔卡蒂奥·布恩迪亚天马行空的想象一向超出大自然的创造，甚至超越了奇迹和魔法，他想到可以利用这个无用的发明来挖掘地下黄金。梅尔基亚德斯是个诚实的人，当时就提醒他：“干不了这个。”然而那时的何塞·阿尔卡蒂奥·布恩迪亚对吉卜赛人的诚实尚缺乏信任，仍然拿一头骡子和一对山羊换了那两块磁铁。他的妻子乌尔苏拉·伊瓜兰本指望着靠这些牲口扩展微薄的家业，却没能拦住他。“很快我们的金子就会多到能铺地了。”她丈夫回答。

…………

“这是世上最大的钻石。”

“不是。”吉卜赛人纠正道，“是冰块。”

何塞·阿尔卡蒂奥·布恩迪亚没能领会，伸出手去触摸，却被巨人拦在一旁。“再付五个里亚尔才能摸。”巨人说。何塞·阿尔卡蒂奥·布恩迪亚付了钱，把手放在冰块上，就这样停了好几分钟，心中充满了体验神秘的恐惧和喜悦。他无法用语言表达，又另付了十个里亚尔，让儿子们也体验一下这神奇的感觉。小何塞·阿尔卡蒂奥不肯摸，奥雷里亚诺却上前一步，把手放上去又立刻缩了回来。“它在烧。”他吓得叫了起来。但何塞·阿尔卡蒂奥·布恩迪亚没有理睬，他正为这无可置疑的奇迹而迷醉，那一刻忘却了自己荒唐事业的挫败，忘却了梅尔基亚德斯的尸体已成为乌贼的美餐。他又付了五个里亚尔，把手放在冰块上，仿佛凭圣书作证般庄严宣告：

“这是我们这个时代最伟大的发明。”

——第一章

（选自［哥伦比亚］马尔克斯：《百年孤独》，范晔译，1～2、15～16页，海口，南海出版公司，2011）

思考题

1. 谈谈存在主义对20世纪下半叶文学的影响。
2. 如何认识苏联文学70年的经验教训？
3. 如何评价海明威对战争的“迷惘”？
4. 谈谈《老人与海》中老人命运的象征意味。
5. 在《日瓦戈医生》里看历史对人的拨弄。
6. 谈谈萨特文学作品中的“自由”。
7. 谈谈《局外人》中默尔索的“真实”与“真诚”。
8. 举例说明荒诞派戏剧的悲喜剧特色。
9. 谈谈你所理解的“第二十二条军规”。
10. 谈谈《百年孤独》之“百年”与“孤独”。
11. 谈谈魔幻现实主义的“魔幻”与“现实”。

第二编

东方文学

第一章 古代文学

第一节 文明古国文学的产生和发展

一、源远流长的古代文学

大量考古资料和历史记载证明，西亚的两河流域和北非的尼罗河流域是人类首先摆脱蒙昧状态、进入文明社会的地区。

大约从公元前4800年起，苏美尔人便已居住在亚洲西南部的幼发拉底河和底格里斯河流域（即美索不达米亚平原），并且创造了欧贝德文化。到公元前3500年至公元前3100年的乌鲁克文化时期，各地开始出现若干小型城市，城中有较大规模的神庙，并有文字和印章，这是初期文明的表现。有的学者认为，在随后的杰姆代特奈斯尔文化时期（前3100—前2900）已经形成城邦国家。公元前2900年以后为苏美尔早王朝时期，也就是奴隶制城邦的繁荣时代。公元前2371年，苏美尔早王朝为阿卡德人建立的阿卡德王国所取代。此后则有古巴比伦、亚述和新巴比伦等王国先后在这块土地上诞生。

大约与此同时，非洲东北部的尼罗河流域形成了人类生活的另一个聚集地。人们在这里先后创造了拜达里文化、阿姆拉文化和格尔塞文化，而格尔塞文化（约前3500—前3100）则是当地进入文明时代的标志，因为这时业已产生贵族与平民、奴隶主与奴隶的阶级区分，有些地方已经发展成为城市公社性质的小型城邦。其后，传说美尼斯于公元前3100年左右统一上埃及和下埃及，成为有史以来的第一位埃及国王，埃及从此进入早王朝时代（约前3100—前2686）；而到了古王国时代（约前2686—前2181），埃及则实现了真正的统一，建立了奴隶制国家，确立了君主独裁的专制制度。

继西亚的两河流域和北非的尼罗河流域之后，西亚的伊朗高原、南亚的印度河流域和恒河流域、东亚的黄河流域以及西亚的巴勒斯坦地区也接连进入文明社会。

在伊朗高原的西南部，早期居民为埃兰人，他们于公元前2700年左右步入阶级社会，逐渐形成阿万、西马什、安善、苏萨等奴隶制城邦，其中以阿万最为强大。公元前2300年左右，阿万国王建立统一的埃兰王国。此后，米底人和波斯人从中亚移居伊朗，并着手建立奴隶制城邦和奴隶制帝国。

印度最古老的文化当属印度河流域文化和恒河流域文化。印度河流域文化约产生于公元前2350年至公元前1750年之间，当时人们已经使用了铜器，发明了文字，并且建成了相当规模的城市，这可能是印度最早的奴隶制城邦。恒河流域文化约产生于公元前1800年至公元前600年之间，即吠陀时代。

中国的远古文化可以上溯到公元前2000年以前。早在夏代（约前2200—前1700）成立之前的传说时代（即黄帝、尧、舜时代），便已产生了光辉的文明，并渐次由原始社会向奴隶社会过渡。中国奴隶社会始于夏代，王位由“禅让”改为“世袭”是中国奴隶制国家正式形成的标志。

巴勒斯坦地区的早期居民是迦南人，公元前1900年和公元前1210年左右，希伯来人（又称以色列人）先后两次迁徙到此，终于在此定居。经过一番较量，他们于公元前1030年左右建立起以色列犹太王国。

在古代东方人率先进入奴隶社会的同时，他们也率先创造了一批文化财富，使东方地区成为世界文化的发祥地。

如在文字方面，苏美尔人和埃及人创造了人类社会最初的文字，前者称为“楔形文字”，后者称为“圣书体”。楔形文字的雏形——一种象征符号式的文字早在公元前3000年以前就已产生，而楔形文字最终形成于公元前2500年前后，是人类最古老的文字系统。据说楔形文字是用削尖的芦苇秆做笔刻画在泥板上的，笔道颇像木楔，因而得名。这种文字其后曾供阿卡德人、巴比伦人和亚述人长期使用。圣书体又称象形体，也形成于公元前3000年以前，之后逐步演变为僧书体和民俗体。在苏美尔人和埃及人之后，生活在地中海东岸地区的腓尼基人觉得楔形文字过于复杂，于是另行创立由22个辅音字母组成的文字系统。这种文字后来直接影响到古希腊字母，又由古希腊字母派生出拉丁字母和斯拉夫字母。另外，印度人和中国人也分别于公元前2000年前后创立了自己的文字系统。

又如在数学方面，埃及人和中国人分别测算出了圆周率，结果颇为接近；在天文方面，中国人早已提出了“二十八宿”的说法，据说印度人和伊朗人也有类似的观点；在历法方面，埃及人早在公元前2781年便创立了太阳历，这种历法后来经过改造，成为现在世界各国通用的公历；在建筑方面，埃及规模庞大的金字塔成为古代世界建筑事业的奇观。诸如此类，不一而足。

东方文学最初产生于原始社会末期。这时的文学是远古东方人在共同生活和劳动过程中创造的，当时主要依靠口头传播，用文字记载下来是后来的事。今天我们能够见到的早期文学，除歌谣（如古埃及歌谣）外，主要是神话传说。东方几个古国都有自己的神话传说，其中埃及和两河流域的神话传说历史最古老，印度的神话传说内容最丰富，希伯来的神话传说传播最广泛。

其后，当东方几个先进地区从原始社会过渡到奴隶社会时，东方文学的发展也步入了崭新的阶段。就文学作品的形式而言，除原有的歌谣和神话传说继续存在外，这时又逐渐产生了诗歌（如颂神诗、咒语诗、爱情诗等）、史诗、故事、箴言、小说、戏剧和散文等多种多样的体裁，其中最引人注目的是诗歌、史诗和故事的成就。诗歌如埃及《亡灵书》中的诗歌、印度《梨俱吠陀本集》和《阿闼婆吠陀本集》中的诗歌、希伯来《旧约》中的诗歌等，史诗如巴比伦的《吉尔伽美什》、印度的《摩诃婆罗多》和《罗摩衍那》等，故事如埃及的故事、印度的故事和希伯来的故事等。同时，由于生产的发展和社会的分工，从事创作的半专业和专业作家随之产生，这是一个不可忽视的变化。一方面，由于这些作家知识比较丰富，文化修养较高，因而文学创作水平有了明显的提高；另一方面，由于这些作家大多依附于奴隶主和帝王，世界观较为复杂，因而使文学作品的思想内容趋于复杂化。他们有的是作品的创作者，有的是作品的编订者。

在长期发展和演变过程中，古代东方文学形成了如下一些鲜明的特点。

首先是历史古老。东方几个文明古国创造了人类最古老的文学。古代埃及文学和古代巴比伦文学的资格最老，古代印度人、中国人、伊朗人和希伯来人在文学创作方面也走在世界各国前列。举例来说，世界最古老的神话传说是在埃及、巴比伦、印度和希伯来等国产生的，世界最早编成的诗文集是埃及的《亡灵书》、印度的《吠陀》和伊朗的《阿维斯塔》，世界最早写成的史诗是巴比伦的《吉尔伽美什》，等等。

其次是产生的多源性。西方古代文学主要指希腊文学和罗马文学，而且这两者联系密切；但东方古代文学却有埃及、巴比伦、印度、中国、伊朗和希伯来等几个源头，它们起初是在本国或本地区的土壤上独立产生并发展起来的，后来才有了相互之间的交流和影响。这种多源性充分显示出古代东方人的艺术创造力，使各国文学保留了更加鲜明的民族特色，也使东方文学显得更加丰富多彩。

再次是具有浓厚的民间文学色彩。古代东方文学是以人民口头创作为基础的，因而具有浓厚的民间文学色彩。远古时期的歌谣、神话传说等，本身就是人民的口头创作，它们大多没有作者名字，可以说人民群众就是作者。巴比伦和印度的史诗也是人民群众集体创作的，署名作者往往是统编过程中的编辑者和加工者。即使晚出的专业作家的创作，也大都以神话传说和史诗等为题材来源，同人民口头创作保持着密切联系。这就使得古代东方文学所反映的社会生活更真实、更广泛，艺术风格更质朴、更清新。

最后是文学与宗教的关系密切。古代的埃及、巴比伦、印度、伊朗和希伯来文学与宗教的关系极为密切，有些文学作品是正式的宗教经典，有些文学作品是重要的宗教文献，还有许多文学作品与宗教有着千丝万缕的联系。一般来说，宗教对古代东方文学既有积极的影响，也有消极的影响。

综上所述，古代东方文学既是古代东方各国人民的艺术创造，又是他们之间相互学习和影响的艺术结晶。各个国家和民族的文学开始时都是在各自的土壤上产生的，后来伴随着历史的发展和彼此的往来，才逐渐出现了文化和文学的交流。这种交流不仅有力地促进了东方各国文学的丰富和繁荣，也直接间接地推动了西方文学乃至世界文学的进步和发展。

二、古国文学的斐然业绩

（一）古代埃及文学

古代埃及是世界上最古老的国家之一，古代埃及文学是世界上最古老的文学之一。据仲跻昆等先生研究，古代埃及文学经历了漫长的发展过程。在早王朝时期和古王国时期（前3100—前2181），首先产生了神话、歌谣、诗歌、故事和箴言等。到第一中间期和中王国时期（前2181—前1778），文学有了很大发展，被认为是古代埃及文学史上最辉煌的阶段，有些作品在表达、描绘、修辞等方面成为后来文学创作的典范。第二中间期和新王国时期（前1778—前1090），比较突出的文学体裁是旅行记和颂歌。在此之后，埃及国力日益衰退，先后沦为伊朗、马其顿和罗马人的占领地，文学发展被迫中断。古代埃及文学在艺术上取得了一定的成就。但是，由于年代久远，难以保存下来，许多作品已经散失，流传至今的只是极少一部分。

古代埃及神话是古代埃及人宗教信仰的反映。古代埃及人信奉多种神灵，围绕这些神灵则形成许多神话。关于开天辟地的神话，关于拯救人类的神话，关于太阳神“拉”的神话，关于奥西里斯和伊希斯的神话等，都是古代埃及人思想观念的艺术体现。

古代埃及诗歌可以分为世俗诗和宗教诗两类。世俗诗包括劳动歌谣和爱情歌谣。劳动歌谣直接表现劳动的场面和劳动者的心声，是我们今天能够见到的人类最古老的劳动歌谣。它们是用象形文字刻在墓壁上的，据说记录的时间约在公元前16世纪，产生的时间还要早得多。如《庄稼人的歌谣》描写奴隶看见王爷前来视察时的紧张心理，要工头领着大伙儿快快干；《搬谷人的歌谣》描绘搬谷人辛勤劳作的情景，抒发了他们的愤懑情绪。这两首歌谣都很质朴有力，生动感人。爱情歌谣常常有音乐伴奏，有时还采用男女对唱的形式，表达彼此互相爱慕的纯真感情，虽然朴实无华，但也不乏诱人的魅力。在宗教诗（包括赞美诗）方面，有歌颂太阳神的，如《阿通太阳神颂诗》，因为法老宣布太阳神为全国崇拜的最高神；有赞颂尼罗河的，如《尼罗河颂》，因为尼罗河是埃及人的母亲河，埃及人对尼罗河充满了热爱与崇敬之情；还有赞美法老的，如关于第十九王朝法老拉美西斯二世的颂歌，其中的法老也往往被神化。

古代埃及故事也是多种多样的，有的以写实为主，有的以虚构为主，有的比较朴素，有的加工较多。如第九王朝时期创作的《乡民与雇工》（又译《能说会道的农夫的故事》），通过农民瓦迪·奈泰隆依靠自己的智慧和口才战胜王室总管及其爪牙的故事，反映了当时的社会矛盾，揭露了权势者的专横，赞颂了劳动者的斗争。又如第十二王朝时期创作的《遭难水手的故事》，描写一个水手航海遇难，流落荒岛，历经艰险的故事，其中充满惊险的场面和曲折的情节，显示了古埃及人丰富的想象力和创造力。此外，古代埃及的故事还有《赛努西的故事》、《倒霉的王子》、《两兄弟的故事》、《魔法师的故事》、《预言的故事》、《幽灵的故事》等。

诗文集《亡灵书》（又译《死者之书》）堪称埃及古代文学的汇编，是埃及古代最有代表性的文学作品。古代埃及人相信，人死后的亡灵要先经历一段冥国的生活，那里有12块国土，处处充满艰难险阻，亡灵必须通过这些艰难险阻，来到“真理的殿堂”，接受冥王奥西里斯的审判，最终决定自己的命运，或者登上天国，或者葬身怪兽之口。《亡灵书》实际上是放在死者坟墓中的陪葬文件，是亡灵到下界去的行动指南，保护亡灵在下界经受各种各样的考验，应付一次一次的审判。《亡灵书》的文字（包括诗歌、神话、符箓、宗教仪礼文等）大多写在纸草上面，并且附有彩色插图，其内容混杂，多数来自“金字塔文”（“金字塔文”是古埃及的宗教文献，因发现于金字塔内法老墓室和过道的墙壁上而得名）和“棺文”（“棺文”是古埃及的葬仪文集，大多由“金字塔文”演化而来，“金字塔文”为法老所专用，“棺文”则用于贵族和平民），可以归纳为100余章，各章长短不同。有的是对神的歌颂和对魔的诅咒；有的是对心灵的叮嘱；有的教导亡灵通过审判的技巧；还有的反复说明亡灵生前没有做过任何坏事，目的是让他逃脱责罚。所以，从《亡灵书》里，我们可以清晰地看到古埃及人的种种思想信仰，特别是他们的生死观念。

总之，古代埃及文学源远流长，是古代埃及人聪明才智的形象表现。古代埃及文学的重要性不仅在于它本身是最古老的，而且在于它还通过希伯来文学以及希腊文学和罗马文学影响了后世世界文学的发展。

（二）古代巴比伦文学

古代巴比伦是世界上最古老的国家之一，古代巴比伦文学也是世界上最古老的文学之一。据孙承熙、叶舒宪等先生研究，古代巴比伦文学是在苏美尔和阿卡德文学的基础上形成的。所谓巴比伦文学，主要是指古巴比伦王国时期（约前2017—前1595）的文学，即古代幼发拉底河和底格里斯河流域文化繁荣时期的文学。

古代巴比伦文学作品是用楔形文字记在泥板上的。保留至今的文学作品有神话、史诗、歌谣、寓言、赞歌、箴言和祈祷文等多种样式。例如：《埃努玛·埃立什》（又译《七块创世泥板》）是一篇流传颇广的创世神话，于公元前15世纪基本定型，刻在7块泥板上，约有1 000行诗。内容是描述天地星辰、宇宙万物和人类的创造过程，表现古巴比伦人对世界来源的认识，同时也歌颂巴比伦人信奉的主神——马尔都克的伟大力量和功绩。《伊什塔尔下降冥府》描写爱情和生命女神伊什塔尔与种子和植物之神坦姆兹的故事，表现了当时人对年年岁岁季节循环变换的理解。叙事诗《咏正直受难者的诗》写的是一个正直老实的人却不断遭受各种苦难的经过，因此他对神灵的公正和宗教的教义表示了大胆的怀疑。《奴隶和主人的对话》通过主人和奴隶的一连串问答，表达了奴隶对主人的不满和反抗情绪。

《吉尔伽美什》是在苏美尔有关史诗的基础上创作的，代表古代巴比伦文学的最高成就。这部史诗长期在口头流传，编辑完成大约是在公元前19世纪至公元前16世纪，比印度两大史诗和希腊两大史诗都要早得多，是迄今所知人类最早编定的长篇史诗。全诗共有3 000余行，用楔形文字分别刻在12块泥板上。其主要内容如下：吉尔伽美什是乌鲁克城的统治者，他本是大神阿鲁鲁所创造，又受到众神的恩赐，他三分之二是神，三分之一是人，身高体壮如同野牛，手执武器气概非凡。他和半人半兽的勇士恩启都经过一番苦战之后成为好友，两人一同出外为民除害，先后战胜沙漠中的狮子，打败杉树林里的恶人芬巴巴，又杀死残害乌鲁克居民的天牛。狮子、芬巴巴和天牛等都是暴力的象征，而吉尔伽美什和恩启都的行为则反映了人类战胜暴力的斗争精神，也表现了他们敢于违抗神的意志的反抗精神。但是由于触怒神灵，后来恩启都不幸死去。恩启都死后，悲痛不已的吉尔伽美什怀着探索人生奥秘的强烈愿望，决定四处寻找救治恩启都的药物，探求人类永生的方法。他跋山涉水，历尽千辛万苦，设法找到了始祖。始祖向他讲述了大洪水的故事和自己得以生存下来的秘密，并告诉他如何才能获得长生仙草。他不惧艰险，终于在深海里取到了仙草。但不幸的是，在归途中仙草被蛇吞食，他的努力和希望全部落空。他不得不怀着无限悲伤的心情回到乌鲁克城。最后，恩启都的亡灵又向他诉说了阴曹地府的可怕故事。通过这番艰苦奋斗，通过与恩启都亡灵的对话，吉尔伽美什才明白人是不能永生的。

由于长期流传和多次编辑，这部史诗的思想内容显得十分复杂，有的地方甚至是矛盾的；但其中心思想乃是反映当时人类与自然灾害的尖锐矛盾，表现当时人类企图战胜自然灾害和死亡威胁的迫切愿望。这部史诗在艺术风格上的特点则以浓郁的浪漫色彩和深邃的哲理性质最为突出。《吉尔伽美什》在古代世界文学中占着特殊的地位。它对古代西亚、中亚各民族文学以至古代希腊、罗马文学都产生了深刻的影响，并通过这些地区和国家的文学辗转地影响了后世文学的创作。最明显的例子可以在希伯来的《圣经·旧约》中找到，如创造世界的神话、大洪水的故事等便是。

（三）古代印度文学

古代印度文学极其丰富多彩，不仅数量最多，而且水平很高。据季羡林、金克木、黄宝生、张锡麟等先生研究，古代印度文学包括吠陀文献、两大史诗、佛教文献、古典梵语文学和泰米尔语文学等五个部分。

吠陀文献主要是指四部吠陀本集，即《梨俱吠陀本集》、《娑摩吠陀本集》、《夜柔吠陀本集》和《阿闼婆吠陀本集》，约成书于公元前1500年至公元前1000年之间。

《梨俱吠陀本集》在四部吠陀本集中最为古老。“梨俱”是诗节的意思，“吠陀”是知识的意思。全书分为10卷（其中最早产生的是第2卷至第7卷，最晚产生的是第1卷和第10卷），共有1 028首诗，共计10 552节，主要表现人们对于种种自然现象（如天、地、日、月、风、雨、山脉、河流、动物、植物等）和社会生活（如集会、畜牧、农耕、酿酒、恋爱、婚姻、赌博、偷盗等）的态度，对于天上、空中和地上诸神的崇拜、赞美和祈求。在《梨俱吠陀本集》中被提到的神灵很多，如战神和雷神因陀罗、太阳神苏尔耶、火神阿耆尼、风神伐由（或伐都）、大地神特耶瓦布替维、黎明神乌莎丝、酒神苏摩等，其中以因陀罗的地位最高，对他的歌颂也最多，约占四分之一。

《娑摩吠陀本集》共有1 875节诗。“娑摩”是曲调的意思，所以这部本集实际上是一部曲调集。

《夜柔吠陀本集》的内容是祷词和祭祀仪式，“夜柔”是祭祀的意思。

《阿闼婆吠陀本集》分为20卷，共有731首诗，共计5 975节。“阿闼婆”是祭司或巫师的意思，其中的诗歌大都具有巫术的性质，所表达的是当时的印度人力图控制自然和生活的强烈愿望。如有的诗是驱邪治病的，从普通的咳嗽、发烧到难治的黄疸、麻风等统统包括在内；有的诗是祈求幸福的，包括长寿、生子、家庭和睦、男女恋爱、婚姻和美、风调雨顺、五谷丰登、经商获利、战争胜利、降妖伏魔，等等。

以上四部吠陀本集主要采用诗体，可以说是世界上最早编成的大规模诗集。除吠陀本集外，古代印度又编辑了各种梵书、森林书和奥义书等作品。

两大史诗即《摩诃婆罗多》和《罗摩衍那》，是印度古代文学最主要的成果（详见本章第二节）。

佛教文学首先包括佛经。佛教创始人释迦牟尼约生活于公元前563年至公元前483年之间。在他去世之后，佛教徒曾于公元前5世纪至公元前3世纪举行过三次结集，主要内容是汇集和研讨佛陀释迦牟尼关于佛教教义和戒律的言论，构成后世流传的佛经的基础。佛经分为经、律、论三藏，经藏是佛陀本人所说的教义，律藏是佛陀为教徒制定的规则及其解释，论藏是对经藏、律藏中各种理论的解释和研究。目前佛经有巴利语系、汉语系和藏语系三大系统。兹以巴利语系的三藏为例。巴利语系佛经流传于今斯里兰卡、缅甸、柬埔寨、老挝、印度、泰国和我国云南部分地区，属于上座部佛教经典。在巴利语三藏中，以经藏《小尼迦耶》的文学色彩最为浓厚。《小尼迦耶》共有15部经，其中又以《法句经》、《上座僧伽他》、《上座尼伽他》和《佛本生故事》的文学价值最高。

除了佛教经典本身以外，属于佛教文学系列的还有作家的创作，而在这个领域则首推诗人和剧作家马鸣的创作。马鸣约生活于公元1世纪至公元2世纪，出生于印度教婆罗门家庭，后来改信佛教。他写了两部叙事诗和三部剧本。两部叙事诗是《佛所行赞》和《美难陀传》。前者描述释迦牟尼的生平活动——生于释迦王族，从小养尊处优；青年时代感受人世苦恼，毅然出家修行；几年以后大彻大悟，成为佛陀，宣扬佛法，直到涅槃。后者叙述释迦牟尼度化他的异母弟弟难陀的经过——释迦牟尼成为佛陀以后，回乡见到难陀沉湎女色，便劝他出家修行；难陀勉强出家，并且漫游天国，但仍留恋女色；经过佛陀反复宣讲佛法，难陀终于决心放弃女色，隐居森林，皈依佛教。这两部作品语言简明，韵律优美，堪称佳作。他的剧本虽已残缺不全（其中一部名为《舍利弗》），但从残存的部分仍可看出已经具备古典梵语戏剧的主要特征，可见当时印度的戏剧业已达到相当的高度。

所谓古典梵语，是指在两大史诗使用的通俗梵语基础上，经过语法学家规范化的梵语。古典梵语文学的前期，约在公元 3 世纪至公元 5 世纪。这时印度北部和中部一度统一，从而促进了古典梵语文学的发展，尤其是古典梵语戏剧的发展。这个时期的古典梵语戏剧，以跋娑、首陀罗迦为代表。

跋娑（约 2 世纪—3 世纪）据说写有 13 部剧本（但这些剧本是否都是他的作品，尚有不同意见），分别取材于《摩诃婆罗多》、《罗摩衍那》、《故事海》和《伟大的故事》等书，其中比较有名的是《惊梦记》、《神童传》和《善施传》等。

首陀罗迦（约 2 世纪—3 世纪）的 10 幕剧《小泥车》被誉为古典梵语名剧之一，取材于当时的实际生活，描写在暴君八腊王统治下，妓女春军和穷婆罗门商人善施的恋爱故事。两人克服重重困难，击败国舅蹲蹲儿的种种阴谋诡计，终于结为秦晋之好。这时，人民起义军也推翻了暴君八腊王的统治，建立了新王朝。这部剧本不但批判暴君，歌颂起义，具有鲜明的进步倾向，而且情节曲折，人物生动，语言朴素，真实感人。

泰米尔语是印度南部泰米尔人使用的语言。泰米尔语文学作品主要有《八卷诗集》和《十卷长歌》等。

《八卷诗集》（约 1 世纪—2 世纪）第 1 卷至第 5 卷是爱情诗集，大多以自然景物描写为背景，描绘男女之间的爱情生活，抒发悲欢离合的感情。第 6 卷和第 7 卷是勋业诗集，前者讴歌 10 个国王的功勋和业绩，后者讴歌 80 多个国王和诸侯的功勋和业绩，充满英雄色彩和尚武精神。第 8 卷则兼有爱情诗和勋业诗。无论是爱情诗歌，还是勋业诗歌，都有不少思想和艺术俱佳的优秀作品。

《十卷长歌》（约 1 世纪—2 世纪）共计收入 10 部长诗：其一，《牟鲁迦神导引之歌》，主要内容是歌颂牟鲁迦神；其二，《游吟诗人导引之歌》，主要内容是歌颂朱罗国国王；其三，《弹唱诗人导引短歌》，主要内容是描写弹唱诗人的贫困生活，歌颂欧依马纳杜土邦邦主；其四，《弹唱诗人导引长歌》，主要内容是描写弹唱诗人的旅途见闻；其五，《森林之歌》，主要内容是描写女主人公对情人的思念；其六，《马杜赖之歌》，主要内容是描写马杜赖的城市面貌；其七，《悠悠北风之歌》，主要内容是描写女主人公对出征在外的男主人公的思念；其八，《山地之歌》，主要内容是描写纯洁的爱情；其九，《城中离别之歌》，作者为乌鲁迪芒·甘纳纳尔，主要内容是描写恋人的思念；其十，《舞者导引之歌》，主要内容是描写歌舞艺人寻求恩主的见闻。这些诗歌大都描写生动，韵律和谐，广泛地反映了泰米尔人当时的社会生活和风俗习惯，具有一定的艺术价值。

（四）古代伊朗文学

古代伊朗的历史主要由三大王朝组成：阿契美尼德王朝（前 550—前 331）、阿什康尼

（安息）王朝（前 250—224）和萨珊王朝（224—651）。据张鸿年、元文琪先生研究，阿契美尼德王朝是幅员辽阔的奴隶制大帝国，当时琐罗亚斯德教（又称祆教、火祆教、拜火教）已在伊朗传播。《阿维斯塔》是琐罗亚斯德教的经典，也是伊朗古代神话传说的总汇。阿什康尼王朝时期的文献典籍流传下来的很少，只有几种铭文和少数地契文书。萨珊王朝时期是伊朗古代文化和文学创作的高峰时期，虽然这些成果后来遭到毁坏，但是仍有不少科学、宗教、历史和文学著作保存下来。此外，还有不少文学作品已经失传，可是有足够材料证明它们确实存在过。

《阿维斯塔》是琐罗亚斯德教的正式经典，也是伊朗古代社会百科全书式的作品。一般认为，该书并非该教创始人琐罗亚斯德一人所作，而是经过多人之手完成，并且吸收大量民间创作在内。据说萨珊王朝时期整理出来的《阿维斯塔》约有 34 万字，但现存的本子只有 8 万多字。全书可分为五个部分：其一，《亚斯纳》，主要内容是歌颂天神阿胡拉玛兹达及其助神；其二，《亚什特》，主要内容是歌颂天神的助神；其三，《万迪达德》，主要内容是宗教的法典和规则；其四，《维斯佩拉德》，主要内容是颂词；其五，《小阿维斯塔》，主要内容是后人编写的《阿维斯塔》普及本。《阿维斯塔》不仅对研究古代伊朗的社会状况和伊朗人的宗教信仰具有十分重要的意义，而且对研究伊朗的文学发展也具有相当重要的价值，如中古时期菲尔多西在创作《列王纪》的过程中，就以《阿维斯塔》为重要依据之一。

（五）古代希伯来文学

古代希伯来文学的内容也很丰富。由于古代希伯来人崇尚宗教，所以许多文学作品都与宗教有关，现在我们所能见到的文学作品几乎都被收集在与犹太教和基督教有关的几部经典中，即《旧约》、《次经》、《伪经》和《死海古卷》中，其中以《旧约》最为重要（详见本章第三节）。

《次经》又称《逸经》、《经外经》和《后典》。其中的大部分作品用希伯来文写成，其余部分用希腊文和亚兰文写成。这些作品都产生于公元前 200 年以后。这部经典分为 15 卷。其中比较著名的卷如下：《多比传》是具有宗教性质的民间传说，《犹滴传》是带有传奇色彩的小说，《所罗门智训》和《便西拉智训》是哲理性质的智慧文学，《马拉比传（上、下）》是历史性质的传记。此外有些卷是《旧约》一部分卷的补编，如《以斯帖补篇》是《以斯帖记》的不同翻译版本，内容与《以斯帖记》大致相同，但是语言文字有差异；《三童歌》、《苏撒拿传》和《彼勒与大龙》是《但以理书》的补编；《以斯拉（上）》是《历代志（下）》、《以斯拉记》和《尼希米记》的补编，等等。

《伪经》是指后人在公元前 200 年至公元 200 年之间所写的《旧约》和《次经》以外的作品，分别用希伯来文、阿拉米文和希腊文写成，其价值不如《旧约》和《次经》，但有些作品流传相当广泛，如《以赛亚升天记》、《摩西升天记》、《以诺书》、《禧年书》、《所罗门诗篇》和《巴录启示录》等。

《死海古卷》是指 1947 年在死海西北部发现的一批犹太教古代书卷，其中包括法规、希伯来文《圣经》及其译本、《圣经》注释讲义、《次经》、《伪经》和《圣经外传》、《感恩圣诗》以及有关巴尔·柯赫巴起义的文献等，弥补了有关史料的缺漏。

第二节 印度两大史诗

最长的诗·包罗万象的内容·“最初的诗”·悲欢离合的故事·两大史诗的异同、流传和影响

《摩诃婆罗多》和《罗摩衍那》并称为印度两大史诗。

《摩诃婆罗多》约有10万颂（“颂”即“节”。实际上各种传统本有较大的差别，如有的是95 000多颂，有的是106 000多颂，还有的介乎二者之间，精校本则是82 000颂），被认为是世界最长的史诗之一。

这部史诗的成书过程很长，据金克木、刘安武、黄宝生等先生研究，其原始形式不会早于公元前10世纪，其现存形式不会晚于公元4世纪至公元5世纪，即是从奴隶社会末期到封建社会初期的产物。它的创作大体上经过三个阶段：第一阶段称《胜利之歌》，约有8 800颂，是单纯的英雄颂歌，主要内容是歌颂婆罗多族的后代般度族在争夺王权中获得胜利的故事；第二阶段称《婆罗多》，约有24 000颂，除上述核心故事外，还增加了许多细节和插话；第三阶段是《摩诃婆罗多》，约有10万颂，除上述内容外，又增加了许多文学性质的和非文学性质的插话，甚至把另外一部独立的著作《诃利世系》也包括了进去，即我们今天看见的样子。它的版本主要有两种，即北方本和南方本，北方本有五种本子，南方本有三种本子。

史诗的作者，音译是“毗耶娑”，意译是“广博”，据说是一位仙人。目前所知关于此人的材料大多具有传说的性质（相传他也是4部吠陀本集和18部往事书的编纂者，但其实这是不可能的，因为年代相隔太远，而且数量过大，不是一个人能够完成的），而且他也是史诗中的一个人物。从种种情况判断，他可能是史诗最初的作者，后来史诗又经过许多人（如诗人、歌人、仙人、祭司、苦行者、出家人等）的不断加工、增补和修改，其中包括在史诗中记载的广博仙人的弟子护民和专业歌人厉声在内，所以这部史诗实际上是集体的创作。

《摩诃婆罗多》梗概

“摩诃婆罗多”的意思是“伟大的婆罗多”或者“伟大的婆罗多族的故事”。全书共计18篇（18篇之下又细分为100小篇、许多章和颂），即《初篇》、《大会篇》、《森林篇》、《毗罗篇》、《备战篇》、《毗湿摩篇》、《德罗纳篇》、《迦尔纳篇》、《沙利耶篇》、《夜袭篇》、《妇女篇》、《和平篇》、《教诫篇》、《马祭篇》、《林居篇》、《杵战篇》、《远行篇》和《升天篇》，此外还有独立的第19篇《诃利世系》。

《摩诃婆罗多》的核心故事是婆罗多族内部兄弟争夺王位的斗争。婆罗多是豆扇陀和沙恭达罗的儿子，是印度古代传说中的国王，他的后裔形成两个支派，一个叫俱卢族，即持国和他的100个儿子——难敌和他的99个弟弟；另一个叫般度族，即般度和他的5个儿子——坚战、怖军、阿周那、无种和偕天。持国和般度是兄弟，由于持国天生双目失明，所以由般度继承王位，后来般度又将王位还给持国。难敌发现怖军力大无比，阿周那武艺高强，害怕抵挡不住般度五子，于是多次设计陷害他们。首先是让他们住进易燃的紫胶宫，想要烧死他们，但是没有成功；然后接连进行两次赌博，迫使般度兄弟放弃国土，流放森林12年，第13年还要隐姓埋名，如被认出，就要再流放12年。般度兄弟度过12年的流放生活和1年的隐姓埋名生活后，双方决定用战争的办法解决彼此的矛盾。俱卢族组织了11支大军，般度族组织了7支大军。这场大战在俱卢之野进行，前后经过18天，其中怖军喝难降（俱卢族100兄弟之一）血是最恐怖的场面之一，阿周那杀死迦尔纳（俱卢族的统帅之一）是最激烈的战斗之一。结果俱卢族失败，难敌和他的99个弟弟全部战死，般度族获胜，坚战继承王位。其后，坚战失去对尘世生活的兴趣，决定带领4个弟弟以及他们共同的妻子黑公主（黑公主是般遮罗国的公主，在选婿大会上，她先选中了阿周那，后来又依次和其他4兄弟结婚。为了避免矛盾，决定每个兄弟轮流和黑公主生活一年）前往喜马拉雅山朝圣。在长途跋涉的过程中，黑公主和坚战的4个弟弟相继倒下，离开人世，只有坚战一人登上喜马拉雅山顶峰。最后，坚战来到天上，脱掉凡身，般度族和俱卢族的恩恩怨怨全部化为乌有。

在这个核心故事中，作者刻画了一系列人物形象，其中提到的人物不下几千个，比较重要的人物也有几十个。除了上面说到的以外，还有一个人物应当特别提出。这就是黑天。黑天是大神毗湿奴下凡的化身，是半神半人的形象。在史诗里，他处于中心地位，他的去从决定战争的胜负。他让自己的军队帮助俱卢族，而他自己则帮助般度族，并最终帮助般度族取得了胜利。

就这个核心故事来说，《摩诃婆罗多》是一部民族英雄史诗，它集中地描述了一场大规模的战争，艺术地表现了印度社会由分裂到统一的过程。这场战争是史诗的中心，对于这场战争的态度表现了史诗的基本思想倾向。这个基本思想倾向可以概括如下：在战争问题上，同情代表正义的般度族一方，谴责代表非正义的俱卢族一方。为什么说般度族是代表正义的，而俱卢族是代表非正义的呢？因为客观地说，持国和般度作为同父异母兄弟，王位先由般度继承，后由持国继承，下一代无论传给般度的长子坚战还是传给持国的长子难敌本来都是可以的；但问题在于持国决定把王位传给坚战以后，难敌坚决反对，不仅坚决反对，而且采取不正当的手段加以反对，即用赌博的方法赢得已经分给对方的国土，甚至当众羞辱般度五兄弟的妻子黑公主，一而再再而三地逼迫对方，使得对方退无可退，终于引起一场战争。由此可见，俱卢族进行的战争是非正义的，而般度族进行的战争是正义的。这也就是史诗所一再强调的所谓“正法”。“正法”音译是“达摩”，包括规范、正义和道德等意思在内。整部史诗所表现的便是正法战胜非正法的过程，正义战胜非正义的过程：在政治体制上，反对长期分裂割据，要求实行统一联合；在君主选择上，排斥难敌这个残暴的君主，拥护坚战这个贤明的君主。这些在当时都具有一定的进步意义。

不过，这个核心故事只占全诗篇幅的一半左右，另一半则是200多个长短不一的插话和插叙。所谓插话和插叙，是指演唱者在演唱史诗核心故事的过程中，在某些地方把核心故事停下来，另外演唱其他方面的故事和内容。这些其他方面的故事和内容，有的是文学性的作品，有的是非文学性的作品。

文学性作品如英雄传说、神话传说和寓言故事等，主要篇目有《蛇祭缘起》、《蛇祭前篇》、《金翅鸟救母》、《蛇祭后篇》、《沙恭达罗》、《钵迦伏诛记》、《炎娃》、《极裕仙人》、《那罗和达摩衍蒂》、《投山仙人》、《持斧罗摩》、《美娘》、《洪水传说》、《罗摩传》、《莎维德丽》等，其中以《那罗和达摩衍蒂》和《莎维德丽》流传最广，名声最高。这两个插话都以女性形象为中心。以《莎维德丽》为例。这个插话是般度五兄弟和黑公主在森林里流浪时，由修道仙人讲给他们听的，希望黑公主成为像莎维德丽那样的女人。故事说：公主莎维德丽爱上王子萨谛梵，但大仙人告诉莎维德丽，萨谛梵只有一年寿命。莎维德丽毅然与萨谛梵结婚。萨谛梵寿命终结那天，莎维德丽陪同萨谛梵上山砍柴。死神阎摩前来索取萨谛梵性命。莎维德丽紧追阎摩不舍，跟他讲道理，终于得到他的宽宥。阎摩之所以宽宥萨谛梵，是因为被莎维德丽的贤德、勇气和智慧感动。当阎摩给莎维德丽机会时，她首先想到的不是自己，而是希望公公和父亲幸福；当她接着要求有100个儿子时，阎摩答应了她，于是她随即提出让丈夫复活的要求，因为没有丈夫复活哪有100个儿子呢？这个故事启示人们，不要屈服于命运和现状，要依靠自己的力量去努力争取幸福。

非文学性作品具有宗教、哲学、政治和伦理性质，如《和平篇》、《训诫篇》和《薄伽梵歌》等。以《薄伽梵歌》为例。这部作品是印度婆罗门教的重要经典之一。它与《奥义书》、《梵经》齐名，三者合称为吠檀多"三经"，分别代表吠檀多哲学（婆罗门教六派哲学之一）思想发展的三个阶段。《奥义书》提出"梵我同一"的理论，是吠檀多哲学的形成阶段；《薄伽梵歌》继承"梵我同一"理论，同时吸收其他哲学思想，是吠檀多哲学的发展阶段；《梵经》完善吠檀多学说，是吠檀多哲学的成熟阶段。

从这个意义上说，《摩诃婆罗多》不同于一般的史诗，其内容几乎包罗万象，涉及所谓人生"四大目的"——正法、利益、爱欲、解脱——的全部，可以说是一部百科全书式的作品，也就是所谓：凡是其他地方有的，这部史诗都有；凡是这部史诗没有的，其他地方也都找不到。正因为如此，所以按照印度传统，不称《摩诃婆罗多》为诗歌，而称之为历史。

《罗摩衍那》约有24 000颂（20世纪出版的精校本将近19 000颂），也是世界最长的史诗之一。据季羡林、刘安武等先生研究，它的原型约形成于公元前几个世纪，后续部分约形成于公元1世纪至2世纪。它的作者意译为"蚁垤"，音译为"跋弥"，据说也是一位仙人。但关于此人也只有若干传说材料，没有确切记载；而且根据19世纪以来西方一些学者的研究，这部史诗的开头一篇和最后一篇很可能不是原来的内容，而是后来补上去的。其理由是：除去开头一篇和最后一篇以外，中间五篇构成一个完整的故事；中间五篇人们崇拜的对象不是毗湿奴，而是因陀罗；中间五篇的罗摩基本上是凡人，而开头一篇和最后一篇则把他当做大神毗湿奴的化身；头尾两篇和中间五篇的语言不是出自一人之手。如此说来，蚁垤最多是中间五篇的作者，更确切一点说是中间五篇集体创作的加工、整理和编订者，在统一史诗的内容和形式上起了一定作用。《罗摩衍那》的版本很多，概括起来说有北方本、南方本、西北本和孟加拉本等。

《罗摩衍那》梗概

"罗摩衍那"的意思是"罗摩传"。《罗摩衍那》的内容不像《摩诃婆罗多》那样枝蔓横生，它的情节比较单纯，主要围绕罗摩和他的妻子悉多的悲欢离合展开。据说尽管罗摩是古代的帝王，生活年代难以确定，但在历史上确有其人却是可以肯定的。至于悉多的故事，则是后来加入的。全诗分为7篇，其主要内容如下。

第一篇《童年篇》：叙述罗摩的出世。毗湿奴大神下凡投胎除魔，其化身分别成为阿逾陀国十车王的四个儿子——长子罗摩、次子婆罗多、三子罗什曼那、四子设睹卢祇那。罗摩帮助众友仙人消灭两个妖魔，随后来到弥提罗城，拉开遮那竭王的神弓，并和他从犁头下面出生的女儿悉多成婚。

第二篇《阿逾陀篇》：叙述罗摩的被流放。十车王年老体弱，决定将王位传给长子罗摩。但王后吉迦伊依据十车王以前的许诺，非要让自己的儿子婆罗多即位不可。十车王无奈，吉迦伊代王宣旨：将罗摩流放森林 14 年，由婆罗多继承王位。罗摩表示服从。他的妻子悉多坚决要求陪他到森林中去，他的弟弟罗什曼那也决定陪同兄嫂流放。婆罗多到森林里寻找罗摩，劝他回去即位。罗摩不肯，最后答应给婆罗多一双鞋，让他将鞋放在宝座上，以象征罗摩即位，而由婆罗多摄政。

第三篇《森林篇》：叙述罗摩和悉多在森林中的遭遇。罗摩一行在森林里保护修道者，降妖除魔。海岛楞伽城的十首王罗刹王看中悉多的美貌，设计将罗摩和罗什曼那从悉多身边引开，然后用神车把悉多劫往楞伽城。罗摩失去悉多非常伤心，到处寻找悉多下落。得知悉多被劫持的消息以后，为了营救悉多，他决定与猴国国王须羯哩婆结成联盟。

第四篇《猴国篇》：叙述罗摩与猴国的结盟。罗摩帮助猴国国王须羯哩婆从他哥哥波林手里夺回王位，猴国国王须羯哩婆则委派猴子大军和神猴哈奴曼探听悉多下落。他们最后终于获得悉多被劫持到楞伽城的确切消息。

第五篇《美妙篇》：叙述悉多的坚贞不屈。哈奴曼纵身跳过大海，进入楞伽城，在无忧树园中发现悉多，并且目睹悉多抗拒罗刹王威胁利诱的情景。罗刹王走后，哈奴曼出现，想把悉多背走。但悉多不赞成这个办法，因为她不愿接触自己丈夫以外男人的身体，而且希望罗摩打败罗刹王，体面地把她接回去。

第六篇《战斗篇》：叙述罗摩大战罗刹王的经过。罗摩率领猴子大军造桥渡海，双方在楞伽城展开一场激战，结果罗刹王战死，罗摩获得胜利，悉多得到解放，夫妻得以团聚。这时流放期满，罗摩回国即位。

第七篇《后篇》：叙述罗摩和悉多的再度分离。悉多怀孕，但罗摩却怀疑她在罗刹王那里失身，设法将她遗弃在蚁垤仙人的道院里。悉多在道院生下两个儿子，蚁垤仙人把悉多母子带到罗摩的宫殿上，罗摩认下两个儿子，却要悉多证明自己的贞操。悉多向她的大地母亲呼救，于是大地开裂，推出一个宝座，把悉多接走。最后，罗摩等人来到萨罗逾河，罗摩投身河中，脱去凡身，进入天国。

这部史诗集中刻画了男主人公罗摩和女主人公悉多的形象，作品的故事围绕他们两人展开，作者的观点也通过他们两人体现。罗摩是理想的英雄。作为国君和贵族的楷模，他充分具备了勇武过人和品德高尚两个条件。勇武过人主要是通过拉断神弓、守护森林和楞伽之战等场面表现出来的，而品德高尚则主要体现在他处理父子关系、兄弟关系、夫妻关系和君民关系的态度上。悉多是完美的女性，不仅出身高贵、容貌美丽，而且具有崇高的德行和坚毅的性格，对父母孝敬，对丈夫忠诚，吃苦耐劳，不畏艰险。

史诗的基本思想集中表现在两点上：一是在王位继承上，主张长子继承，同时提倡兄弟互让。罗摩是长子，又在道德方面和能力方面胜过他的三个弟弟，所以十车王决定传位给他；后来由于有人反对，因此发生许多矛盾，经过许多曲折，但最后还是由罗摩继承王位。在史诗作者看来，这是理所当然的。在王位继承上如果发生意见分歧，作者认为应当提倡兄弟互让，而不是兄弟互争。婆罗多就是这样做的。他认为王位应当由罗摩继承，所以把罗摩的鞋子放在宝座上，自己只是摄政，并且过起苦行生活，拒绝物质享受，后来痛快地把王位还给了罗摩。他的所作所为得到作者的肯定。二是在夫妻关系上，承认夫权至上，同时肯定一夫一妻。在第六篇《战斗篇》和第七篇《后篇》里，罗摩先后两次怀疑悉多的纯洁和贞操，悉多不得不先后两次蒙受耻辱，设法证明自己的纯洁和贞操，但即使如此仍然摆脱不了被遗弃的命运，这是夫权至上的具体表现。不过，如果除去这个结果之外，罗摩和悉多还应当算是比较理想的夫妻。因为不仅悉多对罗摩忠诚，罗摩对悉多也忠诚。罗摩当王子时，只有悉多一个妻子。罗摩流放时，只有悉多一个妻子跟随。罗摩即位后，只有悉多一个王后。甚至罗摩遗弃悉多后，也没有再选其他后妃。

《罗摩衍那》不仅内容比较完整，故事比较集中，而且在艺术表现方面也达到了相当高的水准。因此，它在印度有“最初的诗”之称。

作为印度古代的两部史诗，《摩诃婆罗多》和《罗摩衍那》在艺术表现方面具有许多共同的特点。从人物刻画上看，两部史诗都采用神与人、理想与现实结合的方法（如《摩诃婆罗多》中的黑天和《罗摩衍那》中的罗摩都是大神毗湿奴的化身）；从结构情节上看，两部史诗都使用框架方式，在核心故事中加入一些插话；从语言运用上看，两部史诗都保留很多民间口头创作的痕迹（如丰富的比喻、神奇的夸张、深刻的格言），等等。但是，两部史诗的产生有前有后，一般来说，《摩诃婆罗多》（主要指核心部分）比《罗摩衍那》（主要指核心部分）更早一些，更原始一些，所以二者在艺术表现方面又有若干不同的特点。从文体上看，《摩诃婆罗多》有散文韵文结合的迹象，而《罗摩衍那》则是纯粹的韵文；从语言上看，《摩诃婆罗多》比较平实质朴，而《罗摩衍那》则开始表现出精心雕琢的倾向；从结构情节上看，《摩诃婆罗多》插话过多，枝蔓丛生，显得不够严谨，而《罗摩衍那》则插话较少，集中紧凑，整体性强；从人物刻画上看，《摩诃婆罗多》比较单一，而《罗摩衍那》则趋向复杂化和细致化，形象更加丰满，个性更加鲜明；从景物描写上看，《摩诃婆罗多》较少较粗，而《罗摩衍那》则较多较细，显得多姿多彩，并且有时能够达到借景抒情、情景交融的地步，可以说开辟了一个新天地。

这两大史诗既是宗教经典，又是文学作品；既有宗教的权威性，又有文学的艺术性。所以，它们的流传极广，影响极大，并且经久不衰。在印度国内，不仅史诗原本传至今日，而且还有许许多多的改写本保存下来。据我国学者刘安武统计，在梵语古典文学中，采用长篇叙事诗和剧本两种形式的改写本，《摩诃婆罗多》有 26 部（其中最著名的，如迦梨陀娑的《沙恭达罗》、《优哩婆湿》和《鸠罗摩出世》等），《罗摩衍那》有 35 部（其中最著名的，如迦梨陀娑的《罗怙世系》、薄婆菩提的《大雄传》等）；在中古地方语言文学中，使用印地语、孟加拉语、阿萨姆语、马拉提语、古吉拉特语、奥利萨语、泰卢固语、卡纳尔语改写《摩诃婆罗多》的长篇叙事诗和剧本有 56 部（其中最著名的，如苏尔达斯的《苏尔诗海》等），使用印地语、阿萨姆语、马拉提语、泰卢固语、卡纳尔语、马拉雅拉姆语改写《罗摩衍那》的长篇叙事诗和剧本有 20 部（其中最著名的，如杜勒西达斯的《罗摩功行之湖》等）；在近代和现代，仅就印地语而言，改写两大史诗的长篇叙事诗和剧本便有 19 部之多（其中最著名的，如帕勒登杜的《信守不渝的国王》等）。在印度国外，两大史诗的原本、改写本经印度教徒和佛教徒之手，传到南亚和东南亚的广大地区，甚至还从陆路传到了我国的西藏、新疆和内蒙古等地区。

第三节
《旧约》

希伯来文学的荟萃·丰富多彩的内容和形式·在东西方文化的交叉点上

《旧约》产生于迦南（今巴勒斯坦）地区。公元前1500多年以前，希伯来人从幼发拉底河流域来到这里，征服了迦南人，占领了迦南地区。迦南人称他们为“希伯来人”，意思是从河（幼发拉底河）那边来的人。公元前11世纪至公元前10世纪之间，希伯来人逐渐将许多小部落合并起来，开始建立统一的国家。他们的第一任国王是扫罗（前1028—前1013在位）。继之，大卫（前1013—前973在位）登上王位，建都于耶路撒冷，赶走了侵略者，完成了国家的统一大业。大卫死后，他的儿子所罗门（前973—前933在位）上台。所罗门在位期间是以色列犹大王国的鼎盛时代。

公元前925年，以色列犹大王国分裂为两个国家，北是以色列，南是犹大。自此以后，国力日渐衰弱，不断受到周围大国的侵略。公元前722年，以色列王国被亚述灭亡，结束了该国200余年的历史。公元前586年，巴比伦又攻占了犹大王国的首都耶路撒冷，带走数万人作为俘虏，史称“巴比伦之囚”，犹大王国随之灭亡。后来，这个地区先后为波斯、马其顿和罗马等帝国所统治，希伯来人（又称犹太人）被驱逐出境，流落世界各地。

希伯来的文学作品大部分汇集在《旧约》里。这些作品的形成大致可以分为三个时期：第一个时期从公元前13世纪至公元前11世纪，为建国前的文学，主要体裁有神话、传说、故事、劳动歌谣和英雄战歌等。第二个时期从公元前11世纪至公元前6世纪，为建国后的文学，主要体裁有故事、抒情诗和预言等。第三个时期从公元前6世纪至公元前2世纪，为亡国后的文学，主要体裁有哀歌、颂神诗、小说和戏剧等。

从编辑过程来说，《旧约》的成书与犹太教的确立是密切相关的。犹太教是犹太人的民族宗教，崇拜上帝耶和华，于“巴比伦之囚”时期形成，与此同时他们着手编辑民族文化遗产，作为宗教经典；到公元前2世纪大功告成，称为《圣经》。后来，犹太人又在罗马帝国统治时期创立基督教。基督教也以犹太教的《圣经》为经典，称之为《旧约全书》（简称《旧约》），以区别于他们自己所编辑的另一部经典《新约全书》（简称《新约》），并将二者合称《圣经》（又称《新旧约全书》）。

《旧约》梗概

《旧约》共有39卷，可以分为经律书、历史书、先知书和诗文集四部分。经律书指第1卷至第5卷，即《创世记》、《出埃及记》、《利未记》、《民数记》和《申命记》。这部分产生最早，内容是关于远古时代的神话传说。历史书共10卷，包括《约书亚记》、《士师记》、《撒母耳记》上下、《列王纪》上下、《历代志》上下、《以斯拉记》和《尼希米记》，内容是记述以色列犹大王国的历史。先知书共14卷，包括《以赛亚书》、《耶利米书》、《以西结书》、《何西阿书》、《约珥书》、《阿摩司书》、《俄巴底亚书》、

《弥迦书》、《那鸿书》、《哈巴谷书》、《西番雅书》、《哈该书》、《撒迦利亚书》和《玛拉基书》，内容是先知先觉者的号召和演说。诗文集共10卷，包括《路得记》、《以斯帖记》、《约伯记》、《诗篇》、《箴言》、《传道书》、《雅歌》、《耶利米哀歌》、《但以理书》和《约拿书》，内容是诗歌、小说、戏剧和箴言等。

《旧约》中的文学作品广泛地、生动地表现了希伯来人的社会历史、风俗习惯和思想感情。以下按神话、故事、诗歌、小说、戏剧、预言和箴言等体裁分别加以介绍。

《旧约》中的神话大部分汇集在《创世记》里，其中以上帝创造宇宙、上帝创造人类和诺亚方舟等神话最负盛名。

如上帝创造人类的神话说：上帝先用尘土造了一个男人，又从他身上取下一根肋骨造了一个女人，让他们两人住在伊甸园里，可以游戏，可以吃树上的果子，只是不准吃分别善恶树上的果子。起初，他们两人光着身子，并不觉得羞耻。后来一条蛇引诱那个女人偷吃分别善恶树上的果子，女人自己吃了，也给男人吃了，于是他们眼睛亮了，觉得自己赤身裸体很不雅观。上帝发现以后，便把他们赶出了伊甸园。这个男人名叫亚当，女人名叫夏娃，他们就是人类的祖先。这个神话把上帝说成人类的创造者和主宰者，认为人类的祖先是有罪的（偷吃禁果），即所谓"原罪"，所以人类必须信仰上帝，受苦赎罪。这些都是宗教观的反映。不过，希伯来人对于人类起源的有趣解释具有一定的艺术魅力，因为它表现了人类童年时期的天真性格。

又如诺亚方舟的神话说：亚当和夏娃生儿育女，人类繁殖得越来越多，并且行为邪恶；于是上帝决定让洪水泛滥大地，消灭人类，仅仅允许好人诺亚造一条船躲避洪水。诺亚按照上帝的吩咐建造了一条方舟度过了洪水危难。大雨停止以后，诺亚放出一只鸽子，鸽子叼回一片新橄榄叶子，这表明洪水已经退去。洪水泛滥是古代人经常遇到的可怕的自然灾害之一，这个神话把它说成上帝的安排，目的在于颂扬上帝的威力和恩德，这自然是宗教观的体现。但若去掉这层宗教外衣，则可以看到希伯来人对于洪水泛滥的有趣解释，还可以看到他们制造方舟战胜洪水的聪明才智。

《旧约》的故事颇为丰富，约瑟的故事、摩西的故事、参孙的故事、大卫的故事和所罗门的故事等都是脍炙人口的。兹举所罗门断案的故事（见《列王纪》上）为例。这个故事说：有一天，两个妇女一起来到所罗门面前告状，其中一个人抱着一个死孩子，一个人抱着一个活孩子，两个人都说活孩子是自己的，死孩子是对方的，闹得不可开交。所罗门想了想，便命令道：将活孩子劈成两半，分给两个女人。这时，一个女人赞成劈，另一个女人反对劈，情愿把孩子给对方。所罗门立即作出判决：把活孩子交给那个反对劈的女人，因为她是活孩子真正的母亲。这个故事赞颂所罗门的机智聪明，断案如神。他不为表面现象和花言巧语所迷惑，紧紧抓住真母亲真心爱自己孩子这个关键所在，使问题迎刃而解。这个故事构思巧妙，富有戏剧效果，在所罗门身上寄予了人民的美好愿望。

《旧约》中的诗歌成就很高，如《诗篇》、《雅歌》和《耶利米哀歌》等都是著名的诗集，这里介绍一下《雅歌》和《耶利米哀歌》。《雅歌》共有6首，从头至尾采用新郎和新娘对唱的形式。新郎像是牧羊人，新娘也像是劳动者。这些诗歌大胆、热情、奔放，双方都在热烈地追求爱情，尽情地享受爱情。这组诗在表现手法上也有自己的鲜明特点，其中最突出的是善于使用比喻的手法。诗人大量使用当时希伯来人在实际生活中最常见、最熟悉的东西，用他们认为最美丽、最可爱的东西作为比喻，来描绘新娘的美，表现新娘的美。这种比喻具有具体、直接的性质，给读者留下的印象也很形象，很生动。《耶利米哀歌》相传为先知耶利米所作。耶利米是一个感情丰富、忧国忧民的诗人。他的5首哀歌是在“巴比伦之囚”以后写成的，旨在哀悼耶路撒冷城的陷落、焚毁以及人民被掳的悲剧。如《耶路撒冷之愁》，主要写耶路撒冷所遭到的浩劫，可以说字字是血，声声是泪，生动而逼真地描绘出一幅国破家亡、妻离子散的悲惨图画。这首诗成功地运用了对比手法，把耶路撒冷的过去和现在加以对比，并将耶路撒冷拟人化，从而加强了诗歌的艺术效果。总之，《耶利米哀歌》充满爱国的思想和哀伤的情调，感情充沛，真挚动人，被后人认为是希伯来诗歌的顶峰，尊称为希伯来民族之绝唱。

《旧约》的小说（如《路得记》、《以斯帖记》等）产生较晚，这里以最早出现的小说《路得记》作例子。《路得记》写的是摩押女子路得的故事。路得在丈夫死后，执意跟随婆婆离开故土来到以色列生活。为了养活婆婆，她到波阿斯的地里去拾麦穗。波阿斯对路得颇有好感，便尽量照顾她；路得也喜欢波阿斯的慷慨大方，就遵照婆婆的吩咐主动和他接近。于是这一对有情人终成眷属。他们的曾孙便是希伯来的第二任国王——大卫。这篇小说赞美了异族通婚，赞美了不同民族的人们互相关心、互相爱护的友爱精神，反对狭隘的民族主义，这是具有积极意义的。它的写作方法则是朴素的写实主义，人物刻画具体细致，故事情节完整复杂，环境描写形象生动，初步具备了短篇小说的特点。

《旧约》中可以归为戏剧的作品是《约伯记》。《约伯记》的主人公约伯是一个行为严谨、敬畏上帝的义人。撒旦认为约伯是有利可图才敬畏上帝的，但上帝却深知他是忠诚的。为了证实这一点，上帝准许撒旦去试验约伯。撒旦先让约伯失去一切所有，又让约伯长了一身毒疮，可是约伯对上帝仍然忠诚。不过，约伯不明白上帝为什么要让他这样受苦，因而发出怨言。这篇作品所讨论的中心问题是约伯为什么受苦的问题，再扩大一点说是好人为什么受苦、坏人为什么享福的问题。这其实是人们普遍关心的社会问题。由于这篇作品充满哲理，引人深思，发人深省，所以它受到许多研究者的重视和赞美。

《旧约》中有一种特殊文体——预言，即先知所传达的上帝的信息或代表上帝所作的发言。先知预言在《旧约》中占有很大比重，这里举《阿摩司书》为例。本卷作者阿摩司是一个热情、勇敢、直言不讳的先知。他生活于公元前8世纪中期。从表面上看，当时国家繁荣兴旺，宗教生活显著，人民安居乐业。但阿摩司却透过表面的繁荣看出内部的腐败，并且预见到以色列将会因此受到严重惩罚。后来的历史发展证实了他的预言是正确的。在我们看来，他对君王和富人道德败坏、欺压穷人的指责，具有重要价值。从文体上说，阿摩司的预言是热情洋溢、风格直率的诗文。

《旧约》中还有另外一种文体——箴言，《箴言》卷即是这类作品的汇编。《箴言》内容丰富，所涉及的方面很广，有歌颂和崇拜上帝的，有颂扬和劝诫君王的，有反映阶级分化和贫富悬殊的，也有不少谈论修身养性之道的。关于修身养性之道，有的倡导谦虚，颂赞智慧；有的提倡勤勉，反对懒惰；有的戒避淫乱；有的反对酗酒，等等。这些都是希伯来人社会经验教训的艺术结晶，不仅对当时的人是至理名言，对今天的读者也不无教益。《箴言》在艺术表现上也有特色。它主要采用简洁的格言体裁，言简意赅，深邃隽永，耐人寻味；有时也通过具体的事物和贴切的比喻，甚至有趣的故事和生动的形象说明道理，达到劝诫的目的。

《旧约》文学具有鲜明的特性，即民族性、宗教性、悲剧性、民间性和浪漫性。

所谓民族性，是指《旧约》通篇充满浓厚的爱国思想和强烈的民族感情。如在神话传说（《创世记》等）中，宣传希伯来人是上帝的特选子民，是人类始祖亚当和夏娃的嫡系子孙；在历史故事（《出埃及记》、《士师记》、《撒母耳记》等）中，歌颂摩西、参孙和大卫等一系列救民族出水火的英雄人物；在诗歌（《诗篇》、《耶利米哀歌》等）中，洋溢着澎湃的爱国热情，特别是那些哀叹希伯来人被掳的作品具有动人心魄的力量；在小说（《以斯帖记》）中，赞美了犹太女子以斯帖依靠勇敢和机智拯救同胞的英勇行为；在预言（《阿摩司书》等）中，表现了阿摩司等忧国忧民的先知对于祖国前途和民族命运的无限关切，等等。《旧约》之所以具有民族性，归根结底是因为希伯来在当时的世界上是一个小国家和小民族，处于几个强大国家和民族之间，不断受到它们的侵犯，屡次遭到战争的折磨，经常尝到亡国的痛苦，最后终于被驱逐出自己的国土，流落到世界各地。

所谓宗教性，是指《旧约》与宗教信仰有密切联系。这是因为该书不是作为一部文学作品编辑起来的，而是作为一部宗教典籍编辑起来的。所以，编者自然就要尽力体现自己的宗教意图，尽力将收入其中的所有作品都纳入宗教教义框架之内，使其都能够体现宗教教义。正因为如此，该书自始至终围绕一个中心展开，即歌颂上帝，崇拜上帝，以上帝为主宰，以上帝为核心。忠于上帝被说成人们的基本信条，被看成衡量是与非和区分善与恶的基本原则，而是与非、善与恶的冲突则构成该书的基本冲突。

所谓悲剧性，是指《旧约》以悲哀为基调，其中几乎没有喜剧成分，没有幽默因素，甚至很少有引人发笑的地方。这种悲剧性来自两个方面：一是表现由于个人的不幸所引起的悲哀，二是表现由于民族的不幸所引起的悲哀。一般来说，后者比前者具有更加重要的意义。从这个角度来说，《旧约》的悲剧性是与民族性有联系的，正因为以色列以亡国而告终，所以希伯来人创作的作品既具有鲜明的民族性，又具有强烈的悲剧性，既表现了炽热的爱国感情，又充满了浓厚的悲剧色彩。

所谓民间性，是指《旧约》中的大部分作品都是在人民口头创作的基础上加工整理而成的，因而具有浓郁的民间文学色彩。据学者考证，该书中仅有少数作品为个人所作，大多数作品是集体智慧的结晶。尽管其中有些卷记载着作者的姓名，可是这些说法未必可靠。《旧约》的这种民间性，充分地证明了希伯来人民群众的艺术创造力，并使得该书在反映现实方面更广泛、更真实，在艺术风格方面更质朴、更清新。

所谓浪漫性，是指《旧约》中的许多作品，特别是那些歌颂民族英雄的作品，都具有鲜明的浪漫情调，带有浓重的浪漫色彩。这种浪漫性与其民族性是密切相关的。如《出埃及记》通过摩西在率领希伯来人出埃及过程中创造的种种奇迹，把摩西描绘成一个神奇、浪漫的民族英雄形象。这种浪漫性还与其宗教性联系密切，即那些讴歌民族英雄的作品，同时也是讴歌上帝的作品，而上帝乃是这些民族英雄在危难关头表现出奇迹的主宰和动力。总之，英雄人物都与上帝联系在一起，都具有一定的神秘色彩，都是作者通过想象、夸张等表现手法塑造而成的，因而具有浓郁的浪漫色彩。

《旧约》在世界文学史上占有重要地位，对东西方文学产生了广泛而深刻的影响。

《旧约》是东方文学的瑰宝。希伯来地处亚洲的西南部，《旧约》以及《新约》、《次经》、《伪经》和《死海古卷》等宗教典籍，广泛地吸收了这一地区各文明古国的文学精华，在一定意义上可以说是这一地区各文明古国文学的结晶。《旧约》等典籍对东方各国文学的影响大致可以分为近代以前和近代以后两个历史阶段，前者主要表现在对拜占庭文化和伊斯兰文化的影响上，后者则广泛涉及东方各国文学。

由于基督教在西方各国广泛传播的关系，《旧约》对西方文学的影响远甚于对东方文学的影响。这种影响不仅体现在题材、结构、技巧和语言等浅层次上，而且体现在思想和精神（如人性、理性、罪恶和救赎）等深层次上。就总体而言，近现代西方文学继承了两个传统，一是希腊和罗马的古代传统，二是希伯来和基督教的中世纪传统，即所谓“二希”。《旧约》等希伯来典籍对西方文学的影响大致可分为中世纪、近代和现代三个历史阶段。

中世纪西方文化是以希伯来和基督教文化为中心，吸收了希腊和罗马文化以及日耳曼文化而形成的。中世纪欧洲文学，如《尼伯龙根之歌》、《贝奥武甫》、《埃达》、《罗兰之歌》、《熙德之歌》、《英雄国》、《伊戈尔远征记》等民族史诗和民间史诗，都或多或少地受到基督教和《旧约》等典籍的影响。《亚瑟王传奇》等骑士文学宣传的是基督教思想。作为中世纪文学之总结和新时代文学之起点的但丁的《神曲》，也随处可见基督教及其经典思想影响的痕迹。

从文艺复兴到19世纪的西方近代文学，大量使用《旧约》等典籍的材料和典故，举其要者如下：莎士比亚经常引用《圣经》典故，据有人统计，平均一出戏十三四次；弥尔顿用《旧约》神话写了史诗《失乐园》，用《旧约》故事写了剧诗《力士参孙》；拉辛用《旧约》题材写了悲剧《以斯帖记》；歌德的《浮士德》模仿《旧约·约伯记》写了“天上序曲”，结尾处又借用了《圣经》的场景；拜伦的诗剧《该隐》，采用了《旧约》中的故事，等等。

19世纪末以后的西方现代文学作家的创作，同样与《旧约》等典籍保持着密切联系。如托马斯·曼的长篇小说《约瑟和他的兄弟们》四部曲，取材于《旧约·创世记》。马雅可夫斯基的《宗教滑稽剧》，取材于《旧约·创世记》。此外，乔伊斯、叶芝、艾略特、帕斯捷尔纳克、福克纳、海明威、卡夫卡、奥尼尔等人也都喜欢利用《旧约》等典籍的材料充实自己的创作。

总而言之，以《旧约》等典籍为代表的希伯来文学对世界文学的影响是极其深远的。希伯来文学处于东西方文化的交叉点上，可以毫无愧色地与中国文学、印度文学和希腊文学并列为古代世界四大文学宝库之一。

思考题

1. 谈谈古代东方文学的成就和地位。
2. 谈谈古代东方文学的特点。
3. 怎样认识《摩诃婆罗多》核心故事的思想倾向？
4. 怎样认识《罗摩衍那》核心故事的思想倾向？
5. 《旧约》代表作品的思想内容和表现方法是什么？
6. 《旧约》文学的特性是什么？
7. 如何理解《旧约》文学的地位和影响？

第二章 中古文学

第一节 封建时代传统文学的演进

一、灿烂辉煌的中古文学

大约从公元 2 世纪或 3 世纪起至 19 世纪中叶止，是东方地区的封建社会文学时期。东方地区封建社会的文学，又可以公元 14 世纪或 15 世纪为界，分为中古前期文学和中古后期文学两个时期。所谓中古前期文学，是指东方封建社会前期的文学，大体上相当于欧洲的中世纪文学时期；所谓中古后期文学，是指东方封建社会后期的文学，大体上相当于欧洲文艺复兴至 19 世纪中叶文学时期。

当人类的历史从古代进入到中古时期，即封建社会时，东方的一些先进国家仍然走在世界各国的前列。就进入封建社会的时间来说，中国进入封建社会的时间可能是最早的。尽管历史学者对于中国究竟在何时进入封建社会持有不同的看法，如有人认为从进入战国时期（公元前 475 年）算起，有人认为从秦王朝统一中国（公元前 221 年）算起，还有人认为从汉王朝建立（公元前 202 年）算起；但无论哪种看法，中国进入封建社会的时间均较世界其他地区为早。东方其他一些较为先进的国家，也在公元 6 世纪或 7 世纪以前陆续进入了封建社会。而欧洲的封建时代一般从公元 476 年西罗马帝国崩溃算起，各个国家真正进入封建社会则是在这之后若干世纪的事。也就是说，东方有的国家（如中国和印度）进入封建社会的时间显然早于欧洲大多数国家，东方其他一些国家（如阿拉伯、伊朗和日本）进入封建社会的时间也不比欧洲大多数国家晚，而且当时东方先进国家的农业和手工业生产相当发达，在很长一段时间里达到了世界先进水平。

在中古前期，东方各国人民显示了自己的聪明才智，创造了大量的文化财富和文学财富；而同时期的欧洲国家却由于种种原因，未能在文化和文学方面取得特别突出的成绩。

在文化方面，东方地区的三大文化体系在这个时期逐渐成熟和完备。作为中国文化体系之核心的中国文化，早在古代业已形成，进入中古时期以后则更加充实、丰富和提高，并通过思想（儒家）、宗教（佛教）、语言（汉语）和文字（汉字）等，对朝鲜、日本、越南以及其他东南亚国家等周边地区的文化产生了广泛而深刻的影响，终于形成了中国文化体系。印度文化体系与中国文化体系几乎同步发展，印度文化通过宗教（印度教和佛教）、语言（梵语和巴利语）和文字（梵文和巴利文）等，大大地影响了斯里兰卡、缅甸、泰国、柬埔寨、马来群岛以及其他东南亚国家和地区的文化，并最终形成了印度文化体系。阿拉伯—伊斯兰文化体系的形成稍晚一些，作为该体系之核心的阿拉伯—伊斯兰文化，在公元 7 世纪或 8 世纪产生于阿拉伯半岛，它一方面吸收伊朗、印度、希腊、罗马、犹太教和基督教文化，另一方面通过宗教（伊斯兰教）、语言（阿拉伯语）和文字（阿拉伯文）等，向西亚、中亚、东南亚和非洲等广大地区的众多国家传播自己的文化，其影响大有后来居上之势。

这个时期东方一些先进国家，如中国、印度、伊朗和阿拉伯等国家，在社会科学和自然科学诸多领域都取得了辉煌的成就，超过了同时代欧洲先进国家的水平。正如恩格斯在《自然辩证法·历史导论》中所指出的那样："古代留传下欧几里得几何学和托勒玫太阳系，阿拉伯人留传下十进位制、代数学的发端、现代的数字和炼金术；基督教的中世纪什么也没有留下。"① 例如，中国的火药、指南针、造纸术和印刷术等四大发明处于世界领先地位，它们通过丝绸之路等途径传到欧洲以后，对欧洲经济和文化的发展起了一定的促进作用。印度和阿拉伯在数学研究上成绩卓著，印度人创造了从"0"到"9"的数字和十进位制，阿拉伯人加以改进和推广，并将它们传给欧洲人，取代了欧洲原有的比较繁琐的罗马数字，这种被称为阿拉伯数字的符号直接推动了现代数学的产生。阿拉伯人还一面广泛吸收东西方许多文明国家的文化，一面进行大规模的研究工作，在数学、医学、化学、地理学、天文学以及哲学和历史学等领域取得了丰硕的成果。在数学领域，他们对代数学、几何学和三角学的研究成绩历来为人称道，穆罕默德·伊本·穆沙的《代数学》把代数知识发展成一门独立学科，并被欧洲许多国家的大学用作代数学教科书。在医学领域，拉齐的《秘典》是欧洲许多大学医学课程的主要教材之一。在化学领域，贾比尔·伊本·哈扬的著作曾经长期统治欧洲化学界。在地理学领域，伊德里西的《世界地理志》为欧洲不少大学地理课程所采用。在天文学领域，巴塔尼和阿布·比鲁尼的研究成果引人注目。此外，伊朗学者伊本·西拿（阿维森纳）所著的《医典》，早在 12 世纪便被译成拉丁文，堪称当时医学的百科全书，长期成为欧洲医学教学和研究的指南。

在文学方面，尽管这时欧洲的中世纪文学也取得了一定的成果，但是总体水平并不很高，不如东方文学丰富多彩。这时的东方文学继承并发扬了古代文学的优良传统，在创作题材的丰富性和形式的多样化方面，在作品思想内容的深度、广度和艺术表现的鲜明生动方面，都有不同程度的进步，涌现出不少优秀的作家，创作出不少优秀的作品，呈现一派欣欣向荣的景象，堪称当时世界文学的高峰。中国文学的成就是人所共知的。文明古国印度继续保持着文学大国的地位。另一文明古国伊朗的文学（特别是诗歌）得到进一步发扬光大。日本和阿拉伯是这时新崛起的文学大国。此外，乌兹别克和格鲁吉亚等许多国家和地区的文学也在这时迅速兴起，并且出现了达到世界水平的作家和作品。

① 《马克思恩格斯选集》，2 版，第 4 卷，263 页，北京，人民出版社，1995。

不过，东方各国封建社会的发展是不平衡的，速度有快有慢，而总的看来则比较缓慢。这可能与下列因素有关：在封建制度形成时，东方国家没有出现像欧洲许多国家所发生的那种急剧而重大的变革；封建主义野蛮的政治压迫和残酷的经济剥削，使劳动人民陷于水深火热之中，几乎丧失了推动社会生产的积极性和发展社会经济的可能性；自给自足的自然经济制度长期居于统治地位，农民自己生产自己消费，并供地主享用，商品交换和货币经济不够发达，对于社会发展产生了相当大的消极作用；此外，异族的侵略和统治（尤其是在文化、技术上比较后进的民族侵略和统治比较先进的民族），对于许多国家的发展也有不同程度的阻碍和破坏作用。因此种种，东方国家封建社会发展速度较为缓慢，生产长期处于半停滞甚至停滞状态，直到19世纪中叶前后绝大多数国家相继沦为殖民地或半殖民地为止，资本主义因素始终没有得到显著发展，封建制度一直延续不断。所以，与欧洲比较起来，在中古前期东方一些国家是先进的，而到中古后期东方国家则逐步落后了。

与中古后期东方封建社会由先进变落后的状态大体上相适应，中古后期东方地区的文化和文学也经历了类似的变化过程。进入中古后期之后，东方各国文学显示出不同的态势，大致说来可分为三种类型：第一种类型——中国和日本的文学，在中古前期的基础上继续向前发展，并且显示出平民化和市井化的倾向。中国在小说和戏剧两方面取得了特大丰收，日本文学在17世纪以后的江户时期取得很大成绩。第二种类型——印度和朝鲜、马来群岛、越南、泰国、缅甸等国家和地区的文学，也在中古前期的基础上不断前进，并且显示出民族化和平民化的倾向。第三种类型——伊朗和阿拉伯等国家和地区的文学，由于社会、政治和宗教等方面种种复杂的原因，逐渐从中古前期的繁荣走向衰微，没有产生特别值得提出的作家和作品。不过，以上所说中古后期三种不同类型国家文学的情况，仍仅就东方文学内部的比较而言，若与同时期的欧洲文学加以比较，便会发现这时的东方文学——不论哪种类型国家和地区的文学，从总体来说都逐渐落在了欧洲先进国家的后面。这是因为，从公元14世纪或15世纪起，欧洲先进国家已经渐次步入资产阶级革命时代，资产阶级文学开始取得突飞猛进的发展，相继出现了文艺复兴、古典主义、启蒙主义、浪漫主义、现实主义等文学思潮和文学运动，产生了一系列大诗人和大作家，所以继续处在封建框架之内的东方文学就显得落后了。

从中古时期东方文学的发展过程和文学作品的内容形式来看，可以归纳出如下几个显著特点。

第一，多民族文学共同发展繁荣。古代的东方文学限于几个文明古国，其余大部分地区仍然处于蒙昧状态。中古东方文学产生的地域则大大扩展了。除了在古代业已取得光辉成就的中国文学、印度文学和伊朗文学还在继续向前发展以外，又有许多新的国家和民族文学兴起，出现了不少优秀的作家和作品，为东方文学以至世界文学发展做出了自己的贡献。这些新兴国家和民族的文学遍及亚洲和北非广大地区，其中主要有日本、朝鲜、爪哇、马来、越南、泰国、缅甸、阿拉伯、土耳其、乌兹别克、格鲁吉亚和亚美尼亚等。

第二，各民族文学交流空前频繁。在古代，由于经济不发展和交通不发达等种种条件的限制，各民族之间的文学交流不够频繁。到了中古时期，随着经济的发展和交通的发达，各民族之间的文学交流也空前频繁起来。这对各民族文学的发展产生了积极的影响。这种交流与三大文化体系的形成有密切关系。在各个文化体系内，主要是文学水平较高的核心国家的文学作品流传到其他国家，对其他国家文学的发展起了推动作用。例如：中国与日本、朝鲜和越南等国文学交流由来已久，这几个国家的不少诗人和作家通晓汉诗和汉文，并在创作上受到汉诗和汉文的深刻影响；印度与斯里兰卡、爪哇、马来、缅甸、泰国、柬埔寨等国家和地区文学交流关系密切，印度史诗和佛教经典在这几个国家和地区广泛流传，并且成为重新创作的题材来源；在阿拉伯—伊斯兰文化体系内，伊斯兰教经典《古兰经》成为各国作家进行创作的楷模和取材的源泉，阿拉伯和伊朗的诗文也成为各个国家的共同财富。与此同时，中国、印度、阿拉伯和伊朗文学也接受了本体系内其他国家文学的影响。除此之外，三大文化体系之间的文学交流和东西方之间的文学交流也是不可忽视的。

第三，文学内容趋向复杂化，文学形式趋向多样化。与古代文学相比，中古东方文学作品的题材更加广泛，思想更加丰富，倾向更加复杂，反映了封建社会生活的各个方面。其中自然有不少是为封建统治阶级歌功颂德，维护封建统治秩序的作品；但是也有许多优秀作品或直接或间接、或有意或无意地反映封建社会的矛盾，暴露统治阶级的罪恶，表现人民大众的愿望，有时甚至达到相当深刻、相当尖锐、相当鲜明的地步。同时，文学作品的形式也有新的发展，体裁也有新的变化。在各种文学体裁之中，诗歌的发展最为充分，民族史诗、叙事诗、抒情诗和哲理诗等百花齐放，争奇斗艳；此外，各民族的小说、戏剧和散文也取得了长足的进步，有的已经达到了相当成熟的地步。

第四，民间文学继续蓬勃发展，显示出强大的生命力。古代东方文学是以民间文学为基础的。到了中古时期，民间文学并没有衰退，而是继续向前发展。民歌、民谣、民间寓言、民间故事、民间说唱、民间戏剧以及由民间歌谣和神话传说发展而来的民族史诗、由民间故事和说唱文学演变而成的小说等大量涌现，对东方各民族文学的发展，甚至世界文学的进步，都发挥了一定的作用。尽管这些民间创作也往往在不同程度上受到剥削阶级思想和种种落后观念的影响，并在形成过程中几经删改，可是与文人创作相比，还是能够更真实地反映人民大众的生活面貌，更直接地表达人民大众的思想愿望。非但如此，这些民间文学作品还对文人创作产生了良好的影响。不少杰出的作家和诗人都善于从民间文学宝库中吸取养料，使自己的创作内容更加充实，思想更加明确，语言更加生动，风格更加平易。

第五，文学与宗教的关系仍然相当密切，受宗教的影响仍然比较深刻。东方文学史进入中古时期后，许多作品仍然带有浓厚的宗教色彩。中古对东方文学影响较大的宗教有佛教、伊斯兰教和印度教等。佛教的影响除中国外，及于东北亚的日本、朝鲜，东南亚的缅甸、泰国、老挝、柬埔寨、越南等国；伊斯兰教的影响及于非洲、西亚、中亚、南亚等广大地区和东南亚的马来群岛；印度教的影响则除印度本土外，还及于南亚和东南亚的一些国家和地区。

中古东方文学和西方文学之间的交流和影响日益增多。大致说来，在中古前期，主要是东方文学影响欧洲文学，如安达卢西亚文学（阿拉伯文学与伊比利亚半岛文学之结晶）的形成和《一千零一夜》在欧洲的广泛流传便是两个突出的例子；到中古后期，主要是西方文学影响东方文学，这种影响是随着西方列强推行殖民主义政策逐渐显示出来的，而最先显示出这种影响的似乎是在阿拉伯和菲律宾。

二、多国文学的共同繁荣

（一）中古东北亚文学

中古东北亚文学主要指日本和朝鲜的文学。

1. 日本文学

日本文学的发展过程可以大致分为四个时期：奈良时期、平安时期、镰仓室町时期和江户时期。

公元8世纪初，日本定都奈良，史称奈良时期（8世纪初—8世纪末）。这个时期首先出现了两部比较完整的著作：《古事记》和《日本书纪》。在日本文学史上称二者为“记纪”。

《古事记》（712）是以汉字表意和标音的方法写成的，由稗田阿礼口授，安万侣（？—723）编纂，内容包括“帝纪”和“本辞”两部分。前者记载历代天皇的概况，如御名、皇居、业绩、后妃、子女等；后者则是神话、传说、故事和歌谣的汇编，具有较高的文学价值（有的学者认为，《古事记》虽然是一部史书，但它的历史价值却不如文学价值高）。全书分为上、中、下三卷。上卷是神代故事，以神灵活动为线索，利用神话（包括高天原神话、出云神话和筑紫神话等）描写天地创造和国土产生的过程；中卷是历史传说，记述15代天皇（从神武到应神）的事迹及其更迭变迁；下卷也是历史传说，记述18代天皇（从仁德到推古）的事迹及其更迭变迁。总之，全书大致按时间顺序叙述了日本的古代历史概况。至于编写这部书的目的，按照安万侣在“序”中的说法，那就是因为当时已有的帝纪和本辞存在许多错误，所以需要“讨核旧辞，削伪定实”；而这个工作极其重要，关乎皇家的根本，即所谓“斯乃邦家之经纬，王化之鸿基焉”。

《日本书纪》（720）具有正史性质，更加注重史料，所以历史价值较高，同时也具有一定的文学价值（例如，收入了128首古代歌谣）。《日本书纪》又称《日本纪》，由舍人亲王和安万侣等人仿效中国史书编撰而成，采用编年体。全书共计30卷，除第1卷和第2卷用神话形式讲述开天辟地等内容外，其余28卷都是历代天皇（从神武到持统共计41代）业绩的记录。

稍后于《古事记》和《日本书纪》的是8世纪中叶先后编成的两部诗集：《怀风藻》和《万叶集》（详见本章第二节）。汉诗集《怀风藻》（751）是最早编成的一部诗集，也是第一部比较纯粹的文学作品集。全书共计收入120首诗，作者有天皇、皇子、诸侯、官吏和僧侣等。这部诗集所收的诗歌从7世纪后期到8世纪后期，大约80余年。由于这是一部汉诗集，所以受到中国诗歌影响的痕迹十分明显。《万叶集》反映社会生活深广，风格比较质朴、清新，充分显示了古代日本民族的艺术创造力，因而足以代表这一时期诗歌创作的水平。

平安时期（8世纪末—12世纪末）推动日本文学发展成长的一个重要因素是假名文字的创造。假名由汉字改造而成，可以自由地、正确地记录日本语音。

假名的作用在诗歌领域首先发挥出来，从而使汉诗的正统地位逐渐动摇，和歌重新抬起头来。尽管在《怀风藻》之后又相继编辑了不少汉诗（文）集（如《凌云集》、《文华秀丽集》、《经国集》等），但是更加引人注目的却是一系列和歌集的出现，其代表则是纪贯之（约872—945）等编集的《古今和歌集》（905）。

不过，这时文学的主要成就不在诗歌方面而在散文方面，物语、日记、随笔等新的散文文学得到飞速发展。

“物语”的本义是说话、讲述、叙述，作为一种文学体裁，则是说话式、讲述式、叙述式的文体，也就是日本特有的古典小说形式。物语文学初期存在两个不同流派：一个是传奇物语，即富有传奇色彩的物语。这种物语往往是在民间故事的基础上，经过一定的加工和修改，使之更加成熟的作品。传奇物语的代表作品是《竹取物语》（约产生于9世纪后期），写的是竹中仙女成长、抗婚和升天的故事。再一个是和歌物语，即和歌与散文互相结合和互相补充的物语。这种物语有的是在和歌的基础上发展而来的，具有更多的创作成分，广泛描写社会生活面貌。《伊势物语》（约产生于10世纪初期）是和歌物语的代表作品之一，写的是一个贵族青年风流倜傥的生活经历。这部物语据说是根据歌人在原业平的和歌创作的。其后，传奇物语和和歌物语逐渐合流，10世纪后期产生的《宇津保物语》可以说是合流的过渡作品。《宇津保物语》是第一部长篇物语，分为20卷，收入上千首和歌，并以这些和歌为骨干展开故事。全书以主人公藤原仲忠的生平事迹为线索，围绕争夺绝世美女、确立太子地位和传授灵琴秘诀等主要情节铺展开来。书中既有对男女恋爱、政治纷争等现实生活的描写，又有对求神拜佛、秘琴传授等浪漫传奇的描写，二者相互交织，构成一幅丰富多彩的画卷。

出现在11世纪初的紫式部（详见本章第三节）的《源氏物语》是一部思想内容和艺术形式统一的杰作，足以代表这一时期物语文学的最高成就。《源氏物语》之后，又出现了许多物语作品，其中包括虚构物语（如《狭衣物语》等）和历史物语（如《荣华物语》等），此外还有与物语文学有密切联系的说话文学（如《今昔物语集》等）。以《今昔物语集》（又称《今昔物语》，约1120）为例。该书规模庞大，分为31卷，其中印度说话5卷，主要叙述有关释迦牟尼的故事；中国说话5卷，既有佛教故事，也有世俗故事；日本说话21卷，包括佛法篇和世俗篇两部分。由于这部作品资料丰富，内容充实，所以不仅成为后人研究佛教历史和日本社会历史的重要参考书籍，而且成为后世作家从事艺术创作的宝贵材料来源。

在物语文学蓬勃发展的同时，日记文学也得到展示的机会。第一部用假名文字写成的日记文学作品是纪贯之的《土佐日记》（约935）。这部日记出自男性作家之笔，而此后问世的日记文学作品则主要出自女性之手，如藤原道纲母（？—995）的《蜻蛉日记》（约974）、和泉式部（约987—？）的《和泉式部日记》（约1008）等。

随笔文学是这个时期散文文学的另一种重要形式，而清少纳言（约966—1025）的《枕草子》（约996）则是随笔文学的第一部作品。作者清少纳言出身于中等贵族家庭，青年时代曾经在一条天皇后宫侍奉过皇后定子。《枕草子》就是对这段生活的记录。全书共计12卷，约300段，各段长短不一，一般将其分为日记、类聚、随想三个部分。日记部分记述各种各样后宫生活的实际情景；类聚部分包括山、川、树木、着急的事、羡慕的事、可爱的东西、可怕的东西、高兴的东西等内容，采用分类列举叙述的方法；随想部分主要表述作者自己关于自然和人生的种种感受。作者感觉敏锐，表述自然，文笔细腻，语言优美，自成一格。有的学者常把这部作品与紫式部的《源氏物语》相提并论，认为二者可以并列为日本散文史上的双璧。

镰仓室町时期（12世纪末—17世纪初）文学的特色之一是战记物语的兴盛。这是因为镰仓时期是在激烈的战乱中开始的，武士们是通过剧烈的战斗登上政治舞台的，所以反映战争生活的战记物语活跃起来，并且取得了较高的成就。初期的战记物语有《保元物语》和《平治物语》等，而战记物语的代表作品则是《平家物语》（约1201—1221）。这部书的作者不详，流传的本子很多。全书12卷，另附1卷，主要记述的是1156年至1185年武士阶级的代表人物平清盛和平氏一族由盛而衰的演变过程、平氏和源氏两大武士集团在中央和地方争夺权力的兴衰始末，反映的是从平安时期向镰仓时期过渡、从贵族掌权向武士掌权转化的历史进程。平氏和源氏虽然同样属于武士集团，可是由于平氏登台以后没有能够代表武士利益，没有能够完成历史使命，所以平氏终于遭到失败，源氏终于获得胜利。这部作品在文体方面也有所创新，日文汉文交织，韵文散文并列，雅语俗语杂陈，读来音节铿锵，朗朗上口。《平家物语》之后，战记物语继续出现，其中以

《太平记》（1372）较为出色。

随笔和日记文学也有一些佳作产生。为了躲避乱世，不少人离开城市，移居山林，成为隐者，于是随笔文学再度应运而生。其中以鸭长明（约 1155—1216）的《方丈记》（1212）和吉田兼好（约 1283—1352）的《徒然草》（1330—1331）最为有名。前者描述生于乱世之苦和隐遁山林之乐，后者表述关于自然、人生和趣味之类的随感。日记文学首先应当举出阿佛尼（？—1283）的《十六夜日记》（1280）。为了解决家产问题，作者从京都到镰仓，这部作品就是她的旅行日记。其中有对儿子的热情，有对景物的描绘，很有动人的力量。

戏剧文学的出现是这个时期文学发展的新因素。日本过去没有戏剧，这时受到中国戏剧的刺激，开始产生“能”和“狂言”，构成初期的戏剧。观阿弥（1333—1384）和世阿弥（1363—1443）父子被认为是能乐之集大成者。

进入江户时期（17 世纪初—19 世纪后期）以后，伴随着商人和市民的增多，商人市民文学就在诗歌、小说和戏剧方面逐步成为主流。

占据这时诗坛中心地位的是俳句（俳句由和歌脱胎而来，每首 17 个音节，分 3 句，音节分别为 5、7、5），俳句的代表作家当推松尾芭蕉（1644—1694）。他生于下级武士家庭，自幼喜爱俳句。自 17 世纪 70 年代末起，已有不少弟子聚集门下，成为一代宗师。80 年代初问世的《俳谐次韵》，开始形成独具一格的“蕉风”。他一生的最后 10 年主要是在四处云游中度过的。芭蕉及其弟子的创作，主要收入《冬日》（1684）、《春日》（1684）、《旷野》（1685）、《瓠》（1688）、《猿蓑》（1688）、《炭囊》（1694）和《续猿蓑》（1697）等《俳偕七步集》中。芭蕉本人一生所作俳句共有 1 000 余首，其中不少是众口传诵的名言佳句。就思想内容而言，芭蕉的俳句是丰富的。他主要描绘自然风光。日本美丽的山川草木、四时景色，在他的笔下显得格外婀娜多姿，生气盎然。就艺术风格而言，他的俳句是多样的，有的闲寂幽玄，有的充满活力，有的欢快，有的悲壮，有的感伤，有的色彩艳丽，有的通俗质朴。总之，芭蕉对俳句的发展做出了巨大的贡献。他在前人创作的基础上，不断创造，不断革新，使俳句摆脱了以滑稽诙谐为主的状态，走上了严肃认真的道路，变成了完全独立的艺术形式。作为一种诗体，俳句虽然早在芭蕉之前 200 年就已产生，但这 200 年只能算是探索阶段。到了芭蕉手里，俳句才取得了辉煌的成就，进入了俳句发展史上的黄金时代。由于他贡献突出，所以被后人尊为“俳圣”。松尾芭蕉以后，有名的俳句诗人有与谢芜村（1716—1783）和小林一茶（1763—1827）等，前者的俳句富有浪漫情调和唯美色彩，后者的俳句则以使用俗语和生活气息浓厚为特色。

小说方面的主要形式是浮世草子。浮世草子是以表现现实生活为内容的通俗小说。井原西鹤（1642—1693）是它的代表作家。他出生在大阪的一个富裕商人家庭，但没有继承父业经商，而是专心从事文学创作。在文学创作上，他既写俳句，也写剧本，但主要成就还是在小说方面。在小说创作方面，他的作品可以归为四类，即好色小说、武士小说、杂话小说和商人小说，其中以好色小说和商人小说为主。好色小说有《一代好色男》（1682）、《二代好色男》（1684）、《五个好色女》（1686）和《一代好色女》（1686）等，描写以妓院为中心的放荡生活，肯定商人旺盛的生活欲望。商人小说有《日本永代藏》（1688）和《世间费心机》（1692）等，讲述商人发家致富、破产衰败的故事，赞美他们艰苦奋斗的精神。由于西鹤本人出生在商人家庭，所以他很难看到商人生活的消极面，对商人主要抱肯定态度，对生活主要持乐观态度。当商人尚处在封建桎梏之下谋求发展壮大的时候，这些作品无疑具有某些反封建的积极意义；但过分加以美化，并且大力宣扬剥削、描写色情等毕竟是不可取的。在井原西鹤前后，小说还有假名草子（用假名写的通俗读物）、草双纸（以图画为主的通俗读物）、读本（以文字为主的传奇小说）、洒落本（以文字为主的写实小说）、滑稽本（以滑稽为特色的小说）和人情本（以描写人情为主的小说）等多种形式出现，其中较出名的作家作品是泷泽马琴（1767—1848）的《南总里见八犬传》（1814—1842）、式亭三马（1776—1822）的《浮世澡堂》（1809）和《浮世理发店》（1812）等。

净琉璃（由说唱发展起来的木偶戏）和歌舞伎（由歌舞演变而来的歌舞剧）是这时戏剧的主要形式。近松门左卫门（1653—1724）的作品标志着当时戏剧文学创作的最高水平。他出身于武士家庭，从小受到文学熏陶，一生创作以净琉璃为主，共计写了100余部净琉璃剧本、20余部歌舞伎剧本。净琉璃又可以分为历史剧和社会剧两类。历史剧如《景清出家》（1685）和《国姓爷会战》（1715）。前者是五幕剧，取材于《平家物语》，描写平氏和源氏互相仇杀的故事。作者通过这样一个充满悲剧色彩的复仇故事，讴歌武士的英勇精神。后者也是五幕剧，写的是郑成功复兴明朝的斗争，其中依据若干史实，但也包括不少虚构的内容。不过，这个剧本写的虽然主要是中国的故事，其目的却是表现日本的思想，主要是武士的思想，如忠诚、牺牲等。社会剧直接反映现实社会的商人生活，表现社会上的金钱统治与人们争取自由幸福生活愿望的矛盾，结局往往是悲剧性的（其中包括很多男女殉情剧），具有一定的思想深度，代表作有《曾根崎殉情》（1703）和《天网岛殉情》（1720）等。如《曾根崎殉情》是作者的第一部净琉璃社会剧，据说是根据当年实际发生的男女殉情事件创作的。近松门左卫门之后，竹田出云（1691—1756）在净琉璃方面取得了较高的成就。

2. 朝鲜文学

朝鲜文学史的开端可以上溯到公元1世纪以前。据韦旭升先生研究，当时的主要形式是口口相传的神话、传说、祷词、歌谣等。进入三国时期（约1世纪—9世纪）以后，汉字传入朝鲜，书面文学随之产生，有的直接采用汉文文学形式，有的则用汉字记载朝鲜语。汉文文学方面以崔致远（857—?）所取得的成就最大，但他的作品散失很多，只有《桂苑笔耕》20卷和收在《东文选》等书中的少量诗歌保存下来。

高丽时期（10世纪初—14世纪末）文坛的主流是汉文文学，尤其是汉诗。其中以李奎报和李齐贤最负盛名，被誉为高丽文学的双璧。李奎报（1168—1241）一生写过近万首诗，可是保存下来的只有2 000余首，收入《东国李相国集》中，名篇有《东明王篇》、《闻达旦入江南》、《孀妪叹》、《新谷行》、《代农夫吟》和《读李白诗》等。李齐贤（1288—1367）写有大量诗和词，并在写景方面自成一格，备受后人推崇，名篇有《金刚山二绝——普德窟》、《山中雪夜》、《江神子·七夕冒雨到九店作》和《巫山一段云词·松都八景》等。与此同时，国语文学的形式则呈现出多样化的趋势，民间歌谣（高丽歌谣）、文人诗歌（翰林别曲、时调）、传记文学（如金富轼的《三国史记》）、传说（如一然的《三国遗事》）、小品文、杂录和诗话等都取得了一定成果。

1444年朝鲜文字“训民正音”的创制，是李朝时期（14世纪末—19世纪）文化生活中的一件大事，为国语文学的发展开辟了广阔的道路。国语诗歌的主要形式有时调和歌辞。时调最初产生于高丽末期，李朝时期逐渐构成一种定型诗体。尹善道（1587—1671）堪称时调名家，著有《孤山遗稿》，其中所收《山中新曲》18首和《渔夫四时词》40章堪称代表作。歌辞受到时调影响，形式较为自由，长短可随内容而定。郑澈（1537—1594）和朴仁老（1561—1642）是歌辞的代表作家。郑澈擅长写景和抒情，有歌辞5篇，以《关东别曲》、《思美人曲》和《续思美人曲》最有名。朴仁老是爱国爱民诗人，著有

《芦溪先生文集》，其中收入8首歌辞，以《太平词》、《船上叹》和《陋巷词》最有名。国语小说也取得一定成就。许筠（1569—1618）是国语小说的第一位重要作家，他的主要业绩是模仿中国的《水浒传》写出了一部体现自己社会理想的长篇小说《洪吉童传》；金万重（1637—1692）进而将国语小说推向成熟，他的主要业绩是两部长篇小说《九云梦》和《谢氏南征记》。18世纪以后，国语小说更加繁荣兴旺，《兴夫传》、《沈清传》和《春香传》等都是在民间创作基础之上加工而成的。《兴夫传》以倡导兄弟和睦为主旨，《沈清传》以倡导孝敬父母为主旨，而《春香传》（详见本章第四节）则位于三传之首，无论在思想上还是艺术上都不愧为国语小说的代表作。

李朝时期的汉文文学仍然为文人所重视。其中，汉诗的内容结合现实更加紧密，反映现实更加深刻。特别值得提出的是，18世纪前后进步文学流派——实学派兴起，该派代表作家朴趾源（1737—1805）的成就主要是在小说和散文方面，丁若镛（1762—1836）的贡献则主要是在诗歌领域。朴趾源出身没落贵族，喜欢游览名胜古迹，考察风土民情，并曾一度隐居山野，从事农业耕作。1780年，他随使团来中国祝贺乾隆皇帝诞辰，先到北京，后抵承德，所著《热河日记》便是这次旅行的记录。他流传下来的小说共有9篇，数量不多，篇幅不长；但篇篇均为佳作，思想深邃，言简意赅，耐人寻味，有的以揭露封建士大夫的腐朽无能为主旨。他的散文以长达26卷的《热河日记》为代表作品。该书被誉为朝鲜古典文学史上最优秀的旅行记，内容包括哲学、政治、经济、天文、地理、风俗、制度、古迹、文物等各个方面，观察细腻，描述精确，文笔生动，语言流畅。其中心思想则是，为了朝鲜的繁荣富强，必须尽快学习中国先进文化和西方先进文化。在这个意义上说，《热河日记》乃是作者实学派思想的艺术结晶。丁若镛的诗歌是他的思想观点的艺术体现，其突出特点是憎恨残暴的统治者，同情受苦的劳动者。《奉旨廉察到积城村舍作》和《饥民诗》等都充分地表现了这种特点。此外，他还模仿杜甫的“三吏”写了自己的“三吏”，即《波池吏》、《龙山吏》和《海南吏》。

（二）中古东南亚文学

中古东南亚文学先后受到中国、印度和阿拉伯—伊斯兰三大文化体系的深刻影响，但仍保持着各民族自身的特色。东南亚书面文学的出现普遍较晚。初期的书面文学大多是借用中国汉文或印度梵文、巴利文写成的，而以民族文字创作的文学的出现则是在10世纪以后。

1. 越南文学

受中国文化影响最深广的是越南文学。据卢蔚秋先生研究，越南早期只有汉语的书面文学，13世纪阮诠在汉字的基础上创造了越南的民族文字——字喃。字喃的产生直接推动了越南诗歌的创作，相继出现了“六八诗体”（六字句和八字句相间）和“双七六八诗体”（四句一组，字数分别为七、七、六、八）。16世纪字喃文学得到发展，18世纪日臻成熟。长期以来，汉语文学和字喃文学共同存在，互相促进。汉语文学最早的名作家是阮廌（1380—1442），他为黎朝皇帝撰写的《平吴大诰》被誉为“千古雄文”。阮屿（16世纪）的《传奇漫录》收入20个具有浓厚传奇色彩的故事，颇有引人入胜的力量。邓陈琨（1710—1745）写有长篇乐府诗《征妇吟曲》，通过一个出征者妻子的哭诉，谴责封建势力互相混战给人民大众带来的祸害。黎贵惇（1726—1784）的著述很多，所作诗文广泛地涉及社会生活的许多方面。字喃文学也取得了相当可观的成就。阮嘉韶

(1741—1798）的代表作《宫怨吟曲》用“双七六八诗体”写成，通过一个失宠宫女的诉说，揭露宫廷对妇女的摧残和迫害。女诗人胡春香（19世纪）敢于向封建礼教宣战，具有叛逆精神，著有《春香诗集》一书，其中有的诗揭露封建道德的虚伪，有的诗讥讽社会习俗的腐败。越南文学中最具代表性的作家是阮攸（详见本章第五节），他的长诗《金云翘传》是家喻户晓的佳作。

2. 古爪哇语文学

印度文化是宗教文化，对东南亚地区的影响更加广泛。印度文化的影响以印度教文化和佛教文化为主。大致说来，东南亚南部的马来群岛受印度教文化的影响较深，尤其是印度两大史诗——《罗摩衍那》和《摩诃婆罗多》对古爪哇文学的影响极为深远；而北面的老挝、柬埔寨、泰国和缅甸则以佛教为国教，深受佛教文化的影响。

古爪哇语文学是东南亚地区最早产生的书面文学之一。据梁立基先生研究，10世纪时，当地已经出现《罗摩衍那》的改写本，其后又有恩蒲·甘瓦的《阿周那姻缘》(11世纪初)、恩蒲·塞达和恩蒲·巴努鲁的《婆罗多大战记》(1157)、恩蒲·达尔玛查的《爱神遭焚》(12世纪初）以及无名氏的《波玛之死》等与印度史诗有关的作品问世。与此同时，属于本土的传奇故事——“班基故事”也逐渐形成并发展起来。

3. 泰国文学

泰国古典文学分为宗教文学与宫廷文学两大部分。据栾文华先生研究，宗教文学的代表作有根据佛经编成的《三界经》(1345)、《大世赋》(1482）和《大世词》(1627）等。在宫廷文学方面，西巴拉（约1658—1693）的长诗《西巴拉悲歌》，描绘祖国河山，表达对宫廷的不满，被认为是泰国诗作的楷模。昭披耶帕康（？—1805）与华人合作翻译《三国演义》，开创所谓“三国文体”，对泰国后来文学的发展影响深远。诗人顺吞蒲（1786—1855）的代表作品是长篇叙事诗《帕阿派玛尼》。长篇叙事诗《昆昌与昆平》是由民间故事改编的，作者已无从查考，1767年诗歌散失，1917年重新整理出版，在泰国文学史中占有重要地位。

4. 缅甸文学

缅甸古典文学也有佛教文学和宫廷文学之分。据李谋先生研究，佛教文学在13世纪末叶以后有了很大发展，不再限于记录佛事的简短碑文，而是以各种体裁的诗歌为主，先后出现了不少著名僧侣作家，如信摩诃蒂拉温达（1453—1518)、信摩诃拉塔达拉（1468—1530）等人。在漫长的封建社会中，还产生了不少宫廷文学的代表作家。诗歌方面如那信囊（1578—1612)、巴德塔亚扎（1672—1752)、兰太康丁（1833—1875）和塞耶佩（1838—1894）等，散文方面如吴格拉（约1678—1738）等，剧本方面如吴全吴（约1773—1838）等。特别值得一提的是诗人和剧作家吴邦雅（1812—1866）的创作，他前半生为僧，后来入朝为官，但他的作品并未局限于佛教文学与宫廷文学范畴，在一定程度上反映了当时社会的现实和人民的疾苦。他采用多种体裁进行创作，有纪事诗（如《珍宝河志》)、诗体小说（如《六彩牙象王》)、书简（如《香艾草油》）和剧本（如《卖水郎》）等，在数量上也大大超过一般作家。

5. 马来文学

从13世纪至14世纪起，阿拉伯—伊斯兰文化对马来群岛的文学，尤其是马来文学的影响日益明显，并且逐步取代原有印度教文化的影响。据梁立基先生研究，初期是关于伊斯兰教先知的故事和伊斯兰教英雄的故事，后来阿拉伯和伊朗的神话传奇故事也渐渐流行。在马来地区出现伊斯兰王朝之后，宫廷的历史传记文学随之兴起，《巴赛列王传》（14 世纪或 15 世纪）是这类作品的尝试，而敦·斯里·拉囊的《马来纪年》（1612—1615）堪称这类作品的代表，后者全面地记述了马来王朝的盛衰过程，具体地表现了马来社会的风土人情，被认为是马来民族的第一部史书，对后世文学产生了很大影响。同时，为了弘扬伊斯兰教和巩固伊斯兰教政权，宫廷大力提倡宗教经典文学，主要作家作品有布哈里·乔哈里的《众王冠》（1603）和努鲁丁的《御花苑》（1638）。此外，在伊斯兰文学的影响下，传奇小说和长篇叙事诗也得到很大发展。传奇小说的代表作品是大约产生于 17 世纪的《杭·杜亚传》，描写马来民族传奇英雄杭·杜亚一生的光辉业绩，特别是他的种种爱国壮举。长篇叙事诗的代表作品有《庚·丹布罕》、《猫头鹰之歌》和《华人与荷兰人打仗的故事》等。

（三）中古南亚文学

中古南亚文学，主要是指这个时期的印度文学。

这个时期的印度文学，包括古典梵语文学、泰米尔语文学和地方语言文学三个部分。

古典梵语文学是在古代古典梵语文学的基础上继续向前发展的。据季羡林、金克木、黄宝生先生研究，从 4 世纪或 5 世纪至 10 世纪左右，古典梵语文学又在诗歌、戏剧、小说、故事和理论等领域取得了一系列相当可观的成果。诗人和剧作家迦梨陀娑（详见本章第六节）无疑是这个时期古典梵语文学最杰出的代表作家，也是整个古典梵语文学最杰出的代表作家。他在诗歌和戏剧创作两方面都取得了突出的成就。在迦梨陀娑的同时和迦梨陀娑之后，又涌现出许多著名的作家和作品。

在诗歌方面，婆罗维（约 5 世纪—6 世纪）是继迦梨陀娑之后最重要的叙事诗人之一，他的主要作品是长篇叙事诗《野人和阿周那》。伐致呵利（约 7 世纪）和胜天（约 12 世纪）是继迦梨陀娑之后最重要的两位抒情诗人。伐致呵利的主要作品是抒情诗集《三百咏》。这部作品分为三个部分，即“世道百咏”、“艳情百咏”和“离欲百咏”，分别描写作者对于社会、爱情和遁世的观点，抒发作者对于社会、爱情和遁世的情怀，不乏发人深省的思想。如有的诗批评种种不良的世态，有的诗谴责封建帝王的虚伪和奸诈，有的诗探讨为人之道。胜天的主要作品是长篇抒情诗《牧童歌》，全诗共 1 000 余行，分为 12 章，歌唱牧童黑天（他是大神毗湿奴的化身）和牧女罗陀的爱情。

在戏剧方面，戒日王（606—647 在位）和薄婆菩提（7 世纪—8 世纪）是继迦梨陀娑之后最重要的两位剧作家。戒日王有三部剧本传世，即《钟情记》、《璎珞记》和《龙喜记》，其中以五幕剧《龙喜记》名气较大。它的材料来源于佛经《持明本生》，描写持明国太子云乘和悉陀国公主的恋爱故事以及云乘舍身救龙的故事。薄婆菩提也有三部剧本传世，即《茉莉和青春》、《大雄传》和《后罗摩传》，其中以七幕剧《后罗摩传》名气最大。它的材料来源于史诗《罗摩衍那·后篇》，描写罗摩遗弃悉多的故事。

在小说方面，以波那（7 世纪）的《迦丹波利》和檀丁（7 世纪）的《十王子传》为代表。波那有两部作品传世，一是传记《戒日王传》，二是长篇小说《迦丹波利》。檀丁也有两部作品传世，一是文学理论《诗镜》，二是长篇小说《十王子传》。

在故事方面，这个时期传世的故事集很多，其中以《五卷书》和《伟大的故事》最为重要。《五卷书》成书于公元 6 世纪以前，分为五卷，每一卷有一个主干故事，每一个主干故事中又插入若干故事，全书共计 80 多个故事，这些故事全部采用故事套故事的方法串联起来。据该书《序言》说，这些故事都是一个婆罗门给三个王子讲的所谓修身处世的统治论，包括统治方法、修身道德和处世经验等；但是其中也确实收入了不少生动有趣、富有教益的优秀民间故事。《伟大的故事》（又译《故事广记》）的成书也在公元 6 世纪以前。这部书的规模极为庞大，据说多达 10 万颂。但可惜的是，该书原作已经失传，只有几部改写本流传后世。

在理论方面，以婆罗多的《舞论》（又译《剧论》，约定型于 4 世纪至 5 世纪）为代表，该书被认为是印度第一部完整的文艺理论著作。它主要论述的是戏剧方面的理论，如戏剧的起源、舞台的建筑、人物角色、表演技巧以及有关的舞蹈、音乐和绘画等；特别是提出了“味”的理论，即戏剧表演的效果和观众获得的美感，为这种理论日后进一步发展创造了良好的条件。

不过，就总体而言，迦梨陀娑的创作已经达到古典梵语文学的高峰，虽然后来有些作家在文学史上的地位甚至可与迦梨陀娑并称，但遗憾的是他们不少作品中的形式主义因素却在不断增加，其衰亡趋势业已难以避免。

泰米尔语文学产生于古代，在这个时期也取得了一定的成就，主要代表作品是瓦鲁瓦尔的伦理文学《古拉尔箴言》。据张锡麟先生研究，这部作品约成书于公元 1 世纪至 2 世纪，分为三篇，即“德行篇”、“政治篇”和“爱情篇”，共计 1 330 首箴言诗。“德行篇”论述家庭生活和清心寡欲，“政治篇”论述社会生活的各个方面，“爱情篇”论述夫妻关系和妻子职责。它的语言文字十分简洁，包含许多深刻有益的思想。如有的提倡勤学苦学，有的倡导聆听教诲，有的赞美知识，有的主张节俭，有的颂扬友谊，等等。

地方语言文学在 10 世纪以后逐渐取代古典梵语文学，已经成为大势所趋。所谓地方语言文学，除了泰米尔语文学以外，还包括印地语文学、乌尔都语文学、孟加拉语文学、阿萨密语文学、奥里萨语文学、古吉拉特语文学、马拉提语文学、旁遮普语文学、克什米尔语文学、信德语文学、泰卢固语文学、马拉雅兰语文学、卡纳尔语文学等。这十几种地方语言文学的产生和发展，大体上都有着共同的背景和特点，都继承了梵语史诗文学和古典梵语文学的传统。在长时期内，梵语文学的两部史诗、神话传说以及其他优秀作品，在各个地方语言中，一再被翻译、改写或再创作，故事一再被重新编写，人物一再被重新刻画。

兹以这些语言文学中最有代表性的印地语文学为例。据刘安武先生研究，印地语文学包括印度北部、中部广大地区不少方言的文学创作。

10 世纪左右到 14 世纪是印地语文学的英雄史诗时期，这时出现了一批歌颂封建王公贵族抵御伊斯兰教入侵的长篇叙事诗，其中最有名的是金德·伯勒达伊等人的《地王颂》（核心部分产生于 13 世纪）。

15 世纪到 17 世纪中叶是印地语文学的虔诚时期，这时的文学大都和宗教的虔诚运动有着直接或间接的关系。民间诗人格比尔达斯（约 15 世纪）是虔诚运动中的激进派。他是一个织布工人。他的诗绝大部分是四行诗，由其追随者记录下来；由于当时没有定本流传，所以他究竟写过多少首诗已经无从查考，有的传本多达几千首，有的则只有几百首。反对宗教迷信，批判种姓制度，描写社会现象，总结生活经验等，是他的诗歌所表现的主要内容。诗人加耶西（1493—1542）是伊斯兰教的苏菲派（苏菲派是伊斯兰教的神秘主义派别），被认为是虔诚时期无形派泛爱支诗人的代表。据说他的作品有 21 部，但比较可靠的有 3 部，即《最后的话》、《字母表诗》和《伯德马沃德》（又译《莲花公主传》），其中以长篇爱情叙事诗《伯德马沃德》名气最大。这个时期最重要的诗人当推苏尔达斯和杜勒西达斯。

苏尔达斯（15至16世纪）双目失明，长期以民间歌手的身份从事创作，所以他的名字后来成了行吟盲诗人的代号。他深受印度教虔诚思想的影响，相信神灵是有形的，印度教三大神之一的毗湿奴大神往往以各种化身的形式出现在人间，其化身之一便是黑天，于是诗人对黑天十分崇敬。所以，他属于虔诚文学的有形派黑天支。据说他共有3部作品传世，即《苏尔诗选》、《文学之波》和《苏尔诗海》；但前两部作品是否为他所作尚难确定，而且价值不是很高。《苏尔诗海》可以称为他的诗歌总集。不过这部作品不是他自己写下的，更不是他自己编辑的，而是由别人记录并编辑的。这部诗集有不同的手抄本，其中最流行的是1696年的手抄本。最完全的版本收入4 936首诗，分为12篇，各篇诗歌数目不等，各首诗歌长短不一，以第10篇的诗歌最多，达4 300余首。这些诗歌都有曲调，可以吟唱。这部诗集以长期流传的关于黑天的故事为线索，将所有的诗歌组成若干小组，反复吟唱黑天出生及其童年和少年时期的生活。诗集首先用数十首诗歌歌咏黑天出生的盛况，描绘神人同庆的场面。继之进入对黑天童年的描写，将养母对黑天的关心爱护和黑天的天真、活泼、贪玩、淘气交织起来加以表现，生动地刻画出一个栩栩如生的牧牛童子形象。不过，诗集中的大多数诗歌是咏唱黑天与罗陀以及众多牧区女子的恋爱故事的，诗人常常通过游戏、吹笛、跳舞等场面尽情抒发他们互相爱慕的情怀，充分表现他们彼此思念的心理。

杜勒西达斯（1532—1623）生于婆罗门家庭，自幼父母双亡，后来被人收养。他曾长期修行，在印度教几个圣地度过许多岁月。他是虔诚的印度教徒，属于虔诚文学的有形派罗摩支。他的社会理想是罗摩王朝，个人理想是膜拜毗湿奴大神之化身罗摩。据说他一生写了12部作品，其中比较重要的有《谦恭书》、《歌集》、《双行诗集》和《罗摩功行之湖》（又译《罗摩功行录》）等。长篇叙事诗《罗摩功行之湖》是诗人的主要作品。全诗分为7篇，写的是罗摩的故事，围绕罗摩失去王位和恢复王位、失去悉多和救回悉多这两个中心展开，而罗摩则是这两个中心的关键人物。诗人通过罗摩先无怨让出王位，后和平恢复王位的过程，赞美他的高尚品德，体现民族的愿望和人民的理想；又通过罗摩奋勇抢救悉多的过程，赞美他的英勇善战和忠于爱情，歌颂正义的一方，谴责非正义的一方。将这部长诗和史诗《罗摩衍那》加以比较便可以发现，这两部作品在题材上写的是同一个故事，在整体结构上都分为7篇，各篇的题名也大体相同。但尽管如此，《罗摩功行之湖》仍然不是《罗摩衍那》的印地语译本，而是以《罗摩衍那》及其他类似作品（如无名氏的《神灵罗摩衍那》）为基础的再创作。之所以这样说，是因为《罗摩功行之湖》与《罗摩衍那》相比有以下几点不同：在语言上，《罗摩功行之湖》采用更加工整的格律诗形式，韵律优美、和谐，词句准确、生动，力求既精练细腻，又通俗易懂。这无疑是《罗摩功行之湖》的成功之处，同时也是它得以广泛流传的重要原因之一。在选材上，《罗摩功行之湖》更加严格，尽力去粗取精，删繁就简，使得全诗进一步完整和统一。在罗摩形象上，《罗摩功行之湖》比《罗摩衍那》更加强调他的神性，使之更加理想化。长期以来，《罗摩功行之湖》成为印度北部流传最广、影响最大的文学作品，据说甚至超过了《罗摩衍那》，人们不仅把它当作文学的典范，而且视之为宗教的经典、道德的宝库和生活的百科全书。

17世纪中叶至19世纪中叶被称作印地语文学的法式时期。这一时期文学创作的水准大幅度降低，许多诗歌在内容上显示出庸俗的情调和低级的趣味，在形式上也缺乏创新精神，往往因袭传统模式。这是因为这时的诗人大多进入宫廷生活，一心为封建王公领主服务，以为他们提供刺激和消遣材料为己任。

（四）中古中亚西亚北非文学

中古中亚西亚北非文学包括阿拉伯、伊朗、土耳其、乌兹别克、格鲁吉亚、亚美尼亚等国家和地区的文学。

1. 阿拉伯文学

中古阿拉伯文学，按历史发展来说，可以分为伊斯兰教兴起之前时期、伊斯兰教形成时期、阿拔斯王朝时期和奥斯曼统治时期等四个时期；按文学体裁来说，则可以分为诗歌、散文和故事三大类。

阿拉伯人自古以来就喜欢诗歌，诗歌是阿拉伯文学（特别是古典文学）的主要表现形式。据仲跻昆先生研究，最古老的诗歌称为“悬诗”，一般认为是指7位诗人（乌鲁姆勒·盖斯、塔拉法、祖海尔、安塔拉、阿慕鲁·本·库勒苏姆、哈雷斯·本·希里宰和莱比德）的7首诗歌，但也有人认为是指10位诗人（再加上纳比额·祖卜雅尼、大艾阿沙和阿比德·本·艾卜赖斯）的10首诗歌。乌姆鲁勒·盖斯（500—540）是最有名的“悬诗”诗人。他生于纳季德，祖籍也门，祖先代代担任铿德部族盟主。他青少年时代过着放荡不羁的生活，饮酒、行乐、狩猎、赋诗。后来，他的父亲被异族人杀死。消息传到时，他正在饮酒作乐，当即发誓戒酒报仇；但可惜未能如愿，最后死于寻求救援的路上。他的诗歌创作也大致以其父遇害为界分为前后两个时期。前期主要描绘放荡的生活，抒发风流的情绪，富于浓厚的浪漫色彩；后期主要描绘坎坷的经历，抒发报仇的心愿，具有浓郁的悲凉情调。《悬诗》一首是他前期的代表作品。这首诗共计80余行，前半首着重抒情，抒发他对堂妹欧奈扎以及其他女人的爱慕之情；后半首着重写景，描绘骏马、狩猎和沙漠等的壮美景物，并将抒情和写景融合起来，达到情景交融的艺术效果。描写大胆，感情炽热，语言直率，韵律优美，是这首诗的显著特色。

阿拉伯帝国建立之后，多数诗人进入宫廷生活。到阿拔斯王朝时期，由于哈里发的奖励和提倡，诗歌得到迅速发展，逐渐形成繁荣局面，先后出现了不少有才华的诗人，如艾布·努瓦斯（762—813）、艾布·阿塔希叶（748—825）、艾布·泰马姆（788—845）、布赫图里（821—897）、伊本·鲁米（835—896）、穆太奈比（915—965）、麦阿里（973—1057）和伊本·法里德（1181—1235）等，其中以艾布·努瓦斯、艾布·阿塔希叶、穆太奈比和麦阿里的名声最大，成就最高。

艾布·努瓦斯生于伊朗的阿瓦士，后来迁居阿拉伯的巴士拉。他勤奋好学，广泛涉猎文学、语言和宗教等方面的学问。从30岁左右起，他开始进入阿拔斯王朝宫廷，受到哈里发艾敏的赏识，但也曾经受牢狱之灾。他写了12 000余首诗，包括颂诗、挽诗、情诗、咏酒诗、讽刺诗、劝世诗、狩猎诗等，其中以咏酒诗最为出色。在诗歌创作上，他主张创立新风，提倡自由顺畅。其诗就是这种观点的具体体现。

艾布·阿塔希叶生于伊拉克安巴尔附近一个贫苦家庭。他从小就喜爱诗歌，据说能够出口成诗。长大成人后进入阿拔斯王朝宫廷，受到哈里发的赏识，过着奢侈享乐的生活。796年左右，他的观念发生巨大转变，决心抛弃以前的奢华生活，毅然换上苦行僧的衣着，出家修行。他的诗歌创作也以796年为界分为前后两个时期。前期写了许多颂诗、饮酒诗和爱情诗，后期最引人注目的是一系列劝世诗。如《为民请命》一诗直言不讳地表达了人民大众的心愿，风格朴实，语言通畅，不愧为难得的佳作。

穆太奈比生于库法，祖籍也门。他早年过了很长时间的流浪生活，后来进入宫廷，得到不少王公贵族的赏识。从948年到957年，他在阿勒颇的哈姆丹王赛弗·道莱的宫廷里服务，诗歌创作达到鼎盛时期。他的诗集收入3 000余首诗。颂诗，特别是歌颂赛弗·道莱的诗，被认为是他写得最好的诗。他的哲理诗也有不少佳作，其中包含许多言简意赅、意境深远、耐人寻味的名言和警句。

麦阿里生于叙利亚一个贵族家庭，童年时代因患天花而双目失明。尽管如此，他仍然依靠天资聪慧和勤奋好学而获得了丰富的知识。据说他的著作多达70余部，流传至今的只是其中的一部分。他的诗歌主要汇集在两部诗集中，即《燧火集》和《鲁祖米亚特》。前者收入3 000余行诗，是诗人青少年时代的作品；后者收入11 000余行诗，是诗人中老年时代的作品。他的诗歌以思想深邃、富于哲理而闻名于世，他也因此获得"诗人中的哲人，哲人中的诗人"的美誉。

但是后来阿拉伯诗歌渐渐走向形式主义，过分讲究辞藻，过分注重形式，只有13世纪蒲绥里（1212—1296）的长诗《斗篷颂》显示出若干亮色。除阿拉伯本土外，安达卢西亚地区（今西班牙和葡萄牙地区）的诗歌也很值得注意。这里由于地理环境和风土人情的差异，形成特色鲜明的"安达卢西亚文学"，出现了伊本·宰敦（1003—1071）、穆阿台米德·本·阿巴德（1040—1095）和伊本·海法捷（1058—1138）等一批成绩不凡的诗人。此外，产生于当地的"彩诗"和"俚谣"也应当提及。"彩诗"和"俚谣"由民歌演化而来，形式多样，格律自由，据说对后来欧洲的骑士行吟诗歌和十四行诗产生了一定的影响。

中古阿拉伯散文的成就也不可忽视。伊斯兰教经典《古兰经》（7世纪）和与《古兰经》同类性质的《圣训》（8世纪—10世纪）是阿拉伯的早期散文著作。伊本·穆格法（724—759）、贾希兹（775—868）和麦阿里是有名的散文家。贾希兹的《动物书》、《吝人传》和《修辞达意书》等堪称佳作，其特点是文笔简洁，知识广博，情趣盎然。麦阿里既是诗人，也是散文家，他的《章节书》、《宽恕书》是出色的散文作品。此外，安达卢西亚的散文作品有伊本·阿卜迪·拉比（860—940）的《罕世璎珞》、伊本·舒海德（992—1034）的《精灵与魔鬼》、伊本·哈兹姆（994—1064）的《鹁鸠的项圈》和伊本·图菲勒（1100—1185）的《哈伊·本·耶格赞的故事》等。在这一系列作品中，《古兰经》和伊本·穆格法的《卡里莱和迪木乃》（约750）值得特别关注。

《古兰经》是由穆罕默德后继者主持编定的。它不仅是伊斯兰教的根本经典，也是阿拉伯的第一部大型散文著作，在阿拉伯散文发展史上占有重要地位。《古兰经》共有114章。研究者把这部经典的主要内容分为以下六个方面：一是伊斯兰教与多神教和"有经人"（指犹太教徒和基督教徒）的斗争；二是伊斯兰教的信仰纲领，如信仰安拉、信仰天使、信仰先知、信仰安拉的启示、信仰末日的报应等；三是伊斯兰教的宗教义务和社会义务；四是伊斯兰教的伦理道德；五是伊斯兰教的法制，如无息借贷法、遗产继承法、婚姻法和刑律等；六是传说人物故事。作为一部文学作品，《古兰经》的价值主要体现在以下几点上：在内容上，它收入了许多当时流传于阿拉伯半岛的古代阿拉伯人和犹太教、基督教的神话、传说、故事、格言和谚语，记述了许多历史和传说中的人物，这些作品以宣扬教义和颂扬安拉为主旨，但也具有一定的美学意义，不乏想象丰富、形象优美和描绘生动的篇章，广泛地反映了当时阿拉伯的社会、政治、经济和文化等诸多领域的面貌，为后世文学创作提供了丰富的思想和题材。在文体上，它是阿拉伯有史以来第一部优秀的散文作品，并为后世散文文学的发展奠定了牢固的基础。其文体特点是既非格律严谨的传统韵文，又非毫无节奏的普通散文，而是一种韵律宽松、音乐感强、富于变化的特殊散文。在语言上，它对阿拉伯语加以精心提炼，使之典雅流畅且通俗易懂，风格富于变化，同时重视修辞，广泛运用排比、对照、夸张、比拟等多种手段，从而成为阿拉伯人通用的标准语言，为统一、保存和发展阿拉伯语做出了巨大的贡献。

伊本·穆格法祖籍伊朗，生长在阿拉伯的巴士拉。他学识渊博，精通波斯文和阿拉伯文。他的主要作品是寓言故事集《卡里莱和迪木乃》。这部寓言故事集是根据印度梵文的寓言故事集《五卷书》编译的。《五卷书》约于6世纪中叶由梵文译为伊朗的巴列维文，而伊本·穆格法又于750年左右将它由巴列维文译为阿拉伯文，并在翻译过程中加以较大的增删和修改，使之成为一部汇集印度、伊朗、阿拉伯等国家和地区寓言故事的新作品。这部作品包括约70个故事，以在第一个故事中登场的两只豺狗的名字命名。作者写作这部书的目的很明确，即通过生动有趣的故事和凝练流畅的语言，劝诫执掌大权的国王，教育广大的人民群众，以便达到改良社会的目的。在阿拉伯，《卡里莱和迪木乃》是第一部寓言作品，对散文文学的发展产生了广泛的影响；在世界各地，《卡里莱和迪木乃》不胫而走，它的故事不仅在民间广为流传，而且大量进入许多寓言、童话、故事集中。除《卡里莱和迪木乃》外，伊本·穆格法的箴言集《大礼集》和《小礼集》也是具有一定价值的重要作品。

阿拉伯人还特别喜欢故事，他们创作的民间故事可谓丰富多彩，除了获得世界声誉的《一千零一夜》（详见本章第九节）之外，还有长篇传奇故事《安塔拉传奇》和“玛卡梅”体韵文故事等。前者采用散韵结合的文体，描述骑士诗人安塔拉（“悬诗”诗人之一）的浪漫生活，颂扬他的勇敢和正直，歌唱他与堂妹阿卜莱的悲欢离合，具有浓郁的英雄史诗的味道。后者是阿拉伯故事的体裁之一，其代表作品有两部，一部是赫迈扎尼（969—1007）的《玛卡梅集》，收入51篇（或52篇）“玛卡梅”体故事，有的揭露上层人物的劣迹，有的表现下层人民的境遇，因而具有一定的思想价值；另一部是哈里里（1054—1122）的《玛卡梅集》，收入50篇“玛卡梅”体故事，特点是结构更加完整，故事更加生动，语言更加幽默。

2. 伊朗文学

中古伊朗的诗歌得到充分发展，诗歌成就远远高于散文文学，从9世纪到14世纪形成诗歌的黄金时代，先后涌现一批著名诗人。据张鸿年先生研究，这时的伊朗诗歌使用的是近代波斯语——达里波斯语，它随着王朝的更迭和文化中心的转移，可以分为三个时期。

早期文化中心位于东部霍拉桑地区，代表诗人有鲁达基（850—940）、菲尔多西（详见本章第七节）和海亚姆（1048—1122）。鲁达基是伊朗中古诗歌的奠基者。菲尔多西的主要成就是巨型史诗《列王纪》。海亚姆是哲理诗人。

鲁达基拥有“伊朗诗歌之父”的美称。有人说他先天失明，有人说他后天失明，总之后来人们称他为盲诗人。他自幼聪慧过人，据说8岁时就能默诵《古兰经》，吟咏诗歌，演唱民歌，声音婉转嘹亮，所到之处大受欢迎。早在萨曼王朝第一任国王在位时，他就被召入宫廷。这时他的生活是富裕的、豪华的。可惜好景不长，后来由于宫廷衰败，他被迫离开那里，重新回到故乡，并在贫困潦倒中结束了自己的生命。相传他一生创作不停，运用各种诗体，写出许多作品（有人说他的诗集有100卷，有人说他的诗有130万联句，但流传至今的只有2 000行左右），并且使这些诗体逐步达到定型和完善的地步，从而为中古伊朗诗歌的发展打下坚实的基础。他使用的诗体包括抒情诗、四行诗、颂诗、叙事诗等。抒情诗（卡扎尔）由2至12个联句组成。他的抒情诗以形式多样、题材广泛、意境深远、语言简练为特色。四行诗（鲁拜）每首四行。他的四行诗的特点是节奏鲜明，感情充沛，内容充实。爱情是他最喜欢歌咏的主题之一，无论是表现分离的痛苦，还是表现情书的力量，都具有感人的力量。颂诗（卡斯台）由15个以上联句组成。《老年怨》是他颂诗的代表作品之一。这首诗写得哀切动人，既为我们提供了关于诗人生活的宝贵资料，又可以作为颇有教益的诗歌供读者鉴赏。叙事诗（玛斯纳维）的行数不限。他在这方面的杰作是《卡里莱和迪木乃》。

海亚姆是伊朗塞尔柱王朝时期的诗人。他生于霍拉桑的内沙浦尔，从小聪慧好学，广泛涉猎各种知识。其后在数学、医学、天文学和哲学等方面取得了很高的成就，成为当时的著名科学家。他的哲学思想既在他所撰写的哲学论文中有所阐释，也在他所创作的诗篇里得到艺术体现。后者使他的诗歌充满哲理味道，使他成为伊朗有史以来最负盛名的哲理诗人。他主要采用四行诗，即鲁拜的形式从事创作，所以他的诗集称为《鲁拜集》。这种短小精悍的诗体并非由他创立（鲁达基已经使用过），但在他的手里达到了完善的地步。他的四行诗以语言流畅、旋律优美、比喻巧妙、风格自然为艺术表现特色，不过更加令人瞩目的却是其中所包容的广阔思想、新颖见地和深刻哲理。有的诗对于传统的宗教观念表示怀疑，勇敢地、大胆地探索宇宙的奥秘和人生的意义；有的诗否定地狱和天堂之类的说教，认为与其焦虑彼世，不如立足现世；有的诗揭露世道不公，谴责压迫仇恨；有的诗表示诗人不愿追求利禄、不肯随人俯仰的意志；还有的诗则表现了人生时间短暂、应当及时行乐的思想。海亚姆的四行诗思想深邃，言简意赅，对于后世伊朗国内外诗歌的发展产生了广泛的影响。

其后伊朗文化中心西移，形成"伊拉克体"诗歌时期。内扎米（1141—1209）是这时的代表诗人之一。与此同时，苏菲派诗人也用诗歌的形式阐释自己的教义，出现了萨纳伊（1080—1140）、阿塔尔（1145—1212）和莫拉维（1207—1273）等一批杰出的诗人。

内扎米的诗歌数量十分可观，其中包括194首抒情诗、68首四行诗、17首颂诗；但他的主要作品还不是这些诗歌，而是使他名扬千古的《五卷诗》。《五卷诗》是由五部长篇叙事诗组成的，这五部长诗是《秘密宝库》（1173—1180）、《霍斯陆与西琳》（1181）、《蕾莉与马杰农》（1188）、《七美人》（又称《七宝宫》，1196）和《亚历山大故事》（1200）。这些长诗都是用叙事诗体写成的，共约24 500联句。《秘密宝库》收入50余个故事，用以表现具有哲理性和训诫性的内容，颂扬勤劳、勇敢和正义，谴责懒惰、怯懦和残暴。《霍斯陆与西琳》取材于萨珊王朝霍斯陆国王与亚美尼亚公主西琳的恋爱故事。《蕾莉与马杰农》约有5 100联句，是五卷诗中最出色的一部。它写的是一对青年男女感人至深的恋爱故事。蕾莉与马杰农是同学，两人互相爱慕，情投意合。蕾莉的父亲得知这个消息大为恼火，勒令女儿退学，并将她禁闭在家。马杰农因为见不到蕾莉，终日疯疯癫癫，流落荒野。马杰农的父亲向蕾莉的父亲提亲，遭到拒绝。蕾莉的父亲还将女儿强行嫁给另外一个男人。蕾莉日夜思念马杰农，郁郁寡欢，终于病死。噩耗传来，马杰农五内俱焚。他直奔蕾莉的墓地，哭天抢地，直到精力耗尽，一命归西。人们同情蕾莉与马杰农的不幸遭遇，纷纷动手掘开蕾莉的坟墓，将他们二人合葬一处。这部长诗不仅有感人的故事，还有诗人生花妙笔的点染，如情景交融的笔法和生动丰富的语言等，越发显得美妙动人。《七美人》取材于萨珊王朝的宫廷生活，描写巴赫拉姆国王的爱情故事，其中包括他与妃子法特涅的悲欢离合等。《亚历山大故事》分为上下两篇。上篇是"光荣篇"，主要讴歌亚历山大的武功；下篇是"幸福篇"，着重颂扬亚历山大的文治。内扎米的《五卷诗》产生了广泛的影响。在内扎米之后，伊朗诗人贾米、印度诗人阿密尔·霍斯陆和乌兹别克诗人纳沃依都效法他进行创作。

莫拉维（又名鲁米）是苏菲诗歌之集大成者。他生于巴尔赫（今阿富汗境内），父亲是苏菲派长老。他的作品有《沙姆斯集》、《四行诗集》、《书信集》、《隐言集》和《玛斯纳维集》等，其中以《玛斯纳维集》最为重要。《玛斯纳维集》共计6卷，约有27 000联句，被誉为“波斯文的《古兰经》”。在这部诗集中，诗人通过许多大大小小的故事（这些故事采用大故事套小故事的方法联系起来）宣传苏菲派的思想。这些故事有的来自民间传说，有的来自历史典故，有的来自《古兰经》和《圣训》。一般是先讲故事，再从故事中得出结论，归结为苏菲派的思想主张。

13世纪以后，伊朗的文化中心向南方迁移，于是产生了伊朗诗坛的双星——萨迪（详见本章第八节）和哈菲兹（1327—1390），他们的诗作都带有一定的苏菲派色彩。哈菲兹的抒情诗优美动人，感情炽热，哲理深刻，借助对醇酒和美人的歌颂，表达诗人热爱生活和追求自由的精神，既令人愉悦，又耐人寻味。贾米（1414—1492）是伊朗中古诗坛最后一位杰出诗人，他的主要作品是《七宝座》和《春园》。

3. 土耳其文学

在阿拉伯文学和伊朗文学衰落的同时，土耳其文学于13世纪或14世纪左右开始兴起。据徐玫先生研究，当时伊斯兰教苏菲派正在广泛传播，该派诗人如尤努斯·埃姆莱（？—约1321）被认为是土耳其语诗歌的奠基者。其后，使用奥斯曼语的诗歌发展起来，富祖里（1495—1556）和巴基（1526—1600）是这个时期诗坛的优秀诗人。前者是叙事诗人，他以蕾莉与马杰农的爱情传说为依据，写出一部与内扎米作品同名的长篇叙事诗——《蕾莉与马杰农》。后者是抒情诗人，他的诗作个人色彩鲜明，显示出非同一般的性格。

4. 中亚文学

在中亚地区，乌兹别克、格鲁吉亚、亚美尼亚等国的文学也在这时得到蓬勃发展。乌兹别克诗人纳沃依（1441—1501）的《五诗集》、格鲁吉亚诗人肖泰·卢斯塔维里（1184—1207）的英雄叙事诗《虎皮武士》和亚美尼亚的民族史诗《沙逊的大卫》（9世纪—10世纪）堪称代表。

以卢斯塔维里为例。据王家骧先生研究，相传他写了许多作品，但流传至今的只有《虎皮武士》。这部长诗通过三个不同国家的武士的英雄冒险故事，歌颂了忠贞不渝的爱情和助人为乐的友谊，宣扬了为友谊和爱情而勇敢献身的自我牺牲精神，同时还强调了个性解放的思想，表现了爱祖国的思想和各民族互助合作的愿望。这就使它的思想境界高于同时代其他许多英雄叙事诗。从艺术表现方面来说，它巧妙地将写实成分和浪漫色彩融合起来，而且情节生动，描写细腻，韵律优美，语言流畅。这部长诗自问世以来，在700多年的时间里，对格鲁吉亚的文学创作和人民生活产生了异常深刻的影响。

再以纳沃依为例。据王家骧先生研究，他的五部叙事诗——《五诗集》的影响很大。《五诗集》共有53 000余行，由五部独立的叙事诗组成，即《正直者的不安》、《蕾莉与马杰农》、《法尔哈德和西琳》、《七星图》、《伊斯坎德尔城堡》。除第一部外，其他四部都取材于西亚、中亚地区人们所熟知的历史传说和民间故事，与伊朗诗人内扎米的《五卷诗》内容基本相同。其中以《法尔哈德和西琳》写得最为出色。它虽然也取材于西亚、中亚流传甚广的民间传说，但诗人却根据自己的理解和需要加以改写，使其内容和思想有所创新，使其更充分地体现出乌兹别克民族的新发展和文学的新变化。此外，他还写了一部题为《百鸟朝凤》的长篇叙事诗。

第二节
《万叶集》

第一部和歌总集·个人创作与集体创作·地位、价值和影响

《万叶集》是日本第一部和歌总集。“和歌”是日本民族古典格律诗歌的一种形式，在日本文学史上与“汉诗”相对而言，意思是“大和（日本的别名）之歌”。关于“万叶”一词，日本学者有不同的解释。或说“万语”之意，表示内容丰富多彩；或说“万代”之意，祝福天皇万代延续。至今没有定论。全书共收入和歌约4 500余首①，分为20卷。关于本书的编者和编辑年代，缺乏确切的资料。从各卷体例极不一致的情况来看，可以确定该书各卷并非经由一人之手编成。全书编者到底是谁，历来众说纷纭；但多数学者认为，大伴家持参与其事是无可怀疑的。760年左右可能已经大体编成，后来有人又作了修订。

编辑《万叶集》时，日本还没有自己的文字，所以采用汉字标记日语，方法有两种：一是把汉字作为表音文字使用（称为“万叶假名”），二是把汉字作为表意文字使用。

《万叶集》梗概

《万叶集》中的和歌，就内容来说，大体上可分为相闻、挽歌、杂歌三类。相闻是互相闻问的意思，是表示男女相爱、长幼相亲等的作品。挽歌是哀悼死者的作品。杂歌包括范围很广，凡不属于上述两类的作品都属此类。就形式来说，分为短歌、长歌、旋头歌、佛足石歌四类（此外还收入少数连歌、汉诗和汉文）。短歌（约4 200首）每首31个音节，分五句，各句分别为五、七、五、七、七。长歌（约260首）句数不限，可以看作短歌的复合；长歌后面往往附有反歌（由一首至数首短歌组成），用以概括长歌大意，或者补充长歌未尽之意。旋头歌和佛足石歌与短歌差别不大，旋头歌（约60首）为五、七、七、五、七、七，佛足石歌（1首）为五、七、五、七、七、七。

《万叶集》中最早的作品大约写于4世纪上半期，最晚的作品则作于759年，前后历经400余年；不过其中年代分明的作品，多数产生于7世纪中叶至8世纪中叶的130年间。这时以天皇为中心的中央集权制国家已经建立，贵族充任各级官吏，全国划分为国、郡、里；经济上实行班田制，按年龄、性别分配土地，课以租、庸、调。这些制度和政策在开始阶段对于生产发展曾经起过促进作用。但是，社会矛盾也逐渐暴露并且日趋尖锐。这表现在皇室贵族生活奢侈腐化，不断迁都，大兴土木，加之战乱频繁，人民受到沉重压迫和剥削，大批逃亡，造成班田制的破坏和庄园制的发展。随着班田制的没落和庄园制的兴起，天皇势力渐次衰落，贵族势力渐次增强，双方夺权斗争愈演愈烈。《万叶

① 由于根据的本子不同、对相近作品看作一首还是两首的计算方法不同等原因，所以统计出来的数字有出入，相差200余首。

集》对这个特定历史阶段的社会生活面貌有所反映。

《万叶集》和歌的作者，上有天皇、皇族、贵族、官吏以及专业歌人（以上一般是署名作家），下有士兵、农民、渔民、妓女、乞丐以及行吟艺人（以上一般是无名作家），几乎包括了当时社会各个阶级和各个阶层的人。

署名作家的创作可以大致划分为三个时期，即初期、中期和末期。

万叶初期一般是指7世纪末叶以前的300余年间，为日本古代抒情诗开始确立的时期。这个时期虽然很长，可是保存下来的作品不多。尽管如此，其中颇有一些内容充实、气魄雄大、感情明朗、风格典雅而又朴素的佳作。舒明天皇、天智天皇、有间皇子、天武天皇、额田王、高市皇子、但马皇女等是这时有代表性的歌人。这些歌人虽然大多是天皇和皇族，但是由于他们当时尚处于创业阶段，所以能够显示出一定的艺术创造力。

万叶中期包括7世纪末叶至8世纪初叶的40余年间，是名家辈出、名作迭起的时期。大津皇子、柿本人麻吕、高市黑人、川岛皇子、圣武天皇、大伴旅人、山上忆良、山部赤人、高桥虫麻吕和坂上郎女等是这时比较重要的歌人，其中柿本人麻吕、大伴旅人、山上忆良和山部赤人都能各自代表一个方面。

柿本人麻吕（？—约708）是《万叶集》中最早出现的专业歌人。他大约是宫廷歌人，所以很多作品都与天皇、皇子、皇女有关；最后似乎任石见国地方官，并且死于该地。他通晓日、汉文学，信仰佛教，敬畏神灵。他在和歌方面造诣很高，既长于长歌，也长于短歌，尤其善于自由驱使枕词、序词、对句等修辞手法，感情深厚，格调高亢，颇有动人力量。他的作品大多含有悲剧色彩，悲叹生离死别是他经常表现的主题。他一生写有长歌20首、短歌75首，其中以《从石见国别妻上京时歌二首并短歌》和《高市皇子尊城上殡宫之时作歌一首并短歌》最有名气。

大伴旅人（665—731）出身名门贵族，官位很高，死时67岁。他一生官运亨通，但也不得不陷入大伴氏和藤原氏的纠葛之中，不能不感到自己家族的没落，因而产生无限的哀愁。他长于短歌，特别是抒情短歌，如《赞酒歌十三首》，以平易的风格和轻快的韵律抒发自己内心深处哀怨和苦闷的感情，不过缺乏柿本人麻吕作品那种激动人心的力量。他的作品有长歌1首、短歌70首。

山部赤人（？—736）是圣武天皇朝廷的下级官吏。他擅长写短歌，擅长描绘自然景物。《望不尽山歌一首并短歌》是他的名作，其中以清新、雄浑的笔调描写富士山的风光，表达热爱乡土、热爱祖国的深厚感情。他并未直接抒发主观感受，仿佛自己已经投入大自然的怀抱之中。他共写有长歌13首、短歌37首。

万叶末期是指8世纪中叶约20余年间。这时的万叶歌风已经渐趋没落，作品在内容上大多逐渐脱离现实，吟风弄月；在表现上往往过度注重形式，偏于纤巧。这些弱点不仅在汤原王、笠女郎、阿部女郎等人身上有所表现，而且就连名气最大的大伴家持也未能幸免。

大伴家持（718—785）是大伴旅人的儿子。他一生浮游于宦海，作品普遍带有感伤情调。他的和歌在数量上远远超过其他歌人，计有长歌46首、短歌431首、旋头歌1首、连歌1首，不过其中大多数是对前人作品的模拟，并且极力在艺术技巧上下功夫。他的3首《依兴作歌》历来为人称道，被认为是登峰造极之作，其实格调并不很高，而且给人以纤弱之感。他为防人所作的歌，倒有一读之价值。他的歌风，日后为《古今集》的歌人们所继承和发扬。

在所有这些署名歌人之中，山上忆良（660—733）占有特殊重要的地位。他一生写有长歌11首、短歌65首、旋头歌1首、汉诗2首、汉文序若干。他以“社会诗人”著称，作品大多富有思想性和社会性。这是因为他生活经历坎坷，加上深受儒家思想影响，所以不满现状，并且能够推己及人，同情贫苦人民。他几乎没有歌咏自然和恋爱的作品，所作和歌几乎都离不开老、贫、病、死之苦的主题。在这个意义上说，他是《万叶集》中独放异彩的歌人。《贫穷问答歌一首并短歌》是他的代表作。这首歌通过两个穷人的互相问答，诉说饥寒交迫的可怜处境，哀叹充满忧患的人生之苦。长歌的第一节是“问”。在一个“风兼雨”、“雨加雪”的凄寒夜晚，一个贫苦的文士无法抵御寒冷，只好边嚼黑盐粒，边饮糟汤酒。可贵的是，他不独感到自身的痛苦，而且能够想到比自己更为穷苦的人们——

较我更贫者，
父母饥且寒，
妻儿求且泣，
试问此时节，
如何维生计？

第二节是“答”。这个贫苦文士尚有黑盐粒和糟汤酒聊以充饥御寒，比他更加贫苦的劳动者就简直难以维持了，不但衣服褴褛不堪，住所低矮狭窄，而且早已灭火断炊，饥饿难当——

灶上无火气，
甑中蛛网罩。
炊事似已忘，
呻吟如哀鸟。

然而，祸不单行，在这样饥寒交迫的情况下，又有里长前来讨租派差，逼得这个劳动者走投无路，终于发出了“无术竟如斯，/此系何世道”的惨痛呼声。总之，《贫穷问答歌》通过具体的艺术形象表现了处于当时社会底层的人民大众的生活情景，从而在题材和思想方面开拓了万叶其他署名作家的作品从未涉足的新境地，达到了它们从未攀登的新高度。

无名作家的作品——民谣是《万叶集》和歌的另一重要组成部分。属于这方面的有第 14 卷的“东歌”、第 20 卷的“防人歌”，此外还有其他一些散见于各卷的民间歌谣。这类作品不但在数量上相当多，而且代表万叶和歌的另一个方面，体现万叶和歌的某些特点。民谣一般不是纯粹个人的创作，而是集体智慧的结晶，其中有的可能是在民众兴奋的集会过程中产生的。此外，日常生活和劳动过程以及从军、服役等异常境遇，也能够带来民谣的创作和传布。在收入《万叶集》之前，这些作品一般不是像署名作家作品那样用文字记载着，而是在口头流传着。在编入《万叶集》的过程中，可能又有一大部分被编者当作“劣作”删掉，保留下来的也大都经过加工修改，所以我们今天所见到的，常常不是真正的民谣原貌，只能说是经文人删削加工过的民谣作品。

民谣中有一大部分是爱情歌谣。这类作品在一定程度上表现了当时人民大众的爱情生活，表达了他们要求从不合理的婚姻制度下解放出来和追求幸福的愿望。大约由于编者的删削，劳动歌谣极其少见，直接表现劳动人民的穷困和痛苦的歌谣更加难得；但尽管如此，在爱情歌谣中用作比兴的生活素材，却包括种田、开荒、狩猎、捕鱼、种麻、养蚕、织布、制铁、畜牧、造船等各式各样的生产劳动。不言而喻，这些歌谣的风格是与皇家、贵族笔下的爱情诗迥然不同的，它们的特点是健康、奔放、纯朴、直率。

防人歌在民谣中占有重要地位，并且具有独特性质。防人制度（让农民服兵役、戍守国家的制度）是从664年开始实行的，到757年由于百姓不堪其苦，难以维持下去，朝廷才不得不下令废止。《万叶集》里的防人歌大部分作于755年。这些作品从不同角度描写了防人的痛苦境遇，表现了他们对沉重负担的苦恼和对骨肉亲人的思念，属于防人和亲人的别离歌。尤其值得注意的是，防人歌里还有相当一部分作品不仅表达这种离愁别恨，而且还把矛头指向强制百姓戍边的人，甚至指向最高统治者——天皇，公然表示对于他们的不满情绪。就思想的大胆和尖锐而言，这类防人歌在万叶民谣中也是不多见的。这可能是因为防人制度最不得人心，最损害庶民百姓利益的缘故吧。

《万叶集》中的民谣在思想内容上是丰富多样的，在艺术表现上也有自己的特色。虽然它们在语言上可能不如署名作家的作品那样洗练，在构思上也有类型化的地方，但是它们所显示出来的健康明朗的情调和质朴清新的风格，却自有一种魅力，非署名作家的作品所能比。同时，我们还应当看到，许多署名作家都与民间创作有着紧密联系，不断从它们中间吸取营养，从而使自己的创作获得新的生命。

在日本古代的许多和歌集中，《万叶集》无疑是其中最出色的一部。它汇集了当时存在的各种歌体，显示了日本民族的艺术创造力，并且形成了日本和歌的独特风格。万叶风格的特色，虽然因不同的时期、地区和作者而有所差异，但是与后来的一系列和歌集比较起来，总的来说是清新、真挚、明快的。

《万叶集》具有很高的学术价值。它是研究日本古代社会的历史、风俗、习惯、思想、制度等的重要资料之一，尤其为研究当时的语言（如文字、语法、词汇等）和文学（如长歌的衰亡、短歌的兴起等）提供了极其宝贵的资料。

《万叶集》对于日本后世文学的影响很大。这种影响不仅表现在歌集的编辑方法和分类方法等外在形式方面，更主要的是表现在和歌创作的精神实质方面。历史事实一再证明，每当新的和歌运动开始兴起时，《万叶集》往往成为推动力量。自古至今，提倡继承和发扬《万叶集》传统的歌人络绎不绝。

最后应当提到，《万叶集》也是中日友好交往最早结出的硕果之一。用汉字做记录符号，编入部分汉诗，使用中国文学的题材，仿照中国文学的分类法，受到儒家和老庄思想的影响，以及收入一些直接表现遣唐使情况的作品等，都是生动有力的证明。

第三节 紫式部

出入后宫的女作家·男女贵族生活的画卷·结构、形象和语言·中国影响

生平与创作

紫式部（约978—1016）是日本平安时期最杰出的女作家。她出身于中等贵族家庭。关于她的生平活动，由于资料缺乏，今人所知甚少。她大约生于978年左右。本姓藤原，式部是她在宫廷服务期间的称呼，据说由她父亲藤原为时做过“式部丞”

（官名）而来。起初她被称为藤式部，后来在一些书里被记为紫式部，这可能是因为她在《源氏物语》里着重描写紫姬事迹的缘故。

据说紫式部自幼丧母，由父亲抚养成人。996年父亲调往越前任职，紫式部随父亲前往越前。998年春天，她单身返回京城，并于同年冬天与藤原宣孝结婚。第二年，紫式部生下一个女儿，取名贤子。但是好景不长，1001年丈夫突然去世，紫式部过起孀居生活。1006年，她进入后宫，担任一条天皇中宫（相当于皇后）藤原彰子的女官，直到1013年左右为止。在这期间，她曾为彰子讲解《日本书纪》、《白氏长庆集》等书，据说受到一条天皇的称赞，获得“日本纪局”① 的美称。这段后宫生活对于她日后写作《源氏物语》无疑具有决定性的影响。她不但由此了解到后宫的生活细节，而且体会到后宫是个充满钩心斗角的所在，天皇的妃嫔各自聚集许多名门才女，卖弄风雅，斗艳争宠。在这种环境中生活，紫式部格外敏锐地感受到皇室贵族的复杂矛盾和腐化堕落。紫式部死于哪年，日本学者众说纷纭，如1014年、1015年、1016年诸说都有，此外还有人认为她活得更长，但都没有确凿证据。

紫式部留传下来的作品有三部，即《紫式部集》、《紫式部日记》和《源氏物语》。《紫式部集》是紫式部的和歌集，共收入各个时期创作的和歌128首。日本学者认为，这个集子是在《源氏物语》已经大部分完成或者全部完成之后，作者为了总结自己的一生而编辑的。《紫式部日记》约于1010年写成，记述1008年7月至1010年1月间，一条天皇的第二皇子和第三皇子诞生前后的盛况，其中既有对后宫生活和贵族府邸的详细描写，又有对人物性格和心理活动的敏锐观察。以上两部作品不仅具有一定的文学价值，而且为探索紫式部的活动和心理提供了宝贵的资料，具有很高的史料价值。

不过，紫式部的主要创作成果还不是上述两部作品，而是那部获得世界声誉的古典小说——《源氏物语》。尽管由于资料不足，对《源氏物语》的作者究竟是谁有种种说法，诸如紫式部执笔、藤原道长修订说，藤原为时制订大纲、紫式部执笔写成说，紫式部写前半部、贤子续后半部说，从头到尾由紫式部写成说，等等，但是无论哪种说法都不否认紫式部所起的决定性作用。至于写作时间，一般认为紫式部在入宫之前已经着手准备，入宫之后进而积累资料，并且写成几回，出宫之后最终完成。

《源氏物语》梗概

《源氏物语》共有54回，可以分为三个部分：第一部分从第1回到第33回，共计33回，写源氏的青壮年时代——由诞生和童年起，中经须磨流放的失意，后来达到荣华绝顶的阶段。第二部分从第34回到第41回，共计8回，写源氏的晚年生活——因青壮年时代的过失而苦恼和忧虑，直至下定决心出家遁世。第三部分从第42回到第54回，共计13回，写薰君的故事——对大女公子的追求和失败，对浮舟的追求和失败。

源氏是小说前两部分的男主人公。作者对他的描写有不少理想化的地方，在外貌、

① “局”是宫廷内部的房间，供女官用。这个称号是对紫式部精通《日本书纪》的赞美。

才能等方面极力加以赞美，甚至达到无以复加的地步。如说他名叫光君，意思是光华照人；容貌之美无人可比，而且年龄越大越有光彩，直到晚年毫不衰减；读书聪明颖悟，善作清新优美的诗文；戏笔作画，竟使古今名家退避三舍；歌声悠扬，好像佛国的妙音；舞姿美妙，达到举世无双的程度；弹琴首屈一指，横笛、琵琶无不擅长……诸如此类，不胜枚举。作者自己也说，他的才干如果一一列举出来，简直如同说谎一般，教人不敢相信。至于从政方面，作者则尽力想把他写成一个既有济世治国政治才能，又有雍容大度政治风度的人。

作品用大量篇幅描写源氏和各式各样女性的交往，在这方面作者并没有把他完全理想化。正如书中所说的那样，光君源氏，这名字是堂皇的，其实此人一生的缺陷多得很，尤其是那些好色行为。在作者笔下，他既是温文尔雅、多情善感的，又是用情不专、轻薄放荡的；他既对女性表示关怀、爱护，又对女性肆意骚扰、玩弄；他为收容几个与他交往较深的女性而精心营造的六条院，虽被说成和睦相处、其乐融融的极乐世界，其实生活在里面的人个个满怀辛酸，争风吃醋之事层出不穷。源氏为了物色满意的对象，满足自己的欲望，不仅追求空蝉、明石姬、末摘花、紫姬等众多女性，而且和藤壶私通。从小说整个构思来说，后者是一个至关重要的事件。

藤壶是桐壶天皇的皇后，源氏的继母。源氏听说藤壶的容貌酷似自己的生母，便产生一种恋慕之情。随着年龄的增长，他对藤壶的感情也发生了微妙的变化，每逢春花秋月，良辰美景，便时时向她吐露衷肠。他没有抑制自己的感情，终于发展到与藤壶私通并生下一子的地步，这个孩子就是日后上台的冷泉天皇。源氏与藤壶私通具有乱伦性质，它是源氏好色行为所产生的最大恶果。这个事件与小说主要情节的发展有密切关系：不仅因为有冷泉天皇上台，才有源氏政治上的中兴以至后来的绝顶荣华；而且源氏与女主人公紫姬结合，也是因为紫姬相貌和藤壶相似，血脉又和藤壶接近。藤壶是源氏的理想，紫姬则是藤壶的化身。更为重要的是，源氏和藤壶的私通，又同柏木和三公主的私通存在某种联系。柏木和三公主私通生下薰君，而薰君则是小说第三部分的男主人公，这样就把这条线索贯串到小说第三部分去了。由此可见，源氏和藤壶私通以及与此有关的一系列事件，是贯串小说始终的一条主要线索，是表现小说主题的一个重要方面。

作者既是一个贵族，又是一位女性。当她描写源氏和女性的交往时，就不能不同情这些女性的不幸，不能不对源氏的所作所为有所揭露，有所批评。虽然有时一边揭露，一边又替他掩饰；一边批评，一边又为他开脱。

小说通过对源氏和许多女性恋爱过程的描写，塑造了一系列有血有肉的女性形象。联系第二回里源氏等人对女性的评论可以看出，作者描写这样众多的女性形象，并非兴之所至、信笔写来的，而是有意识地表现各个阶层的贵族女性面貌，使之形成贵族女性社会的长幅画卷。其中空蝉、明石姬、末摘花和紫姬等人物写得颇有深度。

如空蝉的丈夫是一个地方官，在源氏看来这自然是微不足道的。因此，源氏听说她有几分姿色，就毫不考虑她是一个有夫之妇，半夜三更贸然闯进她的卧室，企图玷污她的身体。空蝉感到万分痛苦，非但对源氏的情书置之不复，而且一再巧妙地回避源氏，使源氏占有她的愿望未能满足。空蝉是少数敢于对源氏的好色行为抗拒到底的女性的代表。她同源氏地位相差悬殊，后来丈夫死去完全失掉依靠，却敢于抵制源氏，这充分说明她是一个刚强的女性。正如小说里所形容的那样，她的性情温柔而刚强，好像一枝曲竹，看似欲折，却终于不断。

又如紫姬是小说前两部分的女主人公，在一定程度上体现了作者的理想。比起空蝉等人来，紫姬应当是幸福的。她出身高贵，容貌端丽，被源氏当作终身伴侣，立为正夫人。她是源氏精心培育出来的，不过源氏认为她仍有一个不可克服的缺点——嫉妒。她虽然深受源氏宠爱，但因源氏用情不专，常常做出偷香窃玉的事来，所以也不免心怀戒备，感到痛苦；特别是源氏在40岁时，又突然迎娶朱雀天皇的女儿三公主，更使她感到伤心。她有时强装笑脸，有时以泪洗面，担心自己将来年老色衰遭到遗弃，最后终因长年忧心忡忡，正当盛年就染病身亡。可见紫姬的所谓嫉妒，乃是对于源氏轻薄好色的不满和抗议。紫姬的痛苦表明，在一夫多妻的制度下，无论身份多么高贵、条件多么优越的女性，也难以获得真正的幸福。

总之，小说前两部分通过源氏和空蝉、末摘花、明石姬、紫姬等众多女性的关系，从不同角度揭示了源氏好色行为的恶劣后果。这些女性虽然地位不同，遭遇各异，但都是男性贵族玩弄的对象，成为一夫多妻制的牺牲品。

小说第三部分的男主人公是薰君。他名义上是源氏和三公主的儿子，其实是柏木和三公主的私生子。像源氏当年一样，他也年轻貌美，地位优越，生活奢侈，官运亨通，但却不像源氏那样乐观开朗。他很早就对自己出生的秘密感到苦恼，打听到真实情况以后，更是日夜感叹不已。他和大女公子的恋爱，自始至终充满悲伤和眼泪，并以大女公子之死收场。他追求浮舟，但又顾虑重重，缺乏热情，行动迟缓，以致铸成大错，迫使浮舟走上投河自尽和出家为尼的绝路。在小说里，薰君是以源氏继承人的身份出现的，但比起源氏来，他的内心矛盾更加激烈，痛苦更加深重，解决这种矛盾和解除这种痛苦的力量则更加薄弱。

在小说第三部分登场的女性，命运更加悲惨，女主人公浮舟的坎坷经历可以作为代表。浮舟的命运就像她的名字所喻示的那样，犹如随风逐浪四方漂泊的小船，只身飘零，前途茫然。她是宇治八亲王和侍女私通生下的女儿，从小被父亲遗弃，跟随母亲到处奔波。她被薰君带到宇治山庄后，又必须同时逢迎两个男人，觉得苦恼不堪，终于走上投河自尽的道路。事后虽然被人救起，但她并不感到幸运，反而觉得求死不得颇为遗憾，于是毅然出家为尼，并且断然拒绝薰君让她还俗的要求。她采取这种果断措施，乃是对冷酷现实的强烈抗议。这里应当指出，作者将浮舟这样一个具有浓重悲剧色彩的形象放在全书的末尾，作为故事的结局，是很耐人寻味的。

如上所述，《源氏物语》主要写的是贵族社会的男女爱情故事，不过作为产生这些故事的社会背景，小说还广泛地描写了贵族社会其他各个领域的状况。

首先是宫廷内外争权夺利的斗争。小说比较真实地反映了平安时期的政治面貌，尤其是宫廷内外的夺权斗争。宫廷内部的斗争，往往是和后宫妃嫔的争宠、朝廷大臣的争权互相交织在一起的。在桐壶天皇和朱雀天皇时期，朝廷显然分为两派：一派是桐壶天皇和他的宠臣左大臣，源氏也属于这派；另一派是朱雀天皇、弘徽殿女御和她的父亲右大臣。桐壶天皇在世时，前者处于优势；桐壶天皇去世后，后者独揽朝纲。两派斗争愈演愈烈，终于酿成源氏的须磨流放。这次流放的导火线是源氏和胧月夜的私通，根本原因则是源氏一派的失势。源氏流放结束后，他们这派又大权在握，而其对立面则溃不成军了。但是，斗争并未止息，接着又出现了源氏和左大臣两家的摩擦。在宫廷以外，男女婚姻也往往同政治利益有关，贵族官吏依靠裙带关系互相勾结，达到升官发迹的目的。

其次是皇室贵族骄奢淫逸的生活。小说生动地表现了皇室贵族的生活、习俗、思想和感情，描写了他们的生老病死、婚丧嫁娶、行乐游猎，反映了他们对文学、绘画、音乐等的观点。从小说里可以看到，自天皇皇族至高官显宦，在政治上无所作为，却终日沉溺于享乐。宫廷经常举办宴饮、舞会、行幸、赛画、游猎等活动，规模盛大，挥霍浪费。源氏的六条院更是尽情取乐的场所，宴游玩乐花样翻新，管弦之声不绝于耳。

再次是地方贵族追名逐利的丑态。小说除表现皇室贵族之外，还刻画了一些地方贵族的艺术形象，其中以明石道人和常陆介较为突出，他们既是不择手段搜刮民脂民膏的地方官，又是挖空心思靠女儿发迹的钻营者。这些地方贵族的艺术形象，作为宫廷贵族形象的补充，使小说在更广阔的范围内暴露了贵族阶级的丑恶本质。

总起来说，《源氏物语》好像一幅色彩斑斓的长幅画卷，它通过源氏和薰君同周围女性悲欢离合的故事，展示了皇室贵族的生活状况和精神面貌，对男性人物的好色行为加以批评，对女性人物的不幸命运表示同情；同时它还生动地反映了皇室贵族社会其他方面的情况。从源氏本人由盛而衰的变迁过程，从源氏到薰君一代一代逐步衰微的趋势，从紫姬到浮舟一代一代愈加深重的苦难，读者不难具体地感受到平安时期皇室贵族的腐化堕落及其走向衰亡的命运。

我们应当看到，由于作者头脑较为清醒，对皇室贵族社会的矛盾和腐败有所认识，能够忠实地描写现实生活，所以小说在客观上相当深广地表现了皇室贵族集团的状态，反映了某些本质性的问题，甚至揭示了某些规律性的东西。从这个意义上说，作品的思想及其意义超出了作者主观认识的范畴。但是，由于作者生活在过去的时代，而且又是贵族妇女，所以世界观必然受到时代和阶级的制约，这就使小说的思想具有一定的局限性。这种局限最突出地表现为以下两点。

一是小说评人论事常常表现出贵族阶级的偏见。如书中有个人物说过，据我在世间的见闻，人的容貌和品性的优劣，往往由他的身份高低来决定。这种看法很有代表性，在小说里随处可见。

二是小说深受宗教迷信思想的影响。书中几乎所有的人物都相信因果报应，认为前世是现世之因，现世又是来世之因，一切早已决定，人们无力改变命运，出家遁世成为他们摆脱现实矛盾和苦难的归宿，相面、占卦、托梦、祈祷、讲经等成为故事情节的有机组成部分和推动故事情节发展的重要因素。

《源氏物语》在艺术表现方面也有显著的特点。

第一，结构宏伟。该书规模庞大，文字多达百万，时间长达70余年，前后历经四代天皇，情节复杂，场面众多。它的结构方法是一回或几回的相对独立性与全书的统一完整性相结合，短篇与长篇相结合，一回或几回构成一个相对独立的短篇，但全书又不是许多短篇的杂然辑录，而是有统一的主人公、统一的故事和统一的思想整体。

第二，人物形象鲜明。全书出场人物共有400多个，其中形象生动、个性突出的不下几十个。特别值得称道的是，作为一位女作家，作者善于细致入微地描绘人物复杂的心理，尤其是女性微妙的内心世界。

第三，语言优美。该书语言绵密优雅，比较接近当时皇室贵族的口语。在一般文人尚为汉字所束缚的时候，作者能够自由驱使假名文字，写出这样的长篇巨著，为日本文学语言的发展奠立基石，实在是难能可贵的。此外，该书还在以散文为主体的条件下大量插入和歌，这对推动情节发展、抒发人物感情和加强气氛感染等方面起了良好作用。这是作者继承和发扬传奇物语、和歌物语两个传统所取得的成果。

《源氏物语》对以后日本的物语、戏曲（如谣曲、宴曲、净琉璃等）和诗歌（如和歌、连歌、俳谐等）的发展产生了很大影响。同时，作为东方地区最早产生的长篇小说，它在东方中古文学史乃至世界中古文学史上也占有相当重要的地位。

最后还要指出，《源氏物语》也是中日文化交流的一面镜子，它生动地记录了我国各种文物、思想、典章、制度在日本社会流传的情况，广泛地引用了《论语》、《老子》、《韩非子》、《战国策》、《史记》、《汉书》、《文选》等著作中的典故史实以及陶渊明、刘禹锡、元稹等人的诗歌，尤其是多次引用白居易的诗歌，《白氏长庆集》几乎成为当时日本皇室贵族文化生活中不可缺少的读物。

第四节
《春香传》

从说唱脚本到小说·爱情悲剧和社会悲剧·由民间文学演化而来的特色·中国影响

《春香传》是朝鲜著名的说唱脚本体中篇小说，也是朝鲜古典文学史上的优秀作品之一。在朝鲜，有关春香的故事流传极广，可以说是家喻户晓、妇孺皆知。据韦旭升、张朝柯先生研究，这个故事由来已久，早在16世纪以前，已经有类似的传说记载在各种文献上，同时在民间也流传着许多有关的烈女传说、申冤传说和御使传说等。到了18世纪中叶，这个故事曾以说唱的形式在民间演出过；其后，又经过许多民间说唱艺人的丰富和加工，最后由申在孝（1812—1884）整理成为比较完善的说唱脚本。

《春香传》的版本多达几十种，既有朝文本，也有汉文本。朝文本如京版《春香传》，全州土版《烈女春香守节歌》、《小春香歌》，信文馆版《古本春香传》以及《狱中花》、《狱中香》等；汉文本如《水山广寒楼记》和《汉文春香传》等。其中以19世纪初出版的朝文全州土版本《烈女春香守节歌》保留故事原貌最为完备，因而被认为是最好的版本。据学者研究，春香的故事之所以于18世纪至19世纪逐步由口传文学发展定型为书面小说，是由多方面的因素促成的，其主要因素不外以下两方面：一方面与当时贵族阶级更加腐朽，官僚集团更加腐败，统治阶级和人民大众的矛盾更加尖锐有关；另一方面与当时先进的实学思想日益发展，促进了朝鲜文学的转型和发展有关。

《春香传》梗概

《春香传》所反映的是李朝后期，即朝鲜封建社会趋向崩溃时期的社会面貌。全书分为上下两卷。上卷写全罗道南原府改籍从良艺妓月梅之女成春香，在春光明媚时节到广寒楼荡秋千时，巧遇南原府使李翰林之子李梦龙。李梦龙一见钟情，依依不舍，当晚便到春香家里拜访，并背着自己父母私自与春香订下百年之约。两人情投意合，爱意深笃。不料好景不长，由于李翰林调离南原前往京师任职，命李梦龙一同离开南原，李梦龙和春香只得洒泪而别，约定日后重逢。下卷写南原府新府使卞学道到任后，下令传唤艺妓，并强迫春香为其“守厅”侍妾。春香宁死不肯屈从，被卞学道严刑拷打，并下入牢狱。此时李梦龙在京师应试，考中文科状元，被钦点为全罗御使。为了查明社会真相，他化装成乞丐，暗行私访。当他来到南原府时，春香已经濒临绝境。他带人闯入卞学道的寿宴，惩办了卞学道，救出了春香，一对有情人终成眷属。

《春香传》着重刻画了成春香、李梦龙和卞学道这三个人物形象。

女主人公成春香的形象最为引人注目。这个美丽、善良的姑娘既热情又勇敢，既忠于爱情又勇于反抗的性格特征，在小说里得到了生动的表现。

春香国色天香，文才出众，而且胸怀高远，气量过人，一心梦想“共结同心”的爱情。在这种情况下，广寒楼巧遇李梦龙，使她热情激荡，于是毅然突破身份等级制度的限制，与之结为秦晋之好。然而，婚姻问题毕竟是社会问题，李朝统治虽然已经风雨飘摇，但是仍然拼命维护身份等级制度，以便继续苟延残喘下去。所以，春香和李梦龙自由结合的婚姻是不可能被李梦龙的家庭承认的，是不可能被统治阶级的社会承认的；当李梦龙不得不随父亲离开南原时，他们自由结合的婚姻便遭到了沉重的打击，便失去了存在的基础。在这个危急关头，春香为了维护自己的爱情和婚姻，也为了维护自己的权利和人格，挺身而出，与社会展开了第一次正面冲突。这次冲突主要发生在春香与李梦龙之间，主要对准身份等级制度，主要表现在思想观念范畴。当李梦龙表示相信他母亲所说“娶艺妓之女做妾，不但败坏门庭，而且如被朝廷知晓，一定断送前程，一世不能为官”（冰蔚、张友鸾译文，下同）之类的家训，表示不得不与春香分手时，春香当即脸色大变，义正词严地说道：“贵族两班，个个狠毒！恨哉！恨哉！尊卑贵贱，委实可恨！谁都愿天下有情人都成眷属，不曾想世界上竟有你这等狠毒的两班……你休以为春香是个贱女，因而任意抛弃。你去之后，薄命妾将要食不甘味，寝不安枕的了。我必不久于人世，相思能令我郁郁而亡……但愿你今后不要用对待春香的手段，再去对待他人。如再这样，你是没有好下场的。”这是春香发自肺腑的声音，是她对身份等级制度的愤怒抗议。

春香与社会的第二次正面冲突，要比第一次冲突尖锐得多也残酷得多。它主要发生在春香与卞学道之间，主要表现为春香与贪官污吏你死我活的斗争，并且不再局限于思想观念的范畴，而是具有了明确的政治斗争性质，甚至于可以说具有了人民大众与贪官污吏你死我活的政治斗争性质。春香对卞学道的斗争是勇敢的、坚决的，并且能够推己及人，由自身所受的苦难想到百姓所受的苦难。她在《刑杖歌》里，一方面表明自己对爱情和婚姻的忠贞不渝——“六道我的心，一心想梦龙。哪怕审我六六三十六次，把我试刀锋；哪怕身死六万回，我也不能从。我心中委屈怒气冲牛斗，万死一生决不变初衷”；另一方面则抒发自己“为民请命”的心愿——“使道士大夫，不把四政司，不知四十八方南原百姓的苦，但知枉法去徇私”，甚至表示“愿得七尺剑，刺杀贼谗奸”。在这里，她已经不仅是在为维护自己的爱情和婚姻而斗争，也不仅是在为维护自己的权利和人格而斗争，而是在为维护人民大众的利益而斗争，是在为维护人民大众的权利而斗争；她已经不仅是一个忠于自己丈夫、维护自身利益的女性，她已经成为为人民大众请命的女性了。她在《长叹歌》中唱道：“我身在深闺犯了什么罪，无缘无故受灾殃？我饥来没有偷国谷，为何刑杖把我伤？我没有杀人做强盗，为何披枷带锁睡刑床？我没有触犯纲常忤逆罪，为何要把我命丧？我没有冶容去诲淫，为何要严刑拷打在公堂？我愿那三纲之水化为墨汁，把我的怨情写做青词奏玉皇。”这义正词严的质问，表明了她与贪官污吏不共戴天的深仇大恨。大约由于这个缘故吧，所以春香的受刑轰动了整个南原府，招引了无数男女老少前来观看，人人叹息，个个垂泪。

李梦龙起初是具有进步思想的青年知识分子，后来成长为为民除害的清官。据小说介绍，他出身于簪缨世族，阀阅名家，是京师三清洞李翰林之子，自幼接受贵族官僚的传统教育；但在恋爱结婚问题上，他却具有明显的新思想，即主张恋爱自由，结婚自主。与春香恋爱结婚时，他是热情的、真诚的，正如他在婚礼上所说的那样：“我原想备具六礼，怎奈无法做到。如此草草，实觉心伤。但是，只要心心相印，却也不在乎那些繁文缛节。”不过，当时他头脑中的身份等级观念并没有得到彻底清除，所以后来在父母的压力下，便无可奈何地表示要与春香分手，并且因此受到春香理所当然的批判。但是在春香据理力争后，他还是向春香保证“我这次进京，如若状元及第，出任外职，定能带你一同上任”；而且后来果然没有食言。担任全罗御使以后，他的性格又有了明显的变化，他的思想又有了明显的提高。他所看重的主要不是光宗耀祖和权势地位，而是国家大事和群众疾苦。他没有与贪官污吏同流合污，而是注意倾听群众呼声，顺应民意惩处贪官污吏。难能可贵的是，他还能写出一首寓意深刻并且高度概括的讽刺诗：“金樽美酒千人血，/玉盘佳肴万姓膏。/烛泪落时民泪落，/歌声高处怨声高。”李梦龙的形象是当时人民大众愿望的体现。不言而喻，在封建社会里，出现一些李梦龙式的清官并不是完全不可能的，但是要想依靠这些清官彻底解决封建制度与人民大众的矛盾却是绝对不可能的。

卞学道是李朝末年贪官污吏的典型代表。骄奢淫逸、徇私枉法是他的主要特征。在小说中，他与春香、李梦龙以及广大人民群众处于尖锐对立的地位。下卷一开头就介绍说：他为人文采有余，道德不足；刁钻乖僻，刻薄尖酸；通晓风流之事，爱作狭邪之游；原是个失德的小人，常断些无情的冤案。后来他的所作所为果然如此。他尚未上任便先打听“绝色女子”春香的情况，一听说确有此人，便催促立刻动身；刚到任上，便急忙吩咐点传艺妓，抓到春香，便滥施淫威，非置春香于死地不可。他身负重任却不理政事，反而依仗权势迫害百姓，可谓罪恶累累。就是这样一个无耻之人却被李氏王朝任命为新任南原使道，并且听凭他为所欲为，足见这个朝廷是多么昏庸、多么腐败了。

成春香、李梦龙、卞学道的形象是当时朝鲜社会不同阶级人物的典型代表。此外，书中还刻画了侍女、书童、艺妓等人物形象，丰富了作品的社会生活画面，表现了对下层人民的同情。

总之，《春香传》通过成春香和李梦龙悲欢离合的故事，赞颂了这对青年坚贞不渝的爱情，同时也批判了朝鲜封建社会末期身份等级制度的罪恶，揭露了当时贪官污吏横行霸道、黎民百姓怨声载道的黑暗现实。

金樽美酒千人血，
玉盘佳肴万姓膏。
烛泪落时民泪落，
歌声高处怨声高。

书中这首诗是对卞学道统治下的南原府的艺术概括，也可以说是对当时整个朝鲜封建社会末期的艺术概括，堪称点睛之笔。

《春香传》在艺术上具有自己的鲜明特点，其特点主要体现在人物刻画、情节安排和语言运用等三个方面，而这三个方面又都与这篇小说是由民间说唱文学演化而来的特殊性质有关。

由于这篇小说是由民间说唱文学演化而来的，所以它在人物刻画方面的突出特点是，很少使用一般书面小说常用的直接描写方法，而是大量使用间接描写的方法，如通过一人之口描写另一人（春香的如花美貌和高贵品德是通过春香母亲、房子等人的夸奖表现出来的），又如通过唱词展示人物心理活动（春香的坚强决心是通过《刑杖歌》等展示出来的，李梦龙对春香的爱情是通过《爱歌》等展示出来的），等等。作者通过这些手段，克服了以往朝鲜小说概括叙述多、具体刻画少的缺欠，使得男女主人公的形象丰满而且感人。

由于这篇小说是由民间说唱文学演化而来的，所以它在情节安排方面的突出特点是，不像一般书面小说那样进展比较缓慢，而是进展比较迅速，矛盾比较尖锐，冲突比较集中。如春香和李梦龙在广寒楼一见钟情，当晚便在春香家里永结同心，中间没有经过太多周折；二人新婚生活刚刚开始不久，李梦龙便得到父亲调任的消息，春香和李梦龙不得不洒泪而别；当春香还沉浸在离别的悲伤中时，卞学道威逼的横祸便从天而降；春香与卞学道的生死搏斗更是紧锣密鼓，一阵紧过一阵；最后是李梦龙再登场，惩办贪官，拯救春香，夫妻团圆。这种安排情节的方法似乎更加接近戏剧，能够牢牢地抓住听众和读者的心。

由于这篇小说是由民间说唱文学演化而来的，所以它在语言运用方面的突出特点是，采用说唱结合的方式，“说”的部分主要用散文，“唱”的部分主要用韵文。散文通俗易懂，主要用于叙事；韵文优美典雅，主要用于抒情。人物的语言则或用散文，或用韵文。如春香的语言散文、韵文相间，表现她的丰富思想和复杂感情；李梦龙的语言多用韵文，反映了他较高的文化教养。

此外，这篇小说又是中国和朝鲜文化交流的结晶。它一方面大量引用朝鲜的民歌、童谣、成语、警句和俚语等，表现出浓郁的朝鲜民间文学性质，体现出浓厚的朝鲜民间文学特色；另一方面广泛活用中国的成语、谚语、典故和诗句等，以便提高作品的表现力。有时引用中国典故增强修辞效果——如房子介绍春香时说：“这春香虽然色比庄姜，才如李杜；却又德齐太姒，节赛英皇。她是当今天下的绝色，也是万古女中的君子。”又如小说描写李梦龙时说：“这李道令，年华二八，文雅风流，仿佛当年杜牧之的模样。更兼度量可容沧海，胸襟豁达过人，聪明绝顶，文章满腹。吟成李太白的诗篇，写成王羲之的字体。”有时引用中国诗句加强艺术感染——如描写李梦龙的英姿时，借用岑参《卫节度赤骠马歌》中的“香街紫陌凤城内，满城见者谁不爱”；描写李梦龙登广寒楼欣赏四周美景时，借用王勃《临高台》中的“赤城映朝日，绿树摇春风”、“紫阁丹楼纷照耀，璧房锦缎相玲珑”；李梦龙所作讽刺诗中的前两句“金樽美酒千人血，玉盘珍肴万姓膏”，是由李白《行路难》第一首的前两句“金樽清酒斗十千，玉盘珍馐值万钱”演化而来的。当然，书中引用的中国诗句未必完全合适，不当之处在所难免。但就总体而言，本书作者的业绩仍然是值得大书特书的，正是由于他们的努力，才诞生了这个中朝文化结合的硕果。

第五节 阮攸

民族诗人·命途多舛·六八诗体·中国渊源

生平与创作

阮攸（1765—1820）是越南中古时期最优秀的诗人，也可以说是越南古典文学史上成就最高的诗人。据黄轶球先生研究，阮攸字素如，号清轩，别号鸿山猎户、南海钓徒，生于越南河静省（今义静省）宜春县仙田乡。据说他的家族是当时的豪门望族，长期以诗书继世，以官宦传承。在官场上，他的远祖是状元，任吏部尚书；父亲任宰相，封春郡公；几个哥哥都是科举出身。在文坛上，他的父兄著述很多，负有盛名；他的两个侄子被誉为“文坛双璧”，一个侄子是“安南五绝”之一。阮攸自幼聪颖，6 岁入学读书，学习成绩优异，19 岁中乡试三场（即秀才），20 岁出任“正首校”。然而当时执掌政权的黎氏王朝已经衰败，不久便被西山农民起义大军推翻。阮攸力图维护黎氏王朝的统治，他先是回到妻子的娘家（今太平省琼瑰县海安村）居住，与人筹划推翻西山王朝，恢复黎氏王朝统治，结果遭到失败；然后又回到自己的故乡仙田乡，再次图谋举事，又以失败告终；最后一次策划举事时，由于泄露机密，被西山部队捕获，囚禁数月才被释放。这时他终于明白时代已经彻底改变，自己已经回天乏术。在这期间，他过着颠沛流离的生活，饱受饥寒交迫之苦，所吟诗句“行脚无根任转蓬，/江南江北一囊空”（《漫兴》）就是当时生活的写照。不过，与此同时，他也接近了人民大众，亲身体验了他们的痛苦，亲眼目睹了他们的不幸。这对他的思想和创作都产生了微妙的影响。1802 年，阮福映在法国殖民者的支持下，推翻西山王朝，建立阮氏王朝。阮朝恢复封建集权制度，将土地集中在皇家手里，从而加重了社会矛盾。为了招揽人才，阮朝几次征召阮攸，阮攸一再辞退，后来被迫出任官职：1802 年 8 月被任命为芙蓉知县，10 月升为常信知府；1805 年 1 月拜东阁殿学士，封攸德侯；1809 年拜广平营该簿；1813 年 1 月提升为勤政殿学士；1815 年提升为礼部右参知。但是他并不积极从政，面对统治集团内部钩心斗角的矛盾，采取的是冷眼旁观的态度。所幸的是，1813 年 1 月，他以正使身份出使中国，得以广泛接触中国文化，大量涉猎中国文学作品，同时也对中国当时流行的才子佳人小说产生了浓厚的兴趣。他觉得这些小说不仅写得十分生动，而且其中有的小说所反映的中国社会现实与当时越南的社会现实有许多相同或者相似之处。因此，1814 年 4 月他回到越南后，立即借用青心才人的才子书《金云翘传》的题材，采用六八诗体，写出了长诗《金云翘传》(据说作者构思很久，但执笔写作很快，甚至有一夜之间写成全篇，以至于“翌朝揽镜，须发俱白”之说)。1820 年阮圣祖即位，又派阮攸为正使到中国求封，但他尚未启程即身染重病，并于同年 9 月 16 日去世，享年 56 岁。

阮攸一生的著作很多。他既用汉语写作，又用越南国语（字喃）写作。用汉语写的主要作品有《清轩诗集》、《南中杂吟》和《北行杂录》等，用字喃写的主要作品有《众生十类祭文》、《樵夫申冤歌》和《金云翘传》等。而在所有这些作品中，最负盛名的无疑当属《金云翘传》。

长篇叙事诗《金云翘传》（书名由金重、王翠云、王翠翘三人的姓名中各取一字组成，又名《断肠新声》）虽然是依据中国明末清初青心才人同名章回体小说改写的，可是由于阮攸在再创作的过程中，结合了越南当时黑暗腐败的社会现实和自身饱含辛酸的生活体验，并且在内容上删繁就简，去粗取精，在语言上精心加工，细心推敲，所以获得了很大的成功。越南学者陶维英写道：“阮攸的《断肠新声》，不是根据原著一字一句的翻译，而是把原著全盘溶化成为自己的东西，加以清滤、抉择，经过他天才的改作，便成就了一部更古劲、丰富、典丽、质朴兼而有之的卓越创作。他纯熟地运用典故和谚语，使作品增强了精练与韵致。更重要的是他能够把越南民族色彩和汉文学的特色完善地紧密地糅合起来。”（黄轶球译文）据说这部长诗的故事最初起源于中国民间文学，青心才人将这个故事改写成章回小说，阮攸将这部小说改写成长诗，阮攸的长诗又传回中国，推动了广西地区有关传说（名叫《金重与阿翘》）的形成。

《金云翘传》梗概

全书共 3 254 行，计 12 卷，可以分为五个部分。

第 1 卷至第 3 卷：王员外有三个儿女，大女儿王翠翘美态娉婷，才华出众；二女儿王翠云端庄超俗，天然风韵；小儿子王观继承书香，刻苦读书。王翠翘在清明踏青时，与书生金重一见钟情，彼此倾慕，私订终身；后来因为金重的叔父死于外乡，金重的父亲命金重前去奔丧，二人不得不忍痛离别。这是故事的开端。

第 4 卷至第 6 卷：金重走后，翠翘家里突然飞来一场横祸：由于受到奸商和贪官陷害，老父、幼弟含冤入狱。为了挽救亲人，翠翘决计卖身，又被流氓马监生拐骗，堕落青楼，沦为娼妓。在青楼，她受尽鸨母秀婆和二流子楚卿的百般凌辱，受到非人的待遇。这是故事的展开。

第 7 卷至第 8 卷：翠翘为了跳出火坑，争取获得新生，嫁给一个懦弱无能的纨绔子弟束生为妾。但是不料又被束生夫妇所害，受尽种种折磨。中间虽然得到管家和女尼觉缘的救助，然而终于未能逃脱恶人的陷害，再一次堕入火坑。这是故事的继续展开。

第 9 卷至第 10 卷：翠翘与一位揭竿而起、称霸南天的起义英雄徐海结识，徐海爱护翠翘、尊重翠翘，翠翘也把自己的全部感情和希望寄托在徐海身上。徐海不仅帮助翠翘跳出火坑，并且为她报仇雪耻，把欺压过她的人——恶棍、流氓、淫夫、毒妇等一一判刑，对救助过她的人一一予以报答。但是其后官方利用翠翘劝诱徐海投降。翠翘单纯幼稚，并且具有浓厚的“夫贵妻荣”等封建观念，力劝徐海归顺；徐海依允，上当受骗，导致阵前殉难。事后，翠翘非但没得到官军首领的尊敬，而且遭到他们的百般凌辱，悔恨不已，投江自尽，后被觉缘等人救起。这是故事的高潮。

第 11 卷至第 12 卷：金重料理完丧事归来，会试得中，补官上任。他到处查访翠翘下落，得知翠翘已死，在江边举行祭奠，悲痛欲绝。最后，在觉缘指引下，他终于见到被人搭救脱险的翠翘，翠翘全家重新聚首，翠翘、金重破镜重圆。这是故事的结局。

女主人公王翠翘形象的成功塑造，是这部长诗思想内容和艺术成就的集中体现。翠翘出生于小康人家，加上本人才色超群，按理可以度过幸福的一生。然而由于社会混乱和官府腐败，老父、幼弟无端披枷戴锁，迫使翠翘堕入舛途。此后，她被媒婆、人贩和老鸨等人辗转拐卖，15 年间多次忍受凌辱，多次堕入青楼，多次遭受毒打，多次自杀未遂，正是所谓“可怜一代红妆，历尽流离冤苦”（黄轶球译文，下同）。作者在描写王翠翘苦难命运的同时，还着重描绘了她善良而又坚毅的性格。她尊老怜幼，富于自我牺牲精神。她因未能对老父尽孝而感到非常自责。当老父、幼弟遭难时，她毅然决定牺牲自我：“自恨女儿身，/未曾点滴报答亲恩……我如不忍离去，/难免风雨摧残，同归于尽。/唯有自我牺牲，/花谢了，留得枝叶长存。”更加难能可贵的是，在种种邪恶势力的迫害下，她始终没有消沉，始终没有颓丧，一直期望跳出火坑，盼望出头之日。后来遇到徐海，她又勇于挺身而出，勇于报仇雪耻。即使后来上当受骗，劝诱徐海投降，导致徐海身亡，她也没有与邪恶势力同流合污，而是悔恨交加地投江自尽。这表明她始终是与邪恶势力势不两立的。

令人遗憾的是，王翠翘无限热爱徐海，但却未能协助徐海完成起义大业，反而断送了徐海的事业和生命。这是一个使人痛惜的悲剧，是她的性格悲剧和命运悲剧。之所以造成这种悲剧，是因为翠翘的性格也有软弱的一面，即在她身上不时流露出来的“三从四德”、“夫贵妻荣”、“忠君报国”、“逆来顺受”等封建传统道德观念。这些封建传统道德观念在关键时刻甚至支配了她的思想、感情和行动，替敌人劝说徐海投降，便是其具体表现。再进一步说，这恐怕也是作者本人思想局限性的表现。也正因为如此，所以作者在揭示王翠翘苦难命运的根源时，也只能把它归结为“天命注就”、“祸由情起”，并没有能够揭示出其苦难命运的真正根源，没有能够揭示出其苦难命运的社会历史根源。

除了王翠翘，徐海这个起义英雄的形象虽然着墨不多，却也写得有声有色。如他的英姿——“他生得虎须、燕颔、蚕眉，/阔肩膀，体貌轩昂。/雄姿英发，/精通拳棍，更兼才略高强”；他的牺牲壮烈——“徐公阵前殉难，/仍然意气轩昂。/英灵宛在，/遗骸直立不僵。/恍似一柱擎天，/哪怕千斤击撞”。当然，徐海也有自身的弱点，正是因为他对统治者也不免存有幻想，所以才终于断送了自己的事业。

总而言之，《金云翘传》通过女主人公王翠翘命途多舛的一生，生动地描绘了当时社会黑暗腐败的状况，充分地表达了作者对被侮辱与被损害者的同情。长诗对黑暗腐败的社会环境的描写是多方面多角度的，对造成王翠翘悲惨命运的社会因素的揭示是具体而深入的。诸如贪官污吏的专横暴虐、营私舞弊，土豪劣绅的倚势凌弱、贪婪狠毒，花街柳巷的淫荡堕落、乌烟瘴气，封建家庭的横行霸道、仗势欺人……正是在官僚、豪绅、奸商、纨绔子弟、地痞流氓、人口贩子等串通一气而且接连不断地残酷迫害下，一个原本是“大家闺秀”的王翠翘才一次次地堕入火坑，一步步地沦为妓女、侍妾和奴仆，在肉体上和精神上饱受折磨和摧残。因此，我们可以说，《金云翘传》是当时中国和越南封建社会末期真实面目的生动写照。王翠翘的遭遇表明，这样的社会已经进入终结时期，已经濒临绝境，已经难以继续存在下去了。

《金云翘传》在艺术表现方面也取得了相当突出的成就。从安排情节结构来说，故事一环紧扣一环，矛盾一个紧接一个，从前到后联系紧密，从头到尾浑然一体，引人入胜，发人深思。从刻画人物形象来说，一是重视表现女主人公内心复杂微妙的变化，并且善于通过简洁生动的语言描绘这种变化；二是注重以外界景物变化衬托女主人公感情变化，使二者彼此交融，互相映衬；三是既有个性鲜明的肖像描绘，又有细致深刻的心理描写。

尤其值得称道的是诗人在运用诗体和语言方面的出色表现。他使用的是六八诗体。据我国学者黄轶球介绍，这种诗体是从越南民歌演变而来的，是越南人民喜闻乐见的形式。其构成方法是：上六字下八字为一句，上六字与下六字同韵，下末字又与第二句的第六字同韵；依此类推，这样不断延续下去，可以达到成千上万行。不仅如此，这种诗体还可以配乐演唱，具有鲜明的民族特色。阮攸巧妙使用这种诗体，充分发挥这种诗体的特长，几乎达到尽善尽美的地步。他在语言运用上也达到很高的境界，词语简洁、形象、凝练、优美，既善于灵活运用丰富多彩的中国汉语典故、成语，又广泛吸收生动形象的越南民间俗语、谚语，并将二者非常自然地糅合在一起，终于使得这部长诗成为越南文学史上万古长青的作品，终于使这部长诗中的许多诗句成为越南老幼妇孺皆能背诵的名句。所以，越南现代著名作家阮庭诗说过：阮攸的《金云翘传》所使用的语言是纯粹越南语的典范，直到现在还没有人能够超越。

最后应当说明的是，在中国，王翠翘与徐海的故事在明末清初的许多作品里都有所记载，如茅坤的《纪剿徐海本末》、余怀的《王翠翘传》、梦觉道人的《生报华萼恩，死谢徐海义》和夏秉衡的《双翠圆》等，其中以青心才人的《金云翘传》内容最丰富，故事最完整。青心才人将这个故事扩展成了四卷 20 回、共约十三四万字的章回小说（缩写本称为《双奇梦》）。阮攸由于采用诗体，所以字数减少许多，但是故事内容没有多少变化，主要人物形象还在一些地方显得更加丰满。这不能不说是阮攸的巨大成功。

第六节
迦梨陀娑

迦梨女神的奴隶·梵语戏剧的典范·耐人寻味的思想和艺术·"彼美一人，沙恭达纶"

生平与创作

迦梨陀娑是印度中古时期最杰出的诗人和剧作家。关于他的出生年代，印度有种种不同的说法，但都缺乏足以令人信服的证据。季羡林先生认为，在所有这些说法中，我们只能选择一个比较合理的，这就是迦梨陀娑大约生在 4 世纪到 6 世纪的笈多王朝时代；再准确一点说，是在 350 年至 472 年之间。迦梨陀娑的生平活动也不能确定，甚至连他的姓名也不能确定。印度有个传说：迦梨陀娑原来是一个婆罗门的儿子，后来父母双亡，成了孤儿，由一个牧人养大，并与一个公主结婚。由于他出身低贱，头脑又愚蠢，公主很不高兴。他去祈求迦梨女神帮助，女神同情他的不幸，赐给他超人的智慧，于是他一下子变成了大诗人和大作家。"迦梨陀娑"的意思是迦梨女神的奴隶。显然，这只是一个传说故事而已。根据他的作品推测，他可能是一个宫廷诗人，有人认为他是笈多王朝超日王宫中的"九宝"（九位艺术家）之一。

迦梨陀娑究竟写过多少作品，也是众说不一。有人认为有 41 部；但一般认为可靠的作品有 5 部，即《鸠摩罗出世》、《罗怙世系》、《沙恭达罗》、《优哩婆湿》和《云使》；另外还有两部作品也很有可能是他的，即《摩罗维迦与火友王》和《时令之环》。这 7 部作品分别属于三种体裁：叙事诗、抒情诗和剧本。

《鸠摩罗出世》和《罗怙世系》是叙事诗。《鸠摩罗出世》分 17 章，写湿婆和波哩婆提的恋爱故事和他们的儿子——战神鸠摩罗的出生及其战胜魔王的经过，体现了爱情战胜苦修的入世思想。《罗怙世系》分 19 章，写罗怙世系的业绩，以罗摩为重点，包括其祖先和后代的故事。这两部长诗全面发展了《罗摩衍那》所开创的古代梵语叙事诗的技巧，被认为是古典梵语叙事诗的范本。

《时令之环》和《云使》是抒情诗。《时令之环》（又名《六季杂咏》）是短诗集，分 6 章，歌咏 6 季（春季、夏季、雨季、秋季、霜季和寒季）景物和男女爱情，属于诗人的早期创作。《云使》是长诗，分两章，写一个小神药叉思念妻子，并委托云彩使者为他传递信息的故事。这部作品感情炽烈，想象丰富，韵律和谐，语言优美，被视为古典梵语抒情诗的样本。

《摩罗维迦与火友王》、《优哩婆湿》和《沙恭达罗》是剧本。《摩罗维迦与火友王》是五幕剧，写宫女摩罗维迦和火友王的恋爱故事。《优哩婆湿》（全名是《通过武力获得优哩婆湿记》）也是五幕剧，写天宫歌妓优哩婆湿和人间国王补卢娑娑的悲欢离合，颂扬优哩婆湿敢于冲决一切清规戒律，大胆追求爱情和幸福的反抗精神。而《沙恭达罗》则被公认为印度古典梵语戏剧的典范，是迦梨陀娑的代表作品。

《沙恭达罗》（全名为《由于一种信物而重新获得沙恭达罗记》）的基本题材来源于大史诗《摩诃婆罗多》和往世书《莲花往世书》。不过《摩诃婆罗多》和《莲花往世书》都只有一个故事轮廓，没有突出描写爱情，人物性格也很模糊。迦梨陀娑利用这个故事轮廓进行再创造，充实了人物的血肉，强调了爱情的主题。

《沙恭达罗》梗概

全剧分为七幕，故事情节如下：豆扇陀国王出城打猎，来到一座净修林，偷看到净修女沙恭达罗的美貌（以上是第一幕“狩猎”和第二幕“故事的隐藏”）。豆扇陀爱上了沙恭达罗，沙恭达罗也钟情于豆扇陀，于是两人自愿结合。临分别时，豆扇陀表示回城以后马上派人来接沙恭达罗，并且送给沙恭达罗一枚戒指作为信物（以上是第三幕“爱情的享受”）。豆扇陀走后，沙恭达罗由于日夜思念丈夫，心不在焉，没有对过路的大仙人达罗婆娑问好行礼，达罗婆娑立即发出诅咒：你的丈夫将会把你忘记，直到看见他给你的信物为止。后来豆扇陀果然没有派人来接沙恭达罗，她的义父只好派人把她送到王宫里去。不幸的是，路上沙恭达罗又把那个信物——戒指丢了（以上是第四幕“沙恭达罗的别离”）。沙恭达罗来到王宫，由于仙人的诅咒发生作用，豆扇陀拒绝承认沙恭达罗是自己的妻子。沙恭达罗走投无路，高举双臂，痛哭失声，随即化作一道金光消失了（以上是第五幕“沙恭达罗的被拒”）。事后，一个渔夫拾到那个戒指，把它交给豆扇陀，他才重新记起沙恭达罗。他后悔不迭，哀伤不已（以上是第六幕“沙恭达罗的遗弃”）。故事的结局是大团圆：豆扇陀和沙恭达罗在仙界重逢，他们还有了一个了不起的儿子——婆罗多（以上是第七幕）。

《沙恭达罗》中的主要人物是沙恭达罗和豆扇陀。

沙恭达罗是作者运用各种艺术手段精心塑造的近乎完美的女性形象。她原是“王族的仙人”和天女所生，具有半神半人的性质；但从小被父母遗弃，由隐士干婆收养，在净修林中长大，过着净修女的生活。她的性格特点是质朴而温柔，热情而勇敢。

在日常生活中，她穿的是树皮衣服，戴的是荷花须子手镯。她跟女友的关系是平等的、友爱的。她不羡慕豪华的宫殿，而热爱朴素的净修林，对净修林的一草一木一鸟一兽都怀着深情厚谊。所以，当她告别净修林时，草木鸟兽都感到伤心，都对她恋恋不舍。剧本第四幕写道：

> 小鹿吐出了满嘴的达梨薄草，孔雀不再舞蹈，
> 蔓藤甩掉褪了色的叶子，仿佛是把自己的肢体甩掉。
> 那野鸭不理藏在荷花丛里叫唤的母鸭，
> 它只注视着你，藕从它嘴里掉在地下。（季羡林译文，下同）

这些描写是生动感人的，体现了作者人与自然合一的美好理想。

在爱情问题上，她是热情而勇敢的，而这种热情和勇敢又是与单纯和质朴联系在一起的。她一见到豆扇陀，就被豆扇陀所吸引，并且克服羞怯心理，冲破净修林的清规戒律，自己做主，与豆扇陀成了婚。当发觉自己上当受骗以后，她也敢于在大庭广众之下据理力争，愤怒斥骂豆扇陀："卑鄙无耻的人！你以小人之心度君子之腹。谁还能像你这样披上一件道德的外衣，实在是一口盖着草的井？"

豆扇陀的形象比较复杂，可以说具有两重性。一方面，作者通过正面的明写，把他写成了一个有道明君，一个多情的人。净修林的苦行者赞美他是"国王中的明灯"。他既在地上保卫净修林和老百姓，又到天上帮助天神消灭魔鬼。他对沙恭达罗也是有情有义的。当向沙恭达罗求爱时，他表现得很有礼貌，很有节制，并不仗势压人；在失掉对沙恭达罗的记忆后，他仍然有自制力，害怕"抚摩别人的妻子而陷于不义"；当恢复了对沙恭达罗的记忆后，他则整天长吁短叹，甚至有时伤心得昏迷过去。在第六幕里，作者通过侍从的嘴说道："他厌恶享受，也不每天接见大臣，像往常一样。夜里他睡不着觉，在床上辗转反侧一直到天亮。"他自己也说："那一只戒指带回来了我的记忆；/我竟毫无理由把最亲爱的人儿遗弃。/我现在真后悔不迭，我痛哭流涕，/虽然现在正是春光明媚的好天气。"

但另一方面，作者又通过侧面的暗写，讽刺和揭露了他的荒淫好色，喜新厌旧，用情不专。丑角的插科打诨和精心安排的细节在这方面起了很大作用。例如第五幕开头，在沙恭达罗即将来到豆扇陀的宫廷之前，作者设置了一个意味深长的插曲——皇后在幕后唱道："蜜蜂啊！你偷吃新蜜曾吻过芒果的花苞，你愉快地呆在荷花心里，为什么把它忘掉？"国王听了说道："哈哈！这歌声情意缠绵。"丑角问他："喂，朋友啊！你从她的歌声里听出了什么意义呢？"国王微笑着回答："这个人以前被我爱过，我受到皇后恒娑婆抵的谴责。朋友摩陀弊耶！请你把我的话告诉皇后恒娑婆抵：'我应该被你谴责'。"皇后含泪的歌声和国王油滑的自白是多么令人失望啊！同时，这个插曲还不能不使我们联想到丑角以前嘲弄豆扇陀的话："啊，正如一个厌恶了枣子的人想得到罗望子一般，万岁爷享受过了后宫的美女，现在又来打她的主意。"这些巧妙曲折的描写，使我们感到豆扇陀也像一般国王那样，是一个喜新厌旧的人。

《沙恭达罗》写的是沙恭达罗和豆扇陀悲欢离合的爱情故事，迦梨陀娑对于这个爱情故事的态度是复杂的、矛盾的。因为他是一个宫廷诗人，同时又是一个有良心的艺术家，所以他既要依靠最高统治者，又与最高统治者有一定的矛盾。于是，他便采用含蓄、委婉的手法，既有正面的明写，又有侧面的暗写。

从正面明写来看，作者表现的是沙恭达罗和豆扇陀幸福美满的爱情故事，写的是双方自由相爱、自由结合的婚姻，不是合乎当时社会常规的婚姻。

首先，作者写的是沙恭达罗和豆扇陀由相爱而结合，又由思念而重圆的爱情故事，赞美他们热烈的感情和幸福的结合。在当时的社会条件下，他们的爱情是合乎理想的，无可非议的。沙恭达罗是完美的姑娘，作者心目中理想的女性；豆扇陀也是好国王，作者心目中的英雄。因此，作者把他们的故事写得美妙动人。当然，在当时社会的现实生活中，像这样基于热烈真挚爱情之上的美满婚姻，在一般人士之间也不多见，在宫廷内部就更加罕见了。事实上，作者主要是依据历史传说再加上自己的理想和愿望来写的，而不是依据当时宫廷帝王后妃的实际生活来写的。在这个美丽动人的爱情故事中，作者寄托了自己的美好理想和愿望，也在一定程度上体现了人们对幸福爱情生活的热爱和向往。

其次，作者写的是男女双方没有父母之命、媒妁之言而自由相爱、自由结合的故事，这种婚姻方式在印度古代被称为“干闼婆式”。印度古代权威法典《摩奴法典》规定婚姻方式有许多种，其中虽然也包括干闼婆式，可是却说，用这种方式结婚生的儿子残酷无情，爱说谎话，厌恶吠陀和圣法。这实际上否定了干闼婆式。可见，沙恭达罗和豆扇陀用这种方式结合是违背当时的婚姻常规的，带有反抗性质。对豆扇陀来说，这固然算不了什么；但对沙恭达罗来说，却是非同小可的。正因为这样，所以她总是顾虑重重，一再表示：“这是净修林的清规所不允许的”，“我自己做不了主”，“我只怨自己的命”，“我自己不自由”，等等。然而，后来她还是以充沛的热情和极大的勇气冲破了障碍，争得了自由。这种大胆叛逆，必然要受到阻挠和惩罚，只是作者有意把净修林和干婆理想化，不使作品展开正面冲突。

从侧面暗写来看，作者又在这个幸福美满的爱情故事之中隐约地写出豆扇陀的不良和沙恭达罗的不幸，指出现实存在的矛盾和问题。

首先，作者巧妙地揭露了豆扇陀在男女关系方面的隐私，讽刺了他喜新厌旧的态度。这些描写使人感到豆扇陀曾经遗弃过不少女子，他在爱情问题上常常是见异思迁的；同时也让我们不免怀疑，在仙人诅咒下遗弃沙恭达罗的行为，难道不也早已在他的天性里种下了根苗吗？正因为这样，我们读作品时总会觉得豆扇陀的所作所为有些毛病，远不如沙恭达罗那样完美。

其次，作者还通过沙恭达罗被遗弃的过程，谴责了一夫多妻制制度下夫权的残暴无理，指出了妇女的无权地位。当豆扇陀矢口否认沙恭达罗是自己的妻子时，作为一个女子，沙恭达罗完全失去了依靠，完全失去了力量。这事实上已经将她置于死地，她的名誉、地位乃至生死存亡，全凭丈夫的认与不认。如果不是作者幻想靠神的力量搭救她，悲剧的结局就是不可避免的了。再有，沙恭达罗被拒绝后，肇事者豆扇陀仅仅思念悔恨一番就算赎清罪孽，好像没有什么错处；而无辜受害者沙恭达罗却要遭受百般折磨，最后才算苦尽甘来。这难道不也是夫权至上的表现吗？总之，作者对豆扇陀给予婉转的讽刺，对沙恭达罗表示无限的同情；对当时婚姻制度的不合理加以揭露，对男性压迫女性加以批判，这是有进步意义的。

《沙恭达罗》在艺术表现方面充分显示了迦梨陀娑的才华，最突出的有以下三点。

第一，情节结构安排巧妙。剧本各幕之间的联系既自然又紧凑。序幕的安排颇有新意，先是舞台监督和女演员登场表演，然后自然而然地引导男主人公豆扇陀上场，过渡到第一幕。从第一幕到第七幕，可以说场场有矛盾，幕幕有冲突，波澜起伏，环环相扣，一步一步达到高潮。

第二，人物形象鲜明生动。在剧本里登场的人物可以说都是有血有肉、栩栩如生的。女主人公沙恭达罗的形象充实、丰满、富有艺术魅力，她的性格鲜明，并且有矛盾，有发展。因此，她成为印度梵语文学史上不朽的女性典型之一，长期以来为印度广大人民所喜爱。男主人公豆扇陀的复杂性格也得到多方面的表现。此外，沙恭达罗的两个女友、豆扇陀后宫的两个宫女、拾到戒指的渔夫等次要人物，虽然着墨不多，但也是神态活现的。

第三，语言流畅，文质相当。《沙恭达罗》是用梵语写的，当时的梵语已经成为学者文人的书面语言，不是人民群众的口头语言，所以缺乏活力。但在迦梨陀娑的笔下，梵语却是生动流畅、生气勃勃的，既不像吠陀和史诗那样朴实无华，也不像同时代其他一些文人的作品那样过分修饰。

《沙恭达罗》在印度国内外产生了广泛的影响。在印度国内，它的流传和影响，可以从以下几个事实表现出来：一是它有许多版本在各地传播，其中主要有四类，即孟加拉本、克什米尔本、中印度本和南印度本。这些版本互相有出入，有的差别相当大。二是除梵语原著外，它还有许多现代语言译本。梵语原著一般人看不懂，现代语言译本却拥有众多读者。三是对它的研究和考证一直在进行，据说有的梵语学者能够把它从头背到尾。四是它不仅保存在书本上，而且一直活跃在舞台上，其中有的用梵语演出，更多的是用现代各种地方语言演出，始终受到广大观众欢迎。

在印度国外，《沙恭达罗》也受到热烈欢迎。早在 18 世纪末期，它就传到了欧洲，先是英译本，后是德译本。德国诗人歌德和席勒都对它赞不绝口。歌德有诗赞曰："春华瑰丽，/亦扬其芬；/秋实盈衍，/亦蕴其珍。/悠悠天隅，/恢恢地轮，/彼美一人，/沙恭达纶。"（苏曼殊译文）席勒则在一封信里写道："在古代希腊，竟没有一部书能够在美妙的女性温柔方面，或者在美妙的爱情方面，与《沙恭达罗》相比于万一。"（季羡林译文）

第七节 菲尔多西

民族史诗 · 四大悲剧 · 艺术成就

菲尔多西（940—1020）是伊朗中古时期的著名诗人之一，他创作的民族史诗《列王纪》（又译《王书》）是伊朗中古文学史上最有代表性的作品之一。

菲尔多西出生在伊朗东部霍拉桑图斯城一个被称为"德赫甘"阶层的家庭。据张鸿年先生研究，"德赫甘"是土地所有者的意思，属于伊朗社会的贵族阶层。这个阶层掌握文化，其成员大都接受良好的教育，具有较强的民族意识，对阿拉伯人在伊朗的统治持不满和反对态度。再加上菲尔多西的故乡属于伊朗地方政权萨曼王朝管辖，所以菲尔多西自幼民族意识较强。他从小接受系统的教育，不仅通晓近代波斯语——达里波斯语，而且很有可能通晓中古波斯语——巴列维语和阿拉伯语。同时，他还具有丰富的历史知识和高深的文学修养。这些为他日后创作《列王纪》打下了坚实的基础，创造了良好的条件。

菲尔多西的《列王纪》是"舒毕思潮"影响的产物。所谓"舒毕思潮"，是指当时许多伊朗人不甘心长期处在阿拉伯人的统治之下，一方面寻找时机，随时准备以武力反抗的方式摆脱阿拉伯帝国的束缚；另一方面努力宣扬伊朗古代文明，恢复伊朗古代传统，整理伊朗古代国王和勇士的英雄业绩，并用伊朗人自己的语言——巴列维语和达里波斯语进行写作，以便弘扬伊朗的民族精神。于是，在"舒毕思潮"推动下，歌颂伊朗古代国王和勇士的英雄业绩成为一种时尚，不少作家和诗人竞相尝试。在菲尔多西创作《列王纪》前，已有五部达里波斯语的《王书》问世。其中三部是散文体，两部是诗歌体。而在这些著作中，最重要的一部散文体《王书》是由萨曼王朝霍拉桑总督下令，召集一些熟悉古代传说故事的人进行口述，然后将记录整理加工而成的。这部《王书》是菲尔多西创作《列王纪》的主要依据之一。此外，他还参考了巴列维语的史书《帝王纪》、萨曼王朝宫廷诗人塔吉基的《王书》以及流传于西斯坦地区的鲁斯坦姆家族的英雄传说等。

菲尔多西大约是从975年着手写作《列王纪》的，到1009年才大功告成，前后达30余载，几乎耗费了他大半生的精力。

但令人不能不感到遗憾的是，菲尔多西并没有因为这部《列王纪》得到应有的报偿。当他把这部巨著献给统治霍拉桑的玛赫穆德国王时，据说国王不仅没有赏赐他，反而下令将他处死，他只好四处逃亡。据我国学者张鸿年分析，其中原因可能主要有两点：一是《列王纪》中所包含的反对外国侵略的思想不合玛赫穆德的心意，因为玛赫穆德本人不是伊朗人，而是突厥人；二是菲尔多西属于伊斯兰教的什叶派，而玛赫穆德则属于逊尼派，他曾经残酷镇压过什叶派。另外还有史料记载，可能有某些宫廷诗人害怕菲尔多西得到国王的赏识而取代他们的地位，所以进了谗言。不但如此，菲尔多西逝世以后，由于图斯本地宗教人士的反对，他的遗体竟然不能葬入公墓，只能葬在自己家的后院。但诗人对自己30余年的劳动成果是珍视的，他了解《列王纪》的巨大意义。他在《列王纪》里写道："我以诗歌高筑了巍峨的殿堂，/任风吹雨打它也不会倒塌毁伤。/这部书定将世世代代地流传，/凡有理性的人都会诵读瞻仰。"（张鸿年译文，下同）

《列王纪》的故事始于雅利安人西支——伊朗人起源的神话传说时代，终于公元651年阿拉伯人灭亡萨珊王朝，上下历经4 600年，包括50个国王的统治时期（不过，《列王纪》不是历史著作，而是文学作品，它所写的内容与历史事实有一定的差异。如伊朗古代只有三个王朝，即阿契美尼德王朝、阿什康尼王朝和萨珊王朝，但《列王纪》写成四个王朝）。全书共约12万行（6万联），可以分为三大部分：神话传说，勇士故事，历史故事。

《列王纪》梗概

神话传说部分采用略写的方法，约有8 000行，不到全书的1/10。这个部分写的是伊朗第一个王朝——俾什达迪王朝前五代国王的故事。第一代国王凯尤玛尔斯是天神创造的第一人，他帮助天神与恶魔作斗争。第二代国王胡山执政时，人们学会取火、制铁和农耕。第三代国王塔赫姆列斯执政时，人们学会纺织和挤奶。第四代国王贾姆希德执政时，人们学会建造宫殿，制造武器，开采金银，酿酒和医术。第五代国王佐哈克是阿拉伯人，执政1 000年。由于他与魔鬼合作，并且残害人民，所以铁匠卡维揭竿而起，将佐哈克囚禁起来，拥立法里东为国王。

勇士故事部分是全书的核心，采用详写的方法，约有50 000行，占全书的一半以上。这个部分写的是伊朗第一个王朝——俾什达迪王朝后五代国王和第二个王朝——凯扬王朝前五代国王的故事。俾什达迪王朝第六代国王法里东执政500年，当时天下太平，人们生活安定，信仰天神。但法里东的三个儿子后来因为分封国土发生矛盾，大儿子萨勒姆和二儿子土尔设计将三儿子伊拉治害死，从而形成了伊拉治的悲剧。在下一代国王玛努切赫尔执政时，勇士萨姆登场，萨姆的儿子是勇士扎尔，扎尔的儿子则是鲁斯塔姆，鲁斯塔姆是这部史诗中的主要勇士、伊朗的民族英雄。其后，在鲁斯塔姆的辅佐下，凯扬王朝的第一代国王哥巴德登基，哥巴德又将王位传给自己的长子卡乌斯。卡乌斯执政时，发生了一系列的事件：如他在鲁斯塔姆的协助下，先后出征马赞得朗（今里海南岸）和哈马瓦兰（今也门）等地；鲁斯塔姆在战场上杀死自己儿子苏赫拉布；卡乌斯的儿子夏沃什因与卡乌斯的妃子苏达贝发生矛盾而被迫客死他乡，等等。卡乌斯将王位传给自己的孙子——夏沃什的儿子霍斯鲁，霍斯鲁执政时，伊朗和土兰多次发生战争。凯扬王朝第五代国王古什塔斯帕执政时，宣布索罗亚斯德教为正统宗教。古什塔斯帕的儿子埃斯凡迪亚尔是一个勇士，但是由于与父亲争夺王位，终于酿成惨死于鲁斯塔姆之手的悲剧。其后，鲁斯塔姆也被自己同父异母的兄弟沙卡德所害，二人同归于尽。

历史故事部分也占很大比重，约有40 000行。这个部分写的是伊朗第二个王朝——凯扬王朝后五代国王和第三个王朝——阿什康尼（安息）王朝、第四个王朝——萨珊王朝的故事。巴赫曼是凯扬王朝的第六代国王，他娶自己的女儿胡马依为妻，并将王位传给了她。凯扬王朝第九代国王达拉执政时，亚历山大进行东征，达拉和亚历山大是亲兄弟（这个说法没有根据，实际上是泛伊朗主义思想的表现），达拉被人杀死，亚历山大成为凯扬王朝第十代国王。亚历山大南征北战，后来在打算进攻中国时死去。亚历山大以后，伊朗进入第三个王朝——阿什康尼（安息）王朝时代。这个王朝的统治约有470余年，可是史诗的叙述十分简单，只是提到一些国王的名字，总共不过40行，这可能是因为缺乏资料。安息王朝之后是伊朗第四个王朝——萨珊王朝时代。萨珊王朝是由达拉的后代建立的。事情的经过是这样的：达拉死后，他的儿子萨珊逃到印度生活，其四代子孙都叫萨珊。第四代萨珊从印度回到伊朗，生下一子名叫阿尔达希尔·巴巴康。此人才能出众，历经重重磨难，终于继承王位。他既重视武功，又提倡文治，为萨珊王朝奠定了良好的基础。阿尔达希尔以后，几代国王都没有什么作为，直到第六代国王沙普尔才重振雄风，他最辉煌的业绩是打败罗马的恺撒，迫使恺撒签订和约。当轮到巴赫拉姆继承王位时，由于遭到大臣们的反对，他不得不与贵族霍斯鲁争夺放在两头狮子之间的王座和王冠，结果他把王位和王冠夺到手，大臣们只好口服心服。巴赫拉姆对内提倡仁德治国，对外与几个大国修好，所以社会太平。巴赫拉姆以后，另一位有名的国王是阿努席尔旺（又译努什旺）。在内政方面，他主张仁义治国，关怀贫苦百姓，惩办贪官污吏；在外交方面，他坚决抵御外侮，打败了罗马人。阿努席尔旺以后，没有再出现特别出色的国王。萨珊王朝的末代国王是耶兹德卡尔德。他执政16年后，由于阿拉伯军队大举入侵以及伊朗人内部叛乱，在逃亡中被一个磨坊主杀死，萨珊王朝灭亡。

《列王纪》的基本思想可以概括如下：弘扬伊朗民族的悠久历史传统，歌颂为伊朗民族做出重大贡献的国王和勇士等英雄，谴责损害伊朗民族利益的国王。

在《列王纪》中，精彩的故事共有20个左右。但伊朗文学家莫哲塔比·米诺维认为，其中有4个故事可以称为真正的悲剧，这四大悲剧是全书的精华所在。这种说法是有道理的。

四大悲剧之一是伊拉治的悲剧。伊拉治是国王法里东的第三个儿子。法里东晚年将国土一分为三，让三个儿子分别治理。但伊拉治的两个哥哥认为父王分封不公，偏袒伊拉治，于是设计把他杀害。

四大悲剧之二是苏赫拉布的悲剧。苏赫拉布是勇士鲁斯塔姆未见过面的儿子。当苏赫拉布率领军队进攻伊朗时，在战场上被鲁斯塔姆杀死。

四大悲剧之四是埃斯凡迪亚尔的悲剧。他是国王戈什塔斯帕的儿子，立有许多战功，打败进攻的土兰军队，按照约定要求继承王位。但国王不愿让位，让他再去把鲁斯塔姆绑到宫廷，在与鲁斯塔姆交战中，埃斯凡迪亚尔被杀。

在四大悲剧中，以第三个悲剧——夏沃什的悲剧篇幅最长，情节最复杂，人物最繁多，描写最细腻，思想最深刻。夏沃什是这个悲剧的主人公。诗人不仅具体、生动地描述了他的言行举止，而且深入、细致地表现了他的内心世界；不仅描写了他性格的各种表现形式，而且演示了他性格的发展变化过程。

夏沃什是卡乌斯国王的长子，是王位的合法继承人。他充分具备了王子和王位继承人的各种条件：相貌出众，博学多才，武艺高强，膂力过人，为人正直，道德高尚，文能安邦，武可定国。可是，他的个人条件虽然优越，却命途多舛。由于身处逆境，所以他被迫陷入有家难归、有国难回的地步，被迫投入敌国怀抱，终于命丧他乡，酿成悲剧结局。他的一生是短促的，前半生在伊朗度过，后半生在土兰度过，两个阶段都充满了矛盾和冲突、荆棘和坎坷。在伊朗时，他时时刻刻处于与国王卡乌斯和王妃苏达贝的纠葛中。夏沃什长大后，因拒绝父王王妃的求爱，感到自己不能久居宫廷，于是在敌国土兰军队入侵时，便主动请兵出征抗敌。在前线，他进行了有力、有理、有节的斗争，击退土兰军队之后便与土兰签订和约。不料卡乌斯不许讲和，并且明确表示如果讲和就要将夏沃什撤职查办。这就将夏沃什逼到了进退维谷的境地，他既不能撕毁和约重新开战，又不能返回朝廷束手就擒，只有流落土兰。夏沃什绝非贪生怕死之徒，更不是背叛民族的败类。他之所以走上这条道路，乃是迫不得已。但这也是他后半生悲剧的发端。在土兰，他过着寄人篱下的生活，时时提心吊胆，事事赔尽小心。然而，令人遗憾的是，他虽然一直头脑清醒，但却没有采取必要的预防措施，以致事到临头措手不及，只有束手被擒，坐以待毙。

关于悲剧冲突的性质问题，古往今来许多学者进行过探讨和论述，恩格斯在评论拉萨尔的悲剧观时所提出的论断是最具有说服力的，即悲剧所反映的是“历史的必然要求和这个要求的实际上不可能实现之间的悲剧性的冲突”①。这个论断说明了悲剧冲突的社会性质，指出了在某些情况下暂时弱小的善势力和暂时强大的恶势力的冲突是悲剧冲突的社会基础。夏沃什的悲剧也不例外。在这个悲剧里，夏沃什是正面人物和英雄人物，他在各个方面都具有优越的条件，是诗人心目中理想的国王形象，也在一定程度上反映了当时伊朗广大人民群众对于国王的良好愿望。与之对立的既有伊朗国王卡乌斯及其王妃苏达贝，又有土兰国王阿夫拉西亚伯及其周围的群臣。尽管夏沃什的所作所为符合历史的要求和人民的愿望，但是却因敌对势力的坚决反对而未能取得应有的地位和成就，反而遭到了覆灭的下场。

在《列王纪》里，菲尔多西刻画了许许多多生动的人物形象，其中包括国王的形象、勇士的形象和贵族妇女的形象等。国王的形象既有明君，也有暴君；前者如法里东、阿尔达希尔和阿努席尔旺等，后者如佐哈克等。勇士的形象最为引人瞩目，从铁匠卡维起到四大悲剧的主人公——伊拉治、苏赫拉布、夏沃什和埃斯凡迪亚尔止，个个都有动人心弦的事迹。贵族妇女的形象也占有一定地位，她们的登场也为本书增色不少。

在所有这些形象中，诗人花力气最多、刻画得最成功的乃是勇士鲁斯塔姆的形象。鲁斯塔姆是勇士故事部分的核心人物。他把自己的一切都献给了自己的国家和民族。他武艺高强，英勇无敌，立下赫赫战功。他对自己有充分的自信，正如史诗中所描述的那样：“天神助我成功，赋予我神力，/我的力量不靠国王也不靠军旅。/战盔

① 《马克思恩格斯选集》，2版，第4卷，560页，北京，人民出版社，1995。

是我王冠，拉赫什是我王座，/大棒是我权杖，大地是我王国。”他的主要性格特点是无限忠诚，无限忠于他的国王，也无限忠于他的国家。因为在他看来，国王和国家是一个整体，是不可分割的。所以，当外敌入侵时，他必定率兵抵御；当国王遇难时，他拼命加以解救。即使国王给他以不公正的待遇，他也能够忍辱负重，绝对不会产生二心。可见忠诚是他的灵魂，是他勇往直前、无往不胜的思想基础。不过，也正因为他的主要性格特点是无限忠诚，特别是无限忠于自己的国王，所以他有时便不得不面对矛盾，不得不站在错误的方面，即使国王的指令是不对的，他也要不折不扣地去执行。非但如此，他为了保全自己，有时还不得不耍耍滑头，以欺诈的手段战胜对方。如在与他未见过面的儿子苏赫拉布决战时，第一天交手，他被苏赫拉布打倒，但他用激将法使自己免于一死；第二天交手，他便乘苏赫拉布不备，把他打倒，并将他杀死。然而鲁斯塔姆事后才知道，他使用这种不光彩手段杀死的是自己的儿子。这也可以说是“命运”对他的惩罚吧。从总体来看，尽管鲁斯塔姆有这样一些缺点，但并不损害他的勇士形象的光辉；而且也许正是由于他有这样一些缺点，才使他的形象显得更加真实感人。

《列王纪》在艺术表现方面的成就，除了上述生动的情节、感人的故事和鲜明的形象以外，还特别体现在语言运用方面。《列王纪》使用的是近代波斯语，即达里波斯语。这种语言是由中古波斯语，即巴列维语演化而来的。达里波斯语兴起于 9 世纪，以鲁达基为代表的一代诗人的创作是这种语言结出的第一批硕果。但是他们的创作大多属于短篇作品，还不能充分体现达里波斯语的巨大表现力。在这种情况下，菲尔多西以准确而又质朴的达里波斯语写出了长篇巨著《列王纪》，为这种民族语言的最终确立做出了历史性的贡献。正因为如此，所以历代诗人对菲尔多西在语言上的贡献赞不绝口，如内扎米说“他把语言妆扮得像新娘一样光彩照人”，伊本·亚明说“语言已从宝座跌落平地，是他把语言重新安置在宝座上”。菲尔多西本人也对《列王纪》的语言成就感到自豪。他说：“我 30 年辛劳不倦，/用波斯语拯救了伊朗。/只要他有理智、见识和信仰，/我死后定会把我热情赞扬。/我不会死的，我将会永生，/我已把语言的种子播撒遍域中。”

菲尔多西的《列王纪》在伊朗中古文学史上占有重要地位，具有重要意义。它是伊朗中古诗歌创作史上的第一部巨著。在这部史诗之前，伊朗尚未出现过大规模的叙事诗，只有若干神话传说、勇士故事和历史故事保留在有关文献和人民口头创作中，这些都成为菲尔多西创作的素材。在这部史诗之后，伊朗许多诗人创作叙事诗时都从菲尔多西笔下吸取营养，不仅从他这里获得材料，而且在形象、构思、手法和语言上接受他的影响。

菲尔多西的《列王纪》在世界文学史上也是著名史诗之一。俄罗斯作家车尔尼雪夫斯基认为，菲尔多西是与弥尔顿、莎士比亚、薄伽丘、但丁并列的第一流诗人。我国学者郑振铎也在《文学大纲》第 15 章“中古波斯诗人”中指出：“他的诗名极高，在欧洲人所知道的波斯诗人中，他是他们所熟知的第一个大诗人，如希腊之荷马一样。《帝王之书》（即《列王纪》——引者注）包含波斯古代至弗达西（即菲尔多西——引者注）之前代，即阿拉伯人之侵入（公元 636 年）时为止。他所用的文字是波斯文字的最纯粹者，阿拉伯字用得极少。《帝王之书》中有许多节是非常美丽的，其描写力之伟大与音律之谐和，没有一个诗人可以比得上他。”

第八节 萨迪

游方诗人·永不凋谢的“蔷薇园”·独特的形式·深刻的思想

生平与创作

萨迪（1208—1291）是伊朗中古时期的著名诗人之一，1208年诞生于伊朗南方名城设拉子。他的全名是谢赫·穆斯列赫丁·阿卜杜拉·萨迪·设拉子依。他出生在一个下层宗教人士家庭里，幼年是在贫困和孤苦的环境中度过的。由于父母早亡，他只好寄人篱下。正像他在一首诗里所写的那样：我明白孩子们的忧伤，因为自幼我就失去了爹娘。

萨迪早年在设拉子求学，后来转到巴格达的最高学府——内扎米耶学院深造。他不但精通波斯文，而且精通阿拉伯文。大约在30岁左右，他结束了自己的学业，过起长期的流浪生活，成为伊斯兰教的游方者。他的足迹遍及亚非两大洲的广大地区，往西到过埃及和埃塞俄比亚，往东到过阿富汗和印度，甚至还到过我国新疆的喀什噶尔。他的生活是艰苦的，经常徒步旅行，还当过十字军的俘虏。他的传教布道并非都受欢迎，有时大遭冷遇。他在国外旅居了30余年，直到1257年才回到自己的祖国伊朗，定居在故乡设拉子。他的晚年生活似乎比较平静，没有发生什么重大事件。1291年，他在设拉子去世。他的坟墓保存至今，成为当地的主要古迹。

萨迪认为，一个人应当经历两段生活：第一阶段进行探索，自然会犯一些错误，同时也会积累一定的经验。第二阶段则根据这些经历，总结出若干经验教训。他自己就是这样做的。他前半生走过许多地方，接触了各种各样的人，取得了相当丰富的经验。他后半生的创作便是这些经验教训的艺术结晶，所以内容极其充实。

他的作品很多，不过有些已经散失。保存下来的作品可以分为三个部分：《果园》、《蔷薇园》、其他诗歌。《果园》和《蔷薇园》是他的主要作品，其他诗歌则包括颂诗和抒情诗在内，其中又以抒情诗成就更高。

《果园》完成于1257年，即他长期侨居国外之后，回到祖国和故乡的第一年。这部作品全部采用诗体，是他多年旅游的收获，是他带给故乡的礼物，而目的则在于训诫育人。全书除序诗外，由160个故事组成。这160个故事分为10章：第1章，正义和治世的道理；第2章，善行；第3章，真正的爱、陶醉与激情；第4章，谦虚；第5章，乐天知命；第6章，知足常乐；第7章，论教育；第8章，感恩；第9章，悔过与正道；第10章，向主祈祷与结束语。评论者常常将《果园》与《蔷薇园》进行比较研究。有的学者认为，前者表现的主要是诗人对理想世界的向往，后者表现的主要是诗人对现实世界的认识。这种看法不无道理。

《蔷薇园》梗概

《蔷薇园》写于1258年，全书共有8卷：第1卷，记帝王言行；第2卷，记僧侣言行；第3卷，论知足常乐；第4卷，论寡言；第5卷，论青春与爱情；第6卷，论老年昏愚；第7卷，论教育的功效；第8卷，论交往之道。前7卷包括186个故事，后1卷包括120条格言。

《蔷薇园》的艺术形式颇有特色。它虽属于教诲性的作品，但却不是干巴巴的说教，而是采用形象生动的形式深入浅出地阐述道理。即如萨迪所说的："我用美丽词采的长线串着箴言的明珠，我用欢笑的蜜糖调着忠言的苦药，免得枯燥无味，使人错过了从中获益的机会。"（水建馥译文，下同）

首先是它的文体别致。它既不是纯粹的散文，又不是纯粹的韵文，而是散文和韵文的结合。这种文体虽不能说是他的独创，但在他的手里发展成为独立的体裁，并且达到了完美的地步。他常常先用散文描述一个生动有趣的故事，刻画一些栩栩如生的形象，然后再以寓意深刻的短诗加以概括，从而做到了形象性和哲理性的统一，显得既生动又深刻。故事和短诗互相配合，可以说故事是为了细腻入微地说明短诗的，也可以说短诗是为了简明扼要地注解故事的。

其次是笔法浅易而多变化。他的语言十分朴实、自然，好像日常说话一般；但又极其简练、深刻，决非轻易可以写出的。有的评论家说得好：读者读到萨迪的诗时，甚至有一种跃跃欲试的感觉，似乎自己也可以写出这样简易的诗篇；然而，应当指出，直到现在，伊朗也没有一个诗人和作家达到萨迪那样炉火纯青的地步。萨迪的文笔又很富于变化。有的是绝妙无比的讽刺，有的是机智惊人的妙语，有的是言简意赅的格言。这些不同风格的文字融合在一起，显得丰富多彩。

上述艺术特色是《蔷薇园》受到读者欢迎的原因之一。这部作品在艺术表现方面的成功，充分说明了萨迪的创造力。他自己说过："我自始至终都没有像一般诗人那样袭取前人的章句。与其借用别人的服装，不如缝补自己的旧裳。"那么，这些优美的词句，他是怎样创造出来的呢？一方面，他从人民中间吸取养分。他比当时其他诗人更加贴近百姓生活，更加重视人民口头创作和人民口头语言。从各地人民群众的嘴里，他听到了许多生动有趣的民谣、民歌、谚语、格言和故事等。另一方面，他又从书本上吸取养料，尤其是从伊斯兰教经典《古兰经》以及有关著作里吸取养料。他把这一切融化在自己智慧的头脑里，创造出了光照千古的作品。

但是，《蔷薇园》受到读者欢迎的更重要的原因在于，它鲜明地反映出当时（13世纪）伊朗以及中亚、西亚和北非伊斯兰教各国社会生活的许多方面，强烈地表现出诗人同情和热爱受苦受难的人民，嫌恶和憎恨残暴贪婪的帝王、官吏以及富人等的思想感情，并且还含有许多实用的、智慧的经验教训。

在伊朗的中古时代，帝王具有无上的权威。他们专横残暴，动不动就杀人。一般诗人都争相为他们歌功颂德，并以加入宫廷诗人的行列为荣。萨迪却与众不同。他傲慢地拒绝了当权者阿布·伯克尔·本·萨德·本·詹吉的邀请，不肯进入宫廷诗人的行列，尽管这部书名义上是献给他的；他看到历史上和现实中的帝王绝大部分是坏的，于是便用他那支锋利无比的笔批判他们。

在他的笔下，多数帝王是祸国殃民的暴君。他们的性格特点是自私、高傲、贪婪、凶残好战、喜怒无常，归根到底是残酷压迫人民。萨迪指出，这样的帝王必将遭到覆灭的下场。第1卷第6节借用一个帝王的经历阐明了这个不可抗拒的规律。故事说：有个伊朗国王，横征暴敛，残害人民。人民在他的暴政压迫之下，贫穷困苦，纷纷逃亡。宰相告诉他说，天下的得失在于民心的向背，国王应当大公无私、仁慈宽厚。然而宰相的诤谏不合国王的心意。他命人将宰相捆绑起来，下在狱里。不久，国王的几个兄弟起兵作乱，人民纷纷投奔他们，为他们出力，从国王手上夺取了天下。这个故事的题诗说得很明确：

暴君决不可为王，
豺狼决不可牧羊。
国王对人民任意榨取，
正是削弱国家的根基。

对于这种危害人民的暴君，萨迪是万分痛恨的。第1卷第11节表达的就是这种感情。这个故事说，有一个暴君请一位圣徒替他祈祷。圣徒说："主啊！取走他的生命吧。"暴君问道："天啊！这算是最好的祝愿吗？"圣徒说："对于你和对于全体穆斯林，这个祝愿就是最好不过的了。"题诗是："暴君，暴君，你是人民的灾难，/你应立即关闭你的市廛！/王权对你有害无益，/你的死胜于你的暴力。"萨迪称暴君为"国家的敌人"、"天下最大的恶人"，主张对于他们不可心慈手软，因为"你对毒蛇如果怜悯惋惜，就是对亚当的子孙残暴。"这真可谓憎爱分明了。第1卷第20节的题诗说得最为干脆："烈火焚烧柴木，一时不会烧光。/人民痛恨暴君，转眼叫他灭亡。"这些足以说明，萨迪对于暴君是否定的，他有时讽刺，有时挖苦，有时则加以攻击，情绪是激烈的。

不过，萨迪虽否定暴君，却并不彻底否定王权。由于时代和阶级的局限，他认为帝王还是要有的。但是，在他的心目中，帝王和人民的关系应当是保护和被保护的关系，而不应当是压迫和被压迫的关系。在第1卷第28节里，诗人借一个托钵僧的口表达了这种观点。他说："国王是保护百姓的，不是百姓应当伺候国王。"这是民贵君轻的思想。在当时的社会里，这种思想无疑具有一定的民主性和进步性，不过并未脱出旧秩序的框框。既然如此，他就只好把希望寄托在理想帝王的身上。虽然他也知道这样的帝王是极为罕见的，在现实生活中几乎是不存在的；可是他还不甘心，在现实社会中没有，就到历史传说中去寻找，终于他发现了一个努什旺王，于是便不厌其烦地对他加以颂扬，以寄托自己的理想。

他笔下的好帝王有什么特点呢？他们是仁慈宽厚的、关心人民的。努什旺王就是这样。第1卷第19节的故事说，有一次努什旺王出外打猎，仆人为他烹调一只野味，可是找不到盐。他们正要派一个仆人到村子里去取的时候，努什旺王说道："你拿百姓家的盐，不要忘了付钱，假如坏了规矩，这座村子就要破产了。"仆人们说道："讨一点盐有什么要紧的呢？"努什旺王回答："一切的罪恶最初都是微不足道的，由于相习成风，最后便不可收拾了。"萨迪认为，像这样的好帝王是值得赞扬的，死后可以升入天堂。

由此可见，萨迪主要是以对待人民的态度为尺度去评判帝王的：暴君有许多坏品质，归根到底是欺压人民；明君有许多好品质，归根到底是不欺压人民。他否定前者，肯定后者，并且想用二者的对照，来给当代帝王指出一条正路。他的目的是劝诫他们，警告他们，但并非一般的劝诫、一般的警告，而是十分严厉的劝诫、十分严重的警告。虽然他采取的不是否定王权而是维护王权的态度，不是否定封建秩序而是维护封建秩序的态度，可是他对暴君最严厉不过的谴责确是广大人民群众愤怒情绪的直接反映，他对明君的颂扬也是广大人民群众理想和愿望的曲折表现。在700多年前王权神圣的时代，他敢于这样鲜明地提出自己的观点，实在是难能可贵的。

既然萨迪否定暴君，而现实社会中的帝王又多是暴君，所以萨迪对在他们手下服务的官吏也很少怀有好感。在萨迪的笔下，诚然也有刚正的官吏，可多数官吏都是暴君压迫人民的爪牙和帮凶。他们是贪婪的，专门以搜刮民脂民膏为己任。第8卷第103节所写的法官就是如此："所有的人的牙齿都怕酸的，法官的牙齿却是最受不得甜的。"他们又是横暴的，专门以欺压人民为能事。第8卷第104节所写的巡官就是这样："妓女衰老以后，巡官退休以后，还能怎样呢？前者只能发誓不再卖淫，后者只能发誓不再横暴。"这是他对这帮家伙的辛辣讽刺。

一般说来，萨迪对于官吏没有什么好的印象，认为他们远远不如自食其力的劳动者。对于那些帮助暴君欺压人民的贪官污吏，萨迪更是深恶痛绝。第1卷第20节写了一个税吏为了充实苏丹的府库，不惜使百姓家破人亡。诗人借圣人的话给他以严厉谴责："谁若欺压真主的百姓以讨好一人，真主将发动百姓将他诛灭。"

萨迪对于富人的态度是复杂的、矛盾的。受当时时代和自身所属阶级的限制，他不可能用阶级的观点看问题，也不善于从剥削被剥削和压迫被压迫的关系分析社会各集团的性质，因而笼统地认为善不属于一个社会集团，恶也不属于一个社会集团，富人中也有好人，穷人中也有坏人。可是在现实生活中，他又不能不看到极端严重的贫富悬殊现象，不能不看到难以数计的剥削和被剥削、压迫和被压迫的事实，因而又不能不发现富人的许多劣迹，不能不把同情放在穷人一边。所以，在他的笔下，富人里固然也有好人，但多数富人是贪婪、吝啬的，是被嘲弄的对象。他特别喜欢挖苦那些吝啬鬼。第6卷第7节就是一个很好的例子。这个故事说，有个富翁，极为悭吝。他的独生子患病，朋友都劝他："或是念一卷《古兰经》，或是祭献一头家畜，求主保佑儿子的病早好。"他想了一想，说道："我念《古兰经》吧。我的《古兰经》在手边，我的羊群都放到远地去了。"有个圣徒听见这件事，说道："他选择《古兰经》，只是因为经句可以从他的舌尖上毫不费力地溜出来，钱财却要挖取他的心。"

应当指出，萨迪对富人的态度是同他对帝王的态度密切相关的。一方面，他并未希图彻底改变人压迫人、人剥削人的现存社会秩序，所以他并不否定帝王的统治，只是盼望英明的帝王出现，也不否定富人的剥削，只是盼望慈善的富人增多。另一方面，他又对一部分人作威作福、另一部分人当牛做马的社会现象非常不满，所以他既严厉谴责暴虐不仁的帝王，也严厉谴责为富不仁的富人。

萨迪还大量记下了宗教人士的言行。他本人是个伊斯兰教徒，因而他在很多地方赞美伊斯兰教，赞美真主，赞美宗教人士。在他的笔下，不少圣徒道德高尚，学识渊博，真理往往掌握在他们手中。这是不足为怪的。但是，他也并不认为圣徒个个都是合乎理想的。因为他看重的是实质，不是名义；是品德，不是外表。用他的标准来衡量现实生活中的圣徒，他发现其中有不少人是披着宗教外衣的伪善者。于是，他常常很尖锐地揭露他们中的伪君子。他对那些奉承帝王、在权势者面前奔走的宗教人士特别反感。他那锋利的笔往往指向他们。第2卷第6节里那个在国王面前饭吃得比平日格外少、祈祷得比平时格外长的人，第2卷第18节里那个为了让国王看着消瘦些而服毒丧命的人，就是萨迪所勾画的这类人的丑恶形象。"这人穿了一件圣徒的衣裳，等于把天房的幔子披在驴子身上。"（第2卷第5节）——诗人对这帮宗教败类的愤怒溢于言表。

除了以上内容之外，萨迪还用相当多的篇幅记载了有关认识问题和待人处世之类的经验教训。这是他吸取别人的智慧，加上自己的实际体验，并且经过深思熟虑的结果。

其中有不少是真理，直到今天仍然可以加以利用。有的是提倡坚韧、谦虚等优良品德和作风的，如“事业常成于坚忍，毁于急躁”（第 8 卷第 35 节），又如“凡是你不知道的事，都应向人请教”（第 8 卷第 77 节）。有的是讲知识和实践的关系的，如“有了知识而不运用，如同一个农民耕耘而不播种”（第 8 卷第 40 节）。有的是谈正确的思想方法的，如“并不是每一个外表美好的人都有完美的心灵；因为品德在于内心，不在于外表”（第 8 卷第 44 节）。但是，其中也有不少不能照搬到今天来。有的是宣扬消极的宿命论的，如“不是命中注定的，不会到手；若是命中注定的，我们逃不掉”（第 8 卷第 67 节）。有的是轻视妇女的，如“和女人商量最坏事，对恶人宽容便是犯罪”（第 8 卷第 53 节）。

总而言之，《蔷薇园》的思想内容是相当丰富的，有的观点还是相当深刻、相当激进的。在与萨迪同时代的伊朗诗人中，没有人像他这样经历了如此长期的、艰苦的流浪生活，没有人像他这样如此广泛地接触了社会各个阶层的人，尤其是下层人民。因此，萨迪的作品就比同时代的伊朗诗人更全面、更深入地描绘了当时的社会面貌和社会矛盾，更直接、更有力地表达了人民大众的情绪和愿望。不过，由于历史的前进和时代的推移，其中有些东西已经显得陈旧。所以，我们应当采取分析的态度，吸取那些对于我们有益的东西，扬弃那些对于我们有害的东西。

第九节 《一千零一夜》

“世界最大奇书”·山鲁佐德讲故事·五花八门的内容·民间艺术的集锦

《一千零一夜》（又译《天方夜谭》）是阿拉伯著名的民间故事集，有“世界最大奇书”之称。

《一千零一夜》的故事来源颇为复杂。据学者考证，主要有以下三个方面：一是印度和伊朗的故事，即收入《一千零一夜》的故事有些来源于伊朗故事集《一千个故事》，而《一千个故事》原来又出自印度，这些故事先由梵文译为波斯文，再由波斯文译为阿拉伯文。二是以巴格达为中心的阿拔斯王朝（750—1258）故事。三是以开罗为中心的埃及故事。在这个意义上说，《一千零一夜》是印度、伊朗和阿拉伯文化结合的产物。

《一千零一夜》编辑成书似乎经过许多人的努力，并且经过相当长的岁月。一般认为，其中最古老的故事大约产生于 8 世纪，核心的故事大约形成于 10 世纪，最晚出的故事大约出现于 16 世纪，而全书基本成型则大约在 13 世纪。

《一千零一夜》梗概

《一千零一夜》的规模相当庞大，共计收入 300 多个故事。这些故事几乎全部（也有一些故事例外）采用故事套故事的方法组织起来，所有这些故事几乎都套在第一个故事——《国王山鲁亚尔及其兄弟的故事》里。这个故事说：山鲁亚尔是个暴君。他发现王后背着自己与宫女、奴仆一起玩乐，便下令杀死王后及宫女、奴仆，并决心从此以后对天下妇女进行报复，即每日娶一少女，次晨加以杀害。宰相之女山鲁佐德，为拯救天下无辜妇女，自愿嫁给国王。山鲁佐德进宫以后，首先设法引起国王听故事的兴趣，然后开始讲《商人和魔鬼的故事》。当故事讲到关键之处，天色已明，山鲁佐德也就住口不讲下去。国王想继续听完这个故事，便决定破例暂不杀她。自此以后，山鲁佐德一夜接着一夜，一个故事接着一个故事地讲下去，一直讲了一千零一个夜晚。在这期间，山鲁佐德先后生下三个男孩儿。当她把故事全部讲完后，便领着孩子来见国王，恳求免去自己一死。国王大为感动，下令赦免山鲁佐德，并且正式立她为王后，还传令史官记下她在一千零一夜里讲过的所有故事。

《一千零一夜》的故事是多种多样的，诸如神话、传说、寓言、童话、故事、奇谈怪说、轶事趣闻等，可谓五花八门；人物也是形形色色的，从神到人，从帝王、王族、将相、百官到工匠、渔夫、妓女、乞丐等，可谓应有尽有。这些故事和人物构成了一幅幅色彩斑斓的图画，形象地表现了中古时代阿拉伯国家以及周边国家的社会面貌和风土人情。

《一千零一夜》的思想内容是丰富多彩的，大致说来主要包括以下四个方面。

有些故事反映当时社会的矛盾，揭露剥削压迫的罪恶，表现人民大众的不幸。根据史书记载，由于不断对外进行侵略扩张耗费大量资金，加上统治阶层长期过着骄奢淫逸的生活，阿拉伯社会的阶级矛盾颇为尖锐，贫富悬殊，广大劳动群众处于水深火热之中。

在《一千零一夜》里，有些故事直接或者间接地描写了哈里发、王公大臣以至土豪劣绅压迫和剥削劳动人民的罪行，同时也在不同程度上抒发了劳动人民对于这种现状的不满甚至愤慨情绪。如《死神的故事》写了三个不同类型的坏国王，他们都没有得到好下场。第一个国王“骄傲自满，好大喜功”（纳训译文，下同）；但当他正在自夸“世间有谁能和我比高下”时，死神突然出现，“从容拿走了他的灵魂，让他的尸体僵然倒在地上”。第二个国王“横征暴敛，刮削民脂民膏”；但当他正在大摆宴席准备吃喝时，死神突然出现，于是“国王坐在宝座上，望着席上的珍馐美味，还来不及吃喝……死神就毫不犹豫，拿走了他的灵魂，让他的尸体僵然倒在地上”。第三个国王“非常权威非常暴虐”；但当他正在威风凛凛地发号施令时，死神突然出现，不容分说立即拿走他的灵魂，让他到地狱里去受苦。这个故事把矛头对准封建社会的最高统治者，对于他们的罪恶行径表示无比愤恨；而死神则成为人民愿望的体现者和人民意志的执行者，他的语言代表了人民群众的心声，他的行动体现了人民群众的力量。

有些故事赞美人民大众依靠自己的智慧和勇气战胜邪恶势力和反动势力的斗争精神。正必压邪，善必胜恶，这是《一千零一夜》的重要思想之一。尽管人民大众在现实生活中困难重重，但是他们始终没有失去信心，一直坚决相信依靠自己的智慧和勇气能够战胜一切邪恶势力和反动势力。正因为如此，体现这种积极思想的故事便应运而生，并且受到欢迎。

如《白侯图的故事》，写一个奴隶用说谎的办法报复主人的经过。白侯图在奴隶市场上被出卖时，卖主已经声明他是有缺点的，其缺点是好说谎话，欺骗主人；不过多了不说，每年只说一次。有个商人自以为是，花钱把他买了下来。白侯图在商人家里唯命是从，小心伺候主人，辛辛苦苦忙忙碌碌。可是，有一天当商人在城外大摆宴席，让白侯图回家去取东西时，他却趁机撒起谎来。他先跑回去对太太说：“老爷和他的朋友们坐在一堵古墙下面吃喝、谈笑，那堵古墙突然倒了下来，把他们都压死啦！”急得太太把自己的家砸个乱七八糟；然后他又跑回来对商人说：“堂屋的墙壁塌了下来，压在太太和少爷的身上了！”急得商人死去活来。最后商人和太太两方面一对证，才知道上当受骗了。商人勃然大怒，要严惩白侯图，白侯图却不慌不忙地说道：“老爷，您不能惩罚我，因为这是我的缺点，当初买我的时候，这是其中的一个条件，经纪人证明过的。您是知道的，我每年要说一次谎话，这次不过说了一半，待年终我再说一半，这才成为一次呢。”商人理屈词穷，只好宣布给予白侯图自由。这个故事通过笑话的形式反映现实的问题。我们不难看出，这里讲的虽是笑话，其中却充满奴隶的血泪；白侯图说谎骗人，并不是品行不端，也不是一般的恶作剧，而是奴隶仇恨和反抗主人的表现；白侯图的智慧胜过他的主人，既作弄了他，又让他有苦难言，可见说谎实际上变成了白侯图的斗争武器。

有些故事描绘了人民大众对于幸福生活和美满爱情的憧憬。人民大众既然相信依靠自己的智慧和勇气能够战胜一切邪恶势力和反动势力，自然就对自己的前途充满希望，希望获得幸福的生活和美满的爱情；即使现实环境是严酷的，现实条件是困难的，他们也没有失去信心。

如《阿拉丁和神灯的故事》，写一个穷裁缝的儿子依靠自己的顽强意志和神灯的大力帮助，经过种种艰难曲折，终于娶到了公主，并且继承了皇位的过程。这个故事的积极意义在于：在王权神圣的社会和等级森严的时代，一个普普通通的百姓竟然不怕皇帝的强大权势，不顾等级的巨大差异，大胆追求高贵的公主，并且最终获得成功，这体现了人民大众追求美好幸福生活的远大理想，表现了他们要求改变黑暗现状的强烈愿望，因而具有鼓舞人心的力量。这个故事及其同类故事，往往还有一样必不可少的东西——法宝。阿拉丁的神灯就是这样的法宝。这盏神灯表面看来又旧又脏，很不起眼；可是它神通广大，主人吩咐什么事情它都能马上办到，主人表示什么愿望它都能立刻满足。正是在它的帮助下，阿拉丁给公主建造了豪华的宫殿，为皇帝送去了贵重的彩礼，最终获得了幸福。事实证明，法宝成为故事主人公实现美好理想必不可少的助手，帮助他们克服力不胜任的困难。这是因为，当时的人们还没有实现美好理想的实际条件和实际能力，于是只好借助想象，创造出各种法宝来。所以，这些法宝本身就具有积极意义。此外，还有一点值得注意，即这些法宝只是工具，它们并不是有意识地帮助谁，而是到谁手里就为谁服务；人们要想得到它们、使用它们，必须经过自己的努力，必须有勇气、有智慧。因此，这些法宝不是让人们消极等待，而是引导人们积极行动，鼓舞人们勇敢斗争，这就更有积极意义了。

有些故事描写了商人和航海家的经商航海活动。据史书记载，阿拔斯王朝建都巴格达后，这个城市便成为阿拉伯帝国的政治中心和经济中心，在物质的繁华富庶方面是当时世界上屈指可数的几大名城之一。阿拉伯商人和航海家以这里为中心，从事活跃的国内贸易和国外贸易。他们的商船向东到达中国以及朝鲜和日本，向南抵达马达加斯加，向西向北远航瑞典。巴格达城里则设有各种手工作坊，街上商店林立，生意兴隆，出售世界各地的产品，甚至还有专卖中国商品的市场。《辛伯达航海旅行的故事》等描写商人和航海家经商航海活动的故事都是在这种社会背景下产生的。

《辛伯达航海旅行的故事》写辛伯达 7 次经商航海旅行的非凡经历。从地域上说，他先后到达过世界许多地方，有一次还到达了中国海岸。从时间上说，他前后经过了几十个年头，有一次竟在外国生活了 27 年。这个故事的动人之处，首先在于它刻画了辛伯达这个阿拉伯航海商人有血有肉、栩栩如生的艺术形象。他一次次出海冒险，一方面是为了赚钱，所以无论处在什么情况之下都不忘记一个“钱”字，甚至处在虎口余生之际也不忘记捞一把，有时还会干些损人利己的勾当；另一方面是为了求知探险，即从不满足现状，总是如饥似渴地探求新生活和新知识，而且还具有聪明的头脑、丰富的经验和顽强的精神，所以能够度过千难万险，一次再一次地平安返航。这个故事的动人之处，其次在于它描绘了阿拉伯航海商人五花八门、瑰丽多彩的海外见闻，表现了他们强烈的好奇心和丰富的想象力。其中既有对海外动植物庞大形体的夸张描写、对大自然伟大创造力的热烈赞叹，也有对海外毒蛇猛兽和土著民族的夸大描述。

以上所述主要限于《一千零一夜》的优秀故事和积极思想。不言而喻，这部作品的思想也是复杂多样的，也有不健康的内容，如专门为统治者歌功颂德的，宣扬消极宿命论的，近乎色情的描写，等等。

如果与世界其他许多国家和民族的民间故事加以比较，那么《一千零一夜》在思想内容上还具有两个明显的特点：一个是《一千零一夜》的故事大多数以城市为舞台，以城市居民，特别是手工业者、贫民和商人为主角。再一个是《一千零一夜》的故事大多数含有浓厚的宗教色彩，即伊斯兰教色彩。这些特点都是阿拉伯社会生活状况的反映。

《一千零一夜》之所以能够传遍世界并且经久不衰，一方面是因为它的思想内容丰富；另一方面是因为它在艺术表现上具有鲜明的特点和明显的长处，把民间故事这种体裁的水平提高了一大截。

如上所述，《一千零一夜》在结构上采用故事套故事的形式。全书几乎所有的故事(除几个作为补遗的故事外)都被套在开篇故事——《国王山鲁亚尔及其兄弟的故事》之中。这个开篇故事起着穿针引线的作用，把300多个故事串联起来。这种结构形式至少有两个好处：一是增加故事集的吸引力，让人一夜接一夜地读下去，一个故事接一个故事地听下去。因为一个故事套着一个故事，你如果不读或不听套着的故事，就不知道原来故事的结局如何；而且一夜接着一夜，两夜衔接的地方往往又是故事的紧张之处，这有点像我国的章回小说，所谓“欲知后事如何，且听下回分解”。二是使这样一部规模庞大的作品得以完整地保存下来。因为一夜接一夜、一个故事接一个故事，丢了一夜或一个故事就会接不下去。其他许多民族的民间故事由于没有采取这种方法，所以渐渐地散失了。因此，有人说：没有夜，便没有《一千零一夜》。这话是有道理的。当然，目前各国流行的版本不同，对夜的处理也有很大差异。如英译本巴顿版从第一夜一直排到一千零一夜；而纳训的中译本则只在《商人和魔鬼的故事》中分为三夜，以下不再分夜。

《一千零一夜》所使用的语言是明白流畅的阿拉伯语。它以当时阿拉伯人日常的、通俗的语言为主，甚至包括不少方言土语，尤其是伊拉克、埃及和叙利亚的方言土语。这些方言土语能够巧妙地表现出地方特色。一般来说，该书的语言是朴素的，并不加以过分的修饰，也不显得过分的华丽，只要能传达出作者所要表现的思想就够了；同时该书的语言又是多变化的，有时采用极其庄重、严肃的语言(如《国王赫理尔德和太子瓦尔德·汗的故事》中，大臣向国王致贺词的语言即为一例)，有时又使用十分简洁、鲜明的语言(如《哈西补·克里曼丁的故事》中，描绘战争场景的语言便是一例)。不过，《一千零一夜》的语言也存在一些欠缺，其中最明显的一个欠缺是经常使用一成不变的套语，如用从黑暗下界升起的太阳形容美少年，用与太阳争辉的月亮形容美少女，用珍珠形容美人的眼泪和牙齿，用满月形容美人端丽的面颊，用夜晚比喻美人黑色的头发，用柳枝比喻美人细瘦的腰身等。这些套语固然可以体现阿拉伯人的审美特点，但是使用过多不免给人以千篇一律之感。

《一千零一夜》在文体方面的特点是散文和诗歌互相配合，诗文并茂。该书主要采用散文体，但在不少地方穿插进诗歌，其总数达1 400余首，15 000余行。这些诗歌大部分是现成的，有的是阿拉伯古代诗歌（如从"悬诗"中引用的诗歌），有的是阿拉伯中古诗歌（从艾布·努瓦斯起，至哈里里止），有的是阿拉伯近古诗歌（包括15世纪至16世纪的诗歌）。这些诗歌为阿拉伯人所熟知和热爱，所以他们读起来感到格外亲切。这些诗歌不仅起到调节作用，使文章不会过于单调，而且还辅助表现故事的思想内容，如有时作为说明某种道理的依据，有时作为抒发人物内心感情的手段等，从而成为故事的有机组成部分。正因如此，可以说诗歌是该书不可缺少的因素；有人甚至认为，没有诗歌的《一千零一夜》，犹如没有太阳的白昼。

《一千零一夜》的故事既有长的，也有短的。长故事（最长的达30多万字）洋洋洒洒，短故事（最短的只有200多字）简洁明快。二者互相穿插，显得富于变化。尤其值得称道的是它的长故事。这些长故事往往具有场面广阔、人物众多、情节曲折的特点，所以大大地扩大了故事的容量（包括广度和深度），提高了故事反映生活的能力。如《巴士拉银匠哈桑的故事》，长达7万多字，重要登场人物有十几个，他们的活动舞台从人间社会到鬼神世界，从热闹的都市到荒凉的旷野，故事的发展起伏不定，曲折多变，令人难以预测。与世界其他民族的同一类型故事相比，这个故事在内容丰富方面是极其突出的。

《一千零一夜》的故事既有丰富瑰丽的想象，又有具体精细的写实，二者巧妙地交织在一起。该书的想象因素特别出色，这已经是众所周知的了，如一夜之间拔地而起的辉煌宫殿，用鼻子一闻就能治愈百病的苹果等，已经成为世界共通的典故。该书的写实因素也很突出。一般民间故事在写实上往往比较概括，《一千零一夜》中许多优秀作品的写实则是具体精细的，有的甚至已经接近近代写实小说对环境、人物和细节描写的水平了。

《一千零一夜》的故事不仅以故事情节取胜，而且注重描写人物形象，刻画人物性格。一般民间故事往往仅仅注重故事情节，人物形象描写比较概括，人物性格刻画比较粗糙，很少进行心理活动描绘。《一千零一夜》中有些优秀作品则加强了对人物形象的描写和人物性格的刻画，有时还对心理活动加以描绘，在一些关键时刻利用诗歌形式抒发内心感受。如《辛伯达航海旅行的故事》所描写的主人公辛伯达的形象就是成功的一例，这个故事比较充分地表现了他性格的复杂性，并且达到了一定的深度。

《一千零一夜》是一部享有世界声誉的优秀作品，得到许多作家的赞美，受到广大读者的喜爱，在世界许多国家和地区几乎家喻户晓，人人皆知。在欧美国家，18世纪以前还没有《一千零一夜》的译本时，它的故事就已经通过各种途径传播开来，种种迹象表明，欧美许多故事集都受到了它的影响；18世纪初安特瓦斯·加兰翻译出版的法文本《一千零一夜》可能是欧美各种译本的滥觞，此后不久《一千零一夜》便风靡欧美各国。在亚非国家，《一千零一夜》的故事也流传很广。如日本出版的《一千零一夜》译本多达60种以上。我国介绍和翻译《一千零一夜》也已有100多年的历史，近年来直接译自阿拉伯文的全译本就有好几种问世。

思考题

1. 谈谈中古东方文学的成就和地位。
2. 谈谈中古东方文学的特点。
3. 《万叶集》包括哪些内容？
4. 为什么说山上忆良在署名歌人中占有特殊地位？
5. 怎样认识《源氏物语》的思想内容及其意义？
6. 怎样认识《源氏物语》在艺术表现上的特点？

7. 如何理解《春香传》中成春香和李梦龙的形象?
8.《春香传》有哪些艺术特点?
9. 如何理解《金云翘传》女主人公王翠翘的形象?
10.《金云翘传》有哪些艺术成就?
11.《沙恭达罗》的思想意义是什么?
12.《沙恭达罗》的艺术特色是什么?
13. 简述《列王纪》的主要内容。
14. 简述《列王纪》在艺术表现方面的成就。
15. 从《蔷薇园》看萨迪对帝王、官吏和富人的态度。
16.《蔷薇园》在艺术形式上的特点是什么?
17.《一千零一夜》在思想内容上主要包括哪些方面?
18.《一千零一夜》在艺术表现上的特点和长处是什么?

第三章 近代文学

第一节 从传统文学向近代文学的转型

一、性质独特的近代文学

当人类社会的历史进入 19 世纪以后，东方国家的前进步伐越来越落在西方先进国家的后面，并逐渐变为西方列强的殖民地和半殖民地。这是因为东方国家的封建社会发展较为缓慢，延续时间很长，直到进入 19 世纪以后，由于西方资本主义的侵入，这些国家的社会内部才发生了重大的变化。因此，这个时期东方的社会历史也就与西方的社会历史明显不同。

首先，西方国家的封建社会解体比较早，资本主义社会产生比较早，西方的资本主义阶段一般从 17 世纪 40 年代英国资产阶级革命算起，西方近代史也由此算起；但东方国家的封建社会解体却要晚得多，近代史的开始也要晚得多，一般从 19 世纪中叶前后才算进入近代历史阶段。如日本从 1868 年明治维新算起，中国从 1840 年鸦片战争算起，印度从 1858 年沦为英国殖民地算起，伊朗从 19 世纪被英、俄等国不断侵略算起，阿拉伯国家从 18 世纪末和 19 世纪初多次遭到列强侵略算起，等等。这就是说，东方近代史的开端要比西方迟两个世纪左右。

其次，西方这个时期的历史是资产阶级革命的历史，是资本主义产生和发展的历史；而东方这个时期的历史既是绝大多数国家变为半封建社会的历史，又是它们沦为殖民地和半殖民地的历史。如中国沦为半殖民地，印度沦为英国的殖民地，伊朗被英、俄等国占领，阿拉伯国家先后变成法、英等国的殖民地，其他亚非国家的命运也与此大同小异。唯有日本，由于国内外多种因素的相互作用，经过“明治维新”以及其后的一系列改革，走上了资本主义道路。

再次，西方的资本主义发展比较充分，资产阶级力量比较强大；而东方绝大多数国家的资本主义却没有得到充分发展，资产阶级（主要指民族资产阶级）的政治力量和经济力量相当薄弱，不能与殖民主义势力和封建主义势力进行强有力的斗争，他们所领导的民族民主革命常常带有改良主义色彩，并且往往以妥协和失败而告终。只有日本的情况有所不同，它的资本主义发展比东方其他国家要充分一些，资产阶级力量比东方其他国家要强大一些。

最后，这个时期西方社会的主要矛盾是贵族阶级和资产阶级的矛盾、资产阶级和无产阶级的矛盾，而东方绝大多数国家社会的主要矛盾却是殖民主义和各个民族的矛盾、封建主义和人民大众的矛盾。与此相关，由于东方绝大多数国家的人民大众遭到殖民主义和封建主义的双重压迫，苦难特别深重，所以反抗斗争精神也就格外顽强，民族解放运动连绵不断，一浪高过一浪。如 1848 年至 1852 年伊朗的巴布教徒起义、1850 年至 1864 年中国的太平天国运动、1857 年至 1859 年印度的民族大起义、1896 年至 1902 年菲律宾的独立战争、1905 年至 1908 年印度的民族独立运动、1905 年至 1911 年伊朗的立宪运动、1911 年中国的辛亥革命等。在这方面，也是唯有日本与西方国家相似。

从社会历史的发展趋势来看，在这个时期，实际上是处于先进地位的西方国家进一步向东方国家推行扩张主义政策和殖民主义政策，并使东方绝大多数国家沦为殖民地和半殖民地的时期。从文化和文学的发展趋势来看，这个时期是世界文化和世界文学进一步形成的时期，是东西方文化和东西方文学进一步融合的时期，是处于先进地位的西方文化和西方文学进一步加强其对东方文化和东方文学影响的时期，同时也是东方文化和东方文学逐步复兴并逐步走向繁荣的时期。

如上所述，在中古时代的后期，西方先进国家已经逐步走在东方国家的前头，西方先进文化已经转而影响东方传统文化，随着轮船和大炮的到来，西方人开始在东方传布宗教、创办学校、印刷报纸、出版书籍，不断地展示出他们的先进文化，激烈地撞击着东方的固有文化。进入 19 世纪以后，由于西方资产阶级普遍建立政权，资产阶级法制逐渐完备，资本主义得到了飞速的发展，工业生产和科学技术取得了惊人的成就；与此同时，在文学艺术方面也获得了前所未有的成功。但在东方地区，许多国家仍然处在以自给自足的自然经济为基础的封建制度的束缚之下，还有些国家（如非洲的中部和南部）则处在更加落后的社会状态。于是，西方文化向东方传播得越来越多，西方文化对东方文化的影响越来越大，西方文化对东方文化的冲击越来越猛烈。如果说在上个时期，东方的中国文化体系、印度文化体系和阿拉伯—伊斯兰文化体系依然长期在东方文化发展中居于垄断地位，控制和影响着中国、印度和阿拉伯以及广大东方地区的文化，那么到了这个时期，这三大文化体系便不得不与西方文化互相融合，从而使得东方各国文化在内容上和形式上都发生了空前巨大的变化。正是在这种情况下，不仅有许多西方人大量地向东方输出西方文化，同时也有许多东方人热心地从西方输入西方文化，尽管在不少东方国家曾经出现过各种不同形式的东学西学之争、新学旧学之争，但是争来争去，其实争论的内容只能限于具体的学习态度和学习方法，至于向西方学习这个大方向则早已成为大势所趋，是不可阻挡的了。

在社会形势发生巨大变化的推动下，在西方文化的影响下，东方文学也出现了由传统向近代的转折。这个转折过程首先是由启蒙主义思潮和启蒙主义文学起步的。启蒙主义思潮本来是指 17 世纪至 19 世纪初在欧洲各国先后兴起的一种社会思潮。其后，大约从 19 世纪中期至 20 世纪初期，在东方各国也兴起了一个类似的社会思潮，目的在于促进东方各国走向近代化。正如欧洲的启蒙主义思潮与文学有密切的关系那样，东方的启蒙主义思潮也与文学有一定的关系，我们可以称之为东方的启蒙主义文学。东方的启蒙主义思潮和启蒙主义文学遍及东方的许多国家，但是并不像欧洲各国那样彼此之间联系紧密，而是各有各的情况，各走各的道路。我们可以说，东方的启蒙主义文学是东方文学发展过程中的一个有机环节，是东方文学从传统向现代转折的起点。若将东方的启蒙主义思潮和启蒙主义文学与西方的启蒙主义思潮和启蒙主义文学加以比较，我们可以发现以下两个不同之处。

第一，东方的启蒙主义思潮和西方的启蒙主义思潮所产生的社会背景不同。由于东方的资本主义发展比西方落后得多，而封建制度却比西方牢固得多，由于东方的资产阶级力量比西方薄弱得多，而封建阶级的力量却比西方强大得多，由于东方的近代哲学思想没有像西方那样形成完整的体系，由于东方的近代自然科学没有像西方那样取得巨大的成就，所以东方的启蒙主义思潮和运动缺乏西方启蒙主义思潮和运动那样深厚而坚实的基础，在很大程度上是在外来因素，即西方资本主义列强侵入、东方民族面临灭顶之灾的刺激下产生和发展起来的。正因为如此，东方的启蒙主义思潮和运动不像西方的启蒙主义思潮和运动那样坚决和彻底。东方启蒙主义思潮和运动的不坚决性和不彻底性表现如下：没有明确提出彻底反对宗教蒙昧主义和封建专制制度的目标，而是满足于部分的修补和改良；没有系统的、科学的理论指导，往往是就事论事；缺乏广泛的群众基础，有的是自上而下的行政命令，有的是靠少数人的孤军奋战；各个国家分散地、孤立地进行，彼此之间缺乏密切的联系，未能形成整个东方规模的运动，所以各国发展极不平衡，一国运动的影响大多限于一国之内；运动常常半途而废，发动者动辄被捕、被杀，而改革则往往以失败告终。

第二，东方的启蒙主义思潮和文学的关系不像西方的启蒙主义思潮和文学的关系那样密切。东方的启蒙主义者大多是政治家和思想家，他们的精力主要集中在政治和思想方面，一般不大重视文学，有的人以文学为从事政治、思想活动之外的“余事”，有的人以文学为从事政治、思想宣传的工具，很少有人专门有意识地进行文学创作，许多人几乎没有写过真正可以称为文学作品的东西。所以，他们虽然在文学上取得了一定的成绩，但却没有也不可能在文学上取得更大的成就，没有也不可能产生像西方那样在西方以至世界文学史上占有重要地位的名家名作。他们所写的文学作品往往还不成熟或者缺乏艺术性，他们所写的其他非文学作品只能说具有一定的文学价值，在语言上或者风格上可供近代文学借鉴，为近代文学的诞生铺路。

在启蒙主义思潮和启蒙主义文学的推动下，东方文学逐渐走上了转折的道路。这段历史虽然不算很长，但是仍然取得了相当可观的成就，产生了颇为巨大的变化，涌现了不少优秀的作家作品。这个时期的东方文学，在整个东方文学发展史上占有一定地位，具有重要意义。它是一个过渡时期，起着承上启下的作用。这个时期东方各国文学的发展是不平衡的，其中比较突出的是东亚的日本文学、南亚的印度文学、西亚和北非的阿拉伯文学。

若将这个时期的东方文学与西方文学加以比较，我们可以看出东方文学具有以下几个特点。

第一，东方文学由传统向近代的转折，比西方文学晚。西方文学由传统向近代的转折，始于文艺复兴运动，即 14 世纪至 16 世纪；而东方文学由传统向近代的转折，则始于 19 世纪中叶，取得较大成就还要晚些，要到 19 世纪末至 20 世纪初。在 19 世纪中叶以前，当西方文学早已完成这个转折，并且迅速向前发展的时候，东方各国的文学仍然沿着传统的道路继续前进，有些国家的文学甚至陷入停滞不前的状态。这样计算起来，东方文学由传统向近代的转折要比西方文学晚四五百年。

第二，在转折时期和转折以后，东方文学不如西方文学发展充分，一般说来作家作品的质量不如西方高；而西方文学在转折时期和转折以后的发展则相当充分，出现了一大批杰出的作家和优秀的作品，构成西方文学史上一个光辉灿烂的时期。当然，这是仅就一般情况和总体比较而言，并不意味着东方近代文学没有取得什么成就，没有出现杰出的作家和优秀的作品。

第三，在转折时期和转折以后，东方文学的主要思想倾向与西方文学有所不同。如果说西方文学所表现的主要是资产阶级思想的话，那么在东方，恐怕只有日本文学的思想倾向与之接近，而其他绝大多数国家由于社会性质和社会矛盾与之不同，所以文学的主导思想也与之不同。概括起来说，东方绝大多数国家文学的主导思想，一是反对殖民主义、争取民族独立的民族革命思想，二是反对封建主义、争取民主自由的民主革命思想。

第四，东方文学在由传统向近代转折的过程中，受到西方文学广泛而深刻的影响。在这个时期以前，东西方文学虽然也有交流，但是规模不大，东方受西方的影响较小；相对来说，东方对西方的影响要更大一些。到了这个时期，东西方文学的关系发生了很大的变化。随着西方资本主义侵入东方，西方资产阶级文学也大量涌入东方；同时，东方各国的知识分子也如饥似渴地学习西方资产阶级文学，介绍、翻译和研究西方资产阶级文学蔚然成风。当然，西方文学传入东方也是鱼龙混杂，好坏都有，既有大量民主的、进步的优秀作品，也有诲淫诲盗、色情下流、凶险仇杀之类的东西，所以对于西方文学对东方文学的影响也应当进行具体分析，既不应忽视其坏的方面，也不应低估其好的方面。

第五，在由传统向近代转折的过程中，东方文学在内容和形式上发生了巨大的变化。由于这个时期东方社会的重大变革，由于西方文学的深广影响，东方文学从内容到形式面貌为之一新，其具体表现如下：在题材上，从叙述古老、陈旧的故事转向表现现实社会的生活；在人物上，从以王公贵族为主转向以平民百姓为主；在体裁上，从古典的体裁转向近代的体裁；在语言上，从古代书面语言转向近代口语；在创作方法上，浪漫主义、现实主义、自然主义等已经理论化和体系化，并且逐渐被作家自觉地认识和掌握了，等等。

二、迅速转型的各国文学

（一）近代东北亚文学

这个时期的东北亚文学，主要是指日本文学。日本是东方唯一走上资本主义道路的国家。

与其他东方国家相比，这个时期的日本文学是比较发达的，同时又是比较特殊的。日本资本主义发展的特点是时间短、速度快。从明治维新到第一次世界大战，日本的近代历史只有半个世纪左右，但日本在这半个世纪里却走过了西方资本主义国家将近三个世纪所走过的道路。与此相关，日本近代文学的发展也有时间短和速度快的特点。日本近代文学在19世纪末和20世纪初的发展可以分为启蒙、诞生和确立三个时期。

从1868年到1886年是启蒙时期。这个时期一方面出现了启蒙主义思潮，另一方面出现了启蒙主义文学，为近代文学的诞生和发展作了各种准备。日本的启蒙主义思潮在1868年明治维新以前已经出现，但更有组织、更有目的的启蒙主义运动则发生在明治维新以后。明治维新的确是一场资产阶级革命，使日本从此进入了近代社会；但明治维新又是一场很不彻底的资产阶级革命，在明治维新后，日本仍然处于封建主义与资本主义、落后与进步、保守与革新、旧与新的尖锐斗争之中。在这种情况下，率先起来给人们指出前进方向，号召人们抛弃旧思想、接受新思想的是明六社。明六社是1873年（明治六年）成立的启蒙团体，福泽谕吉（1835—1901）是明六社最有代表性的启蒙主义思想家和教育家。1874年至1887年爆发的自由民权运动，是明治维新以后规模更大、影响更广的启蒙主义运动。这场运动以反对中央政府专制统治、争取资产阶级民主自由权利为主要目标，内容包括要求开设国会、制定宪法、减轻地税、确立地方自治、修改与西方列强签订的不平等条约等。它的影响不仅涉及政治领域，而且及于思想领域和文学领域，政治小说和翻译小说的繁荣就是它的影响在文学领域的具体表现。

从1887年到1904年是诞生时期。在启蒙主义思潮和启蒙主义文学的基础上，在坪内逍遥的文学评论《小说神髓》（1885—1886）所提倡的写实主义理论的推动下，日本近代文学终于诞生了。二叶亭四迷（1864—1909）和森鸥外（1862—1922）是这个时期的代表作家。

二叶亭四迷是日本近代文学的奠基者之一。他出生在一个武士家庭。1886年，他发表了一篇著名的文学论文《小说总论》，系统地阐述了自己的文艺观点。这是一篇以别林斯基的艺术论为基础的写实小说论，批判了仅仅注重外形描写的写实论。第二年，具体体现他的文艺观点的长篇小说《浮云》便问世了。小说的主人公内海文三是一个青年知识分子的形象。他的理想应该说是卑微的、渺小的，只不过是正直地为人，勤恳地工作，将来能和堂妹阿势结婚，再把寡母从乡下接到东京，建立一个幸福的小家庭，从此美满地生活下去。然而，在当时的社会条件下，他这点可怜的理想也受到沉重的打击，最后遭到彻底的失败。这是因为他在官场上刚正不阿，既不肯卑躬屈膝巴结上司，也不愿同流合污讨好同事；在家庭中拙口笨舌，优柔寡断，既不会奉承婶母，又不会笼络堂妹。小说正是通过他被官僚政权机构排挤出来这个事实，反映了有良心的知识分子与官僚政权机构的矛盾，揭露了这个政权机构的黑暗和腐朽；通过他与周围人物的矛盾，表现了这类知识分子与种种社会势力的冲突，暴露了明治时代的许多弊病和缺陷；通过他自身的弱点，批判了这些知识分子在矛盾和困难面前的软弱无力。《浮云》的人物是作者依据现实主义典型化的方法创造出来的。他们并不是偶然的产物，而是作者长期观察分析社会生活所得出的认识的形象化，具有广泛的代表性和鲜明的时代性。由于这部小说反映现实具有相当的深度，由于它塑造了现实主义的典型，由于它采用了言文一致的语言，所以现在日本文学史家几乎一致认为，日本近代现实主义文学是从《浮云》的问世起步的。

森鸥外的短篇小说《舞女》（1890）是他根据自己在德国留学时的亲身经历和体验写成的，描写的是一个日本青年和一个德国穷舞女的恋爱故事。故事的结局是悲剧性的。从艺术风格和艺术方法来说，这篇作品充满浪漫情调，为日本近代浪漫主义文学开拓了道路。

从1905年到1911年是确立时期。这个时期最引人注目的是自然主义派作家的创作活动和日本近代文学杰出代表之一夏目漱石（详见本章第二节）的创作活动。日本的自然主义文学是在西方自然主义文学，尤其是以左拉为代表的法国自然主义文学的影响下产生的。自然主义文学是这个时期人数最多、影响最大的流派，一度支配了日本文坛。他们主张真实地观察人生，如实地描写人生。属于自然主义派的重要作家有国木田独步（1871—1908）、田山花袋（1871—1930）、德田秋声（1871—1943）、岛崎藤村（1872—1943）和正宗白鸟（1879—1962）等，其中以岛崎藤村的成就最高。

岛崎藤村的文学活动是从诗歌起步的，其后转入小说。这个转折与他受到自然主义思潮的洗礼有关，而长篇小说《破戒》（1906）的问世则标志着他在小说界确立了牢固的地位。1920年以后，他一度远离长篇小说，集中创作短篇小说、随感和童话等短小作品。短篇小说集《风暴》（1927）是其成果。1929年以后，他的创作进入晚期，主要从事长篇历史小说的创作。如《黎明前》（1935）堪称一部巨著，主人公以作者的父亲为模特儿，描绘明治维新前后的动荡时代，画面广阔，表现生动，被誉为日本历史小说中屈指可数的名作之一。他的代表作《破戒》（1906）是自然主义派一部划时代的作品，也是日本近代文学的硕果之一。这部小说以小学教师濑川丑松为主人公，描写他从隐瞒贱民身份到公开贱民身份的艰难的思想斗争过程。《破戒》的揭露性和批判性很强，它的基本倾向是批判日本近代社会的阴暗现实，揭发身份差别制度的罪恶，追求自由平等的民主理想。从这个意义上说，它虽然被说成自然主义的代表作品，其实并未陷入一般自然主义作品专门描写个人生活琐事的泥淖，具有鲜明的现实主义倾向。这部作品一发表，立即在文坛上引起强烈反响，夏目漱石称之为“明治最初的小说”。

（二）近代东南亚文学

在近代时期，东南亚地区各国几乎都被置于西方殖民主义的统治之下，先后成为西班牙、英国、荷兰、法国和美国等西方列强的殖民地。因此，东南亚国家近代文学的发展道路也是大同小异的。

1. 菲律宾文学

菲律宾是东南亚地区最早沦为殖民地的国家。据梁立基先生研究，在西班牙统治的300余年间（16世纪—19世纪），当地流传的主要是中世纪骑士文学作品。进入19世纪以后，当地人民反对殖民统治的运动日益高涨，促使文学发生相应的变化，一批具有强烈爱国思想和明确民族意识的作家相继出现。其中最著名的是何塞·黎萨尔（1861—1896）。他既是著名的诗人和作家，又是杰出的民族运动活动家。由于黎萨尔的思想进步，因而他不断受到殖民当局的干预和迫害。1896年，他决定前往古巴，途中恰逢波尼法秀发动的起义爆发，黎萨尔被殖民当局逮捕，罪名为组织非法团体和通过写作煽动叛乱等，被判死刑。同年12月30日，他在马尼拉巴贡巴扬广场从容就义，年仅35岁。黎萨尔在文学创作上的主要成就是《社会毒瘤》（1887）和《起义者》（1891）这两部内容连贯的长篇小说。前者叙述主人公伊瓦腊实行教育救国及其失败的故事，后者叙述主人公席蒙（伊瓦腊的化名）三次策划起义及其失败的故事。小说广泛地描绘了19世纪末叶菲律宾的社会生活画面，尖锐地揭露了西班牙殖民者，特别是作为其主要支柱之一的天主教会所犯下的种种罪行，生动地表现了菲律宾各阶层人民，尤其是下层劳苦群众所遭受的种种苦难，同时深入地探索了菲律宾人民如何才能摆脱殖民枷锁、获得民族独立的道路问题。总之，这两部小说内容丰富，思想深刻，情节曲折，故事感人，因而在菲律宾国内外受到高度评价。

2. 越南文学

越南近代文学的产生是与1884年法国占领越南以及越南抗法勤王运动密切联系在一

起的。据赵玉兰先生研究，当时尽管有一部分文人采取逃避现实甚至投靠殖民当局的态度，但是占文坛主流的却是爱国抗法文学。有些作者既是作家诗人，又是勤王志士，他们写出了大批诗文，表现了炽热的爱国激情。诗人阮廷炤（1822—1888）是其杰出代表之一。他的前期作品《蓼云仙传》通过青年男女的爱情故事，批判社会的邪恶和道德的沦丧；后期作品《渔樵问答》描绘越南民族的苦难，揭发殖民主义的罪行。20世纪初，以潘佩珠（1867—1940）为首的一批爱国志士活跃起来，主张君主立宪，寻求救国之道。他既用汉文写作，又用越文写作，《琉珠血泪新书》、《海外血书》等名著在社会上引起轩然大波，在文学上则开创了一代文风。

3. 缅甸文学

缅甸近代文学始于英国占领当地之后。据李谋先生研究，由于传统文学被迫中断和西方文学大量传入，缅甸文坛涌现出一批新体白话小说。詹姆斯拉觉（1866—1921）根据大仲马的《基度山伯爵》片断改写的小说《貌迎貌玛梅玛》可以作为代表，由于它写的是现实生活故事，既运用了西方小说技巧，又保留了缅甸文学特点，所以受到读者欢迎。此后小说创作逐渐成为时尚，作品越来越多。

4. 印度尼西亚和马来西亚文学

印度尼西亚和马来西亚的近代文学都使用马来语，因而具有许多相通之处。据梁立基先生研究，阿卜杜拉·门希（1796—1864）是两国近代文学的先驱者。他的代表作——自传文学《阿卜杜拉传》（1840），促使马来语新文学向前跨越了一大步。这部作品分为27章，一面叙述作者的生平活动，一面描写作者的社会见闻。据作者自己说，他写这部书的目的是，通过自己的亲身经历，使读者感受到西方资产阶级文化的先进性和本民族封建主义文化的落后性。其后，马来语大众文学得到蓬勃发展，其中既有华裔作家，也有印欧血统作家，还有印度尼西亚和马来西亚本土作家。

（三）近代南亚文学

这个时期的南亚文学，主要是指印度文学。

在南亚地区，印度近代文学是比较发达、水平比较高的。印度近代文学包括印地语、孟加拉语、乌尔都语、马拉提语、奥里萨语、阿萨姆语、古吉拉特语、旁遮普语、克什米尔语、信德语、泰米尔语、泰卢固语、马拉雅拉姆语等多种语言的文学，此外还有英语文学；但其中最重要的是东印度的孟加拉语文学、北印度的印地语文学、以德里和勒克瑙两地为中心的乌尔都语文学、南印度的泰米尔语文学。

孟加拉既是英国殖民主义和资本主义势力首先侵入的地区，也是印度民族主义意识最早形成的地区。因此，孟加拉语近代文学首先兴起，并且推动了整个印度近代文学的前进步伐。据董友忱先生研究，在19世纪中叶以前，孟加拉的先进知识分子，如拉姆·莫罕·拉伊（1774—1833）等人，已经着手组织社团，创办报刊，宣传启蒙主义思想，创作新体散文。到19世纪中叶以后，在孟加拉新文坛上陆续出现了一批作家，其中别里钱德·米特罗（1814—1883）、默图苏登·德特（1824—1873）、迪纳本图·米特拉（1829—1874）和达罗科纳特·贡戈巴泰（1843—1891）等人分别在诗歌、小说和戏剧领域取得了一定的成就。别里钱德·米特罗是小说家和剧作家，他出版于1858年的《富贵人家的娇纵之子》是孟加拉近代文学史上的第一部描写现实生活的长篇小说。默图苏登·德特是诗人和剧作家，他的剧本《难道这就叫文明》（1859）和《老鹦鹉的羽毛》（1859）对社会弊端进行了辛辣的讽刺，而长诗《因陀罗耆的伏诛》虽然依然使用旧题材，但却不乏新意，并且在格律上有所革新。迪纳本图·米特拉是这个时期另一位重要剧作家，他的第一部作品《蓝靛园之镜》（1860）描写英国蓝靛园主残酷剥削和压迫印度工人的故事，搬上舞台后在社会上引起强烈反响；此外他的剧本还有《年轻的女苦行者》（1863）和《为婚事而发疯的老汉》（1866）等。达罗科纳特·贡戈巴泰的贡献在小说方面，他1874年出版的《金藤》，是一部反映孟加拉社会现实生活的长篇小说，问世以后获得广泛好评。不过，在19世纪后期取得更多更高成就的小说家当推班吉姆·钱德拉·查特吉（1838—1894）；而代表孟加拉语近代文学以至整个印度近代文学最高水平的作家，则无疑是诗人和作家泰戈尔（详见本章第三节）。

以班吉姆为例。他的创作活动是从诗歌起步的，但后来他感到自己的诗歌缺少创新，于是毅然辍笔，专心研读英国小说，不久发表英文小说《拉吉莫汉之妻》（1864）。这部作品虽然受到好评，但作者本人并不满足于此。他认为自己是孟加拉人，应当用孟加拉文进行创作，否则便是不尊重自己的民族。在这种思想的指导下，他在第二年出版了孟加拉文长篇小说——《要塞统帅的女儿》（1865）。这部作品故事情节曲折生动，人物性格富有特色，加上使用民族语言，所以立即赢得了众多的读者。从19世纪70年代初起，他在文坛上更加活跃起来，既办杂志，又写作品；既写长篇小说，又写短篇小说。长篇小说《毒树》（1873）是他这时出版的重要作品，也是他第一部取材于现实生活的小说。19世纪80年代以后，随着孟加拉民族意识的觉醒和民族运动的发展，作者的思想和创作也发生了相应的变化，表现爱国思想的作品明显增多。他这时名气最大的作品是长篇小说《阿难陀寺院》（1882）。小说取材于18世纪70年代发生在孟加拉的真实事件，围绕东印度公司的税银问题展开故事。此外，长篇历史小说《拉吉辛赫》（1893）也是一部很受读者欢迎的作品。总之，班吉姆是在孟加拉以至全印度近代文学史上写下第一批长篇小说和短篇小说的作家，虽然他的小说在观点上还存在若干矛盾，在艺术上还存在若干缺欠，但是他的开拓性功绩却是不可抹杀的。

印地语近代文学的产生与北印度地区民族意识的觉醒，即1857年至1859年反英大起义有密切联系。这次大起义以印度北方印地语地区为中心，激发了该地区民众的爱国热情，促进了该地区新文学的诞生。据刘安武先生研究，印地语新文学的开拓者是帕勒登杜（1850—1885）。帕勒登杜既是诗人，又是作家。他对新文学的主要贡献在戏剧创作方面。他的剧本用通俗的语言写成，内容也富有新意。他一生翻译和改编了9个剧本，创作了13个剧本。六幕剧《印度的惨状》（1876）是他的代表作。在这部剧本里，作者采用象征的表现方法，首先表现印度往昔的辉煌，其次展示印度现在的惨状，二者构成强烈的对照，颇有激动人心的力量。如在最后一幕里，“印度的命运”登场，想要叫醒昏睡的“印度”，但“印度”依然昏迷不醒；“印度的命运”感到绝望，再也无法忍受下去，便取出匕首刺进自己胸膛。继帕勒登杜之后登上文坛的作家大多接受了他的影响，主要作家和作品有谢利尼瓦斯·达斯（1850—1887）的剧本《森约基达择婿》和小说《宝贵的教训》、拉塔格利生·达斯（1865—1907）的剧本《大王伯勒达伯》和小说《无依无靠的印度教徒》、巴尔格利森·珀德（1844—1914）的散文等。

乌尔都语近代文学的兴起也与1857年至1859年印度民族大起义有联系。这次起义促使信仰伊斯兰教的知识分子日益觉醒，逐渐掀起了启蒙主义的浪潮；而具有新内容和新形式的新文学，便是在启蒙主义浪潮的推动下出现的。据刘曙雄先生研究，米尔扎·迦利布（1797—1869）是乌尔都语文学从中古到近代转折时期的杰出代表。迦利布的主要贡献在诗歌领域。他起初主要用乌尔都语写作诗歌，后来主要用波斯语写作诗歌。乌尔都语诗歌大多收入1841年出版的《迦利布诗选》，收入诗歌1 796联，以抒情诗为主；波斯语诗歌大多收入1867年出版的《最后的果实》，收入诗歌约800联。虽然由于种种条件的限制，他还没有能够完全突破传统的框框，但是他在突破传统的道路上已经前进了一大步，这是难能可贵的。在迦利布的基础上进一步向前走的诗人，有阿尔塔夫·侯赛因·哈利（1837—1914）、希布里·纳玛尼（1857—1914）等人。他们的诗歌不仅在内容上充满爱国热情和改革精神，而且在形式上自觉接受欧洲诗歌影响，进行了一系列的创造革新。在小说方面，应当提及的重要作家作品有纳兹尔·艾赫默德（1836—1912）的《新娘的明镜》、勒登纳特·萨尔夏尔（1846—1902）的《阿扎德的故事》、阿卜杜尔·赫利姆·塞勒尔（1860—1926）的《人间天堂》和米尔扎·鲁斯瓦（1858—1931）的《乌姆拉奥·江·阿达》等。

泰米尔语近代文学的长篇小说创作开始较早，这类作品显然是在英语小说的影响下产生的。据张锡麟先生研究，魏达纳雅格姆·比莱（1826—1889）出版于1876年的《比拉达巴·牟达里亚尔传奇》是泰米尔语近代文学史上的第一部长篇小说，之后又有拉贾姆·埃维尔（1872—1898）的《卡玛拉姆巴尔的传记》和艾·马达维亚（1874—1926）的《巴德玛瓦蒂的故事》等长篇小说问世。短篇小说的出现稍晚一些，瓦·魏·苏·艾耶尔（1881—1925）被誉为短篇小说之父。戏剧方面的变革，也是欧洲近代戏剧影响的结果。桑格拉达斯·斯瓦米格尔（1867—1922）、巴利底玛尔·格莱尼亚尔（1870—1903）和桑班达·牟达里亚尔（1873—1964 ）的创作，代表泰米尔语新戏剧的水平。至于泰米尔语文学的传统领域——诗歌领域的革新，则在苏比拉马尼亚·巴拉蒂（1882—1921）的作品上得到了集中体现。他的诗歌不仅在内容上增加了热爱祖国和反对压迫等新思想，而且在形式上吸收了西方诗歌的新因素（如十四行诗、自由体诗等）。

(四) 近代西亚北非文学

这个时期的西亚北非文学，主要是指阿拉伯文学和伊朗文学。

1. 阿拉伯文学

在西亚地区，阿拉伯国家在17世纪和18世纪以后相继成为西欧列强蚕食的对象，逐渐沦为殖民地和半殖民地。在这种形势下，阿拉伯文学开始了从传统向近代的转折，这个过程被称为阿拉伯文学复兴运动。据仲跻昆先生研究，在阿拉伯文学复兴运动中，由于地理位置等方面的原因，走在前列的是黎巴嫩、叙利亚和埃及。黎巴嫩和叙利亚位于地中海东岸，比较靠近欧洲，再加上当地有不少基督教徒，在信仰上与欧洲人相通，因此，这两个地区最早接受了欧洲文化和欧洲文学，成为文学复兴运动的前哨阵地。随后，位于地中海南岸的埃及，在1798年遭到法国军队的入侵，这同时也使埃及人第一次接触了欧洲近代文明。埃及领导人采取提倡吸取欧洲文化和文学的政策，并且接纳了许多黎巴嫩和叙利亚地区受到迫害的知识分子，有力地促进了埃及文学的复兴运动，使埃及成为这个运动的重要基地之一。

诗歌是阿拉伯文学具有悠久历史的传统体裁，但在19世纪这种体裁却发生了深刻的变化。在这个变化过程中，首先出现的一派诗人被称为“复兴派”（或称“传统派”、“新古典派”）。他们一方面主张以古代诗人为榜样，在题材上和方法上基本遵循古典传统，以便恢复被奥斯曼土耳其帝国摧残的民族诗歌传统；另一方面则认为诗歌复兴应与民族复兴的任务联系起来。可是，即使同是属于这一派的诗人，在实际创作上也有很大差异。有的人在题材上有很大的扩展，在方法上有很多的创新，在内容上也与现实联系得很紧密。事实证明，这一派诗人对阿拉伯诗歌复兴起了相当大的作用。埃及的迈哈穆德·萨米·巴鲁迪（1838—1904）是复兴派的代表诗人之一。除巴鲁迪外，埃及的伊斯梅尔·萨布里（1854—1923）、黎巴嫩的纳绥夫·雅齐吉（1800—1871）和易卜拉辛·雅齐吉（1836—1992）、叙利亚的艾迪布·伊斯哈格（1856—1885）和杰卜拉伊勒·德拉勒（1836—1892）、伊拉克的阿卜杜·盖法尔·艾赫赖斯（1805—1872）和阿卜杜·厄尼·贾米勒（1780—1863）、阿尔及利亚的阿卜杜·卡迪尔·杰扎伊里（1808—1883）、苏丹的穆罕默德·欧麦尔·班纳（1848—1919）等，也是复兴派的著名诗人。

小说对于阿拉伯人来说并不是完全陌生的东西。在那些古老的年代，阿拉伯人曾经创造了各种形式的故事文学，这些故事文学可以说是阿拉伯新小说产生的基础；而欧洲新小说的传入，则是阿拉伯新小说形成的催化剂。阿拉伯新小说是在19世纪后期开始出现的，起初的小说大致可以分为以下几种情况：一种是对欧洲小说的改写或缩写，使之阿拉伯化；一种是参照欧洲小说创作的“玛卡梅”体故事小说；一种是模仿欧洲小说创作的消遣小说、历史小说和艺术小说。黎巴嫩作家赛里姆·布斯塔尼（1848—1884）和杰尔吉·宰丹（1861—1914）的历史题材小说、埃及作家穆罕默德·穆维利希（1868—1930）的长篇小说《伊萨·本·希沙姆叙事录》等，是这个时期的重要收获。

近代戏剧也在阿拉伯文学复兴运动中产生并得到一定的发展。不言而喻，这种文学形式也是随着欧洲戏剧的大量传入而产生的，是欧洲戏剧刺激和影响的结果。在这个领域，黎巴嫩作家马龙·奈卡什（1817—1855）的主要功绩是翻译并演出莫里哀的喜剧《悭吝人》，叙利亚戏剧家艾布·赫利勒·格巴尼（1833—1902）将民间故事改编为剧本演出获得成功，埃及戏剧家雅古布·赛努尔（1839—1912）翻译和编写剧本30余部。

以巴鲁迪为例。他一生的经历是崎岖不平的，而他的诗歌创作则是这种崎岖不平经历的形象反映。在青年时期，他的生活很平静，所以这个时期的诗歌以爱情、景物和饮酒为主要内容；到了中年时期，随着爱国热情的高涨，他的诗歌创作也改弦易辙，歌颂民族起义成为主旋律，长诗《巴鲁迪鼓舞革命》是这时的硕果；起义失败以后，他被流放监禁长达17年之久，因而对于妻子、家乡和祖国的思念变成诗歌的中心内容，《思乡》和《悼亡妻》等是这时的产物。巴鲁迪既是传统的诗人，又是革新的诗人。说他是传统的诗人，是因为他有意效仿古典诗人，在诗歌形式方面严格遵守古典诗歌的格律，在诗歌风格方面认真继承古典诗歌质朴、洗练的特色，在诗歌题材方面也大量采用赞颂、爱情、战斗等传统内容。说他是革新的诗人，是因为他认识到诗歌是负有时代使命的和表现时代精神的，诗歌是要体现诗人个性特征的，所以他效仿古典诗人和诗歌，但却不肯完全受古典诗人和诗歌的束缚，而是努力用自己的诗歌唱出时代的声音，抒发民族的感情和自己的感情。

2. 伊朗文学

伊朗近代文学兴起于19世纪后半期。据张鸿年先生研究，哈支·泽因阿贝丁（1839—1910）出版于1895年的小说《伊卜拉辛·贝克旅行记》第一卷，是19世纪末最引人注目的作品。1905年至1911年，伊朗发生了立宪运动。这是一个以实行君主立宪、进行民主改革为目的的资产阶级民族民主革命运动。革命的发展促进了文学的繁荣。报纸杂志大量创办，诗歌创作面貌一新，短小尖锐的杂文蓬勃兴起，文学语言进一步口语化等，成为这个时期文学的鲜明特色。巴哈尔（1886—1951）是这时最有名气的诗人；

拉胡蒂（1887—1957）是这时激进的民主主义诗人，名篇有《人的意义》和《致伊朗少女》等；赛义德·阿什拉夫尔丁·喀兹文尼（1871—1934）是讽刺杂志《北风》的编者，他在这个刊物上发表了一系列笔锋犀利的诗歌；德胡达（1879—1956）是周刊《天使号角》的主笔，他在这个刊物上发表了许多短小精悍的诗歌和散文；阿里夫（1882—1934）既写通俗小曲，也写抒情诗，他的作品富有爱国激情。

以巴哈尔为例。他是从古典诗歌向现代诗歌过渡时期的诗人，既善于利用旧诗体，又善于创造新诗体，用以表现时代的内容，传达时代的精神，因而许多诗篇不胫而走，众口传诵。他一生写了 3 万行左右的诗歌。1916 年，他在狱中写了一首广为传诵的诗篇——《跳蚤颂》，把敌人比喻为跳蚤。1920 年，他又写了一首传诵更广的诗篇——《达玛万德峰》，以伊朗北部厄尔布士山最高峰——达玛万德峰为民族和人民的象征。此外，《祖国在危难中》、《啊，我的祖国》、《晨鸟》和《夜莺》等也是脍炙人口的佳作。

第二节 夏目漱石

近代知识分子的代表·明治社会的讽刺画·通过猫眼观察世界

夏目漱石（1867—1916）是日本近代文学史上的著名作家，日本近代文学的杰出代表之一。他本名夏目金之助，1867 年 2 月 9 日生于江户（明治维新以后改称东京），父亲是一个街道行政官吏。他的童年生活是不幸的。由于父母年老体弱，子女众多，加上家境衰败，他曾经先后当过两家人的养子。他出生的第二年，日本就发生了明治维新运动。因此，他可以说是日本明治社会的同龄人、日本近代社会的同龄人。他的学生生活，几乎是和维新以后新式学校的设立同时开始的。日本刚成立起第一批小学，他就到了该上小学的年龄；刚成立起第一批中学，他又到了该上中学的年龄；第一所大学——东京大学刚成立不长时间，他又该升入大学了。他是日本第一批受到近代学校教育的高级知识分子。

1893 年，夏目漱石毕业于东京大学英文系。其后，他当过几年中学和大学预科的英语教师。这段教书生涯似乎并不愉快，因为他对教师这个职业不感兴趣，总觉得自己缺乏教育者的素质。1900 年，他受日本政府派遣前往英国留学，学习和研究英国文学。当时日本比较落后，英国则是最先进的资本主义国家之一。可是由于种种原因，他对英国的印象并不很好。他后来说过，在伦敦生活的两年是非常不愉快的两年。1903 年回国以后，他在东京大学等校执教，讲授文学理论、英国文学和英语等课程。但这些工作仍然不能使他感到满意。于是，他便利用工作余暇，拿起笔来进行创作，而他最先动笔写的作品就是长篇小说《我是猫》。

由于《我是猫》获得了意想不到的成功，夏目漱石很受鼓舞，于是文兴大发，接连不断地写起小说来了。中篇小说《哥儿》（1906）和《旅宿》（1906）以及一系列短篇小说就是在这时相继问世的。总起来说，他这个时期的创作存在两种不同的倾向：一方面，他看到社会充满黑暗，周围充满不公，因而感到无比气愤，决然拿起笔来加以挞伐，《我是猫》和《哥儿》是其硕果；但另一方面，他又表现出某种闲情逸致，甚至显示出逃避斗争的倾向，《旅宿》是其代表，不过这仅仅构成一个小小的曲折和回旋，没有成为方向性的转变。

长期以来，夏目漱石向往的是“文学三昧”的生活，即读自由的书，说自由的话，写自由的事，加上教学效果不大理想，而文学作品却大受欢迎，因此种种，经过一番考虑，他终于在1907年下定决心，辞掉教师职务，加入《朝日新闻》社，正式踏上了专业作家的道路。从此以后，他所写的作品都先在《朝日新闻》上连载，后印成单行本出版发行。

成为专业作家不久，他便连续发表了三部长篇小说——《三四郎》(1908)、《后来的事》(1909) 和《门》(1910)。这三部作品主人公不同，故事也不连贯，各自独立成篇；可是相互之间仍然具有一定的内在联系，因而被称为三部曲。《三四郎》以刚进大学的三四郎为中心，《后来的事》以大学毕业后游荡了三四年的代助为中心，《门》则以离开大学后又在社会上生活了多年的宗助为中心。《三四郎》描写三四郎和美祢子之间似恋非恋、似爱非爱的如梦一般的淡淡感情，他们一面感到自己内心自然本能的发动，一面又在不知不觉中分手了；《后来的事》中代助和千代子的爱情是炽烈的，他们一致认为以前为了朋友而牺牲自己感情的做法是错误的，所以不顾一切地要求重新结合在一起；《门》中宗助和阿米夫妇的亲密关系，可以看作代助和千代子感情的进一步发展。

不言而喻，这些作品写的虽是爱情故事和爱情矛盾，但它们的意义却不限于爱情范畴，作者所要表现的其实是明治时代的青年知识分子过着什么生活、走着什么道路的问题。从《三四郎》到《后来的事》再到《门》，我们可以发现夏目漱石的创作正在不断地发展和变化。从反映社会生活的角度来说，《三四郎》和《后来的事》的画面比较广阔，并且不乏批判现实黑暗的内容；《门》的画面却要狭小得多，全部内容几乎限于一个家庭内部。但若以人物刻画而论，《门》却有它的特长，即比《三四郎》和《后来的事》更注意性格描写，尤其注重通过细腻入微的心理活动刻画人物性格。

1910年是夏目漱石思想和创作的转折点。造成这个转折的原因有客观和主观两方面。客观原因是所谓“大逆事件”，即日本政府以有人阴谋暗杀天皇为借口镇压革命者的事件。对于这个事件，夏目漱石虽然没有作出直接反应，但是肯定受到了恐怖气氛的影响。主观原因是他生了一场大病，三次吐血，不省人事半个小时，卧床休养半年左右。对于夏目漱石来说，这既是肉体上的大事件，也是精神上的大事件。首先，这场病使他体验到一种所谓绝对平静的境界，使他朦胧地感受到个人和宇宙之间似乎存在某种不可解释的秘密，使他改变了对个人和宇宙关系的看法。其次，这场病也改变了他对人与人的关系的看法。过去，他常常觉得周围的人全是自己的敌人，甚至有时自己也会成为自己的敌人；现在，他发现周围的人都非常关心自己，他希望自己成为善良的人。因此，以1910年为界，他的前后期创作产生了显著的差异。如果说前期创作主要是与外界的丑恶作斗争，那么后期创作则转向主要与人们内心的丑恶作斗争了。

1910年之后，夏目漱石又连续发表了三部长篇小说，即《过了春分时节》(1912)、《行人》(1913) 和《心》(1914)。这三部作品在思想内容和艺术形式两方面都有密切关联，因而也被称为三部曲。

从思想内容来说，《过了春分时节》的主人公须永、《行人》的主人公一郎和《心》的主人公“先生”都是孤独而痛苦的人物，他们孤独而痛苦的原因都是在爱情上遭到挫折和失败，而他们在爱情上遭到挫折和失败的原因又都是由于嫉妒心理和利己主义——

虽然具体情况不同，发展程度有别。须永业已产生走投无路之感，只好出门旅行聊以自慰；一郎进而走到悬崖绝壁面前，不得不在死亡、发狂和宗教三者中选择其一；“先生”则终于感到绝望，只好自杀归天，以解救自己的灵魂。同时，随着他们的嫉妒心理和利己主义一个比一个更严重，小说的分析和批判也一部比一部更深刻有力。

从艺术形式来说，这三部作品在组织结构上都采用几个短篇连缀起来构成长篇的办法；不过《过了春分时节》还显得有些松散，《行人》和《心》则联系较为紧密。在人物安排上都有一个形式上的主人公，即故事的讲述者，以便增加读者的实感；不过《过了春分时节》的敬太郎仅仅起了穿针引线的作用，《行人》的二郎和《心》的“我”则进而成为故事情节的有机组成部分，并且担负起反映其他人物性格和心理的任务。

夏目漱石晚年还写了另外两部长篇小说——《路边草》（1915）和《明暗》（1916）。《路边草》是一部具有自传性质的小说，兼有自传和小说的特点，交织着真实和诗意。主人公健三的经历和体验，大体上也就是作者的经历和体验。《明暗》通过津田和阿延夫妇之间的微妙关系，力图把人们的利己主义思想更客观、更深入地描绘出来。不少学者认为，从结构的巧妙和描写的细密来说，从人物形象的丰富多样来说，从主要人物形象和次要人物形象的密切联系来说，《明暗》这部小说不仅在夏目漱石的创作中，而且在日本近代小说史上都是不可多得的佳作。可惜的是，由于作者于 1916 年 12 月 9 日突然病逝，小说没能完成。

长篇小说《我是猫》是夏目漱石全部创作中最受读者欢迎、社会影响最大的作品。

《我是猫》梗概

全书共有 11 章，从 1905 年 1 月到 1906 年 8 月在《杜鹃》上连载，从 1905 年到 1907 年分上、中、下三部出版单行本。小说的场面几乎全部集中在主人公苦沙弥的家里。苦沙弥和他的朋友说笑话，讲故事，高谈阔论，嬉笑怒骂，指斥社会，批评人生，构成小说的主要内容。要说情节的话，只有苦沙弥家和邻居金田家发生冲突一段比较完整，其余的只是一些片断。到小说结尾的地方，一场风波逐渐平息下来，苦沙弥的生活又恢复到原来的样子，作为旁观者的苦沙弥家的那只猫，也感到无聊得很，便偷喝了啤酒，掉进水缸里淹死了。

这部小说的主人公——苦沙弥是一位中学英语教师。他为人老实正直，自命清高，不求荣达，对社会上的富有者和权势者抱着强烈的憎恶，对世界上的不良现象和丑恶现象感到深深的鄙夷。与此同时，他又是脾气暴躁的，缺乏办法的，不知如何对付环境，常常为了一点小事大动肝火，结果弄得自己十分苦恼。不用说更大的黑暗势力，仅仅是一个资本家施了一些诡计，就闹得他焦头烂额。他进行的所谓斗争，无损于对方一根毫毛，却弄得自己无法忍受下去。由此可见，苦沙弥的性格是复杂的、矛盾的，既有崇高的一面，又有渺小的一面；既有可爱的一面，又有可笑的一面。作者对他的态度也是微妙的，既有深切的同情，也有善意的讽刺。

但是，对于明治社会的黑暗和罪恶，作者的态度却是深恶痛绝的。他的笔锋主要指向以下几个方面。

一是勾勒为富不仁的资本家的丑恶嘴脸。小说指出，金田等资本家的特点是精通“三缺”，即缺义理、缺人情、缺廉耻；并通过猫的嘴，对于金田之类都能以“人”的资格在大街上通行无阻的反常现象表示愤慨；又借用迷亭的嘴，骂他们又贪又狠，穷凶极恶，比历史上有名的大盗更坏。

二是揭露官吏、侦探等资产阶级统治工具的实质。小说指出，官吏本来应当是人民的公仆，为了叫他们办事，才给予他们一定的职权，但他们却耀武扬威起来，狂妄得很；侦探理应维持社会治安，保护人身安全，可他们却罗织虚构，陷害良民，什么事情都干得出来，奇臭无比。

三是讽刺统治阶级所推行的对外侵略扩张政策。小说指出，当局为了发动侵略战争所鼓吹的所谓“大和魂”，究竟是什么东西呢？谁也说不清，大和魂是三角形的，还是四角形的？大和魂像字面所显示的那样，就是一种魂。正因为是魂，所以永远是缥缥缈缈的。

四是嘲笑当时人与人之间冷漠的、虚伪的关系。小说指出，在这个社会里，一个人为别人而皱眉、流泪、叹息，绝不是自然的态度，而是虚伪的表演；说一句公平话，也是煞费苦心的艺术。虚伪做作得最巧妙的人，被看成最富有艺术良心的人，最受社会尊敬的人。因此，最受社会尊敬的人，事实上也就是最不可靠的人。

五是揭示这个社会所面临的穷途末路。小说指出，这个社会已经不可救药，人们已经无法生活下去，只有想法死掉，设法自杀。正如苦沙弥所说的那样：死是很痛苦的，但想死却不能死就更加痛苦；对于神经衰弱的国民来说，活着比死去还要痛苦。他并且预言：从今天算起，再过一千年以后，人们都必然会采取自杀的方法；一万年以后，一谈到死，除了自杀以外就再也没有别的死法了。

从以上几个方面可以看出，这部小说对于明治社会黑暗和罪恶的揭露，是有相当的广度和深度的。

就艺术表现方面而言，《我是猫》有以下三个显而易见的特点。

其一是它借用一只猫的眼睛来观察世界，展开故事。“我是猫，还没有名字”——这是小说开篇的第一句话。这只猫从出生不久到最后淹死，在苦沙弥家里生活了两年，小说所写的故事都是它的所见所闻。

其二是它没有一般小说所谓的完整情节结构。作者自己曾经说过，这部作品既无情节，也无结构，像个海参一样无头无尾。

其三是通篇充满幽默和讽刺。通过猫眼观察人生，通过猫语批评人生，这本身就给人以诙谐之感；再加上大量荒诞的笑话、有趣的故事、惊人的妙语和夸张的描写之类，便构成了一幅幅意趣横生、滑稽可笑的图画。不过，值得注意的是，虽然都是幽默和讽刺，可是由于对象不同，态度也有所差异。例如，同是写人的脸，对苦沙弥的麻子的讽刺比较轻微，而对金田夫人的鼻子的讽刺则要辛辣得多。虽然都是幽默和讽刺，可是随着写作时间的推移，作者的态度也在发生变化——如果说起初是谐谑的嘲笑，那么越到后来便越发带有悲愤和凄凉的味道了。

夏目漱石的一生是短促的，只有 49 个春秋；他的创作生涯尤其短促，只有 12 个年头。但在这短短的 12 年间，他不顾病魔缠身，发愤创作，先后写下了 11 部长篇小说、4 篇中篇小说、7 篇短篇小说、两部文学理论著作，此外还有大量的诗歌、评论、小品文、讲演稿、书信和日记等。

作为一个正直的知识分子，夏目漱石所追求的理想社会是资产阶级上升时期所鼓吹的自由、平等、博爱的王国，所向往的理想道德是资产阶级上升时期所提倡的以个性解放为中心的观念。但是，当他离开学校走上社会的时候，当他拿起笔来进行创作的时候，日本已经在明治专制政权统治下，踏上了对内压迫人民、对外侵略扩张的军国主义道路。这个黑暗现实形成一种重压，使他几乎喘不过气来。面对这种形势，他既感到无限愤慨，又觉得无能为力。理想与现实的冲突，乃是他的思想意识产生种种矛盾，创作过程产生种种曲折的根本原因；也是他的作品不断寻求解决，但始终未能解决的根本问题。

他的创作倾向是复杂的，但基本倾向是现实主义的。在他进行创作时，日本的自然主义文学正处于隆盛阶段，大有垄断文坛之势；但他不肯随声附和，决心按照自己对于文学的理解，走自己认为正确的道路。针对自然主义派认为事实的再现即文学的观点，他主张文学不应当是实际生活的照片，而应该是有意识地虚构出来的“仿造品”，因为只有通过虚构才能产生超过事实的真实。所以，他的处女作《我是猫》一问世就受到自然主义派的攻击，被斥为庸俗无聊的作品；他后来发表的作品也不断受到自然主义派的指责。他又被人称为“余裕派”、“高蹈派”，但这些称呼至多只能表现他创作的一个方面，而且不是主要方面。综观夏目漱石一生的创作，我们会发现，他的主导倾向是关心社会现实，认真思索人生，努力通过各种典型形象反映生活，特别是知识分子的生活，坚持现实主义道路。

他的作品在思想内容上是比较深刻的。他的前期创作以批判社会的黑暗现象见长，后期创作以批判人们的私心杂念取胜。如果说前者在社会批判的大胆和尖锐方面超出日本同时代一般作品水准的话，那么后者在细致剖析人物心理和深入批判人们私心方面也是同时代一般作品所不及的。

他的作品描写细腻、生动，风格朴素、幽默，语言朴实、凝练，结构巧妙、多样，达到了相当高的艺术水平。

第三节 泰戈尔

走“东西融合”之路·追求“梵我同一”境界·多才多艺的艺术家

罗宾德拉纳特·泰戈尔（1861—1941）是印度近代的伟大诗人和作家，印度近代文学的杰出代表。他1861年5月7日出生在加尔各答一个开明的大家庭里。由于厌恶当时印度殖民地式的学校教育，所以14岁时就退学了。其后他到英国留过学，但在伦敦大学也仅仅听了3个月的课。他的丰富知识主要是靠自己向书本学习和向社会学习得到的。他的创作生涯长达60余年，这60余年可以分为五个时期。

19世纪80年代和90年代是泰戈尔创作的第一个时期。他从14岁时就开始发表诗歌。他的初期诗歌（如《暮歌集》、《晨歌集》）富于浪漫主义色彩，而《刚与柔集》（1886）和《心声集》（1890）等诗集的问世，则标志着他在诗歌创作上面向现实生活的开端。与此同时，他还着手写作长篇小说和剧本。1890年以后，泰戈尔时常到农村去居住，负责管理家里的地产。这段经历扩大了他的视野，丰富了他的知识，使他了解了农民。同时，他在创作上也获得了丰收。诗歌方面有《金帆船集》（1894）、《收获集》（1899）、《瞬息集》（1900）和《故事诗》（1900）等一系列诗集先后出版，小说方面则有60余篇短篇作品问世。

《故事诗》是短篇叙事诗集，收入30多首诗。这些诗歌在孟加拉和印度广为传诵，经常被中小学选作教材，大学文学系也以它为教学和研究的内容之一。《故事诗》的题材分为印度教故事、佛教故事、锡克教故事、拉其斯坦故事和马拉塔故事等几个方面，都有宗教典籍或民间传说作为依据。但是，泰戈尔的作品并非这些宗教典籍的直接翻译或民间传说的简单记录，而是自己的艺术创作。这些诗歌大都具有较高的思想性和较强的战斗性，贯穿于其中的主要思想是反对异族侵略、封建暴政和宗教陋习，赞美人们的高尚品格。这些诗歌在艺术表现上也颇具特色。首先是故事动人。无论是情节比较简单的，还是情节比较复杂的，都有波澜起伏之妙，结局往往出人意料，产生发人深思的效果。其次是形象生动。尽管作品篇幅有长有短，人物描写有详有略，可是篇篇都有生动的艺术形象。再次是抒情味浓。诗人既善于讲述故事，描绘人物，又善于抒发感情，激动人心。最后是语言优美。生动的口语，民歌的调子，读来明白晓畅，朗朗上口，美不胜收。总之，《故事诗》可以说篇篇都是珠玉之作。

他这时所写的短篇小说也有不少名篇，如《邮政局长》（1891）、《喀布尔人》（1892）、《素芭》（1893）、《摩诃摩耶》（1893）、《太阳和乌云》（1894）和《饥饿的石头》（1895）等。这些小说在思想内容方面既有一定的广度，也有一定的深度。它们涉及了印度近代社会的基本矛盾：印度民族和英国殖民当局的矛盾，人民大众和封建买办势力的矛盾。如有的揭发英国殖民者在印度为所欲为的暴行，有的讽刺洋奴买办的丑恶表演，有的揭露地主、祭司的为非作歹，有的表现妇女在封建婚姻制度压迫下的不幸命运等。他的小说不仅内容充实，而且在艺术上形成了自己的风格，其主要特点是抒情性。有评论者指出，他创造了一种将抒情诗与短篇小说艺术结合起来的新形式。这是符合事实的。他的许多短篇小说都具有浓厚的诗意，充满浓郁的抒情气息，有的作品本身就像优美的抒情诗或者优美的抒情散文。他的小说的抒情性表现在许多方面：他用他那支生花妙笔描绘印度美丽的自然风光，并且把他的人物放在这种环境之中，让自然环境与人物的命运和心情巧妙地融合在一起；他用诗意盎然的语言描写人物的外貌、神态、性情和心理；他用感情充沛的笔调揭示人物内心世界所蕴藏的丰富诗意和美，并使自己的感情与人物的感情产生强烈的共鸣，从而感染读者，等等。一言以蔽之，他把短篇小说所必备的生动情节和抒情诗所特有的充沛感情有机地交织在了一起。

20世纪最初10年是泰戈尔创作的第二个时期。1901年，他在和平村按照自己的教育思想创办了一所学校，并且亲自从事教学工作。1905年，由于英国殖民当局实行分裂孟加拉的政策，印度民族解放运动迅速高涨。泰戈尔起初积极投身到这个运动中去，发表激昂慷慨的演说，谱写热情洋溢的歌曲，但是后来因对日趋激化的斗争形式感到忧虑，便决定退出战斗，埋头进行写作。这个时期他创作的作品有诗集，如《怀念集》（1903）、《渡口集》（1906）、《献歌集》（1910）等；有剧本，如《邮局》（1911）、《坚定寺院》（1911）等；还有三部长篇小说，即《小沙子》（1903）、《沉船》（1906）和《戈拉》（1910）。

《戈拉》是泰戈尔长篇小说的代表作品之一，也是他所写的篇幅最长的小说。它写的是19世纪70年代和80年代的故事，但也具有20世纪初叶作者写作时的时代特征。这部小说以正统派新印度教徒戈拉的家庭和梵社姑娘苏查丽妲的家庭为主要舞台，以戈拉和苏查丽妲的恋爱为主要线索，讴歌印度爱国青年救民族于水火的热情，批判宗教教派的偏见，揭露殖民主义的罪恶，号召人民群众联合起来，为民族解放事业贡献力量。小说的主人公戈拉是正统派新印度教徒、印度爱国者协会主席。他身上集中地体现了当时一批先进知识青年的特点：澎湃的爱国热情，积极的斗争精神，狭隘的宗教观念，缺乏明确的斗争方向和办法。一方面，他无限热爱印度，无限关心印度，准备为她献出自己的一切；但另一方面，他的思想偏见也是相当严重的，他严格遵守印度教所有的清规戒律，小心保护婆罗门种姓的纯洁。小说通过以下几个方面描写了戈拉克服自己思想偏见的过程：首先，他耳闻目睹的社会现实和他的思想偏见发生了冲突。他到农村后发现，宗教根本不能给人们以力量、生命和幸福，种姓在人们来往的路上到处设下障碍。其次，他与苏查丽妲的恋爱也和他的思想偏见发生了冲突。由于苏查丽妲是梵社成员，与他分属不同教派，所以他千方百计地压制自己的感情。这种努力是违心的。爱情和偏见使他的内心冲突达到了空前剧烈的程度。最后，他从养父母那里知道了自己的出生秘密：他不是印度人，而是爱尔兰人。这个惊人的消息终于使他获得了精神解放，克服了思想偏见，成长为头脑清醒的爱国者。

这部小说通过个人之间和家族亲友之间的复杂关系，着重表现当时社会和政治方面的问题，这些问题都是确实存在过的。它广泛、真实地展现了孟加拉社会生活的画面，深入、细致地探索了印度民族命运的课题。它刻画了众多的人物形象，其中的主要人物形象是鲜明的、丰满的、有血有肉的，不少次要人物也具有明显的个性特征，从他们身上可以清楚地看出时代的风貌。由于这些因素，这部小说具有史诗一般的性质，给人以宏伟壮观的感觉。

《戈拉》在艺术表现上也有鲜明的特点。首先是它的论辩性。这部小说主要通过人物之间的对话和论辩推动故事情节的发展，表现人物性格的特点。无论是在父母子女之间、兄弟姐妹之间、情人之间和朋友之间，还是在不同教派、不同观点的人们之间，都要进行论辩，并且这些论辩往往涉及祖国、民族、社会、政治、宗教、种姓等当时印度人所密切关注的课题。这是因为小说的主题和题材具有社会性和争议性，小说的主要人物又是知识分子，他们处于开始觉醒阶段，需要探讨许多认识问题，而实际行动常常跟不上去。这种论辩性对于加强小说思想内容的广度和深度发挥了积极的作用，但若就艺术表现的生动性和多样性而言却带来了某些不良的影响。其次是它的抒情性。泰戈尔是抒情诗人，他写小说也经常带有浓郁的抒情味道。在这部小说里，作者无论是在描绘景物、布置环境时，还是在叙述事件、刻画人物时，都怀着满腔的热情，读者仿佛能够从中感觉到他那颗火热的爱国之心在剧烈地跳动；尤其是戈拉由于知道自己出生的秘密而抛掉思想偏见后所发表的大段抒情独白，更把小说的感情推上了高潮，颇有激动人心的艺术效果。

20 世纪第 2 个 10 年是泰戈尔创作的第三个时期。从 1912 年起，泰戈尔开始走向世界。他出访英国和美国，并在英国出版英文诗集《吉檀迦利》。1913 年，他因这部《吉檀迦利》以及其他作品荣获诺贝尔文学奖，随后加尔各答大学授予他博士学位，英国政府授予他爵士称号。这时他的创作又出现了一个高潮。除《吉檀迦利》外，还有《园丁集》（1913）、《新月集》（1913）、《歌之花环集》（1914）、《妙曲集》（1914）、《飞鸟集》（1916）等诗集相继发表，中篇小说《四个人》（1916）和长篇小说《家庭与世界》（1916）也先后出版。

《园丁集》是抒情诗集，收入 85 首诗。关于这些诗歌产生的时代和内容，泰戈尔在该诗集序言中写道："印在这本书里的、从孟加拉文译过来的关于爱情和人生的抒情诗，写作的年代，大部分比收在名为《吉檀迦利》那本书里的一系列的宗教诗，要早得多。"（郑振铎译文）与《吉檀迦利》那虔诚的、神秘的格调不同，这本诗集的基调是欢快的、明朗的。爱情诗在《园丁集》中占有很大比重。这些诗的构思是多种多样的，它们从不同的角度和侧面表现了青年男女之间爱情的种种情态，描绘了爱情在他们心中所激起的种种波澜。尽管爱情是自古以来许多诗人反复咏唱的主题，表现爱情的诗歌自古以来多如牛毛，难以数计，但是，泰戈尔笔下的爱情诗仍然独树一帜，别具一格。其特点在于，他善于敏锐地观察和捕捉青年男女在恋爱过程中所产生的种种细腻、微妙的心理颤动，并且善于通过生动的笔触出神入化地描绘出这种心理颤动。

《飞鸟集》是抒情短诗集，收入 325 首诗。这些诗最显著的特点是短小、简洁，一般一首仅有一两行，可谓短小到了极点，简洁到了极点。就思想内容而言，其中不少诗体现了诗人的泛神论观点，表现了诗人对于与梵（神）结合的理想境界的不懈追求。除此之外，有的诗表明了诗人对社会问题的进步观点，如抨击压迫者的凶暴残忍，赞扬被压迫者的忠厚善良，坚信压迫者必将遭到灭亡、被压迫者必将取得胜利；有的诗表现了诗人对生活问题的正确态度，如赞美造福大众、牺牲自我，主张大胆实践、反对无所作为，嘲笑欺下谄上的处世哲学，提倡谦虚谨慎、不图虚名。就艺术表现而言，深邃隽永，言简意赅，耐人寻味，是其特色之一。从一定意义上说，这些诗歌的内涵是无限丰富的，境界是无限宽广的，生命是无限长久的。形象鲜明，生动活泼，绘声绘色，是其特色之二。无论是抒发感情，还是阐述道理，都不是干巴巴、冷冰冰的，而是通过具体生动的形象来加以表现的。

《四个人》是泰戈尔中篇小说方面的代表作品之一。这篇小说结构精巧，语言凝练，人物生动。它通过主人公沙奇士的动人故事，描述印度青年知识分子的思想面貌和生活状况，表现他们探索生活道路的曲折过程。他们的认识是动摇不定的，他们的信仰是不断改变的，甚至有时从一个极端跳到另一个极端。这反映了当时社会矛盾的复杂，也反映了他们自身的软弱。小说最后所写的主人公的“大彻大悟”，也让人难以捉摸，很难说是明白的、正确的答案。

20 世纪 20 年代是泰戈尔创作的第四个时期。从 1918 年起，印度掀起了民族解放运动的新高潮。泰戈尔由于坚持不以暴力抗恶的观点，没有直接投身到运动中去；但他绝不是漠不关心，有时也会采取一些行动表示支援（如放弃英国方面授予的爵士称号）。1921 年，他在和平村创办国际大学，实现了多年以来的愿望。在 10 年代末和 20 年代，他还多次到世界各地去旅行，足迹遍及亚洲、非洲、欧洲、北美洲和南美洲的许多国家和地区，为促进印度与世界各国的文化交流和友好往来，为争取世界和平和反对侵略战争做出了很大的贡献。这个时期他的主要创作有剧本《摩克多塔拉》（1922）、《红夹竹桃》（1926），诗集《童年的湿婆集》（1922）、《随想集》（1922），长篇小说《最后的诗篇》（1929）、《纠缠》（1929）等。

20 世纪 30 年代和 40 年代初是泰戈尔创作的第五个时期。进入 30 年代以后，印度国内外的政治形势都发生了急剧的变化。在印度国内，人民大众和殖民当局的矛盾更加激化，民族解放运动的规模越来越大；在印度国外，德、意、日三个法西斯国家酝酿并发动了第二次世界大战，世界各国人民处于水深火热之中。这种形势促使泰戈尔的政治观点发生变化，使他逐渐抛弃了改良主义，而接近于革命民主主义了。他这个时期除了出版中篇小说《两姊妹》（1933）、《人生四幕》（1934）以外，还发表了许多诗集，比较重要的有《再次集》（1932）、《叶盘集》（1936）、《边沿集》（1938 ）、《康复集》（1941）、《生辰集》（1941）等。

总之，泰戈尔走的是“东西融合”的道路。综观他一生的思想和创作，我们就会发现，他在各个领域都是既认真继承印度文化传统，又大胆摄取外来文化养分，主要是西方文化养分的。他从这两种文化中吸取营养，并将二者熔于一炉，创作出自己独特的文学——既具有鲜明的民族性，又具有充分的创造性的文学。

《吉檀迦利》梗概

《吉檀迦利》是泰戈尔抒情诗方面的代表作品之一，共计收入103首诗。“吉檀迦利”是孟加拉文的译音，它的意思是“献歌”，其中的诗歌都是奉献给诗人心目中的神灵的。诗人认为，宇宙是一个有生命的整体，万物由一个共同的生命维系着，主宰宇宙万物的是一个无形无影而又无所不在的精神本体；这个精神本体叫做“梵”，而“梵”也就是“神”；人们只有达到与之完全合一的境界，才会真正感到快乐和幸福。这本诗集里的诗歌主要表现以下三个方面的思想：一是表现诗人日夜盼望与梵（神）相会，与梵（神）结合，达到合二为一理想境界的急迫心情（如第103首诗）；二是表现诗人虽然热烈追求，但却难以达到合二为一理想境界的痛苦心情（如第13首诗、第26首诗、第43首诗、第50首诗、第51首诗）；三是表现诗人经过顽强追求，达到合二为一理想境界以后的无限欢乐（如第65首诗、第67首诗、第69首诗）。因此，《吉檀迦利》的主题思想乃是对于与梵（神）结合的合二为一理想境界的追求以及达到这种境界的欢乐。正如泰戈尔在他的《回忆录》里所说的那样：“《自然的报复》可以看作我以后的全部文学作品的序曲；或者更确切地说，这是我所有作品都详述的一个主题——在有限之内获得无限的喜悦。”（冯金辛译文）这里所说的“有限”，是指现实世界；而所说的“无限”，是指梵（神）的境界。

那么，在我们看来，《吉檀迦利》的思想有没有积极意义呢？回答是肯定的。因为，虽然诗人心目中的梵（神）是虚构的，与之结合也属于主观幻想；但是诗人并不主张脱离现实生活去追求与梵（神）结合的理想境界，而是主张在现实生活中去追求与梵（神）结合的理想境界。正因为如此，《吉檀迦利》中包含着合理的和积极的思想因素，即肯定现实生活，热爱现实世界。事实证明，诗人绝非一个企图脱离现实社会、漠视人间生活、消极厌世的宗教狂，而是一个始终注视祖国命运、关怀人民生活、积极热情的艺术家；他对与梵（神）结合的理想境界的追求，是与他对人间理想社会的追求密切相关的；或者不如说，他对与梵（神）结合的理想境界的追求，其实就是他对人间理想社会的追求。这具体表现在以下三点上。

一是当他歌唱他那看来虚无缥缈的理想境界时，他并没有忘掉他的祖国，他情不自禁地表达出对祖国未来的热切希望。如第35首诗：

在那里，心是无畏的，头也抬得高昂；
在那里，知识是自由的；
在那里，世界还没有被狭小的家园的墙隔成片段；
在那里，话是从真理的深处说出；
在那里，不懈的努力向着“完美”伸臂；
在那里，理智的清泉没有沉没在积习的荒漠之中；
在那里，心灵是受你的指引，走向那不断放宽的思想与行为——
进入那自由的天国，我的父呵，让我的国家觉醒起来吧。（谢冰心译文，下同）

二是他心目中的梵（神）并不远离人世、高高在上，而是存在于现实社会之中，甚至生活在最贫最贱最失所的人群之间。如第10首诗：

这是你的脚凳，你在最贫最贱最失所的人群中歇足。
我想向你鞠躬，我的敬礼不能达到你歇足地方的深处——那最贫最贱最失所的人群中。

你穿着破敝的衣服，在最贫最贱最失所的人群中行走，骄傲永远不能走近这个地方。

你和那最贫最贱最失所的人们当中没有朋友的人做伴，我的心永远找不到那个地方。

三是他主张执着于现实生活，反对寻求所谓解脱。如第11首诗：

把礼赞和数珠撇在一边吧！你在门窗紧闭幽暗孤寂的殿角里，向谁礼拜呢？睁开眼你看，上帝不在你的面前！

他是在锄着枯地的农夫那里，在敲石的造路工人那里。太阳下，阴雨里，他和他们同在，衣袍上蒙着尘土。脱掉你的圣袍，甚至像他一样地下到泥土里去吧！

超脱吗？从哪里找超脱呢？我们的主已经高高兴兴地把创造的锁链带起；他和我们大家永远联系在一起。

从静坐里走出来吧，丢开供养的香花！你的衣服污损了又何妨呢？去迎接他，在劳动里，流汗里，和他站在一起吧。

《吉檀迦利》之所以能够获得世界声誉，除了它那耐人寻味的内容以外，还与诗人卓越的艺术表现能力有密切关系。首先，诗人善于使自己的思想和感情插上想象的翅膀，自由驰骋，构成栩栩如生、色彩斑斓的图画，显得丰富多彩，优美动人。如通过美丽的遐想，生动地描述了婴儿的可爱神态，同时也充分地表达了诗人对婴儿的爱意和对生活的理想（第61首诗），读来颇有感人力量。其次，诗人还善于使自己的思想和感情化为具体的形象，显得生动活泼，富有魅力。本来是想象中的梵（神），又是在想象中与梵（神）结合；但他却能把这一切形象化，给人以真实的感受。如用秋云期待太阳摩触（第80首诗）、思乡的鹤日夜飞向山巢（第103首诗）等形象来比喻诗人对梵（神）的向往。本来是比较抽象的道理，他也能通过具体生动的形象表现出来，并不使人觉得难以理解。如用穿着王子衣袍和戴着珠宝项链的孩子，在游戏中失去欢乐，不敢走进世界，甚至不敢挪动一下的形象（第8首诗），说明应当简单朴素，不要讲究虚饰。

1941年8月7日，泰戈尔在加尔各答逝世，享年80岁。泰戈尔一生写了60多部诗集、9部长篇小说、6部中篇小说、90余篇短篇小说、60多部剧本，写了许多回忆录、游记、随笔、书简等文学性散文以及有关文学、语言、历史、教育、政治、宗教、哲学、社会等科学性论文和专著；此外，他还绘画和作曲，共创作了2 000余幅画，谱写了2 000余首歌曲。

泰戈尔在文学上的成就和贡献是巨大的、多方面的。他堪称近代孟加拉文学乃至全印度文学的旗手。他的作品生动地反映了印度人民反对封建势力、反对殖民主义、争取民族独立和争取美好生活的强烈愿望。这是他的作品为广大印度人民和世界各国人民所热爱的根本原因。

泰戈尔首先是诗人。他在诗歌创作方面所取得的成就最大。他的诗歌享有盛名。印度和世界各国的泰戈尔研究者对于他的小说和戏剧的看法常有分歧，评价有高有低，但对于他的诗歌的评价都很高。他在印度被称为“诗圣”，在世界上也是最伟大的诗人之一。他的诗歌尽情地抒发了他对丰富多彩的现实生活的无限热爱，生动地表现了他对苦难深重的祖国人民的无限关怀。他的诗歌用流畅的孟加拉语写成，感情充沛，韵律丰富，文字优美。他的诗歌在内容上和形式上达到了充分的多样化，犹如一座百花吐艳的大花园，各种不同形状、颜色和香味的花朵都有，随你喜爱什么。他既描绘大自然的种种景观，也描绘人类生活的各个方面；既表现人与自然的关系，也表现人与神灵的交往。尽管他也受到英国诗歌（如雪莱、济慈）和其他欧洲国家诗歌的影响，但是他的诗歌主要还是植根于民族艺术的土壤之中，从印度古典梵语诗歌（特别是《罗摩衍那》和迦梨陀娑的作品）和孟加拉诗歌中汲取营养。他在诗歌创作方面达到了自由的境地，驰骋的情思和独特的表现融为一体，构成印度人民喜闻乐见的新形式，给印度的新诗歌开辟了新天地，并且通过译文在世界各国赢得了众多的读者，产生了广泛的影响。

泰戈尔也是小说家。他在小说方面所取得的成就仅次于诗歌。他的优秀作品不仅代表了当时印度小说的最高水平，而且达到了当时世界小说的水平。他的小说在思想方面对普通人寄予无限同情，而对权势者表示无比憎恨；在题材方面不以历史故事为主，而着重表现现实生活；在结构方面不以传奇式的巧合取胜，而立足于矛盾的必然的、合理的发展；在人物方面不停留于表面的描述，而侧重于心理活动和性格的刻画。他从印度古典小说和故事中得到启示，并以西方近代小说为楷模，接受后者更多的影响。在长篇小说方面，班吉姆是他的先驱者，但他却在题材上、写法上和反映时代精神上比班吉姆提高了一大步。在中短篇小说方面，他在几乎没有前辈经验可资借鉴的情况下，写出了一系列作品，创立了印度近代中短篇小说的体裁。

泰戈尔又是剧作家。他的剧本风格独特。从思想内容上说，有些作品具有社会的、政治的、哲理的性质，反映出先进与落后、压迫与被压迫的矛盾，表现了作者对生活和社会的见解。这些剧本由于到处演出，在群众中有一定影响，因而其意义不可低估。从艺术表现上说，有的具有浓郁的抒情色彩，有的运用寓意和象征笔法，以富于哲理的语言发人深省。他从印度古典梵语戏剧、孟加拉民间戏剧和西方近代戏剧等几个方面吸取养分，充实了自己的戏剧创作，形成了自己的风格。

泰戈尔还是散文家。他的散文思想深刻，内容丰富，语言精美，风格自然，形式多样，被认为是孟加拉和印度近代散文的典范。

思考题

1. 谈谈东方近代文学的特点。
2. 谈谈东方近代文学的成就和地位。
3. 怎样认识夏目漱石小说的主要思想和艺术特色？
4. 《我是猫》是怎样讽刺日本明治社会的？
5. 简述泰戈尔文学创作的历程。
6. 《吉檀迦利》的思想内容和艺术特色是什么？
7. 泰戈尔在文学上有哪些成就和贡献？

第四章 现代文学

第一节 朝气蓬勃的新型文学

一、蓬勃发展的现代文学

东方现代文学是指20世纪初期以来的东方文学。这个时期的东方文学可以大致以1945年第二次世界大战结束为界，划分为前后两个阶段。

1917年苏联十月革命胜利和1918年第一次世界大战结束以后，人类历史进入了一个新时期，东方各国人民的觉醒和民族运动的高涨便是其重要标志之一。在这个时期，东方各国的革命形势发生了明显的变化：一方面是不少国家的民族资产阶级力量迅速壮大，民族资产阶级政党纷纷建立，同时也有不少国家的无产阶级登上政治舞台，无产阶级政党日益强大起来，成为民族解放运动的领导力量；另一方面是不少国家的民族解放运动以空前巨大的规模和空前猛烈的气势展开，如1919年朝鲜的“三一”起义、1919年3月埃及的反英武装起义、1919年中国的五四运动、1919年至1922年印度民族解放运动的第二次高潮、1919年至1923年土耳其的凯末尔革命、1926年印度尼西亚的人民大起义等。

20世纪20年代末至30年代初，资本主义世界发生了一场严重的经济危机。为了解救这场危机，德、意、日法西斯主义者悍然发动了第二次世界大战。在亚洲，日本帝国主义为了达到霸占中国和亚洲其他国家的罪恶目的，将战火燃烧到东亚和东南亚的许多国家。与此同时，德、意帝国主义则将魔爪伸到欧洲其他国家和北非。在这种情况下，东亚、东南亚、欧洲和北非地区的许多国家成为侵略战争的直接受害者，其他地区的许多国家也间接地受到了损害。事实证明，这场大战给东方各国人民带来了深重的灾难，但同时也迫使他们走上了反抗的道路，为战后民族的解放和国家的独立准备了良好的条件。

因此，对于东方绝大多数国家来说，这个时期的社会性质与近代时期大体相同，仍然是殖民地、半殖民地和半封建社会；可是革命形势却与近代时期大不相同，即普遍展开了民族民主革命，反对殖民主义和封建主义的压迫。只有日本的情况有所不同，它从资本主义国家进而演变成为军国主义国家，走上了法西斯化的道路，并最终将日本人民和邻国人民都推进了战争的深渊。

在上述社会背景下，亚洲和北非各国的文学冲破重重障碍艰难地向前进。20 世纪 10 年代是它的起步阶段。一般来说，这个起步过程并不平静，而是经过了一番激烈的较量，其中包括新文学与旧势力的较量、新文学与旧文化的较量、新文学与旧文学的较量、新文学内部的较量、无产阶级文学与资产阶级文学的较量，等等。进入 20 年代以后，各国文学普遍获得了较快的发展，作家队伍逐渐壮大，文学团体次第形成，各种流派纷纷登场，著名作家相继出现，优秀作品接连问世。可是到了 30 年代和 40 年代前半期，由于法西斯势力的猖獗和侵略战争的威胁，包括日本文学在内的许多国家（主要是东亚、东南亚和北非地区的国家）的文学又遭到了严重的迫害，只能曲折地前进，其他国家的文学仍在继续向前迈进。不过无论属于哪种情况，反法西斯侵略战争都成为这个时期文学作品的重要主题之一。

这个时期的亚洲、北非文学有什么特点呢？

一是具有鲜明的反对帝国主义、殖民主义和封建主义的性质。热爱祖国和人民，反对侵略和压迫，争取民族独立，争取民主自由，成为进步文学作品的共同思想。近代的亚洲、北非文学当然也是反对殖民主义和封建主义的，但是它的思想倾向不如这个时期的文学这样鲜明，批判力量不如这个时期的文学这样猛烈，战斗精神不如这个时期的文学这样强烈。之所以产生这种变化，主要是由于历史的前进、时代的发展、革命的壮大。

二是除了资产阶级文学和小资产阶级文学以外，又增加了无产阶级文学这支生力军。随着无产阶级登上政治舞台，无产阶级政党产生，无产阶级文学也出现在亚洲、北非文坛上，成为亚洲、北非文学队伍里一支新的生力军，大大地加强了亚洲、北非文学的战斗性。

三是在发展过程中继续受到欧美文学广泛而深刻的影响。欧美的浪漫主义、现实主义、自然主义、社会主义现实主义、各式各样的现代主义文艺思潮和创作方法，以及新诗歌、新小说、新戏剧和新散文等文学体裁，大量传到亚洲和北非，并为亚洲和北非各国作家普遍接受。这就促使亚洲、北非文学迅速地走上了现代化的道路，同时也促使亚洲、北非文学在保留自己特点的前提下，与世界其他地区的文学相互趋近。

第二次世界大战结束以后，东方地区的社会、政治、经济形势发生了翻天覆地的变化。这种变化首先是广泛开展民族独立运动的结果。当然，这个运动是从 20 世纪初开始的，但是，只有到了第二次世界大战以后，才形成了锐不可当的世界性的潮流。国家要独立，民族要解放，人民要革命，成为大势所趋，人心所向。战后不久，民族独立运动立即在亚洲广大地区开展起来，并很快出现了高潮。由各国无产阶级政党和民族资产阶级政党领导的革命开展得轰轰烈烈，大多数国家很快获得了独立自由。随后，民族独立运动的烈火又在非洲大陆迅速燃烧，使非洲的社会政治形势也发生了巨大的变化。东方众多国家在挣脱殖民主义枷锁、获得民族独立以后，立即着手振兴和发展民族经济，以便维护和巩固已经得到的政治独立。为此，它们必须进行现代化改革工作，必须总结和研究自己的经济建设实践，不断调整自己的对内对外政策。与此同时，它们还必须进行民主化建设，如加强法制管理、实行民主选举、鼓励舆论监督等。在这个过程中，它们不得不克服各种各样的困难，在曲曲折折的道路上向前迈进。

战后东方地区各国社会形势的巨大变化，促使文学产生相应的变化。与战前文学相比，战后文学的变化主要表现如下。

首先，战前文学是在极端艰苦的社会条件下产生和发展起来的，受到了殖民主义、封建主义和法西斯主义等反动势力的疯狂压迫和野蛮摧残；战后文学则不同，由于各国相继独立，革命先后成功，殖民主义、封建主义和法西斯主义等反动势力纷纷倒台，社会条件比较优越，创作环境得到改善，因而作家队伍空前壮大，作品数量空前增多，作品质量空前提高，呈现一派蓬勃发展的景象。

其次，战前文学和战后文学虽然同样具有鲜明的反帝、反封建性质，但是战前文学主要描写各国人民在殖民主义和封建主义压迫下的悲惨命运，表现他们要求解放的愿望，探求他们争取解放的道路，而战后文学则一面热情洋溢地描绘各国人民如火如荼的革命斗争画面，讴歌他们英勇投身革命的战斗精神，赞美那些不畏强暴、不怕牺牲的广大群众及其先锋战士，一面认真深入地探索各国人民怎样面对殖民主义瓦解后的新形势和新问题、怎样处理西方的文化文学与东方的文化文学的关系、怎样在文化文学领域获得真正的独立，并且表现他们为此付出的艰苦卓绝的努力。

最后，在艺术表现方面（包括文学形式、文学思潮和创作方法等），战后文学也比战前文学显得更加多样化。仅就创作方法而言，除了传统的浪漫主义和现实主义等之外，又普遍出现了各种形式的现代主义和后现代主义。不言而喻，东方文学中的现代主义和后现代主义，是在西方文学影响之下产生和发展起来的。在战前，现代主义就已经传入，在一些国家已经形成若干流派，不过当时的影响还不够广泛和深入；到战后，随着东西方文化和文学交流的日趋频繁，现代主义和后现代主义在东方的传播也越来越广，影响越来越深。

总之，半个多世纪以来，东方文学取得了相当大的进展，获得了相当高的成就。如果说战前的文学是新文学奠定基础的阶段，那么战后的文学则是新文学繁荣兴旺的阶段。

在东方战后文学内部，又大致可以分为两种情况：亚洲和北非文学走向成熟，南部非洲文学迅速崛起。

在亚洲和北非地区，由于战前新文学的基础比较雄厚，所以战后的新文学已经逐步走向成熟。这突出表现在以下几个方面：一是数量日益增多，即作家队伍迅速扩大，作品产量迅速增加，较之战前有成倍的增长。二是质量日益提高，即文学作品在反映生活的广度和深度上，在克服公式化、概念化的倾向上，在艺术表现的多样化和成熟度上，都取得了长足的进展，远远地超过了战前的水平。三是影响日益扩大，即战后亚洲、北非文学在世界上的影响大大地超过了战前，比如亚洲、北非作家获得各种国际性的奖金，担任各种国际性的职务，成为国际上的知名人士，作品在世界各国被翻译出版的越来越多。从一定意义上说，日本的川端康成和大江健三郎、以色列的阿格农、土耳其的奥尔罕·帕慕克、埃及的迈哈福兹等人获得诺贝尔文学奖，便是亚洲、北非文学国际影响扩大的标志之一。四是接受西方文学影响的方式发生了变化，即战前处于学习模仿阶段，表现为紧步西方后尘，西方出现一个文艺思潮和文艺运动，亚洲、北非也跟着出现一个文艺思潮和文艺运动；战后则进入了独立自主的阶段，表现为虽然也接受西方影响，可是不再生硬地照搬，而是灵活地应用。

在南部非洲地区，虽然文学的基础比较薄弱，书面文学产生得比较晚，可是战后文学也取得了突飞猛进的发展。从一定意义上说，尼日利亚的索因卡和南非共和国的戈迪默、库切先后获得诺贝尔文学奖，便是南部非洲文学取得显著成就的标志之一。现在，南部非洲文学的崛起和拉丁美洲文学的爆炸，已经成为当代世界文坛上两件最引人注目的事件。

二、充满朝气的各国文学

(一) 现代东北亚文学

现代东北亚文学包括日本文学和朝鲜（含韩国）文学在内。

1. 日本文学

在东北亚地区，日本文学所取得的成就颇为引人注目。作为亚洲唯一走上资本主义道路的国家，进入20世纪以后，日本的文学继续沿着自己的方向发展。在20世纪前半期，它经历了分化时期、对立时期和黑暗时期等三个时期。

20世纪10年代是分化时期。在夏目漱石、森鸥外进行创作和自然主义文学运动的后期，文坛上相继出现了三个新的文学流派，即唯美派、白桦派和新思潮派，三者都具有一定的反自然主义派的倾向。它们的出现表明，近代文坛为自然主义派所支配的局面被打破了。唯美派又称新浪漫派，该派作家大多接受西方唯美主义文学，尤其是法国唯美主义文学的影响，所写作品往往充满唯美主义色彩和享乐主义情调。唯美派的首创者是永井荷风（1879—1959），但获得更高成就的作家当推谷崎润一郎（1886—1965）。谷崎润一郎的重要作品有《文身》（1910）、《痴人之爱》（1925）、《春琴抄》（1933）和《细雪》（1948）等。他的创作以表现美，尤其是女性美为主旨。他写了一些思想比较健康、情调比较高尚的作品，但也写了不少追求病态享受和变态心理、具有相当浓厚颓废色调的作品。他的小说技巧圆熟，文笔生动，语言优美，所以颇有感染力量。白桦派是以1910年创办的《白桦》杂志为中心的青年作家流派。他们主张尊重自然的意志和人类的意志，努力探讨人应当如何生活，提倡尊重人的个性，强调理想主义精神，富有人道主义色彩，所以他们的文学又有新理想主义文学和人道主义文学之称。武者小路实笃（1885—1976）被认为是白桦派的领导者，有岛武郎（1878—1923）是白桦派代表作家之一，而志贺直哉（1883—1971）则是白桦派中影响最大的作家。志贺直哉的主要作品有短篇小说《一个早晨》（1908）、《到网走去》（1910）、《正义派》（1910）、《清兵卫和葫芦》（1913）、《在城崎》（1917）、《灰色的月亮》（1946）等，中篇小说《和解》（1917）等和长篇小说《暗夜行路》（1937）。他的小说大多取材于与自己有直接关系的生活。善于描述日常生活的细枝末节，善于描绘人物内心的细微活动，感情真挚，技巧精湛，语言优美，风格清新，富于艺术感染力。新思潮派因杂志《新思潮》而得名，又称新现实主义派、新技巧派。他们力图将自然主义文学所提倡的“真”、白桦派文学所提倡的“善”和唯美派文学所提倡的“美”融为一体，强调题材多样，讲究写作技巧，注重形式完美。菊池宽（1888—1948）和芥川龙之介（1892—1927）堪称新思潮派的两大代表作家。以芥川龙之介为例。他的创作以中短篇小说为主，短篇有《罗生门》（1915）、《鼻子》（1916）、《戏作三昧》（1917）和《地狱变》（1919）等，中篇有《信教人之死》（1918）和《河童》（1927）等。他的一生是短暂的。由于家庭生活的重负、自身思想的矛盾和社会剧烈的动荡，他感到难以承受，终于在1927年服毒自杀，结束了年轻的生命。

从20世纪10年代末到30年代初是对立时期。这里所说的对立，主要是指无产阶级文学和现代主义文学的对立。无产阶级文学的产生可以上溯到第一次世界大战后，当时出现了以反映工人和其他劳动人民不幸遭遇和愤怒情绪为主题的“工人文学”。20年代初，文艺杂志《播种人》和《文艺战线》先后创刊，日本无产阶级文艺联盟成立，奠定了无产阶级文学的基石。到20年代末，经过一段分裂之后，无产阶级文学运动重新得到统一，并将无产阶级文学推上了全盛阶段。1933年以后，由于反动当局的疯狂镇压，无产阶级文学被迫走向低潮。小林多喜二（1903—1933）、中野重治（1902—1979）和德永直（1899—1958）等是无产阶级文学的重要作家。以小林多喜二为例。他的主要成果是三部中篇小说：《1928年3月15日》（1928）、《蟹工船》（1929）和《为党生活的人》（1933）。他创作的主要特征，乃是直接表现当时最尖锐的社会问题，反映阶级斗争发展变化的新形势。现代主义文学包括新感觉派文学、新兴艺术派文学和新心理主义文学等，其中以新感觉派文学最引人注目。新感觉派文学以《文艺时代》杂志（1924—1927）为阵地，接受西方多种现代主义文学流派影响，主张根据主观感受认识客观世界，通过主观感觉表现现代生活。横光利一（1898—1947）是新感觉派最有代表性的作家，他所写的短篇小说《头与腹》（1924）、《春天乘着马车来》（1926）和长篇小说《上海》（1932）等都被认为是典型的新感觉派作品。川端康成（详见本章第二节）的创作也是从新感觉派文学起步的。

进入20世纪30年代以后，法西斯势力日益猖獗，作家失去自由，文学创作活动被置于侵略战争的阴影之下，日本文学陷入黑暗时期。

20世纪后半期，日本社会发展和文学发展都进入了一个新阶段。日本文学的发展历程可分为战后初期和战后后期两个时期。

在战后初期（1945—1960），由于战争时期的严厉思想统治体制破产，长期受到沉重压抑的各种思潮兴起，文学方面也呈现出多种流派和倾向并立的景象。“民主主义文学”以新日本文学会为中心，该会是以无产阶级作家为核心的统一战线组织。女作家宫本百合子（1889—1951）是其重要代表之一，她的主要作品有中篇小说《播州平野》（1947）和《知风草》（1947）、长篇小说《两个院子》（1948）等。适应战后新形势而初登文坛的一批新作家被称为“战后派”。该派主张艺术至上，反对政治干预文学，在思想内容上既重视表现社会，又强调表现自我；在艺术表现上则力图突破传统的方法，广泛吸收现代派方法。主要作家有野间宏（1915—1991）、梅崎春生（1915—1965）、椎名麟三（1911—1973）、武田泰淳（1912—1976）、大冈升平（1909—1988）、三岛由纪夫（1925—1970）和安部公房（1924—1993）等。以野间宏为例。他的第一篇作品——中篇小说《阴暗的图画》（1946）被誉为战后派文学出现的先声。继之，他又接连发表了《两个肉体》（1946）、《脸上的红月亮》（1947）、《地狱篇第28歌》（1947）、《残像》（1947）和《崩溃感觉》（1948）等中短篇小说，从各个角度挖掘人们的青春、爱情、个性和幸福是怎样被这场罪恶战争所扼杀和破坏的。此外还有《真空地带》（1952）、《骰子的天空》（1959）、《我的塔矗立在那里》（1962）和《青年之环》（1971）等长篇小说。

当20世纪50年代第一批和第二批战后派开始从文坛第一线退却时，所谓“第三批新人”随之登场。他们不像战后派作家那样具有明确的目的意识性和丰富的社会思想性，而是着重描写日常生活，逐步与私小说接近起来。安冈章太郎（1920—　）和吉行淳之介（1924—1994）等是第三批新人的代表。“无赖派”是在战后混乱不堪的社会背景下产生的文学流派。这派作家对于传统和权威抱着强烈的反抗意识，具有明显的颓废倾向，同时努力革新创作方法。坂口安吾（1906—1955）、太宰治（1909—1948）、织田作之助（1913—1947）等人的作品，可以体现无赖派文学的特色。以太宰治为例。他先后发表了《维荣的妻子》（1936）、《斜阳》（1947）和《丧失为人资格》（1948）等中短篇小说。由于《维荣的妻子》成功地刻画了无赖派的艺术形象，因此他一跃成为无赖派的代表作家之一。接着，他的第二篇重要作品——中篇小说《斜阳》出版。这篇小说的材料据说是由一个和他相好的女人提供的，主要描写一个没落贵族家庭的故事。由于作者塑造了几个典型的无赖，所以获得文坛好评。小说在杂志上连载时就受到广大读者欢迎，单行本一出版便成为畅销书，甚至于出现了“斜阳族”这个流行名词。中篇小说《丧失为人资格》被认为是作者战后发表的第三篇重要作品，也可以说是他一生最重要的作品。小说生动地描绘了主人公大庭叶藏27年的生涯，叙述了他从一个体弱多病的孩子变成一个精神失常的狂人，从而彻底丧失为人资格的历程。“私小说”（日本特有的一种小说形式，即作家一面叙述自己生活经历和体验，一面描绘自己心境的小说）在战后初期得到重新发展。当战后派那些新鲜的、费解的作品风靡文坛时，也有不少优秀的私小说作家出现，赢得了不少读者。尾崎一雄（1899—1983）、外村繁（1902—1961）和檀一雄（1912—1979）等堪称代表。此外，丹羽文雄（1904—2005）、舟桥圣一（1904—1976）和石坂洋次郎（1900—1986）等人的风俗小说，石川达三（1905—1985）、井上靖（1907—1991）和大江健三郎（详见本章第三节）等人的小说创作，荒原派（鲇川信夫、田村隆一等）的诗歌创作，评论家（本多秋五、江藤淳、山本健吉、中村光夫等）的研究著作等，也是这个时期的重要成果。以井上靖为例。他的作品大致可以分为报纸小说、历史小说和随笔小说三类。报纸小说主要有《明天来的人》（1954）、《冰壁》（1957）、《夜声》（1967）和《榉树》（1970）等，历史小说主要有《天平之甍》（1957）、《敦煌》（1959）、《额田女王》（1969）和《孔子》（1989）等，随笔小说主要有《孤猿》（1956）、《桃李记》（1974）和《我的母亲》（1974）等。其中，《天平之甍》是他历史小说方面的代表作品之一，也是他所写的第一部长篇历史小说，主要叙述中国鉴真和尚东渡日本传教的故事。他的小说往往写得生动有趣，故事性比较强，为大众所爱读。

自20世纪60年代初以来，日本经济进入高速增长时期，逐步成为高度发达的资本主义国家。这对日本的社会、生活、风俗、文化以及文学，产生了广泛而深刻的影响。战后后期的日本文坛更加令人眼花缭乱，其中比较重要的文学流派和作家作品如下：一是“第三批新人”继续活跃，并且更加突出地表现“日常”这个主题。二是随着大众传播媒介的蓬勃发展，推理小说空前繁荣，涌现出松本清张（1909—1992）、水上勉（1919—2004）和森村诚一（1933— ）等一批流行作家。三是“作为人派”和“内向一代派”对立。前者认为文学应当正视现实问题，表现现实问题，主要作家有高桥和巳（1931—1971）和开高健（1930—1989）；后者着力探索人们的内心世界，主要作家有古井由吉（1937— ）、后藤明生（1923—1999）和黑井千次（1932— ）等。四是70年代至80年代以来登上文坛的新作家出现许多新动向。他们有的努力唤起人们对传统文化的热情，以便回归传统文化的世界；有的热心宣传西方文化的影响，企图将西方和日本等同视之；有的重点表现人们在繁华都市里的失落感受；有的着力表现人们在高度发达的资本主义社会的孤独体验；有的精心描绘当代青年独特的青春体验；有的则在语言、视角、手法、情调等方面进行创新，等等（当然，以上所述仅仅属于举例性质）。以村上春树为例。他自幼喜欢阅读外国文学作品，创作生涯始于1979年，第一部长篇小说《且听风吟》即获得日本《群像》新人奖。1987年，他的第五部长篇小说《挪威的森林》成为日本的畅销书，被称为“村上现象”。此后，他的创作热情日益高涨，在长篇小说、短篇小说、散文随笔、报告文学和翻译文学等领域取得一系列成果。他的重要作品还有《寻羊冒险记》（1982）、《世界尽头与冷酷仙境》（1985）、《舞！舞！舞！》（1988）、《海边的卡夫卡》（2002）、《东京奇谭记》（2006）和《1Q84》（2010）等。由于成绩卓著，他先后获得国内外多种文学奖项。他善于通过简洁、幽默的语言和丰富、奇特的想象，表现都市人的失落感、孤独感。如今他的作品已被译成30余种语言，在三四十个国家和地区广泛流传。

总起来说，日本当今文学正在朝着更加多样化的方向发展，正在不断探索新的道路。

2. 朝鲜文学

朝鲜现代文学的发展过程可以分为战前和战后两个时期，而战后时期又分为北南两个部分。

战前时期文学分为资产阶级和无产阶级两个方面。据何镇华等先生研究，在资产阶级文学方面，有些作家提倡纯文学，宣传为艺术而艺术，倡导唯美主义和现代主义，属于这个行列的作家有李光洙（1892—1950）和金东仁（1900—1951）等；另有一些作家则写出若干忧国忧民的优秀作品，如小说家罗稻香（1902—1927）和诗人金素月（1903—1934）等。在无产阶级文学方面，作家们显得更加富有生机和活力。20世纪20年代初，随着马克思主义的传播和工农运动的开展，早期无产阶级文学应运而生，先后组成“焰群社”和“帕斯求拉”（这个名称是由参加者姓氏字母拼成的）等团体，被称为“新倾向派”。1925年，朝鲜无产阶级艺术联盟成立，明确提出发展无产阶级艺术的目标，并且指出无产阶级艺术运动是无产阶级革命运动的组成部分之一。进入30年代以后，抗日武装斗争的开展推动了无产阶级文学的进一步发展，李箕永（1895—1984）的长篇小说《故乡》（1933）和韩雪野（1900—1976）的长篇小说《黄昏》（1936）等名著相继问世，大大地提高了朝鲜文学的艺术水准。

战后时期文学分为北南两个部分。

朝鲜北部文学继承战前无产阶级文学的传统，以社会主义社会现实为基础。1946年3月，朝鲜文学艺术总同盟宣告成立。在它的组织下，朝鲜作家开展批判反动文艺的斗争，同时积极投入革命文学的创作活动。1950年抗美救国战争爆发后，许多作家浴血奋战，写出大量鼓舞人民斗志的作品。1953年战争过后，文学加快了前进的步伐，作家队伍不断壮大，作品数量不断增加。当代文学作品的题材是广泛的，主题是多方面的，归纳起来大致包括以下几个方面：反映抗日武装斗争，描写土地改革运动，表现抗美救国战争，歌颂社会主义建设，描绘近代历史画面，表达和平统一愿望，等等。当代作家也已形成一支实力相当雄厚的队伍。其中有老一代作家（如李箕永、韩雪野等），他们仍在继续起着骨干作用，并且不断有新作问世；还有为数众多的中青年作家迅速成长起来，赵基天（1913—1951）和千世峰（1915—1986）等堪称代表。以李箕永为例。他的主要作品有《鼠火》（1933）、《故乡》（1933）、《土地》（1949）和《图们江》三部曲（1961）等中长篇小说，其中长篇小说《故乡》是他的代表作品，也是朝鲜无产阶级文学的奠基作品之一。

朝鲜南部文学继承战前现代主义文学和民族主义文学的传统，以资本主义社会现实为基础。在20世纪40年代后半期和50年代，有一批被称为“战后文学派”的青年作家活跃于文坛，他们喜欢从不同角度批判战争和人生，在艺术表现上则深受西方现代派的影响，主要代表人物有孙昌涉（1922—　）、河瑾灿（1931—　）等。从60年代起，随着经济的加速发展，文学领域也产生相应变化。一方面是强调技巧、重视感觉、表现幻梦的“新感觉派”走上文坛，金承钰（1941—　）被公认为该派代表作家之一。另一方面是主张反映现实、暴露黑暗的“参与文学派”与之对垒，代表作家有金廷汉（1908—　）、方荣雄（1942—　）等。70年代以后，由于现代化的进展，文学显得更加多样化，出现了“民众文学”等新流派，其中比较出色的作家有黄皙英（1943—　）、赵世熙（1942—　）、李文求（1941—2003）和朴景利（1927—2008）等。

(二) 现代东南亚文学

在东南亚地区，各国文学分途发展，情况复杂，兹以越南、泰国、缅甸和印度尼西亚的现代文学为例。

1. 越南文学

越南战前文坛由于多种因素影响，浪漫主义文学和现实主义文学均呈活跃态势。据赵玉兰先生研究，前者包括若干具有感伤味道的作品、情调缠绵的新诗和浪漫色彩的小说；后者则力图真实、深入地反映现实生活，尤其是工农劳苦大众的悲惨生活，吴必素（1894—1954）的长篇小说《熄灯》和阮公欢（1903—1977）的长篇小说《最后的道路》堪称其代表作品。战后，越南文学发展步伐加快，新人不断涌现，新作层出不穷，素友（1920—2004）的诗歌和阮庭诗（1924—　）的小说可以作为代表。以阮公欢为例。他的重要作品有长篇小说《古井无波》（1933）、《丽容》（1934）、《金枝玉叶》（1935）、《女主人》（1936）和《最后的道路》（1938）。这些小说为越南现实主义文学的发展做出了卓越的贡献。

2. 泰国文学

泰国文学自 20 世纪初起逐渐发生明显变化。据裴晓睿先生研究，其具体表现为：作品的内容和题材日益接近现实生活；作品的体裁趋于多样化，除传统的诗歌外，小说、戏剧和散文等迅速发展；作品的语言逐步通俗化，白话文学作品大量增加；作品的作者大多出身平民，他们接近民众，关心民生。以西巫拉帕（1905—1974）为例。他的主要作品有长篇小说《爱与恨》（1930）、《生活的战争》（1932）、《画中情思》（1937）、《后会有期》（1950）和《向前看》（1957）等。他的创作在泰国现代文学史上占有重要地位，他的影响远远超过了同时代的其他作家。

3. 缅甸文学

缅甸文学也在社会剧烈动荡的背景下发生了重大变化。据李谋先生研究，这种变化主要表现在以下两个方面：一是随着各种形式的民族独立运动的开展，反帝爱国文学迅速崛起，成为现代文学的重要组成部分，“红龙书社”和“新文学运动”等进步团体和思潮为其代表；二是由于社会的变化和西方文学的影响，缅甸文学的传统题材和形式受到严重冲击，面向现实生活、采用新体裁和新手法、使用白话文等已是大势所趋，“实验文学”运动的开展成为其标志。诗人和作家德钦哥都迈（1875—1964）是缅甸现代文学的杰出代表。他的创作与民族独立斗争紧密结合起来，主要作品有《洋大人注》（1914）、《孔雀注》（1919）、《猴子注》（1922）、《狗注》（1925）、《孔雀注详释》（1931）、《狗注详释》（1936）、《烈士陵园》（1948）和《梦幻注》（1950）等。他以新颖独特的艺术表现形式反映了时代的精神，把缅甸现代文学提到了一个前所未有的新高度。

4. 印度尼西亚文学

印度尼西亚文坛情况更加复杂。据梁立基先生研究，战前先后出现过几个文学流派：无产阶级革命文学，即在共产党领导民族解放运动时期产生的革命文学，如马斯·马尔戈（1878—1930）的长篇小说《自由的激情》；民族主义文学，即在民族资产阶级登上政治舞台后具有资产阶级民族主义倾向的作家的创作，如阿卜杜尔·穆依斯（1886—1959）的长篇小说《错误的教育》；个人反封建文学，即一些专门以反对封建束缚、争取个人自由为己任的作家的创作，如马拉·鲁斯里（1889—1968）的长篇小说《西蒂·努尔巴雅》；新作家派文学，即以文化月刊《新作家》为阵地的作家的创作，如尔敏·巴奈（1908—1970）的长篇小说《枷锁》。战后，由于政治局势动荡不定，文学前进的道路更为崎岖不平。1945年民族独立初期，文坛一度呈现繁荣景象，不少作家争相发表颂扬革命的作品。其后革命运动遭到挫折，进步作家结成统一组织，力求推动文艺事业取得更大进展。1965年以后，进步作家组织被取缔，多种文学流派竞相发展。属于这个时期的作家很多，阿赫迪亚·卡尔达·米哈扎（1911—　）、乌杜伊·达唐·宋达尼（1920—1979）、莫赫达尔·鲁比斯（1919—　）和凯里尔·安瓦尔（1922—1949）等都是其中的佼佼者，而在印度尼西亚现代文学史上占有最显要地位的，则是普拉姆迪亚·阿南达·杜尔（详见本章第四节）。

（三）现代南亚文学

现代南亚文学情况也很复杂，这里主要介绍印度文学、孟加拉国文学、巴基斯坦文学和斯里兰卡文学。

1. 印度文学

在南亚地区，印度文学的发展比较迅速，取得了令人瞩目的成就。据董友忱、刘安武、李宗华、刘曙雄等先生研究，战前印度文学的发展过程大致如下：从20世纪初起，印度的新文学开始与民族解放运动紧密联系起来，形成了民族主义文学思潮。这时的文学强调与政治斗争和社会现实结合，强调文学的社会功能。到20年代以后，印度文坛上出现了浪漫主义文学运动。这个运动转而强调文学的个人功能，强调文学应当表现个人的思想感受。进入30年代之后，随着民族解放运动的高涨和西方现实主义文学的影响，以真实反映现实生活为主旨的现实主义文学抬头。其后，这种现实主义文学又进一步演变为甘地主义现实主义、心理现实主义、唯理现实主义、进步现实主义和社会主义现实主义等多种流派。到了40年代，新出现的文学思潮被称为实验主义。这个思潮既与浪漫主义对立，也反对现实主义，它本身又可以分为极端个人主义实验派、民主主义实验派和形式主义实验派。

战后，印度于1947年摆脱英国的殖民统治，赢得国家的独立。独立以后，国内的矛盾斗争仍然相当复杂，各种不同的政治势力和政治观点都在影响着作家，各种不同的文学流派和文学观点也在左右着作家，文学界的情况十分微妙，作家们在探索中前进。20世纪60年代以后，印度文学较多地接受了西方现代主义文学和后现代主义文学的影响，意识流小说、心理分析小说和推理小说等广泛流行，使印度文学进一步发生了变化。

在印度多种语言文学中，孟加拉语文学、印地语文学和乌尔都语文学的成就较为突出。

孟加拉语文学沿着19世纪后期和20世纪初期班吉姆和泰戈尔等人开拓的道路继续前进。萨拉特·钱德拉·查特吉（1876—1938）是这一时期的重要作家之一。他的主要艺术成就表现在中篇小说和长篇小说创作方面。除萨拉特外，这时用孟加拉语写作的重要作家作品还有小说家维普迪·普尚·班纳吉（1894—1950）的《道路之歌》（1929）、达拉辛格尔·班纳吉（1898—1971）的《民神》（1942）和马尼克·班纳吉（1910—1956）

的《帕德玛河上的船夫》(1936) 等。以萨拉特为例。《乡村社会》(1916)、《嫁不出去的女儿》(1916)、《道德败坏的人》(1917)、《秘密组织——道路社》(1923) 和《斯里甘特》(1933) 是他在中长篇小说方面的重要作品。如长篇《斯里甘特》通过男主人公斯里甘特的生活展示了广阔的社会画面，表现了19世纪末和20世纪初数十年间的历史进程，从而提高了作品的思想价值。他以自己的创作实绩充实了孟加拉和印度现代小说的宝库，提高了孟加拉和印度现代小说的水平。

印地语文学在这个时期发展较快。除了著名作家普列姆昌德（详见本章第五节）以外，耶谢巴尔（1903—1976）和介南德尔·古马尔（1905—1988）也被认为是重要的小说家，迈提里谢仑·古伯德（1886—1964）是民族主义诗人的代表，杰耶辛格尔·伯勒萨德（1889—1937）是浪漫主义诗人的代表。此外，苏尔耶冈德·德利巴提·尼拉腊（1896—1961）有“革命诗人”和“叛逆诗人”的称号，苏米德拉南登·本德（1900—1977）也是浪漫主义诗人。以耶谢巴尔为例。他的主要作品有《大哥同志》(1941)、《叛国者》(1943)、《虚假的事实》(1960)、《你我他的故事》(1975) 和《党员同志》(1946) 等中长篇小说，以及短篇小说集《你为什么说我长得美》(1954)、《啊！女神》(1958) 等。在印地语文学界，耶谢巴尔被认为是普列姆昌德的继承者。不过，耶谢巴尔与普列姆昌德也有不同之处：如果说普列姆昌德主要反映的是农村生活，那么耶谢巴尔主要反映的则是城市生活；如果说普列姆昌德主要刻画的是农民，那么耶谢巴尔主要刻画的则是知识分子。

乌尔都语文学在诗歌领域的代表当推穆罕默德·伊克巴尔（1877—1938），在小说领域的代表当推克里山·钱达尔（1912—1977）。另外，阿巴斯（1914—1987）、伊斯玛特·丘格泰依（1915—1991）和拉金德尔·辛格·贝迪（1915—1984）也是颇有名气的小说家。以伊克巴尔为例。他一共写了10部诗集，其中3部用乌尔都语写成，6部用波斯语写成，还有一部则兼用乌尔都语和波斯语。3部乌尔都语诗集是《驼队的铃声》(1924)、《杰伯列尔的羽翼》(1935) 和《格里姆的一击》(1936)，6部波斯语诗集是《自我的秘密》(1915)、《无我的奥秘》(1918)、《东方信息》(1923)、《波斯雅歌》(1927)、《永生集》(1932) 和《旅行者，啊，东方民族，我们还应做什么》(1936)，乌尔都语诗和波斯语诗合集是《汉志的赠礼》(1938)。他的早期创作大多收入《驼队的铃声》之中。这时他首先关心的是祖国印度，是印度教与伊斯兰教的团结。其后，他的眼光逐渐转向伊斯兰教的世界（包括印度以外的伊斯兰教国家），他的诗歌开始专门描写伊斯兰教的生活。他用波斯语写的两部诗集《自我的秘密》和《无我的奥秘》，就是这个转折的起点。此后的几部诗集乃是这些思想的延深和发展。总之，伊克巴尔既是印度诗人，也是巴基斯坦诗人，他以自己丰硕的创作成果丰富了印度诗坛，也为巴基斯坦诗歌的发展开拓了道路。他的诗歌在思想上以哲理性强和宗教味浓为特色，在形式上则继承了印度、巴基斯坦和伊朗古典诗歌的传统。

除孟加拉语文学、印地语文学、乌尔都语文学外，泰米尔语小说家卡尔基（1899—1954）和阿基兰（1922— ）、英语诗人萨洛季尼·奈都夫人（1879—1949）和小说家穆尔克·拉吉·安纳德（1905—2004）、阿萨姆语作家勒克什米纳特·贝杰伯鲁阿（1868—1938）、马拉提语作家克·帕勒派卡尔（1872—1948）、马拉雅拉姆语诗人瓦拉托尔（1878—1957）、古吉拉特语作家格·莫·孟希（1887—1970）和泰卢固语诗人希里·希里（1910— ）等人的名字也应当提及。

以安纳德为例。他用英语写作，但其小说内容却紧紧结合印度实际，主要反映广大劳动人民，尤其是最受歧视、最受压迫的苦力、贱民、茶园工人、农民和手工艺者的悲惨遭遇和反抗情绪。他战前的主要作品有长篇小说《苦力》(1936)、《两叶一芽》(1937)、《村庄》(1939)、《越过黑水》(1940)等。长篇小说《不可接触的贱民》是他于1935年付梓的一部重要作品，被认为是他战前的代表作之一。战后，作者积极参加世界和平运动，同时继续从事文学创作活动，先后出版了《拖拉机和五谷女神》(1947)、《金床上的沉思》(1953)等短篇小说集和《七个夏天》(1951)、《道路》(1961)等长篇小说。

2. 孟加拉国、巴基斯坦和斯里兰卡文学

除了印度以外，孟加拉国、巴基斯坦和斯里兰卡的文学也取得了一定的成就，产生了一些优秀的作家。据白开元、李宗华、邓殿臣等先生研究，孟加拉国诗人纳兹鲁尔·伊斯拉姆(1899—1976)、巴基斯坦诗人费兹·艾哈默德·费兹(1911—1984)和斯里兰卡小说家马丁·魏克拉玛辛诃(1891—1976)堪称代表。

伊斯拉姆一生写了23部诗集，此外还出版了若干小说、散文和剧本。他是一个热情澎湃的爱国者，一个接受共产主义思想的革命家。他的诗歌就是他的思想感情的形象体现。他后期出版的诗集，如《无产者》(1924)和《共产主义》(1925)集中表现了他观点的新变化。

费兹的早期诗歌大都带有浪漫主义情调，着重抒发个人的感伤情绪。从20世纪30年代中期起，他的诗歌开始关注祖国和民族的命运。《不要向我乞求以往的爱》是这个转折的标志。《致政治领袖》和《不平静的心》等都是这个时期的产物。1951年至1955年，他因政治问题而被捕入狱。在狱中，他写了大量诗歌，分别收入诗集《风之手》(1956)和《狱中诗抄》(1956)里。其后，他又陆续出版《压在石头下的手》(1965)、《西奈峡谷》(1971)、《帝国的黄昏》(1978)和《我的心我的旅客》(1981)等诗集，这些诗歌表明他的眼光已经扩大到了整个世界。

魏克拉玛辛诃的主要作品有长篇小说《海市蜃楼》(1925)、《罗黑妮》(1929)和中篇小说《蛇岛的秘密》(1947)等。长篇小说三部曲(1944—1957)——《家乡巨变》、《争斗时代》和《时代之末》是他的力作之一，通过两个家庭上下四代人的不同经历和不同命运，从一个侧面反映了斯里兰卡社会状况的变迁，表现了封建地主的衰落和资产阶级的兴起。《蛇岛的秘密》是他的另一部力作，也是使他获得国际声誉的重要作品之一。小说通过小主人公和小伙伴一起前往荒岛探险的故事，描写了他们的成长过程，歌颂了他们勇于冒险和开拓进取的精神。

(四) 现代西亚中亚北非文学

在西亚、中亚、北非地区，各国文学异彩纷呈，其中阿拉伯、以色列、伊朗、土耳其和吉尔吉斯的文学获得了较快的发展，取得了较大的成就。

1. 阿拉伯文学

阿拉伯文学的发展也比较迅速。据仲跻昆先生研究，战前文学已经取得了很大的成就。从20世纪初到10年代中期是阿拉伯新文学的起步阶段，这时的诗歌以复兴派为主，第一部长篇小说也刚刚问世。从10年代中期到30年代中期是新文学的繁荣阶段，这时的诗歌、小说、戏剧和散文蓬勃发展。从30年代中期到50年代初期是新文学的转折阶段，这时的文学思潮和创作方法不断转换，同时新老作家也在进行交替。

在诗歌领域，产生于近代的复兴派，这个时期继续在诗坛活动。该派在思想上主张

把诗歌和民族复兴运动联系起来，在创作上主张基本遵循古典诗歌传统。属于复兴派的重要诗人有埃及的艾哈迈德·邵基（1869—1932）和哈菲兹·易卜拉欣（1871—1932）、黎巴嫩的哈利勒·穆特朗（1872—1949）、伊拉克的鲁萨菲（1875—1945）和宰哈维（1863—1936）等。浪漫派是在对复兴派怀疑和否定的基础上产生的，是在西方浪漫主义诗歌的影响下产生的。属于浪漫派的流派包括埃及的笛旺诗社派和阿波罗诗社派，前者的诗人有阿卜杜·拉赫曼·舒克里（1886—1958）等，后者的诗人有艾布·沙迪（1892—1955）等；还包括突尼斯诗人沙比（1909—1934）、黎巴嫩诗人艾布·舍伯凯（1903—1947）、叙利亚诗人艾布·雷沙（1910—1990）等。旅美派是由侨居美洲的阿拉伯作家组成的，其中包括北美派和南美派两部分。该派的基本倾向与浪漫派大体相同，只是更多地接受了欧美文学的影响。黎巴嫩诗人纪伯伦·哈利勒·纪伯伦（详见本章第六节）是这一派最杰出的代表。

进入20世纪以后，新小说也进一步发达和兴旺起来。在阿拉伯各国中，埃及和黎巴嫩的小说成绩较大，叙利亚和伊拉克也取得了一定的成绩，其他国家则相对滞后。埃及作家穆罕默德·海卡尔（1888—1956）的《泽娜布》（1912）被认为是埃及乃至阿拉伯现代小说史上第一部真正的长篇小说，描写女主人公——穷苦的农村姑娘泽娜布不幸的爱情婚姻生活。这个时期小说方面的主要流派，一是旅美派，二是埃及现代派。在黎巴嫩小说家中，旅美派的创作引人注目，尤其是纪伯伦的小说；此外努埃曼（1889—1988）和艾敏·雷哈尼（1876—1940）的小说，也取得一定成就。埃及现代派的代表作家和作品有塔哈·侯赛因（1889—1973）的长篇小说《日子》（1929—1962）、陶菲格·哈基姆（1898—1987）的长篇小说《乡村检察官手记》（1938）和迈哈穆德·台木尔（1894—1973）的短篇小说等。

阿拉伯战后文学是战前文学的继续和发展，是各国人民经过多年奋斗，挣脱殖民主义枷锁，获得民族独立的艺术反映。诗歌和小说仍是战后文学的主要形式。

阿拉伯的诗歌经过古典主义和浪漫主义等几个阶段的变革，破除传统格律的束缚，提倡自由的诗体，已经成为大势所趋，到了20世纪四五十年代，终于形成一场更加自觉的自由诗体改革运动。在这个运动中，伊拉克诗人走在最前列。女诗人娜齐克·梅拉伊卡（1923—2007）发表于1947年的自由体诗《霍乱病》，标志着该运动的开始。1957年，第二次阿拉伯文学家大会又对诗歌改革运动作了进一步的肯定。从此以后，自由体新诗便在阿拉伯国家站稳了脚跟。不言而喻，新诗与旧诗的不同，不仅在于体裁方面，而且涉及诗歌观念和诗歌形式的各个方面。当今阿拉伯各国诗坛的特点之一是各种形式、各种流派、各种风格的诗歌竞相发展，既有格律体诗，也有自由体诗，既有现实主义诗歌和浪漫主义诗歌，也有现代主义诗歌和后现代主义诗歌。比较重要的诗人有伊拉克的沙基尔·赛亚卜（1926—1964）、阿卜杜·沃哈尔·白雅帖（1926—1999），埃及的阿卜杜·萨布尔（1931—1981）、艾哈迈德·希贾齐（1935—　），叙利亚的尼扎尔·格巴尼（1923—1998），黎巴嫩的艾杜尼斯（1930—　）等。

阿拉伯战后小说的变化比诗歌的变化更为明显。多种文学流派的形成，众多优秀作品的问世，表明阿拉伯新小说在战后已经步入自己的成熟时期。在令人眼花缭乱的流派之中，新浪漫主义小说、现实主义小说、各种现代主义小说和社会主义现实主义小说特别令人瞩目。活跃在小说领域的重要作家如下：在埃及，纳吉布·迈哈福兹（详见本章第七节）是诺贝尔文学奖得主，阿卜杜·拉赫曼·舍尔卡维（1920—1987）和尤素福·伊德里斯（1927—1991）是现实主义作家，尤素福·西巴伊（1917—1978）、阿卜杜·库杜斯（1919—1990）和阿卜杜·哈里姆·阿卜杜拉（1913—1970）采用浪漫主义方法，杰马勒·黑塔尼（1945—　）是新起作家的代表之一；在黎巴嫩，陶菲格·阿瓦德（1911—1989）用社会主义现实主义方法进行创作，苏海勒·伊德里斯（1922—　）接受存在主义的影响；在叙利亚，哈纳·米纳（1924—　）的现实主义小说《蓝灯》（1954）驰名海外，阿卜杜·赛拉姆·欧杰里（1917—　）在短篇小说创作方面成绩卓著；在伊拉克，祖·努·阿尤布（1908—1988）用现实主义方法写了许多作品，阿伊卜·塔阿迈·法尔曼（1928—1990）的小说以紧密结合现实社会为特色；在阿尔及利亚，穆罕默德·狄布（1920—2003）以《阿尔及利亚三部曲》[《大房子》（1952）、《火灾》（1954）和《织布机》（1957）] 蜚声文坛；此外，其他阿拉伯国家的著名作家还有苏丹的塔伊布·萨利赫（1929—　）、巴勒斯坦的格桑·卡纳法尼（1936—1972）、约旦的台伊希尔·苏布勒（1943—1973）、也门的穆罕默德·阿卜杜·瓦利（1940—1973）、摩洛哥的阿卜杜·麦吉德·本·加伦（1918—1981）、突尼斯的迈哈穆德·迈斯阿迪（1911—　）等。

总之，从阿拉伯现代文学的发展趋势来看，原来以诗歌为中心的格局逐渐演变为诗歌和小说并驾齐驱的格局，原来以埃及和黎巴嫩等国为中心的格局逐渐演变为许多国家共同繁荣的格局。

以塔哈·侯赛因为例。他虽然自幼双目失明，但是一生勤于笔耕，著作甚丰。自传体长篇小说《日子》是他的代表作。全书分为三部，通过主人公的成长过程，从一个侧面展示了19世纪末和20世纪初埃及社会的复杂状况及其变迁过程，描绘了一代知识分子争取民主、科学和进步所走过的崎岖道路。由于作者采用的是写实的方法，叙述的是亲身的经历，所以具有感情真挚的特点，颇有震撼人心的力量，被誉为埃及现代文学的杰作。

2. 以色列文学

以色列现代文学可以上溯到19世纪末和20世纪初。据张平等先生研究，它的历史进程可以大致分为三个阶段：第一阶段从19世纪末到1928年，即流散世界各国的犹太人酝酿返回巴勒斯坦的阶段，这时的文学作品也以返乡问题为中心，主要代表有诗人哈依姆·那合曼·比亚雷克（1873—1934）和撒乌尔·车尔尼霍夫斯基（1875—1943）、小说家摩西·斯米兰斯基（1874—1950）和约瑟夫·哈依姆·布林奈尔（1881—1921）等。第二阶段从1928年到1948年，即大批犹太人返回巴勒斯坦并成立以色列国的阶段，这时文学作品的重要题材是犹太民族的历史命运和复兴事业，其创作方法则呈现多样化的局面，主要代表有诗人伊茨哈克·兰姆丹（1900—1954）和阿伯拉罕·史龙斯基（1900—1973），小说家首推撒姆尔·约瑟夫·阿格农（1888—1970）。第三阶段从1948年到现在，即以色列国成立以后的阶段，这时的文学创作逐渐繁荣起来，涌现出许多新作家，他们广泛采用各种现代主义和后现代主义创作方法，广泛描写各种社会生活题材，使文学呈现出多元化的倾向，主要代表有诗人阿米尔·吉尔伯阿（1917—　）和耶胡达·阿米哈依（1924—2010），小说家阿伯拉罕·耶胡舒阿（1937—　）、阿摩斯·奥兹（1939—　）和阿哈容·阿波菲尔德（1932—　）等。以阿格农为例。他的主要作品有长篇小说《新娘的华盖》（1931）、《宿客》（1939）和《昨日》（1945）等，中短篇小说《作家的故事》（1919）、《海之中》（1934）、《订婚者》（1943）和《野狗》（1950）等。《新娘的华盖》（又译《婚礼华盖》）被认为是他的代表作。小说写的是一个穷困潦倒的犹太教徒千方百计出嫁三个女儿的故事。值得注意的是，这部小说是在犹太文化式微的情况下问世的，所以它的出版具有非同一般的意义。有的评论者认为，这部小说是现代希伯来文学的巅峰之作。由于阿格农的创作成绩卓著，他于1966年获得诺贝尔文学奖。

3. 伊朗文学

伊朗现代文学也可以分为战前和战后两个部分。据张鸿年先生研究，战前，伊朗文坛从20世纪20年代中期起，被置于巴列维王朝的高压统治之下。这时的进步文学更加接近现实生活和人民大众，反映广大乡村农民的痛苦生活、城市下层民众的贫困境遇和成千上万妇女的悲惨命运，成为作品的基本主题。在诗歌领域，除了巴哈尔和拉胡蒂等人仍在从事创作活动以外，又有一批新秀登上诗坛，穆罕默德·礼查·埃什吉（1893—1924）、伊拉治·密尔扎（1874—1925）、帕尔温·埃提萨米（1906—1941）和尼玛·尤师奇（1897—1961）等属于这个行列。在小说领域，贾玛尔扎德（1895— ）的《在很久以前》（1921）是第一部现代短篇小说集，姆沙法格·卡泽米（1902— ）的《恐怖的德黑兰》（1922—1923）是第一部长篇小说，这两部作品的问世具有开创意义，为以后小说的发展铺平了道路。其后，穆罕默德·赫加泽依（1900—1970）和萨迪克·赫达雅特（1903—1951）在小说创作方面取得了重要成果。

战后，尤其是在20世纪70年代末，伊斯兰革命推翻巴列维王朝以后，伊朗文学发展的社会条件有所改善，伊朗文学前进的步伐逐渐加快。1946年召开的第一次作家代表大会，对于促进文学的繁荣具有一定的意义。其后，在诗歌和小说领域都有不少收获，其中特别值得提出的是尼玛·尤师奇（1897—1961）、麦赫迪·阿赫旺·萨勒斯（1928—1990）、阿赫玛德·夏姆鲁（1925—2000）、福露格·法罗赫扎德（1934—1967）、苏赫拉布·塞佩赫里（1928—1980）和纳德尔·纳德尔普尔（1929—2000）等人的诗歌，萨迪克·赫达雅特（1903—1951）、伯佐尔格·阿拉维（1908— ）、穆罕默德·埃特玛德扎德·贝哈辛（1915— ）和萨迪克·丘拜克（1916— ）等人的小说。

以赫达雅特为例。他的创作可以1936年为界分为前后两个时期。前期主要作品有短篇小说集《活埋》（1930）、《淡影》（1933）和中篇小说《盲枭》（1936）等，题材较为广泛，有些作品具有颓废情调和感伤色彩，经常使用西方现代主义表现方法。后期主要作品有短篇小说集《野狗》（1942）、《活水》（1943）和中篇小说《哈吉老爷》（1945）等，题材转向现实，采用现实主义创作方法，反映社会问题，开掘较为深入。如《哈吉老爷》是其后期代表作。小说以1941年礼萨国王被迫退位前后伊朗的社会生活为背景，描绘了投机商人兼反动政客哈吉老爷及其一伙的百丑图，笔调风趣，语言泼辣，堪称幽默滑稽之杰作。赫达雅特以富于鲜明特色的创作丰富了伊朗现代小说的内容，推动了伊朗现代小说的发展。

4. 土耳其文学

土耳其文学现代化的过程开始于19世纪，到1923年共和国成立后，现代文学获得了较大的发展。据徐玫先生研究，初期活跃在文坛上的作家有哈莉黛·埃迪普（1884—1964）和雅库普·卡德里·卡拉奥斯曼奥卢（1887—1974）等人，而雷沙特·努里·君泰金（1889—1956）的小说尤其受到读者欢迎。30年代至40年代诗歌创作取得了显著成果，革命诗人纳齐姆·希克梅特（1902—1963）和“怪诞”诗人奥尔汗·韦利（1914—1950）是当时最负盛名的作者；在小说方面，萨巴哈汀·阿里（1907—1948）的创作颇为出色。在50年代，农村题材的小说风行一时，亚沙尔·凯马尔（1922— ）的长篇小说《瘦子麦麦德》（1955）堪称代表。进入60年代以来，作者描写的主要对象又由农村转到城市，由农民大众转到城市居民和知识分子，活跃于文坛的知名作家有内辛（1915— ）、内贾蒂·朱马勒（1921— ）、阿达莱特·阿加奥卢（1929— ）、贝基尔·耶尔德兹

（1935—　）和奥尔罕·帕慕克（1952—　）等。以奥尔罕·帕慕克为例。他是土耳其近年来引人注目的小说家，迄今已经出版了一系列长篇小说，如《塞夫得特州长和他的儿子们》（1979）、《寂静的房子》（1982）、《白色城堡》（1985）、《黑书》（1990）、《新人生》（1997）、《我的名字叫红》（1998）、《雪》（2002）和《伊斯坦布尔》（2005）等。其中《寂静的房子》在欧洲获奖，《白色城堡》在美国获奖，《我的名字叫红》进一步提高了他在国际文坛上的地位和声誉。由于成绩突出，2006 年他成为诺贝尔文学奖得主。他的小说题材丰富，方法多样。

5. 吉尔吉斯文学

吉尔吉斯现代文学是从诗歌创作起步的，其后逐渐扩展到小说等领域。据冯南江、谭得伶先生研究，诗人和作家阿拉·托科姆巴耶夫（1904—1988）是现代文学的奠基者，而钦吉兹·托列库洛维奇·艾特玛托夫（1928—2008）的小说则使吉尔吉斯文学获得了更高的国际声誉。艾特玛托夫是在吉尔吉斯民间口头文学的熏陶下成长起来的，同时又受到俄罗斯古典文学和西方现代文学的影响。他将这些因素融合在一起，从而形成了自己的独特风格。中长篇小说《白轮船》（1970）、《一日长于百年》（1980）和《死刑台》（1986）是他的主要作品。《死刑台》（又译《断头台》）是他的代表作品。小说通过人和狼的冲突、人类和野生动物的冲突，反映了当时吉尔吉斯和苏联社会存在的许许多多严重问题。这表明作者的忧患意识越来越强，他的小说的悲剧色彩也越来越重。这或许正是他的作品思想不断深化的表现吧。

（五）南部非洲文学

近年以来，南部非洲文学的发展颇为迅速，如今已经成为世界文学中一支不可忽视的力量。这个地区的主要居民是黑人，按语言和分布地带来划分，又可分为苏丹语系黑人和班图语系黑人两部分，前者分布在撒哈拉沙漠和赤道之间，后者分布在赤道以南。苏联的尼基福罗娃等学者和俞灏东、李永彩、金志平、邵殿生、王全礼、董炯相、王正龙等先生对南部非洲文学进行了较多的研究。

南部非洲各国文学的发展，既有共同特征，又有明显差异。其共同特征主要在于发展的迅速性和跳跃性，即努力克服自己的落后状态，充分利用当代世界文学的成果和经验，争取尽快达到世界先进水平。其明显差异首先由于殖民主义国家所执行的文化政策不同。大体说来，法国和葡萄牙在殖民地国家执行同化政策，即拼命压制当地民族的语言和文学，极力扶植法语和葡语的文学；英国和比利时则执行使殖民地国家的语言和文学为自己服务的政策，即一方面推动欧洲语言文学的发展，另一方面却并不压制非洲语言文学，甚至在一定程度上鼓励非洲语言文学的前进。

南部非洲文学是由许多国家和许多民族的文学构成的，这些国家和民族的情况千差万别。为了方便起见，下面分为东非文学、西非文学和南非文学三部分加以介绍。

1. 东非文学

在非洲东部地区，使用当地民族语言——斯瓦希里语的文学和使用外来语言——英语的文学并存。东非文学以坦桑尼亚和肯尼亚两国较为突出。

坦桑尼亚的斯瓦希里语文学和英语文学是有密切联系的。前者历史比较悠久，并对后者有所影响；后者历史较短，还没有取得显著成就。斯瓦希里语文学可以上溯到 18 世纪初，19 世纪 80 年代以后取得很大发展，20 世纪 60 年代之后又进入了一个新时期，出现了如夏巴尼·罗伯特（1909—1962）这样的著名作家。他从 1934 年开始写诗，一生创作了 20 余部作品，有小说、诗歌、散文、随笔、寓言和传记等，其中比较重要的作品有《可信国》（1946）、《想象国》（1951）、《夏巴尼诗集》（1959）、《我的一生》（1961）、《为自由而战》（1967）、《农夫乌图波拉》（1968）等。其代表作之一、长篇小说《可信国》是一部寓言小说，作者通过一个寓言，一面揭露当时社会的黑暗，一面畅想祖国美好的未来。此外，小说广泛采用人民大众喜闻乐见的形式，采用民间文学经常使用的方法，也是它受欢迎的原因之一。

肯尼亚虽然也有民族语言文学存在，可是却没有像坦桑尼亚那样产生夏巴尼·罗伯特一类具有广泛影响的作家；反之，英语文学虽然也像坦桑尼亚那样年轻，可是却取得了相当大的成就，恩古吉·瓦·西翁奥（1938— ）便是其杰出代表。他的主要成果是长篇小说三部曲《孩子，你别哭》（1964）、《大河两岸》（1965）和《一粒麦种》（1967），其中又以第一部《孩子，你别哭》最为出色。这部小说的故事情节主要围绕两个家庭两代人的关系展开：一条是老一代人之间的矛盾冲突，即恩戈索和贾科波的矛盾冲突，前者积极参加罢工斗争，后者则站在罢工斗争的对立面；另一条是年轻一代人的微妙关系，即恩戈索的儿子恩约罗格和贾科波的女儿姆韦哈吉之间的爱情故事。

2. 西非文学

非洲西部地区各国的文学，从语言上可以分为两组：使用法语的法语文学，有塞内加尔、科特迪瓦、喀麦隆等国；使用英语的英语文学，有尼日利亚等国。

塞内加尔有用当地民族语言创作的文学作品，但成绩斐然并获得国际声誉的乃是法语文学。塞内加尔的法语文学产生于 20 世纪 30 年代，1934 年出版的杂志《黑人大学生》创刊号标志着它的开端。其后，陆续出现一些诗歌、小说、故事作品。战后，随着民族的觉醒，文学前进的步伐大大加快，从 50 年代后期开始进入繁荣时期。列奥波尔德·塞达·桑戈尔（1906—2001）、桑贝内·乌斯曼（1923— ）等诗人和作家的创作，在塞内加尔文学史上占有重要地位。

科特迪瓦的法语文学是从 20 世纪 30 年代的戏剧创作起步的，四五十年代以后获得较快发展，在诗歌、故事、戏剧和小说方面都取得了一定的成绩。贝尔纳·达季耶（1916—?）是该国最伟大的诗人和作家。他的诗集有《昂然挺立的非洲》（1950）和《五洲的人们》（1967）等，小说有《克兰比埃》（1956）和《一个黑人在巴黎》（1959）等。

喀麦隆文学以法语文学为主，20 世纪 50 年代涌现出几位富有才华的诗人和作家，其中以斐迪南·奥约诺（1929— ）名声最大。

尼日利亚是西非英语文学最发达的国家。从 20 世纪 60 年代初起，由于国家获得独立，文学取得迅速发展。小说家钦努阿·阿契贝（1930— ）和戏剧家沃莱·索因卡（详见本章第八节）的创作，代表该国文学的最高水平。阿契贝的主要作品是四部长篇小说：《瓦解》（1958）、《动荡》（1960）、《神箭》（1964）和《人民公仆》（1966），其中《瓦解》被认为是他最优秀的作品。

以桑戈尔为例。迄今他至少已经出版了 8 部诗集。例如：《影之歌》（1945）以异国情调的景物反衬诗人自身的黑人特性。《黑色的祭品》（1948）具有较为浓重的政治色彩和较为强烈的政治性质。在《埃塞俄比亚之歌》（1956）里，他似乎不再直接以重大社会政治事件为题材，不再公然鼓吹反对殖民主义的思想，态度逐步变得比较缓和了。《夜歌集》（1961）和《热带雨季的信札》（1972）则转而描写塞内加尔美丽的自然风光，抒发自己对生活的热爱和对幸福的向往。从总体来看，他的诗歌具有鲜明的特征：一是自始至终洋溢着浪漫主义的激情；二是努力使诗歌与音乐联系起来，以音乐加强诗歌的表现力和感染力；三是采用各种手段，力图充分体现非洲特性。

再以乌斯曼为例。他的主要作品是三部长篇小说：《黑人码头工》(1956)、《祖国，我可爱的人民》(1957) 和《神的儿女》(1960)。《黑人码头工》依据他自己在法国马赛当码头工的经历写成，表现出强烈反对种族歧视的倾向。《祖国，我可爱的人民》使他获得了世界声誉。小说的主人公是一个从法国归来的黑人青年，一心想要改造家乡甚至祖国的落后面貌，终于遭到失败。《神的儿女》以铁路大罢工为题材，歌颂黑人工人的大无畏精神。在场面宏伟壮阔、登场人物众多、描写形象生动和气势雄壮宏大等方面，这部小说都达到了新的高度。

再以奥约诺为例。他的主要作品也是三部长篇小说，即《童仆的一生》(1956)、《老黑人和奖章》(1956) 和《欧洲的道路》(1960)。《老黑人和奖章》是他的代表作品，它通过一个被欺骗的老黑人觉醒的故事，描绘了黑人的命运，预示了新时代的到来。这部小说对主人公麦卡思想变化的描写是十分细致的，对白人殖民者欺骗伎俩的揭露也是非常深刻的。他们发给麦卡奖章是为了表示“友好、爱戴和尊敬”，是为了表示“比朋友还要亲密”的友谊。

3. 南非文学

南非地区的文学在语言方面更加多样，有使用葡萄牙语的文学，如安哥拉、莫桑比克文学，也有使用班图族语的文学，使用英语的文学，使用阿非里卡语（当地部分白人使用的语言）的文学，如南非共和国文学。

安哥拉的文学主要是用葡萄牙语写成的。安哥拉葡萄牙语文学始于 19 世纪中叶，但是取得重大发展则是 20 世纪四五十年代的事。作家卡斯特罗·索罗梅尼奥 (1910—1968) 是安哥拉新文学运动的重要成员之一。他写有《死亡的土地》和《转折》等长篇小说。

莫桑比克的文学主要也是用葡萄牙语写成的。莫桑比克葡萄牙语文学到 20 世纪初才开始产生，40 年代中期得到较大的发展。鲁伊·德·诺罗尼亚 (1909—1943) 的诗歌创作占有重要地位。其后，相继出现了若泽·克拉维林尼克 (1922—) 和马尔塞林诺·道斯·桑托斯 (1929—) 等优秀诗人。

南非共和国的文学创作使用多种语言，如班图族语、英语、阿非里卡语等。该国文学形成于 19 世纪。白人文学分为英语文学和阿非里卡语文学两个系统平行发展起来，到了 20 世纪五六十年代开始融合，英语文学逐渐取代阿非里卡语文学。黑人文学起初用班图语写作，后来也渐渐改用英语。彼得·亚伯拉罕姆斯 (1919—)、纳丁·戈迪默（详见本章第九节）、丹尼斯·布鲁斯特 (1924—) 和约翰·马克斯韦尔·库切 (1940—) 是该国文学史上影响最大的作家。

以桑托斯为例。他的诗歌大都具有强烈的政治性和社会性，与莫桑比克民族解放运动密切相关。长诗《山甘纳》(1955) 是他的代表作品。在这首诗里，诗人成功地创造了抒情主人公山甘纳这样一个诗意盎然的形象，他乘舟漂荡，一面观察满目疮痍的祖国大地，一面激励和召唤自己的同胞，终于得到千百万人的应和，汇成一股强大的潮流。这样的意境是优美的，感人的。诗人又从民族音乐中吸取营养，赋予这首诗以浓厚的音乐性和浓郁的音乐美。

再以库切为例。他先后有《幽暗之地》(1974)、《等待野蛮人》(1980)、《迈克尔·K的生活和时代》(1983)、《彼德堡的大师》(1994)、《耻》(1999)、《伊丽莎白·科斯特洛：

八堂课》(2003)和《慢人》(2005)等长篇小说出版。由于创作成绩突出，他于2003年获得诺贝尔文学奖，成为继戈迪默之后南非第二位获此殊荣者。《耻》被认为是他的代表作品之一。小说主要写的是两个白人——男主人公卢里和他的女儿露茜在南非社会的遭遇，包括卢里在开普敦的生活以及卢里和露茜在农村的生活。令人感兴趣的是，他们父女二人是两个不同类型的形象，虽然二人都对自己所遇到的挫折和不幸感到“耻辱”，但是父亲不愿意忍受，而女儿却宁肯忍耐下去。小说正是通过这两个不同类型的形象，深刻地揭示出南非社会曾经存在的殖民主义和种族隔离制度所造成的种种矛盾及其难以消除的后果。

第二节
川端康成

从孤独童年到晚年自戕·在“雪国”发生的故事·悲哀美的颂歌

生平与创作

川端康成(1899—1972)是日本现代著名小说家，日本第一位诺贝尔文学奖获得者，1899年6月14日出生在日本大阪。他2岁丧父，3岁丧母。父母双亡对他产生很大影响。他日后在《致父母的信》一文中写道：“深深刻入我幼小心灵里的，便是对疾病和夭折的恐惧。”父母死后，他随着祖父母回到老家过日子。他7岁那年，祖母死去；10岁那年，唯一的姐姐死去；16岁那年，最后一位亲人——祖父也辞别了人世。这使他感到极端的孤单寂寞，仿佛觉得天地之间仅仅剩下自己一个人了。孤独的生活和不幸的遭遇，乃是形成川端康成孤僻性格和川端文学悲凉格调的重要原因之一。

川端康成自幼喜欢读书。进入中学后，他热衷于阅读文学作品，并将自作的新诗、文章和书信编为《谷堂集》，还频频向报刊投稿。1917年9月，川端康成考入东京第一高等学校英文科。这时他仍然热心读书，读得最多的是陀思妥耶夫斯基、契诃夫等俄国作家和志贺直哉、芥川龙之介等日本作家的作品，尤其敬佩志贺直哉。1920年9月，川端康成进入东京大学英文系，第二年转入国文系。在东大期间，他热心文学事业，积极参加编辑出版东大文科系统的同人杂志《新思潮》(第六届)。在这个刊物上，他发表过一些短篇小说。

1924年春天，川端康成从东大毕业，决心走上文坛，成为专业作家。同年10月，他参与创办同人杂志《文艺时代》，发起新感觉派运动。《文艺时代》于1927年5月停刊。其后，他又先后参加了《近代生活》杂志、“十三人俱乐部”和《文学》杂志。

进入30年代以后，日本军国主义势力在亚洲疯狂推行侵略战争政策。在战争期间，川端康成大部分时间过着半隐居的生活，继续写作几乎与战争无关的作品；但也参加过一些与战争有关的活动。总的看来，川端康成在战争期间没有狂热地鼓吹“圣战”，也没有特别积极地投身到战争风潮中去。

1945 年 8 月 15 日，日本军国主义战败投降。这对川端康成是一个巨大冲击。他对日本战后的现实感到不满和失望。这种态度决定了他战后生活和创作的基调。由于在创作方面不断取得成果，川端在战后获得了多种荣誉头衔和奖励。1968 年 10 月，获得诺贝尔文学奖。1972 年 4 月 16 日，他在工作室里口含煤气炉管自杀，没有留下遗书，终年 73 岁。

川端康成一生写了 430 多篇长篇小说、中篇小说、短篇小说和手掌小说（即小小说），此外还写了许多散文、随笔、讲演、评论、诗歌、书信和日记等。

从思想倾向来说，他的小说是相当复杂的，并且经历了一个颇为曲折的发展过程。

他战前和战时的小说可以归纳为两类：第一类小说描写他的孤儿生活和孤独感情，描写他的失恋过程和痛苦感受。《精通葬礼的人》（1923）、《十六岁的日记》（1925）和《致父母的信》（1932）等是这类作品的代表。这类作品接近于日本人所喜欢的“私小说”。由于所写的是他本人的经历和体验，所以描写细腻，感情真挚，具有激动人心的艺术效果；但也由于仅仅写他本人的经历和体验，并且自始至终充满低沉、哀伤的情调，所以思想高度和社会意义受到一定局限。第二类小说描写处于社会下层的人物，尤其是下层妇女（如舞女、艺妓、女艺人、女侍者等）的悲惨境遇，表现他们对爱情和艺术的追求。《伊豆的舞女》（1926）、《温泉旅馆》（1929）和《雪国》（1935—1947）等是这类作品的代表。这类作品不但比较真实地描绘出被侮辱者与被损害者的生活，比较充分地表现出他们的欢乐、悲哀和痛苦，而且洋溢着作者对他们的热爱、同情和怜悯。

他战后的小说产生了一定的变化。一方面他仍然沿着《伊豆的舞女》和《雪国》等的道路前进，完成了《雪国》，并且继续写作表现人们正常生活和感情的小说，同时反映社会存在的某些问题，表达对于普通人民的同情态度，其中包括《舞姬》（1951）、《名人》（1954）和《古都》（1962）等颇为成功的小说在内。但是，他另一方面却又在描写爱情时走向极端，写出一批以表现官能刺激、色情享受和变态性爱为主要题材的小说，如《千只鹤》（1952）、《睡美人》（1962）和《一只胳膊》（1964）等。尽管这些作品要表现的可能是他内心的痛苦和郁闷（如对美的理想难以实现，对爱的追求不能得到满足，面对年老和死亡感到不安和恐惧等），但是选用这类题材毕竟会使作品的格调降低，也使他在艺术上陷入困境。

总之，从思想倾向来说，川端康成的小说是复杂的，甚至是矛盾的；但是除了战后一部分具有明显颓废色彩的作品以外，其余大部分作品应当说思想感情基本上是健康的，读者可以从中获得一定益处。不过，尽管川端康成生活在一个剧烈动荡和重大转折的时代，可是由于他不大关心社会和政治问题，所以他的小说一般并不表现重大的社会主题，并不描写尖锐的社会题材，也不深入开掘题材的社会意义，这就在一定程度上影响了他的小说的思想价值。

就艺术表现而言，他的小说也是相当复杂的，并且也经历了一个颇为曲折的发展过程。当他在 20 世纪 20 年代中期参与创办《文艺时代》、发起新感觉派运动时，曾经一度单纯模仿表现主义和达达主义等西方现代主义手法，极力强调主观感觉，热心追求新颖形式，《感情装饰》（1926）便是这种倾向的产物，因而被认为是新感觉派的代表作品；但与此同时，他又发表了《十六岁的日记》和《伊豆的舞女》等较少具有新感觉派特色的小说，语言朴素，风格自然。30年代初期，他又被乔伊斯等人的新心理主义和意识流小说所吸引，写出两篇纯属模仿式的小说《针与玻璃与雾》（1930）和《水晶幻想》（1931），后者未完而辍笔，可见他已感到此路不通，决心另辟新径。那么，所谓新径又是什么呢？一言以蔽之，是将日本文学传统与新心理主义以及意识流小说结合起来；或者再广而言之，是将日本文学传统与包括表现主义、达达主义、新心理主义以及意识流小说在内的西方现代主义手法结合起来。经过长期探索，他在这条路上果然取得了进展。从《禽兽》（1933）到《雪国》标志着他在一步一步前进。用他自己的话说就是："我受过西方现代文学的洗礼，也曾试图加以模仿；但我在根底上是东方人，从15年前起就不曾迷失过自己的方向。"（《文学自传》）正因为如此，他的小说形成了自己的风格，即人物描写细腻入微，结构安排自由灵活，文章情调既美且悲，在艺术上颇有值得借鉴之处。

中篇小说《雪国》被认为是川端康成的代表作。这篇小说从1935年到1947年断断续续在几个刊物上发表，1948年出版单行本。从作者1934年年底动笔算起，到最后出版单行本为止，前后一共用了15年的时间。

《雪国》梗概

《雪国》写的是岛村三次从东京到雪国（多雪之乡）和驹子交往的故事。岛村第一次到雪国是在满山一片新绿的登山季节，当时驹子给他的突出印象是难以想象的洁净；第二次到雪国是在下过初雪之后的冬季，与驹子的来往更加频繁；第三次到雪国是在又一年的秋天，即蛾子产卵、萱草茂盛的季节。这次他在雪国逗留了很长时间，一面频繁地与驹子见面，一面又被另一个姑娘——叶子所吸引。当他最后决定离开雪国时，当地突然发生一场火灾，叶子的身体被烧坏，驹子则发疯似的把叶子抱了起来。

这篇小说描写的重点显然不在男主人公岛村身上，而在女主人公驹子身上。驹子出生在雪国农村，由于生活所迫，被人卖到东京当过陪酒侍女，后来被一个男人赎了出来，打算将来做个舞蹈师傅生活下去。可是一年半后，那个男人又死了。驹子无奈，后来终于当了一名艺妓。小说主要从日常生活表现和对待爱情态度这两个方面描写驹子的性格。

在日常生活表现方面，着重写她记日记、读小说和练三弦等几个细节。驹子的日记从到东京当侍女之前不久记起，一直坚持下来。对于这些日记，她自己看得很重，不肯轻易拿给别人看，甚至表示将来要把它毁掉再死。从这些描写来看，尽管她的日记在内容上未必有什么闪光的思想和高深的意义，只是她的生活记录，而她的生活又是不大光彩的，所以自己看着也会害羞。但是，她记日记的态度是认真的，并且表现出坚持到底的毅力。驹子从十五六岁时起就喜欢看小说，而且把看过的书都记下来。当然，她所读的小说格调不高，并非真正高雅的文学作品；她所记的内容也不深刻，无非是些题目、作者、人物名字以及人物关系之类。但是，这却可以说明，她有求知的欲望和顽强的毅力。驹子弹三弦的技巧比当地一般艺妓高出一筹，这是她平日刻苦练习的结果。她不但用普通琴书练习，而且还钻研比较高深的乐谱。驹子苦练三弦自然也是职业的需要，但是贯穿其中的顽强毅力也是不能忽略的。总之，从日常生活表现来看，作为一个艺妓，驹子应该算是生活态度比较认真的，意志比较顽强的，不同于那些随波逐流、破罐破摔的人。因此，她是值得适当加以肯定的。

在对待爱情态度方面，即与岛村交往方面，驹子又是如何表现的呢？这要从她与岛村的第一次交往谈起。当时驹子虽然也到宴会上陪陪客人，但还不是正式的艺妓。她之所以一下子爱上了岛村，并且主动委身于岛村，是有原因的。简而言之，就是她觉得岛村虽然是一个游客，但却跟毫无教养、毫无感情、毫无良心的一般游客对自己的态度有所不同。比如，岛村开头没有把驹子当成艺妓看待，希望跟她清清白白地交朋友；而且在岛村来说，这种态度并非全是假的。这使驹子感到，岛村对自己的态度要比一般游客真诚一些，至少有几分是真诚的。又如，岛村关于歌舞的一番议论，也使驹子感兴趣，也成了吸引驹子的力量。岛村的这些知识和教养，使驹子产生敬佩之情。这就是说，驹子之所以爱岛村，是因为她发现岛村确实有些可取之处，在她所能结交的男人之中，这样的人就要算是少有的了。她想在岛村身上求得像是爱情的爱情，哪怕只有一点儿也好，哪怕只能维持一段时间也好。当然，在我们看来，驹子对岛村的爱情无论如何也不能说是合乎常态的。首先，她把岛村这样一个极不可靠的人当成恋爱对象就是异乎寻常的。不过就作者的审美观而言，这一点恰恰表明了驹子只顾自己爱对方，不求对方爱自己的态度，即所谓“无偿的爱”，而这种“无偿的爱”，正是女性美的最高表现。其次，她一下子就委身于岛村，这种恋爱方式也是异乎寻常的。但是，这种方式是由于她所处的特殊环境造成的。她的可怜境遇、她的可怜身份扭曲了她，使她不能像一个普通姑娘那样去爱真正合乎自己理想的人，也不能以正当方式去爱。她的爱情既有纯真的一面，又有畸形的一面。

总起来说，《雪国》以同情的笔调，表现了驹子这个生活在社会底层的艺妓的悲惨命运，表现了她的进取精神和对纯真爱情的追求，因此具有一定的思想价值。

《雪国》在创作方法和艺术表现方面，比较充分地体现了川端康成文学创作的特色。

《雪国》在创作方法上的特点是东西结合，自成一格。所谓东西结合，即将日本的古典文学传统与西方的现代主义文学方法结合起来。其具体表现之一是，既有一定数量具体的、客观的描绘，又在不少地方通过岛村的自由联想状物写人；在总体上基本按照事物发展的自然顺序来写，在某些局部又通过岛村的自由联想展开故事情节，适当冲破事物发展的时间界限和空间界限，形成内容上的一定跳跃。这篇小说巧妙运用自由联想方法的例子很多，其中最为人称道的是它的一头一尾。开头一段描写岛村坐在开往雪国的火车上，凭窗眺望窗外景色。这时由于暮色降临大地，车外一片苍茫，车内亮起电灯，所以车窗玻璃变成一面似透明非透明的镜子。在这个镜面上，车外四野的苍茫暮色和车内叶子的美丽面影奇妙地重合在一起，前者成为背景，后者浮现在它的上面，构成一幅美妙无比的图画，引起岛村的遐想。这样的描写使得叶子的美貌罩上一层朦胧的、神秘的色彩，为作品增添了无限的诗意。结尾一段描写一场火灾，叶子被烧坏了身体。这本来是一个可悲的结局。但在岛村的眼里，在作者的笔下，火灾却是充满诗情画意的，地上洁白的雪景，天空灿烂的银河，衬托着火花的飞舞，构成一幅美丽的画面。这样的描写恐怕是与岛村以及作者本人的虚无观念分不开的。

《雪国》在人物描写上的特点是重视感觉，刻画细腻。川端康成重视表现人物的主观感觉，表现人物的纤细感情和瞬间感受。在《雪国》里，驹子的心理矛盾和感情变化被表现得无微不至。如有一次岛村夸驹子是好女人，驹子不解其意，怀疑岛村耻笑自己。于是，“她满面通红瞪眼看着岛村”，“一阵激烈的愤怒使驹子的肩膀都在发抖，脸色刷地一下变得苍白，眼泪簌簌地落下来”；当她哭得疲倦了，“就拿着银簪子卟哧卟哧地戳着席子”。小说随后写道：“怎么也想不出这个女人会把岛村偶然说出的一句话误解到那种地步，这反而使人觉得她心中有难以压制的悲哀。”这段描写使读者具体地感受到驹子的内心痛苦和好强性情。她被迫沦为艺妓，心里藏着无限悲哀；她最怕别人蔑视自己，最怕别人耻笑自己。所以，她对岛村偶然说出的一句话，产生了那么大的误解，并且做出了那么强烈的反应。

《雪国》在结构安排上的特点是自由灵活，活而不乱。川端康成有些中篇和长篇小说往往近似于若干短篇的连缀，其中的第一个短篇已经写出一个可以独立存在的世界，其后的短篇乃是对于第一个短篇的不断补充和丰富；所以作为整体来看，仿佛缺乏统一的构思和立体的框架，各个短篇之间的联系显得有些松散，不过仔细读来，仍然能够发现一定的内在联系。《雪国》也是如此。这篇不算很长的小说分为十多个短篇，断断续续在几个刊物上发表，前后长达十几年之久。作者起初没有写成中篇的既定计划，当然也就没有作为中篇的固定构思。第一个短篇成为写第二个短篇的动机，而第二个短篇又带出了新的短篇，这样连缀起来，最后变成了现在我们见到的样子。

《雪国》在文章风格上的特点是既美且悲，抒情味浓。川端康成是热心探求美的作家。他的作品常常以绚丽多彩的大自然作为背景，以自然界的季节变化作为衬托，使自然的景色和人物的感情结合起来，达到水乳交融的地步。他的作品又常常以美貌的青年女性为中心，以她们对爱情和艺术的不懈追求为主题。这些都与他对美的探求有关。《雪国》充分地体现了这一点。在这篇小说里，驹子的现实美和叶子的空幻美正是在雪国的背景上展示出来的。川端康成又是擅长表现悲的作家。他的作品往往充满失意、孤独、感伤等悲哀感情，结局往往具有悲剧色彩。《雪国》也是这样。在这篇小说里，岛村的感伤情绪和驹子的内心痛苦充溢全篇，而在结尾处叶子身体被烧坏，更使小说增添了许多悲凉气氛。川端康成之所以如此处理，是因为他认为美与悲是相辅相成、密不可分的，所以他总是把美与悲联系在一起加以表现，构成一种既美且悲的独特格调，抒情味浓，感染力强。

第三节 大江健三郎

密切关注现实·森林意识·独特形式

日本现代著名作家大江健三郎，1935 年 1 月 31 日出生在日本四国爱媛县喜多郡大濑村；1941 年进大濑国民学校读书，1947 年升入大濑中学；1950 年离开家乡，考入爱媛县立内子高中，第二年转入松山东高中；1954 年来到东京，进入东京大学文科二类；1956 年正式成为该校法文系学生。他从农村到地方城市，再从地方城市到首都东京，这是在日本现代化过程中，许多知识青年所走的共同道路。

在东大法文系读书期间，大江健三郎深受著名教授、法国文学研究专家渡边一夫的影响，热心阅读法国存在主义作家萨特等人的作品。与此同时，他着手从事文学创作。1957 年先后发表两篇短篇小说《奇妙的工作》和《死者的奢华》。两者都以大学生到医院去勤工俭学所遇到的不愉快事件为题材，表现知识青年劳而无获的“徒劳”意识。因为在作者看来，当时的日本社会犹如一个封闭的实体，四周都是“墙壁”，而自上而下的强权统治和美军对日本的占领等，则是构成“墙壁”的内涵（即“墙壁”意识）。这种意向可以从他 1958 年发表的短篇小说《饲育》（获日本重要文学奖——芥川龙之介奖）、《人羊》和中篇小说《拔芽打仔》里得到证实。

大江健三郎于 1959 年 3 月从东大毕业，随即踏上专业作家的道路。在 1959 年至 1963 年的创作中，“性”意识和“政治”意识占据中心的地位。他之所以特别重视“性”，据说是受到美国作家诺曼·梅拉的启示。在第一部长篇小说《我们的时代》（1959）里，作者企图通过主人公的性生活，展示日本战后闭塞的社会现状，探求通向未来的道路，结果却得出了悲观的结论。尽管这部作品受到应有的批评，可是作者本人却置之不理，声称“我现在仍然深爱这部长篇小说”。其后发表的中篇小说《性的人》（1963），可以看作《我们的时代》思想的继续和发展。作者“政治”意识的重要内容之一，是对天皇制的批判，而体现这种意识的小说，则有 1961 年相继发表的短篇小说《十七岁》和《政治少年之死——〈十七岁〉第二部》。两者都以社会党委员长浅沼稻次郎被刺事件为题材，谴责政治暴徒的行为，因而受到日本右翼势力的严重威胁。

1963 年是大江健三郎思想和创作的转折点之一。在这一年，有两件事对他产生了深刻的影响：一是他的长子于 6 月出生，但这个婴儿因头盖骨异常而濒临死亡，经抢救后勉强活命，成为残疾儿；二是他于 8 月前往广岛进行原子弹爆炸后果调查，深受刺激，大有感触。前者是个人的不幸，后者是人类的不幸，而他则必须同时承受这两种不幸。所以，他把这两件事紧密地联系在了一起。围绕残疾儿问题（即“残疾儿”意识），他在 1964 年发表了短篇小说《空中怪物阿归》和长篇小说《个人的体验》。有趣的是，这两部小说却形成鲜明的对照。在《空中怪物阿归》里，主人公没有救活婴儿，自己也自杀身亡。在《个人的体验》里，主人公下定决心要拯救婴儿，并坚韧地活下去。这也许可以说是作者头脑里两种思想矛盾和斗争的形象表现吧。围绕核威胁问题（即“核威胁”意识），他于 1965 年出版随笔集《广岛札记》，其中真实而生动地记录了自己亲眼目睹的原子弹受害者的惨状，并且决心“以广岛和这些真正的广岛人为锉刀，来检验一下自己内心的硬度”，即以广岛人为榜样，和残疾儿一起顽强地活着。之后，大江健三郎又在一系列小说和随笔中，反复探讨残疾儿问题和核威胁问题，如《万延元年的足球队》（1967）、《核时代的想象力》（1970）、《冲绳札记》（1970）、《遭受原子弹轰炸后的人类》（1971）、《洪水涌上我的灵魂》（1973）和《新人啊，醒来吧》（1983）等。

大江健三郎对日本现实社会是不满的，但又没有发现能够取而代之的实际楷模，于是便在自己的头脑里描绘乌托邦—理想国的形象。早在 1966 年，他就在一篇文章里提出了自己关于乌托邦的设想。其后，他经常不断地在自己的小说、随笔和谈话里提起这个话题，进一步充实乌托邦的内容。长篇小说《同时代的游戏》（1979）是他所写的一部有代表性的乌托邦小说。全书由 6 封信组成。其中最令人感兴趣的恐怕是第 4 封信“武功赫赫的 50 天战争”。通过这场普通村民与正规军队的战争，作者刻画了敢于不屈不挠与强权作斗争的英雄形象，并在他们身上寄托了作者的希望和理想。此外值得注意的是，作者心目中的乌托邦往往存在于森林和山谷之间，这表明他的“乌托邦”意识是和“森林”意识结合在一起的。在他的笔下，“森林”有时是具体的、实际的存在，但在更多的情况下则常常是抽象的、非实际的存在。《万延元年的足球队》、《洪水涌上我的灵魂》、《同时代的游戏》和长篇小说《M/T 与森林的奇异故事》（1986）等都是“森林”意识的体现，而短篇小说系列《倾听雨树的女人们》（1982）和长篇小说《燃烧起来的绿树》（1995）等围绕“树木”展开故事的作品则可以视为“森林”意识的延续和发展。另外，他后来又出版了长篇小说《空翻》(1999)和被称为“后期工作三部曲”的三部小说《被偷换的孩子》(2000)、《愁容童子》(2002)和《别了，我的书》(2005)等。

总而言之，大江健三郎是一位始终密切关注现实的作家。个人生活的不幸（残疾儿等）和人类社会的不幸（核威胁等）的交织，使他对现实生活所面临的问题和危险格外敏感；但这些并没有把他吓倒，他仍然是满怀希望和信心的，而这一点或许正是他的思想和文学中极为可贵的东西。他说过：当出现巨大的恐怖时，正常人应当如何对待呢？必须满怀希望地创造根据，以便对抗恐怖；面对笼罩一个时代的恐怖，要树立对抗它的希望。

大江健三郎由于在创作上硕果累累并且充满创新精神，于1994年获得诺贝尔文学奖，成为继川端康成之后日本第二位获此殊荣者。

长篇小说《万延元年的足球队》是大江健三郎的代表作之一，也是他获得诺贝尔文学奖的主要作品之一。

《万延元年的足球队》梗概

这部小说起初在1967年1月号至7月号的《群像》杂志上连载，并在同年9月由讲谈社出版单行本。小说的主人公是根所家的两兄弟。哥哥蜜三郎一家住在东京，弟弟鹰四刚从美国回到东京。在鹰四的鼓动下，他们一行三人（除两兄弟外，还有蜜三郎的妻子）决定离开东京，回到位于四国的山村老家，开始新的生活。这个山村是万延元年即1860年发生农民起义的中心地，而这次农民起义又与他们家族有密切关系。两兄弟想要投身于历史中去，以便重新审视自己现在的所作所为。特别是鹰四，极力要使自己同100年前领导农民起义的曾叔祖父和20年前死于朝鲜人手下的S兄重合起来，与失去独立生活能力的农村青年共同斗争，恢复农村的活力。但是，鹰四所策划和领导的骚动最终失败，鹰四自杀身亡。鹰四死后，蜜三郎似乎决心改变自己暧昧的生活态度，重新确定今后再生之路。

在这部小说里，大江健三郎有意将蜜三郎和鹰四两兄弟对立起来加以描写。蜜三郎常常冥思苦想，而鹰四则喜欢采取行动；蜜三郎对生活的态度是消极应付，而鹰四对生活的态度则是积极斗争。在1960年反对《日美安全保障条约》的运动中，蜜三郎不仅没有参加游行，甚至没有看过游行；但鹰四却是游行的积极参加者。当回到山村老家后，蜜三郎仍然躲在自己的小天地里，似乎无根可扎；但鹰四却很快和村里青年打成一片，重新扎下了根。在鹰四组织起青年足球队并抢劫超级市场时，蜜三郎下定决心绝对不让自己卷进去，买煤油非付钱不可。对于S兄被朝鲜人打死的问题，蜜三郎认为S兄扮演了替罪羊的角色；但鹰四却认为S兄是青年领袖和战斗英雄，死时场面极为壮烈。对于万延元年的农民起义问题，蜜三郎以为其中充满残忍的暴力，没有什么可骄傲的；但鹰四却把它描绘得有声有色，引得周围青年放声大笑。尽管后来由于鹰四所策划和领导的骚动遭到失败，再加上鹰四对于自己当年与妹妹发生乱伦关系并推卸责任，因而迫使妹妹自杀的卑怯行为无限悔恨，终于自杀而亡，可是蜜三郎却觉得鹰四会被家族的亡灵接受，而自己则在家族的亡灵面前变得软弱无力。由是可知，作者对鹰四给予了更多的肯定。

这部小说含有广博的、丰富的内容，是大江健三郎多种创作意识（如性意识、政治意识、残疾儿意识、核威胁意识、乌托邦意识、森林意识等）的综合表现，其中森林意识占有突出地位。作者出生于“森林和山谷”，长大后不得不离开“森林和山谷”，所以只好在想象里和作品里唤起对“森林和山谷”的回忆。《万延元年的足球队》便是其代表作之一。小说的主要故事是在“森林和山谷”这个舞台上展开的。小说开头写道：蜜三郎夫妇由于生下一个残疾儿，受到沉重打击，如果继续在东京生活下去，将会面临人格破坏和精神崩溃的危险，为了躲避危险，才决定和鹰四一起回到故乡的“森林和山谷”中去。到小说结尾处，他们经过一段“森林和山谷”生活，似乎在一定程度上达到了预定的目的，所以最后一段写道：“我、妻子和胎儿穿过森林出发了。我们大概不会再回到洼地上来了吧。鹰四的回忆已然化为‘亡灵’为山谷人们所共有，那么我们也就没有必要守卫他的坟墓。离开洼地以后，我的工作是尽力让妻子从保育院接回的儿子重新回到我们的世界，等待另一个婴儿出生，同时戴上头盔喊叫斯瓦希里语，不分昼夜地击打英文打字机，过着满是汗水和污泥的非洲生活，无暇顾及自己心中所出现的问题……”可见“森林和山谷”是拥有一定魔力的。

从社会背景上看，作者在1967年将这样一部小说付梓，可能与当时流行的“反现代论”有着某种联系。所谓“反现代论”，是指随着日本经济的高速发展，人们开始对于未来感到担忧，害怕日本不仅要成为经济大国，而且也将成为政治大国和军事大国，害怕日本将会被更紧地绑在美国的战车上，重蹈当年发动侵略战争的覆辙；于是人们对“现代化”表示怀疑，提出“何谓现代”的问题，提出实行“反对现代和回归土著”的可能性问题。在一定的意义上说，《万延元年的足球队》也带有“反对现代和回归土著”的色彩。

《万延元年的足球队》非但具有独特的思想内容，而且具有独特的表现形式。

其一是错综复杂的结构。为了充分展示小说贯通古今的思路，大江健三郎特意安排了三个不同时间层次的事件，使之互相交织在一起，共同在一个舞台和平面上展开，显得颇为错综复杂。一是100年前曾叔祖父率领附近农民起义的历史；二是20年前S兄在与朝鲜人部落发生冲突过程中死于非命的往事；三是当今以鹰四为领导的山村青年组成足球队，抢劫超级市场，与超级市场“天皇”的斗争。在鹰四的心目中，曾叔祖父和S兄都是了不起的英雄，而他自己则是英雄的后继者。正是这一点，将三个事件有机地联系在了一起。

其二是现实和想象的结合。在大江健三郎的笔下，现实的世界和想象的世界往往是结合在一起的，以至有时令人很难区分其中哪些是现实的成分，哪些是想象的成分，多少是现实的成分，多少是想象的成分。例如：森林和山谷是小说故事的舞台，作者以生动的笔墨描绘了阴森可怕的森林、白雪覆盖的山谷等景色。这些描写可能是以作者故乡附近的实景为依据的，但显然也加进了若干想象的成分，以便更充分地表现作者的思想。又如：小说多次描述蜜三郎的梦境和幻觉，以便更深入地揭示他的内心世界。这种虚虚实实的写法，使这部小说显得扑朔迷离，耐人寻味。

其三是鲜明的哲理性。由于深受西方存在主义文学的影响，大江健三郎的小说也大多具有鲜明的哲理性质，注重采用文学的形式表现自己的哲学观点，通过他所体验的徒劳、墙壁、性、政治、残疾儿、核威胁、乌托邦和森林等意识来探讨现代人存在的可能、意义和价值。《万延元年的足球队》也不例外。它不属于历史小说，也不属于传奇小说，而应划入哲理小说的范畴。如小说第三章对于森林的描写，写到森林的神秘和可怕、近年以来森林力量的不断壮大、根所一家过去与森林的关系和现在与森林的关系等，都具有哲理的性质，含有深刻的寓意。

第四节
普拉姆迪亚

在狱中写作·一个爱国志士的成长·思想艺术价值

普拉姆迪亚·阿南达·杜尔（1925—2004）是印度尼西亚现代著名作家。他一生经历坎坷，道路曲折；但也正是这种坎坷的经历和曲折的道路，使他最终成长为一代文豪。

普拉姆迪亚于1925年2月6日出生在中爪哇一个名叫布罗拉的小镇。他父亲本是具有强烈民族意识的教师，但后来却因受反动势力的迫害而沦为赌徒；母亲拼命操劳，仍然难以维持一家人的生活。因此，普拉姆迪亚从上小学时起便不得不饱尝生活的艰辛，千方百计帮助母亲养家糊口。在少年和青年时代，他当过小贩和打字员，上过无线电学校和速记学校。

据梁立基先生研究，普拉姆迪亚长大成人以后的生活和创作活动大致可以分成三个时期："八月革命"时期（40年代后期），人民文协时期（50年代至60年代前期），"新秩序"时期（60年代中期以后）。

1945年8月15日，日本帝国主义战败投降。两天以后，在印度尼西亚青年革命组织的敦促下，印度尼西亚宣告独立，发表独立宣言，成立共和国。听到这个激动人心的消息，普拉姆迪亚立即兴高采烈地前往雅加达，投身人民保安部队，担任战地新闻军官，并参加克拉旺—勿加西的战役。但其后不久，荷兰殖民者借用盟军（英军）之力卷土重来，恢复殖民统治，印度尼西亚人民奋起抵抗，这就是有名的"八月革命"。在这个过程中，普拉姆迪亚被捕入狱，直到1949年年底荷兰殖民者向印度尼西亚联邦共和国"移交主权"前夕才得以获释。

入狱前的火热战斗和入狱后的痛苦折磨，使他经受了严峻的考验，得到了艰苦的锻炼，也激发了他的文学创作热情。他先后写出三部短篇小说集和三部长篇小说。三部短篇小说集是《革命随笔》、《布洛拉的故事》和《黎明》，三部长篇小说是《追捕》、《被摧残的人们》和《游击队之家》。从思想内容来说，这些小说可以分为两类：一类描写自己童年时期的生活，如家庭的不幸变故、故乡的荒凉贫困、自身的坎坷经历等；另一类描写自己在"八月革命"前后的体验和见闻，如日本占领末期义勇军的暴动，革命高潮时期的斗争风暴，狱中反动当局的残酷迫害和难友志士的英勇反抗等。从艺术表现来说，这些小说力求探索人物的精神世界，描写生动，语言简练。

长篇小说《游击队之家》（1950）是他这个时期最有代表性的作品。这部小说的主人公萨阿曼是一个城市游击队员，在多次你死我活的战斗中，曾经亲手杀死过几十个敌人，其中也包括他当荷兰雇佣军的父亲。他为此深感内疚。后来他被捕入狱，并被判处死刑。他没有觉得难过，反而感到如释重负，因为只有死亡才能彻底摆脱精神的痛苦，赎回自己已经失去的"人性"。他不肯上诉，也不愿越狱。因为他认为自己再活下去还得再犯罪，只有死掉才能解脱。最后，他本人被杀，母亲发狂而死，弟弟在战场阵亡，妹妹被别人奸污。作者描述这个故事，目的在于说明，人民要想获得独立和自由，必须付出异常沉重的代价。不言而喻，这部作品也反映出作者头脑中爱国思想和人道主义的矛盾，萨阿曼深重的负罪感在一定意义上说也就是作者思想矛盾的反映。

1949 年 12 月 7 日，荷兰殖民当局向印度尼西亚联邦政府“移交主权”。在此之前不久，普拉姆迪亚作为最后一批政治犯被释放。但出狱后所看到的国家独立以后的社会现状，令他大为失望。经济萧条，生产停滞，官僚机构贪污腐化，人民大众更加贫困。这种状况使他沮丧，使他痛心，使他彷徨。因此，这时他的作品大多以处于社会底层的劳苦大众为主人公，描绘他们的悲惨生活，表现他们的不幸遭遇，揭露现实的丑恶，抒发自己的愤怒。主要成果有短篇小说《一片漆黑》和《她认命了》，中篇小说《雅加达的搏斗》、《镶金牙的美人米达》和《贪污》等。如《贪污》（1954），具体地描写了一个原本奉公守法的科长，由于禁不住周围环境的诱惑，一步一步走上贪污犯罪道路的过程，生动地展示了他的灵魂的堕落和丑恶。

但是，普拉姆迪亚不能永远这样沮丧下去。面对当时社会的复杂局势，面对当时文坛的尖锐斗争，他经过反复思考，终于为自己做出了选择。他在 1957 年发表的《吊桥与总统方案》一文，表明他已经下定决心走上新的道路，即永远同人民大众站在一起的道路，永远和工农大众站在一起的道路。文章写道：“正是工人和农民许多世纪以来为我们提供了衣、食、住，也是工人为我们修筑道路和创造目前国家的一切财富。然而恢复主权以来，他们却被抛弃了，甚至被诽谤、被出卖、被剥削和被蹂躏。”（梁立基译文，下同）20 世纪 50 年代末，他参加了人民文化协会，担任该会文学协会中央理事会副理事长，把自己的文学创作事业与工农大众的命运紧密地联系在一起。人民文化协会成立于 1950 年，是一个左翼文化团体。该会在《成立宣言》里写道：“我们人民文化的工作者将维护和加强人民文化的阵地，出于这个目的我们成立了基于人民文化思想的人民文化协会。”从这时起，他的作品也发生了明显的变化，他不再满足于单纯地揭露社会黑暗，而是开始走上了更广阔的道路。中篇小说《南万丹发生的故事》和《铁锤大叔》是他的创作发生变化的明显标志。前者描写 20 世纪 50 年代初农民和地主的斗争；后者叙述一个鞋匠积极投身于 1926 年第一次民族起义的故事。

不过，这个时期普拉姆迪亚最重要的作品还是长篇小说《渔村少女》。这部作品于 1962 年到 1965 年在报纸上连载，1987 年出版单行本。作者曾经说过，这部小说只是他写的三部连续性长篇小说中的第一部，其余两部也已经写完，可惜在 1965 年爆发的“九三〇事件”中被毁掉了。《渔村少女》写的是 19 世纪末 20 世纪初爪哇北海岸边渔村一个穷苦“渔家少女”的悲惨命运。她由于容貌美丽，被好色的县长相中，于是离开贫穷的渔村，来到豪华的县长府邸，成为“高贵”的县长夫人。然而，这个巨大变化并没有给她带来什么真正的幸福。在县长府邸里，她的卑贱出身并未被人们忘记，她是“渔村少女”的事实并未被人们忘记。因此，她不得不整天提心吊胆地过日子，不得不时刻提防自己周围的人，提防县长的亲友，甚至身边的下人，害怕他们坑害自己。有一次，她带着一个侍女回娘家，差点儿被这个侍女谋害，由于父亲和乡亲救助才得以保住性命。她怀孕并生下一女后，县长不仅不来看她，还决定把她休弃，并且规定永远不准她回家来看女儿。她走投无路，孤身一人向无亲无故的布洛拉走去，不知自己未来的前途如何。小说通过这个“渔村少女”的命运，反映了 19 世纪末 20 世纪初印度尼西亚社会现实的黑暗，揭示了身份等级观念的危害，表现了底层人民群众的痛苦。另外还有一点值得注意，即《渔村少女》等三部连续小说并不是单纯揭露黑暗的，据作者介绍，第二部和第三部是描写人民群众奋起反抗斗争的。

进入 20 世纪 60 年代以后，在印度尼西亚国内外基本矛盾逐渐激化的情况下，军人集团势力在政治、军事和经济领域迅速扩大。1965 年发生“九三〇事件”之后，军人集团控制政局，大规模镇压共产党，清洗异己的政治势力。从此以后，印度尼西亚进入所谓“新秩序”时期。在这个过程中，人民文化协会成为被打击的对象，普拉姆迪亚也被捕入狱，在布鲁岛拘留营被关押长达14年之久，直到1979年年底才重新得到自由。但令人惊异的是，在这十几年里，他以坚韧的毅力顽强地生活着和工作着，不仅忍受了牢狱的折磨，而且克服了重重的困难，竟然写出了11部长篇小说。在这11部小说中，最出色的当属被称为“布鲁岛四部曲”的四部连续性的长篇小说——《人世间》（1980）、《万国之子》（1980）、《足迹》（1986）和《玻璃屋》（1988）。

“布鲁岛四部曲”的问世震动了20世纪80年代的印度尼西亚文坛。在第一部小说《人世间》面世后，有的评论家指出，普拉姆迪亚的这部小说一举结束了印度尼西亚文坛死气沉沉的局面；有的评论家认为，这部小说将进入世界文学之林，并且不比那些荣获诺贝尔文学奖的巨著逊色。但印度尼西亚有关方面却于1981年5月29日发布命令，禁止《人世间》和《万国之子》出版发行，理由是其中塞进了马列主义学说。为此，当时的国际笔会主席珀尔·瓦斯特勃赫于同年6月5日致电印度尼西亚有关方面，指出普拉姆迪亚曾被人提名为诺贝尔文学奖候选人，禁止出版他的作品是不公正的。

从总体来看，这四部小说以广阔的画面、感人的情节、生动的笔触和多样的手法，展现了从19世纪末到20世纪初印度尼西亚爱国志士和民族运动一步步成长壮大的曲折历程。可贵的是，这四部小说虽然篇幅很长，可是由于人物形象有血有肉，故事情节曲折生动，意外事件层出不穷，具有相当强的吸引力，给人留下深刻印象的地方不少，所以阅读起来毫无冗长之感。

“布鲁岛四部曲”梗概

《人世间》写的是19世纪末泗水附近一个农场——逸乐农场里发生的故事。女主人公温托索罗出身于小职员家庭，被父亲卖给荷兰农场主梅莱玛当土著侍妾。她发愤学习，勤奋工作，独自经营农场，使之兴旺发达；而梅莱玛则沉湎于酒色，不久在妓院里中毒身亡。他们夫妇有一儿一女，儿子罗伯特心向父亲，女儿安娜丽斯心向母亲。这个家庭的矛盾，实际上可以说就是当时印度尼西亚社会矛盾的缩影。安娜丽斯和泗水荷兰高级中学学生、土著贵族青年明克由相爱而结合。但他们的婚事遭到白人种族主义者的坚决反对，尽管温托索罗、安娜丽斯和明克拼命抵抗也无济于事。最后按照荷兰的殖民地法律，温托索罗被剥夺全部财产，安娜丽斯和明克被活活拆散，安娜丽斯被她同父异母的哥哥毛里茨加以“监护”，并被强行带往荷兰。

《万国之子》从安娜丽斯在荷兰抑郁而死起笔，随后以男主人公明克为中心进一步展开故事。安娜丽斯死后，明克开始走出自己生活的小天地，不断思考整个民族的出路何在。在这个过程中，他结交了中国革命志士许阿仕，对于中国清末的民族民主革命产生了浓厚的兴趣。这使他了解了许多道理，受到了很大启发。后来他又受到温托索罗的侄女——苏拉蒂奋起反抗的激励，看到白人糖厂巧取豪夺广大农民土地的事实，这些更使他认清了荷兰殖民统治的罪恶本质。小说最后以毛里茨依仗荷兰的殖民地法律，霸占温托索罗的农场而告终。

《足迹》故事的舞台转移到印度尼西亚的政治中心巴达维亚（即今印度尼西亚首都雅加达），故事的时间也从19世纪末进入到20世纪初。明克离开逸乐农场，来到巴达维亚继续求学。与中国进步女青年洪山梅的结合以及洪山梅的惨死，深深地教育了他，促使他逐步走上了民族运动组织者的道路。他创办《广场》报，组建“伊斯兰教商业联合会”，社会影响日益扩大。从自身的痛苦经历中，他开始认识到民族运动不能仅仅依靠自己的力量，必须千方百计唤起广大的民众，于是便奋不顾身地投入到火热的政治斗争中去。他的努力得到广大群众的响应，但也必然遭到反动势力的迫害。小说最后以明克被殖民当局逮捕作为结束。

《玻璃屋》描写明克以更加坚定的步伐，踏上民族解放征途的过程。由于明克的社会影响越来越大，由于印度尼西亚民族解放运动的浪潮越来越高，荷兰殖民当局也越来越感到不安。他们不甘心失败，妄图把整个印度尼西亚变成透明的“玻璃屋”，以便监督人民大众的一举一动。在这种情况下，明克仍然毫不畏惧，继续坚持战斗。敌人采用种种卑劣手段对他进行打击和迫害，最后将他置于死地。

明克是贯穿这四部长篇小说始终的男主人公。作为一个受过殖民主义教育的土著贵族青年，他本来对于荷兰殖民当局抱有许多不切实际的幻想。但是，与印欧混血姑娘安娜丽斯的婚姻悲剧，使他受到了刻骨铭心的教育，使他认清了荷兰殖民主义的狰狞面目。其后，与中国进步青年许阿仕的结识，与中国进步女青年洪山梅的结合，温托索罗侄女苏拉蒂悲壮的反抗，广大农民饱受殖民者剥削压迫的事实，等等，促使他义无反顾地踏上投身民族解放运动的道路，并且成为民族解放运动的坚定战士，直到最后为民族解放事业而献身。例如：许阿仕遇害的消息使他受到强烈的震撼，他觉得许阿仕的形象十分高大，而自己则相形见绌；洪山梅病死以后他总是念念不忘，经常端详她的画像，经常回忆她的立场、她的事业、她的献身精神；苏拉蒂悲壮的反抗行动使他久久难以平静，迫使他不能不满怀激情地将其来龙去脉记载下来；农民的良田被抢走的事实更加令他怒不可遏，他决心从此踏着自己老师穆尔塔图里的战斗足迹前进。事实正如他自己在《万国之子》里所思考的那样：“当今的时代已经从我自己的民族、从日本、从中国、从美洲、从印度、从阿拉伯、从地面上一切民族的乳腺中为我挤出了乳汁……我实事求是地承认：我是古今一切时代的‘万国之子’。”（北京大学普·阿·杜尔研究组译文）从他的身上，我们可以清晰地看到生活在19世纪末和20世纪初的印度尼西亚爱国志士的成长过程，他们复杂的内心矛盾，他们曲折的人生道路，他们丰富的精神世界，他们高贵的思想品质。在印度尼西亚现代文坛上，像明克这样丰满的民族志士形象，像这四部小说这样广泛而生动地再现民族解放运动历史的作品，以前还没有出现过。也正因为如此，所以这四部小说被公认为印度尼西亚战后最优秀的作品，普列姆迪亚被誉为印度尼西亚战后最杰出的作家。

第五节 普列姆昌德

穷苦农民的贴心人·印度农村生活的史诗·真实的画面和朴素的语言

普列姆昌德（1880—1936）是印度现代优秀的小说家，印地语和乌尔都语现代文学的杰出代表，本名滕伯德·拉耶·希利瓦德沃。据刘安武先生研究，他于1880年7月31日出生在印度北方邦贝拿勒斯附近的拉姆希村。他的父亲是个邮局职员，收入微薄。他的幼年生活相当贫苦。8岁那年，他的母亲因长期染病而与世长辞。15岁那年，他被迫与一个其貌不扬的女子结婚，婚后生活很不愉快。之后不久，他的父亲又溘然长逝，于是维持一家老小生计的重担就落在了他的肩上。为了维持生活和坚持学习，他常常到处奔波，求情借债，忍饥耐寒。经过一段艰苦奋斗，他在学业上终于获得了可喜的成果——1904年在阿拉哈巴德师范学院进修完毕，并获得考试合格证书。1905年，他的妻子离家不归；几个月后，他与另一童年守寡的寡妇结婚，夫妇关系一直很好。在此期间，他先后在小学和师范学校当过教师，还担任过县教育部门的副检查员。他起初用乌尔都语写作，后来为了扩大读者范围，改用印地语写作。

普列姆昌德的早期创作活动（1903—1918）始于20世纪初。他的处女作——中篇小说《圣地的奥秘》（未完）发表于1903年至1905年间，第一篇完整的中篇小说《伯勒玛》发表于1906年。1908年，他的第一部短篇小说集《祖国的痛楚》问世，但不久便因其中的一篇小说——《世界上的无价之宝》被检察机关认定具有“蛊惑人心的煽动性言论”而遭到查禁。其后，他又相继发表了《沙伦塔夫人》、《五大神》、《伟大的朝圣》等短篇小说。1918年，他的第一部长篇小说《服务院》付梓，这表明他在小说创作领域已经一步步走向成熟。这部作品以印度妇女的不幸命运为主题。

普列姆昌德的中期创作活动（1919—1927）是和1918年至1922年印度民族解放运动的第二次高潮相联系的。为了响应国大党不与英国当局合作的号召，他毅然辞去了教师的公职，牺牲了许多个人的利益，并由业余作家变成了专业作家。1922年，他出版了一部新的长篇小说——《博爱新村》（又译《仁爱道院》）。这是他描写印度农村生活的第一部长篇小说。这部作品真实地描绘了农村社会生活的画面，尖锐地揭露了地主横行乡里的罪行。作者还在其中设计了一个理想社会——“博爱新村”，在这个新村里，人人生活幸福，个个心情舒畅。这种理想固然美好，可是在当时的社会条件下，毕竟是难以实现的。1923年以后，印度民族解放运动逐渐低落下去。由于政治运动遭到挫折而产生的悲观情绪反映到文学领域中来，普列姆昌德的某些创作也不可避免地受到了影响。在这期间，他除了发表《战斗》、《卡尔巴拉》等剧本和《棋友》、《半斤小麦》、《首陀罗姑娘》、《教义》、《诽谤》、《烈女》等短篇小说以外，还先后出版了三部长篇小说《战场》（又译《舞台》）（1925）、《妮摩拉》（1923）和《新生》（1926）。《战场》生动地表现了城市近郊农村的矛盾，但作者对民族工业发展持否定态度却是值得研究的。《妮摩拉》是作者第二部描写妇女悲惨命运的长篇小说，故事感人，形象生动，堪称佳作。《新生》不能算是一部成功的作品，其中虽然写出了某些现实的情况，但是也有一些怪诞的情节，令人难以理解。

随着1928年至1933年印度民族解放运动第三次高潮的到来，普列姆昌德的创作又进入了一个新的时期。这是他创作活动的晚期（1928—1936），也是成就最为辉煌的时期，优秀作品接二连三地出现。在短篇小说方面，《进军》、《有儿女的寡妇》、《开斋节的会礼地》、《裹尸布》等是这时的名篇。1931年，他出版了一部关于城市小资产者生活的长篇小说——《贪污》（又译《一串项链》），描写一个爱虚荣的小职员，为给妻子买珍珠项链而贪污公款，因而被警察当局所利用，被迫充当假证人以陷害爱国者的故事。这部作品生动地描绘了小资产者在民族运动中的软弱表现，也有力地揭露了警方的黑幕。1932年，他发表了一部具有现实政治色彩的长篇小说——《圣洁的土地》。在他一生最后的一年（1936）里，他完成并出版了一部最出色的长篇小说——《戈丹》，动手写了另一部长篇小说——《圣线》（未完），并且主持召开了全印进步作家协会第一次代表大会。在会上，他作了题为《文学的意义》的讲演，其中有这样一段话："在优秀的文学作品里，应该具有崇高的思想，具有对自由的热爱和创作的冲动，应该显示出生活的真实面貌——它应该使我们行动和斗争，使我们产生激情，而不是让我们昏昏欲睡，因为现在再要昏睡就是死亡的象征。"（严绍端译文，下同）

《戈丹》是普列姆昌德长篇小说的代表作品，标志着他在文学创作上所达到的最高成就。这部小说被誉为印度农村生活的史诗，它广泛、深刻地反映了20世纪30年代初民族解放运动高潮过去后，印度社会极其复杂的矛盾和农村日趋破产的进程，抨击了地主、资本家、高利贷者、婆罗门祭司等的罪恶，表现了挣扎在死亡线上的贫苦农民的生活状况和思想感情。

《戈丹》梗概

《戈丹》的故事情节有两条线索：一条是柏拉里村的农民生活，以何利一家为中心，这是主线；另一条是勒克瑙城地主、资本家、知识分子的生活，这是辅线。作者安排这样两条线索并使之互相交错起来，目的在于从更广阔的社会背景上展示农民的命运，从更多的方面探索农民的出路乃至民族的出路。

农民何利一家的生活是小说内容的核心。这是一个贫穷的五口之家。他们住的是茅舍，吃的是粗茶淡饭，穿的是补丁摞补丁的衣服，一年到头起早贪黑不停地干活。他们"最美丽的梦想，最崇高的愿望"，就是自己养一头母牛；因为在印度，母牛既能产奶，又是吉祥的象征，甚至还是膜拜的对象。但是，这样一个极其普通的心愿却像海市蜃楼一样，始终不能实现。有一次，何利好不容易从牧牛人手里赊来一头母牛，但牛不久就被何利的弟弟毒死了，他还因此吃了一场官司。从此以后，一连串的灾祸接踵而至：因为他的儿子和一个寡妇恋爱，他家被长老会和地主罚没了全年的收成，连房子也抵押了出去；牧牛人来讨母牛钱，强行拉走他家一对公牛，迫使他们成了雇工；为了出嫁大女儿，他家负上了新的债务；高利贷者肆意敲诈勒索，拍卖了他家地里的甘蔗，逼得他家债台高筑，每况愈下。于是，何利不得不违背自己的生活信条，采用变相出卖小女儿的办法，企图保住仅有的几亩地。最后，何利终于累死在为了还债和买牛而奋斗的苦役里，他卖命挣来的几个钱也被婆罗门祭司以"献奶牛礼"（戈丹）的名义搜刮走了。

在这部小说里，作者刻画了以何利为代表的农民形象，同时也刻画了莱易老爷等上层人物形象。这是两组处于尖锐对立地位的形象。小说正是通过他们之间的关系，揭示了农民的悲剧及其根源。其中，男主人公何利的形象刻画获得了极大的成功。

何利是处在社会底层的贫苦农民。他的本性是极其厚道的。他对自己的妻子儿女怀着深厚的感情。他和妻子丹妮娅之间有着真挚的、感人的爱情。这是他在灾难之海里的唯一依靠。他爱自己的儿女，不忍责骂他们一句。他也非常希望和弟弟维持友好关系，甚至弟弟毒死他的母牛，他也能够宽大为怀。不仅如此，对于其他劳动人民，他也一律以诚相待，不肯乘人之危。正如小说里所说的："何利是一个庄稼人，别人家的房子着火了，要他去站在旁边伸着两手烤火，这样的事他是学也没有学过的。"

但是，何利又是没有觉醒的农民。他的处世态度带有很大的落后性。"住在水里要跟鳄鱼作对，那是呆子"——这是他的座右铭。对于生活中的一切苦难，他都是逆来顺受的；对于社会上的一切强权，他也是畏惧顺从的。他认为人一生下来就是不平等的，一切都是老天爷预先安排好的，财产也是前世修来的。在严酷的现实面前，在一次又一次失败的过程中，他的性格是有发展有变化的。在破产以前，他是积极的、顽强的、坚持按照自己的处世准则去奋斗的；但经济上的破产也带来了精神上的破产，使他渐渐失去勇气，最后不得不承认自己彻底失败了。这时，他终于发出了不平之鸣："乡亲们，可怜可怜我吧！我冒着3月的热风，冒着11月的大雨干了一辈子！你们剖开我的身体，瞧瞧我的心上有多少伤疤啊！你们问问我的身体，它是不是清闲过，是不是在树阴下歇过凉？我受了这么些苦，今天却落得这样丢人！"这是他接过卖小女儿的钱时，声嘶力竭的控诉。

何利是老一代的农民。长期以来，他的生活被限制在相当闭塞而又落后的农村里，因而他的思想也受到严格的束缚。在这个环境里，统治者所施加的残酷的政治压迫和经济剥削，迫使农民日趋贫困和破产，这是何利产生看不见出路的悲观主义思想的社会根源；统治者所进行的反动思想宣传又从精神上麻醉和毒害农民，这是何利产生宿命观念和采取顺从现实态度的思想根源。

小说通过具体生动的社会生活画面表明，印度的民族解放运动使某些政客捞取了更多的政治资本，而给何利这样的农民带来的却是更加可怕的贫困。这是多么令人痛心的事实啊！何利应该说是最勤劳、最善良、最正直的农民了，但在当时的社会条件下却只能落得一个悲惨的结局。他的悲剧说明，英国殖民当局和印度上层阶级奴役农民的心肠是多么狠毒，手段是多么阴险；在他们的奴役下，印度农民已经失去充当安分守己、忍饥耐寒的奴隶的资格，已经不能再做"体面"的奴隶了。

令人感到遗憾的是，作者一向深切同情农民的悲惨命运，但却不能为农民指出一条明确的出路。在《戈丹》里，他用何利的惨死作为整个故事的结局，这是对当时客观实际的正确反映，可以说是现实主义的胜利。与此同时，我们还可以看到作者仍然努力在为农民探索出路，这主要体现在何利的儿子戈巴尔以及另外两个知识分子——梅达和玛尔蒂的身上。作为一个青年，戈巴尔本来具有一定的反抗意识，可是后来没有得到充分发展，最后成了玛尔蒂的家庭佣人；梅达从哲学研究中懂得了生命的意义在于为他人服务的真理，玛尔蒂也追随其后复活了内心的牺牲精神，于是两人双双成为农民的知心朋友。看来作者是想通过戈巴尔所走的道路，通过梅达和玛尔蒂的行动，为农民安排一条出路。然而，这种安排并不能给人以踏实之感。

《戈丹》在艺术表现方面也取得了相当高的成就。首先，小说真实地描绘了农村生活的画面，生动地刻画了农民的形象，闪耀着现实主义的光辉。小说里农民的性格是充实的、丰富多彩的。他们的高贵的一面和软弱的一面、欢乐和痛苦、理想和失望、爱和恨常常错综地交织在一起，并且不断产生微妙的变化，显得真实而又动人。除此之外，小说对于几个上层人物的描写也很出色，对他们的讽刺是尖锐的，对他们的揭露是深刻的。其次，小说的语言朴素而优美，这种语言在对农村生活的描写方面显示出特殊的艺术魅力。同时作者还善于使用形象的、美妙的比喻和象征，使作品充满诗情画意。

据说至今印度国内外的评论家还一致认为，普列姆昌德的《戈丹》是印地语现代文学中最优秀的小说；在他以前，没有产生过这样优秀的小说，在他去世70多年后的今天，也没有一部小说可以与《戈丹》媲美，更谈不上超过它了。

由于长期积劳成疾，普列姆昌德于1936年10月8日逝世，年仅56岁。他一生辛勤劳作，共计写下了15部中篇小说和长篇小说（其中有两部是未完稿）、约300篇短篇小说，此外还有许多剧本、儿童文学作品、论文和译文等。他给印度人民留下的文学遗产是丰富的。他以自己的创作实践为印地语和乌尔都语文学开辟出一条为民族独立运动和为被压迫人民服务的道路。他反对当时文坛上存在的颓废倾向和神秘倾向，坚持现实主义方向，认为文学的基础是生活，文学必须关心国家和民族的利益，必须反映现实存在的矛盾和斗争。他是印地语和乌尔都语文坛上第一个深入反映穷苦人民生活、密切关心劳动人民命运的作家。他的目光经常向着农村。他有许多作品以农村为背景，以农民为主角。他对农民有深刻的了解，他描绘了农民的贫困生活，抒发了他们的思想感情，也表现了他们力图摆脱压迫剥削的愿望和对于幸福未来的憧憬。反之，对于奴役印度民族的英国殖民者，对于骑在人民头上的印度反动派，他则予以无情的鞭挞和辛辣的讽刺。普列姆昌德在文学作品的艺术表现方面也有许多创造和贡献。在印地语和乌尔都语文学史上，他第一个摒弃了追求离奇故事情节的旧式小说，创造了着力刻画人物性格的现代小说。他既是中篇小说和长篇小说的巨匠，也是短篇小说的大师，因而获得了“小说之王”的美称。他的小说具有鲜明的形象、生动的情节、朴素优美的语言和平易近人的风格。

第六节
纪伯伦

“旅美派”代表作家·智者的启迪·思想深邃、形象生动

纪伯伦·哈利勒·纪伯伦（1883—1931）是黎巴嫩著名诗人和作家，阿拉伯现代文学史上的重要文学流派——“旅美派”的杰出代表人物，黎巴嫩和阿拉伯现代小说和散文诗的奠基者之一。

生平与创作

纪伯伦于1883年12月6日诞生于黎巴嫩北部山村贝什里的一个信仰基督教的家庭。童年时期家境贫寒，父亲嗜酒如命，难以维持一家生计。1895年，纪伯伦12岁时，母亲出于无奈，带上子女离开故乡，随着移民的洪流辗转来到美国东海岸的波士顿城；父亲则继续留在故乡生活。在波士顿，他们一家人住在贫民窟里，母亲和哥哥、妹妹终日辛勤劳作，供纪伯伦上学。当时，纪伯伦除学习一般文化课程外，还在画家指点下热心练习绘画。

由于渴望了解自己的祖国和人民，纪伯伦于1898年独自返回黎巴嫩。他曾经满怀深情地说过：我几乎不知道我祖先的语言，不了解我的祖国，我必须进贝鲁特的学校，至少要学好祖国的语言，并熟悉我的国家。怀着这种希望，他进入贝鲁特睿智学校，如饥似渴地学习阿拉伯文、法文和写作。暑假期间，他曾回故乡看望父亲。

1901年年初，纪伯伦以优异的成绩毕业，随即重返美国的波士顿。在波士顿，他度过了一段痛苦而艰难的日子。这是因为，他的三个亲人——母亲、哥哥和妹妹相继

去世，并且为了治病欠下了一大笔债务。1904 年，他结识了玛丽·哈斯凯勒女士。1908 年，他在玛丽·哈斯凯勒女士的慷慨资助下，前往法国巴黎艺术学院学习绘画，得到法国艺术大师欧埃斯特·罗丹的指点，并且受到英国诗人和艺术家威廉·布莱克的影响。此外，他还参观了罗马、布鲁塞尔和伦敦等欧洲名城，眼界大开，为他日后的文学艺术创作事业注入了无限的生机和无穷的力量。

1911 年，纪伯伦由巴黎回波士顿，翌年迁居纽约。在这个美国思想和文学艺术的中心、阿拉伯侨民文学艺术家的聚集地，纪伯伦的思想更加活跃，活动更加频繁，创作也进入了最旺盛的时期。在思想方面，他这时深受尼采学说的影响。他以尼采为自己的向导和朋友。每当想到尼采，他便觉得心情激荡，犹如地球压抑不住内部的火焰，只得从火山口将它喷发出来一样。他称赞尼采的《查拉图斯特拉如是说》为历代著作中最伟大的一部。他特别欣赏尼采的暴力思想，主张实行暴力，要以暴力向一切传统信仰和宗教宣战。在活动方面，他这时最有意义的工作是 1920 年 4 月与米哈依尔·努埃曼等人一起创建“笔会”，大家一致推选纪伯伦为会长。该会的宗旨是团结阿拉伯侨居国外的作家，革新阿拉伯文学，为阿拉伯文学注入新精神，发挥新文学在民族解放和社会进步事业中的作用。纪伯伦为该会拟定的口号是：上帝有一个人间的宝库，它的钥匙就是诗人的舌头。该会主办文学刊物《旅行家》，并设立诗歌、散文和翻译文学奖金。文学界称该会成员的创作为“旅美派文学”或“叙美派文学”。

1931 年 4 月 10 日，纪伯伦因病去世。按照他的遗愿，他的遗体被运回他的祖国黎巴嫩，安葬在他的故里贝什里。

纪伯伦的文学创作活动大致可以 1912 年定居纽约为界，分为前后两个时期。前期创作以小说为主，几乎都用阿拉伯文写成；后期创作以散文和散文诗为主，其中有的用阿拉伯文写成，有的用英文写成。

纪伯伦前期创作的小说有短篇小说集《草原新娘》（1905）、《叛逆的灵魂》（1908）和中篇小说《折断的翅膀》（1911）等。《草原新娘》收入 3 篇小说，即《世纪的灰和永恒的火》、《玛尔塔·巴妮娅》和《疯人约翰》，主旨在于揭露社会黑暗势力，颂扬反抗和战斗。《叛逆的灵魂》收入 4 篇小说，即《瓦尔黛·哈妮》、《墓地的呼声》、《新婚的床》和《叛教徒哈利勒》，以更加饱满的热情，讴歌反对社会黑暗势力的斗争。《折断的翅膀》是纪伯伦在小说创作方面的代表作品，描写女主人公萨勒玛的不幸命运。萨勒玛本来有意中人，但却被迫嫁给本城大主教的侄子——一个淫荡而邪恶的人。婚后，萨勒玛因迟迟不育而遭到丈夫的百般折磨，精神颇为痛苦。其后，萨勒玛终于有孕在身，可是婴儿出生不久立即死去。萨勒玛悲痛万分，对于前途感到绝望，也同婴儿一起离开人世，母子被装在一口棺材里埋葬。萨勒玛被“折断了翅膀”。由于作者对女主人公的命运深表同情，对大主教的滥施淫威加以谴责，更由于作者采用的新颖形式、细腻笔触和优美旋律，所以小说一出版便受到了阿拉伯世界的欢迎，赢得了阿拉伯读者的心。《折断的翅膀》被认为是黎巴嫩和阿拉伯浪漫主义小说的先驱之一。

纪伯伦后期创作的散文和散文诗大多汇集在 10 部正式出版的集子里，其中用阿拉伯文写的散文诗集和诗文集有《泪与笑》（1913）、《暴风雨》（1920）和《珍趣篇》（1923）等，用英文写的散文诗集和诗文集有《狂人》（1918）、《先驱者》（1920）、《先知》（1923）、《沙与沫》（1926）、《人子耶稣》（1928）、《流浪者》（1932）和《先知园》（1931）

等。此外，他还写有若干剧本（如《大地诸神》、《国王与牧人》等）和许多书信等。他在散文诗方面所取得的成就最引人瞩目。他是第一位采用散文诗体写作的阿拉伯作家，并将阿拉伯的散文诗迅速地提高到了世界水平。

《先知》被誉为纪伯伦散文诗创作的顶峰之作，也是纪伯伦呕心沥血之作。据说早在18岁时，他就写出了该诗集的第一稿，但长期没有发表，期间几易其稿，直到40岁时才决心使之问世。

《先知》梗概

《先知》开篇写道：智者亚墨斯达法在阿法利斯城中等候了12年，等他的船来，好载他归回他生长的岛上去。当船终于在烟雾中驶来时，预言者爱尔美差以及当地民众一齐走来为他送行，同时求他讲说真理，并且表示：我们要把这真理传给我们的孩子，他们再传给他们的孩子，如此绵绵不绝。于是，智者回答了他们提出的关于爱、婚姻、孩子、施予、饮食、工作、欢乐与悲哀、居室、衣服、买卖、罪与罚、法律、自由、理性与热情、苦痛、自知、教授、友谊、谈话、时光、善恶、祈祷、逸乐、美、宗教、死等26个问题，即“关于生和死中间的一切”。这时，天已是黄昏了。智者走上船去，站在舱面，面向大众，发表了告别词。然后，他向水手们挥手示意，他们立刻拔起锚儿，放开船儿，向东行驶。那船走远了，逐渐消失在烟雾中，大众都散了，只有爱尔美差仍然独自站在海岸上，在她的心中忆念着他所说的：一会儿的工夫，在风中休息片刻，另一个妇人又要孕怀着我。《先知》所采用的这种结构形式，近似于尼采的《查拉图斯特拉如是说》，大约是从尼采那里借用来的。如果说《查拉图斯特拉如是说》中的查拉图斯特拉是尼采的化身，那么《先知》中的亚墨斯达法则是纪伯伦的化身。此外，阿法利斯城似乎是指作者长期侨居的美国，“岛”似乎是指作者的祖国黎巴嫩，而爱尔美差则似乎是指作者的女友玛丽·哈斯凯勒。

正如《先知》的中文译者冰心在《译本新序》中所指出的那样，纪伯伦的《先知》和泰戈尔的《吉檀迦利》有异曲同工之妙；不过泰戈尔的《吉檀迦利》表现得似乎更天真、更欢畅一些，也更富于神秘色彩，而纪伯伦的《先知》却更像一个饱经沧桑的老人，对年轻人讲些处世为人的哲理，在平静中却流露出淡淡的悲凉。书中所谈的许多事，用的是诗一般的比喻和反复的词句，却讲了很平易入情的道理。诚然，纪伯伦的思想是复杂的，他假借亚墨斯达法之口所讲的话未必全部都是真理，可是其中确有不少闪光的思想和独到的见解，境界高超，眼光远大，值得我们耐心玩味，以便从中获得教益。兹举例如下。

关于男女婚姻和夫妇关系，智者亚墨斯达法的意见是新颖而独特的。首先，他指出夫妇要永远合一：“你们一块儿出世，也要永远合一。/在死的白翼隔绝你们的岁月的时候，你们也要合一。/噫，连在静默地忆想上帝之时，你们也要合一。”（冰心译文，下同）这个看法是符合传统观念的，中国人所谓“白头偕老”就是这个意思。其次，他又指出在夫妇合一之中要有间隙——

彼此相爱，但不要做成爱的系链：
只让它在你们灵魂的沙岸中间，做一个流动的海。
彼此斟满了杯，却不要在一杯中啜饮。
彼此递赠着面包，却不要在同一块上取食。

快乐地在一处舞唱，却仍让彼此静独，
连琴上的那些弦子也是单独的，虽然他们在同一的音调中颤动。

这些话乍看起来似乎有些奇怪，其实包含着更深刻的道理。因为只有留下间隙，才能更好地合一；只有保持彼此静独，才能更快乐地在一处舞唱；只有保持平等独立，才能更进一步地互相爱慕。由是可知，智者所提倡的不是女方依附男方的旧式婚姻关系，而是人格各自独立的新型婚姻关系。这个说法，在旧式婚姻仍很普遍的当时，当然是很有新意的；即使是在新式婚姻已经普遍建立的今天，对于如何正确处理夫妇关系也不无启迪意义。例如，他告诉我们，夫妇双方要互相包容，互相体谅，不要总是自以为是，更不要企图压倒对方。

关于父母应当如何看待孩子和教育孩子，智者亚墨斯达法也有自己的看法。一般父母都以为孩子属于自己，他却认为孩子并不属于父母，而是属于“生命”。他说：“你们的孩子，都不是你们的孩子。/乃是‘生命’为自己所渴望的儿女。/他们是凭借你们而来，却不是从你们而来。/他们虽和你们同在，却不属于你们。”一般父母都以为孩子应当听自己的话，像自己那样去生活，所以极力按照自己的模式去教育孩子（中国人有所谓“不肖子孙”之说，其中“肖”的本义是“骨肉相似”的意思，也就是认为不像祖先的子孙便是不好的，像祖先的子孙才是好的），他却不以为然。他针锋相对地提出自己的主张，明确指出父母可以为孩子做什么，不可以为孩子做什么——

你们可以给他们以爱，却不可给他们以思想。
因为他们有自己的思想。
你们可以荫庇他们的身体，却不能荫庇他们的灵魂。
因为他们的灵魂，是住在明日的宅中，那是你们在梦中也不能想见的。
你们可以努力去模仿他们，却不能使他们来像你们。
因为生命是不倒行的，也不与昨日一同停留。

这些话初听起来仿佛不合情理，细想起来却可以发现其中含有许多合理因素，符合事物发展的客观规律。它表明，诗人是用不断发展、不断进步的眼光观察人类和生活的，认为人类和生活永远不会停止前进，更不会向后倒退。

关于教授方法，智者亚墨斯达法的看法也非同一般。教授是人类发展、历史前进必不可少的活动。但是，长期以来人们对于教授的理解并不完全正确，方式也不完全得当。在通常的情况下，教条式的、刻板式的、填鸭式的教授方法普遍存在，甚至占据统治地位。针对这种情况，智者提出了自己迥然不同的见解。他首先指出，教师的任务“不是在传授他的智慧，而是在传授他的忠信与仁慈”，他“不命令你进入他的智慧之堂，却要引导你到你自己心灵的门口”。为什么应当这样认识教师的任务呢？智者继之指出，“天文家能给你讲述他对于太空的了解，他却不能把他的了解给你”，“音乐家能给你唱出那充满太空的韵调，他却不能给你那聆受韵调的耳朵和应和韵调的声音”，“精通数学的人能说出度量衡的方位，他却不能引导你到那方位上去”。一言以蔽之，“因为一个人不能把他理想的翅翼借给别人”。这些话是发人深省的，是富有启示性的。它启示我们，教师的任务不是传授智慧，而是启发学生自己的聪明才智，让学生自己独立地思考问题，引导学生提出自己的独特见解，使学生自己长出“理想的翅翼”。

总的来说，《先知》具有以下两个突出的特点：一是思想深邃，见解新颖，富于哲理性和启迪性，能够发人深省，令人耳目一新；二是比喻恰当，形象生动，使人读来饶有趣味，并无枯燥乏味之感。例如，智者所谈的第一个问题是爱。他所追求的是一种理想的、平等的爱。所以他说："爱除自身外无施与，除自身外无接受。/爱不占有，也不被占有。/因为爱在爱中满足了。"他认为这样的爱能够使人圣洁，使人崇高。所以他说："如同一捆稻粟，他把你束聚起来。/他舂打你使你赤裸。/他筛分你使你脱去皮壳。/他磨碾你直至洁白。/他揉搓你直至柔韧。/然后他送你到他的圣火上去，使你成为上帝圣筵上的圣饼。/这些都是爱要给你们做的事情，使你知道自己心中的秘密，在这知识中你便成了'生命'心中的一屑。"这些诗句充分显示了纪伯伦高超的艺术功力。正因为如此，研究者认为《先知》使纪伯伦几乎耗尽了全部的心血，《先知》是纪伯伦名副其实的代表作品。

除《先知》外，《沙与沫》也是知名度很高的散文诗集。《沙与沫》是一部短诗集，近似格言集。在这部诗集里，作者表达了对美、爱情、友谊、艺术、生活和思想等问题的精辟见解。美是作者终生所追求的，所以他说："我们活着只为的是去发现美。其他一切都是等待的种种形式。"爱情也是作者不断歌咏的对象，所以他说："爱情是一个光明的字，被一只光明的手写在一张光明的册页上的。"关于友谊，他主张建立在全面了解之上："如果你不在所有的情况下了解你的朋友，你就永远不会了解他。"关于艺术，他认为必须具备三个方面的条件："如果你要写作（只有圣人才晓得你为什么要写作），你必须有知识、艺术和魔术——字句的音乐的知识，不矫揉造作的艺术，和热爱你读者的魔术。"他对于生活问题也不乏深刻的理解，如"一个人的实质，不在于他向你显露的那一面，而在于他所不能向你显露的那一面"。《沙与沫》在艺术表现上的特点，一是简洁含蓄，如"记忆是相会的一种形式"；二是形象生动，如"青蛙也许会叫得比牛更响，但是它们不能在田里拉犁，也不会在酒坊里牵磨，它们的皮也做不出鞋来"。

纪伯伦既是文学家，又是艺术家；既是诗人，又是画家。可以说"诗"与"画"是他的两个翅膀。他一生画了七八百幅画，有油画、水彩画、炭铅画等。他的画是他的诗的形象化，他的诗的全部主题思想几乎都在画中得到了表现。他的许多画本来就是他的诗的插图。

纪伯伦是熔阿拉伯文化和欧美文化于一炉的文学家和艺术家。他是黎巴嫩人，并且一贯重视阿拉伯文化；他长期在欧美生活，深受欧美文化的熏陶。他将这两种文化密切融合在一起，创造出了自己具有独特风格的文学艺术作品，受到了东西方广大读者的欢迎和喜爱。

第七节 迈哈福兹

关心祖国命运的作家 · 一家三代人的故事 · 人物、思想和艺术

生平与创作

纳吉布·迈哈福兹（1911—2006）是埃及现代著名作家，埃及现代文学的杰出代表之一。据仲跻昆、李琛等先生研究，他于1911年12月11日生于埃及开罗杰马利叶

区的一个商人家庭。父亲是一个虔诚的穆斯林和热情的爱国者，从迈哈福兹小时候起就教育他信仰宗教和热爱祖国。1919年，开罗爆发了大规模的反抗英国统治的群众运动。当时年纪尚小的迈哈福兹，亲眼目睹这一壮观场面，心情颇为激动，并在脑海里留下了深刻印象。1923年，他家迁到阿巴斯区，他在这里度过了自己的少年时光。

迈哈福兹自幼勤奋好学，喜欢阅读各种阿拉伯文典籍（从《亡灵书》、《古兰经》、《一千零一夜》等古典名著，到现代阿拉伯文学复兴运动先驱者的著作），对阿拉伯文化怀有浓厚的兴趣；与此同时，他还广泛阅读各种外国作品（从西欧到俄罗斯，从浪漫主义、现实主义到现代主义作家的作品），接触各种外国文化。1930年，他进入埃及大学（今开罗大学）文学院哲学系学习，先后发表哲学等方面的文章数十篇，显示出深厚的理论功底；同时还不时有诗歌和散文问世，表现出一定的文学才华。1934年大学毕业后，他先后在埃及宗教指导部和文化指导部工作，历任埃及文学艺术最高理事会理事、电影局局长和文化指导部顾问等职，业余从事创作。1971年退休后，出任《金字塔报》专职作家。

刚离开学校时，迈哈福兹曾经一度彷徨于哲学和文学之间，后来终于选择了文学，并且决定主要采用小说这种创作形式。他认为，文学是自己选择的一种生活方式，而不是一种职业，所以不应当追求名利；文学的各种形式几乎都有不可超越的界限，而小说是没有这种界限的，所以小说是无与伦比的。既然方向已经确定，他便把自己的主要精力投入到小说创作中去，起初写短篇小说，后来主要写中篇小说和长篇小说。在长达60余年的创作生涯中，他陆续出版了50余部长篇小说、中篇小说和短篇小说集。

迈哈福兹是一位关心祖国和民族命运的艺术家，又是一位勇于探索、勇于革新的艺术家。他的小说创作，无论是思想内容还是艺术形式，都随着时间的推移和条件的嬗变而不断发展、变化。其过程可以大致分为以下三个阶段。

从20世纪30年代后期到40年代前期为第一阶段。这时正是埃及民族独立运动风起云涌，争取摆脱殖民主义枷锁呼声高涨的时期。在这种社会思潮的鼓舞下，不少作家着手创作历史小说，力争达到借古喻今的目的。年轻的迈哈福兹为这种潮流所吸引，怀着炽热的爱国热情，从阅读和翻译埃及历史入手，搜集历史素材，相继发表了3部长篇历史小说：《命运的嘲弄》（1939）、《阿杜比斯》（1943）和《忒拜之战》（1944）。这几部作品所写的都是埃及古代历史故事，但作者却借古喻今，委婉地表达了今天埃及人民要求独立自主的愿望，充满了爱祖国、爱民族的热情。就艺术方面而言，这些作品采用的是传统的故事形式，表现手段尚未达到成熟的地步。这个阶段被称为浪漫主义历史小说阶段。

从20世纪40年代后期到50年代前期为第二阶段——现实主义社会小说阶段。据说迈哈福兹本来打算继续从事历史小说的写作，可是后来觉得通过历史题材表现现代意识过于曲折，加上现实素材大量出现，促使他把目光转向现实生活，所以从1945年起，他便改弦更张，转向写作现实主义社会小说。自1945年至1949年，他先后出版了4部长篇小说：《新开罗》（1945）、《赫利利市场》（1946）、《梅达格胡同》（1947）和《始末记》（1949）。这几部作品都描写埃及现代人的生活，刻画埃及现代人的形象，从而反映出埃及在1952年革命前充满矛盾、恐怖和暗杀时期的面貌。从艺术表现来说，这些作品继续采用传统的故事形式，作者以全知的态度讲述有头有尾的故事，但是情节逐渐复杂，人物次第增多，表现手段日益成熟。

如《新开罗》围绕开罗大学的四个毕业生展开故事，着重描写主人公马哈朱布这个出身低微、家境贫寒的青年。他极力想要摆脱自己的贫贱地位，想方设法进行各种各样的冒险斗争，最终却未能摆脱一事无成并身败名裂的悲惨结局。他本来是从不甘心失败的人，可是到小说临近结尾处，他却不得不自认失败，不得不彻底绝望了。读者不难看出，小说对于主人公固然含有批评之意，但更重要的则是通过这个人物揭露当时社会的黑暗和官场的黑幕。这部小说的结构是单线的，情节简单，人物也比较少，给人以单纯、清晰之感。

又如《梅达格胡同》，写的是开罗一条胡同里所发生的故事，反映出第二次世界大战后期埃及作为盟军战略基地，通货膨胀、民不聊生的困难处境。在小说里登场的几乎都是开罗城里的普通居民，诸如理发师、咖啡馆老板、面包师、媒婆、长老和小贩等，他们各有各的喜怒哀乐，同时互相之间又有错综复杂的关系。而处于中心地位的则是阿巴斯和哈米黛的爱情悲剧故事——哈米黛由于种种原因沦为卖身女人，阿巴斯在狂怒之下被一群英国士兵活活打死。这个故事一度在这条胡同里引起一点风波，溅起一点水泡，但其影响也仅此而已，正像小说末尾所写的那样：这个水泡像先前的水泡一样也消失了，梅达格胡同依然如故地存在着。与上部小说相比，这部小说的线索增多了，人物也增加了，但作为主线的是阿巴斯和哈米黛的悲欢离合，着墨较多的是阿巴斯和哈米黛这两个形象。

不过，迈哈福兹这个阶段最令人注目的小说还不是以上 4 部，而是写于 1952 年以前、发表于 1956 年至 1957 年的另外三部规模更为宏大、艺术更加成熟的长篇小说三部曲——《宫间街》、《思宫街》和《甘露街》。

从 20 世纪 50 年代后期到现在为第三阶段。在 1953 年 6 月 18 日自由军官组织推翻法鲁克王朝，宣布成立共和国以后，迈哈福兹曾经停笔数年，观察社会变化，思考民族命运，同时也研究和总结自己走过的创作道路。经过一段时间的思索，他发现社会问题仍然比比皆是，民族前途依旧令人忧虑，自己以往的创作也有许多不足之处，于是决心重新拿起笔来，以新的面貌出现在文坛上，力图实现新的艺术飞跃。在这个阶段，他的小说从内容到形式都发生了明显的变化，表现为作品题材更广泛、创作手法更多样、叙述方式更灵活。他广泛地接受了西方现代主义和后现代主义文学的影响，并将其与自己原有的浪漫主义和现实主义文学融合起来。在思想内容上，由以批判社会现实为主，变为以描写现代人的自我意识为主；由以表现某个局部为主，变为以思考整个民族和人类命运为主。在艺术形式上，大量地、灵活地使用意识流小说、象征主义、表现主义、结构主义、荒诞派和魔幻现实主义等的表现方法。他自己称这个阶段的文学为“新现实主义”。自 60 年代初以来，他出版的重要作品有《小偷与狗》(1961)、《道路》(1964)、《乞丐》(1965)、《尼罗河上的絮语》(1966)、《米拉玛尔公寓》(1967)、《我们街区的孩子们》(1969)、《伞下》(1971)、《镜子》(1971)、《卡尔纳克咖啡馆》(1974)、《尊敬的阁下》(1975)、《平民史诗》(1977)、《千夜之夜》(1982)、《伊本·法突麦游记》(1983)、《生活在真理之中》(1985)、《领袖被刺之日》(1987)、《疗养期间的梦想》(2000) 等。

这些作品的思想倾向大体上可以归为两类：一类作品着重描写时代的面貌，反映现实的矛盾，探索人们的生活道路和思想心态。如《尼罗河上的絮语》，描写一些中上层知识分子的心态，表现他们对现实不满、对未来失望的苦闷情绪。另一类作品着重描绘理想的世界，展示未来的前景，寻求通向美好理想的途径，表现人们面对未来的心理。如《平民史诗》，具有浓郁的传奇色彩，通过一个平民家族几代人的兴衰嬗变，展现埃及人民为争取社会公正和获得幸福生活所经历的曲折道路。

这些作品在艺术形式上也有明显的差异：有的作品偏重接受西方现代主义和后现代主义小说的影响，追求叙述的多角度和多层次，淡化故事情节，增加寓意象征因素，甚至有一些被评为“非小说的小说”；不过他并没有走向极端，并没有满足于单纯模仿西方，仍然强调创作必须忠于自我，必须具有民族气派。如《米拉玛尔公寓》，登场的重要人物共有四个，即公寓的四个房客；作者从四个不同的角度观察和记述公寓里的种种故事，构成一幅幅新颖别致、多姿多彩的生动画面，使读者得以从多方面进行观察，从而产生强烈的立体效果。也有的作品偏重从埃及和阿拉伯民族文学形式中吸取养分，以便实践其倡导的“地域文学”主张。其中，有采用“玛卡梅”故事体的，即设计一个说话人，由说话人出面叙述故事，并以见证者身份加以评说，使故事和读者保持一定距离，让读者站在旁观者立场上思考问题，如《我们街区的孩子们》，以该街区的一个知识分子为说话人，他既讲述故事，又作出评论，同时他也是故事的参与者，给人以真实感和亲近感；有采用传统游记体的，如《伊本·法突麦游记》，受到阿拉伯古老的游记文学的启示，描述主人公到各国去旅行的见闻和观感；还有直接对民间故事集《一千零一夜》进行再创造的，即《千夜之夜》，该书仍旧保留原著的主要人物，却重新编写了故事，描绘生动，饶有兴味。

迈哈福兹在小说创作方面硕果累累，成绩斐然。他的小说既深深地植根于民族文学的土壤之中，又广泛地汲取了世界文学的营养。他的小说以深广的社会内容、浓郁的生活气息和多样的艺术形式为特征，将埃及和阿拉伯现代小说推上了成熟的阶段。在他的影响下，埃及和阿拉伯小说家正在迅速成长。由于他的小说推动了埃及和阿拉伯语言文学的发展，并且发挥了唤醒人民大众的启蒙作用，所以他于 1988 年获得了诺贝尔文学奖，成为阿拉伯世界第一位获此殊荣的作家。

长篇小说三部曲《宫间街》、《思宫街》和《甘露街》，写的是 1917 年到 1944 年开罗一个中产阶级家庭的嬗变，并且通过这个家庭面貌的变化反映了埃及社会面貌的变化。小说的故事始于 1919 年革命前夕，终于 1952 年革命前夕。这几十年正是埃及现代史上一段重要时期，即动荡的时期和变革的时期。从社会政治方面来说，这时埃及实际上已经沦为英国殖民地，广大人民一面在英国殖民者和本国统治者双重压迫剥削下苦苦挣扎，一面又在民族资产阶级政党领导下不断抗争。从日常生活和思想意识方面来说，这时传统的生活方式和思想方法仍然拥有强大的势力，但是新的生活、新的观念也在不断涌现，其势头锐不可当。小说正是在这一广阔的时代背景下，展示商人艾哈迈德·阿卜杜·贾瓦德一家三代人的生活的。

《宫间街》、《思宫街》和《甘露街》梗概

这三部曲分别以艾哈迈德一家三代人居住的街道命名，每一部各以一代人为重点。第一部《宫间街》的故事发生在 1917 年到 1919 年之间，着重描写第一代人，即艾哈迈德和艾米娜夫妇以及他们五个儿女的生活。这个七口之家是在艾哈迈德的严厉统治下过日子的。他在家里唯我独尊，说一不二。除了日常生活的波澜以外，社会政治斗争的风暴也不可避免地吹进这个家庭，每个家庭成员都不能不对这场关系民族命运的风暴表示态度和发表意见，而最积极投身革命的二儿子法赫米在爱国游行中被杀死，则成为本部小说情节的高潮和结尾。第二部《思宫街》的故事发生在 1924 年到 1927 年之间，着重描写第二代人，即艾哈迈德和艾米娜夫妇的大儿子亚辛、小儿子凯马勒、大女儿海迪洁和二女儿阿依莎的生活。亚辛生性放荡，公然违抗父命，先后与两个女人结婚，家庭生活屡遭挫折。凯马勒也不遵父命，决定从事学术工作，因研究达尔文的进化论而发生信仰危机，同时因恋爱失败而发生感情危机，最后又因参加革命遇到挫折而发生精神危机，终于陷入茫然不知所措的境地。海迪洁和阿依莎的婚后生活还算幸福。只是海迪洁性情泼辣，常与婆婆发生口角；阿依莎又在一场瘟疫中失去丈夫和儿子，只剩下一个女儿和她相依为命。第三部《甘露街》的故事发生在1935年到1944年之间，着重描写第三代人，即海迪洁的两个儿子——蒙伊姆和艾哈迈福的生活。两兄弟分别走上了不同的政治道路，前者成为穆斯林兄弟会的宗教狂热分子，后者参加进步杂志社，变为坚定的马克思主义者，结果两人均以反政府的罪名入狱。本卷末尾，这个家庭的第一代人艾哈迈德和艾米娜夫妇相继去世，同时第四代人又诞生了。

以第一部《宫间街》为例。在这部小说里，作为一家之主的艾哈迈德处于中心地位。他是一个中等商人，经营一家杂货店，所得利润不仅足以维持全家生计，而且还有余额供他吃喝玩乐。他是一个典型的两面派。在自己家里，他道貌岸然，庄严冷酷，专横跋扈，不可一世。他把这个家庭统治得犹如监狱一般，只要他在家里，人人都会感到束缚，唯有他外出时，大家才会获得自由。他的意志乃是最高的意志——像宗教的统治一样具有无限控制力的意志。他把妻子看成自己的附属品，不承认妻子的自主权。因为当时埃及离婚的权利是完全由丈夫掌握的，所以他可以为所欲为，不给妻子自由，甚至不让妻子外出。他把儿女也看成自己的附属品，不承认儿女的自主权，尤其是婚姻自主权。几个儿女的婚事都由他一个人说了算，根本不征求当事者的意见；而他做决定时，又只考虑自己的声誉，完全不照顾当事者的感情。在交际场上，他则嗜酒好色，举止轻佻，语言放荡，忘乎所以。由于他在家里家外的表现差异太大了，所以亚辛在一个偶然的机会看见他在歌女面前丑态百出时，竟然不敢相信自己的眼睛。总之，他是一个充满矛盾、善于伪装的人物。不过，作者并没有把他写成一个彻头彻尾的反面人物，作为一个埃及人，他是具有爱国意识的，对外国殖民者是不满的。除艾哈迈德外，这个家庭的其他几个成员也是有血有肉、各具特色的。

《宫间街》通过艾哈迈德一家反映了埃及现代史上一个重要时期的面貌，其中既有具体的家庭生活场景，又有广阔的社会风情画面。在描写家庭生活场景时，作者抓住许多乍看起来平淡无奇、其实包含深刻意义的日常小事，细腻入微地表现了这个家长制家庭的夫妻关系、父母子女关系和兄弟姐妹关系，揭示了其间细微、复杂的矛盾，批判了家长统治、男尊女卑和父命子从等不合理现象。在描写社会风情画面时，作者选取的场面是多种多样的，有任人寻欢作乐的酒馆、咖啡馆和花街柳巷，供人虔诚朝拜的清真寺院，从事买卖交易的商店，掀起爱国风暴的大街；登场的人物也是形形色色的，有商人、贵族、学者、学生、革命者、歌妓、警察等，从而再现了当时的社会生活，谴责了醉生梦死者，讴歌了爱国志士们。这部小说之所以能够包含如此丰富的内容，首先是由于作者是那个时代的有心人，他亲身经历过或亲眼目睹过书中描述的许多事件，他认识和了解书中刻画的许多人物原型，而且进行过仔细的观察和认真的思考，所以能够写得细致生动；其次是由于作者清楚地意识到艾哈迈德一家和开罗整个社会的密切关系，有意识地将艾哈迈德一家的生活场景和开罗城里的社会风情画面巧妙地结合起来，不使小说囿于一个家庭的框架之内。

作为一部优秀的现实主义小说，《宫间街》在选取典型场面、刻画人物形象和表现人物关系方面特别出色，在真实、准确的细节描写方面值得称道，在采用传统叙述形式进行结构布局方面也是独具匠心的。

第八节 索因卡

以维护民族尊严和个人自由为宗旨·寓意深刻的“森林之舞”

沃莱·索因卡（1934—　）是尼日利亚现代著名作家，尼日利亚现代文学的杰出代表之一。据邵殿生先生研究，他于1934年7月13日生于尼日利亚西部古城阿贝奥库塔。阿贝奥库塔的意思是“大石下的城市”，因为该城位于山坡上，山顶布满巨石，据说是往昔部落祭祀的遗址。索因卡是约鲁巴族人，父母都信仰基督教，父亲任教会小学校长，母亲则从事商业工作。这种比较特殊的家庭环境，使索因卡得以从小同时受到民族文化和西方文化的熏陶。约鲁巴语是他的母语，英语也早已会听会说；约鲁巴的民间故事为他所喜爱，《圣经》的神话传说对他也不陌生。

索因卡在故乡度过了幸福的童年时代，1945年离开家庭来到伊巴丹读中学，后来又于1952年进入伊巴丹大学。在大学学习期间，他对诗歌创作颇感兴趣，曾在一个很有影响的刊物上发表过若干首热情洋溢的诗歌。1954年，他获得一笔奖学金，于是前往英国利兹大学攻读英国语言文学。当时利兹大学学生戏剧活动十分活跃，经常演出英国和欧洲的古典、现代戏剧，著名戏剧家乔治·威尔逊又在该校开设戏剧研究课程，从而引起了索因卡对于戏剧的浓厚兴趣。1957年，索因卡以优异成绩毕业，获得文学学士学位。

离开大学以后，索因卡来到伦敦，教了一段时间的书。1958年到1959年，他在皇家剧院担任剧本审读工作。当时正是约·奥斯本、阿·韦斯克和塞·贝克特等名家的早期剧作在皇家剧院公演的时期，因而大大地开阔了索因卡的眼界，丰富了他的知识。也就是在这时，他开始了自己的戏剧创作生涯，写出了自己的第一批剧本——《沼泽地居民》（1958）、《新发明》（1958）和《雄狮和宝石》（1959）等。《沼泽地居民》在伦敦大学戏剧节上首演，作者亲自登台表演；《新发明》在皇家剧院首演；《雄狮和宝石》则在伊巴丹艺术剧院首演。这些演出的成功，极大地鼓舞了索因卡的创作热情，增强了他的创作信心。

1960年索因卡从英国回到尼日利亚，在伊巴丹大学任戏剧研究员，并到尼日利亚各地考察，广泛收集民族音乐、舞蹈和戏剧资料。与此同时，他先后于1960年组建假面具业余剧团，1961年协助建立穆巴里作家艺术家俱乐部，1964年创建奥里森专业剧团，相继组织演出塞拉利昂戏剧家萨里夫·伊斯蒙、尼日利亚戏剧家约翰·克拉克和他自己的剧本，为发展和繁荣尼日利亚的戏剧事业而努力工作。在这期间，他在创作方面也获得了丰硕成果，剧本有《裘罗教士的磨难》（1960）、《森林之舞》（1960）、《强种》（1964）、

《共和党人》(1964)、《孔其的收获》(1965)、《灯光熄灭之前》(1965) 和《路》(1965) 等，另外还有长篇小说《阐释者》(1965)、诗集《伊当里及其他》(1967) 等。

在这个时期的剧本中，《沼泽地居民》、《雄狮和宝石》、《森林之舞》、《强种》和《路》占有重要地位。《沼泽地居民》是他最早的作品之一，描写尼日利亚独立前农村沼泽地带的愚昧和落后，表现了作者的忧虑、不满和抗议，具有一定的悲剧色彩。随后问世的《雄狮和宝石》则是轻松活泼的喜剧，主要人物对话全部采用自由诗体，讲述了一个美貌少女宁肯与老奸巨滑的酋长结婚，也不愿答应满嘴时髦名词的教师求婚的故事。《强种》是一部悲剧，以严肃的笔调颂扬一个青年教师为保护弱者而自我牺牲的精神。《路》是这个时期的一部杰作。它的主人公是一个被称为“教授”的奇怪老人。他白天给人造假执照，研究旧报纸；夜间则到教堂墓地去，到处寻找能够说明某种奥秘的“启示”，最后被人刺杀身亡。其他的登场者都是尼日利亚现实生活中的人物，如汽车司机、售票员、流氓、保镖、政客和警察等。这个剧本情节离奇，风格独特，加之具有一定的象征性和荒诞性，所以评论者对它的看法也各不相同。从表面上看，它反映的是尼日利亚的现实生活，特别是车祸极多的现状；再深一步研究，则可以发现作者也是在探索人的生死问题，即教授所一再强调的“启示”。

除剧本外，长篇小说《阐释者》也是这时引人注目的成果。小说描述五个青年知识分子出国留学归来以后的困惑心境，揭露了现实社会所存在的各种不合理现象。

20 世纪 60 年代中期，索因卡曾两度身陷囹圄。第一次是 1965 年，他因涉嫌干预政府领导人的选举而遭到短期拘留。第二次是 1967 年，他因反对内战和暴力，被当局逮捕，未经审判便被监禁于拉各斯和卡多那狱中，直到 1969 年才被释放。这些不幸遭遇使他进一步认识到现实的黑暗和暴力的可恶，也使他的创作发生了深刻的变化，呈现出内容深化和思想内向的趋势。出狱之后，他的社会活动更加频繁，创作事业更加兴旺。他担任伊巴丹大学戏剧学院院长、伊费大学戏剧研究员等职，与南非诗人丹·布鲁斯特一起创建了“非洲各族人民作家协会”，并被选为该会总书记。在创作方面，相继问世的作品有《疯子和专家》(1971)、《裘罗变形记》(1972)、《酒神的伴侣》(1973)、《死神和国王的马弁》(1975)、《文尧西歌剧》(1977)、《失去控制的大米》(1981)、《未来学家安魂曲》(1983)、《重点项目》(1983) 和《巨头们》(1984) 等剧本，《狱中诗抄》(1967) 和《地穴之梭》(1969) 等诗集，叙事诗《阿比比曼大神》(1976)，长篇小说《暗无天日的岁月》(1973)，散文《那人死了——狱中笔记》(1972)、《在阿凯的童年生活》(1981) 和《你必须黎明出发》(2006)，文艺论著《神话、文学和非洲世界》(1976)，随笔集《艺术、对话与愤怒：文学与文化随笔集》(1995) 等，其中不少作品在尼日利亚以及世界其他国家和地区获得广泛好评，引起巨大反响。

在这个时期的剧本中，《疯子和专家》、《死神和国王的马弁》、《文尧西歌剧》和《巨头们》占有重要地位。《疯子和专家》是一部荒诞的哲理剧，描述父子两人的奇特关系和残废军人的奇怪表演，含有揭发和鞭挞不合理现实的意义。《死神和国王的马弁》取材于历史，写一个国王马弁殉葬的故事，探讨自我牺牲和忠诚观念的价值。《文尧西歌剧》借用布莱希特名剧《三分钱歌剧》的情节，抨击尼日利亚现实社会的种种弊病。《巨头们》则把矛头直接指向非洲国家的独裁者们，充分显示了讽刺剧的威力，表现了作者的勇气；在形式和风格上，也取得了重大突破。

除剧本外，索因卡的诗歌、小说和散文也有一定的成就。在诗歌方面，《狱中诗抄》和《地穴之梭》都是作者第二次被捕入狱时创作的，以攻击暴力压迫为主旨，尽管流露出孤独情绪，却没有承认失败，没有表示失望，并且表现出对祖国前途和民族命运的关注。在小说方面，《混乱的岁月》是他的第二部长篇小说，采用寓意和象征的手法，揭露充满压迫、暴力和腐化的社会罪恶。在散文方面，《在阿凯的童年生活》的出版给作者带来了崇高的荣誉，该书被《纽约时报》书评副刊评为1982年十二部最佳书籍之一，被评论家誉为当代英语文学的优秀成果、童年故事的不朽杰作。

索因卡用英语写作，他的艺术成就主要表现在戏剧方面。由于成绩卓著，他于1966年获达喀尔黑人艺术节奖和约翰·惠廷戏剧奖，1968年获乔克·坎贝尔小说奖，1973年获利兹大学文学博士学位，并于1986年获得诺贝尔文学奖，成为非洲大陆上第一位赢得此项奖金的作家。

他的创作活动具有明确的目的性。他主要以反对外族人和本族人的暴力压迫，维护民族的尊严和个人的自由为宗旨，所以反保守、反压迫、主持公道、伸张正义成为他创作的重要思想内容。他的创作活动又具有广泛的包容性。他既深深地扎根于尼日利亚民族生活和文化艺术传统的土壤之中，又受过西方世界的系统教育和西方文化的长期熏陶，并且善于巧妙地将两方面融合起来，再加上自己的独创，所以他的创作达到了相当高的水平。正如他自己所说的那样：我虽然受过西方教育，但我让自己扎根在非洲人民之中，注重反映他们的现实，特别是他们所蒙受的苦难和对未来的理想；不过我也接受西方文学和东方文学的影响，只要是有益的，我都愿意接受。

两幕剧《森林之舞》是索因卡20世纪60年代初完成的一部杰作，在他的戏剧创作中具有一定的代表性。这个剧本是作者为庆祝尼日利亚独立日（1960年10月1日，尼日利亚联邦宣布独立）而作的，曾在庆祝会上演出过，获得观众一致好评。原本名叫《非洲森林之舞》，《森林之舞》是其修改本。

《森林之舞》梗概

这个剧本的故事，围绕人类为庆祝民族大团结而举行的聚会展开。正式开幕前是“瘸子阿洛尼的道白”，他简要地叙述了故事的梗概。人类的议员开会决定说：“我们的祖先应该回来参加聚会。”（钟国岭、张忠民译文，下同）他们请求森林之王让他们的祖先、他们杰出的先辈回来参加聚会。森林之王把这个任务交给了阿洛尼，阿洛尼则把两个不得安宁的幽灵派给了人类。

第一幕从两个幽灵的登场开始。一个是男幽灵，他生前是马塔·卡里布军队中的队长。另一个是女幽灵，她生前是队长的妻子。据阿洛尼说，他挑选这两个幽灵并非偶然，而是因为“他们原先的生活与四个活着的后代有暴力和血肉的联系”。这四个活着的后代是罗拉、阿德奈比、戴姆凯和阿格博列科。其中最臭名昭彰的是罗拉，她过去和现在一直是妓女，外号乌龟夫人。阿德奈比现在是议会演说家，前世是宫廷历史学家。戴姆凯现在是雕刻家，前世是宫廷诗人。阿格博列科现在是律师中的长者，前世是宫廷占卜先生。人类不欢迎这两个幽灵，他们把两个幽灵赶了出去。于是阿洛尼便把他们保护起来，让他们参加森林居民（精灵和妖怪）为他们举行的欢迎会。森林之王邀请戴姆凯、阿德奈比和罗拉参加欢迎会；他们不大情愿，但还是来了。

第二幕主要描绘欢迎会的场面。在森林之王到场后，舞台上的情景倒回去了几个世纪，人类伟大帝国中的一个——马塔·卡里布宫廷慢慢地显现出来了。原来马塔·卡里布是一个热衷于流血事件和侵略战争的帝王，他肆意掠夺别人的妻子和财产，并驱使自己手下的武士（即男幽灵）去做无谓的牺牲；他的王后乌龟夫人则是一个淫荡的女人，始而与武士调情，遭到拒绝，继而则恼羞成怒，与丈夫一道折磨武士及其妻子（即女幽灵）；而武士之所以遭受百般折磨，无非是因为他不肯心甘情愿地去为国王和王后卖命，更不肯带领士兵一道去卖命。这场戏表演过后，埃舒奥罗冲上场来，他一心要求复仇，使诸事不能顺利进行。在森林之王主持对男女幽灵的审讯中，埃舒奥罗化装成审判官发号施令。当森林之王正式宣布召开欢迎会时，埃舒奥罗又化装成翻译指导一切。森林之王命令给女幽灵卸下担子，让她那半人半鬼的孩子出世。埃舒奥罗便打扮成红色人影，与孩子玩游戏。结果红色人影赢了，孩子输了。孩子被扔来扔去。最后戴姆凯把孩子接住，又把他还给了女幽灵。欢迎会到此结束。另一方面，人类的议会决定雕塑一个伟大的重新联合的象征物，并委托雕刻匠戴姆凯来完成这个任务。当戴姆凯从树上掉下来时，雕刻匠保护神奥贡伸手接住了他，然后小心地把他放在地上。

正如“森林之舞”这个名称所示，森林和舞蹈是构成本剧的两个重要因素，森林是剧情展开的环境，舞蹈则是剧情展开的手段。尼日利亚人的祖先曾经是森林中的居民，即使在现代许多尼日利亚人的心目中，森林也仍然充满神秘色彩。作者在自己的幼年时代，也时常对家乡附近的森林加以想象，猜测那里居住着各式各样的亡灵、精灵和妖怪，他们像人一样有思想，有感情。在这个剧本里，活人与幽灵在森林相聚，人类与精灵在森林交往，彼此渗透，互相影响。舞蹈在尼日利亚人的生活中占有重要地位。它既用于庆祝丰收、纪念生日和悼念死者等仪式，又用于对神灵的膜拜和与神灵的交往。在这个剧本里，舞蹈具有多种多样的形式，发挥着联结人性与神性、人类与神灵的纽带作用。而在所有登场的神灵中，雕刻匠保护神奥贡特别值得注意。他既是工艺神，又是战争神，一身兼具创造和毁灭的双重任务。索因卡常常在作品中写到他，甚至称之为指导自己创作的缪斯。

这个剧本的主要思想之一是历史与现实相似，历史并不比现实伟大。这个思想集中体现在把历史与现实密切联系起来的四个人物——罗拉、阿德奈比、阿格博列科和戴姆凯身上，体现在马塔·卡里布宫廷与现实社会的对照上。再现于舞台上的马塔·卡里布宫廷的场景告诉人们，这个几世纪以前的伟大帝国其实并不伟大，而是充满专制、暴力、阴险和仇杀的社会。前世生活在马塔·卡里布宫廷、现在仍然活着的四个人物，在历史上的表现也不见得比在现实中的表现更加光彩。特别是罗拉，她在马塔·卡里布宫廷曾经以王后身份迷惑国王，引起部落之间的战争，并且视手下人的生命为儿戏，为了一只金丝鸟，不惜牺牲手下人的身体甚至生命，还到处卖弄风骚，喜新厌旧，以“男人们替我杀戮，男人们为了我而死”为荣；而她现在是名妓，行为放荡，语言污秽，性情残忍，不知悔改，受她害的男人不计其数，坟地里到处埋着她的恋人。总之，这种构思的思想基础，是作者的历史循环往复观，即认为时间不是直线向前发展的，而是不断循环往复的。这种构思所表述的观点，则是历史并不像人们所想象和宣传的那样光彩，并没有过什么黄金时代；人们应该正视历史，同时也应该正视现实，努力探求通向未来的道路。在这个意义上说，《森林之舞》是作者社会观点的体现，是作者对于民族命运深入思索的表现。

《森林之舞》不仅寓意深刻，哲理性强，而且在艺术表现方面创新颇多。作者将西方现代戏剧的精巧结构和非洲传统音乐、舞蹈、戏剧的种种因素错综地交织在一起，把热情洋溢的自由体诗歌和含义丰富的约鲁巴谚语融合在一起，让活人与幽灵、精灵、神灵、妖怪同台演出，使现实生活与历史场景交替呈现，显得丰富多彩，风格独特。

第九节 戈迪默

关注黑人命运的白人女作家·一个黑人家庭的悲剧·反对种族隔离制度的武器

纳丁·戈迪默（1923—　）是南非共和国现代著名女作家，南非共和国现代文学的杰出代表之一。

生平与创作

戈迪默于1923年11月20日出生在南非共和国约翰内斯堡附近城镇——斯普林斯。据李永彩等先生研究，她父亲是立陶宛人，母亲是英国人，父母双方都是犹太人的后裔。她起初在家乡接受普通教育，后来到约翰内斯堡的威特瓦特斯兰德大学深造。她长期住在约翰内斯堡，所以这个城市成为她许多作品故事发生的舞台。

戈迪默自幼喜爱文学，热心阅读和写作，特别喜欢看普鲁斯特、契诃夫和陀思妥耶夫斯基等人的作品。早在13岁时，她就在约翰内斯堡《星期日快报》儿童版上发表了一篇寓言故事。这个成功鼓舞并鞭策着她，使她日后长期不辍笔耕。自1949年出版第一部短篇小说集《面对面》至今，她连续不断地发表新作，共计出版了10余部短篇小说集、10余部长篇小说、200余篇文章。她具有旺盛的创造力，如今虽已年届90，仍然不辍笔耕。她的创作生涯大致可以1970年为界分为前后两个时期。

戈迪默所在的南非共和国是一个比较特殊的非洲国家。这个国家的经济相当发达，接近发达国家水平，但政治制度却非常落后，主要是种族隔离制度在作怪。这里的种族隔离制度由来已久。早在1909年英国议会颁布的南非联邦法案里，就规定了对白人和黑人的不同待遇。1910年到1923年南非党执政期间，又制定了许多压迫黑人的种族歧视法律。1948年国民党上台后，变本加厉地煽动白人对黑人的种族仇恨，并为巩固种族主义统治制定了一系列新法律。在这些法律的制约下，白人和黑人不仅不能通婚，而且不能在一起居住，不能进入共同的公共场所，不能使用共同的公用设施，不能接受共同的学校教育，等等。针对这种情况，南非黑人展开了长期的、艰苦的斗争。戈迪默的创作便是在这种特殊的社会环境下开始的。

她的前期创作从短篇小说入手。在《面对面》(1949)、《蛇的絮语》(1952)、《六英尺土地》(1956)和《星期五的足迹》(1960)等短篇小说集中，已经展现出这位女作家美好的心灵、锐利的眼光和非凡的才华。由于从小生活在南非这个种族隔离的社会，早已意识到种族隔离制度的不合理性，所以一提起笔来她便不得不把这个问题作为自己创作的重要主题之一。与此同时，她也着手从事长篇小说的创作，并且立即取得了一系列可喜的成果。如《说谎的日子》(1953)、《陌生人的世界》(1956)和《恋爱时节》(1963)等。

《贵宾》(1970) 被认为是戈迪默前期最优秀的长篇小说之一。主人公是一个英国军官，他曾担任过殖民地军官，因支持当地黑人独立运动而被英国当局招回。如今这个国家获得独立，他又应邀以“贵宾”的资格回来访问。但在他访问期间，当地两派势力发生剧烈冲突，把他夹在中间，使他进退维谷，终于死于非命。这部作品以内容深刻而闻名于世，表明作者对新生国家的复杂矛盾有清醒的认识。

就总体而言，戈迪默的前期作品采用的主要是现实主义的创作方法，着重揭露种族隔离制度的各种弊端，善于表现这种罪恶制度所酿成的各种悲剧，描绘深受这种罪恶制度迫害的人们的生动形象，刻画他们的复杂心理。在这个时期的许多作品中，作者往往喜欢通过一个白人女子冲破种族隔离制度束缚去爱一个黑人青年的故事及其悲剧性的结局，展示现实社会的不合理性。

南非共和国反种族隔离制度的斗争，在 20 世纪 70 年代中期重新出现高潮。南非的社会局势日趋紧张，南非政府在国内外日益孤立。在迫不得已的情况下，当局不得不做出一些让步，修改部分隔离政策，放弃某些隔离措施。这种社会环境，使戈迪默反种族隔离制度的立场更加坚定，态度更加鲜明。

从 20 世纪 70 年代起，是戈迪默创作的后期。在这个时期，又有不少短篇小说集（如《利文斯通的伙伴》、《小说选集》、《士兵的拥抱》、《影影绰绰》等）问世，显示出她在短篇小说创作领域的新水准。这些作品在结构、语言等方面，继承和发扬了契诃夫、莫泊桑的传统。不过，她更加引人注目的成果却是在长篇小说领域，如《自然资源保护论者》(1974) 和《伯格的女儿》(1979) 等。

到了 20 世纪 80 年代，她在创作上有了更大的发展，其中以《七月的人民》和《自然变异》两部长篇小说最引人注目。1981 年出版的《七月的人民》，成为她后来获得诺贝尔文学奖的主要作品之一。这部小说最令人感兴趣的是，作者通过主仆关系的微妙变化（甚至使人产生主仆关系发生易位和颠倒之感），展示出黑人和白人的复杂关系；而黑人小孩和白人小孩的融洽相处，则与大人之间的矛盾关系构成鲜明的对照。因此，我们可以说，这部小说是对白人中心主义思想的有力批判。1987 年出版的《自然变异》（又译《大自然的游戏》），也被认为是作者的优秀作品之一。这部小说所表现的思想具有重要意义。一方面，它通过白人女子海丽拉和黑人领袖惠拉及罗埃尔的结合，歌颂为黑人解放而勇敢献身的白人女子，表明白人与黑人的结合将会产生无穷无尽的力量，将会彻底消灭种族隔离制度。另一方面，它在南非共和国真正的第一任黑人总统曼德拉上台之前 3 年，便描述了这样一个富有理想色彩的故事，塑造了这样一个富有理想色彩的形象，这表明作者是具有远见卓识的，是充满乐观精神的。因此，戈迪默这时的作品被评论家称为“预言现实主义”，即不限于如实地描写现实的面貌，而且要科学地预言现实的发展，预言现实的未来。

20 世纪 90 年代以来，她虽然年事已高，但创作精力依然不减。举其要者如下：1990 年长篇小说《我儿子的故事》问世；1991 年短篇小说集《跳跃》出版；而近年写成的新作则有长篇小说《家藏的枪》(1998)、《偶尔结识的人》(2001)、《一生》(2005) 和短篇小说集《掠夺》(2003) 等。此外，她还出版了评论集《基本姿态：创作、政治及地域》(1988) 和《写作与存在》(1995) 等。

总之，与前期作品不同的是，戈迪默的后期作品虽然继续致力于表现南非现实社会面貌及其存在的缺陷，但是同时注意着眼于展示南非的未来，并在反映生活的广度和深度方面有所前进。除此之外，其创作方法和写作手法则更加多样化，如意识流等方法得到广泛和灵活的应用。

长篇小说《我儿子的故事》是戈迪默代表作品之一，也是她获得诺贝尔文学奖的主要作品之一。

《我儿子的故事》梗概

小说以种族隔离制度下的南非社会和黑人开展的反种族隔离制度斗争为背景，描写一个黑人家庭为了追求黑人和白人的平等权利而分崩离析的悲剧故事。由于这个家庭的主人——小说男主人公索尼参加反种族隔离制度的斗争后，与支持这个斗争的白人女子汉娜产生了婚外恋，导致这个家庭发生了一系列的矛盾和冲突——儿子威尔敌视他，甚至一度想杀掉他；女儿贝比受到严重刺激割腕自杀未遂，随即离家出走到了国外；妻子艾拉忍无可忍，毅然走上革命道路，但却与他形同陌路；而他自己也由一个英勇无畏、才华横溢的革命家和演说家，变成一个失去信任、精力衰竭的老人，失去了家庭，失去了妻子儿女，也失去了情人。

索尼本来是一个普普通通的黑人，是一个热爱教育事业的教师。然而，在种族隔离制度下的南非，他连最起码的做人的权利都没有，连和白人平起平坐的权利都没有，这使他感到难以忍受。有一次，由于带领学生参加示威游行，要求废除垃圾教育，取消种族隔离，他受到革除教师职务的处分，而且处分明确规定今后不许其他任何学校再录用他。这就迫使他不得不走上反对种族隔离制度的革命道路。在这条道路上，他热情勇敢，不怕坐牢，甚至不怕流血牺牲。不久，他就成为黑人运动中一个深孚众望的活动家和演说家。但是，这条道路是不平坦的。在这条道路上，他结识了白人女子汉娜。汉娜是国际人权组织的代表，负责监督南非当局对黑人政治犯的拘留和审判，设法帮助这些黑人政治犯及其家庭。因此，在索尼被捕入狱时，不仅他的妻子艾拉来探监，汉娜也来探监。艾拉探监说的都是家务事，此外无话可说；而汉娜探监没有家务事可说，但她却会用各种暗语传达外面政治运动的重要消息。这样一来，就使索尼觉得艾拉跟不上自己，而汉娜则与自己心有灵犀。不仅两人的探监不同，两人写的信也不同。艾拉每封信的结尾都是“我们都无限爱你”，而汉娜则在信的结尾写道“我知道你出狱后会欣然迎接战斗”。索尼感到“欣然迎接战斗”这几个字有力地鼓舞了自己，自己需要汉娜，希望汉娜常来信，常来看望。所以，索尼出狱以后，立即与汉娜走到一起，他们在工作上成为同志，在生活中成为情人。不言而喻，正是这种情人关系破坏了索尼的家庭，使得他妻离子散。从总体来看，索尼既是一个有热情、有才干的革命者，又是一个在爱情问题上犯了严重错误的革命者。他家庭的结局是具有浓重悲剧色彩的，他自己的结局也是具有浓重悲剧色彩的。在小说结尾处，他已经变成了“孤家寡人”，不但失去了所有的亲人，而且连房子也被人烧成了灰烬。

总而言之，这部小说写的是一个黑人家庭的悲剧故事。这个家庭之所以分崩离析，当然主要是由于索尼的错误，是由于索尼遗弃艾拉而和汉娜结合引起的。不过索尼之所以遗弃艾拉而和汉娜结合，并不是因为汉娜的美貌（事实上艾拉才是真正的美人），也不是因为一般的喜新厌旧，而是与索尼和汉娜在斗争中能够密切配合有关联的。因此，我们可以说，索尼的错误及其导致的家庭悲剧，是与黑人反对种族隔离制度的斗争有关联的，它从一个侧面反映了种族隔离制度的罪恶，反映了在种族隔离制度下黑人争取平等权利斗争的复杂性、曲折性和艰巨性。从这个意义上可以说，这个家庭的悲剧，乃是他们在争取平等权利斗争道路上所付出的代价和做出的牺牲。这里应当指出，小说的这种角度是新颖的，作者的这种构思是独特的。

《我儿子的故事》不仅在反映生活的角度上是新颖的，而且在表现生活的方法上也是颇有新意的。

在叙述方法方面，其新意首先在于，全书大体上按照时间顺序展开故事，但在某些局部又适当打破这种顺序，使事件的前后交错起来，使小说的叙述富于变化。其新意其次在于，双重叙述视角（索尼儿子威尔的第一人称叙述和作者的第三人称叙述）互相交织，避免单一叙述方法的单调，使得叙述方法显得丰富和多样，第一人称叙述使读者有更直接的感受，产生身临其境、感同身受的印象，而第三人称叙述则更便于作者放开手脚深入细致地描述许多具体事件及其细节，二者结合起来则起到了单一叙述方法难以达到的效果。当然，双重叙述视角的频繁转换容易造成混乱，好在作者充分注意到了这点，巧妙地利用隔行分段的办法，很好地解决了这个问题。

在人物描写方面，其新意在于细腻入微的心理描写。小说对威尔、汉娜都有相当细致的心理描写。如威尔因为在电影院里发现父亲与汉娜在一起而对父亲产生的仇视心理，对汉娜产生的厌恶心理；汉娜自己已经决定接受联合国的聘任，但又对于在什么时候将这个消息告诉索尼而犹豫不决的心理，都是很好的例证。不过，小说对于主人公索尼的心理描写，不但数量更多，而且更加出色。

综上所述，我们可以看出，戈迪默始终是一个反种族隔离制度的坚强战士，她的小说就是她与种族隔离制度进行战斗的有力武器。她的许多小说都直接地或者间接地与南非的社会现实问题密切相关，其中又有相当一部分小说把矛头指向了黑暗的、野蛮的种族隔离制度。正因为如此，她多次受到南非白人右翼势力的迫害，她的好几部小说被南非当局列为禁书。但也正因为如此，她得到世界各国读者的爱戴，她的小说多次在国内外获奖，1991 年还获得了诺贝尔文学奖。不言而喻，对于一个白人作家来说，要站在黑人解放斗争一边写作，是会遇到重重困难的。事实正如戈迪默自己所说的那样：对于黑人作家来说，站在黑人一边写作，等待他们的是荣誉，是黑人大众的欢迎；而对于白人作家来说，则既会受到黑人大众的误解，又会遭到白人社会的唾弃，甚至背上叛徒的恶名，最好的下场也是备受冷落。不过，所幸的却又不无讽刺意味的是，白人作家已经承担起这个责任（参见《基本姿态：创作、政治及地域》）。戈迪默便是自觉地、无悔地“承担起这个责任”的白人作家之一。

最后需要指出的是，戈迪默一方面称得上是一位政治性较强的作家，她的许多作品与南非社会的政治局势有密不可分的关系，她的一些长篇作品由于表现具有重大意义的主题，甚至可以说具有史诗的性质；但另一方面，她又是一位非常注重艺术表现的作家，结构紧凑，文字精练，人物生动，刻画细腻，富于变化，是她的作品的共同特征。

思考题

1. 谈谈现代东方文学的成就。
2. 谈谈现代东方文学的特点。
3. 川端康成小说创作的思想倾向和艺术特色是什么？
4. 《雪国》在创作方法和艺术表现上的特点是什么？
5. 从大江健三郎的小说看他的创作意识。
6. 怎样认识《万延元年的足球队》独特的思想内容和表现形式？
7. 简述普拉姆迪亚小说创作的三个时期。
8. 怎样认识“布鲁岛四部曲”中明克的形象？

9. 简述普列姆昌德文学创作的历程。

10. 怎样认识《戈丹》男主人公何利的形象?

11. 简述纪伯伦在文学创作上的主要贡献。

12. 《先知》中的智者是怎样谈论婚姻、孩子和教授等问题的?

13. 简述迈哈福兹小说创作的历程。

14. 《宫间街》、《思宫街》和《甘露街》的思想内容和艺术特色是什么?

15. 简述索因卡的文学创作道路。

16. 如何理解《森林之舞》的思想内容和艺术特色?

17. 简述戈迪默小说创作的历程。

18. 分析《我儿子的故事》主人公索尼的形象。

附录一 西方文学重要作家作品一览表

（国家按汉语拼音排序）

奥地利

里尔克（1875—1926） 《新诗集》（1907）、《杜伊诺哀歌》（1923）
卡夫卡（1883—1924） 《变形记》（1916）、《审判》（1914—1918）、《城堡》（1922）
茨威格（1881—1942） 《一个女人一生中的24小时》（1922）、《象棋的故事》（1941）

秘鲁

略萨（1936— ） 《绿房子》（1965）、《酒吧长谈》（1969）

波兰

密茨凯维奇（1798—1855） 《先人祭》（1823）
显克微支（1846—1916） 《十字军骑士》（1900）

丹麦

安徒生（1805—1875） 《卖火柴的小女孩》、《皇帝的新衣》、《丑小鸭》

德国

歌德（1749—1832） 《少年维特之烦恼》（1774）、《浮士德》（1808—1831）
席勒（1759—1805） 《强盗》（1780）、《阴谋与爱情》（1784）
亨利希·曼（1871—1950） 《臣仆》（1918）、《亨利四世》（1935—1937）
托马斯·曼（1875—1955） 《布登勃洛克一家》（1901）、《魔山》（1924）
海涅（1797—1856） 《西里西亚纺织工人之歌》（1844）、《德国——一个冬天的童话》（1844）
布莱希特（1898—1956） 《伽利略传》（1938）、《大胆妈妈和她的孩子们》（1939）

俄国（苏联）

普希金（1799—1837） 《叶甫盖尼·奥涅金》（1833）、《致大海》（1824）、《纪念碑》（1836）
莱蒙托夫（1814—1841） 《诗人之死》（1837）、《当代英雄》（1840）
果戈理（1809—1852） 《钦差大臣》（1836）、《死魂灵》（1842）
屠格涅夫（1818—1883） 《猎人笔记》（1847—1852）、《前夜》（1859）、《父与子》（1860）
涅克拉索夫（1821—1878） 《谁在俄罗斯能过上好日子》（1863—1873）
车尔尼雪夫斯基（1828—1889） 《怎么办?》（1863）
赫尔岑（1812—1870） 《谁之罪》（1841—1846）
冈察洛夫（1812—1891） 《奥勃洛摩夫》（1848—1859）

奥斯特洛夫斯基（1823—1886）　《大雷雨》（1859）

陀思妥耶夫斯基（1821—1881）　《穷人》（1845）、《罪与罚》（1866）、《卡拉马佐夫兄弟》（1879—1880）

托尔斯泰（1828—1910）　《战争与和平》（1863—1869）、《安娜·卡列尼娜》（1873—1877）、《复活》（1889—1899）

契诃夫（1860—1904）　《第六病室》（1892）、《樱桃园》（1903）

高尔基（1868—1936）　《母亲》（1906）、《童年》（1913）、《克里姆·萨姆金的一生》（1926—1937）

马雅可夫斯基（1893—1930）　《列宁》（1925）、《好!》（1926—1927）、《放声歌唱》（1930）

肖洛霍夫（1905—1984）　《静静的顿河》（1928—1940）、《人的命运》（1956）

帕斯捷尔纳克（1890—1960）　《日瓦格医生》（1955）

艾特马托夫（1908—2008 ）　《白轮船》（1970）、《断头台》（1986）

法国

拉伯雷（1483—1553）　《巨人传》（1532—1562）

高乃依（ 1606—1684）　《熙德》（1636）

拉辛（1639—1699）　《安德洛玛克》（1667）、《费德尔》（1677）

莫里哀（1622—1673）　《悭吝人》（1668）、《伪君子》（1669）

孟德斯鸠（1689—1755）　《波斯人信札》（1721）

伏尔泰（1694—1778）　《查第格》（1747）、《老实人》（1759）

狄德罗（1713—1784）　《宿命论者雅克和他的主人》（1773）、《拉摩的侄儿》（1762—1764）

卢梭（1712—1778）　《新爱洛伊斯》（1761）、《忏悔录》（1781—1788）

博马舍（1732—1799）　《塞维勒的理发师》（1772）、《费加罗的婚姻》（1778）

夏多布里昂（1768—1848）　《阿达拉》（1802）、《勒内》（1802）

雨果（1802—1885）　《惩罚集》（1853）、《静观集》（1856）、《悲惨世界》（1862）、《九三年》（1874）

大仲马（1802—1887）　《三个火枪手》（1844）、《基度山伯爵》（1844）

乔治·桑（1804—1876）　《安吉堡的磨工》（1845）、《魔沼》（1846）

斯丹达尔（1783—1842）　《红与黑》（1830）、《巴马修道院》（1839）

梅里美（1807—1870）　《高龙巴》（1840）、《嘉尔曼》（1845）

巴尔扎克（1799—1850）　《驴皮记》（1831）、《欧也妮·葛朗台》（1833）、《高老头》（1834）、《幻灭》（1837—1843）

福楼拜（1821—1880）　《包法利夫人》（1856）、《情感教育》（1869）

波德莱尔（1821—1867）　《恶之花》（1857）

马拉美（1842—1898）　《牧神的午后》（1876）

兰波（1854—1891）　《醉舟》（1871）

左拉（1840—1902）　《小酒店》（1877）、《萌芽》（1885）

莫泊桑（1850—1893）　《羊脂球》（1880）、《漂亮朋友》（1885）

鲍狄埃（1816—1887）　《国际歌》（1871）、《美国工人致法国工人》（1876）

罗曼·罗兰（1866—1944）　《约翰·克利斯朵夫》（1904—1912）、《欣悦的灵魂》（1922—1933）

瓦雷里（1871—1945）　《海滨墓园》（1926）

普鲁斯特（1871—1922）　《追忆逝水年华》（1906—1927）

萨特（1905—1980）　《恶心》(1938)、《地狱就是他人》(1944)、《死无葬身之地》(1947)
加缪（1913—1960）　《局外人》(1942)、《鼠疫》(1947)
尤内斯库（1909—1994）　《秃头歌女》(1950)、《椅子》(1952)、《犀牛》(1959)
贝克特（1906—1989）　《等待戈多》(1952)、《啊，美好的日子!》(1961)
罗伯—格里耶（1922—2008）　《橡皮》(1953)、《窥视者》(1955)、《嫉妒》(1957)
布托尔（1926—　）　《变》(1957)、《程度》(1960)

哥伦比亚

加西亚·马尔克斯（1927—　）　《百年孤独》(1967)、《霍乱时期的爱情》(1985)

古希腊

荷马（前9世纪—前8世纪）　《伊利亚特》、《奥德赛》
埃斯库罗斯（前525？—前456）　《阿伽门农》、《被缚的普罗米修斯》
索福克勒斯（前496？—前406）　《安提戈涅》、《俄狄浦斯王》
欧里庇德斯（前485？—前406）　《特洛伊妇女》、《美狄亚》
阿里斯多芬（前446？—前385?）　《阿卡奈人》、《鸟》
伊索（前6世纪）　《伊索寓言》

美国

霍桑（1804—1864）　《红字》(1850)
麦尔维尔（1819—1891）　《 白鲸》(1851)
爱伦·坡（1809—1849）　《乌鸦》(1845)、《鄂榭府崩溃记》(1840)
惠特曼（1819—1892）　《草叶集》(1855—1892)
马克·吐温（1835—1910）　《哈克贝利·费恩历险记》(1884)、《败坏了赫德莱堡的人》(1899)
杰克·伦敦（1876—1916）　《野性的呼唤》(1903)、《马丁·伊登》(1909)
德莱塞（1871—1945）　《珍妮姑娘》(1911)、《美国的悲剧》(1925)
海明威（1899—1961）　《永别了，武器》(1929)、《丧钟为谁而鸣》(1940)、《老人与海》(1952)
奥尼尔（1888—1953）　《毛猿》(1922)、《进入黑夜的漫长旅程》(1939—1941)
福克纳（1897—1962）　《喧哗与骚动》(1929)、《当我弥留之际》(1930)
海勒（1923—1999）　《第二十二条军规》(1961)、《出了毛病》(1974)
冯尼古特（1922—2007）　《第五号屠场》(1969)
品钦（1937—　）　《万有引力之虹》(1973)
贝娄（1915—2005）　《雨王汉德森》(1959)、《洪堡的礼物》(1975)

挪威

易卜生（1828—1906）　《玩偶之家》(1879)、《人民公敌》(1882)
比昂松（1832—1910）　《破产》(1875)

瑞典

斯特林堡（1849—1912）　《梦的戏剧》(1902)、《鬼魂奏鸣曲》(1900)

西班牙

塞万提斯（1547—1616）　《堂吉诃德》（1605—1615）
维加（1562—1635）　《羊泉村》（1609）

匈牙利

裴多菲（1823—1849）　《使徒》（1849）

意大利（古罗马）

维吉尔（前70—前19）　《埃涅阿斯记》（前30—前19）
奥维德（前43—18）　《变形记》
但丁（1265—1321）　《新生》（1292）、《神曲》（1307—1321）
彼得拉克（1304—1374）　《歌集》（1330—1374）
薄伽丘（1313—1375）　《十日谈》（1349—1353）

英国

乔叟（1340？—1400）　《坎特伯雷故事集》（1387—1400）
莎士比亚（1564—1616）　《理查三世》（1592）、《罗密欧与朱丽叶》（1594）、《威尼斯商人》（1597）、《哈姆雷特》（1601）、《李尔王》（1605）
弥尔顿（1608—1674）　《失乐园》（1667）、《复乐园》（1671）
笛福（1660—1731）　《鲁滨孙漂流记》（1719）
斯威夫特（1667—1745）　《格列佛游记》（1726）
菲尔丁（1707—1754）　《大伟人江奈生·魏尔德传》（1743）、《弃儿汤姆·琼斯的历史》（1749）
华兹华斯（1770—1850）　《丁登寺》（1798）
柯勒律治（1772—1834）　《古舟子咏》（1798）
司各特（1771—1832）　《艾凡赫》（1819）
奥斯丁（1775—1817）　《傲慢与偏见》（1813）
拜伦（1788—1824）　《恰尔德·哈洛尔德游记》（1812—1816）、《唐璜》（1818—1823）
雪莱（1792—1822）　《解放了的普罗米修斯》（1819）、《西风歌》（1819）、《云雀》（1920）
狄更斯（1812—1870）　《大卫·科波菲尔》（1850）、《小杜丽》（1855—1857）、《双城记》（1859）
萨克雷（1811—1863）　《名利场》（1848）
盖斯凯尔夫人（1810—1865）　《玛丽·巴顿》（1848）
夏洛蒂·勃朗特（1816—1855）　《简·爱》（1847）
艾米莉·勃朗特（1818—1848）　《呼啸山庄》（1847）
哈代（1840—1928）　《还乡》（1878）、《德伯家的苔丝》（1891）
王尔德（1854—1900）　《道林·格雷的画像》（1891）、《莎乐美》（1893）
萧伯纳（1856—1950）　《华伦夫人的职业》（1894）、《巴巴拉少校》（1905）
高尔斯华绥（1969—1933）　《福赛蒂世家》（1906—1921）
劳伦斯（1885—1930）　《虹》（1915）、《查泰莱夫人的情人》（1928）
乔伊斯（1882—1941）　《尤利西斯》（1922）
艾略特（1888—1965）　《荒原》（1922）、《四个四重奏》（1934—1943）

附录二　东方文学重要作家作品一览表

（国家按汉语拼音排序）

阿拉伯

《古兰经》（7 世纪）
伊本·穆格法（724—759）　《卡里莱和迪木乃》（约 750）
艾布·努瓦斯（762—813）　《阿拉伯古代诗选》
《一千零一夜》（约 8 世纪—16 世纪）
巴鲁迪（1838—1904）　《巴鲁迪诗集》（1904）
纪伯伦（1883—1931）　《先知》（1923）、《沙与沫》（1926）
塔哈·侯赛因（1889—1973）　《日子》（1929—1962）
迈哈福兹（1911—2006）　《宫间街》、《思宫街》、《甘露街》（1956—1957）

朝鲜

朴趾源（1737—1805）　《热河日记》
申在孝（1812—1884）　《春香传》
李箕永（1895—1984）　《故乡》（1933）

菲律宾

黎萨尔（1861—1986）　《不许犯我》（1887）

格鲁吉亚

卢斯塔维里（约 1172—1216）　《虎皮武士》

古埃及

《亡灵书》

古巴比伦

《吉尔伽美什》（约前 19 世纪—16 世纪）

吉尔吉斯

艾特玛托夫（1928—2008）　《死刑台》（1986）

缅甸

德钦哥都迈（1875—1964）　《洋大人注》（1914）

南非

戈迪默（1923—　）　《贵宾》（1970）、《七月的人民》（1981）、《自然变异》

(1987)、《我儿子的故事》(1990)

库切（1940— ） 《耻》(1999)

尼日利亚

索因卡（1934— ） 《森林之舞》(1960)、《路》（1965)、《阐释者》（1965)、《在阿凯的童年生活》(1981)

日本

《万叶集》(约760)

紫式部（约978—1014） 《源氏物语》(约1014)

井原西鹤（1642—1693） 《五个好色女》(1686)

松尾芭蕉（1644—1694） 《猿蓑》(1691)

近松门左卫门（1653—1724） 《曾根崎殉情》(1703)

森鸥外（1862—1922） 《舞姬》(1890)

二叶亭四迷（1864—1906） 《浮云》(1887)

夏目漱石（1867—1916） 《我是猫》(1906)、《旅宿》（1906)、《三四郎》（1908)、《心》(1914)

岛崎藤村（1872—1943） 《破戒》(1906)

志贺直哉（1883—1971） 《和解》(1917)

芥川龙之介（1892—1927） 《罗生门》(1915)

川端康成（1899—1972） 《伊豆的舞女》（1926)、《雪国》（1948)、《千只鹤》(1952)、《古都》(1962)

小林多喜二（1903—1933） 《为党生活的人》(1932)

三岛由纪夫（1925—1970） 《戴着假面具的自白》(1949)

大江健三郎（1935— ） 《万延元年的足球队》（1967)、《洪水涌上我的灵魂》(1973)

塞内加尔

桑戈尔（1906—2001） 《影之歌》(1945)

乌斯曼（1923— ） 《祖国，我可爱的人民》(1957)

斯里兰卡

魏拉玛辛诃（1891—1976） 《蛇岛的秘密》(1947)

泰国

西巫拉帕（1905—1974） 《画中情思》(1937)

土耳其

希克梅特（1902—1963） 《希克梅特诗集》

奥尔罕·帕慕克（1952— ） 《我的名字叫红》(1998) 等

希伯来（以色列）

《圣经·旧约》(约前2世纪)

阿格农（1888—1970）　《新娘的华盖》(1922)

伊朗

《阿维斯塔》(约前 10 世纪)
菲尔多西（941—1020）　《列王纪》(1009)
海亚姆（1048—1122）　《鲁拜集》
内扎米（1141—1209）　《五卷诗》
莫拉维（1207—1273）　《玛斯纳维全集》
萨迪（1208—1292）　《果园》(1257)、《蔷薇园》(1258)
哈菲兹（1327—1390）　《哈菲兹抒情诗集》
巴哈尔（1886—1951）　《达玛万德峰》(1920)
赫达雅特（1903—1951）　《哈吉老爷》(1945)

印度

《摩诃婆罗多》(约前 4 世纪—2 世纪)
《罗摩衍那》(约前 4 世纪—2 世纪)
首陀罗迦（约 2 世纪—3 世纪）　《小泥车》
迦梨陀娑（约 4 世纪—6 世纪）　《云使》、《沙恭达罗》
加耶西（1493—1542）　《莲花公主传》
苏尔达斯（约 15 世纪—16 世纪）　《苏尔诗海》
杜勒西达斯（1532—1623）　《罗摩功行之湖》
般吉姆（1838—1894）　《阿难陀寺院》(1882)
泰戈尔（1861—1941）　《戈拉》(1910)、《吉檀迦利》(1912)、《园丁集》(1913)、《新月集》(1913)、《飞鸟集》(1916)
萨拉特（1876—1938）　《斯里甘特》(1933)
伊克巴尔（1877—1938）　《驼队的铃声》(1924)
普列姆昌德（1880—1936）　《妮摩拉》(1926)、《戈丹》(1936)
安纳德（1905—2004）　《苦力》(1936)

印度尼西亚

《杭·杜亚传》(17 世纪)
普拉姆迪亚（1925—2006）　《人世间》(1980)、《万国之子》(1980)、《足迹》(1986)

越南

阮攸（1786—1820）　《金云翘传》(1814)
阮公欢（1903—1977）　《最后的道路》(1938)

阅读书目

（带＊号者为必读书）

西方文学

斯威布　《希腊的神话和传说》
荷马　＊《伊利亚特》
埃斯库罗斯　《普罗米修斯》
索福克勒斯　＊《俄狄浦斯王》
欧里庇德斯　《美狄亚》
阿里斯托芬　《鸟》
维吉尔　《埃涅阿斯记》《罗兰之歌》
但丁　＊《神曲·地狱篇》
薄伽丘　《十日谈》（选）
拉伯雷　《巨人传》
塞万提斯　＊《堂吉诃德》
莎士比亚　＊《哈姆莱特》＊《威尼斯商人》《罗密欧与朱丽叶》
弥尔顿　《失乐园》
高乃依　《熙德》
拉辛　《费德尔》
莫里哀　＊《伪君子》
笛福　《鲁滨孙漂流记》
菲尔丁　＊《汤姆·琼斯》
伏尔泰　《老实人》
卢梭　《新爱洛伊斯》
博马舍《费加罗的婚姻》
席勒　《阴谋与爱情》
歌德　《少年维特之烦恼》＊《浮士德》
华兹华斯　《丁登寺》
拜伦　＊《恰尔德·哈罗尔德游记》
雪莱　《西风颂》
奥斯丁　《傲慢与偏见》
海涅　《德国——一个冬天的童话》
雨果　＊《悲惨世界》《九三年》
普希金　＊《叶甫盖尼·奥涅金》
霍桑　《红字》
惠特曼　＊《草叶集》（选）
斯丹达尔　＊《红与黑》
巴尔扎克　＊《高老头》《幻灭》

狄更斯　＊《双城记》
萨克雷　《名利场》
勃朗特　《简·爱》
福楼拜　＊《包法利夫人》
波德莱尔　＊《恶之花》（选）
裴多菲　《裴多菲诗选》（选）
果戈理　《死魂灵》
屠格涅夫　＊《前夜》
陀思妥耶夫斯基　＊《罪与罚》
兰波　《醉舟》
鲍狄埃　《鲍狄埃诗选》（选）
易卜生　＊《玩偶之家》
王尔德　＊《道连·格雷的画像》
左拉　＊《萌芽》
莫泊桑　＊《羊脂球》
哈代　＊《德伯家的苔丝》
托尔斯泰　＊《复活》《安娜·卡列尼娜》
马克·吐温　＊《哈克贝利·费恩历险记》
契诃夫　＊《第六病室》《樱桃园》
罗曼·罗兰　＊《约翰·克利斯朵夫》
德莱塞　《美国的悲剧》
茨威格　《象棋的故事》
高尔基　＊《母亲》
肖洛霍夫　＊《静静的顿河》
卡夫卡　＊《 变形记》
艾略特　＊《荒原》
乔伊斯　＊《尤利西斯》
奥尼尔　《毛猿》
福克纳　＊《喧哗与骚动》
海明威　＊《老人与海》
帕斯捷尔纳克　＊《日瓦戈医生》
萨特　＊《地狱就是他人》（《禁闭》）
加缪　＊《局外人》
尤涅斯库　＊《秃头歌女》
贝克特　＊《等待戈多》
海勒　＊《第二十二条军规》
马尔克斯　＊《百年孤独》

东方文学

＊《摩诃婆罗多插话选》（选）
蚁垤　《罗摩衍那》（选）
＊《圣经·旧约》（选）

*《万叶集》
紫式部 *《源氏物语》
*《春香传》
阮攸 *《金云翘传》
迦梨陀娑 《云使》*《沙恭达罗》
*《一千零一夜》(选)
菲尔多西 *《列王纪》(选)
萨迪 《果园》*《蔷薇园》
《哈菲兹抒情诗全集》(选)
夏目漱石 *《我是猫》《心》
泰戈尔 《戈拉》*《吉檀迦利》《园丁集》《新月集》《飞鸟集》
川端康成 《伊豆的舞女》*《雪国》《古都》
大江健三郎 *《万延元年的足球队》《洪水涌上我的灵魂》
普拉姆迪亚 *《人世间》《万国之子》《足迹》
普列姆昌德 《妮摩拉》*《戈丹》
纪伯伦 *《先知》
迈哈福兹 *《宫间街》《思宫街》《甘露街》
阿格农 《新娘的华盖》
奥尔罕·帕慕克 《我的名字叫红》
索因卡 *《森林之舞》
戈迪默 《七月的人民》*《我儿子的故事》
库切 《耻》

图书在版编目（CIP）数据

外国文学简史/黄晋凯，何乃英著．—北京：中国人民大学出版社，2013.11
21世纪中国语言文学系列教材
ISBN 978-7-300-18194-3

Ⅰ．①外…　Ⅱ．①黄…②何…　Ⅲ．①外国文学-文学史-高等学校-教材　Ⅳ．①I109

中国版本图书馆CIP数据核字（2013）第244711号

21世纪中国语言文学系列教材
外国文学简史
黄晋凯　何乃英　著
Waiguo Wenxue Jianshi

出版发行	中国人民大学出版社		
社　　址	北京中关村大街31号	邮政编码	100080
电　　话	010－62511242（总编室）		010－62511770（质管部）
	010－82501766（邮购部）		010－62514148（门市部）
	010－62515195（发行公司）		010－62515275（盗版举报）
网　　址	http://www.crup.com.cn		
	http://www.ttrnet.com(人大教研网）		
经　　销	新华书店		
印　　刷	北京市鑫霸印务有限公司		
规　　格	185 mm×260 mm　16开本	版　　次	2014年1月第1版
印　　张	26.5 插页1	印　　次	2019年8月第5次印刷
字　　数	661 000	定　　价	58.00元

关联课程教材推荐

书号	书名	作者	定价
978-7-300-13767-4	外国文学简编［欧美部分］第六版	朱维之 等	48.00
978-7-300-11873-4	外国文学简编［亚非部分］第四版	梁立基 何乃英	39.80
978-7-300-16170-9	外国文学通用教程（第二版）	杜宗义	39.80
978-7-300-17055-8	《外国文学史》学习辅导与习题集	曾艳兵	35.00
978-7-300-09806-7	新编外国文学史——外国文学名著批评经典	梁坤	58.00
978-7-300-15457-2	世界文学名著赏析	钱谷融 刘洪涛	49.00
978-7-300-15864-8	世界文学欣赏	陈世丹	35.00

配套教学资源支持

尊敬的老师：

衷心感谢您选择使用人大版教材！

相关配套教学资源，请到人文分社网站（www. crup. com. cn/rw）下载，或是随时与我们联系，我们将向您免费提供。

欢迎您随时反馈教材使用过程中的疑问、修订建议以及您个人制作的课件。您的课件一经采用，我们将署名并付费使用。让我们与教材共成长！

联系人信息：

地址：北京海淀区中关村大街31号211室　龚洪训 收　邮编：100080

电子邮件：gonghx@crup. com. cn　电话：010-62515637　QQ：6130616

如有相关教材的选题计划，也欢迎您与我们联系，我们将竭诚为您服务！

选题联系人：	电子邮件：	电话：
刘　汀	bukecunzhuang@163. com	010-62513897
黄海飞	llqhhf@163. com	010-62513587